ज्ञान गरिमा के
70 वर्ष

णाणं
पयासयं
भारतीय ज्ञानपीठ

भारतीय
ज्ञानपीठ

णाणं
पयासयं
वीर नि. सं. 2470
ई. सन् 1944
भारतीय ज्ञानपीठ

दुल्ले की ढाब

दुल्ले की ढाब

रामसरूप अणखी

अनुवाद

जसविन्दर कौर बिन्द्रा

भारतीय ज्ञानपीठ

राष्ट्रभारती
लोकोदय ग्रन्थमाला : ग्रन्थांक 1236

ISBN : 978-93-263-5282-6

दुल्ले की ढाब
(पंजाबी उपन्यास)
रामसरूप अणखी
अनु.: जसविन्दर कौर बिन्द्रा

पहला संस्करण : 2015
मूल्य : 650 रुपये

प्रकाशक : भारतीय ज्ञानपीठ
18, इन्स्टीट्यूशनल एरिया, लोदी रोड, नयी दिल्ली-110 003

मुद्रक : विकास कम्प्यूटर ऐंड प्रिंटर्स, शाहदरा, दिल्ली

आवरण चित्र : देवीलाल पाटीदार
आवरण-सज्जा : चन्द्रकान्त शर्मा

DULLE KI DHAAB
(Punjabi Novel)
by Raamsaroop Ankhi

Published by
Bharatiya Jnanpith
18, Institutional Area, Lodi Road, New Delhi-110 003
Ph. : 011-24698417, 24626467; 23241619 (Daryaganj)
Mob. : 9350536020; e-mail : bjnanpith@gmail.com
sales@jnanpith.net; website : www.jnanpith.net

First Edition : 2015
Price : Rs. 650

पहला भाग

1

सरदारो दूसरे दिन भी नहीं लौटी थी।

दुल्ला उदास और परेशान था। यह पहला मौका था, जब सरदारो ने कहीं बाहर रात बिताई हो। वह मन में सोचता, बाज़ीगरनी कहीं भी घूमती-फिरती रहे, शाम तक अपने घर अवश्य लौट आती थी। वह दो रातों से आखिर थी कहाँ? उसे कुछ समझ में न आता। ना उसे पहली रात नींद आयी थी और न पिछली रात को। वह अपनी छितरी दाढ़ी को खुजलाता, मगर उसके भेजे में कुछ ना पड़ता।

बाज़ीगरों के डेरे भीखी और भाईरूपे में भी थे, जहाँ उनकी बिरादरी रिश्तेदारी थी। हो सकता है, वह भीखी गयी हो या भाईरूपे की चली गयी हो। कई दिनों से कटी-कटी सी रहती थी। औरत का क्या भरोसा, कब उसका मन बदल जाय। वैसे तो वे आपस में बीसियों बार लड़ते-झगड़ते रहते थे। मगर उसने कभी भी ऐसा नहीं किया था कि वापस लौट कर ही न आये।

बात सिर्फ़ इतनी-सी हुई थी, उसने सरदारो को ज़रा गहरी नज़र से घूर दिया था। बात थी भी कुछ ऐसी ही। मैंगल रोज़ ही आ धमकता था। बिना कहे-सुने वह चाय बना लेती। कंजर का मनचला जाट, आँखों ही आँखों में हँसता। कहता, "दुल्ले सिंह, ऊँटनी के दूध की चाय बहुत स्वादिष्ट बनती है। गाय, भैंसों तथा बकरी के दूध में वो स्वाद कहाँ?"

दुल्ला सोचता, इस जाट को आखिर ऊँटनी के दूध की ही चाय इतनी मज़ेदार क्यों लगती है? वह मन ही मन कुढ़ता। आखिर एक दिन मैंगल के जाने के बाद उसने सरदारो को बेंत से अच्छा-खासा पीट दिया। फिर ना मैंगल घर में आया और ना ही कभी चाय बनी। सरदारो तभी से ही घुटी-घुटी रहने लगी थी। फिर एक दिन वह रोने भी लगी थी। काफी देर तक वह रोती रही थी। मुँह से कुछ बोली नहीं, मगर उसकी आँखें सूज गयी थीं। वह दुल्ले की ओर सिर्फ़ एकटक देखती रही थी। उसकी नज़र ऐसी थी जैसे उसे बुरा-भला कह रही हो। मानो कोई बहुत बड़ी लानत भेज रही हो। जैसे उससे कुछ पूछ रही हो। उसकी नज़र में दुल्ले के लिए नफ़रत

ही नफ़रत थी। जब से उसने सरदारो को मारा-पीटा था, तब से वह ना ढंग से चूल्हे चौके का काम करती थी और ना ही खुद ढंग से खाती-पीती थी। दुल्ला सोचता, शायद वह मैंगल के साथ ही न निकल गयी हो। मगर ऐसा बुरा विचार पल ही पल उसके दिमाग में आता, जिसे वह यह सोचकर झटक देता कि वह ऐसा नहीं कर सकती। ऐसा करके वह जाएगी भी कहाँ? वह अवश्य भीखी गयी होगी। दो-चार दिन अपने रिश्तेदारों से सुख-दु:ख की बातें कर लौट आएगी। हो सकता है कि भाईरूपे चली गयी हो। तीसरी रात भी दुल्ले को नींद न आयी।

यह दुल्ले की तीसरी शादी थी। पहली पत्नी एक लड़के को जन्म दे कर चली गयी थी। तब दुल्ले की उम्र मुश्किल से बीस बरस की थी। बाद में वह लड़का भी मर गया। दूसरी शादी से उसके चार लड़के हुए, दो लड़कियाँ भी। दूसरी पत्नी बहुत भली थी। काम भी जान लगा कर करती थी। मगर फिर बीमार रहने लगी। दिन पर दिन कमज़ोर होने लगी। आखिर वह भी मर गयी। उस समय दुल्ले की उम्र पचास वर्ष की हो चुकी थी। उसके माँ-बाप मर चुके थे। उसके दोनों बड़े बेटे ब्याहे जा चुके थे और लड़कियाँ भी ससुराल जा चुकी थीं। छोटे दोनों लड़कों के रिश्ते भी पक्के हो चुके थे, मगर अभी शादी नहीं हुई थी। जब तक उसकी पत्नी जीवित रही, परिवार संयुक्त रहा। परन्तु उसकी आँखें बन्द होते ही बहुओं में क्लेश रहने लगा।

वह ऊँटों का व्यापार करते थे। दुल्ले का बाज़ीगर बाप कभी इस गाँव में आया था। फिर यहीं टिक गया था। दुल्ले की इस काम में कोई दिलचस्पी नहीं थी। उसके बाप ने उसका लालन-पालन बहुत लाड़ से किया था, तभी दुल्ला बहुत खूबसूरत नौजवान निकला था। बहुत बलवान था वह, खुराक भी उसकी दैंतों जैसी थी। चलता तो धरती हिलने लगती। ऊँचा कद, सुडौल शरीर। वह ऊँटों के व्यापार में दिलचस्पी लेने लगा। वह अपने बाप से कहता, ''यह क्या हुआ, बस बंदरों की तरह उल्टा-सीधा कूदते-कादते रहो, फिर बदले में दिया गया अनाज इकट्ठा करते रहो, भिखारियों की तरह।'' ऊँटों के व्यापार की ओर उसका मामा उसे लेकर आया था।

दुल्ला ढोल बहुत बढ़िया बजाता था। यह ढोल था उसके बाप का ही। आषाढ़ में वह जाटों के खेतों में चला जाता। जाट उसे अनाज दे देते। उसके साथ ऊँटों पर उसका कोई न कोई बेटा भी होता। अनाज को ऊँट पर लाद वह घर ले आते। फिर उस सारे अनाज को छान-फटकार लेते। खाने के लिए अनाज काफी हो जाता। डंठल और चने का झाड़ ऊँटों के काम आ जाता। मूँग-मोठ का भूसा और गवार की फली का छिलका भी वे इकट्ठा कर लाते थे।

दुल्ले को लगता था, जैसे परिवार में उसकी ओर लापरवाही बरती जाती है। बहुएँ उसका आदर-सम्मान कम करती हैं। बड़े लड़के सीधे मुँह बात नहीं करते।

हर कोई उसे अकेलेपन का एहसास करवाता था। फिर क्या हुआ? उसने एक दिन सरदारो को अपने घर ला बिठाया। सरदारो के माँ-बाप अबोहर रहते थे। वे दुल्ले की ख्याति से परिचित थे। वे जानते थे कि दुल्ला ऊँटों का बड़ा व्यापारी है। वह पन्द्रह ऊँटों का मालिक था। यह सच था कि दुल्ले ने सरदारो के बाप को इसके लिए पैसे दिये थे। बाप ने अपनी अबोहर की बिरादरी की रज़ामंदी से सरदारो को दुल्ले को सौंप दिया था।

उस समय सरदारो सिर्फ़ बीस-बाईस बरस की थी। दुल्ला उसे मन भाये खिलौने की तरह सँभाल कर रखता। बहुएँ मज़ाक उड़ातीं और बातें करतीं। सरदारो बड़ी बहू से भी छोटी थी। छोटी बहू खीझती, "बूढ़े की अक्ल मारी गयी है। क्या जरूरत थी उसे रस उम्र में नयी औरत को घर में लाने की? शर्म उतार कर रख दी इस बूढ़े ने?"

बड़े दोनों लड़के भीतर-भीतर खीझते। एक दिन उन्होंने आपस में मशवरा किया और दुल्ले से कह दिया कि वह उन्हें दो-दो ऊँट दे दे। वे यहाँ नहीं रहना चाहते। जहाँ मन चाहेगा, अपना कारोबार स्वयं करेंगे। दुल्ले ने कोई हील-हुज्जत ना की। उसे भी बहुओं-बेटों के प्रति कोई मोह नहीं रह गया था। बेटों का भी कोई सहारा नहीं था। उसका काम सँभालने के लिए उसके दो छोटे पुत्र उसके पास थे। बड़े पुत्रों को दुल्ले ने आशीर्वाद दिया, "अपनी पसन्द के कोई भी दो-दो ऊँट ले जाओ। सुखी रहो। सुख-शान्ति से रहो, मौज-मस्ती करो। मुझे कोई कमी नहीं है। प्रमात्मा और देगा।"

दोनों पुत्र उस गाँव को छोड़ गये। ऊँटों पर अपना सारा समान लाद कर चल दिये, जो भी उनके बाप ने उन्हें दिया। जाते-जाते बहुएँ सरदारो से कहने लगीं, "लो अम्मा रानी, अब पाँव पसार कर रहो। बुड्ढे को भी अपना शौक पूरा कर लेने दो।"

सरदारो ने कहा, "भई, मैंने तो तुम लोगों से कभी पाँच-तीन नहीं किया। तुम लोग जानो, तुम्हारा ससुर जाने।" सरदारो की आँखें भर आयीं।

दोनों बेटियाँ कभी-कभी दूसरे-चौथे महीने में चक्कर लगातीं। उनके पति और बच्चे भी उनके साथ होते। वह पाँच-सात दिन वहाँ मायके में रहतीं। लड़कियों के आने से सरदारो का मन भी लगा रहता। वे सरदारो को मौसी कहतीं। उससे बहुत प्यार करतीं, कहतीं, "बापू और क्या करता। बहुओं के हाथों की ओर कब तक झाँकता रहता। अच्छा किया जो तुम्हें ले आया। तुम बापू की उम्र की ओर ध्यान न दो, यह वैसे का वैसा ही है।"

दामाद भी सरदारो से खुश होकर बातें करते, मानो वह उनकी साली हो। मगर बुरी निगाह से न देखते। उसे सास का सम्मान देते। सरदारो भी उनकी पूरी

आवभगत करती। उन्हें जल्दी वापस न जाने देती। जाते समय लड़कियों को मायके से पूरे सम्मान से, बाकी सामान देकर भेजती। लड़कियाँ भी उसे दिल से चाहतीं।

दुल्ले को महसूस होता, उसके दामाद ही उसके दोनों बड़े बेटे हों। वह उन्हें समझाता कि वे भी व्यापार में मन लगाएँ। ऊँटों का न सही, भैंसों का धन्धा ही करें। बाज़ीगरों वाले काम में अब क्या रह गया है। अब वह ज़माना नहीं रहा। अपना रोज़गार करके खाओ। अब फिल्मों, सर्कस का ज़माना है, इस उछल-कूद को अब लोग कहाँ देखते, पसन्द करते हैं। वह हँसते हुए कहता, ''छोड़ो अब इस चड्डी का पीछा।''

सरदारो आरम्भ में ही तीसरे नम्बर के लड़के खड्डू के साथ काफी घुल-मिल गयी थी। सरदारो फूल की तरह खिली रहती। चलते-फिरते गीत गुनगुनाती रहती। दुल्ले को तसल्ली थी कि वह कितनी खुश है। उसका यहाँ मन लग गया था। उसे महसूस होता, वह फिर से जवान हो गया है। उसके जिस्म में नयी फुर्ती आ गयी है। वह सरदारो के संग नये खरीदे ऊँटों की बातें करता। उसने सरदारो को ऊँटनियों का दूध दुहना सिखा दिया। फिर सरदारो और खड्डू मिल कर दूध दुहते। तीन ऊँटनियाँ थीं। वह एक-एक घंटा लगा देते। दूध कम दुहते, खीसें ज्यादा निपोरते। दुल्ला उनकी हँसी सुन खुश होता। सोचता, सरदारो की उसके पुत्रों के साथ अच्छी निभती है। छोटा चन्नू चुपचाप रहता। वह गम्भीर था। बहुत कम हँसता-बोलता था। सरदारो उसे भी छेड़ती मगर उसके साथ उसका वह रिश्ता नहीं था।

चारागाह में ऊँटों को दुल्ला और चन्नू ले कर जाते। खड्डू बहाना बनाकर घर भाग आता था। कभी उसका पेट दुखने लगता, कभी उसका दिल खराब होने लगता। कभी उसका सिर-दर्द होने लगता। दुल्ला उसे गालियाँ निकालता। ऊँटों को चराने जब कभी दुल्ला ना जाता तो खड्डू को जाना पड़ता। चन्नू उससे मार खाकर चुप रहता। पल भर के लिए रोता। एक दिन उसने खड्डू को सरदारो के साथ देख लिया था। बस वह दिन और आज का दिन, फिर कभी खड्डू ने चन्नू से कभी कुछ नहीं कहा था। वह उससे डरता रहता था। जब कभी कोई छोटी-मोटी हरकत खड्डू करता भी तो चन्नू के पास उसे डराने के लिए एक ही हथियार होता, ''बताऊँ बापू को ?''

हवेली पूरे एकड़ में फैली हुई थी। सामने बड़ा-सा फाटक। फाटक के दाहिने हाथ को लम्बी-सी नाँद थी और बाएँ हाथ पर बैठक थी। एक सिरे से लेकर दूसरे सिरे तक। इस बैठक में सरदारो का सामान था, पता नहीं क्या-क्या था। आँगन के बाईं ओर दो बड़े-बड़े बरामदे थे। आँगन के आगे लम्बा-चौड़ा दालान था, जिसमें नीम तथा शीशम के वृक्ष थे। सर्दियों में ऊँट एक बरामदे में खड़े रहते या नाँद पर। गर्मियों में उनके लिए दालान था।

सर्दियों में लड़के रात को फाटक के निकट खाटें बिछा लेते और गर्मियों में दालान काफी था। दुल्ला और सरदारो छत्त पर सोते थे। सर्दियों में चौबारे अन्दर और गर्मियों में खुली छत्त पर। बैठक की छत पर दो कमरे थे। लड़के अलग-अलग सोते थे। खड्डू कहीं और चन्नू कहीं। खड्डू जानबूझ कर उसे अपने पास नहीं सोने देता था।

गर्मियों के दिन थे। आसमान पर बादल थे। ठंडी-ठंडी हवा चल रही थी। सरदारो सुबह जल्दी जाग जाती थी। रात के बचे हुए दूध की चाय बनाती। लड़कों को उनके बिस्तरों पर ही चाय के गिलास थमा आती। लोटा भर ऊपर ले आती। दुल्ला कटोरे में डाल कर चाय पीता था।

दालान के एक ओर वह खड्डू को चाय देने जाती तो काफी देर लगा कर आती। बरामदे में लेटे चन्नू की चारपाई के नीचे गिलास को रखते हुए सिर्फ इतना ही कहती, ''उठ जा अब चाय ले ले।''

उस दिन सुबह वह सरदारो के साथ ही जाग गया था। अभी काफी अँधेरा-सा था। दुल्ले के अन्दर कोई बेचैनी थी। सरदारो नीचे उतरी तो वह उठ कर बैठ गया। जँगले के झरोखे में से चोरी-चोरी देखता रहा। उसने रसोई में आग जलाकर चाय बनाई। पहले वह खड्डू की ओर गयी। काफी देर बाद वह उसके पास से लौटी। फिर पास के दरवाज़े में गयी और पल की पल वापस मुड़ आयी। चाय से भरा लोटा ले छत्त पर आ गयी। तब तक पौ फूट चुकी थी। सब कुछ साफ दिखने लगा था। वह बार-बार अपने गालों को रगड़ती। जैसे सोते हुए बाँह पर कड़ा गड़ने का निशान पड़ जाता है। और बन्दा उसे मसल-मसल कर मिटाने का प्रयास करता है। दुल्ले ने अपनी बाँह पर दाँत गड़ाए और फिर दाँतों के निशान दूसरे हाथ के अगूँठे से मल-मल कर समतल करने लगा। सरदारो उसे ऐसा करते देख हँस दी। उसके होंठों पर हँसी तो थी, मगर आँखों में डर तथा हैरानी थी। कहने लगी, ''यह क्या पागलपन कर रहे हो, ''सुबह-सुबह'' ''सुबह-सुबह।'', कह, वह भी हँस दिया।

अगली सुबह जब वह उठी तो दुल्ला उनींदे में था। उसके जाने के बाद वह उठा और कल की तरह जँगले के झरोखे से सट कर बैठ गया। चाय का गिलास ले वह दालान की ओर जाने लगी तो वह भी चुपके से उसके पीछे हो लिया। शीशम के वृक्ष की आड़ में खड़े हो वह चोर-आँख से उन्हें देखता रहा। देखते हुए मानो उसका कलेजा फटने लगा। वह जल्दी से ऊपर आ कर सीढ़ियाँ चढ़ अपनी चारपाई पर लेट गया, जैसे उसने कुछ भी देखा ना हो। कुछ समय के बाद सरदारो ऊपर आयी। उसकी आवाज़ में वही बरकत, वही हँसी तथा चाव था। उस सुबह दुल्ले ने चाय न पी। कहने लगा, ''जी मिचला सा रहा है मुझे बुलाओ ना। चुपचाप लेटे

रहना चाहता हूँ।'' सरदारो ने अपनी चाय खत्म की और शेष बची चाय लेकर नीचे उतर गयी। काम-धन्धे में जुट गयी। दुल्ला काफी दिन चढ़े उठा।

2

दुल्ला उसी दिन से बुझा-बुझा रहने लगा। मुँह में ग्रास डालता तो जैसे उबकाई आने लगती। उसकी खुराक कम होने लगी। चाय का स्वाद बकबका होने लगा। पानी भी कड़वा लगने लगा। खड्डू से वह क्या कहता। उसकी ओर तो वह देखता भी नहीं था। सरदारो की ओर देखते हुए उसकी आँखें लाल होने लगतीं। बात शुरू करने का वह कोई मौका तलाशने लगा। चार दिन बीत चुके थे। ये सारे दिन उसकी हड्डियों को चीरते हुए निकले थे।

उस दिन दोनों लड़के ऊँट लेकर चारागाह की ओर गये हुए थे। दोपहर ढल चुकी थी। सरदारो ने चाय बनाई और कटोरे में डाल उसकी चारपाई के पास जा खड़ी हुई। वह रसोई के आगे नीम की छाया तले पड़ी चारपाई पर लेटा हुआ था।

''नीचे रख दे, मैं उठा लूँगा खुद ही।'' उसकी आवाज़ जैसे कुएँ से निकली हो। भरा हुआ कटोरा सरदारो ने उसके पाए के साथ टिका दिया। वह उठा नहीं, जैसे चाय के बारे में भूल ही गया हो।

''चाय, पानी बन गयी है।'' सरदारो दूर से चीखी।

सरदारो की आवाज़ उसके माथे से टकरायी, जैसे उसके दिमाग में अचानक कोई दस्तक हुई हो। फिर वह स्वयं उठकर उसके पास आयी और उसे चाय पकड़ाने लगी। दुल्ले के हाथ में जैसे जान ही नहीं थी। कटोरा नीचे गिर पड़ा। चाय बिखर गयी। दुल्ला भड़क गया। एकदम चिल्लाया, ''कुतिया, हरामजादी। कहाँ नज़र हैं तेरी?''

''नज़र तो तेरी ओर ही है, जिसके पल्ले बाँध दिया माँ-बाप ने। और किस तरफ देखूँगी मैं।'' उसने भी तीखा जवाब दिया।

''यहाँ अच्छा नहीं लगता तो चली जा यहाँ से। किसी और के पल्ले बाँध देंगे तुझे।''

''अब मैं कहाँ जाऊँ? ज़िन्दगी तो तेरे घर में गल गयी। बूढ़े बैल के गले मुझे मढ़ दिया।''

''बताऊँ तुझे, आऊँ वहाँ?'' दुल्ले ने खड़े हो जूता उठा लिया।

''आ जा, क्या कर लेगा तू मेरा। बहन के यार, कुत्ता कहीं का। धौंस दिखाता है।''

दुल्ले की आँखें के आगे अँधेरा छा गया। उसने चौकी पर बैठी सरदारो को जूतियों से पीट डाला। उसकी पीठ पर लातें जमायीं। सरदारो की चीखें निकल गयीं। उसका अन्तर्मन तक हिल गया। फिर वह सिसक-सिसक कर रोने लगी।

"खुद हरा चरती है, मुझे बूढ़ा बैल कहती है।" दुल्ले ने चारपाई पर लेटते हुए धीमे-से कहा।

"क्या कहा?" दुल्ले की बात सुन सरदारो ने कान खड़े किये।

"क्या-क्या क्यों कर रही है। मैंने खुद तुझे लड़के के साथ मुँह काला करते हुए देखा है। इतनी सुबह-सुबह और कौन-सी चाय उसे तू देने जाती है।" दुल्ले ने काफी सख्ती से कहा।

"कंजर कहीं के, मुझ पर इल्जाम लगाता है तू। कीड़े पड़ेंगे तुझे।" सरदारो बदहवास सी हो गयी।

"कीड़े तुझे पड़ेगे कुत्तिया औरत को। रोज लड़के को तंग करती है। वहाँ माँ-बाप के पास भी पता नहीं क्या-क्या करती रही होगी। तभी तो कोई बच्चा नहीं हुआ तुझे।" दुल्ले की सख्त और ऊँची आवाज़ ने सरदारो का जी जला दिया।

वह उठी और उसने दुल्ले की दाढ़ी पर झपटा मारा। साथ ही कहने लगी,"बता, और कौन-कौन से लांछन लगाएगा तू, कुत्ते की औलाद?"

दुल्ले ने धक्का देकर उसे दूर गिरा दिया। चारपाई के पास पड़ी बेर की लकड़ी उसके हाथ आ गयी। उसने लगातार सरदारो को पीटना शुरू कर दिया, जैसे कोई रुई को धुनता है। ज़मीन पर पिटते हुए वह भी लगातार बड़बड़ाती जा रही थी, "मार ले, और मार ले, जितना मारना है मुझे। बेशक जान से ही मार डाल मुझे। गँडासे से गला ही क्यों नहीं काट देता मेरा?" फिर बोली, "जा, मैं सोती हूँ, खड्डे के साथ। अब कर ले जो तुझे करना है।" उसने अपने सीने पर ज़ोर से हाथ मारा, "कर ले, जो तू कर सकता है। दुल्ले औ दुल्ले। मैं तेरी औरत नहीं, खड्डू की औरत हूँ।"

बेजान-सा दुल्ला खाट पर जा गिरा। सरदारो को इतना पीटने के बाद जैसे उसके हाथ-पैर बेजान हो गये थे। उसके मुँह से कोई आवाज़ न निकली। सरदारो अभी भी रो रही थी। दुपट्टे से आँसू पोंछती, विलाप भी करती जाती। अपने माँ-बाप को गालियाँ देती, उनके बेटों को रोती, जिन्होंने बाप की उम्र के आदमी के साथ उसे विदा कर दिया था। फिर वह स्वयं को कोसने लगी। ईश्वर को कोसने लगी। ईश्वर ने उसे जीवन दिया ही क्यों? अच्छा होता, उस पर जवानी आयी ही न होती। बुरे कर्म। वह स्वयं से कहती जा रही थी, "इस अभागे दिल का क्या इलाज है, मेरे पास? हाय! पानी का बहाव, नीचे की ओर ही बह गया।"

खड्डू उस दिन शाम को हवेली न आया। मालूम नहीं कहाँ था? गाँव में या

कहीं और चला गया था। चन्नू ऊँट लेकर लौटा तो दुल्ला चौबारे में था और सरदारो वैसे की वैसे ही आँगन में नीम तले औंधे मुँह पड़ी हुई थी। न हिली न डुली। चन्नू ने ऊँटों की नकेलें खोल दीं और उनके पैरों में जंज़ीरें बाँध दीं। उसने सरदारो के पास आ उसे पुकारा, ''मौसी।'' वह उठकर फफक-फफक कर रोने लगी। चन्नू ने उसे पानी लाकर दिया। उसने पानी पी लिया, उसे असीस दी, ''जीता रह।'' फिर पूछा, ''वह कहाँ है, खड्डू? मेरी जान का दुश्मन।'' चन्नू ने कोई जवाब न दिया।

अँधेरा होने पर, चन्नू ने लालटेन जला दी। ऊपर जाकर एक बार बापू को देख आया। चन्नू सब समझ गया। वह जानता था, यह बात कभी-न-कभी सामने आएगी ही। चन्नू ने खुद ही दाल चढ़ाई और आटा गूँथ कर रोटियाँ बना लीं। थाली में रोटियाँ, दाल और प्याज रख वह चौबारे गया और बोला, ''बापू, ले रोटी खा ले।''

दुल्ला चुपचाप खाना खाने लगा। खाते समय भी वह पता नहीं किन ख्यालों में डूबा हुआ था। उसकी निगाह कहीं दूर थी। खाने की ओर उसका ध्यान था ही नहीं। वह मुश्किल से दो रोटियाँ ही खा पाया। पानी पिया और खाट छत पर डाल, लेट गया।

चन्नू बर्तन उठाने आया तो उसने पूछा, ''खड्डू।''

''वह तो शायद उनके पास चला गया?''

''किसके पास?''

''बड़े भाईयों के पास।''

दुल्ला समझ गया। फिर पूछा, ''तेरी मासी ने रोटी खा ली?''

''नहीं, अभी देता हूँ जाकर। वह कुछ बोल नहीं रही।''

''कह सुनकर उसे रोटी खिला दे। अब क्या हो सकता है। आखिर बन्दा ही है।'' दुल्ले के मन में सरदारो के प्रति जैसे हमदर्दी जाग उठी।

''रोटी तो मैं खिला ही दूँगा बापू।''

''ऊँटनी का दूध भी दुह ले फिर।''

''मैं सारे काम खुद ही कर लूँगा।'' बर्तन उठा चन्नू नीचे उतर गया।

मिन्नत कर उसने सरदारो को दाल के साथ एक रोटी खिला ही दी। ग्रास उसके गले से मुश्किल से ही नीचे उतर रहा था। लालटेन की रोशनी में चन्नू ने देखा, उसके माथे पर एक बड़ा-सा गुडम्मा उभर आया था। उसके हाथों की अंगुलियाँ सूज गयी थीं। जिस कारण वह बहुत मुश्किल से रोटी खा पा रही थी। रोटी चबाते हुए उसके दाँत भी दुख रहे थे। पानी पी-पी कर वह रोटी निगल रही थी। खाना खाने के बाद वह उठ कर जैसे ही चलने लगी, गिर पड़ी। चन्नू ने उसे सहारा देकर खाट पर लिटा दिया। खाट पर पड़े-पड़े उसने कराहते हुए कहा, ''चूल्हे की आग पर एक ईंट गर्म कर दे चन्नू।'' रोटी खाता चन्नू समझ गया कि आज बापू ने कुछ

ज्यादा बेरहमी से ही पीट डाला है।

पहले उसने बर्तन माँजे, फिर ऊँटनी का दूध गर्म किया, फिर चूल्हे से ईंट निकाल कर उसे पानी में डाल दिया। कपड़े में ईंट के टुकड़े को लपेट कर वह सरदारो के पास आ बैठा। पूछने लगा, ''मासी, कहाँ-कहाँ सेंक दूँ। ठीक से लेट जा।''

वह फिर भर्रायी, ''कोई जगह छोड़ी हो तो बताऊँ। सारी जगह सिंकाई कर दे। ईंट ज्यादा गर्म तो नहीं?''

''नहीं मासी, इतनी गर्म भी नहीं। तू पहले औंधे मुँह लेट जा।'' पहले चन्नू ने उसके कन्धे सेंके। फिर पूरी पीठ सेंकी। कूल्हे, जाँघें, फिर पिंडलियाँ। सभी अंगों पर काफी चोटें थीं। वह फिर सीधी लेट गयी। जाँघें, बगलें, छातियाँ, कन्धे, बाँहें, कुहनियाँ, माथा—। वह करीब एक घंटे तक उसकी सिंकाई करता रहा। ईंट अब ठंडी होने लगी थी। सरदारो का रोम-रोम उसे आशीष दे रहा था। इतनी सेवा तो अपना सगा बेटा भी नहीं करता। उसने आधा कटोरा दूध भी लाकर सरदारो को पिला दिया। ऊपर खेस दे दिया। कहने लगा, ''पसीना आएगा तो बदन खुल जाएगा मासी।''

अगले दिन बड़ी लडकी करमो आ गयी। वैसे ही पूरे परिवार सहित, बच्चे, पति और साथ में अपनी दो बकरियाँ भी ले आयी थी। घंटा-आध बीतने के बाद दुल्ला अपनी बेटी करमो को लेकर अलग कमरे में बैठ गया। उसने सारा किस्सा बेटी को कह सुनाया। बाप-बेटी में आपसी समझदारी थी। यह तीसरी शादी भी उसने करमो की सलाह से की थी। वह पिता का दुख-सुख बाँटती थी। ''अब खड्डू कहाँ है?'' करमो ने पूछा। उसने कोई समाधान निकाल लिया था शायद।

''बड़ों के पास है, चन्नू बता रहा था। वह उनके पास चला गया है।''

''हम सुबह ही चन्नू को भेजते हैं उसके पास। वह कहेगा कि करमो आयी हुई है।'' करमो ने सुझाया।

''उसे यहाँ बुलाकर क्या करेगी तू। कहीं मेरा उसके साथ लड़ाई-झगड़ा ना हो जाय। बाप-बेटा आपस में ही न मार डालें एक-दूसरे को।''

''नहीं बापू, तुम समझदारी से काम लो। मेरी बात सुनो। बेटा हाथ से गया तब भी बुरा होगा, यह निकल गयी तो भी अच्छा नहीं होगा। खड्डू को आ लेने दो, मैं फिर जाऊँगी गिद्दडबहे।''

''गिद्दडबहे?''

''हाँ, वहीं रह रहे हैं न वो आजकल?''

''हाँ, वहीं उनका स्थायी डेरा है।''

खड्डू शाम को ही चन्नू के साथ आ गया। बहन ने अलग बिठा कर उसे

समझाया। वह चुपचाप सुनते हुए, हर बात मानता गया।

अगले दिन करमो अकेले ही गद्दडबहे के लिए चल दी। थंमणवाले से रेलवे स्टेशन सात मील की दूरी पर था। रास्ते में सिर्फ एक ही गाँव टिब्बा पड़ता था। थंमणवाले से टिब्बा से रोडूशारु का रेलवे-स्टेशन दो मील आगे था। वह लगातार पैदल चलती गयी। वहाँ से गाड़ी पर बैठ बटिंडा जा पहुँची। बठिंडे से फिर गिद्दडबहे। पूछ कर बाज़ीगरों के डेरे जा पहुँची। वहाँ उनकी दस-बारह झुग्गियाँ थीं। खड्डू के ससुर का नाम लिया। सामने ही थी बन्तू बाज़ीगर की झुग्गी। अल्हड़ उम्र की दो लड़कियाँ झुग्गी के बाहर बैठी थीं। कोई काम कर रही थी। बन्तू और उसकी घरवाली झुग्गी में नहीं थे। झुग्गी के अन्दर एक जवान लड़का एल्युमिनियम के कटोरे में लस्सी डाल, लाल मिर्च के आचार के साथ रोटी खा रहा था। उसने लड़के को बताया कि वह थंमणवाले से आयी है, दुल्ले की लड़की। बाहर बैठी लड़कियों के कान उनकी बातों की ओर आ लगे। थंमणवाले का नाम सुनकर उनका कलेजा धड़कने लगा। माँ-बाप अक्सर ही थंमणवाला की बातें करते थे। करमो ने अन्दाज़ा लगाया, यही वह दो लड़कियाँ हैं, जिन्होंने उसके मायके में बहुएँ बनकर थंमणवाले आना हैं।

बन्तू तथा उसकी घरवाली शाम तक न लौटे। लड़के के पैर पर चोट आयी हुई थी। पैर सूज कर कंडा बना हुआ था। चलना तो दूर, टाँग मुश्किल से हिल रही थी। लड़कियों ने तंदूर पर रोटियाँ पकाईं। खट्टी लस्सी पड़ी थी, उसकी कढ़ी बना ली। उन्होंने अपनी ओर से स्वादिष्ट खाना बना कर ननद को परोसा ताकि वह प्रभावित हो सके और खाने में कोई कमी न निकाल सके।

उस रात करमो को वहीं रहना पड़ा। लड़कियों के माँ-बाप काफी देर से आये और यह जानकर खुश हुए कि समधी की बेटी आयी हुई है।

करमो ने सोच-समझ कर बात शुरू की। कहने लगी, ''लड़कों की अपनी सौतेली माँ से बनती नहीं। उसका बाप परेशान है। ब्याह जल्दी करना होगा।''

समधिन बोली, ''बेटी, हम तो पहले से ही तैयार हैं। हम तो आप लोगों की ओर से सन्देश का इन्तज़ार कर रहे हैं।''

बीस दिनों बाद की ब्याह की तिथि तय कर दी गयी, उन्होंने अपनी बिरादरी के लोगों को भी बुला लिया। दोनों लड़कियों का रिश्ता करमो की ससुराल की ओर से तय किया गया था। तब लड़कियाँ काफी छोटी उम्र की थीं। लड़के भी अभी किशोर ही थे।

तय तिथि पर दुल्ला अपने लड़कों को लेकर गिद्दडबहे आ गया। साथ में बिरादरी के अन्य लोग भी थे। दोनों बेटियाँ-दामाद, उनके बच्चे। बड़े दोनों पुत्रों तथा बहुएँ भी थीं। सभी ने दिल खेल कर शराब पी। गिद्दडबहे वालों ने बकरा भी

बनाया।

विवाह के दस दिन पहले करमो समझा-बुझा कर सरदारो को अबोहर छोड़ आयी थी। वह वैसे भी करमो की बात मान लेती थी।

3

खड्डू की बहू को आये अभी मुश्किल से एक महीना ही हुआ था कि वह थंमणवाला से जाने की तैयारियाँ करने लगे। विवाह के बाद से ही करमो वहीं पर थी। दुल्ले ने उसे जाने नहीं दिया था। कहने लगा, "जितनी देर तक खड्डू यहाँ से कहीं और चला नहीं जाता, तब तक तुम्हें यहीं रहना है चुपचाप। बच्चों के लिए खाने-पीने की कोई कमी नहीं। दामाद भी यहीं रह कर मौज करे।"

ससुर-दामाद रोज़ शाम के वक्त पीने लगते। दामाद को दुल्ले की आन्तरिक पीड़ा की कोई जानकारी नहीं थी। वह पशुओं की बातें करता। दुल्ले उसे ऊँटों की आदतों के बारे में दिलचस्प बातें सुनाता। कहता, "आदमी से ज्यादा दिमाग़ होता है इस जानवर में। सारी बात समझ लेता है, मालिक से बहुत प्यार करता है, नफरत भी पूरी। यों कोई भी इन्हें बेवजह मारे-पीटे तो उससे पूरा बदला भी लेता है।"

"बदला, वो कैसे?" दामाद पूछता।

"जान ले लेता है बस। इसके काबू में एक बार बन्दा आ जाय बस। पैरों से मसल कर मार देता है या उसे गिरा कर उस पर बैठ जाता है। जब तक बन्दा मर न जाय, छोड़ता नहीं। जबड़े में भर ले तो चिथड़ा करके रख देता है।"

दामाद बहुत हैरान होता। उसकी जैसे दारू उतरने लगती। कहता, "फिर तो इससे बच कर ही रहना चाहिए। ऊँटों की बजाय बैल, घोड़े ही ठीक हैं।"

दुल्ला और किस्सा सुनाने लगता, "एक बार एक आदमी ने नाजायज ही ऊँट को पीट डाला। आदमी के हाथ में नकेल थी, वह मार खाता गया। रिरियाता भी गया। आदमी अगले दिन बीस मील दूर किसी रिश्तेदारी में गया। जून का महीना था। सिर धोकर वह आदमी छत पर जाकर सो गया। रात को उस ऊँट ने कुछ भी न खाया। सिर्फ रिरियाता रहा और आस-पास झाँकता रहा। आधी रात को मालूम नहीं वह कैसे जंज़ीर से बाहर निकल आया। उसने पीटने वाले के पद-चिह्नों को सूँघा और आगे बढ़ने लगा। सूरज उगने से पहले वह उस गाँव के उस घर की छत के नीचे जा खड़ा हुआ, जिस छत की मुंडेर के ऐन पास खाट पर वह आदमी सो रहा था। उसके सिर के खुले बाल नीचे लटक रहे थे। ऊँट ने गर्दन ऊँची कर उसे बालों से खींच लिया और नीचे ला पटका। पैरों के नीचे ऐसे कुचल दिया मानो कोई कीड़ा-

मकोड़ा हो। बस कहर ही बरपा दिया उसने। इतना द्वेष होता है इस पशु में।''

इन दिनों सरदारो अभी तक अबोहर से लौटी नहीं थी। करमो उसे छोड़ने गयी, समझा गयी थी कि बापू उसे ले जाएगा। तुम खुद नहीं आना। बस इसी में तुम्हारी भलाई है।

करमो को जब भी मौका मिलता, खड्डू को समझाने लगती। उसकी बहू को भी। खड्डू से कहती, ''क्लेश से निकल जा भईया। अपना घर बना ले। सयाना बन। मेरे बराबर का है, और कैसे तुझे समझाऊँ।''

बहू से कहती, ''सौतेली तो सौतेली ही रहती है। कितनी भी करेगी, आखिर में सिर में राख ही पड़ेगी। क्या लगती है तू उसकी। बेबे होती तो तेरे संग सौ लाड़ करती। मैं भी कितनी देर तक बाप के घर में बैठी रहूँगी। निकल जाओ यहाँ से कहीं और। प्रमात्मा तुम्हें सुखी रखे।''

करमो की सलाह से दुल्ले ने खड्डू को दो ऊँट दे दिया, जैसे बड़े दोनों पुत्रों को दिये थे। यह भी कह दिया, ''इससे कह अपनी मर्ज़ी के दो ऊँट ले जाए। मुझे कोई एतराज़ नहीं है।''

दोनों ऊँटों पर सामान लाद कर पहले वह बड़े भाइयों के पास गया। वह हँसने लगे, ''आ जा, आ जा तू भी? एक ही रह गया, वह भी आ जाएगा कभी। बापू को करने दो ऐश। लूटने दो बहार। नयी जवानी चढ़ी है उस बूढ़े खूसट कुत्ते को।''

खड्डू के जाने के बाद करमो ही गयी अबोहर। वहाँ जाकर बताया कि बापू बीमार है। आ नहीं पाया। उसने सरदारो के माँ-बाप के आगे झूठ बोला कि खड्डू की मासी के साथ बनती नहीं थी। रोज़ ही क्लेश रहता था। इसलिए उसका ब्याह कर दिया और उसे घर से विदा कर दिया, दो ऊँट देकर। छोटा लड़का चन्नू अच्छा है। उसकी मासी के साथ अच्छी पटती है। उसकी बहू भी सीधी है। उनकी मांसी के साथ पूरी तरह से निभ जाएगी।

सरदारो को मालूम था कि करमो चालें चल रही है। उसके माँ-बाप को खुश करने की कोशिश कर रही है। उन्हें तो सरदारो के साथ खड्डू के नाजायज़ सम्बन्धों की कोई भनक नहीं थी। सरदारो आज्ञाकारी पालतू जानवर की भाँति उठ कर करमो के साथ चल दी।

फिर तो करमो दो ही दिन थंमणवाला में रही। दुल्ले से कहने लगी, ''ले बापू, अपनी सारी बातें पूरी हो गयीं। लड़के भी ब्याहे गये और खड्डू भी चला गया। चन्नू ऐसा लडका नहीं है। अब तुम पूरी नज़र रखना। मासी का एतबार ना करना अब। मगर उसे डाँटना-फटकारना भी ना। औरत एक बार दहलीज से बाहर कदम निकाल दे, फिर उसकी इज़्ज़त बाकी नहीं रहती। अब तुम समझदारी से काम

लेना, समझे।''

करमो अपने परिवार के साथ घर से चली गयी तो दुल्ले का घर-परिवार फिर से पुराने ढर्रे पर लौट आया। चन्नू की बहू मानी घर का सारा काम करती। सरदारों को बेटे-बहू ने रानी बना दिया। चन्नू कहता, ''मासी, तू चाहे तिनका भी ना तोड़। मानी सब करेगी। बस तू बापू के साथ रहा कर। बापू जिस कारण तुझे ब्याह कर लाया था, उसे सुख मिलना चाहिए। तू अपने मन पर किसी भी बात का बोझ न रखना।''

सरदारो को लगता जैसे उसे खुली जेल में कैद कर दिया गया हो। उसके लिए कोई काम ही बाकी नहीं रहा था। यह बहुत बड़ी सज़ा थी।

सरदारो का रंग गेहुँआ था। आँखें काली और मोटी। चेहरा लम्बूतरा। नाक छोटी पर तीखी। दाँत बहुत सफेद और सुन्दर। हँसती तो कलियों के समान चमकते। कद इतना लम्बा भी नहीं था, मंझोला भी ना था। बस नपा-तुला कद था। वह घाघरा पहनती। गोल पिंडली तक टाँगें नंगी रहतीं। पैरों में कढ़ी हुई नागरा जूती, खड़े नोक वाली। उसके पास तीन घाघरे थे—काला, नीला और लाल। कुरते भी तीन। दुपट्टे को सिर पर लपेट लेती। उसके नाक में पड़ा सोने का लौंग चमकता रहता। मगर लगता, यदि नाक थोड़ी और ऊँची और उठी हुई होती तो वह और भी बाँकी लगती। कानों में बड़े-बड़े बाले। हाथों में चाँदी की चूड़ियाँ शादी के अढ़ाई-तीन साल गुज़र जाने पर भी वह ऐसे लगती जैसे कल हो गौने के बाद ससुराल आयी हो। नहा-धो कर रहती। मज़ाल है कहीं भी मैले कपड़े पहने। आँखों में काजल की लम्बी धार बाहर तक निकली रहती। दूसरे को नज़र गड़ा कर देखती। पलकें न झपकाती, दूसरे की नज़र बेशक नीची हो जाये।

उसे किसी भी चीज़ की कमी नहीं थी। फिर भी वह शिकायतें करती रहती कि उसके पास एक भी घाघरा नहीं है। कुरते पुराने हो गये हैं। उसके दुपट्टे घिस गये हैं। वह दुल्ले के सामने दुपट्टा फैला कर दिखाती, कहती, ''ऊँ हूँ। बड़ा ऊँट का व्यापारी बना फिरता है। मुझे लाया किसलिए था? क्या सुख मिला मुझे तेरे इस बाड़े में आकर। मुझे मंडी से नए कपड़े और जूती लाकर दे।''

ऐसी फरमाइशें वह तभी करती, जब रात को दुल्ला उसे बाजू से पकड़ अपनी खाट पर खींचता। वह कुछ ज्यादा ही बोलने लगती तो वह कहता, ''अच्छा बाबा जो कहेगी, ले दूँगा।'' हामी भरवा कर वह फिर कई दिनों तक दुल्ले का पीछा ना छोड़ती। उस पर दबाव डालती, ''चल फिर मंडी। मुझे सारी चीज़ें लेकर दो।''

वह हिसाब लगाकर उसे पैसे पकड़ा देता। दुगुने पैसे ही देता, कहता, ''मानी को साथ ले जा। मैं क्या करूँगा जाकर। इसे भी ले देना, जो यह कहे।''

वह नोट गिनती, फिर दुल्ले पर फेंक देती, ''इतने पैसों से तो मुश्किल से मेरा ही सामान आएगा। मानी को कहाँ से लेकर दूँ?''

वह नोट उठाकर जेब में डाल लेता। लेने वाली चीज़ों का हिसाब-किताब लगाकर बताता। वह साथ ही साथ गिनवाती जाती। वह कुछ मानता, कुछ ना मानता। वह पूरी बहस करती। पहले वाले पैसों से आधे पैसे और वह अपने बटुए से निकालता। फिर सारे पैसे उसे पकड़ा कर कहता, ''अब कुछ ना बोलना। मेरे पास बस इतने ही हैं।'' वह कुछ-कुछ मान जाती। अगले ही पल मानी के साथ मंडी जाने का मशविरा करने लगती। उसके ससुर को बुरा-भला भी कहती। 'बूढ़ा कंजर' कह उसे गाली भी देती। मानी चुप ही रहती। उसने कभी कुछ नहीं माँगा था। ना सरदारो से न चन्नू से। ससुर के सामने तो वह जाती ही नहीं थी।

खड्डू को याद कर दुल्ले का मन उदास रहता। कभी वह खड्डू को बुरा-भला कहता, कभी सरदारो को। आखिर में सरदारो ही उसका निशाना बनती। मन में सोचता, यही खराब है। लड़के को फँसा लिया इसने। वह कहाँ खराब था। दुल्ले का ज़िन्दगी से विश्वास ही उठ गया था। उसने सारे पशु बेच कर तीन ऊँट रख लिये और एक ऊँटनी। कभी किसी ऊँट का सौदा हो जाता तो उसके दाम ले, वह नया ऊँट खरीद लेता। मगर इतने पशु ही अपने पास रखता।

अब उसने मुक्तसर की मंड़ी में जाना भी छोड़ दिया था। राजस्थान में जाने के बारे में तो वह सोचता ही नहीं था। उसका मन कहता, ''क्या करना है अब व्यापार करके। क्या रह गया उसके पास अब, एक ही लड़का। क्यों पैदा की इतनी औलाद? तीसरा ब्याह ही क्यों करवाया? जान आफत में डाल ली। इसने तो अभी से अपने रंग दिखा दिये हैं, मरने के बाद पता नहीं क्या गुल खिलाएगी?''

चन्नू अकेले ही ऊँट लेकर चारागाह में जाता। दुल्ला सारा दिन घर में पड़ा रहता। कभी मन करता, उठकर आँगन में चक्कर लगाने लगता। बेमतलब ही गाँव की गलियों का चक्कर लगा आता। जी करता तो दालान में बैठ कर ढोल बजाने लगता। लगातार बजता ढोल गाँव की फिज़ा में नयी रुह भर देता।

ऊँट चारागाह में जाकर झरबेरी के पत्ते खाते। रेरू, जंड, करीर या किकर की फुनगियाँ चबाते। शीशम के पत्ते खाते। शीशम के पत्ते ज्यादा खा लेते तो उन्हें लाल पेशाब आता। चन्नू भखड़ा खरीद कर ले आता और उसके छोटे-छोटे टुकड़े कर चारे में मिला देता। ग्वार की ऋतु होती तो हरा ग्वार कुतर कर चारा में मिलाता। ऊँट करारी चीज़ें बड़े चाव से खाते हैं। पहले भर पेट खाते, पानी पीते, फिर जुगाली करने लगते। जुगाली करता ऊँट बच्चों के लिए मनोरंजन का शुगल बन जाता। पेट में से चलता हुआ कोई गोला सा उसके मुँह तक आता। फिर कुछ देर बाद चबा-चबा कर खाने पर वह पेट में चला जाता। तभी एक अजीब-सी आवाज़ सुनाई देती। पेट से मुँह और मुँह से पेट की ओर आते-जाते एक दिलचस्प नज़ारा पेश करते।

दुल्ले के मन की अजीब हालत होने गली। कभी वह सरदारो को बहुत चाहता। उसे आलिंगन में भर लेता और धीरे-धीरे भींचता। वह उसे गुड़िया-सी लगती।

कमर- से उठा कर उसे फिरकनी सा घुमा देता। सरदारो फटकारती, ''बस कर बुड्ढे। तेरी कोई नस चटक जाएगी रोगी बन कर रह जाएगा। क्यों दिखावा करता है, तेरे अन्दर तो कुछ है नहीं।''

उसे खड्डू याद आता तो वह सरदारो को पापिन समझता। वह उसे चूसी हुई गुठली लगती। वह निराश हो जाता और आहें भरता। मन की ऐसी स्थिति में भी वह ढोल बजाने लगता। ढोल बजा कर उसका मन शान्त हो जाता। ढोल बजाते समय वह जैसे प्रभु की शरण में जा पहुँचता। उसे महसूस होता, ढोल से निकलने वाली आवाज़ जैसे किसी दु:खी जानवर की आवाज़ हो। किसी अत्यन्त दु:खी आदमी के लगातार रोने की आवाज़।

मगर जब उसकी सारी इन्द्रियाँ एकाग्र होतीं, नसों में खून का बहाव अपनी गति से बह रहा होता तो वह सरदारो को निर्दोष समझता। स्वयं को अधिक दोषी। उसका इतना अन्तर देखकर उसे सरदारो पर तरस आने लगता। उसे लगता जैसे उसने सरदारो को पूरी तरह से खण्डित कर दिया हो। भरी-पूरी औरत वह रही ना हो। वह खुद को गुनाहगार महसूस करने लगता। यदि वह सरदारो को ब्याह कर ना लाया होता तो उसका घर उजड़ा न होता। सारे लड़के इसी परिवार में साथ रहते। घर में मेला लगा रहता। उसने अपने शारीरिक सुख को तरजीह दी, लड़कों को धकेल दिया।

4

चौथे दिन दुल्ला बहुत उदास था। पहले तो सुबह ही सुबह वह दालान में खड़ा हो ढोल बजाने लगा। ढोल बजाते-बजाते गहरे ख्यालों में उतर गया। डंडी वाला हाथ ढोल पर आ टिकता। अकेली छड़ी बजते-बजते बन्द हो जाती। वह बुत बना खड़ा रहता। फिर गले से ढोल उतार नीचे रख देता। खुद भी ढोल के पास बैठ जाता, उसे महसूस होता, ढोल अभी भी बजता जा रहा हो। उसके कानों को ज़ोर-ज़ोर से डग्गा बजने की आवाज़ सुनाई देती। वह काफी देर तक ऐसे ही बैठा रहता। सरदारो के बारे में ही सोचता जाता। आखिर गयी कहाँ? उसका मन कहता, मैंगल के साथ उसकी कोई बात थी भी तो क्या हुआ। सरदारो उसके पास तो थी। उसे रोज़ नज़र तो आती थी। मगर उसे जाना नहीं चाहिए था। यह उसने अच्छा काम नहीं किया। वह उसे अकेला छोड़ गयी। चन्नू और बहू की कोई मौजूदगी दुल्ले को घर में नज़र ना आती। जैसे वह हवेली में हो ही ना। हवेली में सरदारो नहीं तो कोई भी नहीं था। वहाँ कुछ भी नहीं था। वह स्वयं पर लानत भेजता। उसे सरदारो को मारना-पीटना नहीं चाहिए था। मुँह से जो मर्ज़ी उसे कहता रहता। ज़बान चलाने से सरदारो का क्या बिगड़ जाता। दुल्ले का मन टूटने लगता। वह घोर-निराशा के बहाव में गले-गले तक डूब जाता। फिर खड़ा होता और ढोल को नीचे से उठा कर गले में

लटका लेता। ढोल फिर ज़ोर-ज़ोर से बजने लगता।

सुबह के पक्षियों का पूर्व की ओर जाना बन्द हो गया। धूप चमकने लगी तो वह हवेली के बाहर आकर खड़ा हो गया। हाथ ऊपर उठाकर अँगड़ाई लेने लगा। उसने देखा, परे कुएँ की जगत पर कुछ आदमी बैठे थे। वे कोई बात कर, आपस में हँस रहे थे। दुल्ले को उनकी हँसी ज़हर-सी लगी, जैसे वे लोग सरदारो के बारे में बातें कर हँस रहे हों। गाँव के लोग कितने बुरे हैं। उसने मन ही मन उन्हें बुरा-भला कहा। वह उनकी ओर ही चल दिया। सामने मैंगल बैठा था। वह और निकट गया तो मैंगल उसे साफ नज़र आया। दुल्ले को तसल्ली हुई कि यह तो यहीं बैठा है। फिर सरदारो कहाँ है ? उसने मैंगल से नज़र ना मिलाई। वह एक कदम भी न रुका। कुएँ की जगत से आगे वह बाहर की ओर चल दिया। चलता गया, जैसे परे खेतों में जंगल-पानी के लिए जा रहा हो। वह बेमतलब ही किनारे-किनारे चलता गया, कभी उसका पैर पहिए से बने गहरे हिस्से में जा धँसता तो उसे अपने ख्यालों में खोए होने का एहसास होता तो उसके ख्यालों की लड़ी टूट जाती। उसका पक्का अनुमान था कि वह रूठ कर गयी है। भीखी या भाईरुपे में जा बैठी है, नहीं तो पक्की बात, वह अबोहर अपने माँ-बाप के पास चली गयी है।

बेटे-बहू के साथ उसने कभी सरदारो के बारे में कोई बात या चर्चा नहीं की थी। वह जानते थे कि बापू उदास है। वे उसे चाय-रोटी समय पर दे देते। दुल्ला चुपचाप खा-पी लेता। कभी-कभी रोटी न भी खाता। मन नहीं कर रहा, कह कर वापस लौट देता।

चन्नू ऊँट लेकर बाहर जा चुका था। दुल्ले ने बहू से कहा, "अच्छा भई मानी, मैं भीखी जा रहा हूँ। क्या मालूम वहीं बैठी हो। मैं पता करके आता हूँ।"

भीखी बड़े तालाब के किनारे बोड़ावाल के रास्ते में पड़ता था। वहाँ बाज़ीगर रहते थे। दुल्ले ने जाकर सारी बात बताई। वह हैरान थे। यहाँ तो वह आयी ही नहीं। यहाँ वह पहले भी कभी अकेली नहीं आयी थी। दुल्ला वहाँ शाम को पहुँचा था। वह दारू पीने लगे। दारू पीते दुल्ला सरदारो की बातें ही करता रहा। बीच-बीच में उसकी आँखें भर आतीं। दूसरे आदमी चुपचाप उसकी बातें सुनते रहे। कभी उसे धीरज देने लगते, "अरे, क्यों परेशान होता है, दुल्ले, आ जाएगी वह। कहीं नहीं गयी होगी। अबोहर जा, वहीं बैठी होगी। अब दारू पी ले आराम से। क्यों बेकार की चिन्ता कर रहा है, हमारा भी दिल दुःखी कर रहा है। तेरी बातें सुन-सुन कर साला नशा ही नहीं हो रहा।"

रात बिता दुल्ला सुबह जल्दी ही बुढ़लाड़े की ओर चल दिया। गाड़ी से वह बठिंडे पहुँच गया। बठिंडे से अबोहर। अबोहर वाले दुल्ले को देखकर बहुत खुश हुए। बच्चे शोर मचाने लगे। उसने पानी इत्यादि पिया। सास उससे सरदारो के बारे

में पूछने लगी। दुल्ला ऐसे ही छोटे-मोटे जवाब देने लगा। सास की बातों से वह समझ गया कि सरदारो वहाँ नहीं है। वह कुछ देर ही वहाँ बैठा। उसने बहाना बनाया कि वह ऊँटों की बिक्री के सिलसिले में यहाँ आया था। कई गाँवों में उसने पशु देखे हैं। सौदा कहीं बना नहीं। फिर कभी चक्कर लगाएगा। शाम होने वाली थी। वह वापस स्टेशन पर आ गया। उसने सोच लिया था कि जो भी गाड़ी आएगी, वह उस पर चढ़ बठिंडे पहुँच जाएगा। गाड़ी आधी रात के बाद आयी। उतनी देर तक वह स्टेशन पर ही बैठा रहा। कुछ ढाबे थे, एक ढाबे पर उसने रोटी खा ली।

स्टेशन के एक बैंच पर पड़ा वह सरदारो के बारे में कम और अपने बारे में ज्यादा सोच रहा था। बीच-बीच में उसे झपकी-सी भी आ रही थी। आँख बन्द होती और झटके से फिर खुल जाती। वह अपने आप से ही कहता, ''क्या करना था इस तीसरे ब्याह से? अपनी जान काँटों में घसीट ली। अब लगा है उसे ढूँढ़ने। इस बेहया औरत के कारण ही सारा घर बर्बाद हो गया।''

वह सोचता, यदि उसकी पहली बीवी ही जीवित रहती तो दूसरी क्यों आती। दूसरी ने छः बच्चे जने। पहली का एक शेर ही काफी था। क्या करना था, दूसरी से इतनी औलाद पैदा करके। वे भी कौन-सा पास में रहे। लड़कियाँ तो वैसे भी पराया धन होती हैं। बड़े तीनों लड़के भी गये। उनका जैसे इस परिवार से कोई लेना-देना ही न रह गया हो। पहली बीवी जीवित होती और पहला लड़का जिन्दा होता तो उसके बराबर का होता। चलो, पहली का तो कोई नामो-निशान ही नहीं रहा। दूसरी खुद तो जीती रहती, अभागी। यह दूसरी बड़ी नेक थी। कितना भी बाहर घूम-फिर आये, शाम को घर पर ही होती। उसने कभी कोई शिकायत नहीं की थी। वह तो प्रमात्मा का रूप थी। उसका उसके साथ कभी किसी बात पर कोई झगड़ा भी नहीं होता था। यह सरदारो तो जब से आयी है, उसे झुलसा दिया है। हे भगवान! क्या-क्या बातें हो गयी हैं। कभी किसी ने सुना था। उसने अपनी ज़िन्दगी में, भई अपना लड़का ही....। कुतिया कहीं की। सरदारो के कारण उसने अपने तीन बेटे घर से निकाल दिये। चलो, यह सब कुछ तो हो गया था, अब तो घर में टिक कर बैठती। मैं तो उसे फूल की तरह रखता था। कभी किसी चीज़ की कमी नहीं रखी थी। जो माँगती, हाज़िर करता। फिर ऐसी कौन-सी चीज़ थी, जो मेरे पास नहीं थी, कहीं और थी। मुझे छोड़कर चली गयी कुतिया।

वह सोच रहा था, आदमी नहीं हारता। यह औरत ही उसे हरा देती है। अब वह मालूम नहीं कहाँ चली गयी, किसके साथ चली गयी। खुद वह निढाल हुआ जा रहा है। उसके अन्दर का पुरुषत्व पंगु हो गया हो। वह मर्द कहलाने लायक ही न रह गया हो।

वह बठिंडा पहुँचा। यही गाड़ी आगे अम्बाला जाती थी। रामपुराफूल रास्ते में

पड़ता था। रामपुर से वह भाईरूपे के यहाँ चला गया। भाईरूपे के यहाँ भी सरदारो नहीं थी। भीखी वालों की भाँति वे लोग भी हैरान हो गये। दुल्ले का शरीर शिथिल होता जा रहा था। बाज़ीगरों का डेरा सेलबराह के रास्ते पर था। नज़दीक छोटा नाला था, जहाँ एक नहर का पानी आता था। वह मन ही मन सोचता, अब वापस लौट कर थंमणवाला जाये ही ना। कहीं और चला जाये। भाईरूपे की बिरादरी के सामने वह अपना दुःख प्रकट करता रहा। रोटी खाई। दोपहर ढलने लगी। शाम हो गयी। वह बुत बना भाईरूपे में ही बैठा रहा। उसमें उठ कर चलने की सामर्थ्य ही नहीं रही थी। फिर वह दारू पीने लगे।

दारू के नशे में वह सरदारो के बिछोड़े को बुरी तरह से याद करने लगा। उसका दुःखी मन बार-बार पछताने लगा। वह कहने लगा, "मैंने तो उस कमबख्त से कभी कुछ कहा ही नहीं था। डाँटा-फटकारा भी न था। कहते हैं न, पास पड़े बर्तन भी आपस में खनकने लगते हैं। औरत-मर्द में लड़ाई कहाँ नहीं होती। पर नहीं, मैंने तो उसे रानी बनाकर रखा हुआ था। वह तो घर की मुखिया थी। तिनका तोड़ने जितना काम भी उसे नहीं करना पड़ता था। सारा काम बहू करती है, चन्नू की। वह तो बस नहा-धोकर, सुन्दर कपड़े पहन-हार-शृंगार करती थी बस। भला कोई उससे पूछने वाला हो, उसे आखिर क्या कमी थी, क्या दुःख था? चली गयी अपना घाघरा मटकाते हुए।"

उसके मन में फिर विचार आया, वह उसे यों अकेले छोड़कर चली गयी, उससे बहुत दुःखी थी क्या? वह उसे तंगी में रखता था। अब वह लौट आये एक बार तो अब आगे से उसे कभी कुछ नहीं कहूँगा। जो मर्ज़ी आये करे, मर्ज़ी से घूमे-फिरे। मैंगल साला, उसे मुँह में डाल कर ले जाएगा। घर में आता है, आता रहे। वह बस दुल्ले को घर में नज़र आती रहे। वह उसकी पुरानी सभी भूलें माफ कर देगा।

भाईरूपे में रात बिताकर वह थंमणवाला की ओर चल दिया। उसे पूरा विश्वास था कि सरदारो ज़रूर लौट आयी होगी। घर में बैठी मिलेगी, बल्कि वह दुल्ले का इंतज़ार कर रही होगी। ऐसे ही वह उसे बाहर रिश्तेदारियों में ढूँढ़ता फिर रहा है।

जब सरदारो का घर में दिल नहीं लगता था। उन दिनों एक बार वह रोडूशाह की मंडी से बाज़ीगरनियों वाला थैला (कोथली) खरीद लायी थी। काले कपड़े के थैले पर सफेद ज़री की धारियाँ थीं। साथ ही लम्बे टाँकों से एक ज़ज़ीरी टँकी हुई थी। उसमें औरतों का सारा सामान होता। छोटी सूईयाँ, बड़ी सूईयाँ, रंगीन धागे, परांदे, सुरमा, काजल और औरतों की गुप्त बीमारियों के लिए दवाईयाँ भी। बाल साफ करने वाला साबुन होता। कोथली लेकर वह आस-पास के गाँवों में जाने लगी थी। सुबह रोटी-पानी खाकर निकलती, शाम को घर वापस आ जाती। ऐसा करने से उसका दिन अच्छी तरह से बीत जाता था। पाँच-सात दिन बाद वह फिर से रोडूशाह

की मंडी जाती और बेचने का नया सामान ले आती। फिर उसने दूर-दूर के गाँवों में भी जाना शुरू कर दिया था। पैदल जाती, पैदल ही लौट आती। उसमें बड़ी हिम्मत थी। ना ऊबती, ना थकती। दुल्ला उसे किसी भी काम के लिए रोकता-टोकता नहीं था। उसका कोई बच्चा नहीं था। चलो, इसी तरह घूम-फिर कर ही उसका जी लगा रहता है तो ठीक है। वह कुछ कमा भी लेती थी। अपने कपड़े इत्यादि खरीद लाती। उसकी ज़रूरतें पूरी हो जातीं। फिर वह दुल्ले से कभी-कभी ही पैसे माँगती।

अपनी कमाई में से ही वह कभी-कभी मानी के लिए भी कपड़े ले आती। काजल, दंदासा, (दातुन) चूड़ियाँ, नहाने का साबुन, खुशबूदार तेल और भी कई चीज़ें उसे लाकर देती। वह अपनी सास से खुश रहती। सरदारो का अपने श्रृंगार का सामान भी इधर-उधर बिखरा रहता। दुल्ला भी साबुन से नहाता और दाढ़ी पर खुशबूदार तेल मलता।

अपने पोते नेहरू को सरदारो नये कपड़े सिलवाकर देती। उसे खिलौने लाकर देती। जब भी मंडी जाती, उसके लिए नया खिलौना ज़रूर लाती। उसे गोदी में उठाकर खूब प्यार करती। उसके साथ खेलती, उसे गीत सुनाती। वह खिलखिलाता रहता। दादी को देखकर जिद करने लगता। वह उसे गोदी में न उठाती तो वह रोने लगता। कुछ भी लेने के लिए मचलने लगता। उसके लिए करघनी सरदारो ने खुद बनायी थी। काले धागे की करघनी, बीच में लाल-सफेद मोती गूँथ के।

नेहरू चन्नू के लड़के का नाम था। उन दिनों देश का पहला प्रधानमन्त्री जवाहरलाल नेहरू था। दुल्ले ने पोते का नाम नेहरू रख दिया। उससे वह लाड़ लड़ाता, "यह तो मेरा जवाहर लाल है। यह तो मेरा नेहरू है। यह कारों पर सवारी करेगा।"

वह गाँव पहुँचा तो हवेली जाने से पहले उसने कुएँ की जगत पर बरगद की छाँव तले बैठे आदमियों की ओर एक निगाह दौड़ाई। मैंगल तो उनके बीच में ही बैठा हुआ था, जैसे उस दिन बैठा था। उसे पूरा यकीन हो गया कि सरदारो घर पर ही है। मैंगल के साथ नहीं गयी। वह तो यहाँ बैठा है। उस दिन भी बैठा था। यह तो गाँव में ही है। वह कहीं नहीं गयी होगी। मुड़ आयी होगी। घर में ही होगी।

दुल्ला हवेली का दरवाज़ा लाँघ कर रसोई की ओर चला गया। मानी रोटियाँ पका रही थी। दोपहर हो चुकी थी। नेहरू मानी की पीठ से चिपटा, रो रहा था। चन्नू कहीं भी नहीं था। ऊँट भी नहीं थे। उसने सोचा, चन्नू ऊँट लेकर बाहर गया होगा। फिर भी उसने बहू से पूछा, "चन्नू, कहाँ है?"

"वह तो बापू, ऊँट लेकर गया है।"

"फिर तू इस बख्त रोटियाँ कैसे....... ?"

"वह तो खाकर गया है। थोड़ी बाकी रह गयी थीं। मैंने सोचा, दो रोटियाँ

और बना लूँ। पिछले पहर, चाय के साथ नेहरू खाने को माँगता है।''

दुल्ले ने मानी से सरदारो के बारे में न पूछा। वह तो खुद उससे यही पूछना चाह रही थी। दुल्ला उसकी नज़र से ही समझ गया कि सरदारो यहाँ नहीं लौटी। यहाँ होती तो लड़का बहू से चिपक कर रो क्यों रहा होता।

5

पाकिस्तान बनने से पहले यह एक रियासती इलाका था। पंजाब में जहाँ अंग्रेजों का राज था, उसे अंग्रेजी इलाका कहते। रियासतों के इलाके को रियासती इलाका। रियासती इलाके में सात-आठ छोटे-बड़े राजाओं का राज था। हर कोई अपने आप को महाराजा कहलाता। रियासती इलाके के लोग दोहरी गुलामी भोगते थे। एक अंग्रेज़ की गुलामी, दूसरी राजे की गुलामी। जिस रियासत में थंमणवाला गाँव पड़ता था, वहाँ का राजा बहुत विलासी था। चार-रानियाँ तो वह ब्याह के लाया था। चारों की कई औलादें थीं, मगर कई औरतें उसकी रखैलें थीं।

वह कभी-कभी अपनी रियासत के गाँवों में चक्कर लगाता था। गाँव में रात बिताता। चोरी-छिपे उसे लड़कियाँ पेश की जातीं। वैसे वह किसी लड़की को कुछ ना कहता। हाथ से छूता तक भी नहीं था। जो लड़की उसे पसन्द आ जाती, उसे महलों में जाने का हुक्म हो जाता। वैसे उस घर को जागीरें लग जातीं। गाँव में उस घर की महत्ता बढ़ जाती। अहलकारों के सुझावों अनुसार उस कन्या की परवरिश की जाती। उसे पौष्टिक पदार्थों वाला भोजन दिया जाता। उसकी सेहत का पूरा ख्याल रखा जाता। उसके शरीर पर देसी घी की मालिश की जाती। कन्या का बदन एकदम मुलायम हो जाता। निश्चित समय पर फिर राजा के आदमी उसे ले जाते। माँ-बाप भी उसे रानी बन समझते। मगर होती वह राजा की रखैल ही। रखैल को बच्चा भी हो जाता। उस बच्चे का पालन-पोषण भी ऊँचे दर्जे का होता, जैसे राजा के घर पर होता है। ऐसे ही गाँवों में एक मुकुन्द सिंह था। जिसकी बेटी को महाराजा ने स्वीकार किया था।

उन दिनों राजा बूढ़ा हो चुका था, मगर अभी भी हवस बाकी थी। कहते थे, वह कोई विद्युतयन्त्र लगाकर स्त्री से सहवास करता था। ऐसे समय में मुकुन्द सिंह की बेटी उससे मर गयी थी। विरोधी लोगों ने शोर मचा दिया कि वह मलिका विक्टोरिया के पास जाकर राजा के इस अपराध की शिकायत करेंगे। अब शिकायत तभी हो सकती थी, यदि अर्ज़ी मुकुन्द सिंह स्वयं दे। विरोधियों ने मुकुन्द सिंह को उकसाया मगर राजा के आदमियों ने मुकुन्द सिंह का मुँह बन्द करवा दिया। उसे

इतना धन और ज़मीन दे दी गयी कि मुकुन्द सिंह को अपनी बेटी भूल गयी।

यह हवेली उसे राजा ने ही बनवा कर दी थी। काफी सारी ज़मीन दी और इतना पैसा दिया कि वह सारी उम्र बैठकर खा सकता था। इस हवेली को अभी तक मुकुन्द सिंह की हवेली ही कहा जाता था।

मुकुन्द सिंह के दो लड़के थे। उन दिनों वे छोटे-छोटे ही थे। रियासत की राजधानी में उन्हें पढ़ने भेजा गया। वे सरकारी खर्चे पर वहाँ पढ़ते थे। उनके खाने-पीने तथा कपड़ों इत्यादि का सारा खर्च सरकारी था। मुकुन्द सिंह हवेली में ठाठ से रहता। दारू पीता और मौज करता। महीने में एक बार दोनों लड़के गाँव में आकर उसे मिल जाते। मंडी रोहू शाह के स्टेशन पर वह गड्डी से उतरते। स्टेशन के बाहर उनकी सवारी के लिए घोड़ी तैयार खड़ी होती। घोड़ी पर चढ़कर वे थंमणवाला पहुँचते। राजकुमारों जैसी उनकी शान होती। गाँव की चौपाल पर लोग भेद भरी बातें करते—

"मुकुन्द सूं राजे से कम नहीं?"

"और क्या। इतनी बड़ी हवेली, इतनी ज़मीन, पूरी शान-शौकत तो मुकुन्द सूँ की है।"

"लड़के देख लो, पढ़ रहे हैं। अपने बच्चों को तो अ, आ, इ ई भी नहीं आता। कल को मुकुन्द सूँ के बेटे ही अहलकार बनेंगे राजा के।"

"किस्मत पलट गयी भई, मुकुन्द सूँ की। क्या था, इसके पास सिवाय चार हाथ ज़मीन के। लोगों के काम करता था। आज देख लो सरदार बना बैठा है।"

"मैं कहूँ, कोई सुन तो नहीं रहा? मुकुन्द सूँ ने काम भी तो भई बहुत बड़ा किया है। हम नहीं कर सकते यह सब?"

"कौन सा बड़ा काम?"

"अपनी बेटी राजा के पलंग पर डाल दी, यह कोई छोटा काम है क्या!"

"वह तो उसका ब्याह किया है। यह क्या बात हुई भला?"

"लो, ब्याह न कहीं और कुछ भी। ऐसे ब्याह तो राजा कई करवाता है। वहाँ जाकर देखना कभी। अनेक लड़कियाँ अपने-अपने महलों की रानियाँ बनी बैठी होती हैं। मगर कोसती हैं अपनी बुरी किस्मत को। सिर के बाल कितने भी नोंच लें, हैं तो कैदी ही। कभी-कभी ही मेहर होती है उन पर। वह अपनी रात के लिए तरसती रहती हैं।"

"अरे भाईयों, ईश्वर है कहीं।"

"हाँ हाँ ईश्वर है। बहुत है।"

"ना ना है नहीं ईश्वर कहीं, यदि कहीं होता तो मुकुन्द सूँ का बेड़ा ग़र्क

होना चाहिए। नहीं है कहीं भी ईश्वर।''

लोग आपस में नतीजे निकालते रहते।

मुकुन्द सिंह के दोनों पुत्रों ने दसवीं पास कर ली। बड़ा राजिन्दर सिंह तो बिगड़ गया। छोटा महेन्द्र सिंह अठारह वर्ष का होकर फौज में भर्ती हो गया। वह बुद्धिमान था। शरीर का भी मजबूत था। मेजर-कप्तान बनकर रिटायर्ड हुआ। मगर कभी थंमणवाला लौटकर न आया। रियासत के बाहर ही कहीं किसी शहर में बस गया। कहते हैं, एक बार वह मुकुन्द सिंह की मौत की खबर सुन कर भोग (आखिरी क्रिया) पर आया था। लम्बी-काली कार थी। साथ में उसकी सरदारनी भी थी। सरदारनी ही उसे यहाँ लेकर आयी थी। नहीं तो उसका अपना मन बिलकुल नहीं था कि वह गाँव आये। उसे अपने बाप की सारी कहानी मालूम थी। वह लोगों के सामने शर्मिन्दा महसूस करता था। सरदारनी इस कड़वे सच को नहीं जानती थी। महेन्द्र सिंह ने गाँव के लोगों से ज्यादा बातचीत भी न की। बस, सरदारनी की जिद पूरी की। बाद में सुना कि सरदारनी ने उससे ज़मीन बाँटने के लिए भी ज़ोर डाला, किन्तु वह माना नहीं। कहने लगा, ''अपने पास कौन सी कमी है? गाँव वाली ज़मीन हम नहीं लेंगे। राजिन्द्र सूँ को मौज करने दो।''

यह बातें सुनकर गाँव के लोग महेन्द्र सिंह की प्रशंसा करने लगे।

''मिन्दर सूँ भई, असली जाट है, पूरी आन वाला।''

''हूँ, मुकुन्द सूँ तो कंजर था। अब उसका बेटा राजिन्द्र कंजर है। देख लो क्या करतूतें करता है।''

''यह पाप की ज़मीन है। मिन्दर सूँ ज़मीन का आधा हिस्सा ले सकता था। परन्तु नहीं। उसने जाट की आन कायम रखी। उस पर कोई अँगुली नहीं उठा सकता।''

''अरे भाई वह अपने ननिहाल वालों पर गया है। तुमने एक और बात की ओर ध्यान नहीं दिया।''

''क्या?''

''सेलबराह वाले कभी इनके पास नहीं आये।''

''सेलबराह क्या था इनका?''

''अरे वाह! सेलबराह मुकुन्द सूँ की ससुराल थी।''

''फिर तो समझो, वह भी असली जाट निकले। कंजर तो यही था, अपनी बेटी की कमाई खाने वाला मुकुन्द सूँ।''

राजिन्द्र सिंह बड़े घर में ब्याहा गया था। सरदारों के यहाँ। बेशक वह बेकार और बिगड़ा हुआ था, मगर ज़मीन-जायदाद वाले बाप का बेटा था। ढेर सारी ज़मीन थी। सारी ज़मीन तक नहर का पानी आता था। इतनी बड़ी हवेली। लड़की स्वर्ग में रहेगी। अकालगढ़ वाले सरदारों ने बल्कि खुशी मनायी कि लड़का बिगड़ा हुआ है

तो बढ़िया बात है। लड़की के बहाने वे लोग खुद उन्हें लूट-लूट खाएँगे।

राजिन्द्र सिंह सरदार का भी एक ही लड़का था। फिर कोई बच्चा ना हुआ। लड़के को उसने वैसे ही पढ़ाई करने के लिए भेजा जैसे वह खुद कभी रियासत की राजधानी में पढ़ने जाता या उसका छोटा भाई भी जाता था। राजिन्द्र सिंह चाहता था कि उसका लड़का मनजिन्दर पाल सिंह पढ़-लिख कर कोई बड़ा अफ़सर बने। इतना बड़ा अफसर कि उसकी हवा भी चाचा महेन्द्र सिंह के ऊपर से गुज़रे। मनजिन्दर पाल भी इसी तरह पढ़ा। दसवीं पास कर फिर बी.ए. पास की। रियासतें टूट चुकी थीं। राजाओं के पास राज्य बाकी न रहे। गाँवों के सरदार ज़मीनों के मालिक न रह गये। मुज़ारे ज़मीनों के मालिक हो गये। उन्हें तो कुछ ज़मीनें जागीर के तौर पर मिलीं। परन्तु मुकुन्द सूँ उन सरदारों में से नहीं था। जागीर में मिली ज़मीन का वह खुद मालिक था। राजिन्द्र सिंह ने सारी उम्र ऐश की थी। हवेली में गुसलखाने के सामने ही कुआँ था। कुएँ का पानी इतना ठंडा और मीठा था। लोहे की चर्खी और लोहे की जंज़ीर के साथ ही बँधा लोहे की बाल्टी थी। वह घर की बनी शराब निकाल कर पीता। उसके पास पत्थर के दो बड़े-बड़े मर्तबान थे। उसमें सारा सामान निकालकर कुएँ के पानी में लटका देता। गुड़ और कीकर की छाल तो होती ही, बीच में और भी चीज़ें डालता जैसे सन्तरे की फाँके, अंगूर और अन्य मेवे। लोहे की जंज़ीरों से बँधे, मर्तबान कुएँ के पानी में डूबे रहते। एक मर्तबान की शराब तैयार हो जाती तो उसे खींच बाहर निकाल लेता। उसे निकाल कर पीता रहता। इतने में दूसरा मर्तबान तैयार हो जाता। शराब को दो बार खींचता। उसकी कड़वाहट खत्म हो जाती और नशा बढ़ जाता। इस शराब को वह 'दुगनी आग' कहता घूँट भरते ही शरीर को चीरते निकल जाती। दो पैग ही बहुत होते। राजिन्द्र सूँ की बनाई शराब हर कोई नहीं पी सकता था।

वह हमेशा मीट के साथ खाना खाता। दोपहर को भी और रात को भी। उसके पास दुनाली बन्दूक थी। बारह बोर की। पाँचवें-सातवें दिन वह खेतों-चारागाहों में हिरन का शिकार खेलने जाता। उसका निशाना एकदम पक्का था। उन दिनों में आमतौर पर चरागाहें होती थीं। चरागाहों में हिरनों की कतारें रहतीं। गाँव में और भी शिकारी थे, जो कुत्तों के साथ मिलकर हिरन का शिकार करते। शिकारी कुत्ते की नस्ल एकदम अलग होती। कमर पतली, टाँगे लम्बी, कद भी लम्बा शिकारी कुत्ता हिरन जितना तेज़ दौड़ सकता था। कुत्ते का काम होता, हिरन को गर्दन से पकड़ना। इतने में अन्य लोग पहुँच जाते और हिरन को काबू कर लेते। वही जीते-जी उसे मार डालते। पहले उसकी टाँगें तोड़ते। उससे भागा न जाता तो तेज़ हथियार से उसका पेट चीर डालते। जानवर एकदम वहीं ढेर हो जाता। मगर राजिन्द्र सिंह का काम आसान होता। वह एक कारतूस से उसे ठंडा कर देता। उसके साथ एक आदमी होता जो मारे हुए हिरन को कंधे पर उठा लाता। आगे-आगे राजिन्द्र, पीछे-पीछे वह आदमी।

राजिन्द्र कंधे पर दुनाली रखकर यों अकड़-अकड़ कर चलता, जैसे यह जानवर मार कर उसने कोई दुनिया जीत ली हो। उसके निशाने में कभी-कभी काला हिरन भी आ जाता। इतना ऊँचा कद, लम्बे-लम्बे सींग, उस दिन तो राजिन्द्र को लगता, जैसे उसने शेर मार डाला हो। सर्दियों में वह हिरन का अचार डालता। रिश्तेदारों में अचार के छोटे-छोटे मर्तवान भेजता।

सुबह-सुबह चाय पीकर वह खेतों में जंगल-पानी के लिए जाता। फिर नहा-धोकर दूध का भरा एक गिलास पीता। भूख चमकने लगती तो वह एक पैग लगा लेता। फिर एक और पैग। धीरे-धीरे पीता। दोपहर की रोटी खाकर सो जाता। पिछले पहर उठ कर चाय पीता। फिर दो आदमियों से बन्दूक की नली साफ करवाता। चाटुकार लोग उसके पास ही बैठे रहते। शाम उतरते की वह पीने लगता। एक पैग, दो तीन—पीता ही जाता। अपने खास आदमियों को भी पैग पेश करता। बस, यही उसकी दुनिया थी।

उसकी ज़मीन गाँव के लोग बँटाई पर जोतते-बोते थे। हवेली में बहुत सारा अनाज आता था। पैदावार अत्यन्त होती थी।

उसका लड़का मनजिन्दर पाल छोटी नौकरी करना नहीं चाहता था, बड़ी कोई नौकरी उसे मिल नहीं रही थी। वह भी चोरी-छिपे शराब पीता था। सिगरेट पीता और जर्दा खाता। जर्दा खाकर इधर-उधर थूकता रहता। जगह-जगह पर उस पीक के धब्बे दिखाई देते। राजिन्द्र सिंह के सामने वह कमोबेश कम ही आता था। उसकी माँ को उसकी सारी खोटी आदतों का पता था। आढ़तियों से पैसे ले जाता था। उसे फिल्म देखने का चस्का भी था। राजिन्द्र सिंह उसे बड़ा अफसर लगवाना चाहता था। लड़का खुद भी इस विषय में गम्भीर नहीं था। पता नहीं उसने बी.ए. तक की पढ़ाई कैसे कर ली थी। वैसे भी उसे अखबार या कोई और पत्रिका-किताब पढ़ने का शौक नहीं था। यह तो उसने सोचा भी नहीं था कि वह कोई कोर्स ही कर ले। उसके दिमाग में किसी ने यह बात घुसा दी थी कि तू इस सारी ज़मीन-जायदाद का अकेला वारिस है। तू तो खुद राजा है। तुझे नौकरी से क्या लेना-देना है ? पहले तेरे बाप ने ऐश की और अब तू ऐश कर।

मनजिन्दर यद्यपि नशा करता था, इसलिए उसमें पुरुषत्व की कमी थी। फिर उसकी सगाई तय हो गयी। नंगल वाले सरदारों की बेटी एम.ए. पास थी। लड़के में एक ही सबसे बड़ा गुण था कि वह ज़मीन-जायदाद का अकेला वारिस था। राजिन्द्र सिंह के बाद सारी ज़मीन उसी की ही थी। और ना कोई भाई-बहन या बुआ मामा न था।

कुदरत के रंग अपरम्पार होते हैं। भविष्य के बारे में कोई नहीं जानता। आदमी सोचता क्या है और क्या हो जाता है। आखिरी दिनों में राजिन्द्र सिंह को गुर्दे की बीमारी हो गयी। उसे शक्कर-रोग पहले ही था, मगर उसने शराब पीना नहीं छोड़ा

था। अन्त में एक दिन वह इस दुनिया से विदा हो गया। ज़मीन आधी-आधी उसकी पत्नी और लड़के मनजिन्दरपाल के नाम चढ़ गयी। वह कोई वसीयत करके नहीं मरा था। अब मनजिन्दरपाल की माँ का घर में ज्यादा आदर-सम्मान होने लगा। अकालगढ़ वाले भी उसे बहुत पसन्द करने लगे।

कुदरत ने एक और रंग दिखाया। मनजिन्दरपाल की स्कूटर से टक्कर हो गयी। लोहे से भरा ट्रक था। स्कूटर टुकड़े-टुकड़े होकर बिखर गया और साथ ही मनजिन्दरपाल का शरीर चिथड़े-चिथड़े हो गया। उसी क्षण उसकी मृत्यु हो गयी। मनजिन्दरपाल की ज़मीन उसकी पत्नी के नाम हो गयी। उनका कोई बच्चा नहीं था।

मनजिन्दर पाल की माँ को अकालगढ़ वाले ले गये और उसकी बहू को नंगल वाले ले गये। पहले अकालगढ़ वालों ने ज़मीन बेच दी, फिर नंगल वाले भी बेच गये। मुकुन्द सिंह का कहीं कोई नामोनिशान बाकी ना रहा। यह एकमात्र हवेली थी, जिसे वह मालूम नहीं कैसे छोड़ गये। इसे ना अकालगढ़ वाले बेचने आये और ना ही नंगल वाले। कुछ वर्षों के पश्चात् मनजिन्दरपाल की माँ भी मर गयी। उसकी बहू को किसी और के साथ बिठा दिया गया। बहू को ज़मीन का मिला लाखों रुपया कहाँ गया, किसके पास गया, किसी को कोई जानकारी नहीं थी। अकालगढ़ वाले खीझते राजिन्द्र सिंह ने एक दिन तो मरना ही था। पहले क्यों ना मर गया। लड़का पैदा करने की ज़रूरत क्या थी।

6

दुल्ला सरदारो की खोज में भीखी, अबोहर, भाईरूपे तक जाकर जब गाँव लौटा था तो कुएँ पर बैठे लोगों की चौकड़ी में मैंगल को बैठे देख उसने पक्का अन्दाज़ा लगा लिया था कि उसे मैंगल नहीं ले गया।

शाम को चन्नू ऊँट लेकर जब घर आया तो दुल्ले ने लड़के से चर्चा की। इतने दिन गुज़र चुके थे, दुल्ला अपने-आप में ही गुम-सुम था। ना उसने चन्नू के साथ कोई बात की थी और ना ही मानी के साथ। गर्मियों के दिन थे। कुएँ के पानी से नहा-धोकर जब चन्नू खाट पर बैठकर खाना खाने बैठा तो दुल्ला उसके निकट जा कर बैठ गया नेहरू, चन्नू के घुटने को पकड़ कर इस इन्तज़ार में खड़ा था कि कब उसका बाप उसके मुँह में ग्रास डालता है। ''चन्नू यार, गजब हो गया। मैं तो सभी जगहों पर हो आया। कहीं से भी तेरी मासी की कोई सूह नहीं मिली।''

चन्नू नज़रें झुकाए रोटी खाता रहा। उसके पास कोई जवाब नहीं था, न कोई सलाह वह दे सकता था। दुल्ला उसके चेहरे की ओर ताकता रहा, जैसे उससे किसी

जवाब की प्रतीक्षा कर रहा हो। चन्नू ने ग्रास हलक से नीचे उतारकर एक छोटा-सा ग्रास नेहरू के मुँह में डालते हुए सिर्फ़ इतना ही कहा, ''क्या किया जाये अब, बापू?''

''तू गाँव में पता कर थोड़ा। मैं भी बैठता हूँ लोगों में जाकर, शायद कहीं से कोई सूह मिल जाये।''

मानी ने थाली में रोटी रखी और दुल्ले को पकड़ा दी। कटोरी में मूँग की दाल और तीन मोटी-मोटी रोटियाँ थीं। पानी का कटोरा। दूसरी खाट पर बैठ वह भी रोटी खाने लगा। वह धीरे-धीरे ग्रास मुँह में डालता फिर धीरे से चबाता। जैसे कई दिनों का बीमार आदमी खाना खा रहा हो। चाँदनी रात थी। नीम की छाया से परे बैठे वह सरदारो के बारे में चर्चा कर रहे थे।

उनकी रोटी खत्म होने तक मानी भी चूल्हे का काम निपटा कर उनके पास आ बैठी। उसने अभी खाना नहीं खाया था। उसके कानों में भी बाप-बेटे की बातें पड़ीं, इसलिए वह उनके निकट आ बैठी। कहने लगी, ''अच्छी भली गयी है, कन्धे पर कोथली लटका कर। सारा सामान डालकर। कह रही थी मुझे, आज पहले टिब्बे जाऊँगी। शाम को लौट आती थी। मालूम नहीं क्या हादसा घट गया। क्या समझें, अब?''

''वह हरामज़ादा मैंगल तो यहीं पर है, फिर शक किस पर करें?'' चन्नू ने स्पष्ट बात की। अब जब पानी सिर के ऊपर से गुजर ही गया तो अब क्या पर्दा रह गया दुल्ले और बेटे-बहू के बीच में। अब वह सीधी-स्पष्ट बातें आपस में करने लगे।

मानी दोनों के जूठे बर्तन उठा कर ले गयी। नेहरू बात नहीं करने दे रहा था। बीच-बीच में कुछ बोलता और तंग करता। वह उसे उठाकर अपने साथ रसोई में ले गयी। लड़के को खेलने के लिए लगा, खुद रोटी खाने लगी। परन्तु कान उसके बाप-बेटे की बातों की ओर ही लगे हुए थे। कभी-कभी बात सुनते हुए वह खाते हुए रूक जाती और लड़के को झिड़कती, ''चुपकर.......।''

कुछ दिन पहले ही बारिश हुई थी। उड़ती धूल नीचे बैठ गयी थी। उस दिन आसमान साफ था। कोई-कोई बादल भी था। बादल जब चन्द्रमा के नज़दीक आता तो लगता, चाँद बर्फ़ की तश्तरी की तरह तैर रहा है। थोड़ी-थोड़ी हवा भी चल रही थी। किन्तु परिवार के तीनों सदस्यों के अन्दर कोई खुन्नस थी।

''भीखी वाले क्या कहते।'' चन्नू ने पूछा।

''वे क्या कहते। मैंने उन्हें सारी कहानी बतायी। वह भी दुःखी हो गये। फिर दारू पीने लगे और मुझे धीरज देने लगे। वैसे मैंने उनसे कह दिया कि भई कहीं और भी पता कर ले।''

''और वहाँ अबोहर?''

"अबोहर में तेरी नानी सरदारो का हाल-चाल पूछने लगी। मैं समझ गया, वह है नहीं यहाँ। फिर क्या बात छेड़ता। मैं वहाँ से उल्टे पैर लौट आया।"

"भाईरूपे नहीं गया?"

"गया तो था, तुझे बताया तो है। तीनों जगहों पर गया। कोई सूह नहीं मिली उसकी। भाईरूपे वालों से भी कह आया हूँ वही बात, भई कहीं भी उसकी तलाश करे।"

"फिर।"

"भाईरूपे वाले तो उल्टा मुझे ही कोसने लगे। कहने लगे, तूने ही उसे खुला छोड़ रखा था।"

रोटी खाते-खाते थाली हाथ में ले मानी भी उनके पास आ खड़ी हुई, बोली, "यह बात तो मैं भी कहती हूँ बापू। उसके लच्छन ना थे बसने वाले। तूने बापू, उसे बहुत सिर पर चढ़ा रखा था। जब से कोथली लेकर जाने लगी, उसे बाहर की हवा माफिक आने लगी थी। फिर उसका घर में कहाँ जी लगता।"

"अरे, भई मैंने तो उसे........., मैंने चाहा कि वह सुखी रहे। उसका मन यहाँ से उचटे ना। मैंने सिर पर काहे चढ़ाना था? यहाँ किस चीज़ की कमी थी। मनमर्ज़ी का खाती-पीती थी, स्वर्ग भोगती थी। समझ तो इस बात की नहीं लगती कि, भई वह गयी क्यों?"

बेटे-बहू के पास दुल्ले की बातों का कोई जवाब नहीं था।

दुल्ला भी चुपचाप बैठ गया। मानो सारी बातें ही खत्म हो गयी हों। नेहरू दो बार उसकी खाट के पास आ, उसकी ओर झाँकता रहा। दुल्ले का ध्यान कहीं और ही था। उसने उसे न बुलाया और ना ही प्यार किया। जैसे उसके पास वह आया ही ना हो। खाना खाने के बाद सारा परिवार थोड़ा-थोड़ा दूध पीता था। दुल्ला कटोरा नीचे रखकर उठा और उठकर चौबारे जा चढ़ा। वह छत पर ही सोता था। उसने चौबारे से एक खाट बाहर निकाल कर बिछायी। बिस्तर निकाल कर बिछा लिया, फिर दूसरी खाट भी बाहर निकाल दी। उस पर बिस्तरा निकाल कर बाहर न रखा। उसे याद आया कि सरदारो तो है ही नहीं। दूसरी खाट किसलिए बिछायी है?

कुरता उतार उसने चौबारे के खूँटे पर टाँग दिया। बँधी-बँधाई अपनी पगड़ी भी उसी खूँटे पर टिका दी। तहमद उतार सिरहाने रख लिया। खाट पर गिरते ही उसने एक गहरी आह भरी। जान निकाल देने वाली आह। कितना विशाल शरीर था उसका, चलता तो धरती काँपने लगती। अब उसे महसूस होने लगा, जैसे वह बहुत सिकुड़ गया हो। उसके शरीर का भार कम हो गया हो और कद सिमट गया हो। बगल का पसीना पोंछ कर तहमद उसने सिरहाने के नीचे कर दिया तो उसे अपने शरीर से दुर्गंध आती महसूस हुई।

चौदहवीं का चाँद सिर पर आ चुका था। अब हवा भी कम हो गयी थी। रुक-रुक कर हवा का एकाध झोंका आता। परन्तु दुल्ले को गर्मी का कोई एहसास नहीं हो रहा था। उसके लिए तो जैसे सारी चाँदनी भी आग बरसाती लगी।

उधर नीचे चन्नू तथा मानी ने अपनी खाटें पास-पास बिछा लीं। नेहरू दूध पी कर सो गया था। मानी ने बर्तन इत्यादि सब कुछ समेट के अपनी पुरानी दरी बिछायी और लेट गयी। नेहरू, चन्नू की खाट पर था। वह धीरे-धीरे बातें करने लगे। मानी कह रही थी, ''सारा कसूर बापू का है। उसने उसे कभी भी डाँट कर काम करने को नहीं कहा। वह तो बस बन-ठन कर रहती थी। जैसे मेहमान आयी हो। उसने कभी ऊँटों की मैंगने इकट्ठी नहीं कीं। कभी टीले से रेत के तसले भरकर नहीं लायी थी, पशुओं के नीचे बिछाने के लिए। ऊँटनी का दूध दुहना भी कहाँ आता था उसे?''

''नहीं, नहीं, यह बात नहीं थी। यदि वह काम में लगी रहती तो भी उसका स्वभाव तो यही रहता। यह बात नहीं है।'' चन्नू ने कहा।

''तू समझा नहीं, औरत अगर काम-काज में लगी रहे तो उसका ध्यान किसी और तरफ नहीं जाती। खाली औरत ही इन उल्टे चक्करों में पड़ती है।''

''बेवकूफी तो बापू ने की। कहाँ बापू की उम्र, कहाँ मासी की उम्र। उम्रों का इतना फ़र्क भी तो देख। अगर देखें तो मासी मेरी उम्र की है। बापू तो बाप लगता है उसका। यह बेअकली नहीं तो और क्या है? तब तो सोचा नहीं बापू ने, ले आया उसे उठाकर।''

''उम्र की बात तो ठीक है। मगर औरत का पैर घर से बाहर न निकले तो उसका कुछ नहीं बिगड़ता। औरत के लिए उम्र-वम्र कुछ नहीं होती। बापू की उम्र बड़ी तो है, मगर इतनी बड़ी भी नहीं। बापू का बदन तगड़ा है। कहाँ से बूढ़ा लगता है बापू? पर मासी का सारा ढाँचा आते ही बिगड़ गया।''

''उसे ब्याह करवाने की ज़रूरत ही क्या थी। अपना स्वाद ही देखा उसने बस। हम पहले ही छह थे, अभी भी बापू की नीयत नहीं भरी? घर में चार-चार बहुओं के होते हुए भी बूढ़ा ऐसे ढंग अपनाए? यह तो होना ही था एक दिन इसके साथ। अब घूमता है मुँह उठाए। कहता है, अपनी मासी की खोज-खबर लो।''

''मैं बताऊँ, यह सब कुछ करमो बहन के कारण हुआ है। वही है यह बीज बीजने वाली। उसने खुद ही बताया था मुझे एक दिन। कहती थी, अपनी बीवी के बगैर आदमी का कोई मोल नहीं होता गानी। हम अपने आदमियों के बगैर देखे तो क्या वे रह सकते हैं हमारे बिना। हम होती हैं तो सौ बातें करते हैं आदमी अपने साथ। बापू बेचारा, अब किसके साथ बात करता, यदि मासी ना होती। बेटियाँ कौन-सा रोज़ बैठी रहती हैं पास में। बहुओं से आखिर क्या बात करेगा ससुर। करमो ने ही बापू को सलाह दी, उसी ने करवाया विवाह बापू का।'''

''बापू को अपनी मर्दानगी पर ज्यादा ही गुमान था। इसे लगता था, भई मैं हमेशा ऐसे ही रहूँगा। वक्त के साथ आदमी का शरीर ढल जाता है। वह बात नहीं रहती। साथ ही, चाहे बाप है, बात करनी ठीक नहीं, कहाँ बूढ़ा शरीर, कहाँ नयी जवानी। मासी भी क्या करती बेचारी। उसका तो ज़रा-सा भी कसूर नहीं है। ज़रा भी नहीं। वह क्या करती, जब नाँद में कुछ था ही नहीं तो रस्सी चबाने लगी।''

नीम की ओट से चाँद कभी-कभी झलक दिखला जाता। एक बादल खत्म होता, दूसरा आ घेरता। वह अभी बातें ही कर रहे थे कि उन्हें दालान की ओर से मध्यम सी कोई आवाज़ सुनाई दी, जैसे कोई चीज़ टूट कर गिर रही हो। यह आवाज़ धीरे-धीरे ऊँची होती जा रही थी। जैसे ध्वनि इधर पास ही आती जा रही हो। चन्नू ने उठकर देखा, और गाली दी, ''ओ.....साले.........।''

''क्यों, क्या हुआ?'' मानी भी अपनी खाट पर उठकर बैठ गयी।

एक ऊँट इधर ही आ रहा था। चाहे उसकी अगली टाँगों पर जंज़ीर बँधी हुई थी। वह पहले अपनी दोनों जुड़ी हुई टाँगों को एकबार आगे रखता, फिर पिछली दोनों टाँगों को आगे लेकर आता। यह अजीब तरीका था चलने का। वह अभी थोड़ी दूर निकला था। चन्नू भाग कर गया। उसे पुचकारा। ऊँट की दोनों टाँगों से जंज़ीर खोल दी। ऊँट काँप रहा था। पेशाब भी करता जाता था। उसकी गर्दन पर सिर का साफा-साफा लपेट कर वह ऊँट को उसके ठिकाने पर ले गया। सारे ऊँट चन्नू की ओर देख रह थे। सारे ही जैसे अपनी ज़ंज़ीरें तुड़वा ना चाह रहे थे। हिल-डुल भी रहे थे। चन्नू को एकदम से याद आया, ''औ साले, ऊँटों को आज पानी पिलाया ही नहीं। बापू के चक्कर में ही वह सब भूल गया। ऊपर से गर्मी का महीना। पशु बेचारा बोल तो सकता नहीं। तभी आ रहा था ऊँट ज़ंजीर सहित इधर।'' चन्नू खुद से ही कहने लगा। उसने मानी को आकर बताया और हँसने लगा, ''तू कुएँ से पानी निकाल। गड्ढा भर दे। मैं एक-एक ऊँट को इधर लेकर आता हूँ।''

सभी पशुओं ने भरपेट पानी पिया। चन्नू कहता जा रहा था, ''लो देखो, ये भला बोल कर कह पाते कहीं।''

पानी पीकर वह सब आराम से खड़े थे। चन्नू ने सभी की जंज़ीरें लगाईं। जंज़ीरों के रस्से उसने खूँटों से बाँध दिये। जंज़ीर का रास्सा तुड़वा कर आँगन में आया ऊँट अब मूतती ऊँटनी की पीठ को सूँघ रहा था। फिर एक-एक सभी ऊँट बैठने लगे। बैठे-बैठे टेढ़े हो गये। चन्नू मानी के पास आया। उसकी आँख लग गयी थी। फिर चन्नू भी सोने की कोशिश करने लगा। हवा में ऊँटों को मेंगनों तथा पेशाब की दुर्गन्ध घुली हुई थी। इस बाज़ीगर परिवार को यह बदबू सुखद लगती थी।

छत पर लेटा दुल्ला आधी रात तक करवटें बदलता रहा। कभी इस पाटी से

छाती जोड़ता, कभी उस पाटी। सीधा लेटता तो उसकी आँख खुल जातीं। आँख खुलने से वह आसमान पर देखने लगता, आसमान पर कभी बादल होते कभी न होते। चाँद और भी नीचे उतर गया था। अभी पौ फुटाला नहीं हुआ था। वह उठकर बैठ गया। सिरहाने रखी सुराही से पानी पीया। सुराही में थोड़ा पानी ही रह गया था। वह दो बार पहले भी उठकर पानी पी चुका था। बेचैनी बहुत हो रही थी, वह उठकर बार-बार पानी पी लेता था। परे किनारे की नाली पर जाकर पेशाब करता। लौटकर खाट पर लेटता तो थोड़ा-सा चैन मिलता। मगर पूर्ण चैन कहाँ था, वह फिर से करवटें लेने लगता। सारी रात उसकी नींद टूटती रही थी। नींद का भ्रम ही था जैसे आयी ना आयी एक ही बराबर थी।

वह चौबारे अन्दर गया। खूँटे पर टँगा ढोल उसने उतार लिया। ऊपर से कपड़ा उतारा। धूल से बचाने के लिए यह कपड़ा ढोल पर बाँध कर रखा हुआ था। खपच्ची और डंडी ढोल की डोर से बाहर निकाल उसने उसी समय छल्लों को कसना चाहा। परन्तु नहीं। वह नीचे जाकर डोरी कस लेगा। अभी पौ नहीं फटी थी। ढोल की आवाज सुनकर लोग क्या कहेंगे। सोचेंगे आज दुल्ले को आधी रात को ही क्या हो गया है। वह धीरे-धीरे सीढ़ियाँ उतरा। आँगन में बेटा-बहू अभी सो रहे थे। उसने खँखारा। वे फिर भी ना जागे। उसने फिर खपच्ची से तिड़-तिड़ की। दालान में जाकर उसने ढोल कस लिया। हाथ की थाप दी। ढोल की आवाज़ गूँज उठी। उसने खपच्ची से तिड़-तिड़ किया। डंडी रगड़ी। स्थिर सुर में ढोल बजने लगा, जैसे सूरज ने भी सुना हो। पौ फटने लगी थी।

7

कुएँ की जगत पर बैठे लोग सुबह-शाम बातें करते।

"अरे भाईयो, दुल्ले की सरदारो को क्या हो गया। कहाँ चली गयी वह?"

"तुम्हें दुल्ले का ढोल सुनाई नहीं देता?"

"सुनाई देता है, रोज़ सुनाई देता है।"

"बस, दुल्ला जब भी ढोल बजाता है, उसका मन उदास होता है। इसलिए अब ढोल गूँजता है उसका, भई सरदारो नहीं है।"

"कहाँ गयी?"

"क्या मालूम कौन से कुएँ में जा गिरी?"

"अरे भाई बदकार औरत थी वह। अन्दर ही अन्दर बात सुलगती रही। बूढ़ियाँ बता रही थीं कि उसका चक्कर दुल्ले के बेटे के साथ था।"

“अच्छा। यह तो अनर्थ है यार।”

“और क्या। यही बात थी, तभी तो दुल्ले ने फटाफट ब्याह के चलता कर दिया।”

“अब इस छोटे चन्नू के साथ ही फँस गयी होगी फिर?”

“ना ना, यह ऐसा नहीं। यह तो सरदारो के लिए एकदम लड़के के समान है।”

“मेरा विचार है भाई, कहीं लड़का ही ना ले गया हो सरदारो को। क्या नाम था। उसका खड्डू.....हाँ...........हाँ खड्डू..........।”

“वह तो ब्याह दिया था।”

“ब्याह हो, चाहे हज़ारों बार। यह चोरी का गुड़ साला होता ही है इतना स्वाद, भई आदमी छोड़ ही नहीं सकता इसे। न औरत छोड़ सके। सुना है, घर की शक्कर बूरे जैसी, गुड़ चोरी का ही खाये।”

“क्या कहा जा सकता है भाई। प्रमात्मा ही जानता है।”

“मैंगल के साथ भी नाता था उसका।'”

“कौन-सा मैंगल?”

“धोकल का छोटा भाई मैंगल। अरे वह औलख मुहल्ले वाला, जानता नहीं उसे?”

“अच्छा, अच्छा, वो। इतनी गलियाँ छोड़कर वह इधर आता था?”

“और क्या। यहीं आकर बैठता था। अपनी मुहल्ले वाले कुएँ पर, यहीं पर।”

“बल्ले-बल्ले। मैं भी सोचूँ, यह साला दूसरे मुहल्ले वाला। यहाँ क्यों आकर बैठा रहता है?”

“इसलिए बैठा रहता था। बाज़ीगरनी को ताकता रहता था।”

“उसका बाजीगरों के साथ चक्कर कैसे चला होगा भई?”

“वह भी ऊँट रखते हैं। मैंगल का बड़ा भाई तो बड़ा व्यापारी है, ऊँटों का। बस ऊँटों के कारण ही उनका आना-जाना था एक-दूसरे के यहाँ। मगर धोकल अब छोड़ता जा रहा है, ऊँटों का व्यापार।”

“दुल्ले ने भी छोड़ ही दिया है। अब तो दो-तीन ऊँट-ऊँटनियाँ ही रह गये है इसके पास। चन्नू को देखा नहीं, चारागाह ले जाते हुए?”

“क्यों भई, मैंगल यहाँ क्यों आता था। उसकी भाभी है न?”

“भाभी पास फटकने नहीं देती होगी। सीटी मारती होगी। वह बाजीगरों के यहाँ आने लगा।”

“सीटी मारने में वह क्या एकदम शुद्ध-साफ है। वह भी तो निकल कर आयी है कहीं से। बामणी है, जाटनी तो है नी।”

''बामणी है इसलिए 'शुद्धि' रखती होगी। एक बार निकल कर आयी, तो आ गयी। फिर धोकल के अलावा किसी और आदमी को नज़दीक नहीं आने दिया। इस मैंगल को भी अपने से दूर ही रखा।''

''तुम्हें कैसे मालूम। तुमने भी छेड़ा होगा उसे। छड़ी भी खाई होगी फिर तो।''

''ना ना, मैंने क्यों छेड़ना था उस बेचारी को। बूढ़ियों से गाँव के सारे भेद मालूम हो जाते हैं। एक बात पक्की तरह से जान लो तुम भी, गाँव में कहीं कुछ भी हो, इन बूढ़ियों से कुछ भी छिपा नहीं रहता।''

''बामणी ने जब अपना बामण छोड़ा तब तो धर्म याद न रहा। अब धोकल के पास आकर धर्म पालने लगी है। कहने लगी, पराये मर्द को नज़दीक नहीं आने देना। वाह भई बामाणी फिर तो पूरी 'शुद्धि' रखती है तू तो।''

''और। देखा नहीं कभी? गले में माला डालकर रखती है, तिलक लगाती है सुना है, पूजा-पाठ भी करती है घर में।''

''फिर तो पूरा धर्म पालती है भई। उसके पूजा-पाठ से तो धोकल को ही फायदा पहुँचता होगा।''

''घर देखा कितना बढ़िया बनाया है धोकल ने। उस मुहल्ले में धोकल जैसा किसी का भी मकान नहीं। चौबारे पर मोरनी खड़ी की है, जो हवा के रुख से घूमती रहती है।''

''पर यार, मैंगल अब देखा नहीं कभी इस मंडली में बैठा?''

''कल तो बैठा था। तुम खुद नहीं आये होगे यहाँ।''

''हाँ, हाँ। कल मैं मंडी गया हुआ था। सौदा-सामान लाना था।''

''वैसे देखो साला आता कहाँ था, बाज़ीगरों में यहाँ, जाट होकर। उसे कोई जाटनी नहीं टकरी?''

''जहाँ टाँका भिड़ गया, भिड़ गया। जाटनी-वाटनी का सवाल नहीं यहाँ। इस काम में दीन-धर्म कौन देखता है।''

''मैं एक बात और कहता हूँ भाई। धोकल का परिवार भी बाज़ीगरों जैसा ही है। जाट कौन कहता है उन्हें। एक मकान ही मकान है, ज़मीन तो है नहीं। ऊँटों का व्यापार था। अब वह भी खत्म ही समझो। दो-चार ऊँट-ऊँटनियाँ रह गये हैं बस।''

''हाँ, भई काम तो सारे बाज़ीगरों वाले ही हैं।''

''जाट होते तो, दो कीले पास होने पर रिश्ता ना हो जाता। चलो, धोकल को ना सही, इस मैंगल का हो जाता। कितना सुन्दर नौजवान है।''

दुल्ला कई दिनों बाद हवेली से बाहर निकला। अब वह अन्दर ही रहता था या नीम की छाया में बैठा रहता। चारपाई पर टाँगें लटका बैठा नीम की टहनी से

धरती पर लकीरें खींचता रहता या फिर चौबारे में लेट खजूर की पंखी झलता रहता। पंखी झुलाते-झुलाते वह सरदारो से बातें करता जाता, जैसे वह उसके सामने ही बैठी हो। बातें करते हुए बहुत गहराई में उतर जाता तो पंखी वाला हाथ रुक जाता। पंखी का उसे कोई ध्यान ही ना रहता। पंखी झुलाना ना झुलाना एक ही बात थी। पसीना लगातार बहता रहता।

सुबह का समय था। सामने कुएँ की जगत पर चार आदमी बैठे हुए थे। उस दिन उनमें मैंगल नहीं था। मैंगल बैठा होता तो उसे बेहद खुशी होती। तसल्ली मिलती कि मैंगल गाँव में ही है। वह गाँव में है तो मतलब सरदारो उसके साथ नहीं गयी। कुएँ की जगत पर बैठी चौकड़ी (मंडली) की ओर उसने बस एक निगाह ही डाली, कदम ना रोके। उसे लगा वे उसकी ओर बहुत भेद भरे अन्दाज़ से झाँक रहे हैं। वह उनकी नज़रों से बचकर निकल जाना चाहता था। मगर एक आदमी ने उसे पुकार कर उसके कदमों को रोक लिया। कहने लगा, ''दुल्ला सिंह, क्या बात है, पास से ही निकले जा रहा है? कभी देखा नहीं तुझे? यहीं पर है न। सुख तो है?''

''सब सुख है भाई सा'ब? तुम अपनी सुनाओ?'' दुल्ला बात छिपाए रखना चाहता था।

''और कैसे हो फिर?'' संतोखा उसी की उम्र का ही था। हवेली के घरों के पास ही उनका भी घर था। उनका आपस में आना-जाना था।

''बस ठीक है। शुक्र है प्रमात्मा का।'' दुल्ले ने जवाब दिया। मगर संतोखे से आँख न मिलाई। संतोखा उसे कुरेदना चाहता था।

''सरदारो नज़र नहीं आयी। अबोहर गयी है क्या?''

''हाँ, अबोहर ही समझो।''

''काफी दिन हो गये। देखी नहीं कभी। तभी मैंने पूछा। अपने गाँव गयी लगती है।''

दुल्ला वहाँ से तेज़ी से चल दिया। वह संतोखे के और सवालों से बचना चाहता था। सवाल जो उसके कलेजे को चीर-चीर जाते थे। सवाल जो उसके ज़ख्मों पर नमक की तरह चिनचिनाने लगते थे।

कुएँ से ऊँचे रास्ते पर जा वह हथाई की ओर मुड़ गया। हथाई के पीपल के नीचे आदमी बैठे हुए होंगे। वहाँ से कोई सिरा निकलेगा। वे कुछ तो बताएँगे ही। कुछ तो बोलेंगे। देखेंगे, क्या कहते हैं। सामने वाले घरों की तीन-चार औरतें लगातार दुल्ले को ताकती जा रही थीं। औरतों की तो आदत ही होती है, आदमी की ओर झाँकने की। जिस आदमी को वर्षों से जानती हों, उसे एकदम निहारती रहेंगी, जैसे उसे पहली बार ही देख रही हों। मगर दुल्ले को महसूस हुआ, आज कोई खास

बात है। वह ज़रूर सरदारो के बारे में पूछेंगी। इन्हें सब मालूम होगा। दूसरे पल उसने सोचा, क्या मालूम, ऐसे ही देख रही हों। परन्तु दोनों बुढ़िया ने पूछ ही लिया। दोनों जो उसकी माँ की उम्र की थीं। वह उसे ताई कहता था। कहने लगीं, ''क्यों भई दुल्ला सूँ, सरदारो के बारे में कुछ मालूम हुआ। वह ठीक-ठाक तो है?''

वही बात, इन बूढ़ियों को सब मालूम थी। बताने लगा, ''ताई, सभी जगह हो आया। कहीं कोई सूह नहीं मिली!''

''अच्छा भाई, फिर तो बहुत बुरा हुआ तुम्हारे साथ।''

''और ताई, अब क्या कह सकते हैं।''

''क्यों दुल्ले कोई आपस में झगड़ा-झंड़ा हुआ था उस दिन जब गयी?''

''नहीं, नहीं ऐसी तो कोई बात ही नहीं हुई, ज़रा-सी भी नहीं। अच्छी भली गयी है, अपनी कोथली लेकर। सारी चीज़ें डाली थीं। उसमें बहू बता रही थी, बहू के सामने ही गयी। नेहरू को पुचकार कर। कोई शुबहा ही नहीं था कि, फिर वापस नहीं लौटेगी वह।''

''जहाँ-जहाँ तुम्हारी बिरादरी के लोग बैठे हैं, वहाँ देख आया तू।''

''हमारी खास बिरादरी तो ताई भीखी, भाईरूपे ही हैं या अबोहर में इसके मायके है।''

''बेटों के ससुराल हो आता, जहाँ जहाँ वे बैठे हैं। लड़कियों के पास ही न चली गयी हो कहीं रूठ के। कोई बात तो हुई होगी दुल्लिया। ऐसे नहीं जा सकती वह। तू चाहे बता या ना बता।''

''नहीं ताई, यह बात नहीं। बस, वैसे ही नहीं लौटी। कोई नहीं आ जाएगी।'' दुल्ले ने माथे का पसीना पोंछा। तहमद ऐसे भीग गयी थी, जैसे पानी से भीग गयी हो। उसने कितनी बार पसीना पोंछा। आषाढ़-सावन का महीना था। मगर यह आषाढ़-सावन उसके अन्दर बैठ गया था, उसका वह क्या करता। उसके पसीने को कैसे पोंछता?

''कोई बात नहीं निश्चय रख ईश्वर पर। आ जाएगी खुद ही। डोलना ना। बस, इतनी ही है कि राजी-खुशी हो बेचारी। दुल्ला सिंह, मेरी बात पल्ले बाँध ले, वह तुम्हारी अपनी बिरादरी में है कहीं, दूर या पास कहीं भी।''

''यह तो ठीक है ताई। जाता हूँ फिर कहीं। और जगहों पर भी जाऊँगा। देखता हूँ...।'' बुढ़ियों के पास से उठते हुए दुल्ले ने खाली हाथ झाड़े।

दूसरी औरतें लगातार दुल्ले को घूरती रहीं। उनकी बातें सुनती रहीं। जब वह दूर चला गया तो बुढ़िया आपस में बातें करने लगीं। बातें करते हुए वे हँस नहीं रही थीं, जैसे भेद भरी बातें कर रही हैं। जैसे कोई चोरी-चोरी बात करता है।

''इसके पास नहीं बसेगी वह।''

''बेगानी चाट वाली औरत हाथ से निकल जाती है।''

''बेचारा दुल्ला पिछली उम्र में औरत भाग जाय, बनता कुछ नहीं।''

''पहले दिन से ही ताड़ कर रखता। पहले तो उसे सजा-सँवार के रखा। अब हाथ से निकल गयी तो रोये आँखें भर-भर के।''

''बहन, सुना तुमने, धौकल का लड़का ले गया उसे। धौकल का छोटा भाई है न मैंगल।''

''मैंने भी यही सुना है बहन। यह बात पक्की है। ताई तो ऐसे ही दुल्ले को धीरज दे रही थी। भई तुम्हारी अपनी बिरादरी में ही होगी कहीं। बिरादरी में होती तो अब तक कब की आ चुकी होती या वह खुद ही छोड़ जाते समझा-बुझा के, यदि रूठ कर गयी भी होती तो।''

चौपाल के बरामदे के आगे बड़ा-सा पीपल था। पीपल के नीचे लोग खाट बिछा कर बैठे थे। पाँच-सात आदमी तो थे ही। बूढ़े लोग या निठल्ले, जिन्हें खेतों में कोई काम नहीं था। वैसे यह दिन बहुत काम के होते थे। कपास-मक्के की ऋतु थी। आदमियों ने कुरते उतारकर कंधों पर रखे हुए थे। बदन को हवा लगवा रहे थे। हवा का कोई झोंका आता तो पलभर के लिए शरीरों में ठंडक भर जाती। नहीं तो दिन उबकाता-सा रहता। गर्मी की यह ऋतु बहुत जान लेवा थी। मगर खेतों के लिए यह ऋतु बहुत लाभदायक थी। पगडंडी पर चलते हुए दाएँ-बाएँ नजर मारो तो हरियाली देखकर मन चहकने लगता है। कपास-मक्के के पौधे पूरे यौवन से इठला रहे लगते हैं। किसी-किसी खेत में घास-पात दिखता तो उस परिवार की कमज़ोरी और नालायकी ज़ााहिर होने लगती। शीशम के पत्ते हवा संग हिलते तो मन में छोटे-छोटे घुँघरुओं की झंकार छेड़ जाते। परन्तु इस समय दुल्ले को कुछ भी अच्छा नहीं लग रहा था। वह चौपाल में जाकर खड़ा हुआ तो सभी की नज़रें उसकी ओर जा लगीं। जैसे वे सभी उसी की प्रतीक्षा कर रहे हों। एक व्यक्ति ने उसके खाट पर जगह बनाई। उसका हाल-चाल पूछा, फिर कहने लगा, ''दुल्ले भाई, हमें सारा किस्सा मालूम हैं। दुहराने की कोई ज़रूरत नहीं है। तुम भी जानते हो, हम भी जानते हैं। मगर तुम यह पता लगाओ कि वह है कहाँ पर। जाकर ले आएँगे उसे। हम तेरे साथ चलेंगे।''

''दुल्ले, उस साले को घर में आने क्यों देता था। उनकी परछाईं भी बुरी है। पहले धौकल के लिए ले आये कहीं से बामणी। अब यह मैंगल...'', पिछली खाट पर बैठा एक व्यक्ति बोला।

एक अन्य व्यक्ति ने, पतली-सी धीमी आवाज निकाल कर कहा, ''मगर सुना है, वह तो यहीं घूम रहा था गाँव में ही। वह तो कहीं गया ही नहीं।''

दुल्ले के निकट बैठा व्यक्ति बोला, ''अरे, क्या कह सकते हैं भाई, सौ चालें चलते हैं ये बदमाश लोग भी।'' फिर दुल्ले से मुखातिब होकर बोला, ''तुम मालूम

करो भाई, कहीं आस-पास ही होगी वह।''

चौपाल से उठकर वह सीधा धौकल के घर जा पहुँच। धौकल बैठक में लेटे हुए पंखा झुला रहा था। उसकी औरत अन्दर आँगन में कोई काम कर रही थी। धौकल ने दुल्ले को आदर से बिठाया। घरवाली को हाँक लगा, दुल्ले को ठंडा पानी पिलाया फिर उससे चाय बनाने को कहा। कितने अर्से के बाद दुल्ला उनके घर पर आया था।

दुल्ले ने बात छेड़ी, ''मैंगल कहाँ है?''

''मैंगल यहीं पर है। कल यहीं था। रात को आया नहीं। उसका कुछ पता नहीं लगता। दो दिन यहाँ होता है, फिर दो दिन मालूम नहीं कहाँ होता है। मेरी पकड़ से बाहर है वह। पशुओं को भी मैं खुद ही सँभालता हूँ अब। वह तो तिनका तक नहीं तोड़ता। मालूम नहीं, कहाँ रहता है?'' धौकल अपना दुख बयान करने लगा।

दुल्ले को कोई बात समझ में न आयी। धौकल ऊँटों की बातें करने लगा। दुल्ला हूँ-हूँ करता और आवाज़ करते हुए चाय पीने लगा। धौकल की घरवाली भी उनके पास पीढ़ी पर आ बैठी। वह दुल्ले के परिवार का हाल-चाल पूछने लगी। बात करते हुए बीच-बीच में हँसने की कोशिश करती। मगर दुल्ले का मायूस चेहरा देखकर पता नहीं क्या सोचने लगी। कोई और बात छेड़ देती।

''मिलते-जुलते रहा करो दुल्ले। ऊँटों का व्यापार तो खत्म होने लगा, मगर मिलना-जुलना नहीं। तूने जैसे कसम खा ली हो।'' धौकल अपनापन जताने लगा।

8

यह उन दिनों की बात है जब दुल्ले के बड़े दोनों पुत्र गाँव चले गये थे। मुकुन्द सिंह की हवेली पर अब दुल्ला, सरदारो और दुल्ले के छोटे दोनों लड़के रह गये थे।

मैंगल की खड्डू से खूब पटती थी। वह खड्डू से कुछ वर्ष ही बड़ा था। दोनों में काफी घनिष्ठता थी। इकट्ठे उठते-बैठते और चारागाह में इकट्ठे ही ऊँट चराने जाते। आठ-दस ऊँटनियाँ दुल्ले के पास थीं, इतने ही धौकल के होते। उन्हें जानकारी होती कि कौन सा ऊँट-ऊँटनी दुल्ले की है और कौन-से पशु धौंकल के हैं। खड्डू और मैंगल पूरी पहचान रखते थे। चारागाह में सारे पशु इकट्ठे चरते रहते। किसी अन्य व्यक्ति को आसानी से मालूम नहीं होता था कौन-सा पशु किस घर का है। अपने-अपने घरों की ओर जाते समय वे दोनों अपने-अपने पशु साथ ले लेते।

असल में जान-पहचान तो दुल्ले और धौकल की थी। दोनों ही ऊँटों के

व्यापारी थे। वे आपस में भी ऊँटों का लेन-देन करते रहते थे। ऊँट लेकर इकट्ठे ही मंडी जाते। मुक्तसर की मंडी में तो प्रत्येक वर्ष जाते थे। कभी-कभी राजस्थान में गुग्गा गाड़ी भी जाते थे। फिर वैसे ही खड्डू और मैंगल की भी जोड़ी बन गयी। जैसे कभी धौकल और दुल्ले की थी। चारागाह में ऊँट खड्डू ले जाता तो चन्नू भी उसके साथ जाता। खड्डू, चन्नू से ही अधिक काम करवाता, खुद मैंगल के साथ बैठा बातें करता रहता या वे ताश खेलते रहते। चन्नू बेचारा तो पशुओं को हाँकने पर ही लगा रहता। डर रहता कहीं ऊँट निकट के किसी खेत में ना घुस जाएँ और फसल का नुकसान कर दे।

कभी-कभी सुबह ही ऊँट चारागाह में ले जाने से पहले ही मैंगल उनकी हवेली में आ बैठता और दुल्ले के साथ दो-चार बातें कर, खड्डू से बतियाने लगता। पता नहीं कौन-कौन सी बातें वे करते। कभी-कभी ऊँची-ऊँची हँसने लगते और कभी धीमे-धीमे बोलों में भेदभरी बातें करते। मैंगल की नज़र हमेशा ही सरदारो पर रहती। वह उन्हें चाय देने आती तो मैंगल बेबात ही खड्डू से कुछ कहने लगता। असल में वह बात सरदारो से कह रहा होता। सरदारो बच्ची नहीं थी। वह भी उचित जवाब दे देती। एक दिन सरदारो ने पहल कर दी।

''मैंगल, तेरी शादी कब होगी, क्या भौजाई भरोसे ही बैठा रहेगा?''

''भौजाई तो हाथ नहीं रखने देती। भौजाई की क्या बात है?'' मैंगल ने जवाब दिया।

''फिर तो तू रह गया ढोर का ढोर, काँव-काँव करता रहा कर। लोगों के टुकड़ों की ओर झाँकता रहा कर।''

''नहीं नहीं, ऐसे क्यों कहती है मासी। हमने कौन-सा भून कर बोया हुआ है। कभी हमारे दिन भी आएँगे। विवाह भी हो जाएगा।'' खड्डू की देखा-देखी मैंगल भी, उसे मासी कहता।

शाम को अपने घर ऊँट-ऊँटनियाँ खूटों पर बाँधने के बाद भी मैंगल हवेली में आ धमकता। वह और खड्डू फिर बतियाने लगते। उनकी बातें कभी खत्म नहीं होती थीं। सन्ध्या समय भी सरदारो से कोई न कोई बातचीत हो ही जाती। कभी कोई तीखी बात या कभी कोई स्नेह भरी। वाद-विवाद भी चलता रहता। बातों में खड्डू भी हिस्सा लेता। चन्नू उनसे छोटा होने के कारण थोड़ा परे-परे ही रहता।

सर्दियों के दिनों की बात है। चारागाह में ऊँट कहीं वृक्षों की कोंपलें खा रहे थे। चन्नू भी कहीं उनके साथ था। खड्डू और मैंगल टीले पर बैठे ताश खेल रहे थे। आसमान में कोई बादल नहीं था। सूरज अपने पूरे तेज़ से चमक रहा था। धूप शरीर को गर्मी देते हुए नयी स्फूर्ति प्रदान कर रही थी। ताश के पत्ते फेंटते समय मैंगल ने खड्डू की ओर भरपूर निगाह से देख कर कहा, ''क्यों खड्डू, मासी तुम्हारी

नाग की बच्ची है। बच कर रहना। डस लेगी एक दिन।''

खड्डू भौंचक्का-सा उसकी ओर देखने लगा, जैसे उसे बात समझ में न आयी हो। मगर वह चुप ही रहा।

अगली बार फिर पत्ते बाँटते समय मैंगल ने कहा, ''क्यों खड्डू, कभी छेड़कर देखा नहीं तूने?''

''नहीं, यह काम नहीं करना है।''

''क्यों?''

''बस नहीं।''

''अरे जाने दे। झूठ बोलता है कंजर।''

वे पत्ते खेलने लगे। खड्डू बाज़ी हार गया। अब पत्ते बाँटने की बारी उसकी थी। पहले मैंगल ने उसके दोनों हाथ थाम लिये और बोला, ''इधर देख, मेरी आँखों में आँखों डाल कर देख?''

''क्यों भला?'' खड्डू ने एकटक उसकी ओर देखा।

''ना सीधा देख। नज़र क्यों घुमाता है? बस मालूम हो गया न। दाल में कुछ काला ज़रूर है। मान चाहे न मान।''

''ना ना, तेरी कसम।''

''अच्छा खड़ा हो।'' मैंगल उठकर परे गया और झड़बेरी की एक सूखी टहनी उठा लाया। उससे एक टुकड़ा तोड़कर उसने खड्डू के सिर पर रखा।

''साले बाजीगर। इस टहनी की तरह सूख जाएगा, गर झूठ बोला तो। बता?''

''हाँ, सूख जाऊँगा।''

''फिर छेड़ता क्यों नहीं उसे। तेरी क्या माँ लगती है वह?''

''और क्या, माँ ही तो लगती है। जब बापू उसे ब्याह के लाया है।''

''अरे छोड़। तू तो एकदम नकारा है। तेरी जगह मैं होता ना। अरे, वह कौन-सी तेरी सगी माँ है? साले, एकदम मिट्टी का माधो है। एक दिन हाथ लगा कर देखना उसे, पके फल की तरह आ गिरेगी तेरे मुँह में।''

उसने सुना, कहीं दूर से किसी के ऊँचा बोलने की आवाज़ आ रही थी। फिर चन्नू की आवाज़ सुनाई दी। वह उन्हें पुकार रहा था। उन्होंने ताश इकट्ठी कर डिब्बी में डाली और खड़े हो गये। खड्डू ने चन्नू को बाँह खड़ी कर आने का संकेत किया। फिर दोनों चन्नू की ओर भाग पड़े। वह घबराया हुआ खड़ा था और खेत का मालिक चन्द डूड्डे की ओर क्रोधित दृष्टि से देख रहा था। चन्द अभी उन्हें गालियाँ दे रहा था।

''अरे भई, क्या हो गया चन्द सिंह?'' मैंगल बोला।

''ये छोले तुम्हारे ऊँटों की खातिर बोए हैं हमने। आ जाते हो मुँह उठाकर

इधर।''

चन्नू रुआँसा-सा होकर बोला, ''छोलों में ऊँट गया भी है। यूँ ही बके जा रहा है।''

''नहीं गया तो चला ही जाता। मैं दूर से हाँक न लगाता तो।'' चन्द सिंह हाँफता खड़ा था।

''फिर तू गालियाँ क्यों देता जा रहा है? वैसे ही बोल दे। गालियाँ देने के लिए क्या किसी और का मुँह नहीं है?'' खड्डू बोला।

''आ जाऊँ फिर?'' चन्द आगे बढ़ा।

''आ जा। क्या कर लेगा तू?'' खड्डू भी गर्म हो गया।

''ऊँट के पैर का निशान दिखा दे अपने खेत में। और अगर तेरा कोई नुकसान हुआ है, तब तो गालियाँ देना ठीक भी लगता है। वैसे तो तेरा ऐसा करना बहुत गलत है। गालियाँ ना दे।'' मैंगल ने समझाने के अन्दाज़ में कहा।

''बुरे तो हम हैं ही तुम्हारे हिसाब से। कैसे लहू-पानी एक कर अनाज पैदा करते हैं? तुम लोग तो ऊँट हो। ऊँट रखते हो, अक्लें भी ऊँट जैसी ही हैं। दूर रखा करो अपने पशुओं को, बस कह दिया एक बार। नहीं तो फिर झगड़ा हो जाएगा।'' छड़ी सहारे लँगड़ाते हुए वह दूर गेहूँ के खेत की ओर चला गया।

वे तीनों पीछे से उसे गालियाँ देने लगे।

''कुत्ता जाट, खामखाह ढाले पड़ रहा है।'' मैंगल ने कहा।

''तू कहाँ था, जब ऊँट चने की ओर गया?'' खड्डू ने चन्नू से पूछा।

''मैं वहीं खड़ा था। ऊँट तो इधर ही इधर चर रहा था। वह गया ही नहीं चने की ओर।'' चन्नू ने दृढ़तापूर्वक बताया।

''चलो छोड़ो। साला, डुड्डा कलंदरी बहू आयी चन्दरी।'' मैंगल ने तुक बन्दी की।

वे तीनों तालियाँ बजाकर हँसने लगे और उधर चल दिये, जहाँ ऊँट-ऊँटनियाँ खड़े थे और दरख्तों पर मुँह मार रहे थे।

खड्डू घर आया तो पशुओं को खूँटों में बाँध आँगन में पड़ी खाट पर आ बैठा। चन्नू से कहने लगा, ''मासी से कह, चाय बना दे ज़रा।''

चन्नू परे धूप में बैठे दुल्ले के पास जा बैठा और कोई बात करने लगा। वह उसे चन्द डुड्डे की बात बता रहा था। इसलिए शायद दुल्ला मुँह उठकार बड़े ध्यान से उसकी बात सुन रहा था।

सरदारो खड्डू को चाय देने आयी तो खड्डू एकदम उसे ताकने लगा। सरदारो ने एक बार देखा, दो बार देखा, फिर बोली, ''क्या हो गया हैं तुझे, ऐसे क्यों घूर रहा है?''

खड्डू ने नज़र झुका ली। उसे मैंगल की बातें याद आ रही थीं। मगर वह कुछ बोला नहीं। रात को रोटी खा वह दरवाज़े पर लेट गया। यहीं पर ऊँट बँधे होते थे। चन्नू भी वहीं लेटता था। दरवाज़े की छत बहुत ऊँची थी। फाटक के तख्ते बड़े-बड़े थे, उतने ही ऊँचे, जैसे किसी किले के तख्ते हों। मोटे-मोटे किवाड़। ऐसे मौसम में ऊँट फेना छोड़ते और बबकाते। उनसे तीखी दुर्गन्ध निकलती। यह दुर्गन्ध मैंगनों तथा पेशाब की दुर्गन्ध के साथ मिलकर हवा को और भी दम-घोंटू बना देती। मगर इन पशुओं के साथ रहने वालों को यह तीखी तेज़ बदबू कोई खास गहरी नहीं लगती थी। उन्हें इसकी आदत हो चुकी थी, बल्कि इस बदबू में उन्हें रात को काफी गहरी नींद आती थी। उस रात खड्डू को उखड़ी-उखड़ी नींद आयी। देर तक वह करवटें बदलता रहा। जब भी उसकी आँख खुलती, मैंगल की बातें उसके दिमाग से टकराने लगतीं। वह मन ही मन उसे गाली देता, ''साले जाट ने मुझे किन बातों में उलझा दिया।''

सरदारो रोज़ की तरह ही सुबह तड़के जागी। ऊँटनी का दूध रात को ही दुह के रख दिया था। रसोई में जाकर उसने चूल्हा जलाया। चाय बनाई। डोलची में चाय डालकर पहले वह चौबारे रख आयी। कटोरियाँ भी। दुल्ले से कहा, ''उठ, चाय पी ले। यह पड़ी है। कहीं ठंडी ना हो जाये।''

फिर वह नीचे रसोई में गयी। पीतल के गिलासों में चाय लेकर फाटक के पास जा खड़ी हुई। हाँक लगायी, ''ओ खड्डू, ओ चन्नू उठो तुम लोग। लो पकड़ो, चाय पी लो, जल्दी करो। चाय ठंडी होती जा रही है।''

खड्डू पहले से ही जाग रहा था। उठकर बैठ गया। उसे लगा, सरदारो कितना मोह से बोलती है। उसकी जबान में कितनी मिठास है। चन्नू का गिलास उसके सिरहाने रख वह खड्डू को गिलास थमाने लगी। गिलास पकड़ने के लिए खड्डू ने रज़ाई में से बाँह बाहर निकाली, मगर गिलास थामना भूल वह सरदारो के चेहरे की ओर एकदम घूरने लगा। पौ फट चुकी थी। प्रकाश की जीभ अँधेरे को तेज़ी से चाटती जा रही थी। कुछ पल आँखें भींचे, अगले पल चीज़ें और भी स्पष्ट नज़र आने लगतीं। फाटक पर चेहरा साफ दिखाई देने लगा था। गली की ओर बड़े किवाड़ों में दरारें थीं। खड्डू को गिलास पकड़ा, सरदारो ने उसके कन्धे पर चिकोटी काटी। बोली, ''कल से क्या हो रहा है तुझे?''

खड्डू उठा, बिस्तर लपेट बाहर की ओर निकल गया। जंगल-पानी से आकर वह काफी देर तक कुएँ की जगत पर बैठा रहा। सूरज ऊपर उठ आया था। जगत पर बैठे लोग धूप सेंकते और गेहूँ की बातें कर रहे थे। बारिश का इन्तज़ार करते और छुट्टा छोड़े पशुओं के मालिकों को सख्त गालियाँ दे रहे थे। खड्डू का ध्यान उनकी बातों की ओर नहीं था। उसके कन्धे पर चिकोटी वाली जगह पर अभी भी जलन

महसूस हो रही थी। चन्नू उसे बुलाने आ गया। कहने लगा, ''रोटी बन गयी है, तू यहाँ बैठा है। चल उठ चले, ऊँट लेकर।''

वह दोनों हवेली आ गये। खड्डू ने सारे पशु दरवाज़े से खोल कर दालान में बाँध दिये। चन्नू फावड़ा लेकर उनके मैंगने इकट्ठे करने लगा। फिर आँगन में पड़ी रेत तसले में भर दरवाज़े पर फैला दी। गीली जगह ढक गयी।

खड्डू ने उधर दालान में से ही चन्नू को हाँक लगायी और कहा, ''मेरी रोटी यहीं दे जा। यहीं खा लेता हूँ।''

सरसों के साग के साथ बाजरे की रोटियाँ थीं। लस्सी वह पड़ोस से माँग लाते थे। खड्डू ने रोटी खाई और उधर दालान में खाली पड़ी खाट पर लेट गया। खद्दर का खेस ऊपर ले लिया। खाट पर धूप अच्छी-खासी पहुँच रही थी। रोटी खाकर चन्नू भी उधर दालान में आ गया। एक ऊँट का नाक पक गया था। उसकी नकेल निकालकर रखी हुई थी। चन्नू देखने लगा कि उसका नाक अब कैसा है। कहीं मक्खी हग गयी तो घाव और बढ़ जाएगा। फिर वह अन्दर आँगन में गया और दवाई की काली-सी बोतल उठा लाया। कपड़े की चिन्दी बाँध कर तीली बोतल में डाल रखी थी। तीली दवाई में भिगोकर उसने ऊँट का रस्सा खींचा। उसका मुँह अपने सामने कर लिया। ऊँट अटकने लगा। चन्नू ने दवाई नाक में अच्छी तरह से लगा दी।

दालान की ओर आते हुए दुल्ले ने ऊँची आवाज़ में कहा, ''जाओ भी अब। खोल दो पशुओं को। दिन कितना निकल आया है।''

खड्डू उठकर बैठ गया, फिर चन्नू की ओर झाँकने लगा। दुल्ला जंगल-पानी के लिए चला गया था। दवाई आँगन के आले में रख चन्नू ऊँटों की ओर आया और खड्डू से कहने लगा, ''खोल ले ऊँट? चले अब?''

खड्डू ने सिर हिलाकर हामी भरी और खुद कुएँ की ओर आ गया। रसोई में सरदारो चूल्हे के सामने बैठी बर्तन माँज रही थी। सूखी मैंगनी की आग का सेंक तेज़ था। खड्डू धीरे से चूल्हे के आगे आ बैठा और हाथ सेंकने लगा। उसकी अपनी आँखें भी अँगारों की तरह जल रही थीं। वह लगातार सरदारो की ओर ताक रहा था। निकट बैठते ही वह लाजवंती के पौधे की भाँति सिमट गयी। खड्डू ने अपना काँपता हुआ हाथ सरदरो के घुटने पर रख दिया। इसके साथ ही सरदारो थोड़ा पीछे की ओर सरक गयी और अपना राख से सना हाथ खड्डू के चेहरे पर जड़ दिया। वह चूतड़ों के बल परे जा गिरा। सरदारो कड़क कर बोली, ''कमबख्त। कल से घूरता ही जा रहा है। क्या लगती हूँ मैं तेरी?''

खड्डू सीधा होकर बैठ गया उसकी आँखों में तपिश कम हो गयी। अब उसने सरदारो के घाघरे का किनारा पकड़ लिया। वह खड़ी हो गयी। खड्डू भी

खड़ा हो गया। सरदारो का रास्ता रोकने लगा। सरदारो ने उसे आँखों के इशारे से समझाया, ''देख, वहाँ चन्नू आँगन में घूम रहा है।''

9

''जूते मारूँ तुझे, कुत्ते।'' सरदारो क्रोधित बैठी थी और मैंगल से ज़हर बुझे बोल बोल रही थी।

मैंगल कई दिनों के बाद उनकी हवेली आया था। दुल्ला जंगल-पानी के लिए गया हुआ था। शायद कुएँ की जगत पर जा बैठा हो। चन्नू भी परे दालान में कोई काम कर रहा था। वह दोनों आँगन में नीम की छाया तले खाट बिछा बैठे थे। हमेशा की तरह सरदारो उनके लिए चाय ले आयी। सरदारो की आँखों में नमी थी। आवाज़ भर्राई हुई और गुस्से भरी थी। वह एक दिन सुबह-सुबह पौ फटने से पहले जब दालान की ओर गये तो सरदारो से खड्डू से पूछा था, ''अरे, तुझे यह पट्टी पढ़ाई किसने है? तू खुद तो ऐसा है नहीं।'' खड्डू ने मैंगल का नाम बता दिया था। बताया था कि चारागाह में जब वे ऊँट लेकर जाते तो वह उसे यह बातें सिखाता रहता था। खड्डू शर्मिन्दा भी था और कह रहा था, अगर मैंगल ने यह बातें उसके दिमाग में न भरी होतीं तो वह कभी इतनी ज़ुर्रत ना कर पाता। पता नहीं फिर वह यही बातें सोचने लगा था। उसके दिमाग में एक आग सुलगने लगी थी। उसके दिमाग को यह बात सुलफे के नशे की भाँति चढ़ गयी थी। उसे यह बिलकुल मालूम नहीं था कि यह बातें, जो वह सोच रहा है, अच्छी हैं या बुरी। एक मैंगल ही पहले पीछा नहीं छोड़ता था। मालूम नहीं, उसके दिमाग में भी कैसा फितूर भरा हुआ था। आखिर उसने बात खत्म की, ''मासी, तू तो मेरी नस-नस में उतर गयी थी। पारे की तरह हर वक्त तेरी ही सूरत सामने रहने लगी। अब तू चाहे रख ले या मार दे। मैंने बुरा किया हो तो ज़हर दे दे मुझे। मैं हँस कर खा लूँगा।''

सरदारो ने उसे अपनी छाती से भींच लिया। फिर कहा, ''जो होना था, वह हो गया, तू अपना मन खराब ना कर। समझ से काम ले। मैं पीछे नहीं हटूँगी।'' फिर उससे परे होकर बोली, ''खड्डू तूने मुझे बचा लिया। नहीं तो मैं........।''

चाय पीते हुए मैंगल आँखों में हँस रहा था। सरदारो उससे बुरा-भला कहती तो वह मुँह से तो कुछ ना कहता, मगर अन्दर ही हँसते हुए उसकी बगलें फड़कने लगतीं। खाली कटोरी उसने परे रखी और खाट की पिछली पाटी पर हाथ रखकर बैठ गया। खुश होकर बोला, ''मासी, तू जाने या यह जाने। मैंने तो इससे कुछ नहीं कहा।'' उसकी आँखों में कुटिल मुस्कान थी। फिर वह कहने लगा, ''मैं इससे कहूँगा, कुएँ में छलाँग मार दे। यह मार देगा क्या?''

''कुएँ में छलाँग तो तूने इससे लगवा ही दी। अब इससे बड़ी और क्या बात करेगा?''

सरदारो जूठे बर्तन उठा कर ले गयी। बाद में वह दोनों जल्दी-जल्दी अपनी बातें करने लगे। कभी धीरे-धीरे बोलते और कभी ऊँचा हँसने लगते। मैंगल खड्डू को चिकोटी काटता तो वह चीख उठता।

जाड़ों में चन्नू और खड्डू रात को दरवाज़े के पास सोते थे। दुल्ला और सरदारो ऊपर चौबारे में सोते थे। वह सन्ध्या समय ही तय कर लेते थे कि वह उसे तड़के ही जगाने आएगी। आमतौर पर वह सूरज-उदय के साथ ही जागती और उठकर चाय बनाती। मगर जिस दिन खड्डू को जगाना होता तो वह पौ फटने से पहले ही उठ जाती। वह दोनों उधर दालान की ओर चले जाते। दालान में कीकर, शीशम और नीम के वृक्ष थे। वृक्षों की छाया, तले छुप्प अँधेरा होता। वह चौथे-पाँचवें दिन ही दालान में जाते। इतने में पौ फट चुकी होती और रोशनी फैलने लगती। वह चाय बनाने में व्यस्त हो जाती। खड्डू दुबारा रज़ाई में घुस जाता।

गर्मियों के दिनों में ऊँट दालान में बँधे होते। सिलसिला जारी था। दूसरे-चौथे दिन सुबह-सुबह चारागाह में ऊँट ले जाने से पहले मैंगल उनकी हवेली आता तो सरदारो उसे छेड़ती। बातों-बातों में उसे उकसाती। एक दिन खड्डू अपनी चाय जल्दी-जल्दी पी कर दालान में ऊँटों की ओर चल दिया। पीछे मैंगल और सरदारो अकेले रह गये। आस-पास न चन्नू था ना दुल्ला। मैंगल कहता, ''मासी, तेरा काँटा भी एक दिन निकालना ही पड़ेगा। तू मानती नहीं मुझे छेड़ने से। रोज़ मेरी बेइज़्ज़ती करती है।''

''चुपकर के बैठा रह। क्या काँटा निकालेगा तू मेरा? यह जूती देखी है ना?'' सरदारो ने अपने पैर को हाथ लगाया।

''जूता दिखाती है तो अपनी सतसिरी अकाल। फिर मुड़कर नहीं आऊँगा मैं तुम्हारे यहाँ।'' उसकी शोखी गायब हो गयी थी।

''नहीं आएगा। जूता फिर भी तैयार है। क्यों नहीं आएगा?'' सरदारो की झिड़क में गजब का स्नेह था।

और फिर सरदारो और खड्डू का भेद खुल गया। दुल्ला सरदारो पर बुरी तरह से खफा था। खड्डू उसी दिन घर से भाग गया। बड़ी जड़ की करमो आयी। खड्डू को उसके बड़े भाईयों के पास से बुलाकर उसका ब्याह कर दिया। साथ ही चन्नू का भी। जितनी देर तक खड्डू को घर से भेज नहीं दिया गया, सरदारो अबोहर अपने माँ-बाप के ही रही।

फिर मैंगल की चन्नू के साथ दोस्ती हो गयी। सरदारो अबोहर से आ चुकी थी। दुल्ले ने कई ऊँट बेच दिये थे। उसका दिल टूट गया था। सरदारो के साथ वह

बस किसी तरह से निभा रहा था। उसकी बेटी करमो भी उसे यही समझा कर गयी थी। कहने लगी, ''जो हो गया बापू, उस पर मिट्टी डाल। ज्यादा कलपेगा तो तेरा ही शरीर कमज़ोर होएगा।''

उधर धौकल ने भी कई ऊँट बेच दिये। दो-तीन पशु रखे बस। किसी तरह से गुज़ारा हो रहा था। दो ही आदमी थे। कोई बाल-बच्चा भी न था। मैंगल अब घर के कामों में दिलचस्पी कम लेता। घूमने-फिरने में ही लगा रहता। कभी किसी रिश्तेदार के यहाँ चला जाता, कभी किसी के यहाँ। कभी मेला देखने जाता, कभी मंडी चला जाता। दुल्ले की हवेली में मैंगल ज़रूर चक्कर लगाता। नित्यप्रति ही जाता। सुबह-सुबह जाता या सन्ध्या समय। सरदारो के साथ अलग से बैठ कर बातें करता। दुल्ले को उस पर कोई शक-शुबहा नहीं था। उसके लिए तो मैंगल चन्नू जैसा था। उसे यकीन था कि मैंगल चन्नू के कारण उनके घर में आता है। मैंगल चन्नू की बहू की ओर कभी आँख उठा कर भी नहीं ताकता था। जब मैंगल आता, मानी खुद ही उसके सामने नहीं आती थी।

चन्नू और मैंगल ऊँट लेकर अब इकट्ठे चारागाहों में नहीं जाते थे। मैंगल ने ऊँटों का नाम लगभग छोड़ ही दिया था। वह धौंकल का कहना नहीं मानता था। मनमर्ज़ी करता। चन्नू ज़रूर चारागाह में जाता। तीन-चार पशु उसी के थे। दुल्ला तो उदास रहता। उसे ऊँटों से कोई दिलचस्पी नहीं रह गयी थी। चन्नू कोई सलाह-मश्वरा करता तो बाप-बेटा आपस में बातें कर लेते। चन्नू एक दुधारू भैंस भी ले आया था। दुल्ले ने ही उसे यह भैंस लेकर दी थी। कहने लगा, ''ऊँटनी के दूध से क्या बनता है। नेहरू की उम्र है, इसे भैंस का दूध दिया करो। मक्खन चटाया करो। गानी ने भी अपने घर में अभी क्या सुख देखा है। यह भी खुला खाये-पीये। लस्सी भी हो जाया करेगी। जाटों के घर में डोलजी ले माँगने जाते हो।''

अन्दर ही अन्दर दुल्ला जानता था कि सरदारो खुला खाये-पीये ताकि वह खुश रहे। उसका दिल लगा रहे। वह यहाँ टिकी रहे। वह बढ़िया से बढ़िया कपड़ा पहनती। दूध पीती, दाल-सब्ज़ी में घी ऊपर से डाल कर खाती। उसे रोकने वाला वहाँ कौन था। पाँच करे, पचास करे। सरदारो मानी का भी बराबर ध्यान रखती। ऐसा खुला स्वभाव थी सरदारो का।

अब जब मैंगल, चन्नू के पास आता तो सरदारो उनके पास आ बैठती। वे इधर-उधर की साधारण बातें करते। दुल्ला चौबारे से नीचे नहीं उतरता था। वह बस कुएँ की जगत पर जा बैठता और लोगों की बातें सुनता।

जब चन्नू उठकर हवेली में ही कहीं इधर-उधर जाता तो सरदारो मैंगल के पास अपना दुख लेकर बैठ जाती। आँखें भर लेती। खड्डू की बातें करती। वह उसे बहुत याद आता था। वह उसके दिल से निकलता ही नहीं था। एक दिन मैंगल

उससे कहने लगा, ''मासी, तुम उदास ना हो। वह तो अब आने से रहा। बाप ने जब एक बार धक्का दे दिया, तो। वैसे, अब तू भी उसका पीछा छोड़ दे, तू उसे दिल से लगाए बैठी है। क्या मालूम उसे तेरी याद आती भी है या नहीं। उसका ब्याह हो गया है। वह अपनी पत्नी का है अब, मासी।''

''हाय! मैं अब क्या करूँ, कहाँ जाऊँ? ऐसे कैसे दिल से निकाल दूँ उसे?''

''फिर कैसे दिन गुज़रेंगे तेरे? उसने आना नहीं, तुम धीरज नहीं रख रही। इस तरह तो तेरी ज़िन्दगी बर्बाद हो जाएगी।''

''मुझे इस दुल्ले से बूढ़े ऊँट-सी बदबू आती है। इसकी गन्दी साँस मेरी नाक में चढ़ जाती है। हाँफता है फिर, जैसे दूर से भाग कर आया हो, जैसे खुजली भरा कुत्ता साँस ले रहा हो। मेरी सोने जैसी देह मिट्टी में मिलती जा रही है।''

''तुम ऐसे करो मासी। तड़के पौ फटने से पहले जब गेन्दा मशकी पहला डोल भर कर ऊपर खींचता है और ज़ोर से कहता है—''राम भई....। तब उठ जाना।'' कह कर मैंगल चुप हो गया और सरदारो के मुँह की ओर ताकने लगा।

सरदारो की आँखें फैल गयीं। चेहरा गम्भीर था। बोली, ''आगे बोल.....।''
''मैं उधर खेतों की ओर से आऊँगा। दीवार फादूँगा मैं।'' मैंगल ने बात कह कर दूसरी ओर मुँह घुमा लिया। अपनी ओर से वह देखने लगा कि कोई आस-पास सुन तो नहीं रहा। असल में उसका मन थाली के पानी की तरह डोल गया था। यह बात कहकर। डर था, मालूम नहीं वह क्या जवाब देगी।

सरदारो रोने लगी। टप-टप आँसू गिरने लगे। वह एकटक उसकी ओर देख भी नहीं रही थी। उसकी आँखें बैल की तरह फैली हुई थीं। आँखों से ही वह कुछ पूछ रही थी, आँखों से कुछ कह रही थी। मैंगल को कुछ समझ में नहीं आ रहा था। वह वहाँ से उठकर दालान में चन्नू के पास चला गया। उसके साथ बेमतलब की दो-चार बातें कीं और फिर हवेली से बाहर निकल गया।

अपने घर की ओर जाते हुए वह सोच रहा था कि सरदारो ने उसकी बात का बुरा माना या स्वीकार किया। कुछ समझ में नहीं आ रहा था। रात को लेटे हुए वह इन्हीं ख्यालों में डूबा रहा। अन्त में उसने फैसला कर लिया कि वह जाएगा ज़रूर।

गेन्दा मशकी पौ फटने से पहले कुएँ पर जाता। डोल और रस्सी भैंसे पर लाद ले जाता। भैंसा गाड़ी भी। उसका छोटा बेटा उसके साथ होता। वह उसके समान ही हट्टा-कट्टा, तन्दुरुस्त जवान था। गाड़ी में काली फँसाता और छलाँग लगा कर उसमें बढ़ जाता। गेन्दा जब पहला डोल कुएँ में डालता तो ऊँचे-ऊँचे बोल कर कोई राग अलापता। उसकी आवाज सारे गाँव में सुनाई देती। डोल भर कर ऊपर आता तो वह बहुत ऊँची आवाज़ में बोलता, ''राम भई ओए।'' गेन्दे की आवाज़ सुनकर औरतें अपने बिस्तर छोड़ देतीं और काम-धन्धे में जुट जातीं। गेन्दे पानी के डोल

टंकी में डालता जाता। गाँव की बहुएँ और लड़कियाँ बूढ़ियाँ घड़े लेकर आतीं। टंकी की टोंटी खोल कर घड़े भरतीं।

उन दिनों थंमणवाला में बहुत कम नल थे। जिनकी पहुँच थी, उनके घर में ही नल लगे थे। आम लोग कुएँ का ही पानी उपयोग में लाते थे। जब दिन काफी चढ़ आता और स्त्रियाँ घड़े ले जाने हट जाती तो फिर गेन्दा मश्कें भर-भरकर खुद कुछ घरों में पानी देने जाता। यह वह घर होते जिनकी स्त्रियाँ कुएँ पर नहीं जाती थीं। आर्थिक तौर पर वे लोग मजबूत होते थे। कुछ लोग वे भी थे, जिन्हें हैंडपम्प का पानी स्वादिष्ट नहीं लगाता था। पीने के लिए वे कुएँ का पानी पीते। इस कुएँ का पानी मीठा था, मिश्री जैसा ठंडा बर्फ़ जैसा। गर्मी में ठंडा और जाड़े में गुनगुना।

उस रात मैंगल को चैन नहीं था। वह पौ फटने से पहले ही उठ खड़ा हुआ। गेन्दे की आवाज़ तो कहीं सुनाई नहीं दे रही थी। उसे भ्रम हुआ जैसे गेन्दा बोल रहा हो। वह उठा और घर से बाहर निकल गया। आसमान पर चाँद नहीं था। तारों की छत थी। गाँव की गलियों से गुज़रते हुए वह कुएँ के पास आ खड़ा हुआ। रास्ते में कई कुत्ते भौंकते मिले। वह खड़ा-खड़ा आसमान की ओर देखने लगा। उसे कुछ पता नहीं लग रहा था कि रात कितनी बाकी थी, कितनी बीत चुकी थी। उसके पास कौन-सी घड़ी थी। उन दिनों गाँव में पाँच-सात आदमियों के पास सही घड़ियाँ थीं। गेन्दा अभी आया नहीं था। वह कुएँ की मुँडेर से सटकर बैठ गया। मुँडेर ऊँची थी। मुँडेर की छाँव में बैठा आदमी अन्य किसी को दिखाई नहीं देता था। वह गेन्दा का इन्तज़ार करने लगा। काफी समय गुज़र गया। उसे लगा, हो सकता है, गेन्दा ने आज कुएँ पर आने ही ना हो। उसका मन कर रहा था कि वह सीधा हवेली की ओर ही चला जाये और किवाड़ तोड़कर सीधा सरदारो से जा मिले। दूसरे पल वह सोचता, ऐसे कैसे हो सकता है। किवाड़ तो टूटेंगे नहीं।

फिर उसे टल्ली की आवाज़ सुनाई दी। अँधेरे में कुछ दिखाई नहीं दे रहा था। टल्ली की आवाज़ नज़दीक आती गयी। उसने सुना, आवाज़ इधर ही आ रही। गेन्दा भी कुछ बोलता जा रहा था। मैंगल कुएँ की मुँडेर से पहरे छाया की भाँति खेत की ओर खिसक गया।

दालान के तीनों ओर बन्दे से ऊँची पक्की दीवार थी। वह खेतों से मुड़ आया और दीवार के पास बैठ गया। जैसे कोई जंगल-पानी के लिए बैठा हो। काफी समय वह वैसे ही बैठा रहा। प्रतीक्षा करने लगा, गेन्दे की आवाज़ कुएँ से कब आनी शुरू होगी।

फिर गेन्दे की ऊँची आवाज़ सुनाई दी, ''राम भई आये।'' मैंगल दीवार की ओर झाँकने लगा। मुकुन्द सिंह ने ईंटों से लिपाई करवायी हुई थी। उन दिनों में सीमेंट आम नहीं मिलता था। चूने को ही बहुत मज़बूत समझा जाता। ईंटों की चिनाई

भी चूने से ही की गयी थी। लिपाई का चूना जगह-जगह से उखड़ा हुआ था। दरारों में पैर का अगूँठा अटक सकता था।

वह बन्दर की भाँति उछल कर दीवार पर जा बैठा। दूसरी ओर एक परछाईं पहले ही खड़ी उसकी प्रतीक्षा कर रही थी। उसने दीवार से नीचे छलाँग लगा दी।

10

सर्दी हो, गर्मी हो, गेन्दा मशकी का पहला बोल 'राम भई ओए' ही होता था। जाड़ों में चन्नू और मानी कमरे में लेटते और गर्मी में खुले आँगन में। उधर दालान में रात को कोई नहीं होता था। मैंगल बहुत तड़के, जब हाथ को हाथ सुझाई नहीं देता था, दालान की दीवार फाँदता और सरदारो से जा मिलता। वह वृक्षों की छाया में चले जाते।

फिर तो मैंगल कई-कई दिनों बाद दीवार फलाँगने लगा। जिस दिन उसने दीवार फाँदनी होती, उससे एक दिन पहले वह उनकी हवेली में आता। सरदारो बिना कहे ही समझ जाती कि कल यह सुबह दीवार फाँद कर आएगा। जब भी वह आता, वह चाय बनाने लगती। चाय में ऊँटनी का दूध डालती। ऊँटनी के दूध की चाय मैंगल को स्वादिष्ट लगती थी। चन्नू और मैंगल चाय पीते, सरदारो उनके पास आदतन-सी बैठ जाती। छोटी-मोटी बात करती। फिर उठकर बहू के पास जा बैठती। बहू-सास नेहरू से छोटी-मोटी बातें करने लगतीं। लगता जैसे मैंगल की ओर सरदारो का कोई ध्यान ही नहीं है।

एक सुबह दालान के अँधेरे में उन्होंने आपस में चर्चा किया कि आखिर वे कब तक इस प्रकार चोरों की तरह मिलते रहेंगे। मैंगल कह रहा था, "यह साली दीवार फाँदनी बहुत मुश्किल लगती है अब तो?"

"क्यों, हार गया तू?" सरदारो ने उसका कन्धा झिंझोड़ा।

"नहीं, हार तो कभी मानी नहीं। परन्तु कोई और ढंग नहीं हो सकता?"

"और कैसे?"

"भई, कहीं और मिल लिया करें हम लोग।"

"हाँ, यही मैं भी कह रही हूँ। जब मैं दुल्ले के पास उठकर आती हूँ। मुझे डर-सा लगा रहता है, जैसे वह मेरे पीछे आ रहा हो। यदि कभी पकड़े गये तो दुल्ले का गुस्सा बहुत खराब है। मार देगा मुझे तो।"

"फिर क्या करे?" मैंगल ने चिन्ता जाहिर की?

"एक बात मेरे दिमाग में आ रही है। मैं बाजीगरनियों जैसी कोथली ले आती हूँ। गाँव में जाया करूँ चीज़ें बेचने। मुझे यह काम आता है। मेरी माँ भी करती थी।"

''फिर।''

''फिर उधर से उधर ही मिल जाया करेंगे। वैसे तो घर से निकला नहीं जाता।'' सरदारो ने कहा।

मैंगल हँसने लगा, ''अब यह काम किया करेगी?''

''क्या बुरा है। एक तो मेरा घूमना-फिरना हो जाएगा। हवेली में तो कैदी-सी बैठी रहती हूँ मैं। कहीं आना नहीं, जाना नहीं''

''मगर मिला कहाँ करेंगे?''

''अरे वाह। खेत कम हैं, मक्की, कपास, ईखें और बाजरे के। नज़र बचाकर फसल में घुस जाया करेंगे।''

''इसका मतलब तुझे पहले से ज्ञान है, इन कामों का। बड़ी चालाक है तू तो।''

''सब तूने ही सिखाया है। मुझे कहाँ मालूम थीं यह बातें।''

''पहले भी जाती होगी इन ईख कपास में।''

''अरे जा। तू फाँदता था दीवारें पहले भी? तुझे यह किसने सिखाया?''

मगर उनका यह सिलसिला साल 6 महीने ही चल सका। जिस दिन सरदारो ने कोथली लेकर गाँवों में जाना होता, एक दिन पहले मैंगल उनकी हवेली में आता। आगा-पीछा देखकर वह उसे गाँव का नाम बता देती। वह उस दिन सुबह-सुबह चाय पीकर घर से निकलती। दो-तीन परौंठे पका कर ले जाती। उस गाँव के रास्ते में मैंगल पहले ही कहीं खड़ा उसका इन्तज़ार कर रहा होता। आमतौर पर वह किसी ऊँची फसल के नज़दीक ही खड़ा होता। फसल ना होती तो ऊँचे-ऊँचे सरकंड़ों के झुंड होते। झाड़-झंखाड़ की ओट होती। या कभी मैंगल किसी की सूनी झुग्गी की खोज रख लेता था। जब वह उसे पगडंडी से आती नज़र आती तो मैंगल उसे दूर से ही इशारा कर देता।

कभी-कभी ऐसा भी होता कि सरदारो काफी देर से आती। वह मील के पत्थर- सा गड़ा, खड़े-खड़े सूखने लगता। मन ही मन उसे गालियाँ देता। कभी ऐसा भी होता कि वह पहले निकल जाती और मैंगल बाद में आता और दोपहर तक उसके इन्तज़ार में खड़ा रहता। वह आपस में मिल न पाते। किसी गाँव में गयी सरदारो काफी देर बाद लौटती। कभी-कभी खेतों में इधर-उधर लोग घूमते नज़र आते और वह एक-दूसरे को देखकर भी मिल न पाते। वे दोनों डर जाते, कहीं पकड़े न जाएँ। उस दिन उन्हें बगैर मिले ही लौटना पड़ता।

एक दिन पगडंडी से परे एक सूनी झुग्गी में बैठे वे परौंठे खा रहे थे। निकट ही साफ पानी का नाला बह रहा था। मैंगल हँसने लगा, ''घाघरा पहन कर तो तुम बन्दरिया लगने लगती हो। तुम सलवार-कमीज़ पहना करो। सिर के बालों की इतनी

मीढ़ियाँ भी मत किया करो। सिर को गोंद लगा कर चिपका-सा लेती हो।''

''फिर क्या होगा?''

''फिर जाटनी लगने लगोगी। जाटनी जैसी ही रहा कर।''

''अभी भी तो जाटनी ही हूँ, जो जाट के पीछे-पीछे भागती फिर रही हूँ।'' वह भी हँस दी।

दोनों ही थके हुए थे। फिर एक दिन सरदारो बोली, ''यह रोज़-रोज़ का कुत्ताखाना खत्म क्यों नहीं होता, मैंगल।''

''कैसे खत्म होगा यह?''

''मुझे ले चलो कहीं भी। कहीं भी ले जा। मुझे इस बूढ़े की कैद से छुड़ा कर ले जा। हम कोई काम कर लेंगे। रोटी खा ही लेंगे। मैं तेरी दासी बन कर रहूँगी।''

''अच्छा, यह बात है?'' मैंगल सोच में डूब गया, फिर बोला, ''अच्छा, ठीक है। फिर निकालते हैं कोई तरकीब भी।''

आषाढ़-सावन का महीना था। आसमान धुँधला-सा था। पहले तो सुबह-सुबह लगा जैसे बादल हो। उम्मीद थी, बारिश होगी। मगर फिर आँधी आयी और आसमान में जाकर ठहर गयी। हवा बन्द हो गयी, एकदम उमस हो गयी। साँस लेना कठिन हो रहा था। बदन से पसीना बहने लगा। पन्द्रह दिन पहले थोड़ी-सी बारिश हुई थी। ठंडी हवा बह रही थी। लोगों ने चैन की साँस ली थी। मगर अब फिर यह हाल हो गया था। मक्का और कपास खड़े-खड़े कुम्हला रहे थे। किसानों को फसलों की फिक्र हो रही थी। वे भगवान को कोसते, ''ससुरे। अब कब बरसेगा? ईश्वर भी साला गिन-गिन कर बदला लेता है।''

सरदारो ने सुबह उठकर परौंठे पकाये। उस दिन कुछ ज्यादा ही बना लिए। आम का अचार और प्याज़ भी रख लिया। वह हमेशा ही तरह तैयार हुई। कन्धे पर केथली रखी और शहतूत की छड़ी लेकर चल दी। जाते हुए चन्नू और मानी से बातें कीं। नेहरू को बगलों से उठाकर प्यार किया, पूछा, ''तेरे लिए क्या लेकर आऊँ?''

वह टिब्बे जाकर सीधा रोडूशाह के स्टेशन पर पहुँची। लोहे के बैंच पर उल्लू की तरह बैठा मैंगल उसकी प्रतीक्षा कर रहा था। उन्होंने जल्दी-जल्दी दो-चार बातें कीं। फिर दोनों अलग-अलग बैंचों पर जा बैठे। टिकटें मिलने की घंटी बजी तो मैंगल ने दो टिकटें बठिंडे तक की ले लीं। आधे घंटे बाद गाड़ी आ गयी। वह दोनों चुपचाप अलग-अलग डिब्बों में जा बैठे, जैसे एक-दूसरे को जानते ही ना हों। मैंगल ने नज़र घुमायी। उनके गाँव से ना कोई चढ़ा था और ना ही उतरा था।

यह बारह बजे की गाड़ी थी। रामपुरा फूल जाकर वे दोनों एक ही डिब्बे में बैठ गये। इस डिब्बे में सवारियाँ कम थीं। गर्मी के दिन थे। वे सभी उद्विग्न से बैठे

थे। डिब्बे के पंखे बन्द थे। सरदारो ने कोथली से सलवार-कमीज़ निकाली। गुसलखाने में जाकर घाघरा चोली उतार सलवार-कमीज़ पहन ली। उस दिन उसने अपने बालों में कम ही मीढ़ियाँ की थीं। एक दिन पहले ही उसने सिर समेत स्नान किया था। दुल्ले के पीछे पड़ उसने सलवार-कमीज़ सिलवायी थी। घाघरा-चोली उसने लपेट कर कोथली में ही डाल दिया। एकदम नया दुपट्टा लेकर सिर को ढँक लिया। यह दुपट्टा उस तरह का था, जैसी थंमणवाला गाँव की औरतें आम तौर पर सिर पर ओढ़ती थीं। खड़े होकर कहने लगी, ''क्यों लगती हूँ न अब जाटनी?'' उसने मैंगल के कान में कहा।

मैंगल ने हैरानी से देख उसे पूछा, ''ये कपड़े कब बनवा लिए तुमने?''

''जिस दिन तुमने कहा था, उससे अगले ही दिन ये कपड़े आ गये थे।''

''फिर तो तुमने मेरी बात को याद रखा।''

''और क्या। तुम खुश होने चाहिए, मेरे जाट।''

कोथली से सरदारो ने नोटों की काफी बड़ी गड्डी निकाली और अपनी कमीज़ की अन्दरूनी जेब में ठूँस ली। उन दिनों कुरती में बायीं ओर अन्दरुनी जेब लगवाने का रिवाज भी था।

''इतने नोट कहाँ से ले लिये तुमने।'' मैंगल हैरान था।

''जितने भी थे उस बूढ़े कंजर की ज़ेब में, सारे निकाल लायी। वह तो तहमद डाले चौबारे से बाहर बैठा था। बदन को अँगोछे से हवा करते हुए। कुरता उसका अंदर था चौबारे में, खूँटी से लटकता हुआ।''

जब कभी किसी स्टेशन पर गाड़ी रुकती, लोगों की साँस भी रुकने लगतीं। चलती गाड़ी में फर्राटेदार हवा चलती थी। कुछ आराम मिलता था। परन्तु मैंगल और सरदारो को गर्मी-सर्दी का कोई भी एहसास नहीं था। वे दोनों सोचों के घोड़ों पर सवार थे और गाड़ी की रफ्तार से भी तेज़ कहीं दूर उड़ते जा रहे थे। वे एक जहान छोड़ आये थे, दूसरे जहान का पता नहीं था, कहाँ था और कैसा था। सचमुच वे दोनों नहीं जानते थे कि वे कहाँ जा रहे थे। बस वे जा रहे थे। सपनों के पंख उन्हें उड़ाते जा रहे थे। जहाँ भी जाएँगे, दोनों होंगे। इनकी अपनी ही दुनिया होगी। इस दुनिया में वे खुलकर साँस ले सकेंगे।

बठिंडा आने वाला था। सरदारो खिड़की के पास आकर खड़ी हो गयी। वृक्ष तेज़ी से पीछे की ओर भागते जा रहे थे। रास्ते में ऊँचे-ऊँचे टीले भी आते और कभी-कभी झाड़-झंखाड़ भी। उसने धीरे से सीट से अपनी कोथली उठायी और जाकर दुबारा फिर से खिड़की के पास जाकर खड़ी हो गयी। मैंगल हैरान था और धीमा-धीमा मुस्करा भी रहा था, आखिर यह क्या कर रही है। जैसे ही झाड़ियों का एक झुंड-सा आया, उसने अपनी कोथली ज़ोर से बाहर की ओर फेंक दी, फिर

भागकर मैंगल के पास आ बैठी, और बोली, ''टंटा खत्म हुआ कोथली का। अब कोई नहीं कहेगा कि मैं बाजीगरनी हूँ।''

डिब्बे में बैठे अन्य चार-पाँच आदमी परे-परे बैठे थे। वे सभी खिड़कियों से बाहर की ओर झाँक रहे थे। किसी को कोई भनक ना लगी कि उस औरत ने गाड़ी से बाहर की ओर क्या फेंका है।

वे बठिंडा उतर गये और मुसाफिरखाने में बैठकर परौंठे खाने लगे। उन्हें बहुत ज़ोर से भूख भी लग रही थी। परौंठे स्वादिष्ट भी लग रहे थे। उस समय दुपहर ढल चुकी थी। मन ही मन वे दोनों बगैर पंख के भी उड़ते जा रहे थे। बस उन्हें एक ही डर था कि कहीं उनके गाँव का कोई आदमी उन्हें देख ना ले। वह मुसाफिरखाने में अधिक देर तक ना बैठे और ना ही बाज़ार गये। बाज़ार में तो उन्हें कोई न कोई देख सकता था। थंमणवाला का न सही, बाज़ार में अवश्य सरदारो की रिश्तेदारी का कोई न कोई आदमी मिल ही सकता था, अबोहर का हो सकता है, गिद्दडबाहा का या भाईरूपे इत्यादि का भी। सरदारो को लगता, जैसे सारी दुनिया उसे जानती हो। वह मुश्किल से ही कहीं लुक-छिप कर रह सकेगी। मुसाफिरखाना छोड़कर वे प्लेटफार्म के एक बैंच पर आ बैठे। इस बैंच के ऊपर पंखा लगा था। अभी वह बन्द था। इसलिए यहाँ पर एक-दो आदमी ही बैठे हुए थे। दूसरी बैंच एकदम भरी हुई थी। उन बैंचों के ऊपर लगे पंखे फर्राटे से चल रहे थे। सरदारो वहीं बैठी रही और मैंगल जाखल की दो टिकटें ले आया। जाखल जाकर वे क्या करेंगे, ये उन्हें मालूम नहीं था। वे तो बस दूर भाग जाना चाहते थे, जहाँ उन्हें कोई भी जानता ना हो। जाखल पहुँचते-पहुँचते रात हो गयी। अब वे कहाँ जाएँ? स्टेशन के बाहर ढाबे वाले थे। एक ढाबे से उन्होंने रोटी खायी, दूध पीया। बाबू से पूछा, एक गाड़ी रात के ग्यारह बजे आती थी। यह गाड़ी दिल्ली से घूरी तक जाती या उससे भी कहीं दूर। कहीं से भी कोई गाड़ी आती, उन्होंने उसमें सवार हो जाना था। उन्होंने घूरी की दो टिकटें ले लीं।

वे जाखल स्टेशन पर विवश से बैठे थे। उन्हें मालूम हुआ कि गाड़ी एक घंटा लेट है। एक घंटा भी बीत गया। फिर मालूम हुआ कि आधा घंटा और लेट है। गाड़ी के लेट आने का समय बढ़ता ही गया। एक बार उन्होंने झपकी भी ले ली। मगर गाड़ी ना आयी। आखिर में सुबह चार बजे गाड़ी आयी। मालूम हुआ, इंजन खराब हो गया था। फिर दूसरा इंजन आया। गाड़ी में बैठते हुए सरदारो ने पूछा, ''तुम मुझे लेकर चल तो दिये, मगर कोई ठौर-ठिकाना तो बता?''

''तुम ही बताओ, कहाँ बनाएँ। अपना ठिकाना?''

''मुझे क्या मालूम, तुम मर्द हो। मर्दों को मालूम होता है। औरतें तो मर्दों के पीछे चलती हैं।''

''चलो, लौट चलें गाँव को। वहीं रहेंगे।''

''गाँव में क्या है तुम्हारा। तुम में इतनी हिम्मत कहाँ है जो मुझे गाँव में साथ रख सको?''

''देखा जाएगा।''

''नहीं गाँव नहीं लौटना।'' सरदारो का निश्चय पक्का था।

''फिर कहाँ जाएँ?''

''किसी भी गाँव में। जहाँ हमारे बारे में किसी को मालूम न हो सके।''

मैंगल चुप हो गया। आँखें मूँद लीं। वह फिर बोली, ''बताओ भी अब? घुन्ना सा न बन। मुझे लेकर चला ही क्यों था?''

उसने आँखें खोलीं, ''हूँ...''

''घूरी पहुँच, फिर?'' सरदारो ने कहर बरपा देनेवाली निगाह से उसे ताका।

वह गुमसुम होकर बैठ गया। कुछ सोच रहा था कि कौन से गाँव वे जाये। शायद वह कुछ भी नहीं सोच रहा था। उसे कुछ सूझ नहीं रहा होगा। शायद पछता रहा हो। अब सरदारो भी चुप बैठी थी। डिब्बे के बाहर सुबह का धुँधलका था। लहरेगागे का स्टेशन आ गया। सवारियाँ बहुत कम उतरीं और चढ़ीं। इस बेवक्त की गाड़ी पर किसी को यकीन नहीं रहा था। मैंगल ने जैसे एकदम निश्चय कर लिया, उठ खड़ा हुआ। सरदारो से कहा, ''चल, उठ, यहीं उतर जाते हैं।''

''यह कौन-सा स्टेशन है?'' सरदारो ना उठी।

''तुम नीचे तो उतरो, फिर बात करेंगे। गाड़ी चलने वाली है। सीटी बज गयी है।''

दुविधा में घिरी सरदारो गाड़ी से नीचे उतरी। गाड़ी चलने लगी। वे मंडी की ओर चल दिये। एक दूकान पर चाय पी। चाय में भिगो कर डबलरोटी भी खा ली। मैंगल ने बताया, ''नज़दीक ही एक गाँव है लेटह छोटी लेटह। वहाँ चलते हैं। वहीं रहेंगे। बचपन में मैं एक बार यहाँ आया था। अच्छा गाँव है। धौकल और मैं आये थे। यहाँ से दो ऊँट खरीदे थे। काफी साल हो गये। अब कौन जानता होगा मुझे यहाँ, तब भी उन्हें मालूम नहीं था कि हम कहाँ से आये थे। लोग बोलते रूखा-सा हैं, मगर दिल के अच्छे हैं।''

11

दुल्ला गाँव में घूम-फिरकर चौपाल में लोगों के पास खड़ा होता, उनसे बातें करता परन्तु सरदारो का कोई सुराग ना पता लगता। वह जान-पहचान वाले आदमियों के घरों में भी गया। कई दिन गाँव में घूमता-भटकता रहा। ना उसे हवेली में चैन था

और ना उसे कहीं बैठने से चैन मिलता। जहाँ कहीं भी सरदारो की बात छिड़ती, लोग उससे पूरी हमदर्दी रखते। उसे खुद को अजनबी या गैर सा महसूस ना होता। मैंगल का नाम आता तो लोग खामोश हो जाते। अधिकतर लोग यही कहते कि वह तो गाँव में ही है। गाँव की जानी-पहचानी बूढ़ी औरतें भी दुल्ले को रोक उससे सरदारो की बातें करतीं। उसे दिलासा देतीं। दुल्ले को समझ न आता, वह क्या करे, क्या ना करे। कहाँ जा कर सरदारो की ख़ैर-खबर ले अब। वह तो सभी जगहों पर देख आया था। लड़कियों को मालूम हुआ, वे भी आयीं। चार-चार, पाँच-पाँच दिनों तक रहीं, फिर चली गयीं। बाप का दुःख-दर्द बाँट गयीं। दामाद भी आये। कहने लगे, "कोई बात नहीं, हम भी करेंगे अता-पता। अगर ज़िन्दा होगी तो खुद ही आ जाएगी।" करमो को लगता, "किसी ने मासी को कहीं मार ना दिया हो, बापू?"

बड़े दोनों बेटे नहीं आये। खड्डू ने तो वैसे भी नहीं आना था। अबोहर वाले भी आये। उन्हें दुल्ले से भी ज्यादा ग़म था। उनकी बेटी आखिर गयी कहाँ? वे कभी-कभी दुल्ले पर ही शक करते। उससे उल्टे-सीधे सवाल पूछते। दुल्ले के बड़े साले ने तो यहाँ तक कह दिया, "लड़की तो हम तेरी हड्डियों में से निकालेंगे दुल्ले। तुमने खुद ही लड़की को कुछ कर दिया है?"

अबोहर वालों की बातें सुन दुल्ला और भी दुखी होता। वह हैरान-परेशान था, 'एक तो उसकी औरत गयी और उसके साले ऐसी बातें करते हैं।'

फिर जब मैंगल पन्द्रह-बीस दिनों तक गाँव में नज़र ना आया तो दुल्ले का शक पक्का हो गया। गाँव के लोग भी यही बातें करने लगे। परन्तु वे इस बात पर हैरान थे कि पहले-पहल मैंगल यहाँ क्यों घूमता रहा? सरदारो नहीं थी, परन्तु वह यहीं पर था। यह क्या चालाकी थी मैंगल की? लोग धौकल से जाकर पूछते। धौकल तो स्वयं हैरान था कि मैंगल आखिर गया कहाँ? वह कोई भी काम नहीं करता था। आवारा ही घूमता रहता था। लेकिन था तो उसका भाई ही। उसका एक सहारा था। धौकल भी दुखी होता। दुल्ला फिर से कभी धौकल के घर ना गया।

उस दिन ज़ोर से पानी बरसा था। फिर रात-भर बूँदा-बाँदी होती रही। कभी-कभी ज़ोर से भी बरसने लगता। बादल ज़ोर से गरजते जैसे कहीं फटकर खेतों में ही गिर गये हों। चौबारे के अन्दर तक बिजली चमक जाती। ऐसा बरसाती मौसम दुल्ले को और भी अकेला कर देता। उसके पास खाली चारपाई उसे डराने लगती। अँधेरे में कभी उसे लगता कि चारपाई खड़ी हो गयी है। अब उसने सरदारो का रूप धारण कर लिया है, जल्दी ही वह उसकी चारपाई पर आ बैठेगी और उसके बदन को हाथ से छू कर जगाएगी। मगर ऐसा कुछ भी न घटता। दुल्ले की आँखें खुली की खुली रह जातीं।

दुल्ले को नींद आती, नहीं भी आती थी। उखड़ी-उखड़ी-सी नींद, मानो

वह उनींदा-सा ही हो। उसके दिमाग में विचारों की लड़ी साँप-सी बल खाती चलती। वह सोचता, सरदारो अब लौट कर उसके पास कभी नहीं आएगी। अब उसे कभी भी नहीं मिलेगी।

उसका दिल नर्म पड़ने लगता। गुस्सा एकदम काफूर हो जाता। उसे स्वयं से घृणा होने लगती। वह खुद पर लानत भेजता। वह क्यों मिट्टी की भाँति सरदारो को पीटने लगता था? वह भी तो आखिर हाड़-माँस की बनी हुई थी। सूखी लकड़ी नहीं थी। उसे क्या अधिकार था, इस तरह मारने-पीटने का? पति होने के कारण यदि कोई अधिकार था भी, तो क्या वह अधिकर उसके पास कायम रह गया? अब बैठा है, अकेला एकदम अकेला।

उसे याद आया। जब उसने सरदारो को खड्डू की खाट पर पड़े देख लिया था तो बाद में उसने उसे कितना पीटा था। मार-मार कर अधमरा कर दिया था। दुल्ला सोचता, उस दिन उसके अन्दर कितना जालिम पुरुष उतर आया था। उस समय वह आदमी रह ही नहीं गया था। वह तो कोई खूँखार जानवर था। वह सोचता, उस दिन की पिटाई वह तमाम उम्र भूल नहीं पाएगी। मन में बार-बार याद करती रहेगी। उसे, उससे कितनी नफरत हो गयी होगी। वह उद्विग्न होता, उसे उस दिन सरदारो को इतना पीटना नहीं चाहिए था। बर्दाश्त कर लेता और लड़के का ब्याह कर उसे घर से भेज देता। वैसे भी तो उसने यही किया था। फिर वह, यह भी सोचता कि उसने अपने पुत्र को क्यों ना मारा-पीटा? खड्डू को भी पीटता। उसने खडडू को इसलिए ना मारा-पीटा, क्योंकि वह उसका अपना पुत्र था। सरदारो बेगानी थी। एक बात यह भी थी कि खड्डू खुद पुरुष था। वह खड्डू को हाथ लगाता तो शायद खड्डू उल्टा उसे ही न खड़का देता। खड्डू आखिर नौजवान था, नया खून था और दुल्ला बूढ़ा आदमी। बूढ़ी हड्डियाँ। एक तीखी नोक उसकी सोच को बुरी तरह से चुभी कि कोई औरत फिर से उस मर्द को वैसा प्यार कर सकती है जिसने उसे पशु की भाँति पीटा हो? उसे वह दिन, वह समय याद आया तो वह अपना माथा पकड़ कर बैठ गया। सरदारो को घर से निकालने का काम उसने खुद ही शुरू किया था।

दुल्ला उठ कर बैठ गया। चौबारे के अन्दर उमस थी। उसने दरवाज़े के आगे खड़े होकर देखा, बूँदाबाँदी होने लगी थी। कहीं बिजली की चमक नहीं थी, ना ही कहीं बादल गरज रहा था। आसमान धुला हुआ था। आसमान में कहीं भी सफेदी नज़र नहीं आ रही थी। थोड़ी-थोड़ी हवा चल रही थी। उसने खाट घसीट कर दरवाज़े के आगे कर ली। यहाँ कुछ आराम था। फिर उसके दिमाग में मैंगल घूम गया। क्या किया, साले जाट को। उसका घर ही उजाड़ कर रख दिया। उसे याद आया कि धौकल के साथ ऊँटों का व्यापार एक जैसा होने के कारण मैंगल उनके घर

में आता-जाता था। पहले उसका खड्डू के साथ लिहाज़ था, फिर चन्नू के साथ हो गयी। मगर साले के बारे में क्या मालूम था वह किसलिए यहाँ आता था। क्या मालूम, उसका कितने समय से सरदारो से चक्कर चल रहा था? आता तो खड्डू से बातें करता। वह समझता, वे ऊँट लेकर चारागाह में जाते हैं। लड़कों में दोस्ती हैं। लड़के आपस में बातें करते ही रहते हैं। एक-दूसरे के घर में जाते हैं। मगर उसे क्या मालूम था कि वह क्यों आता था? उन दिनों से ही सरदारो के साथ उसका नैन-मटक्का होगा। मगर सरदारो तो खड्डू के साथ थी। मैंगल के साथ फिर कैसे हुई। उसे समझ में ना आता कि उन दिनों में वह खड्डू के पास आता था, फिर चन्नू के पास आने लगा। चन्नू के साथ भी वैसे ही बैठा-बैठा बातें करता रहता, जैसे खड्डू के पास बैठता था। कभी-कभी वह देखता, मैंगल और सरदारो दोनों बैठ कर बातें कर रहे होते। हँसते भी थे। वह समझता कि मैंगल, चन्नू की तरह ही है। चन्नू, सरदारो के साथ बातें करता है तो मैंगल भी करता रहे, क्या फ़र्क पड़ता है। दुल्ले के मन में मैंगल के बारे में रत्ती-भर भी मैल नहीं आयी थी। हाँ, तब शक ज़रूर हुआ था, जब कभी-कभी वह सवेरे ही घर आता और सरदारो बगैर कहे उसके लिए चाय बनाती और वे चाय पीते हुए भेद भरी बातें करते। आस-पास ताड़ते। ऐसा वे तब करते, जब चन्नू उनके पास से उठकर कहीं चला जाता।

दुल्ले को वह दिन भी न भूलता, जब उसने मैंगल के कारण सरदारो को अच्छा खासा डाँट-फटकार दिया था। वह उसकी ओर आग बरसाने वाली नज़र से झाँकी थी, जैसे उसे खा जाना चाहती हो। उसके बाद तो फिर वह चली ही गयी।

असल में सरदारो उससे ऊब चुकी थी। वह नित्य ही उसे घूरता था। नित्य उससे चूँ-चपड़ करता था। आखिर में एक दिन उसने घर से भाग कर ही चैन लिया। बहुत बुरा किया उसने। आखिर उम्र में वह उसे ऐन मँझधार में डूबो गयी। उसने तो तीसरा विवाह इसलिए करवाया था कि यह औरत बुढ़ापे में उसका सहारा बनेगी। मगर वह तो उसे ही बेसहारा कर चलती बनी।

पौ फट चुकी थी। बाहर मध्यम-सी रोशनी थी। बूँदाबाँदी बन्द थी। परन्तु आसमान बादलों से भरा हुआ था। यह बादल पूर्व की ओर भागते जा रहे थे। दुल्ले ने बाहर निकल कर देखा, हवा चल रही थी। उसे सकून मिला। उसने ऊपर से झाँका, चन्नू की बहू कुएँ से पानी खींच रही थी। उसने अनुमान लगाया, वह अब चाय बनाएगी। उसने खाली चारपाई बाहर निकाल ली और लेट गया।

थोड़ी देर बाद मानी चाय का लोटा ले आयी, साथ में कटोरी भी। कटोरी को पल्ले से पकड़ा हुआ था। दुल्ले ने आह भरी, सरदारो भी ऐसे ही चाय लेकर आती थी। वह उसकी कितनी सेवा करती थी। उसके कपड़े धोती। चौथे दिन लुंगी-कुरता धुल जाता। पगड़ी भी धो देती। सिर सहित उसे स्वयं नहलाती। लस्सी गर्म

कर लेती, बीच में सरसों का तेल डाल लेती। उस पटड़े पर बिठाकर खुद चौकी लेकर बैठ जाती। मल-मल कर उसके बालों की मैल निकालती। उसके हाथों से कितना अनोखा स्वाद आता था।

फिर रात समय जब वह उसकी बाँहों में होती, लगता, उसकी नर्म गोल गोलाइयाँ उसके अपने ही शरीर का हिस्सा हों। उसे अपने जिस्म के अंगों से भी स्वाद उठता प्रतीत होता। वह तो उसके जिस्म से बेल की तरह से लिपट जाती। उसका शरीर कितना नर्म था। कितना स्वाद उठता था उसके बदन से। वह समूचे तौर पर उसकी होती थी। दुल्ले को उसके सारे कसूर भूल जाते। उसकी गर्म साँसें दुल्ले को जवान कर देतीं।

दुल्ला यह बात भूलने लगता कि सरदारो पहले खड्डू के साथ थी, फिर मैंगल के साथ। क्या हुआ, गर उनका आपस में शारीरिक सम्बन्ध था। फिर भी वह उसकी थी, उसकी अपनी औरत। उस पर उसका पूरा अधिकार था। अब उस पर उसका कोई अधिकार नहीं रह गया था। सरदारो तो फूल थी गुलाब का। खिला हुआ, चारों ओर खुशबू फैलाता हुआ। यदि उसे कोई सूँघ भी लेता था तो क्या था। गुलाब का पौधा था तो उसके आँगन में। उसी का था। सूँघने वालों को उसे बरजा तो वह जालिम गुलाब भी जड़ से ही उखाड़ कर कहीं ले गये।

दुल्ले को सरदारो की झलक दिखाई पड़ती। जैसे वह नीचे आँगन में ही कहीं खड़ी है। मानी के साथ बातें कर रही हो। नेहरू को उसने गोदी में लिया हुआ है। कुएँ के पास बैठी कपड़े धो रही है। अपनी कोथली में चीज़ें निकाल-रख रही है। अब सीढ़ियाँ चढ़ेगी और खुशबू की तरह उसके पास होगी। उसके वजूद में अजीब तरह की महक थी। हवा इस महक के साथ-साथ चलती थी।

दुल्ला चाय पीकर उठ खड़ा हुआ। चुपचाप ही बाहर कच्चे में जंगल-पानी के लिए गया। जाते हुए उसने कुएँ के जगत पर निगाह डाली। एक आदमी बैठा था। उसका मुँह दूसरी ओर था। वह वापस आया तो जगत पर पाँच-सात आदमी थे। ऊँचा-ऊँचा बोल कर बारिश की बातें कर रहे थे। जब उनकी निगाह दुल्ले पर पड़ी तो वह सभी खामोश हो गये। उनकी यह खामोशी दुल्ले को छुरे की तरह चीर गयी। उसने उनकी ओर निगाह टिकाई नहीं। उसे डर था, वह उनकी ओर ताकेगा तो उनकी नज़रों के तीर उसे छेद जाएँगे।

चौबारे चढ़कर उसने ढोल से कपड़ा उतारा। नीचे आँगन में आकर उसने उसके छल्ले कस दिये। ढोल गले में डाल कर खपच्ची से त्रिड़-त्रिड़ की और डंडे की चोट मार दी। ढोल धड़म-धड़म कर बजने लगा। आँगन छोड़ वह दालान में आ गया। तेज़ी से ढोल बजाने लगा। एक पल ढोल बजाना बन्द किया तो उसे गाँव के पूर्व की ओर से भी ढोल बजता सुनाई दिया। उसने फिर तेज़ी से ढोल बजाया, जैसे ढोल की खाल फाड़ देना चाहता हो।

दालान से निकल कर वह ढोल बजाते-बजाते कुएँ के पास आ खड़ा हुआ और ज़ोर-से ढोल बजाने लगा। उसका मन कहीं टिक नहीं रहा था। उसका जी चाह रहा था कि धरती का कण-कण उसके ढोल को बजते सुने। वह ढोल बजाते-बजाते हवेली से बाहर आ गया। कुएँ के पास आ खड़ा हुआ। उसका डंडा ढोल को तेज़ी से पीट रहा था। डंडे को तेज गति से कुएँ के भीतर से भी प्रति ध्वनि होने लगी। जैसे ढोल की आवाज़ कुएँ से आ रही हो। उसे नहीं मालूम था कि कुएँ की जगत पर कौन-कौन बैठा हुआ है। वे उसके बारे में क्या बातें कर रहे हैं। कुएँ के बरगद पर बैठे पक्षी फुर्र-फुर्र करके उड़ गये। ढोल की आवाज़ से बरगद के पत्ते काँपने लगे।

दुल्ला कुएँ से भी आगे चल दिया। चलते-चलते वह गाँव के बाहर की भूमि पार कर टीले पर जा चढ़ा। वह बहुत तेज़ गति से ढोल बजाने लगा। ढोल बजा कर उसके मन को राहत मिल रही थी।

बारिश थमने पर गाँव के चरवाहे लड़के पशुओं को खेतों की ओर ले आये थे। उनके पशु बंजर ज़मीन पर खड़े थे। खाने को कुछ मिलता तो मुँह मारने लगते। कुछ पशु चारागाह की ओर जा रहे थे। टीले पर ढोल बजता देखे कितने ही लड़के दुल्ले के पास आ खड़े हुए और ढोल बजता सुनने लगे। दुल्ले का लड़कों की ओर कोई ध्यान नहीं था। उसकी आँखें बन्द थीं। वह बेतहाशा ढोल को पीट रहा था। सिर को एक ओर झुकाकर जैसे वह कोई भजन गा रहा हो।

सुहावनी हवा चल रही थी। लगता नहीं था कि गर्मी का मौसम है, आसमान पर बादल भागते जा रहे थे। दुल्ला कभी-कभी ढोल बजाना बन्द करता और पल भर को उसे सुनाई देता कि गाँव के दूसरी ओर भी ढोल बज रहा हो। उस ढोल की आवाज़ से आवाज़ मिलाने के लिए वह फिर से ढोल बजाने लगता।

उसने ढोल बजाना बन्द कर टीले की साफ भीगी रेत पर डंडे से दो समानांतर लकीरें खींचीं। एक बड़ी और दूसरी छोटी। वह फिर ढोल बजाने लगा। ढोल बजाते-बजाते उसने आँखें खोलीं। उसे लगा, जैसे लकीरों के किनारे मिल गये हों। अब वह और भी तेज़ी से ढोल बजाने लगा था।

12

थंमणवाला गाँव के किसान अपना अनाज रोड़ूशाह की मंडी में बेचने जाते। रबी-खरीफ की दोनों फसलें। वहाँ उनके गाँव से दो-तीन आढ़त की दूकानें थी। किसानों के अपने-अपने आढ़तीए थे। उन्हीं के साथ उनका लेन-देन चलता था।

थंमणवाला से रोडूशाह की मंडी करीब सात मील की दूरी पर थी। सावन के दिनों में तो फ़र्क ना पड़ता मगर हाड़ बेचने गये लोगों तथा उनके पशुओं के लिए बेहद गर्मी होती। थंमणवाला से टिब्बे तक पाँच मील का रास्ता एकदम रेतीला था। रास्ते में चारागाह थे। खेतों में ऊबड़-खाबड़ ज़मीन थी। पाँच महल के रास्ते में लोगों को प्यास भी लगती और वे कुछ पल आराम करने के लिए कोई आसरा भी तलाशते। गड्डे पर अगर बच्चे और औरतें भी होतीं तो बहुत मुश्किल भी होती। आदमी तो भूखे-प्यासे रह सकते थे, बच्चों के लिए मुश्किल होता था।

गाँव से चलते समय लोग एकदम तड़के निकल पड़ते, सूरज चढ़ने से भी पहले। तड़के-तड़के तो ठंड होती। जब सूरज तपने लगता, तब तक वह टिब्बा पार कर गये होते। टिब्बा छोटा-सा गाँव था। वहाँ कोई ऐसा स्थान नहीं था, जहाँ आराम किया जा सके। मंडी से लौटते हुए गड्डे टिब्बे गाँव से ही निकल कर आते। आगे थंमणवाला तक पाँच मील की दूरी सुनसान बियाबान थी। अगर तपती दोपहर या पिछला पहर होता, सूरज लोहे की फाल की तरह तपता। गड्डे में बैठी सवारियाँ एकदम भुजने लगतीं। बहुत कठिन होता। थंमणवाला पहुँचने तक लोग एकदम निढाल से हो जाते। पैदल चलकर मंडी जाने वालों के लिए यह फासला तय करना अत्यन्त कठिन होता था।

थंमणवाला से तीन मील की दूरी पर पगडंडी के एक ओर चश्मा था। चश्मे को लोग, 'चुश्मा' कहते। टिब्बा यहाँ से दो मील रह जाता। मगर चश्मे वाली जगह थंमणवाला में आती थी। थंमणवाला गाँव की ज़मीन का चक बड़ा था। टिब्बे के पास ज़मीन कम ही थी।

विभाजन के सात-आठ सालों के बाद ज़ोरदार वर्षा हुई। गाँव के निचले स्थान पर पानी भर गया और घर गिर पड़े। लोगों ने खेतों में जाकर घर बना लिए। इस ज़ोरदार वर्षा से पहले धरती के नीचे पानी बहुत गहरा था। किसी-किसी गाँव में कुओं का पानी जगत तक पहुँच कर भी नीचे गहरे तल में तारे-सा चमकता दिखाई देता। गाँव में एक-दो ही कुएँ मुश्किल से थे। नल भी नहीं थे। यदि किसी गाँव में नल लगता भी तो, बहुत महँगा पड़ता।

उन वर्षों में एक दिन थंमणवाला गाँव के एक घर ने अपने खेत में एक गड्ढा खोदना शुरू किया। इस खेत में नहर का पानी आता था। मक्का-कपास की ऋतु थी। उन्होंने सोचा कि जब नहर की बारी आयी तो वह इस गड्ढे को पानी से भर लेंगे। पानी निथर जाएगा तो यह पीने के काम आएगा। पशु भी पी लेंगे। दो आदमी गड्ढा खोदने लगे। काफी लम्बा-चौड़ा। गड्ढा उन्होंने कमर तक खोद लिया। फावड़े से मिट्टी बाहर फेंकते जाते और फिर जब एक आदमी ने फावड़े का ज़ोरदार टक मारा तो नीचे से पानी रिस आया। आदमी डर गया। दोनों आदमी छलाँगे लगाते हुए

गड्ढे से बाहर निकल आये। काँपते भी जा रहे थे, लेकिन बेहद खुश भी थे। हर कोई कहने लगा, ''यह तो ख्वाजा प्रगट हो गया, भाई।'' न फिर जिनके पास गुड़ था, गुड़ का टुकड़ा कर गड्ढे में फेंक कर माथा टेक दिया। जिनके पास चाय के लिए दूध पड़ा था, उन्होंने दूध ही अर्पित कर दिया। कंडे लाकर आग सुलगायी गयी। सुलगते कंडों पर भी दूध और गुड़ के ढेले चढ़ाये गये। आस-पास के खेतों के लोग खुशी से झूम उठे। दोनों ही गाँवों से पता लगने पर औरतें पताशे, गुड़, आटा, सरसों का तेल, सूत की अट्टी और छेद वाले पैसे लेकर उमड़ आये। ख्वाजा की मन्नतें होने लगीं। सन्ध्या तक गड्ढे का पानी घुटने-घुटने तक आ गया।

पंजाब के लोगों के लिए ख्वाजा खिज्र का खास महत्त्व है। जब किसी खेत में कुआँ खोदा जाता और नीचे से पानी निकल आता तो कुआँ खोदने वाला अहीर ख्वाजा की कड़ाही चढ़ाता। यह गुड़ वाले मीठे चावल होते, लौंग डालकर पकाये हुए।

ख्वाजा खिज्र पानी का देवता है। पंजाब के हिन्दू, सिक्ख, मुसलमान आदि सभी इसकी पूजा करते हैं। मुसलमान तो ख्वाजा को पाँच पीरों में से एक मानते हैं।

मुसलमान इतिहासकारों के अनुसार खिज्र सिकन्दर महान का वज़ीर था। उसे आबे-हयात का चश्मा मिला था जो सिकन्दर को नहीं मिला था। एक यूनानी दन्त-कथा अनुसार, सिकन्दर का रसोईया अंदरीश असल में खिज्र ही था। एक दिन वह मरी हुई मछली धोने के लिए चश्मे पर गया। वह मछली पानी का स्पर्श पाते ही एकदम जीवित हो उठी और रसोइये के हाथों से फिसल गयी। रसोइये ने खुद उस चश्मे के पानी के दो-चार घूँट पी लिये। यह अमृत था। रसोइया अमर हो गया। उसने आकर यह बात सिकन्दर को बतायी। सिकन्दर को उस चश्मे का रास्ता ही नहीं मिला। सिकन्दर क्रोध में आ गया। उसने रसोइये के गले में भारी पत्थर बाँधकर उसे समुद्र में फेंक दिया। वहाँ वह समुद्री दानव बन गया।

दोनों गाँवों के कहने पर उस किसान ने चश्मे वाली दो बीघे ज़मीन छोड़ दी। कहते हैं, उसके घर कोई औलाद नहीं थी, फिर उसका एक लड़का हुआ। इस खुशी में उसने दो बीघे और छोड़ दिये। इस स्थान पर मन्नतें माँगी जाने लगीं। बूढ़ी औरतें बृहस्पतिवार को मीठे चावलों को कड़ाही बाँटने लगीं। ख्वाजे के इस गड्ढे को पवित्र तथा चमत्कारी स्थान माना जाने लगा।

भारी वर्षा के कारण पंजाब में चारो ओर बाढ़ आ गयी। फसलें चौपट हो गयीं। कच्चे-पक्के सभी मकान ढह गए। ईश्वर का भारी प्रकोप फैला। निचले खेतों में महीने तक पानी ना सूखा। वैसे ही खड़ा रहा। फिर कितने वर्ष वहाँ फसल न हुई। धरती के निचले स्तर में पानी के कारण सीलन आ गयी। सीलन भरी धरती पर फसल कब होती है। धरती का निचला पानी सारा ही ऊपरी स्तर पर आ गया। जबकि तब पानी साठ-सत्तर हाथ नीचे होता था। अब तो पानी एकदम ऊपर आ

गया था। कई खेतों में तो फावड़े के चार टक ही काफी होते। एकदम नीचे से पानी निकल आता। खेतों में काम करने वाले आदमियों ने पानी पीना होता या चाय रखनी होती, दो-चार टक मार कर गड्ढा खोद लेते। पानी रिस कर गड्ढे में भर जाता। कुछ समय के पश्चात् पानी निथर जाता। ज़रूरत अनुसार वे लोग पानी का प्रयोग कर लेते। अब इस चश्मे की मान्यता कम होने लगी। कोई-कोई बुढ़िया कड़ाही बाँटने आती।

कुछ समय पश्चात् चार-पाँच वर्षों में स्तर कम होने लगा। धरती के ऊपर भी पानी सूखने लगा। चश्मा भी सूखने लगा। मगर वह जमींदार जिसने एक बीघा ज़मीन चश्मे के नाम छोड़ रखी थी, उस पर दुबारा हल नहीं जोता था। कहता था, दे दी सो दे दी। ज़मीन ख्वाजा की हो चुकी है।

एक दिन दुल्ले को क्या सूझी, वह ढोल बजाता-बजाता चश्मे तक पहुँच गया। चश्मे वाले गड्ढे के किनारे पर खड़े होकर ज़ोर-ज़ोर से ढोल बजाने लगा। ढोल की आवाज़ दोनों गाँवों में सुनाई देने लगी। टिब्बे के लोग इकट्ठे हो कर आ गये। हैरान थे, आज यह बाजीगर यहाँ क्यों ढोल बजा रहा है? पहले तो वह उसे देखते रहे, फिर उसके और पास आ गये। वे उससे पूछना चाह रहे थे कि वह यहाँ ढोल क्यों बजा रहा है? दुल्ला मस्त था। आँखें मूँदी हुई, सिर एक ओर झुका हुआ। ढोल लगातार बजता हुआ, मानो उसे दुनिया-जहान की कोई सुरत ना हो। उसे कोई जानकारी नहीं थी कि उसके आस-पास लोगों का हुज़ूम है। ढोल बजाते हुए वह थकता नहीं था। उसे लगता, अभी चश्मे की धारा फूटेगी और पानी की धार में से सरदारो निकल आएगी। उसे महसूस हुआ जैसे चश्मे की धारा फूट पड़ी हो। वह और भी तेज़ ढोल बजाने लगा। तेज़ और तेज़। उसके हाथ मशीन से यन्त्रवत् चल रहे थे। उसे नज़र आया, पानी की धारा में से औरत का चेहरा बाहर आ रहा है। आँखें बन्द और मुस्कराती हुई। बहुत भोला चेहरा था। जैसे साक्षात् सरदारो का चेहरा हो। वह ढोल बजाते हुए पीछे हटा ताकि पानी की धारा में से मुक्कमल औरत बाहर निकल आये। औरत एकदम बाहर आ गयी। उसने ढोल बजाना बन्द कर दिया और आँखें खोल दीं। गड्ढे में कुछ भी नहीं था। ना कहीं पानी की धारा ना ही धारा से निकली कोई औरत। गड्ढे के आस-पास लोग खड़े थे। उन्हें लगा, वह जैसे ढोल की करामात ने ही यहाँ पैदा किये हों या फिर उस औरत से फैल कर यह बन गये हों।

"ओए बल्ले तेरे, दुल्ला सिंह।" एक आदमी हँसा और बोला, "आज तो तुमने रौनक ही लगा दी।"

"तू यहाँ कैसे आ गया आज?" किसी और ने कड़कती आवाज़ निकाली।

"तुझे यहाँ ढोल बजाने का सपना आया था क्या?"

"यहाँ क्या नज़र आता है तुझे, जो ढोल बजाता जा रहा है?"

''हमने सोचा, मालूम नहीं क्या बात है भई, ढोल बजता जा रहा है किसी का।''

''तू बोलता क्यों नहीं? बोल क्यों, इकट्ठे किये आदमी तूने ढोल बजाकर।''

''आदमी तो यार उधर देखो, थंमणवाले से भी चले आ रहे हैं।''

दोनों गाँव के लोगों ने आपस में अभिवादन किया। हाथ मिला, हाल-चाल पूछने लगे। दुल्ले वैसे का वैसा गड्ढे के किनारे चुपचाप खड़ा था। ढोल गले से उतार उसने धरती पर रख दिया। खपच्ची और छड़ी अपने हाथ में ही रखी। वह दोनों गाँवों के इन सभी आदमियों को जानता था।

''दुल्ले, क्या बात है भाई?'' थंमणवाला के एक बुजुर्ग ने पूछा दुल्ले ने दाएँ हाथ की पहली अगुँली गड्ढे में ऐन दरम्यान इंगित करते हुए कहा, ''यहाँ।''

''क्या है वहाँ?'' उसी बजुर्ग ने फिर पूछा।

दुल्ले ने ढोल उठाया, फिर से गले में डाल लिया। पहले की तरह ही तेज़-तेज़ बजाने लगा। आँखें मूँद लीं और सिर एक ओर झुका लिया। सभी आदमी गायब हो गये। पानी की धारा फिर से फूटने लगी। उस धारा में औरत का चेहरा नज़र आने लगा। उसने ढोल की रफ्तार और तेज़ कर दी। उसके हाथ तेज़ी से चल रहे थे।

मई-जून का महीना था। गर्म हवाएँ चल रही थीं। सुबह-सुबह ही कुछ आराम मिलता। सुखद हवा थोड़ी देर ही चलती। सूरज ऊपर उठते ही हवा गर्म होने लगतीं दोपहर के समय सब कुछ तपने लगता। सूरज छिपने तक यह तपिश बनी रहती। रेत ठंडी हो जाती तो हवा भी ठंडी होने लगती। रात को लोग छत पर सोते। ठंडी हवा स्वर्ग-सा आनंद देती। बहुत गहरी नींद आती।

वैसाख बीते अभी मुश्किल से महीना हुआ था। इन दिनों ही खेतों में थोड़ी फ़ुरसत होती। सावन की फसल की बुआई के लिए बारिश की प्रतीक्षा करते किसान किन्हीं अन्य धन्धों में मस्त हो जाते। इन दिनों में ही ज़मीनों को समतल किया जाता। गड्ढे भरे जाते। खेतों की हदों पर मिट्टी बढ़ाते। साधु-सन्त धूनी रमाते। वर्षा की प्रतीक्षा में यज्ञ किये जाते।

उस दिन लोगों को फ़ुरसत होगी। इसलिए दोनों गाँवों के आदमी इकट्ठे होकर चश्मे वाली जगह पर आ खड़े हुए थे। वे गिनती में अधिक नहीं थे। दस आदमी डिब्बे में और इतने ही थंमणवाला के होंगे।

थंमणवाला गाँव में अब सरदारो की चर्चा कोई विस्तार से नहीं करता था। कई वर्ष बीत चुके थे। गाँवों में पक्का यकीन था कि धौकल का भाई मैंगल ही उसे कहीं ले गया है। बीच-बीच में कोई यह भी कहता कि सरदारो कहीं मर-खप गयी होगी। कुछ लोग ऐसा ही सोचते थे कि उन दोनों को किसी ने मार दिया है। जीवित होते तो कहीं से कोई सुराग तो निकलता।

मगर दुल्ले के लिए मानो कल की घटना हो। जैसे वह कल कहीं गयी हो और आज वापस आ जाएगी। वह तड़के-तड़के आँगन में नीम तले बैठा रहता। गर्मी लगने पर ऊपर चौबारे में जा लेटता। कुएँ से पानी निकाल दिन में कई बार नहाता। दालान में खड़े हो शाम को ढोल बजाता। कभी गाँव के बाहर निकल जाता।

वह उस दिन सन्ध्या समय चश्मे पर गया। ढोल की आवाज़ सुन दोनों गाँवों के लोग वहाँ इकट्ठे हो गये। पहले उन्हें मालूम नहीं था कि कोई ढोल बजा रहा है। टिब्बे वालों ने सोचा कि चश्मे का कुछ नवीनीकरण करना होगा और थंमणवाला गाँव के लोग ढोल बजवाकर लोगों को इकट्ठा कर रहे होंगे। थंमणवाला गाँव वालों ने सोचा कि शायद टिब्बे वाले चश्मे का कुछ कर रहे होंगे। उन्होंने किसी ढोल वाले को बुला भेजा होगा।

दुल्ले ने जब अपना हाथ गड्ढे की ओर किया तो दोनों गाँवों में लोगों को कुछ भी समझ में न आया कि वह क्या कह रहा है। उन्हें भौंचक हो देखते हुए दुल्ला दुबारा बोला, "वहाँ, वहाँ से धरती खोदो।"

लोगों को यह बात इलहाम की तरह लगी। उन्होंने सोचा, इसमें अवश्य कोई रहस्य है। आस-पास के खेतों में काम करने वाले लोग भी वहाँ आ खड़े हुए। कुछ लोगों के हाथों में कुदालें भी थी। कुदालें ला दो-तीन आदमी गड्ढा खोदने लगे। दुल्ला ढोल बजा रहा था। आँखें मूँद कर सिर एक ओर झुका हुआ। वह पसीना-पसीना हो रहा था। उसके दिमाग में पानी की धारा कूट आयी होगी। पानी की धारा से उसे औरत का चेहरा नज़र आ रहा होगा। इसलिए तो वह इतना मस्त होकर ढोल बजा रहा था। उसने ढोल बजाना बन्द कर दिया। आँखें खोलीं। गड्ढे में पानी की एक भी बूँद नहीं थी। आदमी और गहरा खोदते जा रहे थे।

13

थंमणवाला और टिब्बा दोनों गाँवों के सामने आदमियों ने एक दिन पंचायत की। वे लोग चश्मे के नज़दीक ही एक शीशम की छाया में बैठ गये। अधिकतर आदमी थंमणवाला के ही थे।

मंडी में लोगों का नित्य का आना-जाना था। रबी-खरीफ की फसलें तो बेचने जाते ही जाते, सौदा-सुल्फ भी लेने जाना पड़ता था। गर्मी के दिनों में लगातार सात मील चलते जाना, रास्ते में कहीं भी ना रुकना, उनके लिए बहुत कष्टदायी होता था। साँस लेने की बात दूसरी, प्यास लगती तो रास्ते में कहीं भी पानी ना मिलता। पगडंडी छोड़कर टिब्बे के घरों में पानी पीने जाना अजीब-सा लगता। रास्ते में पड़ने

वाले घर पानी पिला तो देते, मगर रोज़ ऐसा करना सम्भव नहीं था। उनके घर, 'प्याऊ' तो नहीं थे। थंमणवाला गाँव के लोगों ने सोचा तो उनके मन को यह बात भा गयी कि यदि चश्मे वाली जगह पर बाबड़ी बन जाये, पाँच-सात वृक्ष लग जाएँ पानी की तलैया रहे तो मौज-ही-मौज है। मंडी जाते-आते वहाँ वृक्षों के नीचे बैठकर विश्राम किया करेंगे। कुएँ का ठंडा पानी पीया करेंगे। यह स्थान एक तरह गाँव का पड़ाव बन जाएगा। उनके दिमाग में स्पष्ट नक्शा उभरा था कि चश्मे वाले स्थान पर एक नया संसार सृजित किया जाये।

टिब्बे के आदमी सोचते थे कि यदि चश्मे वाले स्थान पर कुआँ लग जाता, छप्पड़ बन जाये, वृक्ष लग जाये तो उनके गाँव को भी फायदा होगा। नज़दीकी खेतों वाले जाकर बैठा करेंगे। पशु पानी पीयेंगे। टिब्बे गाँव में ना तो कोई मन्दिर गुरुद्वारा था और ना ही कोई अन्य संयुक्त स्थान था जहाँ जाकर लोग बैठ सकें और फुरसत में बैठ कर बातें कर सकें। वे सोचते, ज़मीन तो थंमणवालों की है, अपनी तो मेहनत ही है। सभी ने मिलकर गड्ढा खोदना चाहा ताकि उनका भी हिस्सा शामिल हो जाये। ख्वाजा पीर की एक साँझी जगह बन जाएगी।

दोनो गाँवों ने आखिर फैसला किया के ख्वाजा वाली जगह पर तलैया खोदी जाए, बाकी बाद में देखेंगे। दुल्ला ढोल लिए वहीं बैठा था। दोनों गाँवों के लोगों ने संयुक्त आवाज़ में कहा, ''ले भई दुल्ले लगा डंडे की चोट। कर दे श्री गणेश।''

दुल्ला खड़ा हो गया। वह वहीं खड़े होकर ढोल बजाने लगा। वह पहले ही ढोल लिए चश्मे पर खड़ा था। वह ज़ोर-ज़ोर से ढोल बजाने लगा। पीछे-पीछे लोग भी आ खड़े हुए। थंमणवाला के नम्बरदार कुंडा सिंह ने कहा, ''देख क्या रहे हो, लाओ कुदालें टोकरियाँ अभी।'' ढोल बजता गया। चार-पाँच आदमी टिब्बे की ओर चल दिये।

थंमणवाला के पाँच-सात आदमी अपने गाँव को चल दिये। दो घंटे बाद फावड़े-कुदालें खड़कने लगे। दोनों गाँवों से काफी लोग इकट्ठे हो गये। हट्टे-कट्टे युवक मिट्टी के टोकरे भर-भर कर दूर ले जाकर फेंकने लगे। मिट्टी खोदने वाले अलग थे। जो साथ ही साथ टोकरे भी भरते जाते थे। टोकरे उठाने वाले दूसरे थे। भरे हुए टोकरे उठाकर फेंकने वाले अलग। सन्ध्या तक ढोल बजता रहा और गड्ढा चौड़ा होता गया। टिब्बे का नम्बरदार तोता सिंह भी आ गया। उसका कद मध्यम था, पेट बड़ा था। कछ लोग उसे तोंदू भी कहते थे। तोते तोंदू ने आधा एकड़ की सीमा निर्धारित कर दी। एक लकड़ी लेकर लकीर खींचने लगा। लकड़ी के एक सिरे को एक लड़के ने दबा रखा था ताकि लकड़ी की लकीर साफ-साफ धरती पर उभर आये। फिर तोते ने अपने गाँव के एक आदमी से कहा कि वह इस लकीर पर कुदाल का गहरा टक लगा दे, ताकि निशानी रहे कि यहाँ तक गड्ढा खोदना है।

दोनों गाँवों में डुग्ग-डुग्गी पिटवा दी गयी कि चश्मे वाली जगह पर तलैया (बाबड़ी) खोदी जा रही है। टोकरे और कुदालें लेकर पहुँचें। बड़े पुण्य का काम है।

अगले ही दिन दुल्ला पौ फटने के साथ जाग गया। उठकर रात के रखे कोरे घड़े से ठंडा पानी पिया। खाँसा, ज़ोर से खँखारा। चन्नू और मानी अभी तक जागे नहीं थे। वह चाहता था कि वह जल्दी से चाय पीकर जंगल पानी को हो आये। फिर नहा-धोकर ढोल बजाए। इन्तज़ार कर वह स्वयं ही नीचे उतर आया। दूर से ही हाँक मारने लगा, "नेहरू, ओ नेहरू। उठो भई। करो भई चाय की तैयारी।"

दुल्ले की ऊँची आवाज सुनकर मानी की नींद टूट गयी। तड़के की ठंडी-ठंडी हवा चल रही थी। नींद बहुत गहरी थी। यह समय मीठी नींद लेने का होता है। वह दुल्ले पर थोड़ा-सा खीझ भी गयी, "बूढ़े की औरत भाग गयी, मगर उसे चैन नहीं? भई अब नहीं लौटेगी वह, मालूम नहीं कहाँ मर-खप गयी होगी। अब तो तू आराम कर। ना खुद सोता है, ना दूसरों को सोने देता है।"

रसोई में जाकर वह लकड़ियाँ तोड़ने लगा। चूल्हे में आग जला कर पतीला रख दिया। दुल्ला उधर दालान में घूम-फिर रहा था। ऊँट लेटे हुए थे। ऊँटनी गर्दन उठाये बैठी थी। भैंस अपने खूँटे से सींग रगड़ रही थी। वह ऊँटनी के नज़दीक चला गया। उसकी गर्दन पर हाथ फिराने लगा। ऊँटनी उसकी ओर मोह भरी आँखों से झाँक रही थी। उसे ऊँटनी का चेहरा बहुत भोला-भाला लगा। लगा जैसे ऊँटनी का चेहरा सरदारो का चेहरा हो। वह कितनी अच्छी थी। जितने साल रही, कितने मोह के साथ रही। वह पापी बन गया, जो उसे पर लांछन लगाता रहा। दुल्ला सोचता, मालूम नहीं अब वह किस हाल में होगी। दुल्ले को यकीन था कि उसके समान मोह-प्यार सरदारो को धरती पर और कोई कर नहीं सकता। वह तो एक मूर्ति थी, मूर्ति उससे सँभाली ना गयी। यदि वह उसे तंग ना करता, तो वह ऐसे-जैसे ही उसके पास हवेली में टिकी रहती। जितनी उसे मौज करनी थी, वह करती जाती। चाहे वह कैसी भी थी, उससे पूरा स्नेह तो करती थी। दुल्ले को खुद से घृणा होने लगी। उससे यह स्नेह भी सँभाल कर रखा ना गया! ऊँटनी की पीठ पर थपथपा कर वह उसके पास ही घुटनों के बल बैठ गया। उसका दिल किया, वह यहीं ठंडी-ठंडी मिट्टी पर लेट जाये। ऊँटनी की निकटता उसे अच्छी लग रही थी। इतने में मानी ने हाँक मारी, "बापू, चाय पी लो आकर, बन गयी।"

चाय पीकर वह जंगल-पानी के लिए निकल गया। जंगल-पानी से वह जल्दी ही लौट आया। कुएँ से पानी निकाला और नहाने लगा। ठंडा-ठंडा पानी उसके बदन को ताजगी दे गया। वह जल्दी से चौबारे में गया और ढोल लेकर नीचे आ गया। कुएँ की जगत पर खड़े होकर ढोल बजाने लगा। उस समय तक सूरज निकलने लगा था। ढोल बजाते-बजाते उसने गाँव का एक चक्कर लगा लिया। ढोल की

आवाज सुनकर नम्बरदार कुंडा सिंह घर से बाहर निकल आया। वह नहा-धोकर पहले ही तैयार बैठा था। चौपाल में आकर बैठ गया। जो आदमी उसके पास आये, उन्हें वह हिदायतें देता गया। घंटे-आधे घंटे में भी फावड़े वाले पचास आदमी वहाँ आकर बैठ गये। उनके पास एक-एक टोकरा भी था। वहीं बैठे-बैठे वह टोकरियों में बोरियों के टुकड़े सीने लगे। बोरियाँ भी वे अपने-अपने घर में लाये थे। कुछ लोगों के पास बड़े-बड़े सूए भी थे। नम्बरदार कुंडा सिंह भी पूरे जोश में था। ढोल बज रहा था। कुडा सिंह जैसे अपनी फौज लेकर कोई जंग जीतने जा रहा हो।

तोता तोंदू भी टिब्बे के बीस आदमी लेकर पहले से ही मौजूद था। उनके पास भी अपने-अपने फावड़े और टोकरे थे।

ढोल की आवाज़ दोनों गाँवों तक पहुँच रही थी। बावड़ी की मिट्टी टोकरों द्वारा जहाँ बाहर गिर रही थी, वहाँ एक लम्बा-चौड़ा थड़ा बनता जा रहा था। कुछ आदमी फावड़ा लेकर उस थड़े को समतल करते जा रहे थे।

दोनों गाँवों की ओर से वहीं लंगर खुल गये। डबल ईटों के चूल्हों पर चाय की देगचियाँ उबलने लगीं। वे अपने-अपने गाँवों से बर्तन इत्यादि लेकर आये थे। पहले सभी को चाय दी गयी। नम्बरदारों के पास अफीम की गोलियाँ भी थीं। अफीम खाने वालों ने एक-एक गोली खायी और जोश में आ गये। 'बोले सो निहाल, सतसिरी अकाल' के जैकारों से काम दुबारा शुरू हो गया। टोकरे ढोते होते व्यक्ति यूँ लग रहे थे जैसे ये सब फरहाद हों और शीरी के लिए नहर खोदने के लिए पहाड़ से टक्कर ली हो। चाय की देगें वैसे ही उबलती रहीं। जिस किसी को तलब लगती, आकर चाय का गिलास पी लेता। दोनों गाँवों के निठल्ले आदमी बावड़ी खोदते देखने के लिए वहाँ आ खड़े हुए थे। जो भी आता, हरेक एक को चाय का गिलास दे दिया जाता। गुड़ की चाय थी, ज़्यादा दूध वाली। ऐसी चाय बहुत स्वादिष्ट लगती थी।

फिर बूढ़ियाँ और बहू-बेटियाँ भी आ गयीं, दोनों गाँवों से। चूल्हों पर तवे रखकर रोटियाँ पकाने लगीं। आटे की बोरियाँ थीं। बड़ी-बड़ी परातों में कुछ औरतें गूँथने लगीं। कुछ औरतें लोइयाँ बनाने लगीं। रोटी पकड़ कर आग पर सेंकने वाली दूसरी औरतें। टोरियों में रोटियों के ढेर लगते जा रहे थे। पंच रंगे आचार के डिब्बे लाये गये। प्याज थे। एक ओर नया चूल्हा बनाकर साबुत मूँग की दाल पकायी जा रही थी। दोपहर का समय हुआ तो सभी लोग हाथ-मुँह धोकर रोटी पर टूट पड़े। कटोरियों में दाल डाली गयी। प्याज काटकर रखे हुए थे। रोटियाँ हाथों में दी जातीं, साथ में प्याज़ की फाँकें तथा अचार। आदमी रोटी खाते और दाल की कटोरी में ही पानी डलवा कर पी लेते। जिन्होंने पहले रोटी खा ली थी, निकट में वृक्ष के नीचे जा बैठे और बातें करने लगे। दुल्ले का ढोल खामोश था। वह रोटी खाकर अकेले ही

एक दरख्त के नीचे जा बैठा और ढोल का सिरहाना बनाकर आराम करने लगा। रोटी खाने के बाद सभी व्यक्ति वृक्षों तले जा लेटे। हवा चल रही थी। कोई बैठे बातें कर रहे थे। उन्होंने सिर्फ़ कमर सीधी करनी थी, सोना नहीं था। फिर भी कुछ आलसी आदमी खर्राटे भरने लगे। बूढ़ी औरतें, बहू-बेटियाँ रोटी का काम निपटा, बर्तन माँज कर गाँव को चल दीं।

नम्बरदार कुंडा सिंह ने चाय वालों को ललकारा मारा, ''लो भई रख दो देगें अब। बनाओ कड़क चाय। बस यह समझ लो भई, बदन में जान आ जाये।''

दोनों गाँवों की देगें उबलने लगीं। लम्बी पत्तियों वाली चाय किनारों तक उबल कर आने लगी। गुड़ की गोलियाँ तोड़-तोड़ कर देगों में डालने लगे। दूध गर्म रखा था। एक मध्यम कद का आदमी कुंडा सिंह के पास आया और बोला, ''नम्बरदार! मैं तो कहता हूँ, देगों में ही डाल दो दो तोला। अच्छा-खासा नशा चढ़ जाएगा सभी को। सभी जुट जाएँगे। फिर देखना काम होते।''

''नहीं ओए, कोई-कोई आदमी नहीं खानेवाला भी होता है। जिसे खानी है, ले लेगा खुद ही आकर।'' नम्बरदार ने उसे झिड़क दिया।

तोता नम्बरदार कुंडा सिंह के पास आया और पूछने लगा, ''गोली-वोली अभी दे दे इन्हें कि... ?''

''नम्बरदार, ज़रा होश की बात करो। अफीम खाकर पेट अफर जाएगा। अभी तो उन्होंने रोटी खायी है। काम नहीं होगा फिर इनसे। आफरे पेट से टाँगें मन-मन की हो जाएंगी। कुछ समझदारी की बात करो। अभी एक बार और चाय देंगे। ज़रूरत होगी तो तब दे देंगे। रोटी हज़म हो चुकी होगी तब तक इनकी।'' कुंडा सिंह ने उसे भी समझाया।

थंमणवाला गाँव के आदमी चाय पी चुके तो चाय की एक और बाल्टी आ गयी। कहने लगे, ''और ले लो, जिसे भी लेनी हो। काफी बाकी पड़ी है, नहीं तो बेकार हो जाएगी।''

कुछ आदमियों ने अपने गिलासों में थोड़ी-थोड़ी सी चाय डलवा ली। बहुतेरों ने इनकार कर दिया। कुछ लोग अपने गिलास माँज चुके थे। एक आदमी ने अपना गिलास माँज कर चाय के लिए आगे कर दिया।

उसका साथी बोला, ''और पीनी थी भले मानस, गिलास क्यों माँजा था फिर ?''

एक और मज़ाकिए ने चुटकी ली, ''यह आदमी अपना जूठा नहीं पीता।''

सभी बैठे हुए व्यक्ति हँस दिये।

कुंडा सिंह ने दुल्ले को पुकारा, ''क्यों, पी ली चाय ?''

''हाँ महाराज, पी ली।''

''फिर छेड़ दे तान। भर दे सभी में जोश सारी संगत में।''

दुल्ला फुर्ती से खड़ा हो गया। ढोल गले में डाला और खपच्ची से तिरड़-तिरड़ की। डंडा बजने लगा। ढोल की आवाज से जैसे सुनसान जगह पर ज़िन्दगी धड़कने लगी।

सूरज सिर पर आ गया था। गर्म हवा धीमी-धीमी चल रही थी। इतनी गर्म कि बदन को झुलसा कर गुज़रती। आसमान में कहीं कोई बादल नहीं था। दरख्तों के नये पत्ते टहक रहे थे। आकाश से जैसे आग की लपटें नीचे उतर रही थीं। कहीं ज़रा-सा बवंडर उठता और गोल-गोल घूमते हुए दूर निकल जाता। उसका आकार भी बड़ा होता जाता। कभी-कभी इतना बड़ा कि धरती से लेकर ऊपर आसमान तक भट्ठे की चिमनी जैसे खड़ी लगने लगती।

दोनों नम्बरदारों के अँगोछे कन्धों पर लहरा रहे थे, ''चलो रे उठो भई नौजवानों, नहीं तो सुस्ती छा जाएगी। उठाओ फावड़े और टोकरे। मारो दबा के।''

आदमियों की टोलियाँ बावड़ी की ओर बढ़ने लगीं। दुल्ला तेज़ रफ्तार से ढोल बजा रहा था।

काम पर जुटने से पहले लोगों ने देखा अच्छी-खासी मिट्टी निकाली जा चुकी है। दुल्ले के पास से गुज़रते हुए आदमियों ने कहा, ''यह सब दुल्ले सूँ की ही कृपा है।'' मगर दुल्ले ने उनकी बात सुनी नहीं थी।

सूरज पश्चिम की ओर काफी डूब गया तो चाय की देगें फिर से उबलने लगीं। सारे लोग वृक्षों के नीचे जा बैठे। शीशम, कीकर, नीम, जंडते शहतूतों के वृक्ष गिने-चुने ही थे। आग बरस रही थी। और बदन झुलस रहे थे। दोनों नम्बरदार अपने-अपने आदमियों को गोली-वोली दे रहे थे। कोई व्यक्ति चुटकी भर अफीम ले कहता, ''मुझे तो बस रत्ती-भर ही चाहिए।'' कोई-कोई कहता, ''नम्बरदार, खुले हाथ से दे। कंजूसी ना कर, अभी गड्ढा खोदना है।''

दिन छिपने ही वाला था। मिट्टी का टीला इतना ऊँचा हो गया, लगता था जैसे धरती दानवों ने इसे खोदा हो। फावड़े, टोकरे, टोकरियाँ और बर्तन सँभाल कर दोनों घरों की ओर चल दिये। दुल्ला ज्यों का त्यों खड़ा ढोल बजा रहा था। आँखें बन्द और सिर एक ओर को झुकाया हुआ। वह मस्त था। उसने अफीम भी नहीं खायी थी। आँखों के आगे बावड़ी के ऐन मध्य पानी की मोटी धारा ऊपर उठ रही थी। धारा में से उसे औरत का चेहरा साफ नजर आ रहा था। जैसे-जैसे चेहरा ऊपर उभरता, उसका डंडा तेज़ चलने लगता।

14

चार दिनों में बावड़ी पूरी तरह से खोद दी गयी। इतना गहरा कि उसमें खड़ा आदमी दूर से नज़र न आये।

दोनों गाँवों के कुछ आदमी ऐसे थे, जो रोज़ आते थे। बाकी आदमी बदलते रहते थे। दोनों नम्बदार चारों दिन हाज़िर रहे। सुबह से लेकर शाम तक। बावड़ी की सारी जिम्मेदारी नम्बरदारों के ऊपर थी। लंगर का काम लगातार चलता रहा। दोनों गाँवों की ओर से कोई कमी नहीं रही थी। टीले की मिट्टी सारी ज़मीन पर समतल कर दी गयी थी। थड़ा आदमी ही कमर के बराबर ऊँचा था। आदमी चल-फिर रहे थे। साथ के साथ मिट्टी पैरों से दबती जा रही थी। नीचे से पक्की मिट्टी निकल आयी थी। कहीं काली मिट्टी, पीली मिट्टी और कहीं कंकड़ों वाली पीली मिट्टी भी। गड्डमड्ड होकर थड़े पर मिट्टी सीमेंट की भाँति पक्की हो गयी।

फिर दोनों गाँवों से चन्दा इकट्ठा किया गया। थंमणवाला गाँव से अधिक रकम इकट्ठी हुई। टिब्बे वाले कंजूस निकले। थड़े के टिब्बे की तरफ कुआँ बन गया। पानी ज्यादा नीचे नहीं था। पानी पीने में भी अच्छा था। दिन गुजरे तो बारिश की प्रतीक्षा होने लगी। बादलों से आसमान तो भरा रहता, मगर कहीं बरसता नहीं था। किसान फसलों को बीजने के लिए उतावले हो रहे थे। गर्मी की ऋतु बहुत खराब होती है। ऐसे ही पसीना निकलता रहता है। खड़े-खड़े ही बदन से पसीना चूने लगता।

काले रोड, पीले रोड
हाड़े रब्बा, बटटां तोड।

फिर बादल घनघोर हो बरसता। जल-थल हो गया। नज़दीक के खेतों का पानी भी बावड़ी में इकट्ठा हो गया। थड़ा दब गया और थोड़ा बैठ गया। बावड़ी का पानी किनारों को छूने लगा। बावड़ी पर एक टूटी हुई बाल्टी रस्सी बाँध कर लटका दी गयी थी। रस्सी का एक सिरा बावड़ी की जगत पर लगे कुंडे से बँधा रहता। बाल्टी चूती थी। ऊपर तक आते-आते वह आधी ही रह जाती। पीते समय आदमी की प्यास जितना पानी ही मुश्किल से बाकी रहता। यह टूटी बाल्टी किसी ने ठीक ही रखी थी। नयी बाल्टी होती तो गायब हो जाती। नयी चीज़ को कौन छोड़ता है सुनसान स्थान पर।

दुल्ला इस सारे समय में ढोल लेकर वहाँ आता रहा। ढोल बजा कर लोगों को इकट्ठा करता। काम करते हुए आदमी ढोल बजते रहने के कारण ताज़ा दम बने रहते, जैसे उन्हें साथ ही साथ शाबाशी मिल रही हो। बरसातों के दिन थे। अब जब कभी मौसम अच्छा होता, बारिश होने के बाद मीठी-मीठी हवा चलती, वह ढोल लेकर बावड़ी पर आ जाता, और अकेले ही ढोल बजाने लगता। बावड़ी का पानी

नीचे होता रहता। पर नयी मिट्टी थी, पानी सोख रही थी। मगर और बारिश होने से बावड़ी वैसे की वैसे ही भर जाती। गड्ढे से पानी की धार ऊपर उठने का नज़ारा अब दुल्ले के सपनों में कहीं नहीं रह गया था। परन्तु औरत का चेहरा नहीं भूलता था उसे। यह चेहरा सरदारो का था। वह ढोल बजाता और आँखें मूँद लेता। सिर एक ओर को झुका लेता। सरदारो उसके सामने आ खड़ी होती। लेकिन वह सरदारो को हाथ से छू नहीं सकता था। जैसे ही ढोल बन्द होता और वह आँखें खोलता तो सरदारो गायब हो जाती। वह घंटों बावड़ी के किनारे खड़ा ढोल बाजाता रहता। प्यास लगती तो बाल्टी खींच कर बावड़ी का पानी पी लेता। फिर ढोल बजाने लगता। कभी उसकी आत्मा ज्यादा ही व्याकुल हो उठती तो वह ढोल फिर गले से ऊँचा-ऊँचा हीर गाने लगता :—

हीर आखदी जोगया झूठ बोलें
कौन रूठड़े यार मनाऊँदा ऐं।
साडे चम्म दीआं जुत्तियाँ करे सोई
जिहड़ा जिऊँदे रोग गवाऊँदा ऐं।
एक जट्ट दे खेत नूं अग्ग लग्गी
देखां आग के कदों बुझाऊँदा ऐं।
देवां चूरियाँ घिओ दे बाल दीवे
वारिस शाहां जे सुणां मैं आऊँदा ऐं।

दुल्ले का हवेली में मन ना लगता। हवेली जैसे वीरान हो। उसे अपने बेटा-बहू और पोता चलते-फिरते भूत नज़र आते। नेहरू को वह कभी लाड़ ना करता, कभी बुलाता भी ना। चन्नू और मानी हैरान और फिक्रमंद थे कि बापू को क्या हो गया। वह अन्दर ही अन्दर क्यों मरता जा रहा है। औरत नहीं थी तो क्या हुआ, वह सब्र क्यों नहीं कर लेता था। क्यों उसके पीछे हलकान हो, खुद को जलाता जा रहा है। बापू से पूछने की उनकी हिम्मत नहीं पड़ती थी। वह उसकी चुप्पी से डरते थे। वह उसके आगे ले जाकर रोटी रख देते, वह चुपचाप खा लेता। चाय देते, पी लेता। अपने कपड़े खुद धोता। उसकी कोई माँग या इच्छा न होती। वह कभी कोई शिकायत ना करता। मानी देखती, वह अपने कपड़े खुद धोते समय रोता था। एक दिन मानी ने कहा, ''लाओ बापू, मैं धो देती हूँ तेरा कुरता।'' मगर उसने इनकार कर दिया।

एक दिन ऊँट का ग्राहक कोई आया। सौदा हो गया। चन्नू चाहता था, बापू से पूछ ले। ग्राहक को साथ लेकर वह चौबारे तक आया। दुल्ला चारपाई पर टेढ़ा- सा बैठा कुछ सोच रहा था। पल-पल दाढ़ी खुजलाता, फिर कान में अगुँली घुमाता अपना सिर झटकता। उन्हें देखे वह सीधा होकर बैठ जाता। ग्राहक के चेहरे की ओर गौर से देखा।

''बापू, ऊँट बिक रहा है, बेच दूँ?'' चन्नू खड़े-खड़े ही बोला।

दुल्ले ने पूछा, ''कौन-सा?''

''वही, काली पूँछ वाला, जो हमने कालेकियाँ से लिया था।''

दुल्ले ने यह नहीं पूछा कि कितने में बिका है। यह भी नहीं पूछा कि यह आदमी कहाँ से आया है? बस हाथ से इशारा कर दिया। जिसका अर्थ था, दे दे। ग्राहक ने रकम चुकायी और ऊँट की लगाम हाथ में थाम चला गया। यह ऊँट उनके पास दो साल से था। चन्नू ने आह भरी, कितना शील-स्वभाव का था। जैसे उसने आदमी को बेचा हो। नोटों की गड्डी ले वह फिर से चौबारे में गया। बापू से कहा, ''बापू ले पकड़ ले। बेच दिया।''

दुल्ले ने रकम ना पकड़ी। इशारा किया जिसका मतलब था कि वह पैसे अपने पास ही रखे। चन्नू बहुत हैरान हुआ और बेतरह खुश भी। ऐसा तो पहले बापू ने कभी नहीं किया था। उसने नीचे जाकर मानी को बताया। मानी भी हैरान, मगर चिन्तित हुई। उसके ससुर ने उसकी सास का जाना कितना दिल से लगा लिया था। अब उसे कुछ भी अच्छा नहीं लगता था। पैसों का भी कोई मूल्य नहीं रह गया था। माल-पशु उसके लिए निरर्थक हो गये थे। उसे कोई भी अच्छा नहीं लगता था। चाय-रोटी बेमन से खा लेता। कपड़े खुद धोता। वह गहराई से सोचती, क्या होगा इस बुजुर्ग का? चिन्तित होती, ढलती उम्र में जिसकी औरत बिछड़ जाये, उसके लिए सारा संसार वीरान और सुनसान हो जाता है। उसे अब पैसों की खुशी कम और ससुर की चिन्ता, अधिक थी। उसने चन्नू से मन की शंका प्रकट की तो वह भी परेशान हो गया। उसने भी पैसे ऐसे जेब में डाले, जैसे अपने बाप की कोई जिम्मेदारी मजबूरी में सँभालनी पड़ रही हो।

दुल्ले ने नम्बदार कुंडा सिंह से कह बावड़ी के पास एक झुग्गी पर भी छप्पर डलवा किया। दुल्ले ने साथ में काम करवाया। भट्ठे से पक्की ईटें मँगवा ली। कारीगर से झोंपड़ी की दीवारें बनवा लीं। दरवाज़ा रखवा लिया। दरवाज़े के पल्ले लग गये। ये बेकार और उतरे हुए तख्ते थे, जो किसी के घर से ऐसे ही उठा लाया था। पल्लों में कुंडा ताला लग सकता था। झोंपड़ी के ऐन बीच में एक बल्ली डाल उस पर फूँस का छप्पर डाल दिया गया। मूँज की रस्सियाँ सलीके से पिरोयी गयीं। किसी साफ-सुथरे कमरे-सी सज गयी झोंपड़ी। फ़र्श को खुद ही लीप दिया, दुल्ले ने। खुद ही एक खाट वहाँ ले आया और दुल्ला अब वहीं रहने लगा। अपने ढोल सहित। घर-परिवार से स्नेह पहले ही कम हो गया था।

बारिशें खत्म हो चुकी थीं। कार्तिक की ऋतु थी। दीवाली नज़दीक आ रही थी। गेहूँ बोने के लिए किसान ज़मीनें तैयार कर रहे थे। कपास चुनी जा चुकी थी, मकई तोड़ ली गयी थी। मीठा-मीठा-सा जाड़ा उतरने लगा था। दिन के समय गर्मी होती मगर रात में ठंड हो जाती। पंजाब में यह मौसम बहुत बढ़िया होता है। किसान

रबी की कटाई कर खरीफ की बुआई करते हैं। कहा जाता है, कार्तिक के महीने में किसान को मरने की फुरसत भी नहीं होती। दन्त कथा मशहूर है। कहते हैं एक जाट की माँ मर गयी। जाट ने बुढ़िया को आनाज की बुखारी में डाल दिया। कहने लगा, पहले गेहूँ बीज ले, फिर फूँकने जाएँगे बेबे को।

दुल्ला रात को बावड़ी के निकट झोंपड़ी में बिताता। सन्ध्या समय वह खाना हवेली से खाकर आता। दूध पी लेता। तड़के की चाय के लिए दूध ले जाता। बहू-बेटा उसकी मर्ज़ी से राज़ी थे, जैसा करता है, करता जाये। उसे कोई रोकने-टोकने वाला नहीं था। दोपहर का खाना खाने वह टिब्बे में जाकर किसी के भी घर में जाकर खा लेता। डिब्बे के कई परिवारों ने उससे ऐसा करने के लिए कह रखा था कि जब मर्ज़ी आये रोटी खा जाया करे। वह किसी के घर भी चला जाता। खंखार कर किसी के भी दरवाज़े पर खाट-पीढ़ी पड़ी देख बैठ जाता। परिवार की बूढ़ी औरतें, लड़कियाँ जानती थीं कि वह रोटी खाने आया है। कोई भी समय होता, उसे ताज़ी रोटी पका कर दी जाती। दाल-सब्जी होती तो ठीक, नहीं तो किसान-परिवारों में प्याज, आचार और घी तो होता ही था। शक्कर में घी डाल देते। लोग दुल्ले की इज्जत करते। उसे रोटी खिलाना पुण्य समझते। वह आशीर्वाद देता। जहाँ भी दोपहर की रोटी खाता, वहीं से पिछले पहर की चाय के लिए दूध भी मिल जाता।

झोंपड़ी में उसने एक चूल्हा भी बना रखा था। चूल्हे पर पतीली ऐन टिक जाती थी। सूखी टहनियाँ, पत्ते, घास-फूँस जला कर वह चाय बना लेता। पतीली में चाय उबलती रहती। उसके पास अगर आस-पास का कोई भी आदमी आ बैठता तो उसे भी चाय दे देता। आस-पास के खेतों में उसका आना-जाना और परिचय भी बढ़ता जाता था।

फिर दुल्ला टिब्बे ही जाने लगा। दोपहर-रात की रोटी वहीं खाने लगा। तोते तोंदू ने उसके लिए पक्के घर बाँध दिये। वह थंमणवाला कम ही जाता। एक तो थंमणवाला बावड़ी से थोड़ा दूर था। दूसरा कारण था; थंमणवाला जाने पर उसे सरदारो याद आती। थंमणवाला गाँव के लोगों की नज़रें उसे घूरती महसूस होती। जो भी उसकी ओर देखता, उसे लगता वह उसे तरस भरी आँखों से देख रहा है और उसे बेचारा और मूर्ख समझ रहा है। इस नजर से वह धरती में धँसने लगता। उसने थंमणवाला जाना छोड़ ही दिया। कभी-कभी ही जाता। जब भी जाता, नम्बरदार कुंडा सिंह से मिलकर आता। हवेली में जाता। रोटी का वक्त होता तो रोटी खा लेता, चाय के समय चाय। चन्नू और मानी से उसकी गृहस्थी के बारे में कोई पूछताछ ना करता। उनके साथ कभी कभी कोई दु:ख-सुख की बातें ना करता। नेहरू अब बड़ा हो गया था। वह खुद ही उसके पास आ उसकी गोद में आ बैठता तो दुल्ला उसके सिर पर हाथ फेरता। उसकी गाल से अपना चेहरा लगा लेता। उसे कुछ खाने के लिए पैसे दे देता। दुल्ले को ऐसा व्यवहार अजीब-सा लगता।

उसने बावड़ी वाले चबूतरे के चारों ओर छायादार वृक्ष लगा दिये। उनमें वह बावड़ी से पानी निकाल कर डालता। दरख्त बढ़ने लगे। नित्य नये पत्ते निकलते। नये पत्ते से दुल्ले को ज़िन्दगी की सार्थकता का एहसास होता। उसे लगता, जीने का कोई अर्थ है, मकसद है। उसने झोंपड़ी में एक ओर तीन वृक्ष पास-पास लगाये—नीम, पीपल और बरगद। पीपल और बरगद वह किसी से उखाड़ लाया था। नीम के पौधे बड़े नीम के नीचे आम ही मिल जाते हैं। निमोलियाँ गिरती, उससे खुद ही उग आते। छोटे-छोटे नीम के अनेक पौधे नज़र आने लगते।

वह सुबह तड़के जाग उठता था। रात के बचे दूध से चाय बनाता। खेतों में जंगल-पानी जाकर, कुएँ के गुनगुने पानी से नहा लेता। एकदम तैयार होकर फिर ढोल बाहर निकाल बजाने लगता। उसका ढोल दूर-दूर तक सुनाई देता। थंमणवाला गाँव के लोग ढोल की आवाज़ सुन दुल्ले के बारे में सोचने लगते। आपस में बातें करते।

"ढोल सुनकर लगता है यार......जैसे दुल्ला रो रहा हो।"

"वह जब उदास होता है, ढोल बजाता है।"

"जवान उम्र में औरत के मर जाने का कोई गम नहीं। बुढ़ापे में औरत का दुःख आदमी को न जीने देता है, न मरने देता है।"

"एक दिन तो सभी को मरना ही है। कभी आदमी पहले मर जाता है, कभी औरत। मरने की बात खास नहीं। जब कोई औरत इस तरह से छोड़ जाये, जैसे सरदारो गयी है, यह तो भई मौत से भी बदतर है।"

"देख लो, दुल्ले ने बहू-बेटा भी त्याग दिया। इसे उनकी कोई परवाह ही नहीं।"

"साधु हो गया है एक तरह से ये। वो देखो कुएँ के पास झोंपड़ी बना ली है। जैसे कोई घर-परिवार ही ना हो इसका।"

"औरत की खातिर तीन बेटे इसने घर से निकाल दिये, मगर जिसकी खातिर घर उजाड़ा, वह फिर भी न टिकी।"

"दुल्ले ने अगर यह तीसरी शादी न करवायी होती तो चारों बेटों बहुओं के साथ रहता। सारे सेवा करते उसकी। इतना व्यापार था दुल्ले का। कितने ऊँट होते थे, इनके पास। सरदारी थी। अब तो दो-तीन पशु रह गये हैं बस।"

"अरे यार, यह औरत जात कमबख्त होती है। जिसके साथ निभा जाये, जिन्दगी सँवार देती है, नहीं तो उजाड़ देती है।"

"बर्बाद कर दिया बेचारे दुल्ले को। ढोल ही रह गया इसके पास।"

"वह तो बजता ही जाता है।"

एक दिन खड्डू थंमणवाला आया। कहीं से आया था। गाँव के पास से गुजर रहा था, उससे रहा न गया। वह हवेली आ गया। बड़े तीनों लड़कों को सरदारो के बारे में मालूम था। यह भी मालूम था कि दुल्ला अब हवेली में नहीं रहता था। रोड़ू शाह मंडी के रास्ते में टिब्बे के निकट बावड़ी बनवा झोंपड़ी में रह रहा है। खड्डू को छोटे भाई से मिलने का मोह जाग उठा और वह हवेली आ गया। चन्नू और गानी उसे देख बहुत खुश हुए। चन्नू तो उसका भाई था ही, साढ़ू भी था। मानी ने चाय बनाई। वे तीनों चाय पी रहे थे। नेहरू उनकी ओर अजनबी नज़रों से झाँक रहा था। खड्डू उसे बुलाता तो नेहरू चेहरा परे हटा लेता। वह गिदद् डबाहे ही मिले थे, दो चार बार। नेहरू के लिए खड्डू अजनबी था। दोपहर का समय था। खड्डू ऊँट लेकर आया था। वह बड़े भाइयों के साथ ही रहता था। तीनों भाइयों का काम अलग-अलग था। यही ऊँटों का व्यापार था, मगर रहते इकट्ठे ही थे। वहाँ उन्हें सरदारों का एक खाली घर मिल गया था। घर के साथ ही बड़ा-सा दालान भी था।

दुल्ला अचानक थंमणवाला आ गया। गाँव में आया था, हवेली भी आ गया। खड्डू उसे देख भयभीत हो गया। डर गया और उठने लगा। मानी ने उसे इशारा किया कि वह घबराये न, बैठा रहे। जो होगा, देखा जाएगा।

खड्डू को देख दुल्ले की आँखें और भी चौड़ी हो गयीं। वह तेज़ी से उसकी ओर आया और उसे अपने आगोश में ले लिया। सीने से भींच लिया। रोने लगा। रोता ही जाये। चन्नू और मानी हैरान—बापू को यह क्या हो गया है? क्या उसने खड्डू को माफ कर दिया?

परे बैठ कर भी दुल्ला खड्डू को लगातार देखता रहा। खड्डू में उसे कुछ और नज़र आ रहा था। एक शब्द भी दुल्ले ने ना निकाला। थोड़ी देर बैठकर फिर चुपचाप चला गया।

15

इतने अर्सा हुआ किसी ने मुकुन्द सिंह की हवेली की खोज-खबर न ली थी। मगर गाँव वाले जानते थे कि एक न एक दिन वे आएँगे अवश्य। इस हवेली पर आकालगढ़ तथा नंगल वालों का ही हक था। डर के मारे कोई अन्य इस हवेली पर ज़बर्दस्ती कब्ज़ा भी नहीं कर सकता था, क्योंकि वे सरदार थे। अकालगढ़ तथा नंगल वाले सरदार मशहूर थे। सरकारी दरबार में भी उनकी पहुँच थी। उनकी रिश्तेदारी भी तगड़े लोगों से थी। रिश्तेदारों में बड़े-बडे अफसर और अहलकार थे। मरना था किसी ने हवेली पर कब्ज़ा करके यह तो थंमणवाला के नम्बरदार कुंडा सिंह तथा अन्य जिम्मेदार आदमियों ने बाज़ीगरों को हवेली में बिठा दिया था। उन्होंने ठीक ही किया था, क्योंकि बाज़ीगरों ने हवेली को सँभाल रखा था। आदमी जिस मकान

में रहता है, उसकी लिपाई-पुताई भी करता है और साफ-सफाई भी। फिर मकान रहने वालों के कारण ही मकान रह पाते हैं। कुंडा सिंह ने यह घोषणा की थी कि यदि सरदारों की ओर से कोई ऐतराज करेगा तो बाज़ीगर तुरन्त हवेली छोड़ देंगे। लो भई सँभालो अपनी जगह।

परन्तु सरदार अब वह सरदार नहीं रह गये थे। उनका आर्थिक और समाजिक स्तर इतना गिर चुका था कि लोग अब उन्हें 'सरदारड़े' पुकारते थे। पैपसू में मुज़ारे लहर चली। सरदारों की ज़मीनें छिन गई। मुज़ारे ज़मीनों के मालिक बन गये। सरदारों को कुछ एकड़ ही ज़मीनें मिलीं। जो वे बेच-बेच कर खा गये। दिनों-दिन निर्धन होने लगे। पास में कौड़ी ना होती, मगर सरदारी ठाठ कायम रखते। दूसरी बात यह थी कि वह नशे के आदी हो गये थे। मीट संग रोटी खानी और शराब पीना। अफीम भी खाने लगे। ऐसी हरकतों से उनकी सरदारी कम होने लगी। सामाजिक प्रतिष्ठा कम हो गई।

गाँव के लोग इन सरदारों के लड़कों को मुँह पर तो 'काका जी' कहते, मगर पीठ पीछे उनका मज़ाक उड़ाते।

"क्यों भई, ज़माने का रंग देखो। जब यह सरदार हम से बँटाई लेते थे, हम इनके मुजारे होते, इनके अधीन होते थे। हमारी कोई भी औरत खेत से चारे का गट्ठर लेकर आती तो ये सरदार सीना तान कर खड़े होते। गट्ठर उतरवा लेते। उसे खुलवा कर देखते। बीच में अगर चने के पौधे देख लेते तो अपनी औरतों की इतनी बेइज़्ज़ती करते कि भगवान, बचाये। साले जूते मारने तक जाते उस औरत को।" बड़ी उम्र का कोई आदमी चौपाल में खड़े होकर अपना अनुभव बताता। कोई नौजवान लड़का पूछता, "क्यों ताऊ, वह चारे में चने के पौधे क्यों छिपा कर लाती?"

"फसलों पर पहरा रखते थे ये सरदार। ज़मीनों के मालिक होते थे। हम लोग तो बँटाई पर जोतते-बोते थे। यह बँटाई हमसे लेते थे। औरतें सरसों का साग तोड़कर लातीं, ये आगे खड़े मिलते। साग का हिस्सा वहीं रखवा लेते।"

"फिर तो ताऊ, इनका पूरा रोब-दाब होता था।"

"अब जब ज़मीनों के मालिक हम खुद हैं, देख लो ये लोग भूखे-नंगे होने लगे। सरदारो का कोई आदमी खेत में से चने के पौधे उखाड़ ले तो जाट लोग मारने पर उतर आते हैं। अब ये लोग जाटों की कृपा चाहते हैं। ज़माने के रंग हैं भाई।"

नंगल मानसा के निकट था और अकालगढ़ संगरूर के। दोनों गाँवों में सरदारों ने बँटाई पर ज़मीनें दे रखी थीं। नंगलवालों ने समझदारी की, लड़कों को पढ़ा लिखा लिया। सरकारी नौकरियाँ ले लीं। एक-दो ने मानसा में अपना काम-धन्धा शुरू कर लिया। गाँव की ज़मीन भाइयों में बँटने के कारण थोड़ी ही रह गयी। उनमें से जो

गाँव में ही फँसे बैठे रहे, उनकी हालत पतली होती गयी।

ऐसे ही अकालगढ़ वाले सरदारों में से कुछ तो संगरूर चले गये, अपने काम-धन्धे शुरू कर लिए। कुछ ने सरकारी नौकरी कर ली। मध्यमवर्गीय जीवन व्यतीत करने लगे। जो अकालगढ़ में ही टिके रहे, वह तबाह हो गये। ना तो उनसे खेती का काम होता था और ना ही वे ज़मीनें जाटों को हिस्से-ठेके पर देने को राज़ी होते थे। ठाठ वही सरदारों वाले। नशें में धँसते गये। 'काकाजी' सुन नथुने फैलाने लगते और टाँगें फैला कर चलते। टाँगें फैला कर तो वह चले जिसकी जाँघें भिड़ती हों। ये लोग खोखले होकर अकड़ कर दिखाते।

एक दिन दो व्यक्ति थंमणवाला आये। प्रौढ़ उम्र का मनोहर सिंह और नौजवान दलभंजन सिंह। मनोहर सिंह की दाढ़ी रंगी हुई, सफेद-कुरता-तहमद और सफेद ही पगड़ी थी। कपड़ों पर लगा नील चमक रहा था। उसकी एक आँख छोटी थी। चश्मा लगाता था। चिलम पीना उसकी आदत थी। छोटी-सी चिलम। साफी लगाकर पीता। अफीम भी खाता था। अफीम खा कर कोई मीठी चीज मुँह में चूसता रहता। रेवड़ी, पताशे, चूसने वाली मीठी गोलियाँ आदि। उसके निचले दो दाँत निकले हुए थे।

दलभंजन पैंट-बुशर्ट पहनता था। दाढ़ी-मूँछ कतरी हुई थीं। दाढ़ी सूसदार थी। सिर पर माढ़ लगी पगड़ी बाँधता था। वह हर वक्त ज़र्दा खाता रहता। कहीं भी बैठा-खड़ा हो, बस थूकता जाता। अफीम भी निगल लेता था। आँखें उसकी तेज़ थीं, बाज़ जैसी।

वे दोनों इकट्ठे ही कहीं से आये थे। पहले मुकुन्द सिंह की हवेली में गये। चन्नू घर में नहीं था, ना ही नेहरू। मानी ने उनके लिए चाय बनायी। जाड़ा पड़ने लगा था। मीठी-मीठी ठंड थी। मानी ने समझा कहीं से आये हैं। ऊँटों की खरीदारी के लिए बात करनी होगी।

उन्होंने चाय पी और बैठे रहे। ऊँटों के बारे में कोई बात न की। आँगन में बैठे पल भर बाद हवेली की ओर ताकने लगते। प्रौढ़ व्यक्ति ने पूछा, ''तुम लोग यहाँ पर रहते हो?''

''हम ही हैं बस, बाबा। बपू तो ढाब पर रहता है।

''तुम, मतलब कौन-कौन?''

''चन्नू, मैं और हमारा नेहरू?''

''नेहरू, भला नेहरू कौन?''

''बाबा, नेहरू हमारे लड़के का नाम है।''

वे दोनों हँसने लगे।

फिर प्रौढ़ ने कहा, ''भई, ऊपर चौबारे में ताला तो नहीं लगा हुआ? हम

लोग थोड़ी देर आराम करेंगे। फिर करेंगे बात।''

''नहीं बाबा, चौबारा तो खुला ही हुआ है। खाटें भी पड़ी हैं। इन सीढ़ियों से ऊपर चले जाओ।''

मनोहर सिंह अपनी बहन के समय यहाँ आता रहा था। वह गाँव का जानकार था और इस हवेली का भी। वह अकालगढ़ से था, राजिन्दर सिंह का साला। दलभंजन सिंह इस गाँव में पहली बार आया था। वह नंगल से था। मनजिंदर पाल की बहू का भतीजा था। दोनों कोई बात आपस में तय करके ही यहाँ आये थे। वह चौबारे में खाटें बिछा कर लेट गये। लेटे-लेटे बातें करने लगे। कोई व्यक्ति ताव में बात करता तो खाट पर उठकर बैठ जाता। बात खत्म कर फिर से लेट जाता। दोनों खुश थे और चुहलबाज़ी कर रहे थे। दलभंजन ज़र्दे की चुटकी जीभ तले रख कह रहा था, ''हम तो समझे थे, बाज़ीगरों का पूरा परिवार होगा, आठ-दस लोग होंगे। इतने लोगों को कैसे निकालेंगे। ये तो एक ही है चन्नू-मन्नू कोई। यह अपने लिए कौन-सा मुश्किल है। जब चाहेंगे, निकाल बाहर कर देंगे। हवेली हमारी।''

''नहीं, ऐसे नहीं। समझदारी से ही हवेली खाली करवाएँगे। इनके नम्बरदार के पास चलते हैं। वह गाँव का सम्मानित व्यक्ति है, इस गाँव का नम्बरदार कुंडा सिंह।'' मनोहर सिंह ने कहा।

सन्ध्या समय चन्नू भी ऊँट लेकर आ गया। मानी ने उसे चौबारे में बैठे आदमियों के बारे में बताया। ऊँट खूँटे से बाँध वह चौबारे जा चढ़ा। सतसिरी अकाल बुलाई। दोनों उसकी ओर झाँकने लगे। उसका बाज़ीगरों वाली सूरत-सीरत पहचान कर मनोहर सिंह बोला, ''तुम रहते हो यहाँ?''

''जी हाँ, मैं ही हूँ। मेरा परिवार है। बापू तो ढाब पर रहता है।''

''बापू कौन?''

''दुल्ला सिंह, मेरा बाप है।''

''सुना था, पहले तो तुम्हारा काफी बड़ा परिवार रहता था यहाँ। बाकी कहाँ गये?'' मनोहर सिंह ने स्वाभाविक ही पूछ लिया।

''जी हाँ, हम चार भाई हैं। सभी यहाँ रहते थे। उनके भी परिवार हैं। अब तो मैं ही हूँ यहाँ पर अकेला।'' फिर चन्नू ने उनसे पूछा, ''आप लोग कहाँ से आये हैं?''

''मैं तो भाई अकालगढ़ से हूँ। यह नौजवान नंगल से हैं। समझ गये होगे?'' मनोहर सिंह ने तिरछी नज़र से उसकी ओर देखा।

चन्नू ने दुल्ले से यह सभी बातें सुनी हुई थीं। उसके कान एकदम से खुल गये। वह मन ही मन हैरान हुआ, ''क्यों आये हैं ये सरदार लोग यहाँ?''

चन्नू उनके लिए कड़क चाय बनवा लाया। चाय पीते हुए वे बीते वक्त की बातें करने लगे। मनोहर, दलभंजन को सारे किस्से सुना रहा था। चन्नू उनके पास ही बैठा था। अधिकतर बातें वह पहले से ही जानता था। मनोहर, दलभंजन को नहीं, असल में ये बातें चन्नू को सुना रहा था, ताकि वह भली-भाँति समझ जाये कि हवेली के असली मालिक वही हैं, जो उसके सामने बैठे हैं।

उस शाम वे गाँव में न गये। रात की रोटी चन्नू ने ही उन्हें खिलायी। अपनी ओर से मानी ने उनके लिए बढ़िया खाना बनाया। शक्कर-घी भी डाला। आलू-गोभी की सब्जी थी। सब्जी में घी ऊपर से तैरता नजर आ रहा था उन निर्धन सरदारों के घरों ऐसा खाना अब कहाँ बनता होगा। वे एकदम प्रसन्न हो गये। रात को भैंस का दूध भी पिया। खूब औटा हुआ शक्कर वाला और मलाईदार। मौज़ें थीं। काका लोगों को मज़ा आ गया।

अगले दिन सुबह नहा-धोकर, चाय के साथ नमकीन परोंठे खाकर वे गाँव घूमने निकले। दलभंजन को कोई जानता नहीं था। मनोहर सिंह को कई आदमी मिले। हर कोई पूछता, ''सुनाओ भई मनोहरी? तुम्हें क्या हो गया? बूढ़े लगने लगे हो।''

''बूढ़ा'' शब्द सुन वह अपनी ऐनक ठीक करता और मूँछों को ताव देने लगता।

वे नम्बरदार मुंडा सिंह के घर गये। उसने भी ऐसे ही पुकारा, ''मनोहरी हो क्या?''

''और तुम्हें कौन दिखाई दे रहा है नम्बरदार?'' उसका सरदारी रोब कायम था।

नम्बरदार ने उन्हें बैठक में कुर्सियों पर बिठाया। चाय पिलाई मनोहर सिंह ने खुद ही परिचय करवाया, ''यह जवान नंगल से है। मनजिन्दर पाल सिंह के साले का लड़का।''

नम्बरदार सारी बात समझ गया कि वे क्यों यहाँ पर आये हैं। फिर भी उसने पूछा, ''इतने समय बाद चक्कर लगाया सरदार मनोहर सिंह? कैसे आना हुआ?''

''बस आ गये। सोचा, चलो मिल आते हैं नम्बरदार कुंडा सिंह से।'' मनोहर बात को टाल रहा था।

''सीधा बोल, हवेली पर कब्जा करना है?''

''कब्ज़ा? कब्ज़ा तो पहले से ही है। हवेली अपनी है। बाज़ीगरों की थोड़ी है न?''

''बाज़ीगरों की नहीं कह रहा मैं। बाज़ीगरों से तो पहले ही बात हो चुकी है। मैंने ही बिठाये थे ये बाज़ीगर। जब कहेंगे, निकल जाएँगे। एक ही लड़का रहता है अब तो। मैं तो कह रहा था, किसी और को तो ऐतराज नहीं होगा?''

''और कौन?'' मनोहर सिंह फिक्रमंद हो गया।

"तुम लोगों में से ही, कोई अकालगढ़ या नंगलवालों में से।"

"अकालगढ़ से मैं हूँ, पाँच करूँ, पचास करूँ। मैं वारिस हूँ। मैं हकदार हूँ। दूसरी ओर मनजिन्दरपाल की बहू की ओर से यह युवक बैठा है नंगलवालों का। और किसे आपत्ति हो सकती है?"

"कह दे फिर उस लड़के को? दुल्ले का लड़का है वह चन्नू।"

"अभी कहने की क्या ज़रूरत है। धीरे-धीरे कहेंगे। बेचारे गरीब हैं। अभी तो हम यहीं पर हैं।" मनोहर सिंह और दलभंजन के मन में कोई और भेद था। बातें कर वे हवेली वापस आ गये। मानी ने उनके लिए रोटी बनायी।

वे तो वहीं डट गये। दोपहर-रात को चन्नू के पास रोटी खाते। दोनों समय चाय भी पीते। चाय तो जब मन करता, मानी से पतीला रखवा लेते थे। मानी नहाने के लिए उन्हें गर्म पानी भी देती। कपड़े दलभंजन खुद धो लेता, मनोहर के भी। मनोहर को वह मामा कहता। नहा-धो, पराँठे खाकर वे सुबह ही गाँव की ओर चले जाते। लोगों से भेदभरी बातें करते। सन्ध्या समय दोनों सरदार घर की बनी दारू पीते। दारू पी कर राजा बन बैठते। हरकतें उनकी सरदारों वाली होतीं। चन्नू उनकी सेवा करता फिरता।

गाँव में घर की बनाई शराब सब जगह मिल जाती। लोग खेतों में घड़े गाड़ देते। खेतों में ही निकाल लेते। कोई-कोई तो मटकों में बनाते थे। घड़े वाले अपने लिए शराब बनाते थे। मटके वालों का ये धन्धा था। घड़े की बनी पहली-पहली शराब नशेबाज़ों की तसल्ली करवा देती। रोज़ पीने वाले ठेकों पर ना जाते। ठेके की शराब तो एकदम पानी होती। वे गोलियाँ डालकर बेचते। कितनी ही पी लो, नशा बराबर ना होता। गाँव में शराब बनाने का धन्धा इतना बढ़ चुका था कि औरतें भी शराब बनातीं। क्या करतीं, मर्दों की कमाई कम होती जा रही थी। वे एक-दो बोतलें रोज की बेच ही लेतीं, जिससे घर की नमक-रोटी का गुज़ारा हो जाता। शराब लेने दलभंजन जाता। उसने गाँव के सभी ठिकाने का पता लगा लिया था। अफीम का गोला उसे गाँव में से ही मिल जाता। गाँव के दो-तीन लड़के मोटर-साइकिल पर अफीम का धन्धा करते थे। दलभंजन अपना खर्चा निकाल लेता था। मामा उसके इन कामों से अत्यन्त प्रसन्न था।

16

दलभंजन सिंह नंगलवाले सरदारों की बची-खुची एकमात्र सन्तान था। भले ज़माने में उसका विवाह दबड़ी खाने वाले सरदारों के यहाँ हो गया था। उसकी घरवाली निर्मल कौर बहुत अधिक छबीली थी। दो लड़के हुए, लड़की कोई नहीं। ज़मीन मुज़ारों में बँट गयी तो बाकी बची ज़मीन भी भाइयों में आपसी बँटवारे के बाद बहुत

कम रह गयी। दलभंजन खुद खेती करवाता। ट्रैक्टर ले लिया। बैंक से कर्ज़ा लेकर। दोनों लड़के पढ़ाई में नालायक निकले। उन्हें भी दलभंजन ने खेती में ही लगा लिया। खेती के काम में भी वे ढीक थे। ज्यादा काम नौकर मक्खन ही करता था। ट्रैक्टर लड़के खुद चलाते। दलभंजन सिंह सरदारी ठाठ में रहता। उसका शरीर नशों ने खोखला कर दिया फिर वह जालसाज़ी और ठगी में लगा रहता। लड़के उससे नफरत करने लगे। निर्मल कौर भी उससे दूर होने लगी। वह उसके साँझेदार मक्खन से सम्बन्ध बनाने लगी। मक्खन गठीला नौजवान था। सुन्दर भी था। आँखों में सुरमा डाल कर रखता। सरदारों के घर पर काम करने के कारण उसके तौर-तरीके भी सरदारों जैसे ही थे। सरदारनी घर में भी उससे उतना ही काम लेती, जितना खेत में। फिर तो हर तरफ मक्खन की ही सलाह मानी जाने लगी। वह किसानी कामों का माहिर था। लड़के उससे पूछ कर ही खेत जाते। कभी-कभी मक्खन और दलभंजन सिंह इकट्ठे बैठकर शराब पीते। दलभंजन उसे हिदायतें देता रहता, मक्खन हाँ हाँ कहता जाता। हाँ जी, काका जी! ठीक है, काका जी। लड़के उनकी बातचीत सुनते और मुस्कराने लगते। माँ को बातें बताते, वह भी हँसने लगती। घर में दलभंजन सिंह का कोई स्थान नहीं रह गया था। वह पैंट-बुशर्ट प्रैस करवाकर पहनता। जूता चमकता। पटियाले-शाही पगड़ी बाँधता। दाढ़ी-मूँछ उत्तरी हुई। पहले वह बुआ के नाम से लगी थंमणवाला ज़मीन का पैसा खर्च किया। खूब गुलछर्रे उड़ाए। अब उसकी नजर थंमणवाला में मुकुन्द सिंह की हवेली पर थी।

मनोहर सिंह तो था ही टुटपूँजियाँ। उसकी सूरत भी बुरी थी। एक आँख छोटी और चेहरा बेढंगा-सा। छोटी उम्र से वह थंमणवाला ही रहता था। अकालगढ़ उसे बाप से डंडे पड़ते थे। वह निकम्मा था। ना पढ़ाई की और ना ही किसी काम को सीखा। बस बुरी आदतों में ग्रसता गया। बहन उसे थंमणवाला में रखती। राजिन्दर सिंह के साथ मनोहर सिंह की अच्छी पटड़ी बैठती थी। नशेबाज़ी में दोनों संगी-साथी थे। फिर वह अकालगढ़ वापस चला गया। बहन ने ही उसे वहाँ भेज दिया। उसके लक्षण दिनों-दिन बिगड़ते ही जा रहे थे।

अकालगढ़ जाने के बाद उसका विवाह हो गया। लड़की जमीन को दी गयी थी, उसे नहीं। वे तीन भाई थे। दो भाई मनोहर सिंह से बड़े थे। बाप की मौत के बाद वे दोनों संगरूर जा बसे। ज़मीनें बेच दीं। शहर में कोठियाँ बना लीं। उनके लड़के पढ़-लिख गये और सरकारी नौकरियाँ करने लगे। गाँव से उनका कोई नाता-रिश्ता बाकी ना रह गया। गाँव की सरदारी तो फिर मनोहर सिंह के पास थी। उसके लक्षण देखकर उसके ससुराल वाले उसे लूट कर खाने लगे। उनमें से कोई न कोई वहाँ आया रहता और चापलूसी कर उससे पैसे ऐंठ ले जाते। उसने अपनी ज़मीनें गिरवी रखी हुई थीं। पहले जाटों के हाथ गिरवी रखता। पैसे बढ़ते रहते, फिर उसे

बेच देता। उसका कोई बच्चा नहीं था। जब ज़मीन बिक गयी तो पत्नी भी मायके जा बैठी। बाद में मालूम नहीं उसका क्या हुआ। शायद उसके माँ-बाप ने उसे कहीं और बिठा दिया था। पीछे रह गये मनोहर काका जी छड़े साँड़ से। सुलफा-भाँग पीने लगे। बहन की मौत पर तीनों भाई थंमणवाला आये और ज़मीन बेच गये। कुछ वर्ष मनोहर का खर्चा उन पैसों से अच्छा चलता रहा। संगरूर बैंक में उसका खाता था। पहले उसकी के ज़मीन के और फिर उसके थंमणवाला ज़मीन के पैसे वहाँ बैंक में रख दिये। ज़रूरत पड़ने पर पैसे निकलवा लेता और ऐश करता।

अब जब बैंक में उसके पास बहुत कम रकम ही रह गयी तो वह नंगलवाले लड़के को साथ लेकर थंमणवाला आ बैठा। दलभंजन अफीम का धन्धा करता। उनका ज़ेब-खर्च अच्छा चल रहा था। रोटी-चाय चन्नू दे देता था।

जिस उम्मीद के साथ वे थंमणवाला आये थे, अभी तक कामयाब नहीं हुए थे। गाँव में रोज़ चक्कर लगाते। कभी अकेले-अकेले। कभी इकट्ठे। पहले-पहल कुछ व्यक्तियों ने इच्छा ज़ाहिर की, परन्तु फिर कई कारणों से पीछे हट गये। सरदार पैसे बहुत माँगते थे। कुछ व्यक्तियों को इस बात का भी शक था कि ये दोनों व्यक्ति हवेली बेचने के हकदार भी थे या नहीं। किसी-किसी को इस बात पर तरस आता था कि चन्नू बेचारे को अपना परिवार लेकर यहाँ से जाना पड़ेगा।

चन्नू को मालूम हो गया था कि वे हवेली बेचने के खातिर आये हुए थे और इसी कारण यहाँ पर टिके हुए हैं। बाज़ीगर इतने वर्षों से हवेली में मुफ्त ही रह रहे थे। रोटी-पानी देना उनका फर्ज़ बनता था। वह उनकी सेवा ना करता, रोटी-पानी ना देता तो वे उसे उसी दिन निकाल बाहर कर देते। बस इसी झेंप में चन्नू उनकी सेवा करता।

चन्नू दो बार ढाब पर दुल्ले के पास भी हो आया था। पूछा, "क्या करें बापू? वे कंजर तो धरना दे कर बैठे हैं। एक न एक दिन तो बेचेंगे ही। मैं फिर कहाँ जाऊँगा?"

दुल्ला उसकी इस परेशानी की ओर कोई ध्यान न देता। बातें सुन लेता, कोई सलाह-मशविरा ना देता। जब चन्नू चर्चा करता गया तो दुल्ला बोला, "जहाँ बाकी तीन गये, तू भी चला जा। हवेली सरदारों की है, अपना उन पर क्या ज़ोर है। जब कहेंगे, अपना सामान उठा और यहाँ से चलता बन।"

घर आकर चन्नू ने मानी से सारी बातें कहीं और बापू का जवाब भी बताया। कुछ नहीं हो सकता था। एक दिन उन्हें हवेली से निकलना ही होगा। कोई जाट होता तो कब्जा कर लेता। डट कर बैठ जाता। कोई उनका क्या कर लेता? परन्तु वह बाजीगर थे। गाँव के समाज में उनका कोई स्थान नहीं था।

चन्नू और मानी ने यही निश्चय किया कि जितने दिन कटें, काट लें। जब कहा जाने को, निकल जाएँगे। रोटी-पानी वे खा रहे हैं तो क्या हुआ। उनकी रोटी

कोई महँगी नहीं पड़ती थी।

मनोहर और दलभंजन ने बाजीगरों से इसलिए कुछ ना कहा, क्योंकि उन्हें उनसे रोटी-पानी आसानी से मिल रही थी, उन्हें चन्नू से बहुत सुविधाएँ प्राप्त थीं। रोटी और ये सुविधाएँ गाँव में कहीं और नहीं मिल सकती थीं। क्या मालूम, उन्हें अभी और कितने दिन थंमणवाला में ही रहना पड़े।

दलभंजन, नेहरू के लिए दूकान से कभी बिस्कुटों का पैकेट ले आता, कभी खेड़ियाँ, कभी मीठी गोलियाँ। नेहरू भी उससे हिल-मिल गया था। दलभंजन के छोटे-मोटे काम कर देता। उन्हें पानी का गिलास लाकर देता। कपड़े सूखने डालने में उसकी मदद करता, दूकान से कोई सामान मँगवाना होता, वह ला देता। कभी-कभी दलभंजन उसे पैसे भी दे देता। आठ आने कभी रुपया। नेहरू उनसे ऐसे हिल-मिल गया था जैसे रोटी का टुकड़ा डालने पर पिल्ला पूँछ हिलाने लगता है।

मानी, नेहरू को दलभंजन के साथ घूमते-फिरते देख खुश होती। दलभंजन उसे अच्छा लगता कि वह लड़के से कितना प्यार करने लगा है। उसे कितना चाहने लगा है। वह सोचती, उसका भी नेहरू जैसा कोई पुत्र होगा। अब नेहरू को अपना पुत्र समझने लगा होगा। फिर सोचती, हो सकता है, इसका कोई पुत्र हो ही न। पुत्र की कमी के कारण ही वह इस बच्चे से प्यार करने लगा है। एक प्रकार से अपने खालीपन को भरता होगा। ऐसा सोचता हुए मानी को उस पर तरस आ जाता। उसने कभी दलभंजन से पूछा नहीं था कि उसके कितने बच्चे हैं। वह शादी-शुदा भी है या नहीं। उसके साथ कभी ऐसी बातें करने का उसे मौका ही नहीं मिला था, ना ही ज़रूरत थी।

एक दिन मानी को लगा, जैसे दलभंजन की निगाह बदल गयी है। वह उसकी ओर खास ध्यान से झाँक रहा था। उसकी आँखों में लाली थी, शरारत-सी। गहरी नज़र से उसे देख रहा था। पहले भी शायद ऐसे झाँकता रहा होगा, मगर मानी ने कभी गौर नहीं किया था। वह अब जब भी मानी की ओर देखता, उसकी नज़र में कुछ और होता। बात करते समय उसकी आवाज़ अटक-सी जाती। जैसे कोई मानसिक परेशानी के कारण उसे बात सूझ न रही हो या वह पूरी समझा न पा रहा हो। वह सोचती, ऐसा क्यों करता है यह? उसे अच्छा न लगता। उसे लगता उसकी नज़र में मैल है। वह अच्छा आदमी नहीं। उसने नेहरू को भी खूब झिड़का, ''इससे कुछ न लिया कर भिखमंगे। तेरा बापू है न। उससे क्यों नहीं माँगता बिस्कुट?''

''वह लाकर भी देता है।'' नेहरू ने मचल कर कहा।

पहले चौबारे में मानी खुद रोटी देने जाती थी। चाय पकड़ा जाती। फिर उसने जाना छोड़ दिया। चन्नू घर में होता तो वही चाय-रोटी देने जाता। नहीं तो नेहरू जाता। नेहरू अब बड़ा हो गया था।

एक दिन सन्ध्या का समय था। अच्छी-खासी ठंड थी। बदन को कपड़ों से ढँक कर रखने का मौसम था। रोज़ की तरह दोनों सरदार पी रहे थे। दो पैग पीने के बाद, दलभंजन नीचे उतरा। उसने खँखारा। चन्नू और नेहरू दोनों ही घर में नहीं थे। वह सीधा रसोई की ओर गया। मानी ने चूल्हे पर साग रखा हुआ था और वह दो-चार बर्तन माँज रही थी। हाथ राख से सने हुए। उसे आया देख, वहीं उसी हालात में खड़ी हो गयी। रसोई में चूल्हे की रोशनी थी। लालटेन अभी उसने जलाई नहीं थी। हाथ की दो अँगुलियों से उसने अपना पल्ला ठीक किया। दलभंजन कुछ बोला नहीं। सीधा उसकी बाजू पकड़ ली। वह तगड़ी थी। गठा हुआ शरीर था। दलभंजन तो हड्डियों का पिंजरा था। मानी ने धक्का देकर उसे रसोई से बाहर धकेल दिया। आँगन से रसोई का फ़र्श ऊँचा था। दलभंजन का माथा लकड़ी की नुकीली चौखट से जा लगा। वह आँगन में जा गिरा जैसे कोई रेलगाड़ी के डिब्बे से बाहर जा गिरे। वह भौंचक्का रह गया। दारू का नशा उड़ गया। उसके माथे से खून बहने लगा। उसका हाथ भीग गया। वह फिर से उठा और रसोई की ओर बढ़ा। मानी ने अंदर से कुंडी लगा ली। ऊँची-ऊँची गालियाँ देने लगी। दलभंजन ने किवाड़ों को ठकोरा। मानी को गाली दी, जैसे सरदारी रुआब झाड़ रहा हो। फिर उसके दिल में बेइज्जती का एहसास पैदा होने लगा। वह ठोकर खाते हुए आँगन की ओर चल दिया। उसकी बुशर्ट पर खून की छींटें गिर रही थीं। वह तेज़ी से सीढ़ियाँ चढ़ने लगा। मनोहर ने लैंप जलाया हुआ था। दलभंजन के माथे पर खून देखकर बोला, ''कर आया मंशा अपनी पूरी ? मुझे तेरी गालियाँ सुनाई दे रही थीं। मैंने तुमसे कहा था, ये बातें मानौती-समझौते से शोभा देती हैं। इतनी जल्दी क्या पड़ी थी तुझे, मादरचोद ?''

मनोहर सिंह ने उठकर उसकी देखभाल की। उसकी पगड़ी से ही एक पट्टी फाड़कर, गीली कर उसके माथे पर बाँध दी। थोड़ी देर बाद उसका खून बन्द हो गया। मनोहर ने शराब से गिलास भरे और वे फिर से पीने लगे।

चन्नू और नेहरू बाहर कहीं से आये तो मानी ने रो-रोकर चन्नू को सारी बात बतायी। चन्नू को सुनते ही आग लग गयी। वह भागते-भागते नम्बरदार कुंडा सिंह के पास गया। सारी कहानी सुनाई। नम्बरदार तुरन्त उठकर हवेली आ गया और सीढ़ियाँ ऊपर चढ़ उनकी बेइज़्ज़ती करने लगा। दोनों शर्मिन्दा से बैठे रहे। नम्बरदार उनको झिड़क रहा था, ''बड़े आए सरदार कहीं के। पीठ में छुरा भौंकते हो।'' फिर बोला, ''बोतल उठाओ और चलो मेरे घर। वहाँ जाकर उंड़ेलो अपने अन्दर। वहीं रहो मेरे पास। तड़के ही भेज देते हैं चन्नू को हवेली से। हरामियों से रोटियाँ नहीं पचायी गयीं।''

उन्होंने अपने कपड़े सँभाले। दारू का एक-एक गिलास अपने अन्दर उड़ेला।

चौबारे को ताला लगाकर नम्बरदार के पीछे-पीछे चल दिये।

अगले ही दिन चन्नू ने अपना सारा सामान-असबाब ऊँटों पर लादा और चल दिया। उसकी मंजिल अपने भाइयों के पास ही थी। कोई जाट होता तो खून पी जाता इन बिगड़े सरदारों के। वह था बाज़ीगर। मीलों तक वह दाँत पीसता गया। मानी और नेहरू ऊँटनी पर बैठे थे। लदे हुए ऊँट की नकेल पकड़ कर चन्नू भैंस को भी हाँक रहा था।

नम्बरदार कुंडा सिंह ने इस घटना की सूह भी बाहर न निकलने दी। अगले दिन सन्ध्या समय वे अपनी हवेली में आये और चौबारे में बैठकर दारू पीने लगे। मनोहर सिंह गुरुद्वारे से दोपहर की बासी रोटियाँ और कटोरे में चने-मोट की दाल डलवा कर ले आया था। ठंडी दाल-रोटी स्वादिष्ट थी। मगर उनके गले से ग्रास मुश्किल से ही नीचे उतर रहे थे।

भीमसेन बनिये के लड़के विजय कुमार के साथ हवेली की बात कई दिनों से चल रही थी। भीमसेन की आढ़त की दुकान रोड़ूशाह की मंडी में थी। थंमणवाला में अब उनका कोई नहीं रहता था। भीमसेन मर चुका था। उसकी मौत के बाद विजय कुमार आढ़त के साथ-साथ अन्य कई काम भी करने लगा था। वह भट्ठों का मालिक भी था। मुर्गी खाना खोलने के लिए जगह की तलाश कर रहा था। हवेली उसे ठीक लगी थी। परन्तु सरदार अपनी मुँह माँगी कीमत से कम लेना नहीं चाहते थे। विजय कुमार इतनी रकम देना नहीं चाहता था। चार दिन पहले उसने दो टूक कह दिया था, ''इतनी रकम मंजूर है तो पकड़ो बयाना। रजिस्ट्री का मुझे कोई डर नहीं है। गलत रजिस्ट्री करवाओगे तो तुम्हीं फँसोगे। गवाह फँसेंगे। तहसीलदार को पैसा चाहिए होता, चाहे कहीं से करवा लो रजिस्ट्री। पटवारी सबसे सैटल करके रखता है। बोलो।''

उन्होंने चार दिन और माँगे। फिर उन्होंने इतनी रकम लेना ही वाजिब समझा। विजय कुमार आया और नम्बरदार कुंडा सिंह को साथ लेकर बयाना का एक हज़ार रुपया दे गया। दो दिन के बाद मंडी जाकर अर्जी-नवीस के पास बयाना हो गया। बयाने के दिस दिन बाद रजिस्ट्री हो गयी। सरदारों ने रकम पकड़ी और थंमणवाला गाँव को अलविदा कह गये।

17

बावड़ी की त्रिवेणी के वृक्ष छाया देने लगे। झोंपड़ी की जगह पर अब पक्का कमरा हो गया था। जिसे बाबा दुल्ला कुटिया कहता। इसमें वह रहता था। कुंडी-ताला लगाता था। जैसे दूर एक कोने में दुल्ले ने छप्पर डलवा लिया था। बल्लियाँ गाड़ कर घास-फूँस का छप्पर। इसके नीचे तीन-चार चारपाइयाँ पड़ी रहतीं, जहाँ आये-

गये मुसाफिर आराम करते। कुएँ पर अब नया डोल था, लोहे की नयी ज़ंजीर वाली। नहाने-धोने के लिए ऊँचा चौबरा और कुंड था। लकड़ियाँ गाड़कर लोहे की तार बँधी हुई थी, जिस पर गीले कपड़े सुखाने के लिए डाले जाते। छप्पर के नीचे चार-पाँच कोरे घड़े पानी से भरे रखे होते। पीतल की छोटी गड़वी जिसके गले में लोहे के पतले सरिये का हाथ कसा हुआ था। लोग घड़े से ठंडे पानी की गड़वी भरते और ओक लगाकर पानी पीते।

थंमणवाला गाँव में दुल्ले की ढाब रेगिस्तान में हरियाली के समान थी। बैलगाड़ियों वाले या पैदल चलते यात्री मंडी को जाते तो उधर से मुड़ते समय तेज दोपहर हो जाती या कड़कती धूप वाला तीसरा पहर होता। बावड़ी पर आ वह दम लेते। बैलों को पानी पिलाते। खुद भी बावड़ी का ठंडा पानी पीते। घड़ों में बर्फ जैसा ठंडा पानी होता। पैदल लोग घड़ी दो घड़ी चारपाइयों पर आराम कर गाँव की ओर जाते।

दुल्ला अब बोलने लगा था। प्रवचन करता। पहले की भाँति खामोश नहीं रहता था। उसके अन्तर्मन में कहीं उदासी ज़रूर थी। लेकिन बाहर से बातचीत से कुछ मालूम नहीं लगता था कि उसे सरदारो के वियोग का दुख है और उसी दुख के कारण उसने वैराग्य धारण कर लिया है। दरवेशी जीवन जी रहा है। उसे अपनी बेटे-बेटियाँ याद नहीं थे। उनकी बात कभी नहीं करता था। उनमें से भी कोई वहाँ उसे मिलने के लिए नहीं आता था।

आने-जाने वाले आदमियों को वह त्रिवेणी के बारे में बताने लगता था। कहता, "असल तरबेणी तो भाई पराग (प्रयाग) है। वहाँ तीन नदियाँ एक साथ इकट्ठी होती हैं गंगा, जमुना और सुरसती (सरस्वती)। संगम है तीन नदियों का। बारह वर्षों के पश्चात् कुम्भ का मेला लगता है वहाँ। हम इन तीनों वृक्षों को तरवेणी कहते हैं। इकट्ठे लगे हों जहाँ भी। ये तीन वृक्ष भी तीन नदियों ने एक तरह से। नदी जीवन-दात्री होती है, ऐसे ही ये वृक्ष भी जीवन-दात्रे हैं।"

"और नहीं तो छाँव तो देते हैं।" अगला उसकी बात में बात मिलाता।

"पीपल तो ब्रह्म का रूप है। ग्रन्थ कहते हैं," दुल्ला बताने लगता, "पीपल में तीन देवताओं का वास होता है। जड़ों में ब्रह्म, तने में बिशनूं और टहनियों में शिवजी। पहले समय में पीपल की लकड़ी को फूँकते नहीं थे। पवित्र समझते थे। अब तो कलयुग आ गया है भाई। सब उल्टा-सीधा हो रहा है।"

फिर कहता, "बरगद लम्बी उम्र वाला दरख्त है। इसका फल खाने से आदमी की आयु बढ़ती है। बरगद की दाढ़ी को शिवजी की जटा कहा जाता है। साधु-महात्मा बरगद के नीचे ही समाधि लगाते हैं। महात्मा बुद्ध को बरगद के नीचे ज्ञान प्राप्त हुआ। पराग जहाँ संगम है, वहाँ एक बरगद होता है। इस बरगद से गिर कर जो आदमी मर जाये, समझो मुक्ति हो जाती है उसकी। सीधा स्वर्ग को जाता है।

बहुत लोग मरने जाने लगे। फिर बादशाह जहाँगीर ने वह बरगद ही वहाँ से निकलवा दिया था।''

''पराग कहाँ है बाबा?'' व्यक्ति पूछ लेता।

'' जू पी (यू.पी.) में है। आजकल पराग को लाहबाद (इलाहाबाद) कहते हैं। यह नाम बादशाह अकबर ने रखा था।'' दुल्ले का ज्ञान शिखर छूने लगता।

''अब नीम की बातें भी सुना दे लगे हाथ, बाबा दुल्ले।''

''नीम बड़ा गुणकारी होता है। अंग्रेज कहते हैं भई जब तुम्हारी धरती पर नीम है, तुम्हारे यहाँ लोग बीमार क्यों होते हैं। बच्चा पैदा हो तो घर के सामने नीम बाँधा जाता है। ये हवा को शुद्ध करता है। नीम के पत्ते घोंट के सात दिन पीयो, फोड़े-फुँसी सारी उम्र नहीं निकलती। नीम की छाया तले सोने से आदमी तन्दुरुस्त रहता है। नीम की दातुन करनी चाहिए।''

''इतना ज्ञान तुमने कहाँ से लिया, बाबा? कौन से डेरे में पढ़ाई की है तुमने?''

''मैं तो अक्षर भी नहीं जानता, भाई। ना किसी डेरे में गया हूँ। बस आते-जाते आदमी बातें सुना जाते हैं, मुझे याद हो जाती हैं।''

''लगता तो ऐसा है भई कई ग्रन्थ बाँचे हैं तुमने।''

''ना भाई, काला आखर भैंस बराबर, बस लोग ही ग्रन्थ हैं मेरे तो। यहाँ बहुत आती है दुनिया।''

''दुल्ला तड़के-तड़के टिब्बे का चक्कर लगाता। दूध माँगकर ले आता। फिर दोपहर में जाता, रोटियाँ माँग लाता, दाल-सब्जियाँ भी। शाम को बक्कर नहीं लगाता था। कभी ऐसा भी करता दिन चढ़े जाता। दूध और रोटियाँ इकट्ठी ही ले जाता।''

बावड़ी पर आकर दूध गर्म करता। ठंडे पानी में रख देता। इस प्रकार दूध फटता नहीं था। कई बार चाय बन जाती। माँगकर लायी रोटियाँ और दालें-सब्जियाँ भी सँभाल कर रखता। राहगीर-यात्री खा लेते या खेतों के खेतिहर लड़के खा लेते। खुद वह एक ही वक्त खाना खाता था। दोपहर के समय रोटी खाता। दूध काफी होता। रात को दूध पीकर ही काम चला लेता। उसका विश्वास था कि आदमी को अधिक खाना-पीना नहीं चाहिए। ज्यादा खाने से शरीर में बीमारियाँ होती हैं। उतना ही खाना चाहिए, जिससे देह प्राण चलते रहें। कहता, ''बहुत खाया अपनी उम्र में, हिसाब कोई नहीं। देसी घी की मटकियाँ भरी रहती थीं। दूध की बाल्टी खाली कर देता था। अब ज़रूरत ही नहीं शरीर को। अब क्या करना है शरीर का। बस चल-फिर लेता हूँ।''

वह थंमणवाला बहुत कम जाता। बहाना यह बताता कि वह दूर है। मगर थंमणवाला गाँव से उसे नफरत थी। सारे गाँव से ही। दूसरों ने उसका क्या बिगाड़ा था। नफरत तो उसे सिर्फ़ धौकल के घर से होनी चाहिए थी। जब भी कभी जाता,

दूसरे बुढ़िया-बूढ़े उसे बहुत प्यार से बुलाते थे। उसका हाल-चाल पूछते। जिस घर में भी जाता, घर की मालकिन उसे दूध की गड़वी देती। बैठ कर रोटी खाने के लिए कहती या दो रोटियाँ वैसे ही पकड़ा देती। ढाब की जगह को थंमणवाला गाँव के लोग पवित्र समझते। पूजने लगे थे। वहाँ दिये गये रोटी टूक का पुण्य प्राप्त होता। यह रोटी-टूक फक्कण लोगों के मुँह में जाता था। क्या मालूम, कोई क्या दुआ दे जाये। पता नहीं उसे सारा गाँव डकैत और बेईमानों का लगता, जिन्होंने उसकी औरत को निगल लिया था या कहीं खत्म कर दी थी। जिस गाँव में उसका इतना बड़ा परिवार था, फिर उसका यह सारा परिवार वन की लकड़ियों जैसा एक-एक कर बिखर गया। वह एकदम अकेला रह गया। सच है, इस संसार में आदमी आता और चला जाता है यहाँ पर कोई किसी का साथी नहीं है।

एक दिन वह थंमणवाला गया। सुबह का समय था। जाड़े का मौसम था और कोहरा पड़ रहा था। सूरज अभी कहीं नज़र नहीं आ रहा था। उसने पाँच-सात घरों में दूध लिया। थैले में रोटियाँ डलवायीं। एक डोलची में दाल-साग-सब्जी सभी कुछ इकट्ठा। मुकुन्द सिंह की हवेली की ओर उसकी नज़र चली गयी। दरवाज़े पर जा खड़ा हुआ। नाँद तोड़ ही गई थी। आँगन वहीं था। कुआँ के साथ लगती रसोई और गुसलखाना भी वहीं था। कमरों में बोरियाँ थीं। मगर आगे दालान का हुलिया बदला हुआ था। ऊपर से नीचे तक मुर्गियों के दड़बे थे। एकदम सीधी कतारें थीं। दड़वों में बिजली के बल्ब लगे हुए थे मुर्गियों की कुड़कुड़-कुड़कुड़, हल-चल, कभी कोई ऊँची आवाज निकलती और साथ की साथ खत्म हो जाती। चार-पाँच आदमी इधर-उधर कोई काम-धन्धा कर रहे थे। एक कोने में इंजन चल रहा था। ज़मीन से पानी निकलता और बिजली पैदा होती। वह आँगन में लौट आया। उसका मन चाहा, वह सीढ़ियाँ चढ़कर ऊपर चौबारे में जाये, मगर वह गया नहीं। कुएँ की तरफ गया। रसोई में गया। रसोई से गन्दी बदबू आ रही थी। लगता था, उसकी सफाई किसी ने की ही ना हो। सरदारो तो रसोई को चमका कर रखती थी। मानी का भी यही स्वभाव था। कुएँ की मुँडेर पर मुर्गियों के 'पर' पड़े थे। उसे लगा, कुएँ के सामने खड़ा नीम जैसे बहुत उदास हो। पत्तों पर धूल चढ़ी हुई थी और जानवरों की बीट के निशान थे। हवेली में एक यही वृक्ष रह गया था। उधर दालान में सभी वृक्षों को उखाड़ दिया गया था। उनका कोई नामो-निशान बाकी नहीं रह गया था। उसके दिमाग में वे सभी वृक्ष घूम गये जिनकी छाँव तले उसके ऊँट-ऊँटनियाँ खड़े होते थे। सर्दियों के दिनों में ऊँट मस्ती मारते। कहाँ गया वह संसार, जब उसके चारों लड़के यहाँ थे, बहुएँ थी, सरदारो थी और ऊँट-ऊँटनियाँ थे। इन दिनों वह तो मानो हवेली का सरदार हुआ करता था। सरदारो इस हवेली की सरदारनी थी। उसमें सरदारनियों की क्या बात नहीं थी। आँगन में चलती फिरती, आँगन महक उठता,

उसके घाघरे की सरसराहट से। चौबारे में जाती तो अगरबत्ती सुलगने लगती। रात को चारपाई पर लेटी होती तो चमेली से बादल घिर आते। उसका बदन जैसे...। हवेली तो उसी दिन उजड़ गयी थी, जिस दिन से सरदारो यहाँ नहीं थी।

मुर्गीखाने में काम करने वाले आदमी उसकी ओर देखते हुए हैरान हो रहे थे, "यह ढाबवाला बाबा आज यहाँ क्या देख रहा है, हवेली में?" वे गाँव से अपरिचित लोग थे। उनमें से किसी को भी यह मालूम नहीं था कि दुल्ला ही कभी अपने घर-परिवार सहित इस हवेली में रहता था। वह अब की तरह एकदम अकेला नहीं था।

अब ज्यादातर दुल्ला टिब्बे की ओर ही जाता। जाने में उसे कठिनाई महसूस ना होती। दो मील का रास्ता उसके लिए कुछ भी नहीं था। टाँगें ठीक रहती थीं। सुबह दूध माँगने जाता, फिर दोपहर में रोटियाँ लेने जाता। दो चक्कर लगाने उसे भारी लगते। इसलिए वह दिन चढ़े जाकर एक ही बार में सारे दिन का काम खत्म कर आता। एक हाथ में दूध की बाल्टी, दूसरे बाजू की कुहनी से लटकती डोलची, जिसमें दाल-सब्ज़ी डलवाता और कन्धे पर लटके झोले में रोटियाँ। वह दोपहर तक गाँव से लौटता। जहाँ खड़ा हो जाता बस हो जाता। कोई उसे बातों में लगा लेता तो वह हिलता भी न। बुढ़ियों के साथ दुःख-सुख बतियाता। उसे गुरुवाणी की बहुत-सी पंक्तियाँ ज़ुबानी याद थीं। घर के आगे खड़ा होता तो 'शब्द' बोलने लगता। घरवाले समझ जाते कि बाबा दुल्ला है।

वह सारे गाँव से नहीं माँगता था। बिना कहे किसी के घर के आगे न जाता। उसके घर बँधे-बँधाये थे। यह करीब बीस घर थे। उन्हीं घरों में वह जाता। कभी कोई घर मना कर देता तो कोई नया घर कह देता, "बाबा, हमारे घर से भी दो रोटियाँ ले जाया करो। दूध भी।"

तड़के सुबह वह ढोल बजाता। ढोल ही उसकी अराधना था। ढोल बजा कर उसे मानसिक तसल्ली मिलती। हमेशा की तरह पहले वह खपच्ची से तिरड़-तिरड़ करता। फिर डंडा मारता और चल देता। उसका डंडा तेज़-तेज़ बजने लगता। ढोल की आवाज़ ऐसे लगती, जैसे लगातार बादल गरज रहे हों, जैसे मूसलाधार बरखा हो रही हो। वह आँखें मूँद सिर एक ओर झुका लेता। ऐसे समय में उसकी सुरति दसवें द्वार पहुँच जाती। उसके दिमाग में मीठे-मीठे सपने जागते। ढाब का पानी शीशा बन जाता। निर्मल और स्वच्छ। शीशे में उसे एक नहीं, कई चेहरे नज़र आते। सिर्फ़ औरत के नहीं आदमियों के भी। शीशे में एक संसार बसा दिखाई देता। चेहरे उसकी ओर झाँकते और आँखों ही आँखों में बातें करते। यह संसार उसे प्यारा लगता। स्नेह से भीगा और लुभावना संसार।

फिर उनका डंडा रुक जाता। खपच्ची वाला हाथ ढोल पर इस तरह आ टिकता। जब तक वह आँखें बन्द रखता, उसे कहीं दूर ढोल बजाता सुनाई देता रहता। आँखें

खोल वह अपनी बाजुओं की ओर देखता। बाँहों पर सफेद बाल होते जो काली-काली रंगत पर और भी सफेद दिखाई देते। वही ढाब होती, मटमैला सा पानी। त्रिवेणी के वृक्ष उसकी ओर उदास निगाहों से झाँक रहे होते। वह गले से ढोल उतारता और टिब्बे की ओर जाने की तैयारी करने लगता। तैयारी करने तक अच्छा-खासा दिन चढ़ आता।

एक दिन बावड़ी पर एक रमता साधु आया। उसके साथ एक युवक था। चौबीस-पच्चीस बरस का। दाढ़ी-मूँछें भी फूट आयी थीं। गोरा रंग और पतला छरहरा शरीर। बस एक ही नुक्स था कि उसके बाएँ हाथ की छिंनुगिया के पास वाली दो अंगुलियाँ कटी हुई थीं। वे दोपहर के समय आये। चैत्र-बैसाख का मौसम था। इन दिनों किसान कुछ फुरसत में होते हैं। रबी की कटाई के लिए औजारों की मरम्मत करते या नये बनाते हैं। हवा में महक घुली होती है। गेहूँ के समुद्र सुनहरी आभा बिखेरते हुए दूर तक फैले नज़र आते हैं। व्यक्तियों के बदन में ताज़गी भरी होती है। खेत के आदमी फुसरत के कारण ढाब पर आ बैठते थे। कोई व्यक्ति परसाद खाता और चला जाता। चाय लगातार बनती रहती। चाय पीने वाले गाँव से दूध लेकर आते। कहते, ''चाय तो पिएँगे वहीं। मगर दूध ले चलते हैं। क्या मालूम बाबा के पास खत्म ही हो दूध।'' गुड़ और लम्बी पत्तियों वाली चाय आम ही बाबा के पास रहते। लोग चाय पीते, बातें करते और चल देते। दुल्ले ने सोचा, ये साधु और युवक भी रोटी-चाय पिएँगे और चल देंगे। मगर नहीं।

चाय बन चुकी थी। टिब्बे गाँव के चार व्यक्ति बैठे चाय पी रहे थे साधु और उस युवक ने भी चाय पी। युवक फुर्ती से उठा। सभी के बर्तन इकट्ठे कर, राख की ढेरी पर ले गया। बर्तन माँजने लगा। दुल्ले ने लड़के की ओर देखा और देखता ही रहा। कुछ समय के पश्चात् फिर उन्होंने परसाद खाया। आराम करने के लिए वह साधु दुल्ले की कुटिया में ही ज़मीन पर कपड़ा बिछा के लेट गया। लड़का बर्तन माँज कर, कहीं बाहर ही बैठ गया। साधु लेटे-लेटे दुल्ले के साथ ज्ञान-गोष्ठ की बातें करने लगा। दुल्ले को उसकी बातें अच्छी लग रही थी।

साधु कह रहा था, ''प्राणी को अपने भविष्य के बारे में नहीं सोचना चाहिए जो है सो वर्तमान है। वर्तमान अच्छा हो तो भविष्य अपने-आप अच्छा होगा। भविष्य क्या है? भविष्य धीरे-धीरे निकट आता जाता है और वर्तमान में ढलता जाता है। वर्तमान ही सब कुछ है। वर्तमान को सँवारते रहो, बस।''

बातें करते-करते सन्ध्या हो गयी। साधु अपने कपड़े सँभाल रहा था। लड़के को हाँक लगायी, ''राम, चलो भई चलें।''

दुल्ले ने विनती की, ''आज महाराज जी, विराजो। अब इस वख्त कहाँ जाओगे? तड़के चाय-पानी पीकर चले जाना।''

साधु ने कन्धे से सामान उतार नीचे रख दिया। बोला, ''आपकी इच्छा भाई।''

दुल्ले ने चाय में पत्ती डाल कर गाढ़ी चाय बनायी। चाय बनाते समय राम चूल्हे में छिलत्ते तोड़-तोड़ फेंकता जा रहा था। चाय के जूठे बर्तन भी उसने माँज-धोकर रख दिये।

आटा पड़ा था और भी सामान थोड़ा-बहुत पड़ा था। रात होने पर राम ने रोटी पका ली। सब्जी-दाल सुबह की बची पड़ी थी। गर्म कर ली। बहुत स्वादिष्ट थी। देसी घी भी था। चावल पड़े थे। दुल्ले ने खुद खीर बनायी। दूध काफी था। भोजन के पश्चात् वे फिर से बातें करने लगे। राम सारे बर्तन साफ कर, चूल्हे आदि का स्थान एकदम साफ कर, अपने गुरु के पाँव दबाने लगा, फिर वह दुल्ले की भी टाँगें दबाने लगा। दुल्ला कहने लगा, ''न भई राम। यह काम न कर। मैंने तो सारी उम्र किसी से पैर नहीं दवाये। ऐसे ही आदत ना डाल। मैं तो भाई तगड़ा हूँ अभी। कल का मालूम नहीं। ना, यह काम नहीं।''

तड़के सुबह जब वे जागे, ब्रह्म मुहुर्त ही था। वे जंगल-पानी हो आये। फिर तीनों ने कुएँ से पानी भर स्नान किया। दुल्ले ने चाय बनायी। राम ने दुल्ले के कहने पर मिनटों में पराँठे बना लिए। मिर्च और गलगले का आचार था।

जब वे जाने की तैयारी करने लगे तो दुल्ले ने उनसे विनती की, ''राम को तो यहीं छोड़ जाओ, महाराज।''

''आप की इच्छा भाई। रख लो इसे। इसने तो सेवा ही करनी है। यहाँ करता रहेगा।''

''यह आपका पुत्र है, महाराज जी?'' दुल्ले ने हाथ जोड़कर पूछा।

''पुत्र ही समझो। जो सेवा करता है, पुत्र ही है। अब तुम्हारा पुत्र हो चुका है। सँभाल कर रखना इसे। ज़रा नादान है। सेवा-भाव बहुत है। ईमानदार है, खरा। एकदम चाँदी का रुपया है।''

18

दुल्ला काफी बुढ्ढा हो गया था। अब उससे टिब्बे नहीं जाया जाता था। थंमणवाला तो वह कई वर्षों से गया ही नहीं था। वहाँ से लोग बावड़ी पर आते रहते। वह सभी को जानता था। उनके घरों की कुशल-क्षेम पूछता। पानी-चाय पिलाता। रोटी खाने वाले रोटी भी खा जाते। चाय भी पी जाते। मगर वह खुद कभी थंमणवाला ना जा सका। टाँगें कमज़ोर हो गयी थीं। चलते समय मुश्किल होती। उसके रानों और पुट्ठों की चमड़ी लटक गयी थी। कभी नंगा बैठा होता तो छातियाँ लटकती दिखाई

देतीं, लेकिन आँखों में चमक कायम थी। नज़र ठीक थी। दाँत मज़बूत थे। उसमें अभी भी इतनी हिम्मत थी कि तड़के उठकर ढोल बजा सके। रस्सी कस कर राम ढोल खड़े-खड़े उसके गले में डाल देता। खपच्ची और डंडा पकड़ा देता। दुल्ला धीरे-धीरे ढोल बाजाता। ढोल में अब पहले वाली गर्माइश नहीं रह गयी थी। बस ऐसा था जैसे कोई बच्चा पहले ऊँचा-ऊँचा रोता हो, चीखें मार-मार कर और जब थक-हार जाये तो फिर धीरे-धीरे रोने लगे भर्राये गले से।

जब से धन्ना बूढ़ा वहाँ आकर रहने लगा, ढाब का काम सुचारु रूप से चलने लगा। धन्ना थंमणवाला गाँव से भिक्षा लेने जाता और राम टिब्बे से। दोनों दिन-चढ़े एक समय पर निकलते और दोपहर तक वापस आ जाते। खाली बालटी, डोलू और झोला ले कर जाते, मुड़ते समय हाँफते हुए आते। बाल्टी दूध से भरी होती, डोलू दाल-सब्जियों से और झोला रोटियों से अटा होता।

राम समझदार और हिम्मती लड़का था। वह पढ़ा-लिखा था। बहुत पढ़ा-लिखा तो नहीं था, लेकिन दसवीं तक पहुँच गया था। दसवीं में पढ़ते समय हटते गया था। होशियार था, तीक्ष्ण बुद्धि का मालिक। कोई उसे पढ़ाने वाला होता तो वह कहाँ से कहाँ पहुँच जाता। चार-पाँच वर्षों में ही राम ने अपना रंग दिखा दिया। वह टिब्बे तो भिक्षा लेने जाता ही था, कभी-कभी थंमणवाला भी चला जाता। ढाब पर आने-जाने वाले उसे जानने-पहचानने लगे थे। वह दोनों गाँवों में जाकर ढाब को सुधारने-सँवारने की चर्चा कर, लोगों को प्रेरित करता रहता। रोडूशाह की मंडी भी जाता। साइकिल चला लेता था। दुल्ले ने उसे नया साइकिल खरीद दिया था। रास्ता चाहे कच्चा और ऊबड़-खाबड़ था, मगर गड्ढे की पगडंडी पर साइकिल चलने लगता। कभी हैंडिल पकड़ कर चलाना पड़ता। बारिश होने पर, मिट्टी बैठ-दब जाती तो राम की साइकिल डाक-गाड़ी के समान भागती जाती।

राम ने मंडी के कुछ सेठों को प्रेरित कर लिया। थंमणवाला और टिब्बे के आदमी भी दान-पुण्य करना चाहते थे। ख्वाजा की जगह थी और फिर इस स्थान पर दुल्ले जैसा दरवेश बैठा था। दान देने वालों का पुण्य ही पुण्य था। पगडंडी के रास्ते और कुटिया की ओर बावड़ी की पक्की सीढ़ियाँ बन गयीं। बल्लियों वाला छप्पर हटा दिया गया। उस स्थान पर तीन छोटे-छोटे कमरे बन गये। कमरों के आगे बरामदा भी। कमरों से सटा पक्का लंगर-घर बन गया। यहीं पर अब भोजन-पानी बनता। उन्होंने रोटियाँ माँग कर लाना छोड़ दिया, सिर्फ़ दूध माँग कर लाते। डोलू में जहाँ पहले सब्ज़ी-दाल आता था, अब मक्खन आने लगा। और कुछ दूध की भिक्षा लेने लगे। राम तेज था, धन्ने से भी कह कर भेजता, ''गिलास की बजाय कोई आधा गिलास ही डाले, मगर खालिस हो। पानी मिले दूध का पुण्य नहीं मिलता, भाई। निष्फल चला जाता है।''

वहीं छप्पर और बल्लियाँ दूसरे स्थान पर लिजा कर बाँध दीं। छप्पर के नीचे बैठ राम बच्चों को पढ़ाने लगा। बड़े लड़के भी पढ़ते। छोटे लड़के-लड़कियाँ काफी थे। छोटे बच्चों को वह सुबह पढ़ाता बड़े लड़कों को दोपहर में। छोटे बच्चे टिब्बे से आते। बड़े लड़के थंमणवाला से भी आते और टिब्बे से भी। थंमणवाला में प्राइमरी स्कूल था। टिब्बे में कोई स्कूल नहीं था। रोड़ूशाह की मंडी में हाई स्कूल था। चौथी कक्षा के बाद लड़के वहीं पढ़ने जाते। कुछ ही लड़के मंडी में पढ़ते थे। सात मील पैदल जाते। टिब्बे के लड़के भी मंडी पढ़ने जाते। उनको नज़दीक पड़ता था, इसलिए टिब्बे के लड़कों ने दसवीं पास कर ली। जबकि थंमणवाला से कोई विरला ही दसवीं पास कर सका। टिब्बे की लड़कियाँ मंडी के स्कूल नहीं जाती थीं। वे बावड़ी आकर पढ़तीं। लोगों का कहना था, "भाई रामदास, लड़की चिट्ठी लिखने लायक हो जाये, बस। और हमने कौन-सा इसे दफ्तर में लगवाना है।"

बड़े लड़के आस-पास के खेतों से वहाँ आ जाते। पढ़ लेते और दोपहर भी काट लेते। उन बड़े लड़कों में राम का मन भी लगता था। उसे अपना पिछला गाँव याद आता तो लगता जैसे अपने हमउम्र दोस्तों संग खेल रहा हो। उसने लड़कों को सिखाया था कि वे उसे 'गुरुजी' कह कर पुकारा करें। मगर हमउम्र लड़के थे। कुछ तो आसानी से 'गुरुजी' कह देते मगर कुछ 'गुरुजी' कहना भूल जाते और राम को 'यार' कह बैठते। बाल-उपदेश सामने रख कोई-कोई पूछता, "यार, यह अर्थ बताना ज़रा।" दूसरे लड़के हँस देते। राम भीतर से खुश होता, मगर बाहर से हँसते हुए कहता, "चल, कोई बात नहीं। आगे से 'गुरुजी' ही कहना है।"

रामदास ने एक प्रकार से अपनी ही दुनिया बसा ली थी। अब उसे अपना गाँव भूल गया था। जैसे बाबा दुल्ले की बावड़ी ही उसका घर हो और बाबा दुल्ला ही उसका सरपस्त।

एक दिन जब बाबा दुल्ला ढोल बजाने के लिए खड़ा हुआ, मगर उससे खड़ा न हुआ गया। वह बैठ गया। काफी देर तक बैठा रहा। रामदास उसकी ओर देख-देख कर दुःखी हो रहा था। उसने बाबा को बगलों से पकड़ कर खड़ा कर दिया। उसके गले में ढोल डाला और खपच्ची और डंडा पकड़ा दिए। बाबा की टाँगें काँप रही थीं। लेकिन वह ढोल बजा रहा था। धीमी गति से। आँखें मूँदकर, सिर को एक ओर झुका कर। वह थोड़ी देर ही ढोल बजा सका। रामदास उतनी देर तक उसके पास खड़ा रहा। उसने बाबा के गले से ढोल उतार दिया। ढोल नीचे रख वह बाबा को उसकी कुटिया में ले गया। पलंग पर लिटा दिया। कहा, "बाबा, आगे से ढोल मैं बजाया करुँगा। अब आप ढोल नहीं बजा सकते।"

"नहीं, तू कैसे बजाएगा ढोल? ढोल तो मेरी किस्मत में लिखा हुआ था। सुख से रह तू, तुझे न बजाना पड़े ढोल। पगला कहीं का।" दुल्ले ने उसे एकदम

बरज दिया।

रामदास दुल्ले के भीतरी मर्म को समझ न पाया। उसे किसी बात की जानकारी भी नहीं थी।

अगली सुबह दुल्ला तड़के न उठ सका, वह रोज़ उठा करता था। रामदास ने उसे चाय दी। चाय के बाद वह छड़ी लेकर धीरे-धीरे खेतों में जंगल-पानी हो आया। जंगल-पानी जाते समय वह पानी का लोटा साथ लेकर जाता। लोटा वहीं कहीं धो माँज कर लाता। बावड़ी में वह शौच वाले हाथ न खुद धोता न अन्य लोगों को धोने देता। बावड़ी में पशुओं को घुसने ना देता। किनारे पर खड़े होकर ही पशु पानी पीते। बैल, ऊँट, भैंस, बकरियाँ और भेड़ें। यदि किसी की भैंस ज़बर्दस्ती बावड़ी में घुस आती तो दुल्ला उसके मालिक से उसे जल्दी बाहर निकालने को कहता और कई बार बुरा-भला भी कह जाता। वह बावड़ी को गोबर-मूत्र से पवित्र रखना चाहता था। परन्तु कभी-कभी अवज्ञा हो जाती। पशु कौन-सा मनुष्य होते हैं। अवज्ञा तो मनुष्यों से भी हो जाती हैं।

उस दिन दुल्ले ने ढोल न बजाया। बावड़ी के कुंड से पानी ले लोटा धोया और हाथ-मुँह धो लिए। पानी का लोटा ले अपनी कुटिया की ओर जाने की बजाय बावड़ी की सीढ़ियों पर जा बैठा। बावड़ी के पानी को एकटक देखने लगा। उसकी नज़र ठीक थी। पानी की ओर देखते-देखते उसे लगा, जैसे ढोल बज रहा हो। उसने आँखें मूँद लीं। सिर एक ओर झुका लिया। बावड़ी के पानी में से आदमियों के चेहरे नज़र आने लगे। चेहरे दिखते, फिर गायब हो जाते। कोई-कोई चेहरा साक्षात् सरदारो का होता। दुल्ले का दिल करता, वह चेहरा उसे काफी देर तक दिखाई देता रहे मगर नहीं, वह चेहरा भी पल-क्षण दूसरे चेहरों की भाँति अपनी झलक दिखाता और लुप्त हो जाता। दुल्ले ने खीझ कर आँखें खोल दीं। बावड़ी में कुछ भी नहीं था। निर्मल जल था। वह सीढ़ियों से उठा और मिट्टी के ढेले उठा लाया। ढेले तोड़कर छोटे-छोटे ढेले बनाये। एक ढेला पानी में दूर तक फेंकता। पानी में गड्डा बनाता और लहरें बन जातीं। पानी को छेड़ने में दुल्ले को मजा आ रहा था। बाबा को ऐसा करते रामदास ने पहले कभी नहीं देखा था। न छन्ने ने ना अन्य किसी ने। कोई देखता तो बाबा को देख हँस देता। किसी के देखने से दुल्ले के मर्म का पता लगता भला? कुएँ का पानी उसने बावड़ी में गिरा दिया और बावड़ी में से फिर पानी का लोटा भर लिया। उठकर धीरे-धीरे कुटिया में आ गया। कुटिया की दीवारों पर बाहर से धूप आ रही थी। कुटिया के बाहर लगे दरख्तों के पत्ते हिलते तो अन्दर दीवारों पर आकर बनते लगते। इस धूप-छाँव के खेल में मनुष्यों के चेहरे नज़र आते। दुल्ले को औरत का चेहरा नज़र आता। कभी-कभी यह चेहरा साक्षात् सरदारो का चेहरा होता। दुल्ला उतनी देर तक परछाइयों का खेल देखता रहा, जब तक सूरज ऊपर न

उठ गया।

टिब्बे के लोगों में बहस छिड़ गयी। कोई कहता, ''आज ढोल बजा।'' कोई कहता, ''नहीं बजा।'' सुनने वाले कहते थे, ''हमारे भी यार कान हैं। हमने खुद सुना है ढोल'' ना सुनने वाले कहते, ''तुम्हारे कान बजते होंगे भाई। आज ढोल नहीं बजा।''

थंमणवालों ने तो कई दिनों से ढोल बजता नहीं सुना था। बाबा के डंडे में अब ज़ोर नहीं रह गया था कि ढोल की आवाज़ थंमणवाला तक सुनाई दे। इधर खेतों में ज़रूर सुनाई देता था, यदि कोई उस समय खेतों में आया हो तो।

टिब्बे के लोग बाबा दुल्ला की खोज-खबर लेने आते। कहते, ''यह तो कभी सुना ही नहीं कि बाबा का ढोल बजता ना हो। जरूर कहीं बीमार-बीमार होगा बाबा। चलो, पता कर आये।''

दुल्ले क शरीर शिथिल पड़ गया। उसकी वाणी में वह बात नहीं रह गयी थी। थंमणवाला से भी लोग उसका कुशल क्षेम पूछने आते। वह धीरे-धीरे, एक-एक कर बातें करता। अपनी ओर से खुद को ठीक बताता।

लोग पूछते, ''बाबा, कोई डॉक्टर ले आयें? टीका-सीका लगा जाएगा। ताकत आ जाएगी शरीर में।''

वह जवाब देता, ''ना ना', डॉक्टर का हाथ नहीं लगवाना। मैंने सारी उम्र कोई दवा नहीं ली। अब काहे को नियम तोडूँ।''

टिब्बे के लोगों को और खेतों मे काम करते थंमणवाला के लोगों को लगता, जैसे बावड़ी पर ढोल बज रहा हो। असल में, सचमुच उनके कान बजने लगे थे, ढोल कहाँ कौन बजा रहा होता भला?

रामदास दुल्ले की बहुत सेवा करता। अब वह कुटिया में पलंग पर ही लेटा रहता। उठ-बैठ जाता था। तड़के उठकर जंगल-पानी से निवृत्त हो लेता। चाय पी कर कुछ दम लेता। गर्म पानी से नहा लेता। नहा-धोकर ईश्वर का नाम लेता। अच्छा-खासा दिन निकल आता तो वह दूध में बना गेहूँ का दलिया खाता। खाता क्या, बस कटोरी को मुँह से लगा, पी लेता। पतला दलिया बनवाता। कभी-कभी लपसी पी लेता। देसी घी में आटा भून कर, बीच में चीनी डालकर बनाई जाती यह लपसी। कई वर्षों से उसका नियम था, वह एक ही समय खाना खाता था। अब भी दलिया या लपसी एक ही समय लेता। रात को थोड़ा-सा दूध पी लेता। बस इतनी-सी ही उसकी खुराक रह गयी थी।

एक दिन मालूम नहीं उसके मन में क्या आया, रामदास से कहने लगा,''राम अरे भाई। ढोल की रस्सी कस दे।''

''क्यों बाबा, आज मन कर रहा है ढोल बजाने को?''

"मुझसे कहाँ बजाया जाएगा। मैं तो ऐसे ही निढाल पड़ा हूँ। मुझसे तो खुद को भी सँभाला नहीं जाता। ढोल कहाँ से उठाऊँगा?"

"तो फिर, रस्सी क्यों कसवा रहे हो?"

"आज तू बजा ढोल, मैं सुनूँगा।"

जब दुल्ला ढोल बजाता था, रामदास ताल से ताल मिला कर अपने दोनों हाथों की अंगुलियाँ किसी चीज़ पर मारता रहता था। उसे ढोल की ताल मालूम थी। दो-चार बार उसने खपच्ची-डंडा लेकर बाबा से चोरी से ढोल बजाया भी था। बायें हाथ में उसने डंडा पकड़ा। आज जब बाबा ने खुद उससे कहा तो उसने रस्सी कसकर ढोल गले में डाल लिया। दुल्ले की तरह ही खपच्ची से तिरड़-तिरड़ कर, डंडा मारा, फिर वह चालू हो गया। जैसे बारिश होने लगी हो, लगातार। उसके ढोल की आवाज़ दोनों गाँवों में अवश्य सुनाई दी गयी होगी।

आश्विन मास के नवरात्रि थे। ठंड उतर आयी थी। किसान लोग गेहूँ बोने के लिए खेत तैयार कर रहे थे। किसी को भी फुरसत न थी। बावड़ी पर भी लोग कम आते थे। जहाँ तक ढोल की आवाज सुनाई दी, जिस किसी ने भी आवाज सुनी होगी, वह बहुत खुश हुआ होगा कि बाबा दुल्ला फिर तरंग में आ गया है।

रामदास बड़ी तेज़ी से ढोल बजा रहा था। दुल्ले की भाँति ही आँखें मूँद कर और सिर को एक ओर झुका कर। फिर उसने ढोल बन्द कर दिया। नीचे रखा। दुल्ले से पूछा, "क्यों बाबा, कैसा था? ठीक बजाया मैंने ढोल?"

दुल्ला पलंग पर शान्तचित्त पड़ा था। एकदम सीधा। वह कुछ बोला नहीं। रामदास ने फिर कहा, "बाबा, कुछ कहा नहीं?"

दुल्ला फिर चुप।

रामदास के मन में पता नहीं क्या शंका जागी। उसने दुल्ले के पैर का अँगूठा पकड़ कर दबाया। वह फिर भी नहीं बोला। आँखें पहले ही बन्द थीं। रामदास ने उसके सीने को दबाया। वह ना बोला ना हिला। दुल्ला यहाँ कहाँ था। यहाँ तो सिर्फ़ उसका शरीर था।

19

लिहल खुर्द गाँव सुनाम की ओर लहिरे गागे के पास है। लाहिरे गागे से सिर्फ़ एक-डेढ़. मील दूर। इस गाँव के लोग बाँगरू बोली बोलते हैं और पंजाबी भी। बाहर से आने वाले के साथ पंजाबी बोलते हैं, मगर आपस में बाँगरू। काफी वर्ष पहले मैंगल यहाँ अपने बड़े भाई धौंकल के साथ आया था। गाँव में घूम-फिर कर उन्होंने कई ऊँट-ऊँटनियाँ खरीदे थे। उन दिनों धौंकल का ऊँटों के व्यापार में काफी नाम था।

गाँवों में जाता तो सौ-सौ के नोटों की गड्डी कमर से बाँध कर ले जाता। खुर्द से उन्होंने दो ऊँट खरीदे थे, मोरनियों जैसे। एक घर की मैंगल को धुँधली-सी याद थी। इतना मालूम था कि उस घर के मालिक का स्वभाव बहुत अच्छा है। यदि वह अभी भी ऊँटों का व्यापार करता हुआ तो वे उसके घर में रह सकेंगे। मैंगल उसके ऊँट सँभालेगा और सरदारो उनके घर का काम करेगी।

अनुमान से वे दोनों उस घर में गये। ज्वालासिंह घर पर ही था। मैंगल ने जाकर सतसिरी अकाल कहा। फिर मुस्करा कर पूछा, ''मुझे पहचाना?''

''नौजवान, तुम्हें कहीं देखा तो है। कैसे देखा, नयू नहीं पता ईब?'' ज्वाला सिंह ने बाँगरू अन्दाज़ में जवाब दिया।

''हम दो लोग आये थे। ऊँट ले गये थे। मेरा बड़ा भाई साथ था मेरे।''

''हाँ, हाँ, आये तो थे भाई, बरनाला के पास के आदमी आये थे।''

''हाँ, मैं वही हूँ। यह मेरी घरवाली है। भाई के साथ लड़ाई हो गयी। बस यह समझ लो कि घर से निकाल दिया हमें।'' मैंगल ने भर्रायी आवाज़ में कहा।

ज्वालासिंह ने उन्हें खाट पर बिठाया। पानी दिया। फिर हवा करने के लिए पंखी दी। मौसम ही ऐसा था कि शरीर के जिस हिस्से पर हवा लगती, आराम मिलता, दूसरी ओर पसीना चूने लगता। कई दिनों से हवा चल रही थी, मगर बरसात नहीं हुई थी। फिर उन्हें चाय पिलायी। वे भूखे थे। इन्तज़ार कर रहे थे, ज्वाला सिंह कब रोटी के लिए पूछेगा। कुछ देर तक वे बातें करते रहे। मैंगल यह जानना चाहता था कि वह अब भी ऊँटों का व्यापार करता है या नहीं। क्या मालूम, इसने भी यह काम छोड़ दिया हो धौंकल और दुल्ले की तरह ही। उसने पूछा, ''कितने पशु हैं अब?''

''सत्ताईस ऊँट और पाँच ऊँटनियाँ, बत्तीस नग हैं। इस बार मुक्तसर की मंडी में गया था, वहाँ से काफी पशु ले लिये। अब मौसम आने वाला है। अच्छे पैसे मिल जाएँगे।'' ज्वालासिंह खुश था।

''इतने पशु काफी हैं। किसके पास इतने होते हैं। फिर तो मौज़ लगी हुई है।'' मैंगल खुश हो गया। उसे आस बँधी कि यहाँ उनका गुज़ारा हो जाएगा।

दोपहर होने वाली थी। उनके घर में रोटी पक रही थी। ज्वालासिंह पहले ही समझ गया था कि ये रोटी के समय आये हैं तो रोटी खाएँगे। वह किसी समय भीतर जाकर रोटी के लिए कह आया होगा। उसकी पुत्रवधू थालियों में रोटी ले आयी और उन्हें वहीं बैठे-बैठे ही एक-एक थाली पकड़ा दी। बाद में पानी के गिलास भी रख गयी। पुत्रवधू ने घूँघट में से ही सरदारो का निरीक्षण कर लिया था। वह मालवा की बेटी थी। उसने जाकर सास से कहा, ''मुझे तो अनजबी सी लगी है औरत। अपनी तरफ की तो लगती नहीं।''

''आदमी का क्या मालूम, भई कौन-सी जात का है?''

"जाट लगै सै, मां, वह तो।" लड़की ने कहा।

पुत्रवधू और रोटियाँ ले आयी। सरदारो ने लेने से मना कर दिया। परन्तु मैंगल ने दो रोटी ले ही लीं। कढ़ी भी और माँग ली।

रोटी के पश्चात् ज्वाला सिंह मैंगल को बैठक में ले आया। सरदारो घर की औरतों में जा बैठी और बातें करने लगी। सभी उसके चेहरे-मोहरे की ओर देख रही थीं। उसकी दाईं हथेली पर गुदी हुई मोरनी उन्हें शंका में डाल रही थी। लड़की ने बेझिझक हो पूछ ही लिया, "तुम कौन लोग हो?"

"हम जाट हैं, और कौन?" सरदारो हँस दी। उसकी दन्तपंक्ति एकदम सफेद थी। काली आँखें जैसे बदली घिरी हो।

वह चुप हो गयी। सोचा होगा, उधर की लड़कियाँ-बहुएँ हाथों पर मोरनियाँ, चाँद-साँप आम ही गुदवा लेती होंगी। इधर भी ऐसा करती हैं। सरदारो के सिर पर मीढ़ियाँ काफी ज्यादा थीं। उसने सोचा, शायद उनके यहाँ ऐसा ही होता होगा। उन्होंने सरदारो से उसका गाँव न पूछा।

दूसरी ओर बैठक में उनकी बातें चल रही थीं। वह माथे का पसीना पोंछते और एक-दूसरे से सवाल करते। बातों-बातों में ज्वालासिंह ने पूछा, "तुम्हारे पास ज़मीन नहीं है?"

"ज़मीन होती तो क्या बात थी। ज़मीन बाँट कर खेती का कर लेता मैं। भाई ने एक-एक करके सभी ऊँट भी बेच दिये। उसका कोई बच्चा नहीं। छोटी कबीलदारी है। आमदनी बन्द हो गई। घर में क्लेश रहता था। हार कर मैंने घर ही छोड़ दिया या निकाल दिया मुझे भाई ने, कुछ भी समझ लो। वह बेईमान है। छिपाता रहा। सबका कर्त्ताधर्त्ता वही था मैं तो नौकरों के समान ही काम करता रहा।"

"ईब क्या सलाह है फिर?" ज्वालासिंह ने सीधी बात की।

"बस हमें रख लो। मैं ऊँटों का सारा काम करूँगा। वहाँ भी मैं ही करता था। मेरी बीबी भी यही करती थी। हमें तो सिर्फ़ रोटी चाहिए और पहनने के लिए कपड़े।" मैंगल ने अधीरगी से कहा।

"देख लीयो हमारा बाहर का घर खेतों में है। वहीं सारे पशु हैं। तुम्हारे रहने के लिए कोठा है। खेत में चले चलो। पकाओ और खाओ। नल लगा हुआ है। बर्तन-खाटें भी काफी पड़े हैं।" ज्वाला सिंह ने कहा।

मैंगल बात सुनते हुए लगातार उसकी ओर देख रहा था। जैसे वह कुछ और पूछना चाहता हो।

"और बता क्या ज़रूरत से?" ज्वालासिंह उसकी ओर देखने लगा।

"ठीक है।"

मैंगल ने दुविधा से हुंकारा भर दिया।

"बात नयूँ है भई, हमें तेंनू पाँच सौ रुपये महीना का दिया करेंगे। कुल जमा। आटा ले जाया करो। सब्ज़ी-भाजी हो जाया करेगी, लगा लिया करो। नहर का पानी है। कद्दू हो सके, गोभी, बैंगन, मिर्ची, तेरी मेहनत है।" ज्वाला सिंह उसका मन पक्का कर रहा था।

वह शाम के समय मैंगल को बाहर ले आया। लहिरे गागे के राह पर गाँव के नज़दीक ही उनका खेत था। यहाँ ऊँचे-ऊँचे छप्पर थे, मोटी बल्लियाँ गाड़कर ऊँचे-ऊँचे छप्पर पड़े थे। गर्मियों में पशु छप्परों के नीचे खड़े रहते। एक ओर लम्बा बरामदा था। दूर तक नाँदें थी। नाँदों से खूँटें मजबूती से गड़े हुए थे, जिनसे ऊँटों की नकेलें बाँधी जाती थीं। जाड़ों में ऊँट बरामदों में होते थे। बहुत सर्दी होती तो बरामदे के आगे बोरियों के पर्दे टाँग दिये जाते थे। बाहर से हवा अन्दर नहीं आती थी। आदमियों के रहने के लिए काफी बड़ा कमरा था, मगर फालतू के सामान से भरा हुआ था। ज्वालासिंह ने सुझाव दिया कि इस सारे सामान को निकालकर बाहर रख दो।

उस रात वे ज्वालासिंह के घर में ही सोये। रोटी-पानी खाया और एक बड़े कमरे में अलग-अलग खाटें बिछाकर लेट गये। आधी रात तक वे अपनी ही बातें करते रहे। आसमान निर्मल था, तारों से भरा हुआ। पुरवाई का तेज़ झोंका कभी आता तो शिमला-सा लगने लगता। नहीं तो बहुत उमस थी। कभी-कभी तो साँस रुकने लगता। मौसम चाहे कैसा था, उनके भीतर रिम-झिम थी। उन्हें आज पहली बार महसूस हो रहा था जैसे वे पूर्ण तौर से आज़ाद पक्षी हों। वृक्षों की टहनियों पर जहाँ मर्ज़ी बैठें, जहाँ मर्ज़ी उड़ें, खाये-पीये। उनके लिए कोई पिंजरा नहीं था। उनके पैरों में कोई ज़ंजीरें नहीं बँधी थीं। अब वे अपनी ज़िन्दगी अपने तरीके से व्यतीत करेंगे। थंमणवाला का कभी मुँह भी नहीं देखेंगे। उनके लिए आज की रात सुहागरात थी। पहले वे जब भी मिले थे, चोरी ही की थी। आज की रात उनकी अपनी रात थी। आने वाली सभी रातें उनकी अपनी होंगी।

अगली सुबह से तड़के ही उठ गये। वे जानबूझ कर तड़के जाग गये थे ताकि मालिक यह न समझे कि वे आलसी हैं। सोये ही रहते हैं, काम क्या करेंगे। वे सोये ही कब थे। वे तो जैसे सारी रात जागते ही रहे थे। सुबह-सुबह ही उन्होंने झपकी ली थी उखड़ी-उखड़ी सी नींद थी उनकी। अब तो वे अलग-अलग खाटों पर उठ बैठे थे।

चाय पीकर वे खेतों की ओर चल दिये, अपने-आप ही। सरदारो तसला ले ऊँटों की मेंगने इकट्ठे करने लगी। तसला भर-भर गोबर-कूड़े पर फेंकती जा रही थी। मैंगल ने नाँदों में ताजा चारा डाला। ऊँट उन दोनों की ओर अजनबी निगाहों से देख रहे थे। जब वे उनके नज़दीक जाते तो कुछ कूद कर परे हो जाते। लेकिन कहाँ जा सकते थे वे। उनके पैरों में तो जंज़ीरें पड़ी थीं।

गर्मी के कारण वे परेशान थे। सरदारो ने कमरे की दीवार से खाट लगायी और नल से पानी को बाल्टी भर कर ओट में नहा लिया। फिर मैंगल ने भी नहा लिया। जब तक घर के लोग वहाँ आये, वे सभी काम खत्म कर खाट पर बैठ बातें कर रहे थे। घरवाले खुश भी हुए और हैरान भी। कहने लगे, ''ये तो बहुत कुशल हैं। मैंगने भी उठा दिये। चारा पानी भी डाल दिया।'' ये सभी ज्वालासिंह के ही पुत्र-पोते थे। वे खेती का काम भी करते थे। काफी बड़ा परिवार था। उन्हें एक ऐसे आदमी की ज़रूरत थी, जो हमेशा बाहर वाले घर में ही रहे, जो सदा ऊँटों की देखभाल कर सके। उन्हें मैंगल इस काम के लिए उपयुक्त व्यक्ति लगा। पहले भी उनके पास एक आदमी था, वह नुकसान करने लगा और फिर भाग गया।

मैंगल और सरदारो कमरे से सामान बाहर निकालने लगे। फिर ज्वाला सिंह आ गया। उसने लड़कों को साथ लगा दिया। कुछ समय में ही कमरा खाली हो गया। सरदारो ने झाड़ू उठाया और सारी सफाई कर दी। झाड़ू से दीवारें भी झाड़ दीं। कमरे का नक्शा बदल गया। उतनी देर तक ज्वाला सिंह बाहर खाट पर बैठा मैंगल को काम समझाता रहा।

पहला दिन था। ज्वालासिंह ने घर से नमक-मिर्च मसाला सभी कुछ मँगवा दिया। मूँग की दाल और आटे का पीपा भी। कमरे के साथ ही छोटी-सी रसोई थी। पहले नौकर इस रसोई को इस्तेमाल करता था। चूल्हा और तवा-परात सारा सामान वहीं पर था। दोपहर की रोटी सरदारो ने वहीं पर बना ली। ज्वाला सिंह सरदारो को सुनाकर मैंगल से कह रहा था, ''ऊँटनियों का दूध दुहे लिया करना, सारा का सारा ही। चाय पियो, दूध पियो कुछ भी करो।''

सन्ध्या तक उन्होंने अपना घर ही वहाँ पर बसा लिया। यह कमरा ही उनका घर बार था। यही इनका संसार था। रात को रसोई का काम खत्म कर और पशुओं का काम निपटा भी वे लोग सोये नहीं। कमरे के आगे खाटें बिछा तो लिए, मगर लेटे नहीं। दुपट्टे ले कमर में लपेट लिए। रात काफी हो चुकी थी। इस समय वहाँ कोई भी नहीं आने वाला था। मैंगल पम्प चलाता रहा और सरदारो ने दोनों के कपड़े धो दिये। कपड़े धोने वाला साबुन उसने दिन में ही कहीं से मँगवा लिया था। नहाने का साबुन, सिर पर लगाने का सरसों का तेल भी था। कपड़े सूखने डाल सरदारो ने सिर सहित नहा लिया। फिर मैंगल ने भी अपने भी केस धो लिए। खाटों पर लेट वे हँसने लगे, ''यदि कोई अभी आ जाये तो क्या कहेगा हमें देखकर? हम तो एकदम नंग-धड़ंग हुए पड़े हैं।''

''दो घंटों तक कपड़े सूख जाएँगे। थोड़े गीले भी हुए तो पहन लेंगे, और क्या। कल किसी समय मंडी चलेंगे। मैं एक कुरता-लुंगी और ले लूँगा। तुम सलवार-कुरता एक और बनवा लेना। यूँ तो काम नहीं चलेगा।'' मैंगल ने कहा।

"पैसे हैं मेरे पास। सब हो जाएगा।" सरदारो ने हामी भरी। बातें करते-करते वे इतनी गहरी नींद में सो गये कि जब एक ऊँट अपनी बेड़ी तुड़वा कर आवाज़ करते हुए उनके सिरहाने की ओर से चरही में पानी पीने जा रहा था। वे खेस ओढ़े सो रहे थे। मीठी-मीठी हवा चल रही थी। आसमान में बादल इधर से उधर आ-जा रहे थे। मालूम नहीं, बादलों ने कहाँ पहुँचना था। पहले मैंगल उठा। पौ फट चुकी थी। उसने ऊँट को पानी पीने दिया। फिर उसके पैरों से बेड़ी खोल दी। उसके गले में रस्सा डालकर उसके खूँटे तक ले आया। नयी बेड़ी कहीं मिल नहीं रही थी। ऊँट के एक पैर में रस्सा बाँध कर उधर के खूँटे से बाँध दिया। फिर जल्दी-जल्दी आकर उसने लुंगी पहनी, जो सूख चुकी थी। कुरता पहना सरदारो के कपड़े उसकी ओर फेंक दिये। कहने लगा, "उठ जा। दिन तो कितना निकल आया है। पता ही नहीं लगा।"

उस गाँव में कोई चारागाह नहीं था, जहाँ ऊँटों को चराने ले जाया जा सकता। घुमाने-फिराने के लिए कोई और जगह नहीं थी। सिर्फ़ एक तलैया थी, वह भी बाबा भगौती के डेरे के पास। वहीं एक खुला मैदान था। पथरीली ज़मीन थी। सुबह से शाम तक वह ऊँटों को ले जाता। वे पानी पी लेते। उनके हाथ-पैर खुल जाते और पथरीली-कँकरीली धरती पर वे लोट भी लेते। उनको सानी-पानी नाँदों में ही मिलता था।

मैंगल ऊँटों को फिर तलैया पर लाया। बाद में सरदारो ने सारी मेंगनें इकट्ठी कर कूड़े पर फेंक दीं। ऊँची-नीची ज़मीन बराबर कर सँवार दी। नाँदें साफ कर दीं।

रोटी खाकर वह लहिरेगागे की ओर चल दिये। दो दूकानों पर गये। कपड़े उन्हें पसन्द न आये। तीसरी दूकान पर अच्छा कपड़ा था। पहले सरदारो के लिए सूट सिलने के लिए दे दिया। पहले ही कह दिया कि यह अभी मिलना है। मैंगल के लिए चारखाने वाली लुंगी और सफेद पॉपलीन का कुरता ले लिया। सिर का साफा भी। कुरता और लुंगी भी अभी बना देने को कहा। दर्जी ने अपने हाथ वाला काम छोड़ दिया।

दोनों ने नये जूते भी खरीद लिये। सरदारो ने अपने श्रृंगार के लिए कुछ चीज़ें ले लीं। मैंगल ने उसके कान में फुसफुसा कर कहा, "देख कर खरीदना ये सुरमे-दंदासे। अब तू जाटनी है, बाजीगरनी नहीं।"

20

लिहल खुर्द रहते उन्हें दो वर्ष गुज़र गये। पता ही नहीं लगा। इस दौरान ज्वाला सिंह को बहुत फायदा हुआ। उसके पन्द्रह ऊँट बिक गये। सभी मुनाफा दे कर गये।

फिर ज्वाला सिंह ने आठ भैंसें खरीद लीं। आठों ही दूध देती थीं। बाहरखाले घर में ही भैंसों का प्रबन्ध किया गया था। भैंसें भी वही सँभालते थे। मैंगल दूध दुह लेता। सरदारो गोबर-कूड़ा करती। भैंसों के कारण काम बढ़ गया था। उन्हें नित्य ही नहलाना पड़ता था। इतने पशुओं के लिए पम्प कम पड़ता था। भैंसे तलैया में नहला ली जातीं। कभी-कभी ऐसा भी होता कि कोई भैंस तलैये में जाकर नहाती कम, मस्ती ज्यादा करती। काबू भी न आती।

गाँव में बिजली आ चुकी थी। लहिरे गागा में तो पहले से ही थी, अब लिहल खुर्द में भी तार-लाइनें आ गयी थीं। मैंगल के सुझाव पर ज्वाला सिंह ने बाहर वाले घर में बोर करवाया और मोटर लगवा ली। मोटर के आगे बड़ा-सा गड्ढा (कुंड) सा बनवा दिया। मोटर के पानी की धार नहर जैसी तेज थी। आदमी की गर्दन से भी मोटी धारा गिरती थी। ऊँटों और भैंसों के लिए पानी खत्म नहीं होता था। अब सारे पशु गडपे से ही पानी पीते। भैंसों को भी वहीं नहलाया जाता। नहाते हुए भैंस शिथिल हो जातीं और पूरा दूध देता। लहिर गागे से एक आदमी बड़े-बड़े कैन लेकर आता। उसके पास मोटरसाइकिल थी, काला-सा। तेज़ आवाज़ करती हुई चलती जैसे सांड डकारता हो। सुबह-शाम वह दोनों वक्त आता और भैंसे दुहा कर ले जाता। ईमानदार आदमी था। खुद ही दूध मापता और स्वयं ही मैंगल की कापी में लिख देता। कभी-कभी ज्वाला सिंह आप भी आता और बैठकर देखता रहता। वह मैंगल के काम से बहुत खुश था। उसने मैंगल के पैसे भी बढ़ा दिये। उस साल उसने मैंगल तथा सरदारो को नये कपड़े भी लेकर दिये। ज्वाला सिंह खुद मैंगल को मंडी लेकर गया। सरदारो उसकी बहू के साथ गयी।

पशुओं के काम से फुरसत पा सरदारो ज्वाला सिंह के घर चली जाती। उनके छोटे-बड़े काम कर देती। कपड़े धो देती। बर्तन माँज देती। कभी-कभी रोटी भी पकाने लगती। उसे दालें-सब्जियाँ अच्छी बनानी आती थीं। लड़के रोटी खाते तो 'सी-सी' करते। उसमें मिर्चें ज्यादा नहीं होती थीं। बल्कि स्वादिष्ट लगने के कारण वे स्वाभाविक ही चटकारे मारने लगते। पूछते, "आज दाल किसने बनाई है?"

लड़कियाँ इकट्ठे ही जवाब देतीं, "सरदारो ने।"

सरदारो उनके घर में परिवार में यूँ घुल-मिल गयी जैसे सरसों के साग में पालक बथुवा घुल जाता है। ज्वाला सिंह की बहू जसमेल कौर उससे बहुत स्नेह करने लगी थी। कभी-कभी उसे अपने पास बिठा कर बातें करने लगती। एक दिन पूछने लगी, "थारे विवाह को कितना समय हो गया?"

"चार साल।" सरदारो ने यूँ ही कह दिया। दो सालों से तो वे यहीं पर थे।

"तुम आपस में बोलते-चालते नहीं हो?"

"क्या मतलब?"

''ऊंटनियाँ जन्मती है, भैंस ब्याहती है, और भैंसे?''

उसकी बात सुन सरदारो हँस दी। बहुत हँसी।

''ईब दाँत कयों काढ़ री सै?''

''ऐसे ही बस?'' सरदारो फिर हँसने लगी।

''फिर अभी... ?''

सरदारो चुप हो गयी। आँखें भींच लीं।

''है क्या?''

सरदारो ने नज़रें झुका लीं।

जसमेल कौर ख़ुश हो गयी। उसके पीठ को थपथपाया और बोली, ''चुप क्यों हैं फिर। बताती क्यों नहीं।'' उसने अपने कुरते की जेब से दो रुपये निकाले और लड़की को पुकारा, ''अक्को। जा, जगने की दूकान से पतासे ले आ। भाज के जा।''

''कितना लगा है रे?''

''पाँचवाँ।'' सरदारो गम्भीर थी। लेकिन उसकी आँखों में शरारत थी।

सारे घर में पतासे बाँटे गये।

दो महीने तक सरदारो बाहर के काम करती रही। आठवाँ लगते ही जसमेल कौर ने उसे घर बुला लिया। सरदारो अब उनके घर में रहने लगी। घर के काम करती, मैंगल खेतों वाले घर में रहता। रात को भी वहीं पर सोता। सारा काम खुद ही करता। ऊँटों की मेंगने उठाता और भैंसों का गोबर इत्यादि। वह थकता नहीं था। सरदारो के वजूद का एहसास उसके लिए एक नशा था।

जसमेल कौर ने अपने घर में ही सरदारो की डिलीवरी करवायी। उसका लड़का पैदा हुआ। सारा परिवार खुश हो गया। पाँच किलो घी पंजीरी बनायी गयी देसी घी और मेवे डालकर। पहले दिन मैंगल को बच्चे का चेहरा देखने में झिझक लग रही थी। सरदारो और वह एक-दूसरे से आँखों की भाषा में बातें करते। वह दो-चार मिनटों के लिए लड़के को उठा भी लेता।

लड़का साल-भर का हो गया, तभी सरदारो को खेतों वाले घर में जाने दिया गया। लड़के को साथ नहीं लेकर जाती थी। लड़कियाँ या छोटे लड़के उसे सँभाल लेते। जसमेल कौर खुद उसे गोदी में लिये रहती। उसके टट्टी-पेशाब करने पर भी वह बुरा नहीं मानती थी। जसमेल कौर बड़ी धर्मात्मा प्रवृत्ति की स्त्री थी। सरदारो को वह माँ जैसा स्नेह करती। सरदारो खेतों वाले घर में गोबर-कूड़े का काम करती। सारा घर स्वच्छ कर देती। मैंगल के साथ बैठ बातें करती। उसका दूध चढ़ने लगता तो ज्वाला सिंह के घर लौट आती।

जसमेल कौर ने सरदारो के लड़के का नाम जसवंत रखा। सभी उसे जस्सी कह कर बुलाते। वह दिनोंदिन तगड़ा होता जा रहा था। वह जसमेल कौर की गोदी

में बैठने के लिए मचलता रहता। सरदारो के पास सिर्फ़ दूध पीने के लिए ही आता।

ज्वाला सिंह का घर काफी खुला और बड़ा था। कितने ही कमरे और बरामदे। लम्बा-चौड़ा आँगन था। आँगन में नीम और शीशम के वृक्ष थे। उनके घर के बगल में पाँच-सात घर मुसलमानों के जो घर थे, विभाजन के समय वे सभी या तो मारे गये थे या कुछ पाकिस्तान चले गये थे। उन घरों पर ज्वाला सिंह ने कब्ज़ा कर लिया। कच्चे घर थे। उन्हें गिरा कर अपने में ही मिला लिए थे।

मुसलमानों के घरों की एक बैठक पक्की थी, इसे गिराया नहीं था। भूसा निकाल इस बैठक को साफ किया तो जसमेल कौर ने इसमें सरदारो को रख दिया। लड़कियों ने साथ लगकर उसे साफ-स्वच्छ कर दिया। अब सरदारो यहाँ पर उठती-बैठती। यह बैठक ही उसका घर था। दिन के समय मैंगल कभी उसके पास बैठक में आ जाता। लड़का भी साथ उठा लाती। मैंगल से वह अपने बाहर वाले घर में ही मिलती थी। वह जस्सी के साथ ऊँट-पटाँग बातें करते। उसके प्यार में दीवाने हुए रहते। बैठक की अलमारियों में सामान बढ़ने लगा। ट्रंक आ गये। ट्रंकों में कपड़े बढ़ने लगे। दरियाँ, खेस सिरहाने, रजाइयाँ, गुदैले आदि आ गये।

ज्वाला सिंह ने नये ऊँट-ऊँटनियाँ खरीदने बन्द कर दिये। खरीदता तो कोई नयी भैंस ही खरीदता। ऊँट बेचने लगा। जो दो-चार रह गये थे, वे मुक्तसर की मंडी में जाकर बेच आया। एक तरह से उसने ऊँटों का व्यापार छोड़ ही दिया, और भैंसें ले लीं।

जाट-किसानों के घरों में ट्रैक्टर आने लगे थे। ज़मीन जोतने के लिए लोहे के हल थे और बोझा ढोने के लिए ट्रालियाँ। लिहल खुर्द में ही पन्द्रह ट्रैक्टर हो गये थे। घरों में तो बैल थे, मगर ऊँट किसी-किसी के पास ही रह गया था।

गेहूँ की खेती तो ज़ोर-शोर से होने लगी। कपास-मकई की पैदावार कम होने लगी। धान की खेती शुरू हो गयी। इसे जीरी और झोना भी कहते हैं। आरम्भ में जीरी को अचम्भा माना जाता। फिर उसकी खेती बढ़ने लगी। कपास एकदम बन्द हो चुकी थी। कपास का स्थान नरमे ने ले लिया था। नरमा असल में अमरीकन कपास थी। फिर नरमे की बोली लगनी बन्द हो गयी। उसे बीमारी जल्दी लगती थी। जीरी का रिवाज बढ़ने लगा। एक बार ज़मीन तैयार कर धन की पौध लगा दो, फिर पकने तक बस पानी लगाते रहो। बड़ा से बड़ा काम होता था, एक बार घास-फूस निकाल दो। लोग हँसते, ''जीरी तो यूँ है जैसे गड्ढे में फसल बो दी हो।'' कोई कहता, ''जीरी के पौध तो मछलियाँ हैं मछलियाँ। पानी से बाहर निकालो, मुरझा जाएँगी।''

लहिरेगागे की मंडी में मिल्क प्लांट का सेंटर खुल गया था। ज्वाला सिंह के घर से सारा दूध वहाँ जाता। भैंसों को सँभालने के लिए मैंगल अकेला ही काफी था। वहीं उन्हें नहलाता, उनको दुहता। सरदारो गोबर सँभालती। सातवें-आठवें दिन सफेद

रेत की ट्राली आती और भैंसों के नीचे गद्दे बिछ जाते।

मैंगल का सारा घर भरा हुआ था। किसी भी चीज़ की कमी नहीं थी। जस्सी चार-पाँच बरस का हो गया था। ज्वाला सिंह के परिवार में ही उनके परिवारों के बच्चों के साथ खेलता रहता। बच्चे आँगन में नीम-शीशम के नीचे सारा-सारा दिन खेलते रहते। ऊँचा-ऊँचा बोलते, किलकारियाँ मारते। कभी लड़ने लगते। यदि जस्सी को कोई तंग करता तो वो सरदारो के पास शिकायत करने की बजाय जसमेल कौर के पास जाता। वह दूसरे बच्चों को झिड़क देती। जस्सी खुश हो जाता और पहले की तरह ही खेलने लगता।

गाँव में प्राइमरी सकूल था। धर्मशाला में दो अध्यापक रहते थे। धर्मशाला ही उनका स्कूल था। रोटी वे स्वयं पका लेते। दूध लड़कों के घर से क्रमवार आता था। तड़के आया दूध वे शाम तक इस्तेमाल करते। ज्वाला सिंह की एक पोती और दो पोते स्कूल में पढ़ने जाते थे। चौथा जसवन्त भी साथ जाने लगा था। जसमेल कौर खुद जाकर चारों बच्चों को दाखिल करवाकर आई थी।

भादों का महीना था। एक दिन सुबह-सुबह सरदारो चाय बनाने के लिए ईंधन लेने गयी। आँगन के कोने में नरमे के डंठल का ढेर लगा हुआ था। दो-तीन साल पुराने डंठल थे वह। ढेर के नीचे चूहों ने बिल बना लिए थे। सरदारो ने डंठलों को हाथ लगाया ही था, उसे लगा जैसे हाथ में कोई तीखा शूल चुभ गया हो। उसने ज़ोर से चीख मारी। डंठलों का ढेर चूल्हे के सामने फेंका तो उसे चक्कर आने लगे। मगर उसने कोई ध्यान न दिया। सोचा, गर्मी के मौसम में सिर चकराने ही लगता है। एक अँगुली सूजन के कारण फूलती ही जा रही थी। चाय की पतीली चूल्हे पर उबलता छोड़कर वह जसमेल कौर की ओर जाने लगी, ताकि उसे अपना हाथ जाकर दिखाए। उसने अभी आधा आँगन ही पार किया था कि वह धड़ाम से गिर पड़ी जैसे कोई भारी लकड़ी का गट्ठर गिर पड़ा हो। उसने अपना दायाँ-हाथ बायें हाथ से दबाया हुआ था। औरतों ने उसे होश में लाना चाहा। उसकी साँस तो चल रही थी, मगर होश नहीं था। आधे-पौने घंटे के अन्दर ही अन्दर वह तड़पती और लातें-बाहें पटकती, खत्म हो गयी। साँप बहुत जहरीला था।

21

पंजाब में धान बोने का रुझान बढ़ा तो बिहार और उत्तर-प्रदेश से खेत-मज़दूर भी पंजाब में आने लगे। वह वर्ष में दो बार आते। एक बार गेहूँ की कटाई के समय और दूसरी बार धान की बुवाई के समय। रेलगाड़ियों के डिब्बे ठुँसे होते। पंजाब की खेती का काम भईयों पर निर्भर होने लगा। वे खेती के अलावा अन्य काम भी करते

थे। मुर्गीखाना का काम, भैंसों का काम और वे शहरों में रिक्शा भी चलाते थे।

मैंगल से अकेले भैंसों का सारा काम सँभलता नहीं था, क्योंकि काम बहुत बढ़ गया था। उसमें अब पुरानी हिम्मत नहीं रह गयी थी। सरदारो जैसे उसकी जान निकाल ले गयी थी। उसकी दुनिया वीरान हो गयी थी। जस्सी को देख-देख वह अधिक दुखी होता। जस्सी बड़े घर में ही रहता। स्कूल जाता और परिवार के छोटे लड़के-लड़कियों में उसका दिल लगा रहता। जब भी मैंगल बड़े घर जाता, जस्सी भागकर उसकी टाँगों में लिपट जाता। मैंगल उसे उठा कर सीने से लगा लेता। उसके कलेजा में ठंडक पड़ती। लगता जैसे सरदारो खुद उससे आकर लिपट गयी हो।

ज्वाला सिंह ने एक बिहारी नौकर रख लिया। उसकी मासिक तनख्वाह थी, साथ में रोटी-चाय भी। भैंसों का गोबर इकट्ठा करना और उन्हें नहलाने का काम बिहारी मइया लालू प्रसाद करता। वह रात को खेतों वाले घर में ही सोता था। मैंगल और लालू फुसरत के समय बेकार की बातें करते रहते। दिन के समय भी जब भैंसों का काम ना होता तो लालू प्रसाद नहा-धोकर नये धुले कपड़े पहनता। सिर में खुशबूदार तेल लगा कर कंघी करता। फिर बड़ी शान से साइकिल पर लहिरे गागे की मंडी जाता। वहाँ बेकार ही मुँह से सीटियाँ मारता घूमता रहता। किसी दूकान से चाय का कप पीता और नमकीन मठरी खाता। लहिरेगागे के रेलवे स्टेशन से पार एक टूटा-सा सिनेमा था। नयी फिल्म लगती तो वह ज़रूर देखने जाता।

मैंगल सिर्फ़ दूध दुहता था। दूध नापकर देता। दूध ले जानेवाला खुद भी दूध नापकर ले जाता। ज्वाला सिंह अब नहीं आता था। उसे मैंगल पर पूरा एतबार था। वह अब उनके घर का ही आदमी था।

मैंगल काम-धन्धे में लगा रहता। इस प्रकार उसे सरदारो कम याद आती। लेकिन कभी-कभी उसकी याद इतना सताने लगती, वह सोच में इतना गुम हो जाता कि काम करते-करते ही भूल जाता। वह दूध दुहने के लिए बाल्टी उठाने की बजाय तसला उठा लेता। बाल्टी लेकर भैंसों के सीगों की ओर खड़ा हो जाता। उसे जब अपनी भूल का पता लगता तो वह और भी दुखी हो जाता उसके मुँह से गहरी आहें निकलने लगतीं। रात के समय उसकी नज़र अचानक झटके से खुल जाती और फिर दुबारा नींद नहीं आती। उखड़ी-उखड़ी नींद में उसे सरदारो के सपने आते। वह उससे बातें करती, जैसे सचमुच ही सामने बैठी हो। उसे हाथ लगाने लगता तो उसकी नींद खुल जाती। सरदारो कहीं भी नहीं होती थी।

ज्वाला सिंह जब महीने के पश्चात् मैंगल को तनख्वाह के पैसे देने लगता तो मैंगल को वह पैसे फालतू से लगते। क्या करने थे उसने ये रुपये-पैसे? पहले ही उसके पास रुपये जमा थे। उससे किसी तरह भी रुपये खर्च ही नहीं होते थे। सरदारो होती तो उसकी तनख्वाह दो-चार दिनों में ही कहीं उड़ जाती थी। जस्सी का अब

कोई खर्च नहीं था। उसने कभी दो रुपये भी जस्सी पर खर्च नहीं किये थे। ज्वाला सिंह का परिवार ही जस्सी को सँभालता था। मैंगल को छः महीने के बाद नये कपड़े मिल जाते। रोटी-चाय ज्वाला सिंह के घर से मिलती थी। दूध भी जितना मर्ज़ी पीना चाहे। उसे और क्या चाहिए था। वह कभी भी लालू प्रसाद की तरह लहिरेभागे नहीं गया था। अगले महीने जब ज्वाला सिंह उसे तनख्वाह देने लगा तो उसने इनकार कर दिया, बल्कि अपनी जैकेट की अन्दर वाली ज़ेब से नोटों की गड्डी निकाल कर ज्वाला सिंह को पकड़ा दी। कहने लगा, ''चाचा, इसे नीतू ही रख ले। मुझसे मुश्किल से सँभाले जाते हैं। कभी इकट्ठे ही ले लूँगा। पैसे मैंने क्या करने हैं।''

ज्वाला सिंह ने देखा, मैंगल भरी आँखों से कह रहा था। वह मैंगल के भीतरी दर्द को समझता था। उसने पल-क्षण में ही फैसला कर लिया, रुपयों की गड्डी मैंगल के हाथ से ले ली। मैंगल का कन्धा पकड़ उसे दिलासा दिया, कहा, ''औ मैंगल। हम सभी तेरे अपने हैं। हौसला रख मेरे प्यारे। अपना घर समझ कर रह। यह तेरा ही घर है।''

जस्सी पाँचवीं में पढ़ता था। शाम के समय घर के बच्चे बाहर वाले घर में आ जाते। मैंगल सभी को कच्चा दूध पिलाता जस्सी भी पीता। बाकी बच्चे आधा-आधा गिलास मुश्किल से पीते, जस्सी को वह कह-कहकर भरा हुआ गिलास पिला ही देता। होंठों पर लगी झाग को दिखा। दिखा बच्चे आपस में हँसते, ''देख मेरी मूँछें।'' जस्सी भी मैंगल को अपनी मूँछें दिखाता। मैंगल उसकी मूँछें देखकर खुश होता कि यह बड़ा हो जाएगा तो सचमुच की मूँछें आ जाएँगी। मैं इसका विवाह करूँगा। घर में बहू आएगी। बहू उसकी सेवा करेगी। उसे सरदारो भूल जाएगी।

जस्सी बालों का जूड़ा बाँधे रहता। वह पगड़ी बाँधता था। जसमेल कौर ने उसके बाल बढ़ाये और सँभाले थे। वह खुद उसे नहलाती और बाल सूखने के बाद सरसों का तेल लगा कसकर जूड़ा बाँध देती। फिर उसे पगड़ी बाँधनी सिखाई गयी। घर के दूसरे लड़को की तरह ही उसे पगड़ी बाँधनी सिखाई गयी। थोड़ा और बड़ा होने पर वह खुद ही केशों को सँवार कर जूड़ा कर लेता और अब पगड़ी भी बाँधने लगा था। बहुत बढ़िया वह बाँधता था। वह बहुत सुन्दर लगता। ठुमक-ठुमक कर चलता। उसे देख मैंगल के शरीर में तरंगें दौड़ने लगतीं। उसका चेहरा एकदम सरदारो जैसा था। वही नाक, वही आँखें। कभी-कभी वह बाहरवाले घर में जाता। दूसरे बच्चे भी साथ होते। खेलते-खेलते उसकी पगड़ी खिसकने लगती। वह बापू से कहता कि वह उसकी पगड़ी बाँध देवें। मैंगल उसकी पगड़ी बाँध देता, मगर मैंगल की बाँधी पगड़ी उसे ठीक ना लगती। मैंगल तो ऐसे ही रस्सी के समान पगड़ी को लपेट देता था। एक भी पेच सही ना बैठता। पढ़ने वाले लड़कों की पगड़ी का तरीका

कुछ और होता है। मैंगल की बाँधी पगड़ी देख दूसरे बच्चे हँसने लगते। फिर जस्सी वह पगड़ी दुबारा से खुद बाँधता। एक दिन उसका जूड़ा भी खुल गया। लकड़ी का कंधा जस्सी बालों में ही रखता था। मैंगल ने जस्सी को पकड़ कर कहा, ''लाओ, मैं तुम्हारे केश ठीक कर दूँ और जूड़ा भी कर दूँ।'' उसने जस्सी के बालों में कंघा करने के बाद, जूड़ा करने की बजाय लड़कियों की तरह बाल पीछे कर चोटी कर दी। बच्चे हँसने लगे, ''आ हा जी, जस्सी लड़की बन गया।''

मैंगल के दिल पर जो बीती वही जानता है। वह लगातार जस्सी के चेहरे की ओर ताकने लगा। उसकी आँखें भर आयीं। वह गहरी साँसें लेने लगा। फिर उसके मुँह से इतना ही निकला, ''हे वाहे गुरु।''

बच्चों ने उसकी चोटियाँ खोल दीं। उसके बाल बिखरा दिये। जस्सी ने खुद ही खड़े होकर अपने केश सँवारे, जूड़ा बाँधा, फिर पगड़ी बाँध ली। मैंगल परे भैंसों की ओर चला गया।

बड़े घर में मुसलमानों वाली बैठक में मैंगल का सिर्फ़ सामान पड़ा था। बैठक को ताला लगा रहता। मैंगल जब भी बड़े घर जाता तो बैठक खोलकर ज़रूर देखता। दो पल अन्दर बैठ भी जाता। बैठे-बैठे उसका दिमाग सुन्न हो जाता। किसके लिए छोड़ा अपना गाँव, किसकी खातिर यह सब कुछ झंझट सहा। किसलिए यहाँ बैठे हैं अब, साँझीदारों-नौकरों की तरह काम करते हुए, जब सरदारो ने इस संसार में रहना ही नहीं था। सरदारो उसकी जिन्दगी में पलक झपकाने की तरह आयी और फिर हमेशा के लिए चली गयी। बैठक में पड़ा सामान भी जैसे उदास हो। उसे भी जैसे सरदारो की प्रतीक्षा हो। वह जिस सामान की ओर भी देखता, वह उसे आहें भरता प्रतीत होता।

सरदारो कहती थी, ''अब तो बहुत बरस गुज़र गये, अब हम थंमणवाला चलें। वहीं रहेंगे, अपने गाँव में। कोई कारोबार कर लेंगे।''

''थंमणवाला कैसे चले जाएँ, दुल्ला होगा?''

''अब तक कहाँ बैठा होगा वह। मर गया होगा कब का। पहले मालूम कर ले वहाँ सब कैसा है।''

अब वह खुद भी कभी-कभी सोचता कि थंमणवाला ही चला जाये। अपना गाँव है। बेगाना गाँव बेगाना ही होता है। आखिर यहाँ उसकी बिरादरी नहीं। जस्सी भी अब बड़ा हो गया है। वे दोनों काम करेंगे तो खाएँगे। दुल्ला अब क्या कर लेगा, सरदारो तो रही नहीं।

एक दिन वह लहिरगागे गया। वह कभी-कभी ही मंडी जाता था। कोई आवश्यकता नहीं पड़ती थी। सब कुछ उसे गाँव में बैठे ही मिल जाता था। उस दिन वह किसी डॉक्टर के पास गया था। उसका सिर दर्द करता था, भूख भी कम लगती।

कभी-कभी चक्कर से आने लगते। टाँगें सूजी रहतीं। डॉक्टर से दवा ले वह रेलवे-स्टेशन पर जा बैठा। प्लेटफार्म पर काफी भीड़ थी। कोई गाड़ी आने वाली थी। उसने सोचा, अब गाड़ी देखकर ही जाऊँगा। कमाल हो गया, किसी ने आ उसका कन्धा थपथपाया। उसने पहचान लिया कि वह गाँव का तरसेम बनिया था। वह दोनों गले मिले। फिर उसी बैंच पर बैठ गये। बातें करने लगे। मैंगल उससे गाँव के बारे में पूछने लगा। जानकारी लेने लगा। तरसेम ने बताया कि मुकुन्द सिंह की हवेली में अब बाजीगरों का परिवार नहीं रहता। सरदारों ने हवेली बेच दी है। अब वहाँ पर भीम सैन के लड़के विजय कुमार का मुर्गीखाना है। विजय कुमार, जिसकी रोड़ूशाह की मंडी में आढ़त की दूकान है। दुल्ला बावड़ी पर रहता था।

"बावड़ी कौन-सी है?" मैंगल उस बारे में एकदम अनजान था।

"अपने गाँव और टिब्बे के दोनों गाँवों के बीच में एक बावड़ी है। यह दुल्ले ने ही बनवायी थी। दुल्ला वहाँ जाकर रहने लगा। फिर मर गया।"

"मर गया?" मैंगल हैरान हुआ।

"हाँ, मर गया।" तरसेम ने साधारण ढंग से कहा।

"अच्छा।" मैंगल अभी तक दंग बैठा था।

तरसेम ने पूछा, "सुना, बाजीगरनी को तू ले गया था?"

"हाँ, मैं ही ले गया था।"

"इसका मतलब, यह बात सच है।"

"हाँ हाँ। इसमें झूठ क्या है? मैं ही ले गया था।"

"अपने गाँववाले तो यह भी कहते रहे कि वह मर गयी होगी कहीं?"

"हाँ मर गयी।"

"मगर तू तो कह रहा है, भई तू ले आया था उसे?"

"वह मेरे पास ही मरी है।" मैंगल जैसे स्वयं को बता रहा हो। उसने तरसेम से चाय-पानी के लिए पूछा, मगर वह कहने लगा, "तू कोई सेवा बता? अपनी मासी है यहाँ। इधर गाँव में उनका घर है।"

जब वे विदा होने लगे तो मैंगल ने पूछ ही लिया, "मेरे घरवालों का क्या हाल है?"

"अच्छा है।" तरसेम मैंगल के सवाल पर उदास हो गया, "धौकल भी गुज़र गया भाई। बीमार रहने लगा था। तेरी भाभी है अभी।"

मैंगल के लिए यह भारी सदमा था। धौंकल आखिर उसका भाई था। सगा भाई। एक माँ के पेट से जन्मे थे। उसकी आँखें भर आयीं। उससे हाथ मिलाते हुए मैंगल ने कहा, "अच्छा तरसेम, मैं आऊँगा कभी।"

"तू अपने ही गाँव में आकर रह यार। यहाँ कहाँ रह रहा है अब?"

"बस, यहीं पर हूँ।"

"यहाँ लहिरे में?"

"हाँ बस, ऐसा ही समझ ले।"

लिहल खुर्द वापस जाते समय मैंगल को महसूस हो रहा था, जैसे तरसेम क्या मिला, सारा थंमणवाला गाँव ही मिल गया हो। जैसे मैंगल खुद ही थंमणवाला हो आया हो।

22

इस दौरान ज्वाला सिंह गुज़र गया। उनकी आयु भी अस्सी से ऊपर हो गयी थी। उसे कोई बीमारी नहीं थी। अच्छा भला चलता-फिरता था। वह बिस्तर पर एक दिन भी नहीं पड़ा। बस चलते फिरते ही गुज़र गया। गाँव में बातें हो रही थीं। ऐसी मौत भगवान सभी को दे। रात को रोटी खाकर, दूध पीकर सोया, बस सुबह न उठा।" लोग कहते, "किस्मत वाला था। भरा-पूरा परिवार छोड़कर गया।"

ज्वाला सिंह की घरवाली बीस बरस पहले ही गुजर गयी थी। वह भी ऐसे ही चलते-फिरते चली गयी थी।

ज्वाला सिंह का एक ही लड़का था। सास का स्थान बहू ने ले लिया। जसमेल कौर का स्वभाव सास से भी अच्छा था। कुछ वर्षों के पश्चात वह घर की मालकिन बन गयी। पाँच करे, पचास करे, कोई उसे राकेने-टोकने वाला नहीं था। ज्वाला सिंह के तीन पोते थे। तीनों की शादियाँ ज्वाला सिंह ने खुद की थीं। पौत्रों के भी आगे बच्चे हो गये थे।

ज्वाला सिंह के मरने के बाद तो मैंगल और भी उदास हो गया। चाहे जसमेल उसकी माँ समान थी, उससे स्नेह करती थी। परन्तु ज्वाला सिंह का रुतबा और ही था, जैसे उसका बाप अब मरा हो।

ज्वाला सिंह के जीते-जी ही मैंगल ज़िद करने लगा था कि वह अपने गाँव जाना चाहता है। उसका भाई गुज़र गया है। भाभी अकेली है। घर-बाहर सभी कुछ उसका अपना है। वह वहाँ जाकर रहना चाहता था। अपना कोई कारोबार करेगा। उसके गाँव के साथ ही मंडी में स्कूल है। जस्सी वहाँ पढ़ेगा।

ज्वाला सिंह, मैंगल की बातें सुन हँसने लगता। हर बार यही कहता, "यहीं कर ले भाई जो तूने करना है। ज़मीन दे देते हैं। बैठक तुझे दी हुई है। जस्सी पढ़ता रहे। इसे यहीं ब्याहेंगे।"

ज्वाला सिंह का पुत्र बलवंत सिंह रुहानी व्यक्ति था। घर-कबीलदारी में उसका

कोई दखल नहीं था। काम में ध्यान रखता था। कबीलदारी ज्वाला सिंह के हाथ में थी या फिर बलवंत की बहू जसमेल कौर के हाथ में। अब जब ज्वाला सिंह नहीं था तो भी बलवंत सिंह ने कबीलदारी न सँभाली। वह खेत जाता, काम करता। बातें करता तो फसलों की। उसने तो अब तक कभी जसमेल कौर के साथ बैठकर भी बात-चीत नहीं की थी। मैंगल संग भी मुश्किल से बात करता। बलवंत देवता आदमी था। जब सरदारो मरी तो एक दिन मैंगल को गमगीन बैठा देख बलवंत ने उसके कन्धे पर हाथ रख सिर्फ़ इतना ही कहा, ''बस।''

अब जब कभी मैंगल, जसमेल कौर के साथ ज़ोर-ज़ोर से बातें करता और चाहता कि वह यहाँ से जाना चाहता है तो बलवंत सिंह सुनता रहता। आखिर एक दिन उसने मैंगल से कहा, ''यहाँ से क्यों जाना चाहते हो। भाई, यहीं पर रह।''

परन्तु मैंगल ने अपनी ज़िद ना छोड़ी। जसमेल कौर रोज़ की ज़िद से उकता गयी थी। वह उसे समझा-बुझाकर थक चुकी थी। परन्तु वह समझता नहीं था। बच्चों सी ज़िद पकड़े बैठा था बस। अन्त में जसमेल कौर ने कह दिया, ''जाना है तो जा। मगर जस्सी को यहीं छोड़ जा।''

वह इस बात के लिए राज़ी न हुआ। मैंगल ने अपनी तैयारी कर ली। जस्सी जाना नहीं चाहता था। रोने लगता या कहीं छिप जाता। परन्तु मैंगल जब घूर कर उसकी ओर देखता तो वह चुप हो जाता। जसमेल कौर ने भारी मन से कहा, ''मैंगल जाते हुए एक भैंस, ले जा। जो भी तुझे पसन्द हो। दूध पीने के लिए तुझे भैंस देती हूँ।''

जसमेल कौर की बात सुन मैंगल ममतावश रोने लगा। अपने कपड़े सामान सँभाल लिया। जस्सी के कपड़े घर के बच्चों ने उसके झोले में डाल दिये। उसकी कापी-किताबें एक अलग झोले में थीं। यह झोला उसका स्कूल का बस्ता था। तब वह सातवीं जमात में था। तेरह-चौदह बरस का था।

मैंगल ने खुद भैंस ना खोली। वह चुपचाप खड़ा था। यह भी नहीं कहता था कि अपनी मर्ज़ी से कोई भी भैंस दे दो। जसमेल कौर ने खुद ही एक भैंस खूँटे से खोली। इसका कोई बछड़ा नहीं था, लेकिन दूध देती थी। बछिया दो महीने की होकर मर गयी थी। भैंस अब भाड़े पर मिलती। जसमेल कौर ने यह भी सोचा था कि बछिया वाली भैंस इतनी दूर तक कैसे जा सकेगी। बछिया तो रास्ते में ही मर जाएगी। बछिया ना चले ना उठायी जा सके। मैंगल ने भैंस की रस्सी पकड़ ली। माथे से छू ली।

बाप-बेटे ने लिहल खुर्द छोड़ दिया। वह जगह, वह मिट्टी छोड़ दी, जिसमें सरदारो भस्म हो गयी थी। छोड़ दी वह मिट्टी, जिससे इतने वर्षों तक अन्न-पानी

खाते रहे थे। सारा परिवार उन्हें विदा करने आया। मैंगल की आँखें भरी हुई थीं। जस्सी की आँखों में भी नमी थी। भैंस दुखी होकर रँभा रही थी। दूसरी ओर परिवार के लोग भी उदास थे। जसमेल कौर ने जस्सी को सीने से लगाकर प्यार किया। जस्सी सुबह उठा। उसे चुप करा और अलग ले जाकर जसमेल कौर ने उसके कान में कुछ कहा।

पहले वे लहिरभागे से पूछते-पूछते गाँवों की ओर चल दिये। मैंगल ने लिहल खुर्द से ही सयाने व्यक्तियों से गाँवों का रास्ता पूछ लिया था। फिर उसने जस्सी से कहा कि वह इन गाँवों के नाम अपनी कापी में लिख ले।

पौ फटने के साथ चले हुए वे दिन ढलते थंमणवाला पहुँच गये। काफी सारे पराँठे, आचार और प्याज़ एक कपड़े में बाँध कर जसमेल कौर ने उन्हें दिये थे। रास्ते में तीन जगह बैठकर उन्होंने रोटी खायी। भैंस भी दम ले लेती। दो गाँवों में चाय पी। गाँव की परिक्रमा में ही घर थे। अच्छे आदमी थे, खाते-पीते लोग।

भैंस को सुबह दुह कर वे चले थे। थंमणवाला आकर शाम को उसने दूध ना दिया। बैठ गयी तो बैठी ही रही। मैंगल ने डंडे मारकर उसे खड़ा किया। न चारा खाया न दूध दिया। फिर से बैठ गयी। इतना लम्बा फासला तय करने के कारण वह बहुत थक गयी थी।

थंमणवाला पहुँचने से पहले ही मैंगल की खबर वहाँ पहुँची हुई थी। परन्तु किसी को यह मालूम नहीं था कि उसका एक पुत्र भी है। वह अजनबियों की भाँति गाँव में घुसे। किसी ने भी मैंगल को पहचाना न। उसकी दाढ़ी-मूँछें बढ़ी हुई थीं। दाढ़ी में कोई-कोई बाल पका हुआ भी था। दाढ़ी-मूँछ फैल चुकी थी। मैंगल ने कई आदमियों को पहचान लिया था, मगर किसी से दुआ-सलाम न किया। सोचा, कल ही करेंगे इन से बात। वह आँखों ही आँखों में हँसता। उसके होंठ कभी सिकुड़ जाते। कभी फैल जाते। कभी वह खुश होता, कभी हौरान। वह जहाँ से गुजरता, पीछे मुड़कर न झाँकता। चौपाल में बैठे लोग ज़रूर हैरान हुए कि आखिर यह कौन आदमी है। इसने किसके घर जाना है?

घर का दरवाज़ा खुला था। भैंस का रस्सा जस्सी को पकड़ा पहले मैंगल अन्दर दाखिल हुआ। प्रसिन्नी चूल्हे के आगे बैठी दाल पका रही थी। आटा गूँथ कर थाली में कपड़े से ढँका पड़ा था। चूल्हे में लकड़ी डालती और जलती हुई लकड़ी को आगे धकेल, निश्चिन्त सी वह बैठी थी। आग की लपटें तेज़ होती हैं तो वह दोनों हाथ जोड़कर माथे से लगाती। मैंगल ने जाकर खँखारा। उसने माथे पर रखा हाथ हटा कर आँगन में ग़ौर से ताका। मैंगल ने उसके पैर छुए। सिर नवाया। बोला, ''पहचाना नहीं मुझे।''

''ना भाई, मैंने तो पहचाना नहीं। यहीं से ही आये हो कि कहीं बाहर से।''

"आवाज़ से भी नहीं पहचाना?"

"नहीं भई, मुझे कुछ याद नहीं आता।"

रसोई में घुसमुसा अँधेरा था। जाड़े का मौसम। वह प्रसिन्नी के सामने जा बैठा। चूल्हे की रोशनी में मैंगल का चेहरा नज़र आ रहा था। वह फीकी हँसी हँस कर कहने लगी, "ना भाई, मेरी समझ से तो बाहर है। तुम खुद ही बता दो कि तुम कौन हो?"

"कमाल है, एकदम नहीं पहचाना मुझे?"

"ना भई ना।" वह फिर धीमे-से हँस दी।

"आपका धौंकल कहाँ है?"

"वह तो गुज़र गया गया भाई। कई साल हो गये।" उसने खाली हाथ हिलाया।

"मैंगल नहीं आता अब?"

"क्या मालूम, होगा तो आ जाएगा।"

"तो फिर यहाँ बैठा हूँ मैं। मैं ही मैंगल हूँ।"

"तुम मैंगल हो?"

"हाँ, तुम्हारे सामने हूँ। अभी भी पहचाना कि नहीं।?"

भाभी ने दोनों हाथों से ताली बजायी। मुँह से अजीब सी आवाज़ निकाली, "हूँ.....हूँ.......।"

मैंगल ने दुबारा उसके पैर पकड़ लिये।

"हाय मैं मर जाऊँ।" वह उठकर खड़ी हो गयी। उसका हाल-चाल पूछने लगी।

"लड़का भी है?"

"कौन-सा लड़का?"

"मेरा बेटा।"

वह समझी नहीं। मैंगल ने जस्सी को पुकारा और कहा कि अगले दरवाज़े में जाकर भैंस को अन्दर ही बाँध दो जस्सी को अगले दरवाज़े के बारे में मालूम नहीं था। वह तो यहाँ पर एकदम अनजान था। फिर मैंगल स्वयं बैठक से बाहर गया। भैंस का रस्सा पकड़ आगे बढ़ा। किवाड़ खुले ही थे। उसने भैंस लिजाकर खूँटे से बाँध दी। नाँद वहीं थी। खूँटे वहीं थे। मगर घर में कोई पशु नहीं था।

"ताई के पाँव छू।"

जस्सी ने माथा टेका और बुढ़िया के पैरों को छू लिया। वह आशीर्वाद देने लगी। मगर अभी भी कुछ समझी नहीं थी।

"बैठकर बताता हूँ। ज़रा साँस लेने दो।" मैंगल ने कहा।

प्रसिन्नी का स्वभाव था वह कीड़े-मकौड़े के डर से खाना शाम को ही बना

लेती थी। मैंगल को इस बात का पता था।

प्रसिन्नी ने कल के लिए भी साबुत मूँग की दाल अभी बना ली थी। इसलिए तीनों को काफी हो गयी। मक्की का आटा। उसने और गूँथ लिया। घर में देसी घी भी था। मैंगल को अपने घर का खाना खाकर पूरा आनन्द आया। इतना स्वादिष्ट खाना शायद उसने पिछले पन्द्रह बरसों में नहीं खाया था। हरी मिर्चों का आचार भी था राई डालकर बनाया हुआ, साबुत मूँग की मसालेदार दाल और मक्की की रोटियाँ। ऐसे पकवान और कहाँ नसीब थे। जस्सी ने नाक सिकोड़कर खाना खाया। उसे यहाँ कुछ भी अच्छा नहीं लग रहा था। उसका बाप उसे यहाँ क्यों ले आया था।

भैंस के लिए थोड़ा-सा चारा मैंगल पड़ोसियों से माँग लाया। पड़ोसियों को जब उसके बारे में मालूम हुआ तो वे अत्यन्त प्रसन्न हो गये। कहने लगे, ''और ले जा। कुछ और चीज़ चाहिए तो।''

रोटी खाकर उन्होंने लम्बे कमरे में खाटें बिछा लीं। गद्दे-रजाइयाँ घर में थे ही। देवर-भाभी आपस में बातें करने लगे। खूँटी पर टँगी लालटेन लगातार जल रही थी। गाँव में बिजली आ चुकी थी। मगर कभी-कभी ही बल्ब जलते थे। उस दिन तो सुबह से ही बिजली गुल थी। जस्सी जल्दी ही सो गया।

पहले तो प्रसिन्नी ने धौंकल के बारे में बताया। उसका स्वर्गवास हुए सात वर्ष हो चुके थे। कैसे उसे एकदम टट्टियाँ-उल्टियाँ लग गयीं। रिश्तेदार उसे उठाकर रोडूशाह की मंडी ले गये। घर तो उसकी लाश ही आयी। प्रसिन्नी कह रही थी, ''तब मैंगल, मैंने तुम्हें बहुत याद किया। छोटा यहाँ होता तो वही लगाता चिता में आग।'' देवर-भौजाई रजाइयों में बैठे रोते रहे। फिर आँखें पोंछ कर प्रसिन्नी ने खाँसकर गला साफ किया। चारपाई के नज़दीक ही थूक दिया। बोली, ''अब तुम अपनी सुनाओ। कहाँ रहा इतने बरस? यह लड़का कौन है?''

मैंगल ने सरदारो की सारी कहानी कह सुनाई। कैसे वह उसे यहाँ से ले गया। कैसे वह लहिरभागे की मंडी के पास लिहल खुर्द पहुँचे। ज्वाला सिंह के परिवार के बारे में विशेषकर जसमेल कौर के बारे में भी। कहने लगा, ''यह लड़का तब सात वर्ष का था, जब वह मर गयी। साँप के डसने से मर गयी बेचारी।'' मैंगल चुप हो गया, जैसे आज उसने अपना दुख किसी से साँझा किया हो। उसके मन को एक राहत-सी मिली।

लालटेन का तेल खत्म हो गया। वह भक करके मुझ गयी। मैंगल उठकर बाहर आ गया। आसमान की ओर झाँका। रात आधी से अधिक बीत चुकी थी। उसने जाकर भैंस को देखा। वह पैर पसार कर पड़ी थी। सर्दी कुछ खास नहीं थी।

अगले दिन सारे गाँव में चर्चा थी कि धौंकल का छोटा भाई पन्द्रह वर्षों के बाद वापस आ गया। दुल्ले बाजीगर की घरवाली सरदारो को वही ले गया था। वह

सुनाम की ओर कहीं जा टिके थे। बाजीगरनी तो साँप के डसने से मर गयी। उसने मैंगल के लड़के को जन्म दिया। वह लड़का भी अब उसके साथ आया है।

पड़ोसी और गाँव के अन्य लोग धौंकल के घर आने लगे। कोई-कोई तो जस्सी के मुँह पर ही कह देता, ''यह तो बाजीगरनी का लड़का है।'' जस्सी को बहुत शर्म आती। वह ज़मीन में धँसता जाता। उसके वजूद के रहस्य अब खुल रहे थे। मैंगल उसे अजनबी-सा लगने लगा।

कुछ दिनों बाद मैंगल खुद जाकर जस्सी को रोड़ूशाह के सरकारी स्कूल में दाखिल करवा आया। लहिरभागे से स्कूल छोड़ने का सर्टीफिकेट वे साथ लाये थे। सात मील वह पैदल जाता और आता। थक जाता। पढ़ाई में उसका मन न लगता। गाँव के लड़के भी उसे खिझाते रहते, कहते, ''ओए बाजीगरनी के।'' लहिरेभागे वह एकदम पढ़ाई में होशियार था। यहाँ आकर वह सब भूलने लगा।

प्रसिन्नी उसे बहुत प्यार करती। पुचकारती रहती। उसे बढ़िया खाने को देती। उससे बातें करती। उसकी माँ के बारे में पूछती। कहती, ''मैं भी तुम्हारी माँ हूँ। तू उदास न हो। अपनी पढ़ाई मन लगाकर कर। अफसर बनेगा तू।''

भैंस का दूध काफी होता। तीनों से खत्म न होता। मैंगल भैंस लेकर खेतों में जाता। चारा लाता। उसके पास पैसे थे। खर्च कोई खास नहीं था। घर का सारा खर्च प्रसिन्नी करती थी। धौंकल कई हज़ार रुपये छोड़ गया था। वह अब रोड़ूशाह की मंडी विजय कुमार आढ़तीये के पास जमा थे। उसका तीसरे महीने इतना ब्याज आ जाता। जो तीनों के लिए काफी होता। विजय कुमार खुद आकर ब्याज दे जाता। ये रुपया धौंकल ने यह कह कर विजय कुमार को दिया था कि यदि उसे कभी कुछ हो जाये तो यह पैसा उनकी पत्नी प्रसिन्नी का है। उसे दे दिया जाये।

मैंगल ने अभी तक कोई फैसला नहीं किया था कि वह कौन सा काम-धन्धा शुरू करे। वह चौपाल में बैठ जाता और लोगों से बतियाता। वैशाखी के बाद एक जाट के पास साँझीदार बन गया। यह जाट दूसरी ओर का था। उनकी बिरादरी-रिश्तेदारी में से नहीं था।

जस्सी ने मुश्किल से ही सातवीं पास की। आठवीं कक्षा में आ गया। नयी किताबें ले लीं। मगर उसका दिल न लगा। अभी तक उसे लिहल खुर्द के ही सपने आते। जसमेल कौर की उसे बहुत याद आती। जस्सी का मन करता, वह उन बच्चों के साथ ही जाकर बैठे। उनके साथ ही खेले और लहिरभागे के स्कूल जाया करे। उसकी सेहत आधी भी नहीं रह गयी। वह कमज़ोर होता जा रहा था। उसे भूख नहीं लगती थी। रोटी खाने पर खायी न जाती। ताई प्रसिन्नी का प्यार-अजीब सा लगता। उसे अपना बाप भी अजनबी लगता जैसे कोई आदमी जर्बदस्ती उसे इस गाँव में ले आया हो।

मई-जून का महीना था। स्कूल में अभी गर्मी की छुट्टियाँ नहीं हुई थीं। जस्सी ने बाप से बहाना लगाया कि उसे दो किताबें और चार कापियाँ और खरीदनी हैं। नया पैन और जुमैट्री बॉक्स भी। मैंगल अनपढ़ आदमी था। उसे इन सब चीज़ों की कोई जानकारी नहीं थी। उसने पूछा, "तू बस यह बता कि पैसे कितने चाहिए?"

"तीस रुपये।" जस्सी ने कहा।

मैंगल ने प्रसिन्नी से उसे तीस रुपये दिला दिये। प्रसिन्नी ने लाड़ से कहा, "बच्चे, तू सीधा मुझ से ही माँग लिया कर।"

ताई की बात सुन वह सिकुड़ गया। आज वह खुश नज़र आ रहा था। बस्ता उठा वह स्कूल की ओर चल दिया मगर वहाँ गया नहीं। उसने लहिरभागे पहुँचने के लिए काफी दिन पहले से ही रोड़ूशाह के बस-अड्डे से पूछताछ कर ली थी। कौन-सी बस कहाँ से बदलनी पड़ेगी। लहिरभागे तक कितना किराया लगेगा।

उधर रात तक मैंगल और प्रसिन्नी सो न सके कि जस्सी शाम को स्कूल से लौटा क्यों नहीं? गाँव के बाकी सभी लड़के आ गये थे, लेकिन वह कहाँ था? उसके सहपाठियों से पता किया गया। सभी ने यही कहा कि, वह तो आज स्कूल आया ही नहीं। वह दूसरे दिन भी न लौटा। मैंगल को पक्का यकीन हो गया कि वह लिहल खुर्द चला गया है मगर उसके दिल को चैन न आता। उसके मन में शंका उठती कहीं बाजीगर ना कहीं ले गये हो और कहीं ले जाकर उसे मार न दिया हो। दुल्ले के लड़के भी कहीं रहते होंगे। थंमणवाला की सारी खबरें उन्हें मिलती होंगी। गाँवों के आदमी कभी न कभी आपस में मिल ही जाते हैं। मिलने पर गाँव की बातें भी पूछते बताते हैं। स्वाभाविक ही चर्चित बात मुँह से निकल जाती है।

दो दिनों तक मैंगल और प्रसिन्नी कलपते रहे। चौथे दिन मैंगल सिंह के नाम एक चिट्ठी मिली। उसने बनिये की दूकान पर जाकर पढ़वायी। लिहल खुर्द से जसवंत ने खुद ही यह चिट्ठी लिखी थी कि वह हमेशा लिहल खुर्द ही रहेगा। उसका बापू उसे कभी लेने न आये। एक-दो दिनों तक बेबे जसमेल कौर उसे लहिरभागे स्कूल में दाखिल करवा देगी। इतना जान मैंगल को अथाह तसल्ली मिली कि जस्सी जीवित था और ठीक-ठाक लिहल खुर्द पहुँच गया था। उसने सब्र कर लिया।

दूसरा भाग

1

पिछले पहर बरसात का पहला बादल बरसा। कच्ची मिट्टी की भीनी-भीनी सुगन्ध अच्छी लग रही थी। हवा बह रही थी। पीपल के पत्ते एक-दूसरे से टकराते और वातावरण और भी खुशगवार हो उठता।

दिन ढलते ही जलकौर ने भैंस को दुहा और चूल्हे पर खीर बनने के लिए रख दी। उसने राम को निर्देश दिया कि आग धीमे ही रहने दे। ध्यान रखे कि आग बुझे भी न और तेज़ भी न हो। कहा, यदि दूध उफन कर बाहर निकला तो तेरे कान खीचूँगी।

चावल पहले ही धोकर भिगोये रखे थे। दूध दो बार उबाल खा चुका था तो जल कौर ने पानी निथराकर चावल पतीले में डाल दिये। साथ ही साथ कड़छी चला दी। उसने राम की ओर झाँका और कहा, ''समझ में आयी मेरी बात? यहीं पर बैठे रहना। तेरी बस यही ड्यूटी है। फिर डिब्बा पकड़ कर सामने आ जाएगा, 'पहले मुझे ही, चाची, कहेगा।''

पूड़े पकाते समय मौसम फिर पलट गया। आसमान में बादल थे। लगता था, फिर से बरसेगा। चूल्हे के ऊपर दीवार पर खूँटी से लालटेन टँगी हुई थी। साफ-सुथरी सी चिमनी की रोशनी सफेद थी, जैसे गैस की बत्ती जल रही हो। जलकौर के माथे पर पसीना था। गुड़ मिलाकर गूँथे पतले आटे की परात मन भर की थी। वह तवे पर आटे की कटोरी डालती, फिर पीपल को चौड़े-मोटे पत्ते से घोल कर फैला दिया। पूड़े के चारों ओर वह सरसों का तेल टपकाती। कपास की लकड़ी के सिरे पर कपड़े की पट्टी बँधी थी। तवे पर तेल पड़ने से पूड़े पर छन-छन होती। उस आवाज से उठती सुगन्ध घर कोने-कोने में तैरने लगती तो सभी की भूख ज़ोर पकड़ने लगती। सुगन्ध पड़ोसी घरों में भी पहुँचती तो वे भी मुँड़ेरों से झाँकने लगते। जलकौर हाँक लगाती, ओ भाई, साथ के साथ खाते जाओ। ठंडे सूख जाएँगे फिर खाने से क्या फायदा। अपने-अपने बर्तन ले आओ, खीर खुद डालते जाओ और पूड़े लेते जाओ।''

आस-पास और कोई भी नहीं था। परे बरामदे में बैठ भजना, राम से कुछ पूछ

रहा था।

"अरे राम और श्याम, कहाँ मर गये नासपीटो? आ जाओ अब तो खा लो। काम खत्म हो। ईश्वर का रथ भी तो देखो। मालूम नहीं, कब बरसने लगे। फिर मुश्किल हो जाएगा चूल्हे-चौके का काम।" जलकौर स्वयं ही बुदबुदाती जा रही थी।

चाची की बुदबुदाहट सुनकर राम चूल्हे के पास आया। थाली में दो पूड़े और एक कटोरी में खीर डाल बरामदे में आ गया। बरामदें में मिट्टी के तेल का छोटा लैम्प जल रहा था। भजना खाट पर पालथी मारे खाने का इन्तजार कर रहा था। थाली और कटोरी पकड़ वह बोला, "काफी देर कर दी ससुरे ने। क्या करते रहे अब तक मंडी में?"

"आ जाएगा बापू। तुम रोटी खाओ। कहाँ जाएगा वह। दूसरे लड़कों की टोली में चला गया होगा। दारू पीने लगे होंगे। और क्या?"

राम दूसरी बार आया तो पानी का गिलास भी दे गया।

"श्याम कहाँ है आज? वह भी खा लेता, काम निबट जाता।" जलकौर ने कहा।

"तुझे नहीं मालूम चाची, वह तो मंडी गया है।"

"कब चला गया? यहाँ से तो खेत को गया था, तेरे चाचे के संग। दोनों इकट्ठे ही गये थे।"

"चाचा ने ही बताया है। खेत से ही चला गया वह।"

"लो बताओ, बहुत शौक है इस कपूत को मंडी का। जब भी मंडी लगती है, जाता ज़रूर है।"

राम ने अपनी थाली में खीर की दो-तीन कलछी डालीं, दो पूड़े भी एक ओर रख दिये। पानी का गिलास पम्प से भरा और वही चौंतरे के एक कोने में बैठ खाने लगा।

"तेरा चाचा नज़र नहीं आ रहा?"

"चौपाल में बैठा होगा, और क्या। पशुओं को चारा दे गया है। अब फ़ुरसत में है, जब मर्ज़ी आये।"

बरामदे में खाट बिछाकर बाप-बेटा श्याम की बातें कर रहे थे। अँधेरा बहुत घना हो गया था। उन्हें फिक्र हो रही थी कि वह अभी तक आया क्यों नहीं? कब तक आएगा, इतनी रात तो हो चुकी थी। सोचते, क्या मालूम दूसरे गाँव के लड़कों संग उनके गाँव ही न चला गया हो। यार-मित्र एक-दूसरे के साथ उनके गाँवों में चले जाते हैं। अक्सर ही। श्याम के साथ भी तो कई लड़के दूसरे गाँवों से आकर रात बिता जाते हैं। उन्हें चिन्ता इस बात की हो रही थी कि श्याम ठीक-ठाक हो।

तभी दरवाज़े का पल्ला खटका। राम ने दौड़कर किवाड़ खोले।

"श्याम, इतनी देर कर दी तूने?" राम ने ऊँची आवाज़ में पूछा। मगर यह

क्या, यह तो उसका चाचा गुरमेल था।

"आया नहीं अभी?" उल्टे गुरमेल ने प्रश्न किया।

"नहीं, अभी तक कोई अता-पता नहीं। मालूम नहीं, कहाँ बैठा है।" राम ने चिन्ता ज़ाहिर की।

"खेत से अच्छा-भला गया। कहने लगा, मंडी जा रहा हूँ? अब क्या किया जाये।" गुरमेल आँगन में चलते-चलते बोल रहा था।

उसका इन्तज़ार करते-करते जलकौर भी खीर-पूड़े खाने लगी थी। बोली, "तुम कहाँ फँसे बैठे थे। समय पर रोटी तो खा लिया करो। कब से बैठी तुम्हारा इन्तज़ार कर रही हूँ। अभी आ रहे हो, अभी आते हो।" फिर पूछने लगी, "श्याम कहाँ है?"

"मंडी गया था। अब मालूम नहीं मुझे?" गुरमेल ने साधारण ढंग से जवाब दिया? जैसे उसे कोई खास फ़िक्र ना हो।

सभी खा-पीकर अपने-अपने बिस्तरों पर जा लेटे। जलकौर बर्तन माँज रही थी। गाँव में शोरगुल खत्म हो चुका था। कभी-कभी किसी कुत्ते के भौंकने की आवाज़ सुनाई देती थी फिर उजड़े घरों से उल्लू बोलते थे। बैल और भैंस दोनों अपना चारा-भूसा खाकर आराम से सुस्ता रहे थे। आधी रात का वक्त था। आसमान में बादल फिर से घने हो रहे थे। ना कहीं आगे-पीछे होते थे और ना ही अपना रंग बदलते थे। चाँद की मटमैली रोशनी धरती पर पड़ रही थी। किसी ने दरवाज़ा खटखटाया। पहली बार किसी ने सुना नहीं, दूसरी बार ज़ोर से आवाज़ आयी। भजने ने पूछा, "कौन है भई?"

"मैं हूँ ताऊ हरनेक। दरवाज़ा खोलो।"

भजना धीरे-धीरे उठकर दरवाजे के पास गया भीतर का कुंडा खोला। गली में दो लड़के खड़े थे। भजना भी गली में आ गया। उसने पहचान लिया, ये अपने ही रिश्तेदारों के लड़के थे।

"अन्दर आ जाओ।" भजने ने कहा।

"ठीक है, ताऊ।" हरनेक ने कहा।

"और क्या, वह तुम्हारे साथ नहीं गया था? कहाँ है वह?"

"हमारे साथ ही गया था वह। वह तो भर्ती हो गया। फौजी आये थे। ले गये उसे।" हरनेक ने नि:संकोच कह दिया।

"कहाँ ले गए?"

"कह रहे थे, पहले शायद अम्बाला ले जाएँगे।"

भजने ने सिर्फ़ लुंगी पहनी हुई थी, पैर नंगे। उसने हाथ की अँगुलियों से बालों में कंधी की, जूड़ा बाँधा और दाढ़ी खुजलाने लगा, जैसे उसकी सभी उम्मीदें

खत्म हो गयी हों। ''क्यों हो गया श्याम, भर्ती उसे क्या दुःख था?'' उसने स्वयं से जैसे पूछा।

फिर एक फ़िजूल-सा सवाल किया, ''तुम लोग क्यों नहीं हुए भर्ती फिर?''

''नहीं, हम लोग उनमें जाकर खड़े नहीं हुए? हम तो गाँव में ही ठीक हैं, ताऊ।'' हरनेक ने कहा।

''अपने गाँव से और कौन-कौन था?'' भजने ने जैसे स्वयं को आश्वस्त करना चाहा।

''एक मज़बियाँ का लड़का था, करनैल। और एक यह अपना श्याम। दोनों को रख लिया उन्होंने। ये हर तरह से ठीक थे। हम खड़े देखते ही रहे।'' इस बार एक अन्य लड़के ने जवाब दिया।

''अच्छा भाई, हम सोच रहे थे, वह आया क्यों नहीं? इतना अँधेरा हो गया है? कहाँ चला गया आखिर?'' भजना अन्दर आँगन में आ गया। वे सभी लड़के अपने घरों में लौट गये।

भजना खाट पर आ लेटा। उसे नींद न आयी। खुले बरामदे में हवा लग रही थी। गली की ओर दीवार में झरोखे भी थे। भजने के अन्दर तीखी हुमस भरने लगी।

उसकी माँ जीवित होती तो उसे यूँ टिक कर लेटने ना देती? उसे अभी वापस लाने के लिए भेज देती, कहीं से ही उसके 'लाल' को लेकर आ। मगर फिर वह सोचने लगा, यदि उसकी माँ जीवित होती तो वह भर्ती ही क्यों कर होता। फिर तो हम अपनी ज़मीन बाँटकर अलग से खेती करते। श्याम इस वक्त खुद मुख्तार होता। घर का, खेती-बाड़ी का सारा काम-काज सँभालता। छोटा पढ़ता था, पढ़ता रहता।

भजने की घरवाली दस वर्ष पहले मोतीझरे की बीमारी से मर गयी थी। राम तब पाँच-छः बरस का था। अभी स्कूल जाने ही लगा था। दूसरे लड़कों के साथ गुरदयाल कौर उसे छोड़ आती। कितना चाव था उसे अपने पुत्र को स्कूल पढ़ाने का फिर वह बिस्तरे से जा लगी। ऐसी खाट पकड़ी कि फिर उठी ना। राम नित्य स्कूल जाता। उसे स्वयं भी पढ़ने का चाव बहुत था।

गुरदयाल कौर तो मर गयी, मगर राम ने पढ़ाई ना छोड़ी। पहले गाँव के प्राइमरी स्कूल से चार कक्षाएँ पास कीं, फिर बुढ़लाड़े जाने लगा। बुढ़लाड़ा हमीरगढ़ से सिर्फ़ डेढ़ मील की दूरी पर था। गाँव के अन्य लड़के भी बुढ़लाड़े पढ़ने जाते। लड़कों के साथ वह भी चला जाता। वहाँ स्कूल मिडल तक था। राम की किस्मत अच्छी थी, जब उसने आठवीं कक्षा पास की, बुढ़लाड़ा का वहीं स्कूल मिडल से हाई बन गया।

अब जब श्याम भर्ती हुआ, राम दसवीं में था। पढ़ने में एकदम होशियार था। बीच-बीच में खेती के काम में भी हाथ शौकिया तौर पर बँटा जाता।

गुरमेल और श्याम खेत में मक्की की मेंड़ डाल रहे थे। सुबह-सबेरे ही गये थे। उस दिन बुढ़लाड़े में पशुओं की मंडी लगी थी। गाँव के लड़के हर साल वहाँ जाते, श्याम भी जाता। परन्तु खेत जाना ज़रूरी था। उस दिन मेंड़े ना डालते तो मक्की और फूट आते। खेतों के औजार से उनकी जड़ें उखाड़नी थी। पिछले दो दिनों में उन्हें एक और आवश्यक कार्य करना था। श्याम ने तो कहा था कि चाँदनी रात है। चल, चाचा, अभी डाल आते हैं मेंड़े। परन्तु गुरमेल तैयार ना हुआ। कहने लगा, 'बिनौलों के बीज बोते-बोते तो मेरी हालत खराब हो गयी है। तुझे मंडी जाने की पड़ी है। ना जाना कल मंडी। वो तो तीन दिनों तक रहती है। परसों चले जाना। आज तो मैं आराम से सोऊँगा।''

गुरमेल कुंडा फँसाता और श्याम सामने से रस्सा खींचता। अभी वह कुंडा फँसाता ही था कि श्याम ज़ोर से रस्सी खींच लेता। श्याम की इस जल्दबाज़ी पर गुरमेल गालियाँ देने लगता। कभी कभी कुंडा इतना नीचे धँसा देता कि गुरमेल से खींचा ही न जाता। उसे पूरा ज़ोर लगाना पड़ता। इस समय भी वह श्याम को गाली निकालता। कहता, ''खींच अब अपने बाप को। माँ चो...रोटी नहीं खाता क्या...''

कभी वे स्थान बदल लेते। गुरमेल सामने से रस्सा खींचता और श्याम कुंडा दबाता। श्याम कुंडा ज्यादा दबा देता तो गुरमेल से रस्सा खींचा ना जाता। तब भी वह उसे गाली देता। एक बार ऐसा हुआ कि श्याम ने अभी कुंडा धरती में दबाया ही नहीं था कि गुरमेल ने रस्सा खींच दिया। वह ज़ोर से चारों खाने चित्त हो गिर पड़ा। वह गिरे-पड़े उसे गालियाँ देने लगा। उसकी माँ-बहन एक कर दी। उठने पर कुंडे का डंडा निकाल दो-तीन श्याम को जड़ भी दी। श्याम कुछ बोला ना। गुमसुम सा खड़ा रहा। गुरमेल बकता जा रहा था, ''साला खेती करेगा। तुझ से कुछ नहीं होता। भूखा मरेगा। मेंड बनाना भी कोई बड़ा काम है भला। तुझसे यह भी नहीं होता।'' फिर कड़क कर बोला, ''जा भाग जा। देख जाकर मंडी। तेरा मन यहाँ होगा तो तू काम ढंग से करेगा न। ध्यान तो तेरा भैन चो...बुढ़ाले में घूम रहा है।''

श्याम फिर से जस का तस खड़ा रहा। आँखें लाल और पानी से भरी हुईं। मालूम नहीं, क्या कहना चाहता था। मालूम नहीं, क्या सोच रहा था। परन्तु उसके अन्दर क्रोध भड़क रहा था, जो बारूद की तरह फटने वाला था। गुरमेल उसकी खामोशी से डर-सा गया। उसने कुंडा उठाकर रखा और शीशम के पेड़ के नीचे जा बैठा। सिर का गमछा, उतारकर बिछा कर लेट गया। बेमतलब की खीझ ने उसे निढाल कर दिया था। कुछ समय के पश्चात उसने करवट बदल कर देखा श्याम वहाँ नहीं था। चारों ओर निगाह डाली। श्याम तो कहीं भी नहीं था। गाँव चला गया होगा या बुढ़लाड़े चला गया होगा। गुरमेल कोई ठीक अन्दाज़ा ना लगा पाया।

गुरमेल ने खीर-पूड़े खाये और चुपचाप अपनी खाट पर लेटा। जलकौर ने

रोटी खाने के बाद बर्तन माँजे, फिर उन्हें ठिकाने पर रखा। सामान समेट, वह भी जाकर लेट गयी। सुबह उठने पर राम से मालूम हुआ कि श्याम फ़ौज में भर्ती हो गया है। जलकौर को दुःख हुआ। उसकी अपनी कोई औलाद नहीं थी। वह श्याम और राम को अपने पुत्रों समान ही समझती थी। बेशक उसका स्वभाव थोड़ा रूखा था। अन्तर्मन से वह दोनों लड़कों से स्नेह रखती थी। गुरदयाल कौर के मरने के बाद तो अब चाची ही उनकी माँ थी।

जलकौर ने चिन्ता ज़ाहिर की और पूछा, "कहीं तुमने तो उसे कुछ कह नहीं दिया लड़के को। तभी वह जाकर भर्ती हो गया हो?"

"मैंने क्या कहना था। उसका मन किया, भर्ती हो गया।" गुरमेल ने ऊँटपटाँग सा जवाब दिया।

"झिड़का तो होगा तुमने उसे किसी बात पर। नहीं तो यूँ अचानक ही वह जाकर भर्ती ना होता। पहले तो उसने कभी भर्ती होने की बात नहीं की घर में।"

"मैं क्या करूँ फिर। ज़्यादा चिन्ता हो रही है, तो जाकर लौटा ला उसे। अम्बाला में है, जा, चली जा।" वह अपने आगे उसकी नहीं चलने दे रहा था।

"उसकी माँ होती तो अब तक तड़प उठती। उसी की जान निकलती। चाचा दुश्मन हो गया। बाप क्या है, उसने रोटी तोड़नी है।" वह बरामदे में गयी तो देखा, भजना घुटने में सिर दिये, खाट पर बैठा था। वह बोली, "तुम जाओ अम्बाला। किसी को साथ ले जा। नम्बरदार चला जाएगा या कोई और सयाना आदमी होगा। लड़कों को वापस लौटा लाओ जाकर। फौजी तो उसका कचूमर निकाल देंगे। बन्दा ही नहीं रहने देंगे उसे।"

2

सन्ध्या समय नम्बरदार घर में ना मिला। भजना अगली सुबह जल्दी उठ कर ही उसके घर गया। वह कोई तैयारी-सी कर रहा था। कहीं जाना होगा। भजने का चेहरा उदास था। उसने जाकर नम्बरदार से सारी बात कह डाली। भजने को जलकौर से इस बात का संकेत मिल गया था कि श्याम, गुरमेल से लड़-झगड़ कर गुस्से में आकर भर्ती हो गया है। उसने यह बात भी नम्बरदार को बता दी।

"फिर अब क्या करना चाहिए?" नम्बरदार ने पूछा।

"करना क्या है, नम्बरदार! हम अम्बाला चलते हैं। वह कौन-सा मर्ज़ी से भर्ती हुआ है। चाचा के साथ नाराज़ होने पर जा खड़ा हुआ मंडी में फौजियों के पास। हम किसी तरह से उसे वापस ले आते हैं।"

"तुम्हें बता दूँ, अब वह वापस नहीं लौट सकता। एक बार भर्ती हो गया।

अब नहीं छोड़ेंगे फ़ौजी उसे। मैंने पहले भी कई बार ऐसा होते सुना है।''

''क्यों नम्बरदार? वह पशु है क्या यार। भई कांजी हौज वाले हाँककर ले गये तो छोड़ेंगे नहीं। अनुनय-विनय करने पर तो कांजी हौज भी छोड़ देते हैं। यह तो आदमी है। हम अर्ज करेंगे तो वे श्याम को छोड़ेंगे कैसे नहीं? तुम चलो मेरे साथ। मैं अनपढ़ हूँ, तुम तो सब जानते हो। आखिर पढ़े-लिखे हो। गाँव में मुखिया हो, नम्बरदार हो आखिर।''

''चलो मान ली तुम्हारी बात। मगर आज नहीं जा सकते।''

''क्यों, आज क्या है? बुढ़लाड़े चलते हैं। दस बजे वाली गाड़ी लेंगे। बठिंडा होते हुए सीधा अम्बाला।''

''आज मानसा जाना है मैंने। तहसीलदार से एक काम है। मैं तो तैयार हूँ। तुम पाँच मिनट लेट आते तो शायद मैं घर से निकल भी गया होता।''

''फिर कब चलोगे?''

''परसों चलेंगे, पक्का आज रात मुझे लौटना नहीं हैं। मानसा से भी आगे जाना पड़ेगा शायद, मुझे लगता है। कल वापस आऊँगा। फिर परसों चलेंगे।''

''अच्छा फिर। अब किसी और को हाँ मत कर देना। हमने यह काम करना ही है। ऐसे ही चला गया ससुरा घर से।'' भजने की आवाज़ भारी थी।

वह घर आया तो चाचा-भतीजे में फिर से क्लेश हो रहा था। गुरमेल कह रहा था, ''आज स्कूल रहने दे, खेत चल। मक्की की मेंड डलवा दे मेरे साथ।''

राम कह रहा था, ''आगे भी तुम खेत ले जाते रहे हो। गैर-हाज़िरी लग जाती हैं। हाज़िरी कम हुई तो हैडमास्टर मेरी फीस नहीं भेजेगा इम्तहान के समय।''

''कोई बात नहीं, एक दिन में कुछ नहीं होता।''

''फ़र्क कैसे नहीं पड़ता? ऐसे एक-एक दिन करके तो तुम मेरा साल बर्बाद करवा दोगे।''

गुरमेल गुस्से में था। उसने राम को थप्पड़ लगा दिया। कड़क कर बोला, ''साला पढ़ाई का। तेरा काम फिर कौन करेगा?''

''जा, मैं नहीं जाऊँगा।'' वह भी आगे से बिफर गया।

''ओए, तुम क्यों लड़ रहे हो, मैं चला जाता हूँ जैसे-तैसे। मेंड मैं डलवा दूँगा। इस लायक तो अभी हूँ मैं। इसे जाने दो स्कूल, मेलू।'' भजना तड़प उठा।

''तुम से कैसे होगा? कमर पकड़ कर बैठ जाओगे। काम करने से और बीमार हो जाओगे। काम से ज्यादा पैसे तो तुम्हारे इलाज पर लग जाएँगे। आगे क्या ऐसा नहीं होता आया। तुम बैठे रहो। चुपचाप घर में। आज तो राम ही जाएगा। फिर चाहे कभी जाये न जाये।'' गुरमेल ज़िद पकड़े खड़ा था।

"अच्छा, जा चला जा फिर। कोई बात नहीं। आज चला जा। एक दिन से कुछ नहीं होता तेरे स्कूल को।" जलकौर ने राम को पुचकारा।

राम ने कापियाँ-किताबों वाला बस्ता घुमाकर सन्दूक पर पटक दिया। कहा, "अच्छा फिर, चल अब।" जैसे वह तुरन्त उसी समय खेत जाने के लिए तैयार हो।

"अरे अभी कैसे? दो रोटी तो खा लो चाय के साथ।" जलकौर बोली।

"ला दे दे।" गुरमेल ने ठंडे पड़ते हुए कहा। वह खाट पर जा बैठा।

"बैठ जा, तू भी खा ले।" जलकौर ने दूर खड़े राम को पुकारा।

"मुझे भूख नहीं। मुझे कुछ नहीं खाना।" वह अभी भी गुस्से से भरा बैठा था। गुरमेल रोटी खाते-खाते बोला, "कपड़े में लपेट दे इसकी रोटी, खेत में जाकर खिला दूँगा इसे। वहाँ जाकर पुचकार दूँगा मैं इसे। इसकी रोटी की तू फ़िक्र न कर।"

एक कपड़े में जलकौर ने पाँच रोटियाँ बाँध दीं। दो प्याज़ और आम का अचार भी। चाय का सामान अलग से बाँध दिया। आधी बोतल दूध की भी। कहने लगी, "मैड का काम अब निपटा कर ही आना। इसका पढ़ाई का काम है। यह भी ठीक कहता है स्कूल जाए या खेत पर। एक ही काम कर सकता है, दो कैसे करे।" वह थोड़ी ऊँची आवाज़ में राम को भी सुना रही थी।

चाचा-भतीजा खेत गए तो वह गोबर-कूड़े का काम करने लगी। भजना चारा काटने की मशीन के पास छत के नीचे खाट डालकर लेट गया। वह मट्ठे के साथ दो बेसनी रोटी खा चुका था। पहले तो उसने दो-चार बार खँखारा। फिर आवाज़ देकर जलकौर को बुलाया, "ज़रा इधर आ। ज़रा इधर से पकड़।"

वह सने हाथों से छज्जे के नीचे आयी और पूछने लगी, "हाँ, क्या है?"

"आह। यहाँ ज़रा कलेजे को दबा दे।" भजना खाट पर सीधे पड़े एक हाथ से अपना कलेजा दबाए हुए था।

जलकौर ने चारा मशीन के गन्दे बोरे से अपने सने हाथों को पोंछा और दायें हाथ की मुट्ठी भर उसके कलेजे पर रख दी। हौले-हौले दबाने लगी। उसका दिल तेज़ी से धड़क रहा था। जैसे उसके पेट के अन्दर कोई मशीन चल रही हो।

"हाँ, यहाँ पर एक बार फिर से दबा दे।" भजने को आराम मिल रहा था।

जलकौर ने अपने दोनों पंजे भजने के कलेजे में दबा दिए। भजने को साँस नहीं आ रहा था। उसकी आँखें बुझ रही थीं। जलकौर के सीने का उभार भजने के नथुनों के पास झुका हुआ था। उसे जलकौर से जानी-पहचानी गन्ध आने लगी। कहने लगा, "अब इस तरफ भी। अभी इधर।" कभी अपना पेट, फिर कमर दोनों हाथों से दबाने लगा। फिर कहने लगा, "अब बस एक बार सीने को फिर से दबा दे।"

जलकौर ने उसके कलेजे को धीमे से दबाया। वह पूरी तरह से उस पर झुकी हुई थी। 'अब ठीक है।' कह भजने ने जलकौर को अपने सीने से कस कर भींच लिया।

क्षण-भर तो वह उसके सीने से लगी रही। फिर बोली, "नास पीटे। इसी काम के लिए बुलाया था तूने, मुझे। छोड़ दे अभी। सारा काम करने वाला पड़ा है।"

"अरे काम तो हो जाएगा। ज़रा... ?" भजने की साँस तेज़ होने लगी। फिर कहा, "जा, जाकर दरवाज़े पर चिटकनी लगा दे।"

"नहीं, यह काम नहीं।"

"तुम्हें मेरी कसम।"

"तुम्हारा तो रोज़ का ही यही काम है। कौन-सी कमर दुखती है तुम्हारी।"

भजना बैठ गया। दीवार से लगी खड़ी जलकौर के पाँवों के पास बैठ उसकी पिंड़लियाँ दबाने लगा। कहने लगा, "यूँ ना मना कर।"

"अच्छा छोड़ो। परे हटो।" वह दरवाज़ा बन्द करने के लिए निकली।

वह ऐसे ही करता था। जलकौर पहले से ही समझ जाती। जिस दिन भजने का इरादा होता, वह चारे वाली मशीन के छँजने में पड़ी खाट की अदवाइन कसने लगता। घर में और कोई ना होता तो जलकौर को पास बुलाता और अपना कलेजा दबाने को कहता। वह खीझती, गालियाँ देती, मगर किसी जादू-टोने के असर के अधीन वह सब कुछ करती रहती।

दोनों भाइयों के पास दस एकड़ ज़मीन थी। बाप के मरने के बाद भी उन्होंने खेती का काम इकट्ठा रखा। जब भजने की घरवाली गुरदयाल कौर मरी, तब दोनों भाइयों का इकट्ठे रहना ज़रूरी हो गया। तीनों बाप-बेटों की रोटी का सवाल था। दु:ख में वे इकट्ठे हो गये।

असल बात यह थी कि यदि वह दोनों अलग-अलग होते तो पाँच-पाँच एकड़ में दोनों घरों की कोई कमाई ना होती। पाँच एकड़ की खेती कुछ नहीं होती। दस एकड़ एक साथ होने से ठीक था। उनका एक साथ निभ भी रहा था। भीतर की बात यह भी थी कि भजने का जलकौर के बिना निर्वाह नहीं होता था। यही उसकी सबसे बड़ी कमज़ोरी थी। इसी कमज़ोरी के कारण वह अपनी पाँच एकड़ की ज़मीन को भुलाये बैठा था। घर की कबीलदारी जलकौर के हाथ में थी। इस कारण गुरमेल भी उससे दबता था। उससे पूछ कर हरेक काम करता था। कहीं जाना होता या कोई और खर्च होता तो पैसे वही देती थी। अपनी ओर से वह घर की समझदार गृहिणी बनकर रहती थी।

भजना भी अपनी इस कमज़ोरी के कारण अपने पुत्रों की ओर विशेष ध्यान नहीं देता था। नहीं तो क्या मज़ाल थी जो गुरमेल, श्याम को इतनी मार-पिटाई करता

कि वह तंग आ कर फ़ौज में जा भर्ती होता। राम अच्छा-भला स्कूल में पढ़ रहा था, मगर गुरमेल जर्बदस्ती उसे खींचकर खेत ले जाता। जैसे राम की अपनी कोई मर्ज़ी या ज़ोर ना हो।

कभी-कभी भजना सोचता, गुरमेल के तंग करने के कारण ही श्याम फ़ौज में जा भर्ती हुआ, ऐसे ही कहीं राम भी कभी भाग ना जाए। परन्तु ऐसा वह कभी-कभी ही सोचता। अपनी कमज़ोरी के कारण ऐसे विचारों को वह पास फटकने ना देता।

उसे चाहिए था कि वह बड़े लड़के श्याम की शादी कर देता। घर में बहू आ जाती। उनका चूल्हा जलता रहता। राम पढ़ता था, पढ़ता रहता। एक साँझीदार रखकर खेती का काम कर लेते। परन्तु सिर्फ़ पाँच एकड़ में ऐसा कुछ भी सम्भव नहीं था। श्याम को अढ़ाई एकड़ पर कहीं से रिश्ता मिलना भी मुश्किल ही था।

जब जलकौर ब्याह कर आयी थी, उसका स्वभाव चंचल था। नाचती-कूदती घूमती थी। बिना बात दाँत निपोरती। घूँघट में से ही भजने के साथ चुहलबाजी करती रहती। गुरमेल तो उसका पति था ही, भजने को भी वश में करने का यत्न करती। सारे परिवार को समझाने लगती, मानो सभी से समझदार स्त्री वही हो। गुरदयाल कौर विनम्र थी। कम बोलती, सोचती ज्यादा। देवरानी को हँसते-खेलते देख खुश होती। जलकौर भजने से मसखरी करती तो वह सोचती, उम्र है इसकी। करती रहे। कुछ समय के बाद इसे खुद ही समझ आ जाएगी। कभी-कभी प्यार से उसे समझाती, "ज्यादा ना छेड़ाकर, तेरे बाप समान है।" जलकौर बोलते समय सोचती नहीं थी, कहती, "बाप होगा तेरा, मेरा क्यों?" फिर धृष्टता करते हुए गाने लगती, "जेठ को लस्सी भी न दूँ, देवर चाहे दूध पी जाए।" आह कर कहती, "हाय, मेरा तो देवर ही नहीं है।"

गुरदयाल कौर भी हँसने लगती, "देवर का तूने क्या करना है। भजने को देवर से भी ज्यादा नचाती है।"

"हाँ, मेरा तो देवर भी यही, जेठ भी यही।" फिर मचलती, "और हाँ, ससुर भी यही।" उनका ससुर जो नहीं था।

जब वह भजने को ज्यादा ही छेड़ने लगी तो एक दिन उसने उसकी अकड़ तोड़ दी। यही वह चाहती थी। ऐसा कर वह भजने को अपने काबू में रखना चाहती थी। ऐसा सम्बन्ध होने से वह सोचती कि भजना गुरदयाल कौर से ज्यादा उसकी बात माना करेगा। वह एकदम जवान है, जबकि गुरदयाल कौर सूखी लकड़ी है। वह थी भी बेचारी सूखी-सी। जलकौर का बदन भरा-भरा-सा था। एकदम सख्त और सुडौल बदन गेंद-सा। अंगुल तक न धँसती थी। तब तो वह भजने के लिए एक खिलौना थी। उसने गुरदयाल कौर के पास जाना एकदम छोड़ दिया था। दो

बच्चे परमात्मा ने दे दिये थे। उसके बाद भजने ने उससे कभी कलाम नहीं किया था। वह भजने के संसर्ग को तरसती मर गयी थी। मोतीझरा तो एक बहाना था। असल में उसे यह उम्र भर का रोग था कि उसके पति को उसकी देवरानी ने सँभाल लिया था। वह उसकी देवरानी के इशारों पर नाचता था। वह मन ही मन जलकौर को कोसती, ''बाँझ ने आदमी खा लिया मेरा। तभी तो ईश्वर ने कोई बाल-बच्चा उसे नहीं दिया। पापिन, मैं तो कहती हूँ, कीड़े पड़कर मरेगी। कीड़े पड़ेंगे तुझे, जो मुझे सताती रहती है।'' भजने को बुरा-भला कहती। मन में बद्दुआ देती, ''ठीक है भजने, परमात्मा ही तेरे साथ इंसाफ करेगा।''

दूसरे दिन भी नम्बरदार गाँव ना लौटा। भजना बेचैन था, कब नम्बरदार आए और अब वह अम्बाला जाए। तीसरे दिन नम्बरदार दिन ढले घर लौटा। भजना उसके घर के कई चक्कर लगा चुका था। नम्बदार की घरवाली बोली, ''भजने, अब ना आना तुम। कितना परेशान हो रहा है बार-बार। जब नम्बरदार आ गया, तुम्हें उसी वक्त इत्तला कर दूँगी। पोते को भेज दूँगी उसी समय तुम्हारे पास।''

काफी अँधेरा होने पर उसका पोता भजने के पास आया और कहा, ''बाबा ने कहा, बाबा। वह बहुत थका हुआ है। सुबह नहीं जा सकेगा। परसों इतवार है। कोई फायदा नहीं होगा जाने से। सोमवार को चलेंगे पक्का। बुढ़लाड़े से दस बजे वाली गाड़ी से चलेंगे।''

अगले दिन सुबह ही भजना नम्बरदार के घर गया। कहने लगा, ''तुम्हारी बात मान ली नम्बरदार। चलेंगे तो सोमवार को भी। मगर क्या आज हम जाखल-धूरी तक हो आयें?''

''कैसे?'' नम्बरदार ने कान खड़े किये।

''रात को एक बजे गाड़ी जाती है दिल्ली वाली। बुढ़लाड़े से बैठकर जाखल उतर जाएँगे। जाखल से फिर एक गाड़ी सुबह मिल जाएगी धूरी, लुधियाणा जाने वाली। धूरी उतर कर वहाँ से कोई अम्बाला वाली पकड़ लेंगे। एक मेल गाड़ी जाती है, मैंने पता किया है।''

''भजने, यार तू तो मूर्ख है। कहाँ सारी रात खराब होते रहेंगे। इधर बुढ़लाड़े में बठिंडा ठीक है। बठिंडा से अम्बाला। पिछले पहर को पहुँच जाएँगे वहाँ, मुझे मालूम है। जाते ही श्याम के बारे में मालूम हो जाएगा। ईश्वर की कृपा होगी, हमारा काम बन जाएगा। भरोसा रखो सच्चे पातशाह पर।''

उसकी बात मान भजना घर लौट आया।

वे अम्बला पहुँच गये। रंगरूट श्याम सिंह पुत्र भजन सिंह गाँव हमीरगढ़ थाना बुढ़लाड़ा जिला बठिंडा के बारे में मालूम किया। वह सचमुच बुढ़लाड़े से भर्ती होकर यहाँ अम्बाला छावनी आया था। परन्तु अब वह अम्बाला छावनी में नहीं है। उसे

कहीं और भेज दिया गया है, प्रशिक्षण के लिए। अम्बाला छावनी ने यह न बताया कि वह कहाँ है। नम्बरदार और भजना सूखा-सा मुँह लेकर गाँव लौट आये।

3

गुरमेल अब घर में बखेड़ा किये रहता कि वह अकेले अब खेती का इतना मुश्किल काम कैसे करे। श्याम भर्ती हो गया। साँझीदार भी कोई नहीं था। भजना हमेशा बीमार रहता है। राम स्कूल जाता। उससे अब खेती का काम-धन्धा नहीं होता। वह कहता, ''या तो नौकर रख कर दो मुझे या फिर राम स्कूल से हट जाए।''

जलकौर कहती, ''अब इस मौसम में कौन-सा नौकर मिलेगा तुम्हें। नौकर तो जिसने जिसके साथ काम करना था, करने लगे हैं। नौकर चाहता है तू।''

''अरे भाई, मैं चला जाया करूँगा खेत, जितना मुझसे हो सकेगा। पहले भी तो मैं काम करवाता ही था। मगर भाई सच बात तो यह है कि, मुझसे ज्यादा मेहनत वाला काम नहीं होगा। छोटा-मोटा काम मैं कर दूँगा। इस बार तुम किसी तरह से काम चला लो। अगले साल देख लेंगे। नौकर या साँझीदार रख लेंगे।'' भजने ने कहा।

''तब तुझे मालूम नहीं था, श्याम को मारने दौड़ता था। वह तो चला गया अब। रह गया न अकेला तू।'' जलकौर ने कहा।

''अकेला क्यों हूँ, तीन हैं। इन दोनों को साथ में क्यों नहीं गिनती। यह कहो कि भई ये दोनों तो कुछ करते ही नहीं, रह गया अकेला मैं।'' फिर गुरमेल खुद ही शान्त होकर कहने लगा, ''मैं उसे भी क्या कहता था। मैं तो उसे सिर्फ़ काम करने का तरीका समझाता था। वह सीखता ही नहीं था। अकड़ने लगता, रूठकर बैठ जाता। वह अच्छी नीयत से काम नहीं करता था। मुझसे सहन नहीं होता था। भाग गया वो।'' फिर ज़ोर से बोलने लगा, ''फौज वालों के काबू में आएगा। फौजी तो जूतों की ठोकरों से अकड़ निकाल देते हैं। उसे वहाँ कौन पूछेगा। वहाँ से फिर किधर जाएगा। वे तो भागने भी नहीं देते। यहाँ मुझसे जूतियाँ खाता था, वहाँ परायों के वश में है, सीधा करके रख देंगे वे तो। सारी अकड़ निकल जाएगी।'' गुरमेल को श्याम पर जैसे खीझ आ रही है।

''ज्यादा बकवास ना कर। कितनी ज़मीन है तेरे पास, दस एकड़। जिस दिन काम ज्यादा होगा, दिहाड़ीदार ले जाया करना, और क्या।'' जलकौर ने सुझाव दिया।

''अरे मैं चला करूँगा तेरे साथ। तू चिन्ता न कर। चल उठ, आज चलता हूँ मैं। क्या काम करना है आज।'' भजना तैयार बैठा था।

''कभी-कभी राम भी चला जाया करेगा। जब कभी स्कूल ना जाना हुआ। लड़के कभी-कभी बीमार-ठमार भी तो हो जाते हैं।'' जलकौर ने उसे शान्त करना चाहा।

उस दिन इतवार था। राम घर पर ही था। वह बोला, ''छुट्टी वाले दिन मैं चला करूँगा तेरे साथ। महीने में चार इतवार तो आते ही हैं। वैसे भी कभी-कभार दो-चार छुट्टियाँ आ ही जाती हैं। और बता।''

''लो, अब तो खुद राम ने ही कह दिया है तुमसे। बस? आज ले जाओ इसे जहाँ लिजाना है।'' जलकौर राम से खुश हो गयी। उसे लगा, जैसे राम की बात से गुरमेल को भी कोई सहारा मिल गया हो।

अश्विन-कार्तिक का महीना था। इन दिनों जाटों को मरने तक की फुरसत नहीं होती। सावन की फसल की कटाई का काम समाप्त कर गेहूँ बोने के दिन होते हैं। गुरमेल इसी कारण खीझा हुआ था। उनकी दस एकड़ ज़मीन एक साथ थी। मक्की और कपास की फसल अभी तक काट कर सँभाली नहीं गयी थी। गेहूँ बोने वाली ज़मीन को एक ही बार जोता गया था। दूसरी बार अभी जोतना बाकी था और तीसरी बार जोतने के बाद हेंगा लगाना था। तब कहीं जाकर गेहूँ बोयी जानी थी। गुरमेल खेतों में जाता तो कामों को देखकर उसका शरीर काँपने लगता। श्याम होते हुए उसे फिर भी इतना फिक्र नहीं होती थी। अब उसे श्याम याद आता। एक प्रकार से श्याम के काम याद आते।

उस दिन कपास के ठूँठ उखाड़ने थे। सुबह का समय था। जलकौर अपना काम छोड़कर चमारटोले में गयी। कहने लगी, ''मैं जाती हूँ। लाती हूँ कोई दिहाड़ीदार। तुम दोनों भाई तो औरतों से भी गये-गुज़रे हो।'' घर से बाहर निकलते हुए वह बोली, ''राम, तू चाय रख दे। पीकर जाना अब। नाश्ते की दो-दो रोटियाँ खा जाओ। दोपहर की रोटी मैं लेकर आऊँगी खेत में।''

दिहाड़ी पर जाने वाले आदमी रात को ही तय कर लिए जाते हैं। यह बात जलकौर भी जानती थी। इस समय घरों में कौन लोग होते होंगे। फिर भी वह दो-चार घरों में गयी। उसकी बात सुन चमारटोले की बूढ़ियाँ हँसने लगीं, ''बहू जलकौर, तुम्हें अब याद आ रहा है दिहाड़ीदार। रात को आना था। अँधेरा था तो भजन सिंह को भेजती या गुरमेल सिंह कह जाता। कोई न कोई मिल जाता। अब तो मुश्किल ही है।''

बस्ती की गली के एक चौंतरे पर चार-पाँच आदमी खेस लपेटे बैठे थे। चमारों की एक बुढ़िया जलकौर के साथ चल दी। बुढ़िया ने ही पूछा, ''कोई आदमी है दिहाड़ी पर जाने वाला यहाँ?''

''अब आदमी कहाँ ताई? किस के पास जाना है?''

''इनके भजन सिंह के? यह खड़ी है उनकी बहू। इन्हें चाहिए दिहाड़ीदार।''

"काम क्या है?"

"काम तो, कपास के डंठल उखाड़ने हैं। कोई मेहनत का काम नहीं है। तुम लोगों में से ही कोई चला चले।" जलकौर बोलते समय झिझकती नहीं थी।

बोलने वाला आदमी अपनी बगल में बैठे एक अधेड़ आदमी से पूछने लगा, "अब तो सिर ठीक होगा। तुम्हारा?"

"हाँ कुछ आराम तो है। अब दर्द तो नहीं है। बुखार भी नहीं। रात को था।"

"फिर तुम ही चले जाओ। इतना तो दिन निकल ही आया है। आसान काम है। डंठल ही तो उखाड़ने हैं। बैठे-बैठे इकट्ठे करते जाना। कोई खास काम भी नहीं। शाम तक दवा के पैसे जमा हो जाएँगे।"

भान सिंह उठ कर खड़ा हो गया। कहने लगा, "मैं चलता हूँ। घर से डॉक्टर की गोलियाँ उठा लाऊँ। दोपहर को वहीं ले लूँगा।" फिर पूछने लगा, "सीधा खेत पर ही जाना है, जलकौर या घर चलें पहले?"

"चाय पीकर जाना। वे तीनों भी अभी घर में ही हैं।" जलकौर भान सिंह को साथ लेकर आयी तो वे तीनों बैठे रोटियों के साथ चाय पी रहे थे। गुरमेल और राम ने मिस्सी रोटी मक्खन, दही और लस्सी के साथ खा ली थी। भजना अभी रोटी खा रहा था। उसने दही-लस्सी के साथ खा ली। दो खुरपे घर में ही थे। दो उन्होंने पड़ोस से ले लिए। जब वे चारों खेत पहुँचे, अच्छा-खासा दिन चढ़ आया था। पड़ोसी खेतों वाले उन्हें खड़े होकर देखने लगे। मुस्करा रहे होंगे, "आ गया भजन सिंह का परिवार इस समय खेत में।"

गुरमेल ने काम शुरू करने से पहले आस-पास के खेतों की ओर निगाह डाली। दो खेतों में तो हल चल रहे थे। वह सही समय पर गेहूँ बो रहे थे। दीवाली निकले दो-तीन दिन हो चुके थे। यही तो दिन थे गेहूँ बोने के। इसके बाद तो बोने का मौसम ही नहीं बचता। एक खेत में मक्की का खलिहान लगा था। चार-पाँच आदमी छड़ियों से छलियाँ कूट रहे थे। परे बैठी दो-तीन बूढ़ी औरतें टांडों से छलियाँ तोड़ रही थीं। कपास के ठूँठ किसी भी खेत में खड़े नज़र नहीं आ रहे थे। इधर-उधर ठूँठ के ढेर लगे हुए थे। वहीं निक्कमे थे, जिनके खेत से अभी ठूँठ काटे जा रहे थे। गुआरे की क्यारियों को भी एक बार भी जोता जा चुका था। मक्की का खेत कब जोता गया, कब गेहूँ बोई गयी। ऐसे ही कपास वाले क्यारे भी पता नहीं कब जोते जाएँगे। आठ एकड़ में सारी गेहूँ बोई जाए, तभी उनका निर्वाह हो सकेगा। मगर सामने अभी कितने काम बाकी पड़े थे। गुरमेल काम पर लगने से पहले ही खीझने लगा।

उन्होंने लुंगी और पगड़ी को सिर पर अंगोछों की तरह बाँध लिया, सिर्फ़ कच्छे-जांघिए ही पहने रहे। गुरमेल और राम तेजी से डंठल उखाड़ रहे थे और

भान सिंह और भजना उकड़ूँ होकर बैठे-बैठे आगे बढ़ रहे थे। दो-दो आदमियों ने एक-एक क्यारा सँभाला हुआ था। चाचा-भतीजा फुर्ती से काम कर रहे थे। भजना और भान धीमे थे। उखाड़े हुए ठंडलों के ढेर-के-ढेर लगते जा रहे थे। दोपहर की रोटी आयी तो उसने आधे खेत की ओर निगाह डाली। फिर आस-पास के खेतों की ओर उसकी नज़र गयी। फिर वह उन चारों की ओर ग़ौर में देखने लगी। उन्होंने अच्छा-खासा काम निपटा लिया था। उनका मन खिल गया। आँखों में चमक आ गयी। होंठ बन्द न रह सके। उसने राम का नाम लेकर हाँक लगायी, "आ जाओ अब। रोटी खा लो सारे। थोड़ा दम भी ले लो।"

शीशम के पेड़ के पास बैठ वे खाना खाने लगे। जलकौर ने सभी को प्यार से खाना परोसा। वह कभी किसी को रोटी पूछती, कभी दाल या सब्जी, कभी पानी। सभी रोटी खा चुके तो जलकौर ने पतीली चार कटोरे, चाय, गुड़ और दूध की बोतल राम को सौंप बाकी सामान बर्तन टोकरी में रखे और गाँव की ओर चल दी।

पिछले पहर की चाय पी वे फिर से काम में जुट गए। चाचा-भतीजा जब काम खत्म कर लेते तो देखते उन दोनों का क्या अभी क्यारा बाकी होता। गुरमेल को भजने पर तरस आता कि वह बीमार होकर भी काम कर रहा है। खुशी भी होती कि चलो, वह कुछ तो हाथ-पैर मार रहा है। घर में खाली तो नहीं बैठा। परन्तु चमार पर गुस्सा आता, "कंजर की जात, दिहाड़ी पूरी लेगा। काम आधे आदमी जितना भी नहीं कर रहा।"

दिन छिपता जा रहा था। अभी भी तीन क्यारे बाकी थे। गुरमेल चाहे कितना भी उन्हें उत्साहित कर रहा हो, "अरे छक्का छुड़ा दिए। देखते रहना, सूरज ढलने से पहले भी सब निबटा देंगे।" बोलते-बोलते वह भानसिंह की ओर झाँकता, कहता, "भान सिंह, थोड़ा हाथ तेज़ी से चला भाई। तुझे देख-देख भजना भी पीछे रह जाता है। जुट जा काम में। निपटा दे बस। अब तो थोड़ा ही रह गया है।"

डंठल उखाड़े जा रहे थे। गुरमेल बोला, "भान सिंह, तू इधर आ जा मेरे साथ। राम को अपने बाप के पास जाने दे।" ऐसा करने से काम तेज़ी से होने लगा।

दो क्यारे रहते थे कि भान सिंह पीठ के बल जा गिरा। वहीं लेट गया। हाय-हाय करने लगा। गुरमेल भाग कर पानी लाया। भान ने अँजुरी से पानी पिया। उसे जैसे होश आ गया। उसने भीगा हुआ हाथ चेहरे पर फिराया। माथा तप रहा था। उसे बुखार ने दुबारा आ घेरा था। दोपहर को उसने दवा भी ली थी, मगर अब उसे फिर बुखार था। वह काम छोड़कर बैठ गया। धीमे से बोला, "मेलू भाई, जो देना हो, दे देना। अब नहीं होता मुझसे। मैं तो किसी तरह गाँव जा रहा हूँ।"

गुरमेल ने भान की कलाई देखी, गर्म थी। बोला, "तुझे तो बुखार है। जा फिर, ऐसी हालत में काम क्यों करता है। पैसे मैं तेरे घर पर दे आऊँगा। तू फिक्र ना

कर। पूरे देकर आऊँगा। अब तू जा।''

भान सिंह को जाते देख भजने की भी हिम्मत टूट गयी। वह भी थक चुका था। मगर धीरे-धीरे किसी तरह करता जा रहा था। कभी गाँव की ओर देखता, कभी सिर पर कपड़ा ठीक करता। चोर-निगाह से गुरमेल की ओर भी ताकता। गुरमेल ने उसे ताड़ लिया। बोला, ''भाई, तू भी जा। थोड़ा ही रह गया है अब। तू जाकर नहा धो ले। हम कर लेंगे।''

एक क्यारा बाकी था। दिन भी डूबने वाला था। गुरमेल का खुरपा चारे की मशीन सा तेज़ चल रहा था। वह उसे खत्म कर देना चाहता था। साँस ले काम करता। काम को तेज़ी से निपटाता जा रहा था। राम भी उसी की तरह तेज़ी दिखा रहा था। काफी हाथ-पैर चलाता, मगर चाचा की बराबरी नहीं कर पा रहा था। गुरमेल तो पक्का अनुभवी किसान था। राम तो नया-नया छोकरा था। उसे खेती के काम का अभी अनुभव नहीं था। जाटों की भाषा में वह 'पाड़ा' (पढ़ाकू) भी था।

''ओ शाबाश, राम, और ज़ोर लगाकर, चक दे रामे, बस निपटा दे अब।'' गुरमेल पर जैसे कोई भूत सवार हो गया था। उसे काम निपटाने की खुमारी चढ़ी हुई थी।

''हाय चाचा। मर गया।'' राम ने ज़ोर से चीख मारी।

''अरे क्या हो गया तुझे। गुरमेल भाग कर उसके पास पहुँचा। राम के बाईं ओर के हाथ की दो अँगुलियाँ कपास के सूखे-हरे पत्तों पर पड़ी तड़प रही थी। उसने अपना हाथ दूसरे हाथ से दबा रखा था। दोनों हाथ लहूलुहान थे। उसने राम के हाथ पर कस कर पट्टी बाँध दी। खून पट्टी से भी रिस रहा था। वह उसे शीशम के नीचे ले गया। एक और पट्टी भिगोकर ऊपर से बाँध दी। खुपरे और बर्तन-भाँडे लेकर गुरमेल गाँव आ गया। जी कड़ा कर राम भी उसके पीछे हो लिया। गुरमेल का दिल भयभीत था। काम की जल्दी में लड़के पर बज्रपात हो गया। वे घर पहुँचे तो अँधेरा उतर आया था।

घर की बनी शराब लायी गयी। गुरमेल ने ज़बर्दस्ती एक कटोरी राम को पिला दी। फिर एक और कटोरी। उसके हाथ की पट्टियाँ खोलीं। मलमल की एक सूखी पट्टी ले उसे शराब में भिगो लिया। तर्जनी के पास की दो अंगुलियाँ आधी-आधी कट गयी थीं। खुरपा दात्री जैसा तीखा था। अब खून नहीं बह रहा था। परन्तु माँस गाजर जैसा लाल था। शराब में भीगी पट्टी उसने राम की अँगुलियों पर रख दी। पट्टी को अँगुलियों पर लपेट भी दिया। ऊपर से एक सूखी पट्टी भी लपेट दी। ज़ख्मों पर शराब सुइयों सी चुभ रही थी। राम दर्द को बर्दाश्त करने की कोशिश कर रहा था। शराब पिये होने के कारण वह चीखा नहीं था। मगर दर्द बहुत हो रहा था। उसके माथे पर पसीना आ गया था।

''चल, अब लेट जा चुपचाप। सुबह चलेंगे बुढ़लाड़े।'' गुरमेल ने कहा।

गुरमेल और भजने ने भी शराब की दो-दो कटोरियाँ पी लीं। गुरमेल राम से बोलने लगा, जबकि भजना उदास बैठा था। उसे लड़के के हाथ कट जाने का बेहद दुख हो रहा था। वह मन में कलप रहा था, "भाड़ में जाए कमाई, लड़का अपनी अंगुलियाँ गवाँ बैठा।"

जलकौर, गुरमेल को गालियाँ देने लगी, "क्यों बकवास कर रहा है अब। पहले बड़े को घर से निकाल दिया, अब इस पर यह वज्र गिरा दिया। सब तेरी ही करतूत हैं। अपनी कोई औलाद नहीं। भाई के ही सँभाल लेता पापी।"

"क्यों, मैंने क्या किया है, भाई के बच्चों को? मैंने तो नहीं मारा उसके खुरपा। खुद ही काट डाली अपनी अँगुलियाँ। तो बता मैं क्या करता?"

4

अँगुलियाँ कट जाने से एक महीना राम स्कूल न गया। ज़ख्म भर जाने पर भी वह उन्हें लपेटे रखता। मिट्टी-धूल पड़ जाने का डर था। वैसे भी उसे शर्म आ रही थी। एक दिन पैंट की जेब में हाथ डाल कर वह बुढ़लाड़े स्कूल गया। उसका नाम काट दिया गया था और दसवीं के इम्तहान की दाखिला-फीसें जा चुकी थीं। वह पहले अपने क्लास के अध्यापक से मिला, फिर हैडमास्टर से। वे दोनों उस पर हँसने लगे। कहने लगे, "कहाँ इतने दिनों तक मौजें करता रहा? पेपर देने का इरादा था तो स्कूल आना था। अब तो हाज़िरी भी पूरी नहीं तेरी। अगले साल आना अब?"

उसने ज़ेब से हाथ न निकाला। वह नहीं चाहता था कि कोई उस पर तरस खाकर उसे शर्मसार करे। वह वापस आ गया। अपने सहपाठियों से भी ढंग से न मिला। बायें हाथ को हमेशा ही पैंट की ज़ेब में डाले रखता।

बुढ़लाड़े के रेलवे स्टेशन पर आकर वह रेल की पटरी के साथ चलने लगा। अभी भी उसका हाथ ज़ेब में ही था। दायें हाथ से वह पटरी से पत्थर उठाता और दूर फेंक देता। पत्थरों से पत्थरों के निशाने लगाता चलता जा रहा था। उसका दिमाग कुछ भी नहीं सोच रहा था। भविष्य उसे अँधेरमयी नज़र आ रहा था। उसे अपनी माँ की याद आयी। वह जीती होती तो वह ज़रूर कुछ सोचती उसके लिए। चाची जलकौर भी माँ जितना ही स्नेह करती है, मगर चाची माँ तो नहीं बन सकती, वह सोचता आधे रास्ते तक वह ऐसे जैसे ही पत्थरों संग खेलते हुए चलता गया। दो पत्थर उठाता, एक दूर फेंकता। फिर उसे दूसरे पत्थर से निशाना लगाता। पत्थर निशाने पर कम ही लगता। कुछ और आगे जाकर वह एक पुलिया पर बैठ गया। उसने अपना बायाँ हाथ पैंट की जेब से बाहर निकाला। हाथ को घुटने पर रखकर देखने लगा। यह उसके दायें हाथ से ज्यादती हुई थी। उसने बायें हाथ की दो अँगुलियाँ

काट डाली थीं। पता ही नहीं लगा, कब कट गयीं उसकी अँगुलियाँ। उसने शायद कपास के डंठलों को जड़ के बहुत पास से पकड़ा था। उसे एक ओर करके देखा भी नहीं था कि उसे खुरपा कहाँ मारना है। डंठल पकड़ा और खुरपा चला दिया। उसे चाहिए था कि डंठल को ज़रा ध्यान से पकड़ता। असल में उसका ध्यान चाचे की ओर था, जो चारे वाली मशीन की तरह से खुरपा चला रहा था। उससे चाचा जैसी फुर्ती से काम नहीं हो रहा था। ऊपर से चाचा काम जल्दी करने के लिए प्रेरित कर रहा था। हीन-भावना और थकावट के कारण उसकी सुध-बुध काम नहीं कर रही थी।

अब वह बैठा-बैठा सोच रहा था कि अगले साल दसवीं कक्षा में उसे कौन दाखिल करवाएगा। चाचा तो पहले ही उसकी पढ़ाई के पक्ष में नहीं था। वह तो चाहता है कि मैं खेतों में ही काम करूँ। उसकी तरह। चाची मेरे कुछ अच्छा सोच सकती है, वह मुझे पढ़ा सकती है, पैसे दे सकती है। मगर मालूम नहीं? बापू की मर्जी तो चलती नहीं। इतना तो है कि वह पाँच एकड़ का मालिक है। ज़मीन का मालिक होने के कारण ही उसे रोटी मिलती है। घर-कबीलदारी में उसका कोई भी दखल नहीं।

वह पुलिया से उठा और धीरे-धीरे आगे बढ़ने लगा। गाँव सामने था। बस वृक्षों की ओट थी। वृक्षों के बाद तो फिर गाँव ही गाँव था।

गाँव के तीन भाग थे। गढ़ी भाग में उनका घर था। यह गढ़ी ही गाँव का प्रमुख हिस्सा था। उसका मन घर जाने को नहीं कर रहा था, जैसे उसका घर से कोई लगाव ना रहा हो। कोई घर में उसकी प्रतीक्षा न कर रहा हो। चाचा-चाची उसके कुछ नहीं लगते थे। वह उसके लिए पराये थे। बाप भी पराया था। बाप को उसके साथ कोई विशेष मोह नहीं था। मालूम नहीं क्यों उसका बाप इस से चिपटा बैठा था। पाँच एकड़ की कमाई में से वह सिर्फ़ रोटी खाता था, और उसे क्या मिलता था? बाप की अक्ल पर पर्दा पड़ा हुआ था। राम सोच रहा था। उसकी अक्ल क्यों काम नहीं करती? इसी कारण बड़ा घर से भाग गया। उसे भाई से अलग हो जाना चाहिए। श्याम को ब्याह लेता, किसी तरह से। पाँच एकड़ कम भी नहीं होते। रिश्ता तो हो सकता था। उसकी बहू घर में आ जाती। रोटी पकने लगती। जिसकी खातिर वह भाई-भाभी से चिपटा बैठा है।

वह रेल की पटरी के नीचे उतर गया। गाँव के बाईं ओर यह रास्ता बढ़िया था। पक्की मिट्टी का रास्ता। जैसे सड़क बनी हो। वह अभी पन्द्रह-बीस कदम ही गया होगा कि बाईं ओर की पगडंडी पर झाड़ियाँ आ गयीं। वह उस रास्ते पर रुक गया, जैसे किसी अदृश्य शक्ति ने उसे वहाँ रोक लिया हो। पगडंडी के मुहाने पर घना-भरा वृक्ष था। रेल की पटरी की ओर एक छोटा कीकर का पेड़ था। कीकर की

जड़ों में करीर था। उसका मन चाहा कि वह झाड़ियों वाले रास्ते पर ही चल दे। घर जाए ही न। कौन था उसका घर में अपना? एक क्षण उसने उल्टे ढंग से सोचा। इस रास्ते पर भी क्या है? कीकर, बेरें, झरबेरियाँ, जड़, करीर और पीपल-बरगद के घने जंगल में बाबा की कुटिया है। कुटिया में साधु रहता है, बाबा चिब्भड़दास। घर जाकर चाचा संग खेती का काम करवाना पड़ेगा। वह पढ़-लिख जाता, दसवीं पास कर लेता तो किसी सरकारी नौकरी में जा सकता था। खेती से पीछा तभी छूटता जब कोई सरकारी नौकरी मिलती। अब पढ़ाई तो खत्म ही समझो। खेती के काम से नफरत है उसे। उस काम में मिट्टी संग मिट्टी होना पड़ता है। आदमी न दिन देखता है, न रात, पशु बना रहता है। बोझा ढोता है।

उसका विवाह भी नहीं हो सकता। कटे हुए हाथ वाले लड़के से कौन नाता जोड़ेगा? कटे हाथ को तो कोई लूली-लंगड़ी या अँधी-कानी लड़की ही मिल सकती है। ऐसी अपाहिज लड़की से तो वह ऐसे ही ठीक है। उसे घर का रास्ता बुरा लगने लगा। इससे तो अच्छा है आदमी साधु हो जाए। मौज करे। झाड़ियों का रास्ता उसे अपनी ओर खींच रहा था। वह उस रास्ते पर आगे बढ़ने लगा। साधु बनना या ना बनना बाद में सोचेंगे, पहले बाबा चिब्भड़दास के पास जाता हूँ। रोटी वहीं खा लूँगा। दो घड़ी बैठ कर आराम करूँगा। बाबा की बातें सुनूँगा।

चिब्भड़दास ऊँचे तख्तपोश पर बड़े रेशमी तकिये का सहारा लिए बैठा था। नीचे लाल गद्दे पर सफेद चादर बिछी हुई थी। दायें हाथ में छोटी सी माला थी। वह माला भी फेरता, साथ-साथ बातें भी करता जा रहा था। उसके दोनों हाथों में दो-दो अँगूठियाँ थीं। ये अँगूठियाँ सोने की नहीं थीं। किसी और धातु की थीं, जिनमें काले-सफेद पत्थर जड़े हुए थे। दाढ़ी-केश रख उसने सिर पर गेरुए रंग की पगड़ी बाँधी थी। पैरों में मोटी कैनवास की जूती थी, जो उसने उतारकर तख्तपोश के नीचे रखी हुई थी। तख्तपोश से थोड़ा परे बोरियाँ बिछी हुई थीं। श्रद्धालु बाबा के पैरों को छूते, नमस्कार करते और परे बिछी बोरी पर जा बैठते। बाबा हर आने-जानेवाले का हाल पूछता। अन्त में आशीर्वाद देता, ''राम भला करेगा, बने रहो।''

राम ने बाबा चिब्भड़दास के पैरों पर अपना सिर रख दिया। एक पल सिर उठाया ही ना। उसके पैर दबाने लगा। बाबा को आराम मिल रहा था। उसने लड़के को मना किया। उसके चेहरे की ओर बाबा ने ग़ौर से ताका। इस लड़के को उसने पहले कभी नहीं देखा था। मगर लगता हमीरगढ़ से ही था, क्योंकि बोरियों पर बैठे दो-तीन उसे देख मुस्कराए थे। ज़रूर उसे जानते होंगे।

''कौन से गाँव से है, छोरे?'' चिब्भड़दास ने पूछा।

राम पैर दबाने में मस्त था। उसने जैसे सुना ही ना हो। एक ने कहा, ''ये तो महाराज गढ़ी वाले भजन सिंह का लड़का है। पढ़ा-लिखा है। पिछले दिनों इसके

हाथ का बहुत नुकसान हो गया। बहुत लायक है जी।''

राम के हाथ बाबा के पैरों जितने ही सुन्दर थे। गोरे-गोरे, गुलाबी-गुलाबी। बाबा बोला, ''कितना प्यारा चेहरा है लड़के का। एक हाथ ने काम बिगाड़ दिया।'' फिर पूछने लगा, ''कैसे कट गयीं तेरी ये अँगुलियाँ?''

वह बाबा के पैर छोड़ नीचे बोरी पर बैठ गया और बताने लगा। बताते-बताते रोने लगा।

''रो मत जवान, रोता क्यों है? तेरी बाकी की तीन ही पाँचों जैसा काम करेंगी। जो परमात्मा ने किया, ठीक ही किया। मन को शान्ति रख। दिल लगा कर पढ़।'' पूछा, ''कौन-सी जमात में पढ़ता है भाई?''

''दसवीं में हूँ जी।'' उसने स्पष्ट जवाब दिया। रोना बन्द कर दिया। वह तो ऐसे ही मन भर आया था।

बाबा ने एक सेवक को आवाज लगाई, ''मोदना, इसे दूध का गिलास लाकर दे भाई। विद्यार्थी का पुण्य लगता है।''

मोदन ने उसे ज़बर्दस्ती गुनगुने दूध का गिलास थमा दिया। राम ले नहीं रहा था। दूध पी कर राम को चैन मिला। सुबह से उसने कुछ खाया-पिया नहीं था। दिन ढल रहा था। फिर बाबा ने पूछा, ''रोटी खा लेता?''

''बस जी।'' राम के मुँह से ऐसे ही निकल गया।

उस रात वह उस कुटिया में ही ठहर गया। मोदन किसी अन्य गाँव का था। बातों-बातों में दोनों का मन लग गया। दो आदमी और भी थे। वे दोनों ढलती उम्र के थे। वे भी किसी दूसरे गाँवों से थे। डेरे की सेवा करते और सुबह-शाम अन्न-पानी खा लेते। उनके पास दो-तीन दुधारू गायें भी थीं। वैसे मोदन सुबह-शाम हमीरगढ़ से दूध का गज़ा लाता था। रोटियाँ डेरे पर ही पकतीं। दाल-सब्ज़ी भी वहीं बनती थी। डेरे में दो पम्प लगे हुए थे। एक पम्प लंगर के सामने था और दूसरा परे खुली जगह पर था। लंगर वाले पम्प का पानी लंगर में इस्तेमाल होता। खुले स्थान वाले पम्प से आम लोग पानी पीते। नहाते-धोते। दो पक्के कुंड बने हुए थे। पक्का फ़र्श था। बाबा की कुटिया से परे सरकंडे का छप्पर था। इस छप्पर के नीचे दस खाटें बिछ सकती थीं। जेठ-आसाढ़ के महीने में यह छप्पर खुला रहता, जाड़े में दोनों ओर बोरियाँ लटका दी जातीं। कुटिया के साथ ही बाबा पृथ्वी दास की समाधि थी। कहते हैं, वह कोई पहुँचा हुआ साधु था। इस समाधि पर चढ़ावा चढ़ाया जाता था। मंगलवार वाले दिन चूरमा बाँटा जाता। अब कपड़े और पैसे भी चढ़ावे में आने लगे थे। सारा हमीरगढ़ बाबा पृथ्वीदास को मानता था। उनकी मन्नतें पूरी होती थीं। यह स्थान गाँव से आधा-पौना मील पूर्व की ओर था।

राम दूसरे दिन भी डेरे (मठ) में रहा। रात भी वहीं। तीसरे दिन चिब्भड़दास

उससे पूछने लगा, ''भाई, सुना तू तो पढ़ता है?''

''जी हाँ।''

''फिर गया नहीं स्कूल। तीन दिनों से तो तू यहीं पर है।''

''वैसे ही नहीं गया जी।''

''क्यों भई?''

''मेरा नाम काट दिया स्कूल वालों ने। दसवीं की फीस भी नहीं गयी मेरी?''

''क्यों नहीं गयी फीस?''

''मेरा हाथ कट गया था। इतने दिनों तक मैं स्कूल गया नहीं था। बाद में नाम काट दिया। कहने लगे, हाज़िरी कम है, दाखिला नहीं जा सकता।''

''अच्छा, यह बात है। गर फ़ीस भरने के पैसे नहीं तो मुझसे ले जा भाई। पैसों की चिन्ता ना कर।''

''नहीं जी, पैसों की तो कोई बात नहीं।''

राम का मन और भी उदास हो गया। चिब्भड़दास उसका कितना भला सोच रहा था। क्या लगता था उसका। चिब्भड़दास कौन था, उसे मालूम नहीं था। उसके साथ उसका कोई नाता नहीं था। दो ही दिनों में वह उसके कितना नजदीक हो गया था। वह उसकी पढ़ाई की फ़िक्र कर रहा था। एक ओर उसका चाचा था गुरमेल। उसका बाप था, भजन सिंह, उसकी चाची थी जलकौर। तीनों में से कोई भी उसका पता करने नहीं आया था। भई मैं यहाँ क्यों बैठा हूँ? घर क्यों नहीं गया। यदि किसी को मुझ से मोह होता, मेरी चिन्ता होती तो भागते न आते। जैसा उन्हें मेरी ही कोई फ़िक्र नहीं तो मेरी पढ़ाई की क्या फ़िक्र होगी। यह सब सोचते-सोचते उसके मन में घर त्यागने की भावना पैदा होने लगी।

दो दिन और बीत गये। वह तन-मन से डेरे की सेवा करता। इधर-उधर भमीरी की तरह घूमता रहता। चिब्भड़दास की बात मुँह में होती और वह समझ जाता। बताए हुए काम को झपपट करने लगता। रात को सोने से पहले वह चिब्भड़दास के पाँव दबाता। उसके कपड़े धोता। नहाने के लिए पानी गर्म कर देता। इतनी सेवा करता मानो भगवान ने उसे चिब्भड़दास की सेवा के लिए ही संसार में भेजा हो।

चिब्भड़दास उससे पूछने लगा, ''क्यों भई रामदास। तेरे बाप को मालूम है कि तू यहाँ पर है।''

''मालूम नहीं जी।''

''तू बता कर नहीं आया?''

''नहीं जी। बताना क्या था, किसे बताता। यदि उनका मुझसे स्नेह होता तो लेने न आते मुझे।''

बाबा चिब्भड़दास से हुए इस वार्तालाप से राम फिर उदास हो गया। बाबा

पहले उसकी पढ़ाई के लिए फ़िक्रमंद था। अब भी उसके बारे में कितना सोचता है। पैदा करने वालों ने इतना फ़िक्र क्यों नहीं किया? बाबा न सही, बाप तो उसकी खबर लेता।

वह दिन किसानों के फुरसत के दिन थे। गेहूँ की बालियाँ निकल आयी थीं। मौसम बदल रहा था। खेतों में इन दिनों काम काफी घट जाता है। लोग बस खेतों में चक्कर ही लगाने जाते हैं।

गुरमेल को राम के बारे में दूसरे दिन ही जानकारी मिल गयी थी, मगर उसने कोई ध्यान नहीं दिया था। उसे वैसे भी कोई फ़िक्र नहीं थी कि वह स्कूल जाता है या नहीं। उसे उसकी ज़रूरत भी नहीं थी क्योंकि खेतों में भी कोई काम नहीं था। गेहूँ को पानी वह दे चुका था। अब उसे फुरसत ही फुरसत थी। भजना और जलकौर के लिए यह बात साधरण थी कि राम बाबा चिब्भड़दास के डेरे पर है।

जैसे-जैसे दिन गुज़रते गये। राम का घर के प्रति लगाव खत्म होता गया।

5

फागुन-चैत की ऋतु थी। गेहूँ के खेत झूम रहे थे। दूर तक हरियाली ही हरियाली बिछी हुई थी। नहर का पानी लगता और मोटरें चलती थीं। इंजन की तेज़ आवाज़ से पाइप से पानी खेत में गिरता एक विचित्र तरह का दृश्य उपस्थित करता। तेज सर्दी में सूक्ष्म की उष्णता अच्छी लगती। मेंड़ों से गुज़रते हुए क्यारियों से उठती भाप किसानों की साँस में समाती लगती। उन्हें दीन-दुनिया की इन दिनों सुध ना रहती। गेहूँ की बालियाँ देख किसानों के मन से आढ़तियों का भय जैसे गायब होने लगता।

गुरमेल को जिस दिन ज्यादा काम होता या काम का बोझ अधिक लगता, वह एक या दो दिहाड़ीदार खेत ले जाता। भजना भी थोड़ा बहुत काम करवा देता। असल में भजना कामचोर था। उसकी कमर का दर्द इतना तेज़ नहीं था कि वह खेत न जा सके या थोड़ा बहुत काम न करवा सके। उसे घर में जलकौर के संसर्ग की आदत थी बस। खेत इत्यादि जाने के लिए जलकौर ही उसे भेजती। उसके कहने से ही वह कभी-कभी खेत पर चला जाता। गुरमेल तो भजने पर हर समय खीझा रहता। यदि वह पाँच एकड़ का मालिक न होता तो गुरमेल ने उसे अब तक बाँह पकड़ घर से निकाल दिया होता। इतना निकम्मा आदमी, बगलों में हाथ दिये घर पर बैठा रहता है। अन्दर ही छिपा रहता है। मालूम नहीं कौन-सी भजन-बंदगी करता है। सिर यूँ ऊपर उठाता है जैसे कछुआ आस-पास की ओर देखकर सिर निकालता है। गुरमेल उसकी चालाकी को जानता था। जितनी देर तक वह घर में इधर-उधर जाता अपनी

तैयारी करता, भजना चुप्पी साधे एक ओर भीगी बिल्ली-सा बैठा रहता। जैसे ही वह घर से बाहर निकलता और भजने को यकीन हो जाता कि वह खेत चला गया है तो वह शेर हो जाता और आँगन में अच्छा भला चहलकदमी करने लगता। खंखारता और जलकौर से चुहलबाजी करता। पानी गर्म कर नहाने के बारे में सोचता। गुरमेल ने कई बार उसे ऐसा नाटक करते हुए देखा था। ऐसा तब होता, जब वह खेत जाते हुए कोई भूली चीज़ लेने के लिए आधे रास्ते से घर आता और भजने की आज़ादी तब पकड़ी जाती।

श्याम की ट्रेनिंग खत्म हो चुकी थी और उसे किसी पक्की जगह पर नियुक्त कर दिया गया था। पहली छुट्टी मिलते ही वह घर आया। उसने चाची के पैर छुए, प्रणाम किया। चाची ने उसे सीने से लगा लिया। बेहद प्यार किया। रोने लगी, कहने लगी, ''हमारा क्या कसूर है भाई, तू फौज में भर्ती हो गया, छोटा साधु बन गया। रह गये हम खाली के खाली अकेले।'' फिर पूछने लगी, ''तुझे क्या दुःख था, बता तो सही। क्यों गया तू फौज में। तेरे चाचा के साथ मैं निभा रही हूँ, तू भी निभा लेता। तू तो जाकर भर्ती हो गया। बता मैं, कहाँ जाऊँ घर से निकल कर?''

श्याम भयभीत-सा खाट पर बैठा था। चाची सचमुच उसके लिए रो रही थी। वह बोला, ''चाची, मुझसे यह खेती का काम नहीं होता। मैं वहाँ ठीक हूँ फौज में। मौज करते हैं हम तो''

''अरे भाई तेरी मर्ज़ी। तेरा मन खुश रहना चाहिए। हमने तो जिस अँधेरे में रहना है, रह लेंगे।''

वह उसके पास पीढ़ी से उठी और मिनटों में उसके लिए हाँडी में से गर्मागर्म दूध ले आयी। बीच में शक्कर भी मिला दी। ऐसा दूध श्यामे ने पता नहीं कितने दिनों बाद आज देखा था। दूध पीते हुए मानसिक तसल्ली मिलने लगी। अपने घर जैसे तसल्ली और कहीं नहीं थी। भर्ती होकर ट्रेनिंग के समय भी वह कितना दुखी रहता था। परेड के समय सावधान-विश्राम, तेज़ चल, पीछे मुड़ हवलदार कौन सा कम सख्ती करता था। पूरा खूसट था। छोटी-सी भूल पर, वह टखने पर बूट का ठुड्डा मारता। बड़ा निर्दयी था। यहाँ चाचा की झिड़कें थीं। यह तो फिर भी अपना था। श्याम को अब वह झिड़कें याद नहीं थीं। गाँव से दूर जाने पर यह घर उसे अपनी ओर खींचता था। गाँव की मिट्टी उसे पुकारती थी। इसलिए जैसे ही उसे लम्बी छुट्टी मिली, वह घर आ गया। हमीरगढ़ की दहलीज़ पर पहुँचते ही उसे महसूस हुआ जैसे माँ ने उसे सीने से लगा लिया हो। गाँव की मिट्टी चुटकी में भर उसने माथे से छुआ ली थी।

पिछले पहर का समय था। आँगन की धूप खत्म होने लगी थी। रोने-धोने और बातें करने के बाद जलकौर घर के काम-धन्धे से जा लगी। श्यामा वर्दी सहित

खाट पर लेट गया। उसकी आँख लग गयी। चिमकता काला ट्रंक चौंतरे की दीवार पर पड़ा था। भजना चुपचाप घर में घुसा। वह कभी-कभी इस समय चौपाल में जा बैठता था। निकम्मे आदमियों की बातें सुनता रहता। पहले उसने ट्रंक की ओर देखा। फिर खाट पर लेटे आदमी की ओर देखा। जलकौर की ओर सवालिया निगाह से देखा तो वह हँस कर बोली, "अपना श्यामा है, पहचाना नहीं?"

वह चारपाई के पायताने जा बैठा। श्याम की आँख खुल गयी। वह उठ कर बैठ गया। भजने ने प्यार से उसके कन्धे को थपथपाया। श्याम ने उसे सतसिरी अकाल कहा। दोनों छोटी-छोटी बातें करने लगे। भजना पूछने लगा, "कब आया? कहाँ पर है तू? कितनी देर की छुट्टी है? तनख्वाह कितनी है। तेरा दिल लग गया क्या?" श्याम बाप के सवालों के जवाब संक्षेप में दे रहा था। बातों से लगता नहीं था कि दोनों बाप-बेटा हैं। दोनों में कोई जज्बाती निकटता भी है। वे तो ऐसे थे कि जैसे किसी गाड़ी का इन्तज़ार करते दो मुसाफिर रेलवे-स्टेशन के बैंच पर बैठ बातें कर रहे हों।

"चाची राम साधु क्यों हो गया? कहाँ रहता है, अब?" श्याम ने पूछा। भजना का जैसे इस सवाल से कुछ लेना-देना ही ना हो। जवाब देने का दायित्व जैसे जलकौर का हो। वह बोली, "जैसे तू भर्ती हो गया, वैसे वह साधु हो गया।"

"वह तो पढ़ता था, जब मैं गया।"

"पढ़ाई-वगैरह सब खत्म हो गयी बेचारे की। पूछ लेना, खुद ही बता देगा तुझे। डेरे पर रहता है पृथ्वीदास के डेरे पर। लगा ले चक्कर। मैं साग रख रही हूँ।'

"घर आता होगा?"

"ना, जब से गया, एक बार भी नहीं आया। ना ही कोई उसे लेने गया। ना उसका बाप, न चाचा।"

"तुम जातीं चाची।"

"मेरा मन तो कई बार किया, भई जाऊँ। अब वह अपने आप तो आएगा नहीं।"

उस दिन सूरज ढलते ही श्याम सादे कपड़ों में डेरे गया। देखने में अब वह कोई और नज़र आता था। सुन्दर पगड़ी पैंट, साफ-सुथरी कमीज़। ऊपर से गर्म जर्सी। पैरों में काले बूट और सफेद जुराबें। बाएँ हाथ में घड़ी थी। दाढ़ी फिक्सर में चिपकायी हुई और नुकीली मूँछें। वह कोई पढ़ा-लिखा आदमी लगता था। वह डेरे पर गया तो किसी ने पहचाना नहीं। राम ने भी नहीं। उसने मुस्करा कर राम को पुकारा, "महाराज।" राम ने जवाब दिया, "सतिनाम, भाई?" पम्प से पानी की बाल्टी लिये जाते राम को उसने कलाई से पकड़ लिया। बोला, "बाबिओं बात नहीं करते?" घुटनों तक भगवा चोला, सिर पर भी गेरुए रंग की पगड़ी लपेटी हुई और पैरों में रबड़ की चप्पलें। रामदास की कलाई पकड़ जैसे किसी दुनियादार आदमी ने बहुत

भारी अवज्ञा कर ली हो। मगर राम ने आवाज़ से पहचान लिया। बाल्टी वहीं रख श्याम को आलिंगन में ले लिया। वे एक-दूसरे को छोड़ नहीं रहे थे। देखने वाले दूसरे आदमी हैरान थे, यह कौन आदमी है। रामदास ने जिसे बाँहों में भरा है।

आलिंगन मुक्त हुए तो दोनों की आँखें भरी हुई थीं। एक-दूसरे की हालत पर रो रहे थे। क्या बुरा हाल हो गया उनका। जैसे दोनों मनुष्य ही न रहे हों। एक फौजी दूसरा साधु। फिर लंगर में एक ओर बैठकर वे बातें करने लगे। अँधेरा उतर आया था। राम अपना बायाँ हाथ श्याम से बचा कर रख रहा था। उसे महसूस हुआ कि श्याम को उसके हाथ के बारे में कुछ मालूम नहीं। मालूम होता तो वह पहली बात यही छेड़ता। बात छेड़कर दुखी भी होता। श्याम बोला, ''राम; 'गर माँ ज़िन्दा होती तो अपना यह हाल ना होता।''

''माँ जिन्दा होती तो दुनिया ही कुछ और होती। बापू भी फिर कुछ ध्यान देता। वह भी अब एक तरह से जीवित मनुष्यों जैसा नहीं रहा।'' राम ने आह भरी और कहने लगा, ''माँ ज़िन्दा होती तो हम चाचा से ज़मीन बाँट अलग खेती करते। तेरी शादी हो जाती, मैं पढ़ता रहता।''

''तूने पढ़ाई क्यों छोड़ दी?''

'''मेरा नाम कट गया था। फिर उन्होंने मुझे दाखिल नहीं किया।''

''क्यों?''

''कहते, हाज़िरी कम है तेरी। फीस तो जा नहीं सकती तेरी पेपरों की।''

''तू कहाँ था, जो हाज़िरी कम हो गयी थी?''

राम का बायाँ हाथ पीठ पीछे काँपा। सामने लाने पर वह थोड़ा झिझका। श्याम ने फिर पूछा, ''तेरा नाम कैसे कट गया?''

''मैं महीना सवा महीना स्कूल नहीं गया था।''

''क्यों?''

बायाँ हाथ सामने कर दिया। श्याम की आँखों के सामने राम का कटा हाथ साँप के फन समान खड़ा नज़र आया। उसने राम का हाथ पकड़ लिया, पूछा, ''यह क्या?''

राम ने श्याम से अपना हाथ ना छुड़ाया। उसे हाथ छूने पर थोड़ा छोटा और पतला लगा। उसने सवालिया निगाह से राम की ओर देखा।

''अँगुलियाँ गिन कितनी हैं।'' राम खिलखिलाकर हँस दिया।

अँधेरा था। श्याम की चीख निकल गयी। उसके पैरों तले की ज़मीन खिसकने लगी।

''यह क्या हो गया तेरे हाथ को ओए?'' श्याम ने उसका अँगूठा और दो अँगुलियाँ अपने हाथों में दबा लीं।

''कपास के डंठल काटने गये थे। मुझसे खुद ही खुरपी लग गयी, तर्जनी और उसके साथ की दो अँगुलियों पर।''

खुरपी जैसे श्याम के कलेजे पर जा लगी हो। उसके मुँह से 'हाय' निकला।

फिर वह कुछ देर तक चुप बैठे रहे। बाहर ठंड थी। अँधेरा भी था। वे लंगर में आ गये। साथ के सेवक से राम ने श्याम के लिए दूध गर्म करवाया। दोनों ने दूध पिया। दूध पीते-पीते दोनों बार-बार एक-दूसरे की ओर ताकने लगते।

''राम, घर चल। बातें करेंगे रात को।'' श्याम ने कहा।

''बातें यहीं पर कर लेते हैं। घर तो मैं जाऊँगा नहीं। सौगन्ध ली मैंने।''

''चाची है यार, बापू है। उस चाचा चंडाल को छोड़।''

''मेरे लिए तो अब सारा घर ही चंडाल है। अपना क्या है भाई वहाँ। रोटी खाने को यहाँ मिल जाती है। खाने-पीने को खुला, पहनने को भी खुला। जीता रहे बाबा चिब्भड़दास। मौज़ करते हैं भाई, हम तो'' 'मौज' शब्द बोल राम हँसा। इस शब्द में त्याग की भावना थी।

श्याम ने और भी कई बातें कीं। पूरा ज़ोर लगाया। मगर राम घर जाने के लिए राज़ी नहीं हुआ। एक टूक कह दिया, ''जब तक तू है। तेरा मन जब भी करे, यहाँ आ जाया करना। बस इतना ही काफी है। अपना भाई है आखिर। एक माँ की कोख से जन्म लिया है। साधु हो गया मैं तो। संसार से नाता टूट गया अब तो।'' राम के शब्दों में टूटन थी।

श्याम भारी मन से घर लौट आया। पलटन से लायी रम की बोतल खोल ली और अकेले ही पीने लगा। चाची ने उसे गर्म साग पर मक्खन डाल कर दिया। चारे की मशीन के छतले के नीचे पड़ी खाट पर एक कम्बल लिये बैठा था। ताक में मिट्टी के तेल का दीया जल रहा था। बोतल, काँच का गिलास और पानी का लोटा उसने खाट के पास रखा हुआ था। उसके पास की छोटी खाट पर उसका बाप खेस लपेटे टेढ़ा-सा लेटा हुआ था। उसने बाप को भी रम का एक पैग दे दिया था। भजना कोई बात नहीं कर रहा था। थोड़ी-थोड़ी देर बाद वह सूखा खाँसता जिससे वह खामोशी टूट जाती। श्याम ने भी न उससे कुछ पूछा और न उसने कुछ बताया। श्याम की नज़र में वह दरवेश आदमी था, जिसने अपनी सारी ज़िन्दगी बस इसी तरह चुपचाप रह कर ही गुज़ार दी थी। अपने इस स्वभाव के कारण ही उससे गुरदयाल कौर की बीमारी में उसकी ओर विशेष ध्यान नहीं दिया था। वह बेचारी उपेक्षित रह कर ही प्राण त्याग गयी थी। श्याम अपने बाप के बारे में सोचता तो उसने नशे की झोंक में उस पर न गुस्सा न तरस ही आता। मगर आज वह बापू के वजूद पर हँसा था। हँस कर उसने बापू को एक पैग और दिया, ''ले बापू...। पी जा राम का नाम लेकर। मेरे छोटे भाई राम का नाम लेकर नहीं, अपने किसी राम का नाम लेकर। जो तेरा होगा कोई राम।''

चाची मक्की की रोटियाँ पका रही थी। गुनगुने पानी का हाथ लगाकर लोई

बनाती और हाथों से ही गोल बनाकर तवे पर डाल देती। दूसरी लोई बनाकर तवे पर पड़ी रोटी को खुरचने से पलट देती। फिर हाथ पकड़ी लोई की रोटी बनाने लगती। दो रोटियाँ पका कर उसने आवाज़ दी, ''अरे श्याम, आकर बापू-बेटा रोटी खा लो अब। मक्की की हैं, ठंडी हो गयीं तो सूख जाएँगी।''

जलकौर की आवाज़ सुन भजना चुपचाप उठा और चल्हे के पास आ बैठा, जैसे आग सेंकने के लिए आया हो। उस दिन इतनी ठंड भी नहीं थी। चूल्हे का तेज़ सेंक उसके हाथ-पैर पर पहुँचाता तो वह सिकुड़ने की कोशिश करता। जलकौर ने थाली में एक ओर साग रखा, बीच में मक्खन डाला। दो रोटियों के चार टुकड़े करके रख दिये। भजना चूल्हे के पास बैठकर रोटी खाने लगा। वे दोनों चुप ही थे। आपस में कोई बात नहीं कर रहे थे।

इतने में गुरमेल बाहर से आया। वह खेत से आ घर में एक चक्कर लगा गया था। फिर चौपाल में जा बैठा। उसे जलकौर से श्याम के आने का पता लग चुका था। छतने में रोशनी देख वह पहले उस तरफ ही गया। दरवाज़े से सिर यूँ उठाया जैसे कोई घर में आये किसी अजनबी को देखता है। फिर बोला, ''श्याम सिंह है?''

''आ भई चाचा।'' वह लेटे-लेटे उठकर बैठ गया। सिरहाने पास से बोतल उठा, उसे एक पैग डाल कर दिया। गिलास में पानी गुरमेल ने खुद ही डाल लिया।

हाथ में गिलास पकड़ घूँट भरने से पहले गुरमेल ने श्याम की ओर देखा और पूछा, ''और फिर, मौजें हो रही हैं।''

''हाँ, चाचा। तुम सुनाओ खेतों का क्या हाल है। अब तो तेरी मेंड़ें ठीक पड़ती होंगी, है ना।'' श्याम ने पुरानी बात छेड़ गुरमेल को स्तब्ध कर दिया। मेंड की बात उसे नश्तर की तरह चुभी। अब वह दारू कैसे पिये? न गिलास फेंक सकता था। कड़वी चीज़ समझ उसने एक की घूँट में हलक में उतार ली। वह स्तब्ध बैठा रहा। श्याम से उसने फिर आँख न मिलाई। वह इधर-उधर नज़र घुमाने लगा। दीवारों पर हिलते अपनी परछाई से ही उसे डर लगने लगा। उसे लगा जैसे श्याम अभी उसका गला दबा देगा। वह तेज़ी से खाट से उठा और बाहर निकल गहरा साँस लेने लगा। जलकौर और भजना भी उसे चूल्हे के पास बैठे ना दिखे। वह पशुओं की ओर चला गया। नाँद में उनका चारा देखने लगा।

6

श्याम एक महीने की छुट्टी पर आया था। उसने अपना बड़ा ट्रंक अन्दर कमरे में अपनी माँ के सन्दूक पर रख दिया। जब कुछ निकालना, रखना होता तो ट्रंक नीचे उतार लेता। ट्रंक को हमेशा ताला लगाकर रखता। उसकी वर्दी, सादे कपड़े और

अन्य चीज़ें ट्रंक में थीं। वह रम की छः बोतलें लेकर आया था। वह भी ट्रंक में रखकर ही लाया था। दारू वह अकेले ही पीता था। पहले दिन ही उसने बापू और चाचा को पैग डाल कर दिये थे। फिर कभी उन्हें पीने की दावत नहीं दी थी। अपने दोस्तों-मित्रों को भी उसने नहीं बताया था कि वह रम लेकर आया है। गाँव में रम की शराब मिलती नहीं थी। लड़के एक दिन उसके पीछे ही पड़ गये, ''ला फौजी, दिखा कौन-सी बोतल तू लेकर आया है?''

वे कई दिनों से उसके पीछे पड़े थे। एक दिन वे बाहर किसी के यहाँ भेड़ों के बाड़े में जा बैठे। श्याम ने ठेके से उन्हें बोतल मँगवा दी। वे चार लड़के थे, दो बोतलें थीं। लड़के निराश हो गये। उन्होंने सोचा था, फौजी रम पिलाएगा। जब भी कोई फ़ौजी छुट्टी पर आता है, रम अवश्य लेकर आता है। ठेके की तो पानी वाली ही होती है। कुछ कड़वी भी होती है। जीभ को चुभती है। एकदम से चढ़ती है मगर दूसरे पैग लेंगे तो उतर चुकी होती है। लड़के बातें करने में लगे थे, नहीं तो दो बोतलें खत्म करने में समय कितना लगता। श्याम को इस बात का गुमान था कि उसने लड़कों को शराब पिलायी है। जबकि लड़कों ने बेशक वह शराब पी तो ली थी, मगर सभी के मन में इस बात की चुभन थी कि श्याम ने दुराव किया। पक्की यारी में भी ऐसा किया। किसी ने हालाँकि उससे कहा नहीं। सोचते थे, कोई बात नहीं कभी तो काबू आएगा ही। फिर रम भी पी लेंगे।

दिन ढलने के साथ ही वह छिपाकर रखी रम की बोतल में से एक पैग पीता और चौपाल में आ बैठता। इलायची चबाता रहता। खुल कर न बोलता। जो उसके पास आकर बैठता, उससे अवश्य बातें करता। चालाकी से अपना मुँह दूसरे सिरे पर ही रखता ताकि दूसरे को शराब की गन्ध ना आये। मगर उसकी आँखों में उतर आयी लाली उसकी चुगली कर देती। बात करते समय वह ऐसे ही अपने घुटने हिलाता रहता। वह दूसरों से थोड़ा बड़ा बनने की कोशिश करता। उसकी बातों में ज्यादातर गप्पबाज़ी होती। बात को बढ़ा-चढ़ा कर बताता और सुनने वाले को हैरान करता। ऐसा कर जैसे उसकी बड़ाई होती हो। अँधेरा गहरा हो जाने पर घर लौटता। उसकी चाची रोटी पका रही होती। उससे गर्म-गर्म खाने को कहती। वह रोटी खाने से पहले चोरी से फिर एक पैग पीता और चुपचाप रोटी खा लेता। उसने अपना बिस्तरा चारा मशीन के छतने पर रखा हुआ था। वहीं जा लेटता। ऊपर रज़ाई ना लेता। अपने मोटे-भारी कम्बल में ही सोता। चाची को बताता, ''वहाँ भी तो कम्बल ही होते हैं, कौन सी रजाई-लिहाफ होते हैं माँ वाले। फिर कम्बल में आदमी चुस्त रहता है। रजाई आदमी को सुस्त कर देती है।''

वह बापू और चाचा के साथ कम ही बात करता। हाँ, चाची से खूब बातें करता। चाचा के साथ वह नज़र भी नहीं मिलाता था। उसके साथ पहले दिन से ही

अलगाव हो गया था, जो अब तक कायम था। गुरमेल भी उससे बचता था। डरता था वह पिछली बातें दुहराएगा। गुरमेल यह भी सोचता, उससे कैसा झगड़ा। लड़का चार दिन की छुट्टी पर आया है, अपनी खुशी में रहे, मज़ा करे। एक दिन चला जाएगा। वह जलकौर से श्याम के बारे में पूछता रहता। उसकी बातें करता रहता।

एक दिन गुरमेल के सामने ही जलकौर श्याम से कहने लगी, ''सारा दिन तेरा अकेले में दिल नहीं लगता होगा। चाचा के साथ खेत चला जाया कर। काम-धन्धे में दिन निकल जाता है।''

''चाचा के साथ ही काम करना होता तो भर्ती क्यों होता, चाची।''

''काम का क्या ताना है भाई! अपना घर है।''

''मैं काम से कब भागा चाची, मैं तो चाचा से भागा था।''

श्याम की बात सुन गुरमेल उठा और घर से बाहर निकल गया। उसे डर था लड़का कुछ और न कह दे। घर में क्लेश होगा। वह ऐसे मौके टालता जाता था।

भजना उसकी ओर देखता रह गया। वह कभी-कभी ही कोई बात करता। श्याम उसे जब खुद बुला लेता तो भजना जवाब दे देता, नहीं तो गुमसुम-सा रहता। बापू के साथ ज्यादा बातें भी नहीं थीं श्याम के पास। वह अपनी पसली पकड़ पीड़ा से मुँह बनाता, आँखें भींचकर नाक सिकोड़ता, मगर श्याम उसे देखकर कुछ न बोलता। समझता, यह पसली का रोग सारी उम्र का है, अब कोई क्या करे। भजना को कोई हमदर्दी ना मिलती।

उसकी न कोई बुआ थी और ना कोई मासी। कोई अन्य रिश्तेदारी भी नहीं थी। सिर्फ़ ननिहाल थी, मगर नाम मात्र की। कहीं रिश्तेदारी होती तो चार दिन वहाँ काट आता। उसे हमीरगढ़ में अपनी छुट्टी मारी लगने लगी। जैसे उसका यहाँ कोई ना हो। बस राम था। जो संन्यासी हो गया था। संन्यासी किसी के साथ मोह नहीं रखते।

भीखी उसका ननिहाल थी। मामा कोई रहा नहीं था। मामा के तीन लड़के थे। सबसे छोटा शादीशुदा था। बड़े दोनों भाई अनब्याहे ही थे। छोटे भाई के घर पर ही रोटी खाते थे। ज़मीन थोड़ी थी। तीनों भाई खेती का काम करते थे। बड़े दोनों ज्यादा काम करते, छोटा सरदारी करता, क्योंकि उसकी घरवाली थी। हर दूसरे-तीसरे एक बच्चा हो जाता। दो लड़के और तीन लड़कियाँ थीं। साँझी खेती, साँझा चूल्हा। ईश्वर ही जानता था, किस बच्चे का कौन-सा बाप है। मगर बापू तो सिर्फ़ छोटा ही था। करनैल। करनैल ही बिरादरी के सामने तेजो को ब्याह कर लाया था। वही तेजी का असल पति था। बच्चों का असल बाप भी वही था।

भीखीवाले कभी मुश्किल से ही हमीरगढ़ आये थे। उनकी बुआ थी नहीं। बुआ के लड़के से ज्यादा नजदीकी नहीं थी। ब्याह भी उनका नहीं हुआ था। फूफा

यूँ ही था। क्या करते जा कर भीखीवाले।

उसे हमीरगढ़ में उकताहट होने लगी। उसका मन किया वह एक दिन के लिए भीखी चला जाए। और कोई जगह भी नहीं थी जाने के लिए। जाते समय वह एक बोतल रम की ले गया।

तेजो ने उसे पहचाना ना। वह कई वर्षों के पश्चात भीखी आया था, तब वह कुछ और लगता था। अब एकदम अलग। वह पहचानता भी कैसे? अब तो पढ़ा-लिखा-सा लगता था, जैसे दसवीं पास हो। श्याम ने तेजो को सतसिरी अकाल कहा। भाभी भी कहा। मगर तेजो समझ नहीं पायी कि वह कौन है? उन तीनों में से कोई घर में नहीं था। बच्चे श्याम की ओर टुकर-टुकर ताकने लगे। उसने बच्चों को प्यार किया, मगर वे परे चले गये। पहले तो श्याम हँसता रहा। कहने लगा, ''सच में भाभी मुझे नहीं पहचाना?'' वह हर बार ना मैं सिर हिलाती। फिर हार मान कर कहने लगी, ''मैं पहचान नहीं पाई। तुम खुद ही बता दो।''

''मैं हमीरगढ़ से आया हूँ, तुम्हारा देवर। करनैल की बुआ का लड़का श्याम सिंह अब समझ में आया।''

''अच्छा, अच्छा। तुम तो एकदम बदल गये हो। मैं तो पहचान ही नहीं पायी। तुम तो, सुना फ़ौज में भर्ती हो गये थे।''

''हाँ फौज में ही हूँ अब। छुट्टी पर घर आया था। तुम लोगों से मिलने आया हूँ। और बताओ, क्या पूछना चाहती हो।''

तेजो ने उसे पहले पानी का गिलास दिया, फिर चाय रख दी। बच्चों से कहने लगी, ''तुम्हारा चाचा है। हमीरगढ़ वाला।''

दूर खड़े बच्चे उसके पास आ गये। मुस्कराते और शर्म करते। वह चाय पी रहा था कि करनैल बाहर से आ गया। श्याम खड़ा हो गया। दोनों ने हाथ मिलाये, फिर गले लगे। बच्चे हँस रहे थे। दोनों खाट पर बैठे तो एक गिलास चाय तेजो ने करनैल को भी पकड़ दिया। चाय पीते समय वे बातें करने लगे। पिछली बातें दुहराने लगे। जब बुआ जीवित थी। कभी वे हँसने लगते, अभी उदास हो जाते। उनकी बातें चलती ही जा रही थी। आँगन में पटड़े के पास तेजो ने बाल्टी में गर्म पानी रख दिया। श्याम से कहा कि वह हाथ-मुँह धो ले। वह ट्रंक खोलकर तौलिया निकालने लगी तो करनैल अन्दर कमरे में तेजी से कुछ खुसर-पुसर कर अड्डे की ओर चला गया। बस-अड्डे पर बकरे के मीट की दूकान थी।

दिन ढलने लगा था। फ़ौजी ने रम निकाल ली। उधर चूल्हे पर मीट पक रहा था। सारे घर में मीट की महक तैरने लगी थी। बच्चे शोर मचाते, भागते-फिरते थे। वह चारे वाले कमरे में बैठे पी रहे थे। इस कमरे में चारे की गर्माइश थी। कहीं से भी हवा नहीं लगती थी। घर से अलग कमरा था। घर में काँच के गिलास नहीं थे।

वह छोटी कटोरियों में पी रहे थे। श्याम खुद करनैल को पैग डाल कर देता। उसकी बातें खत्म नहीं हो रही थीं। वह फौज की बातें सुना रहा था। अभी करनैल हैरान होता, कभी हँसने लगता। वह कुछ देर बाद चूल्हे के निकट चक्कर लगाता। मीट अभी पका नहीं था। अभी तक वह मूली और प्याज़ से ही काम चला रहे थे। छोटी-छोटी मूलियाँ थीं। उनके अपने आँगन की थीं। करनैल एक मूली छीलता-चीरता और फिर नमक लगाकर श्याम के हाथ में पकड़ा देता। जैसे राम से ज्यादा वही उसका सगा भाई हो।

वह काफी नशे में आ चुके थे, जब बड़े दोनों भाई भी खेत से आ गये। उन्होंने खेत से सरसों की बोरियाँ लाकर चारे की मशीन के पास फेंकी ही थीं कि बच्चों ने ज़ोर-ज़ोर से बताया, ''हमीरगढ़ वाला चाचा आया है।''

दोनों ने अनुमान लगाया, ''श्याम होगा या राम। वही दो चाचा हैं हमीरगढ़ से। और कौन है।''

पहले जोरा उनके पास अन्दर आया, फिर बड़ा फतह सिंह। श्याम के कन्धे पर हाथ रख परिवार का कुशल-क्षेम पूछने लगा। दोनों ही उनके पास दीवार के साथ टेक लगाकर बैठ गये। वह गौर से श्याम की ओर गौर से झाँक रहे थे और खुद थे। श्याम ने दोनों को कटोरी में एक-एक पैग दिया। दोनों ने झट से पी लिया। दो-चार बातें और कीं और उठ खड़े हुए। श्याम ने उन्हें और पीने के लिए कहा। जोरा कहता, ''कोई नहीं। तुम लोग बैठो। हम चारा कुतरकर पशुओं को डाल दें। हम आते हैं तुम्हारे पास। अभी तुम लोग मज़े करो।''

मीट बन चुका था। करनैल कटोरी भर कर कमरे में ले आया। वे स्वाद चखने लगे। पतीला चूल्हे से उतार तेजो रोटियाँ पकाने लगी। बच्चे भी साथ-साथ खाने लगे। दोनों भाइयों ने सरसों का चारा बनाया, फिर उसे भूसे में मिलाकर पशुओं के आगे रख दिया। फतह सिंह ने गुनगुना पानी ले हाथ-पैर धोये और रोटी खा ली। उन्हें और शराब पीने का इतना लालच नहीं था। चौपाल में रोज अलाव जलाई जाती। आदमी खेस लपेटे अलाव के चारों ओर बैठ जाते और बाँहें निकालकर हाथ सेंकते और आँखों की ओर आते हुए धुएँ को हाथों से हटाते बातें करते। तालाब के किनारे से थोड़ा दूर हटकर इसी प्रकार के दो अलाव रोज़ जलते थे। खुद ही कंडे ला लाकर डाल देते। कोई सूखी लकड़ियाँ भी डाल देता। कभी कोई बूढ़ा खाट का पुराना मूँज भी तेजी से जलाता था। फतह सिंह अलाव के पास जाकर बैठ गया।

जोरा काम-धन्धे में निपट कर उनके पास आ बैठा। उसने दो पैग और पिये। खेतों की बातें करने लगे। फिर वह उठ खड़ा हुआ। रोटी भी खायी और वह भी घर से बाहर निकल गया। उन दोनों ने काफी पी ली थी। तेजो दो बार रोटी के लिए पूछ गयी थी। मगर करनैल कोई ध्यान नहीं दे रहा था। वह ऊँचा-ऊँचा बोल कर

बातें कर रहे थे। करनैल ने ही पूछा, ''रोटी खाएँ अब।''

''खा लेते हैं रोटी। वो तो खा ही लेंगे। और डालूँ क्या?'' श्याम ने कहा।

''नहीं, मैं तो बस।'' करनैल ने हाथ जोड़ दिए।

''अरे, अभी तो हैं, और पीयेंगे।'' श्याम ने हिचकी ले कहा, ''भाभी को बुला।''

करनैल ने तेजो को आवाज़ लगायी। वह एकदम आ गयी और पूछा, ''लाऊँ क्या?''

''नहीं भाभी, इधर आ ज़रा।'' श्याम बोला। फिर बोतल में बाकी रह गयी पाव-भर को उठाकर कहने लगा, ''ले अब, तू डाल कर पिला दे हमें। पकड़, यह कटोरी, पकड़।''

वह हँसने लगी। करनैल ने भी कह दिया, ''डाल दे। इसका मन खुश कर दे।''

दारू कटोरी में डालती फिर वह बोली, ''लो डाल तो देती हूँ।'' फिर हँस कर कहने लगी, ''इसका मन खुश करने के लिए और क्या करना पड़ेगा।''

''वह भी कर देना। क्या फर्क पड़ता है।'' करनैल हँसते-हँसते ही कह गया।

श्याम चार रातें भीखी में रहा। उसकी खाट चारे वाले कमरे में बिछा दी गयी थी। रोज़ शाम को वह ठेके से बोतल ले आता। बस-अड्डे से एक किलो मीट भी। फतह सिंह नहीं पीता था। जोरे को जबर्दस्ती श्याम बिठा लेता। वह थोड़ी ही पीता। दो पैग लेकर पता नहीं कब वह भी उठकर चला जाता। करनैल और श्याम डटकर पीते। इधर-उधर की बातें करते रहते। श्याम बढ़ा-चढ़ाकर फ़ौज की बातें सुनाता। एक तरह से करनैल को स्तब्ध ही करता। बड़ी लड़की दोनों को रोटी खिला देती। जब बच्चे सो जाते, तेजो कमरे से उठकर चारे वाले कमरे में चली जाती।

इस दौरान वह करनैल को साथ लेकर मानसा भी गया। वहाँ से उसने दो सूट लिए, एक जैसे, बढ़िया एकदम, महँगे दाम वाले। एक सूट भाभी तेजो के लिए और दूसरा चाची जलकौर के लिए। तीनों लड़कियों के लिए गर्म स्वेटर लिए और लड़कों के लिए जर्सियाँ। खाने के लिए सेब-केले और बर्फी का डिब्बा। करनैल उसकी ओर देखता रहा। कभी-कभी कहता, ''अरे बस कर अब तो। इतना क्यों कर रहा है।''

वह हमीरगढ़ वापस गया तो चाची उलाहना देने लगी, ''वहाँ ननिहाल जाकर तेरा दिल जैसा लग गया था। मैं तो रोज़ रात को आटा उठाकर बैलों के समने फेंकती थी। सोचती, आज आएगा, आज आएगा। तूने तो एक बरस ही वहाँ बिता दिया भीखी में।''

''वे लोग तो अभी आने नहीं दे रहे थे, चाची। बहुत प्यार करते है भीखीवाले। तीनों ही भाई। भाभी तो पूछो ही ना चाची। चलने लगा तो हाथों से बैग ही छीन लिया। कहने लगे, जितने दिन की छुट्टी है, यहाँ पर रह जाओ।''

''फिर रह जाता वहीं। भाभी की रोटियाँ ज्यादा स्वाद देती रही होंगी?''

वे सभी हँसते रहे। श्याम ने सूट निकाल कर दिया तो जलकौर की प्रसन्नता की सीमा ना रही। आशीर्वाद देते रुके ही ना। कहने लगी, ''जीते रहे पुत्र। मेरा कोई है तभी तो दिया है न।''

जितने दिन की छुट्टी बाकी थी। वह लगभग रोज़ ही डेरे पर चला जाता। शौच जाने के बाद दातुन करते-करते की पृथ्वीदास के डेरे पर जा पहुँचता। दातुन फेंक, मुँह-हाथ धोकर बाबा चिब्भड़दास को प्रणाम करता। बाबा को मालूम था कि यह लड़का उसके सेवक रामदास का बड़ा भाई है और फ़ौज से छुट्टी पर आया हुआ है। वह रामदास को पुकारता और कहता, फौजी के लिए दूध ले आए। श्याम अधिक देर तक बाबा के पास नहीं बैठता था। उठता और रामदास के पास लंगर में ही आ जाता। वह उसे दूध में चाय-पत्ती और चीनी डालकर देता। श्याम कहता, तू भी ले ले। रामदास खुद ना पीता, सिर्फ़ उसे ही पिलाता। वह घूँट-घूँट कर दूध पीता, रामदास उसके पास घुटनों के बल बैठा रहता। वह इधर-उधर की छोटी-मोटी बातें करते रहते।

छुट्टी खत्म होने के चार दिन पहले श्याम एक रात और भीखी बिता आया। एक रात पहले वह डेरे में रामदास के पास गया और उसे बताया कि वह कल बुढ़लाड़े से गाड़ी लेगा। छुट्टी खत्म हो गयी हैं। वह दोपहर को गया था। दोनों भाई अलग बैठकर काफी देर तक बातें करते रहे। श्याम ने बहुत कहा कि वह कभी-कभी घर जाकर चाची से मिल आया करे। वह उसे बहुत याद करती है। उसकी बातें करते हुए रोने लगती है। मगर राम ने सहमति न दी। कहने लगा, वह चंडाल चाचा के माथे नहीं लगना चाहता। यह भी कहता, कोई बात नहीं, चाची को कभी मिलूँगा। बापू के बारे में दोनों ने कोई बात न की। फिर राम ने बात चलायी, कहने लगा, ''मैंने तो देख संन्यास ले लिया। सारी उम्र ऐसे ही रहूँगा। मैं तो श्याम, तेरी शादी हो जाती तो अच्छी बात थी। तू तो सुखी रहता।''

श्याम कहता, ''पाँच एकड़ ज़मीन है अपने हिस्से की। अभी तो नौकरी पर भी हूँ। सारी छुट्टी में कोई जाट आया ही नहीं रिश्ता लेकर।''

दोनों भाई खिलखिलाकर हँस दिये, फिर राम बोला, ''रिश्ता तो अब हो जाएगा तेरा। फ़िक्र न कर। पाँच एकड़ नहीं, दस ही मान। चाचे वाली भी तो हमें ही मिलेगी एक दिन। तू चाची के साथ बनाकर रखा कर। चाची अच्छी है। चाचा भेड़िया है। मालूम नहीं कब मरेगा, जान छोड़ेगा।''

अगले दिन दस बजे की गाड़ी उसने लेनी थी। बापू उसका ट्रंक ले स्टेशन तक गया। चाची उसे गाँव के बाहर तक छोड़ने आयी। चाचा घर में नहीं था। राम रास्ते के मोड़ पर खड़ा था। वह खोये की पिन्नियाँ का डिब्बा भर कर आया था।

स्टेशन तक वह भी उसके साथ गया। भजना और राम उसे गाड़ी चढ़ा कर वापस लौटे।

7

श्याम जब छुट्टी बिताकर गया तो उसके बीस दिनों बाद ही उसकी बदली फिरोजपुर छावनी में कर दी गयी वहाँ हाज़िर होने के दस दिनों बाद उसे चिट्ठी मिली। उसका बाप गुज़र गया था। यह चिट्ठी रामदास की ओर से आयी थी।

भजने की तकलीफ जब बढ़ने लगी तो गुरमेल उसे बुढ़लाड़े हस्पताल ले गया। डॉक्टरों ने चार दिन रखने के बाद बताया कि उसके पेट में कोई खराबी है। इसे बठिंडे ले जाओ। बठिंडा में उसका ऑपरेशन हुआ। पेट में से काफी बड़ी रसौली निकली। वह ठीक होकर घर आ गया। मगर कुछ ही दिनों बाद उसे खूनी दस्त शुरू हो गये। ये दस्त बन्द न हुए। वह निढाल रहने लगा। उसमें जीने की ताकत कम होती जा रही थी। उसने किसी से यह न कहा कि वे उसे फिर से हस्पताल ले चलें। अपनी बीमारी से जूझते हुए वह इस संसार से चला गया।

श्याम को जब चिट्ठी मिली, उसकी तेरहवीं हो चुकी थी। मालूम नहीं, ये चिट्ठी इतने दिन कहाँ-कहाँ से घूमकर उसके पास पहुँची थी। रामदास ने तो यह चिट्ठी उसके दाह-संस्कार के बाद ही लिख कर बुढ़लाड़े रोज़ आते डाकिये को पकड़ा दी थी। यदि उसे चिट्ठी पहले मिल भी जाती तो उसे छुट्टी फिर भी न मिलती, क्योंकि वह लम्बी छुट्टी ही बिता कर आया था। फिर नौकरी भी नयी-नयी ही थी। उसने चिट्ठी लिखवा कर राम को भेजी कि वह बापू की सारी रस्में स्वयं करे। हमें उसका कोई सहारा तो नहीं था। अपने लिए तो वह ना के बराबर था। चलो, फिर भी बाप था। कुछ बातें उसने चाची के लिए भी लिखवायी थीं। मगर चाचा का ज़िक्र चिट्ठी में कहीं भी नहीं था।

बापू की अस्थियाँ लेकर राम ही हरिद्वार गया था। गुरमेल तो खीझता-सींकता ही रहा। कहता, 'भजना इस ऋतु में मरा ही क्यों? ऊपर से आषाढ़ आ रहा है और वह मर गया। तेरहवीं पर खर्च भी काफी आएगा। अन्न-पानी भी करना पड़ेगा। फालतू का खर्च बढ़ गया। आढ़तियों से जो सौदा-सुल्फ आएगा। वह कौन लौटाएगा? श्याम और राम का नाम लेकर कहता, वे दोनों तो गये गुज़रे हैं। गुरमेल को भजने की मौत पर ऐतराज़ था। खर्च का दु:ख था। यह चेतना नहीं थी कि उसके पाँच एकड़ की पैदावार कौन खाता रहा है? भजने का खर्च ही क्या था, दो वक्त की चाय और दो वक्त की रोटी। उसे कोई ऐब भी नहीं था। खाने पहनने का लालच नहीं था। लड़के दोनों घर से चले गये थे।

आषाढ़ बिताकर गुरमेल ने साँझीदार रख लिया। यह चर्मकारों का लड़का था। सत्ताईस-अठाईस की उम्र। लम्बा कद, काला रंग, मुँह पर चेचक के छोटे-छोटे दाग थे। पैर बहुत बड़े थे। आम जूती से बड़ी जूती उसके पैरों में आती थी। वह टाँगें हिलाते हुए चलता था। काम में मेहनती था। ना उकताता ना थकता था। ना ही उसे नींद का कोई लालच था, ना ही कोई और बुरी आदत थी। सिर्फ़ नाम का ही संतोख नहीं, हर तरफ से सन्तोषी था। उसकी शादी हो चुकी थी। बहू की गोदी में एक लड़की थी।

गुरमेल की खीझ-झुँझलाहट दूर हो गयी। कहाँ तो वह राम और श्याम के पीछे खीझता रहता था, अब कहाँ सन्तोख के पीछे लगा रहता। वह बड़े जमींदारों के साथ रह चुका था। काम का पूरा जानकार था। जिस भी काम को हाथ डालता, पूरा करके ही छोड़ता। गुरमेल उसके साथ काम करते-करते थक जाता। पहले ही साल उसने आठ एकड़ में अमरीकी कपास बोई। पहले कपास होती थी, अमरीकी कपास पहली बार बोई थी। गजब कर दिया था, संतोख ने। दो एकड़ में पशुओं के लिए चारा और छोटी-मोटी फसल बो दी थी। अम्बार लग गये कपास के। फिर गेहूँ भी अनन्त हुई। रबी-खरीफ की इतनी फसल तो कभी गुरमेल से अकेले में निकली नहीं थी। जलकौर खुश थी कि उनका घर अनाज से भर गया था।

जलकौर संतोख को खाने के लिए पूरा देती। उसकी दाल-सब्जी में घी-मक्खन ज़रूर डालती। जब भी वह अधिक ज़ोरदार काम करके आता तो घी-शक्कर खाने को देती। रात की रोटी के बाद दूध भी पीने को देती। आम लोग नौकरों को भी दूध देते थे वह कम भी होता और उसमें पानी भी मिला होता। परन्तु जलकौर ऐसा नहीं करती थी। वह जैसा दूध गुरमेल को देती, वही संतोख को भी देती। कभी-कभी गहरा मज़ाक भी करती, ''ले संतोखिया। आज दूध में घी डाल दिया है। खुश कर दे जाकर बहू को।''

''वह तो जलकौर खुश ही है। उसे खुशी-नाखुशी का पता भी नहीं है। उससे तो लड़की भी नहीं सँभाली जाती। उसी में उलझी रहती है। मैं तो जाकर सो जाता हूँ, उससे तो अभी काम भी खत्म नहीं हुआ होता। लेटती भी बेबे के पास ही है। वह तो बस खुश ही है।'' संतोख मूर्खों की तरह बता रहा था।

गुरमेल ने एक चरवाहा भी रख लिया। वह दोनों भैंसों को सँभालता और खेत जाकर संतोख की मदद करता। गुरमेल ऊपर-ऊपर का काम करता। घर में दो ही आदमियों का खर्चा था, ज्यादा लम्बा-चौड़ा नहीं था। गुरमेल शाम को पी भी लेता। अपने ढंग से वह सरदारी ठाठ में रहने लगा था। मगर कभी-कभी मियाँ-बीवी बैठकर आपस में बातें करते, वे आखिर किस के लिए इतनी कमाई करते हैं। कोई बच्चा आदि तो है नहीं। यह ज़मीन-जायदाद ऐसे ही जाएगी एक दिन। उनका

आँगन खाली है। श्याम और राम घर में रहते तो उनका कोई आसरा बनता। अब राम संन्यासी हो गया, वह घर क्या लौटेगा। श्याम फ़ौज में चला गया, मालूम नहीं कब आये न आये। पाकिस्तान के साथ लड़ाई लग गयी, मालूम नहीं उसका क्या होगा। फ़ौजी होने के कारण उसे कोई रिश्ता भी नहीं देता। फ़ौज में न गया होता तो शायद कहीं रिश्ता हो भी जाता। लोगों का कहना है कि फौजी को बेटी देना समझो शादी से पहले ही रंडी होना समझो।

कभी-कभी वह सोचते, अपनी रिश्तेदारी में से कोई लड़का ले ले। पाल-पोसकर ब्याह लेंगे। उसके बच्चे होंगे तो घर बना रहेगा। वे रिश्तेदारों के बारे में सोचने लगते। गुरमेल की कोई बहन नहीं थी। जलकौर दो बहनें थी। दूसरी की लड़कियाँ ही लड़कियाँ थी। वे तो खुद लड़के को तरसते थे। हाँ, भीखीवालों के दो लड़के थे। उनके साथ गुरमेल की वैसे भी बनती नहीं थी। कोई आना-जाना नहीं था। श्याम इस बार ज़रूर भीखी रह आया था। मालूम नहीं, भीखीवाले अपना लड़का उन्हें देंगे भी कि नहीं।

जलकौर की बहन उससे काफी बड़ी थी। उसकी तीनों लड़कियाँ ब्याही हुई थीं। बड़ी लड़की के लड़के थे। जलकौर उसके बारे में सोचने लगी। वह भानजी का लड़का लेकर राज़ी थी। परन्तु गुरमेल नहीं मान रहा था। उसका कहना था कि घर का मालिक अपने खून से होना चाहिए। उसकी कोई बहन नहीं थी। ना कोई मासी न बुआ। भीखीवाले भी बेगाने थे, भजने के ससुरालवाले। नज़दीक की रिश्तेदारी नहीं थी। भीखीवाले वैसे तो अपना लड़का देंगे नहीं, यदि दे भी देते तो जलकौर लेना नहीं चाहती थी। वह लड़का अपनी रिश्तेदारी में से लाना चाहती थी।

बात किसी सिरे पर पहुँच नहीं रही थी।

राम सुबह-सुबह दूध का गजा करने गाँव में आता। चालीस-पचास घर थे। वह दो घंटों में ही हवा जैसे निकल जाता। उसके साथ एक और लड़का होता। वे मक्खन भी लेते, जिसे अलग डोलची में डालते जाते। दूध की दो बाल्टियाँ भर जातीं। एक दिन जलकौर गाँव में किसी काम से गयी। उसका सामना राम से हो गया। बाप की मौत के बाद वह कभी घर में नहीं आया था। उस तरफ गजा लेने भी नहीं जाता था। जलकौर उसे बाँह से पकड़ ज़बर्दस्ती घर ले आयी। वह मना करता रहा। अभी दस घरों से गजा लेना बाकी था। मक्खन की डोलची और एक भरी हुई बाल्टी दूध की उसने लड़के के हाथ डेरे भिजवा दी। वह चाची के पास बैठ गया। गुरमेल खेत गया हुआ था। चरवाहा और साँझीदार भी घर में नहीं थे। वे बातें करने लगे। चाची रोने लगी, ''श्याम फौज में है तू डेरे जा बैठा। बता हमारा कौन है?''

''मेरा भी कौन है, चाची। चाचा के अड़ब स्वभाव ने हमें घर से निकाला, नहीं तो सब कुछ था।''

"तू अब घर आ जा। छोड़ दे डेरे का पीछा। विवाह करवा ले। बच्चे होंगे, घर आगे बढ़ेगा।"

"मेरा तो मुड़ना मुश्किल है। यदि श्याम का कुछ हो जाए तो ठीक है।"

"क्यों, तेरा क्यों मुश्किल है। तेरा चाचा अब पहले जैसा नहीं रहा। तू आ जा।"

"मैं तो ऐसे ही ठीक हूँ चाची।"

"क्यों फँसना नहीं चाहता जंजाल में?"

"कुछ भी समझ ले चाची। श्याम का कुछ करते हैं हम।"

"मैं तो चाहती हूँ, उसका कुछ हो जाए। मगर फौजी के लिए सभी मना करते हैं।"

"नहीं चाची, यह बात तो नहीं है, फौजियों के कौन-से ब्याह नहीं होते। इतनी ज़मीन है अपने पास।"

"ज़मीन तो ठीक है भाई। मगर बहू कहाँ रहेगी। फ़ौजी को साल में एक बार छुट्टी मिलती है, कभी नहीं मिलती। छुट्टी भी सिर्फ़ महीना-डेढ़ महीना ही है।"

"बहू तेरे पास रहेगी, चाची। फौजियों के घर नहीं होते क्या, कहते हैं क्वार्टर आदि मिलते हैं। कई तो साथ ले जाते हैं।"

"अभी तक तो किसी ने पूछा नहीं रिश्ते के लिए। अब बाद में कौन आएगा?"

"ऐसा कर चाची, तू चाचा का ही दूसरा ब्याह करवा दे।" राम ने मज़ाक किया।

"लो इसकी अब उम्र है क्या विवाह की? एक बार विवाह करके कौन-सा रंग जमा दिया जो दूसरा करके जमा देगा। उसकी बात तो तू रहने ही दे।" जलकौर ने आह भरी।

"फिर चाची?"

"मैं तो अब सोचती हूँ, तेरा चाचा भी चाहता है कि किसी का लड़का लेकर पाल लें। फिर क्या करें, तू तो मानता नहीं। श्याम की शादी होगी नहीं।"

राम की आँखें फैल गयीं। होंठ हिलने लगे। यह वो क्या सुन रहा है? मगर वह कुछ बोला नहीं, जैसे अनसुना कर दिया हो। उठकर खड़ा हो गया। कहने लगा, "अच्छा चाची, चलता हूँ। बाबा इन्तजार कर रहा होगा।"

"अच्छा भाई राम। कभी-कभी चक्कर लगा जाया कर। गाँव में आकर भी घर के पास से निकल जाता है, अच्छा नहीं लगता। चाचा तुझे पसन्द नहीं, ना सही। मेरी खातिर आ जाया कर। और बता कौन है मेरा?" जलकौर की आँखें फिर से भर आयीं।

"अच्छा आया करूँगा।" राम दूध की बाल्टी ले तेज़ी से घर से बाहर निकल

गया।

एक बार श्याम की चिट्ठी आयी। यह रामदास के नाम डेरे के पते पर थी। उसने एक लम्बी चिट्ठी लिखवाकर भेजी थी। चिट्ठी का सार यह था कि चाचा अकेला ही दस एकड़ की पैदावार खाता है। उन दोनों भाइयों का ज़मीन में आधा हिस्सा है। पहले तो कभी उन्होंने कुछ कहा नहीं कि चलो, बापू बैठा है। वह बीमार रहता है। उसके दवा-इलाज पर पैसे लगते थे। फिर उसकी रोटी का भी मसला था। अब बापू तो है नहीं तो चाचा अकेला क्यों सारी ज़मीन का मालिक बने? श्याम ने लिखा था कि राम उससे फसल का आधा हिस्सा लिया करे। यह भी लिखा था कि यदि वह आधा हिस्सा देने से इनकार करे टाल-मटोल करे तो उससे अपनी ज़मीन बाँट लेनी चाहिए।

राम ने चिट्ठी पढ़ी और सँभाल कर रख ली। वह कई दिनों तक सोचता रहा कि क्या किया जाए। श्याम की सारी बातें ठीक थीं, मगर राम दूर की सोचता था। उसने खोल कर लिखा, बताया कि चाचा-चाची तो किसी का लड़का गोद लेने को तैयार हैं। यदि उन्होंने ऐसा कर लिया तो बहुत बुरी बात होगी। हमें चाचा-चाची के साथ मीठे-प्यार से रहना चाहिए। जब चाचा-चाची मर गये तो फिर दस एकड़ अपनी ही हो जाएगी। यदि अभी आधी फसल के लिए कहा या आधी ज़मीन बाँट ली तो वह अपनी पाँच एकड़ की ज़मीन को अपनी मर्ज़ी से किसी को भी दे सकते हैं। उन पर फिर हमारा ज़ोर नहीं चलेगा।

श्याम का दूसरा जवाब आ गया। उसने राम की बात मान ली थी। उसे आस थी कि एक दिन उसका विवाह ज़रूर होगा। विवाह होगा तो बच्चे भी होंगे। उसके बच्चे दस एकड़ ज़मीन के मालिक बनेंगे। यदि चाचा-चाची पाँच एकड़ ले कर बैठ गये तो यह ज़मीन दूसरे हाथों में चली जाएगी। किसी के भी हाथ में जाए, उनके खानदान में तो नहीं रहेगी। उसने राम को शाबाश लिख भेजा। लिखा, भाई, तू समझदार है। उम्र में चाहे छोटा ही सही, मगर अकल में बड़ा है। फिर पढ़ा-लिखा भी है। अब तो विद्वान भी बन गया है, साधु संतों की संगति में रहता है।

दोनों भाइयों में दो-चार बार पत्राचार हुआ। राम अब रोज़ सुबह घर आता। अपने घर से भी दूध का गजा लेकर जाता साथ में मक्खन भी। उसके घर की ओर वाले घर इस बात पर एतराज़ करते थे कि डेरे वाले उनके घरों से दूध क्यों नहीं लेकर जाते। इसलिए वह उनके घरों में भी गजा लिजाने लगे। गजा लेने आया, वह अपने घर में पल दो पल रुक जाता। चाची की कुशल-क्षेम पूछ लेता। चाचा के साथ भी बातें कर लेता। कोई खास बात ना भी होती तो भी कर लेता। और नहीं तो मौसम की ही कर लेता।

जलकौर और गुरमेल ने रिश्तेदारों में से किसी बच्चे को गोद लेने का विचार

छोड़ दिया। उन्हें जब इस बात की समझ आ गयी कि बच्चा गोद ले लेने पर श्याम और राम तुरन्त अपनी ज़मीन का आधा हिस्सा बाँट लेंगे तो उसके कान जैसे खुल गये। आँखों के सामने रोशनी फैल गयी। क्या करना है उन्होंने बेगानी औलाद घर में लाकर? उसका टट्टी-पेशाब भी साफ करे। क्या मालूम, वह कैसा निकलेगा बड़ा होकर। गुरमेल कहता, जब अपने भतीजे वश में नहीं रहे तो बेगाना कोई लड़का अपना कैसे बनेगा। वह मन में सोचता, भतीजे भी तो उसके अपने पुत्रों ही जैसे थे। वो चले गये परायों के समान। अब वह दस एकड़ की पैदावार अकेले ही खाते हैं। हाथ खुला रहता है। मौज़ करते हैं। संतोख और लड़का फसल भी कितनी ही पैदा करते हैं। फिर पाँच एकड़ के लिए कोई साँझीदार भी काम के लिए नहीं मिलेगा।

दोनों पक्ष अपना-अपना हित देख रहे थे। अपने हितों के कारण दोनों एक-दूसरे के नजदीक आ गये थे। जबकि उनके मनों में काफी दूरी भी आ गयी थी। अब श्याम सीधा चाचा को खत लिखता। राम को अलग चिट्ठी लिखता था। उसे कुछ और लिखता था, चाचा को कुछ और...

8

अगली छुट्टी पर जब श्याम घर आया तो उसका वही बड़ा काला ट्रंक कपड़ों से भरा हुआ था। छः बोतलें रम की थीं। आधे कपड़े उसके थे। आधे दूसरे लोगों को देने के लिए नये लाया था। कन्धे पर एयरबैग था। वह भी सामान से भरा हुआ। ट्रंक उठाने के लिए वह बुढ़लाड़े से एक मज़दूर लेकर आया था। फ़ौजी वर्दी पहनी हुई थी। वह जब गाड़ी से उतरा तो प्लेटफार्म के बैंच पर ही अपना सामान रख लिया। सुबह नौ बजे का समय था। पहले रेहड़ी वाले से उसने चाय का कप पिया। फिर नल से हाथ-मुँह धो लिया। केस सँवारे, फिर दाढ़ी बाँधी। एयरबैग से शीशा निकाल कर पगड़ी को दुबारा बाँधा। मूँछों को नुकीला किया। आँखों में गहराई कम थी। गाड़ी के लम्बे सफर ने उसे थका दिया था। एयरबैग से रम की पौनी बोतल से प्लास्टिक के गिलास में उसने पैग डाला और नल से पानी डाल दो धूँट भरे। शराब तीखी थी। अन्दर तक चीरती चली गयी। एयरबैग से ही उसने नमकीन का पैकेट निकाला। बाकी शराब भी हलक में उतार, थोड़ा नमकीन खाया। माघ-फागुन की तीखी सर्दी थी। दूसरा पैग भी उसने साथ ही पी लिया। इस बार उसे शराब कड़वी ना लगी। नमकीन भी और स्वादिष्ट लगी। वह बैंच पर ही बैठ गया। बोतल को अच्छी तरह से बन्द कर बैग में डाला। गिलास भी धो कर डाल लिया। नमकीन का पैकेट खाली कर बैंच के पीछे फेंक दिया। नशा चढ़ने लगा। उसे अपनी टाँगें हल्की

लगने लगीं। पैरों में फुर्ती भरती जा रही थी। कन्धों की थकावट भी न जाने कहाँ उड़ गयी थी। पीली-पीली धूप निकल आयी थी। प्लेटफार्म पर लगे वृक्षों में पत्ते हरे-हरे लग रहे थे। उसका दिल चाहा कि वह पहले भीखी जाए। आज की रात वहीं बिता, कल हमीरगढ़ आ जाएगा। वह भीखी जाने की योजना बनाने लगा। बस-ठेले उसे सुस्त रफ्तार लग रहे थे। वह तो बस किसी पक्षी की तरह उड़कर भीखी पहुँच जाना चाहता था। बठिंडा वाली जब गाड़ी आयी, तब प्लेटफार्म पर काफी गहमा-गहमी थी। कई बंदे चढ़े थे, कुछ उतरे भी थे। रेहड़ीवालों की तेज़ आवाज़ें थीं। लोगों की भीड़ का शोर था। अब प्लेटफार्म पर एक भी आदमी चलता-फिरता नज़र नहीं आ रहा था। रेहड़ी वाले सभी कभी के जा चुके थे। अब तो बस बैंच पर अकेला वही बैठा था या भाभी तेजो का हसीन तुसव्वर।

ताला लगाकर उसने ट्रंक स्टेशन-मास्टर के कमरे में रख दिया। एयरबैग कन्धे पर लटका मंडी की ओर निकल गया। एक आदमी ढूँढ़ा, जो ट्रंक उठाकर हमीरगढ़ ले जा सके। फिलहाल उसने भीखी जाने का विचार त्याग दिया। सोचा, कहाँ इतने बड़े ट्रंक को उठाये फिरेगा। गाँव में दो दिन रहकर फिर भीखी जाएगा। इतनी जल्दबाजी भी क्या थी। भीखी तो जाना ही जाना था। उसने समझदारी से काम लिया। साथ में अच्छा नहीं लगता कि आदमी पहले अपने घर जाने की बजाय कहीं और चला जाए। चाचा-चाची भी क्या कहेंगे। राम भी पता लगने पर क्या सोचेगा। उसे पहले अपने घर ही जाना चाहिए।

उसने मज़दूर को ट्रंक दिया, ऊपर एयरबैग भी रख दिया। दोनों चल दिये।

चढ़ते सूरज की तेज़ धूप पीठ पर चुभने लगी। श्याम आगे-आगे मज़दूर पीछे-पीछे। वे दोनों तेज़ चल रहे थे। खेतों में खड़ी गेहूँ की फसलें चुपचाप थीं। कहीं कोई बादल नहीं था। कोई आवाज़ भी नहीं थी। दो आदमी हमीरगढ़ से पैदल आते मिले। दोनों ने श्याम को पहचाना नहीं था। उसने भी गौर से उनकी ओर नहीं देखा था। किसी दूसरे गली-मुहल्ले के होंगे शायद। वे दस मिनट तक चुपचाप चलते रहे। फिर श्याम उससे बातें करने लगा। उसका गाँव कौन-सा है। कौन-कौन घर में है? उससे बातें पूछ, फिर श्याम उसे अपने बारे में बताने लगा। मज़दूर आदमी उसकी बातें दिलचस्पी से सुन रहा था। उसके हँसने पर हँसता, गम्भीर होने पर गम्भीर हो जाता। मज़दूर कुछ पूछता नहीं था। लगता था, जैसे फौजी अपनी बातें स्वयं को ही सुना रहा है। श्याम ने बताया कि उसकी तनख्वाह इतनी है सारी की सारी पेंशन की तरह है। खाने-पीने को सरकार देती है। वर्दी भी उसी की है। उसने यह भी बताया कि वे दो भाई हैं। छोटा भाई संन्यासी हो गया है। अब दस एकड़ का मालिक वह अकेला ही है। चाचा-चाची हैं, उनकी कोई औलाद नहीं। अभी उसकी शादी नहीं हुई। उसने यह सब इस उम्मीद से बताया कि शायद मजदूर किसी जान-पहचान

वाले जाट को उसके बारे में बताये। बातें करते-करते वह आराम से गाँव पहुँच गये। कीकर, बेर और शीशम के झुंड से वह मालूम नहीं कब निकल आये और फिर गाँव तो सामने ही था।

घर आकर श्याम ने मज़दूर आदमी को एक पैग पिलाया, खुद भी लिया और पैसे दे दिये। घर में रोटी पक रही थी। मक्की की रोटी सरसों का साग था। मज़ूर को रोटी दी, वह खाकर चला गया। जाते हुए उसने श्याम की ओर प्यार और हसरत भरी निगाह से देखा।

''पहले रोटी खा ले श्याम, भूख लगी होगी। बाद में नहा-धो लेना। पानी गर्म कर दूँगी।'' जलकौर ने प्यार से कहा।

ट्रंक और एयरबैग कमरे में रख पहले उसने वर्दी उतारी। दूसरे कपड़े पहन लिए। चाची की बात मान रोटी खा ली। लस्सी भी भरपेट पी। आँगन की धूप में खाट बिछाकर लेट गया। उसे थकावट हो रही थी। लेटते ही सो गया। उसके चेहरे पर मक्खियाँ भिनभिनाने लगीं। वह बार-बार हाथ से हटाता, मगर मक्खियाँ पीछा नहीं छोड़ रही थीं। नींद गहरी होने पर कुहनी चेहरे से परे होती तो मक्खियाँ फिर चेहरे पर आ बैठतीं। जलकौर ने लड़के को इस तरह से बेचैन देखा तो एक पतला खेस लाकर उस पर डाल दिया। अब वह आराम से सो गया।

अड़ोस-पड़ोस की औरतें पूछने लगीं, ''जलकौर, कौन लेटा है आँगन में। गुरमेल सिंह? ठीक तो है न।''

उसने श्याम के बारे में बताया तो पड़ोसन कहने लगीं, ''चलो अच्छा है। छुट्टी आया होगा। मिल जाएगा सभी से। खा-पी जाएगा घर से दूध-घी। फौजियों को तो छुट्टी भी मुश्किल से मिलती है।''

शाम की चाय का वक्त था। जलकौर ने पानी गर्म करने के लिए चूल्हे पर रखा। कंडों की आग थी। श्याम उठा। इधर-उधर झाँकने लगा। दीवारों पर परछाइयाँ ढलने लगी थीं। उसके पायताने छाँव तेज़ी से पसरती जा रही थी। उसे बैठा देख चाची काम-धन्धा बीच में ही छोड़ उसके पास आ पूछने लगी, ''सो चुका भाई।''

''हाँ चाची, बड़ी अच्छी नींद आयी।'' उसने बाँहें उठा अँगड़ाई ली।

''चाय पिएगा या दूध लाऊँ उबला हुआ?''

''दूध दे दे। चाय का क्या है, चाची। चाय तो रोज़ ही पीते हैं। दूध ला दे। यह गर्मागर्म सुर्ख दूध पंजाब के अलावा और कहीं नहीं मितला, सारी दुनिया में।''

नहाने से पहले उसने ट्रंक खोला। चाची को सूट का कपड़ा और गर्म लोई निकालकर दी। चाचा के लिए पतली मलमल की पगड़ी, कुरते का कपड़ा, लुंगी और बंडी निकाली। इस बंडी से पौष-माघ की ठंड दूर रहती। चाची ने सब कुछ चुपचाप ले लिया और श्याम को आशीर्वाद देने लगी। कहने लगी, ''मैं तो हाथ

जोड़ती हूँ, ईश्वर तुझे सुन्दर-सी बहू दे।''

गुरमेल खेतों से घास का गट्ठर लाया तो श्याम को आँगन में बैठे देख खड़े का खड़ा ही रह गया। गट्ठर उसने चारा-मशीन के पास फिंकवा दिया। श्याम खाट से उठा, उसने ज़ोर से उसे सतसिरी अकाल कहा। दोनों ने हाथ मिलाया और एक-दूसरे की कुशलक्षेम पूछी। खाट पर बैठ वे बातें करने लगे।

जलकौर कहने लगी, ''श्याम। दिन ढलने ही वाला है। बातें फिर कर लेना। पहले तू नहा ले। आजकल के दिनों का कुछ पता नहीं लगता। आँख झपकने से ही खत्म हो जाता है।'' उसने गर्म पानी की बाल्टी लाकर रखी, साथ ही ठंडे पानी की भी बाल्टी भर कर रख दी। साबुन तेल भी लाकर रख दिया। उसके पास अपना तौलिया था। फ़ौज़ में जाकर इतनी अक्ल उसे आ गयी थी। उसने केशों सहित नहा लिया। चाची ने चाय बनायी। चाचा-भतीजा साथ-साथ बैठकर पीने लगे। चाची भी अपनी चाय ले पास आकर बैठ गयी। वह खुश थी इस बार छुट्टी में वे दोनों अच्छे मूड में बातें कर रहे थे। दोनों के माथे पर त्यौरियाँ नहीं थीं। श्याम इस बार दो वर्षों के बाद छुट्टी पर आया था।

शाम को साँझीदार भी आ गया। गुरमेल ने उसे पैसे देकर मुर्गा मँगवा लिया। घर लाकर संतोख ने मुर्गा काटा। चूल्हे पर मीट पकने लगा। घर में उसकी गन्ध फैलने लगी। श्याम ने नयी बोतल खोल ली। चाचा-भतीजा बरामदे में बैठकर पीने लगे। वह संतोख को भी थोड़ी दे देते।

श्याम जब सुबह आया था, जलकौर ने तभी अपनी गली से निकलते एक आदमी के हाथ डेरे पर सन्देश भिजवा दिया था कि राम आ जाय। राम बाबा के किसी काम से गया होगा या डेरे के कामों से उसे फुसरत नहीं मिली होगी। वह दिन ढले घर आया। उन्हें पीता देख राम ने अपने सिर के दुपट्टे से मुँह-नाक ढँक लिया, बोला, ''हो गये शुरू।''

''आजा, तू भी ले ले।'' गुरमेल ने कहा।

''बस चाचा, तुम मज़ा करो। तुम्हें ही यह चीज़ भाती है।'' राम ने श्याम से हाथ मिलाया और परे होकर दूसरी खाट पर बैठ गया।

''कौन-सा किसी को पता लगेगा। संतोख तो अपने घर का आदमी है।''

''नहीं, ऐसा तो बिलकुल नहीं। यह दैत्यों की चीज़ है। हमारे काम की नहीं है।''

''तो तुम देवता बन गये और हम दैत्य।'' गुरमेल ने पैग डाला और पानी डालकर श्याम को पकड़ा दिया। कहने लगा, ''अच्छा भाई रामदास हम तो दैत्य ही ठीक हैं। तू देवता ही ठीक है।''

सभी खिलखिला कर हँस दिये। राम ने अभी भी नाक ढँका हुआ था। गुरमेल

ने संतोख की कटोरी में थोड़ी-सी डाली और खुद भी पीने लगा। राम के आने से श्याम की बात बीच में ही रह गयी थी। गुरमेल ने उसे पूरा करवाने के लिए हुंकार भरी, ''फिर क्या कहता था। तेरा साब?''

''अच्छा, हाँ। साब खुश हो गया, भाई। पूछने लगा, ''तुम कितने की छुट्टी माँगता?'' मैंने कहा, ''दो महीने कर दो जी। बोला, तुम्हारी शादी हो चुकी है? मैंने कहा, ''नहीं जी। बोला, फिर इतनी छुट्टी तुम्हारे किस काम की? मैंने कहा, ''घर में चाचा-चाची हैं, भाई है। और भी रिश्तेदारी में जाना-आना पड़ता है। बोला, एक महीना काफी। फिर मेरे कन्धे पर छड़ी मारते हुए बोला, ''इस बार शादी करके लौटना।''

शादी के नाम पर सभी चुप हो गये। हँसे नहीं। घर में विवाह का मसला गम्भीर था। किसी के भी वश की बात नहीं थी। चाचा-चाची किसी जाट की लड़की को जबर्दस्ती तो उठा कर नहीं ला सकते थे।

फिर संतोख ने गेहूँ की बातें छेड़ दीं। वह इस बार की बढ़िया फसल के बारे में उत्तेजित होकर बता रहा था। कहने लगा, ''इस बार तो फसल पूरे जोबन पर है। इतनी बढ़िया फसल पहले कभी नहीं हुई। यदि अच्छी कीमत मिल गयी तो वारे-न्यारे हो जाएँगे।''

जब श्याम छत की ओर झाँक रहा था। राम का मुँह दूसरी ओर था तो गुरमेल ने संतोख को आँख मारी और न में सिर हिलाया। संतोख घाट-घाट का पानी पिये हुआ था। तुरन्त समझ गया। फिर उसने अच्छी फसल की बात न छेड़ी।

श्याम ने फौज की एक और कहानी शुरू कर दी। जलकौर मीट का कटोरा भर कर लायी, बीच में दो चम्मच थे। कहने लगी, ''आज बनी ना बात, सारा परिवार इकट्ठा बैठा है। बहुत ही अच्छा लग रहा है।''

''और क्या, हम तो दोनों ही बुत बने बैठे रहते हैं। तू भर्ती हो गया, यह डेरे जा बैठा। हम अकेले रह गये भाई।'' गुरमेल ने श्याम की ओर देखते हुए कहा।

''नहीं चाचा। हम कहाँ जाएँगे। यहीं तो हैं तुम्हारे पास। यह तो रोज़ ही आता होगा घर में। छुट्टी में मैं भी तुम्हारे पास ही रहता हूँ।'' श्याम ने कहा।

''यह रोज़ कहाँ आता है। मेरे होते तो कभी आया नहीं। अपनी चाची के पास आता होगा।'' गुरमेल हँस दिया।

वह वहीं खड़ी थी। बोली, ''ना भई, राम तो रोज़ मिल कर जाता है मुझे ऐसे न कहूँ। चाचा इसका कभी खेत गया होता है उस वक्त, कभी-कभी घर में होता है।''

राम ने मुँह से कपड़ा नहीं हटाया था। वह उठकर खड़ा हो गया। बोला, ''तुम लोगों ने अभी काफी कुछ खाना-पीना हैं। मैं चलता हूँ। अच्छा श्याम, सुबह

आएगा डेरे?''

''हाँ हाँ, ज़रूर आऊँगा। सुबह जंगल-पानी से फारिग़ होकर उधर ही आ जाऊँगा। तेरे पास ही पियूँगा चाय।''

''तू राम, अब कहाँ जा रहा है? रोटी पका रही हूँ, खाकर जाना। सरसों का साग पड़ा है सुबह का। इनका खाना न खाना, गर परहेज़ है तो।''

''कल्छी तो चाची वही इस्तेमाल करेगी न?'' राम ने कहा तो सभी हँस दिये। वह रुका नहीं।

सुबह-सुबह जब श्याम शौच के लिए खेतों में गया तो वहीं से कहीं दातुन तोड़ लिया। डेरे के नल पर दातुन-कुल्ला कर वह लंगर में जा बैठा। राम ने उसे दूध में ही पत्ती डालकर उबाल दिया। चीनी और दो चम्मच घी भी डाल दिया। श्याम हँस दिया, ''लगता है, इस बार छुट्टी में वजन बढ़ाकर जाऊँगा। घर भी दूध-घी, डेरे भी। चाची-खिलाती-पिलाती अच्छा है भाई।''

''क्या खिलाती-पिलाती है। सारी ज़मीन के मालिक अकेले नहीं बने बैठे। कहाँ से आ गये मुर्गे?''

''अरे, जब ये न रहे तो सारी अपनी है, मूर्ख। चुप कर जा।'' श्याम ने आस-पास देखते हुए कहा।

''वो तो मैं समझता हूँ श्याम। मगर क्या मालूम, कब तक बैठे रहेंगे साले। तेरा विवाह हो जाए, फिर ठीक बैठेगी कहानी। बहू चाची के पास रहे। कोई बच्चा हो जाए तो।''

''अब तो नहीं सुना कोई बच्चा गोद लेने की बात कभी।''

''नहीं, अब तो चाची चुप ही रहती है। कभी-कभी तेरे विवाह की बात छेड़ती है।''

''क्या करें यार, कोई साला जाट आता ही नहीं। फ़ौजी होने के कारण ऐसा हो रहा है।'' फिर कहने लगा, ''यार राम, तू कर ले शादी। तू तो घर में है। तेरा रिश्ता हो जाएगा।''

''मेरा कैसे हो जाएगा। ये देख। उसने अपनी कटी हुई अँगुलियों वाला हाथ सामने कर दिया।

फिर वे दूसरी बातें करने लगे। राम पूछने लगा, ''कितने दिनों की छुट्टी पर आया है? आजकल कहाँ पर है? भीखी कब जाएगा?''

श्याम ने बताया कि वह आज दोपहर को रोटी खाने के बाद ही भीखी जा रहा है। चार-पाँच दिन वहाँ रहेगा। फिर उसने बताया, कि वह उसके लिए एक मोटा-भारी कम्बल लेकर आया है। ट्रंक में पड़ा है। भीखी से लौट कर आकर उसे देगा। यह भी बताया कि चाचा-चाची के लिए क्या-क्या लाया है। उसने भीखीवालों

के लिए लाये सामान के बारे में न बताया। यह उसने चाचा को भी नहीं बताया था।

9

मीट तो रात को बचा ही नहीं था, पतीला भी चट कर दिया उन्होंने। कल सुबह का साग पड़ा था। डेरे से वापस आ श्याम ने नहा लिया। उसने सादे कपड़ों में गर्म पैंट-कमीज पहन ली। गर्म कमीज़ पर जर्सी पहनने की ज़रूरत ही नहीं थी। सूती कपड़े की कमीज़ होती तो ज़रूर जर्सी पहनता। सफेद जुराबों के साथ काले बूट पहनता। पटियाला शाही पगड़ी पहनता। दाढ़ी में काला धागा डालकर फिक्सर से चिपकाता। एकदम अपटूडेट नौजवान लगता। फौज में जाकर उसने जल्दी से गुरमुखी सीख ली थी और रोमन अक्षर भी लिख लेता था। उसकी आम बोल-चाल में कई शब्द अंग्रेजी के होते। पिछली चिट्ठी गुरमुखी अक्षरों में उसने अपने हाथों से लिखी थी। कुछ शब्द-जोड़ चाहे गलत होते, परन्तु राम चिट्ठी का अर्थ मतलब समझ लेता था। इतना ही काफी था।

उसने भीखी जाने का नाम लिया तो जलकौर ने साग गर्म करने के लिए चूल्हे पर रख दिया। मक्की का आटा गूँथने लगी। जब बाहर वह चौंतरे पर आटा गूँथ रही थी तो अन्दर कमरे में श्याम ने अपना बैग खाली किया और ट्रंक में से भीखी लिजाने वाले कपड़े निकाल कर बैग में डाल लिए। बैग में पड़ा छोटा-मोटा सामान ट्रंक में रख दिया। बैग में दो बोतलें भी रम की रख लीं। फुर्ती से इधर-उधर झाँक कर एयरबैग की जिप खींची और फिर जिप को छोटी-सी ताली लगा दी। रोटी खाने के बाद ही वह तैयार हो गया। दाढ़ी बाँधने में काफी-समय लग जाता है। एयरबैग कन्धे पर लटका कर जब चलने लगा तो सूरज काफी ऊपर आ गया था। आँगन में धूप पल-पल बढ़ती जा रही थी।

जैसे उस पर से रात का नशा अभी उतरा ही ना हो। एक नशा उसे भीखी जाने का भी था। वह मुँह से सीटियाँ बजाता बुढ़लाड़े के बस-अड्डे पर जल्दी ही पहुँच गया। एयरबैग के बोझ से कन्धा थका नहीं था। उन दिनों बुढ़लाड़े से भीखी के लिए थोड़ी ही बसें जाती थीं। उसे घंटा, डेढ़ घंटा बस अड्डे पर ही इन्तज़ार करना पड़ा। यह वक्त उबाऊ था। उसने दो बार रेहड़ी से चाय पी। मूँगफली के छिलकों का ढेर लग गया था। कोई जान-पहचान वाला भी नज़र न आया, जिसके साथ फ़िजूल की बातें कर वक्त ही काट लेता। उसके हाथ पर बँधी घड़ी देखकर टाइम पूछने वाले बहुत थे। आखिर में एक बस आयी। उतरने वालों से चढ़ने वालों का ज्यादा जल्दी थी।

भीखी पहुँच उसने बस-अड्डे से बकरे का मीट ले लिया। वह मीट लेने के इरादे से ही बस-अड्डे पर आया था। नहीं तो डॉ. आत्माराम के हस्तपाल की तरफ जाते रास्ते पर कुछ सवारियाँ उतरी थीं। वहाँ से उसका ननिहाल काफी नज़दीक पड़ता था।

तेजो संयोग से घर के दरवाज़े पर ही खड़ी थी। उसने श्याम को दूर से ही आते देखा तो पहचान लिया। उसने बड़ी दोनों लड़कियों से कहा, "अरी, भागकर जाओ, तुम्हारा चाचा आता लगता है, हमीरगढ़ वाला। झोला पकड़ लो उसका जाकर।" लड़कियाँ तेज़ी से बढ़ गयीं। ना उसने एयरबैग पकड़ाया भारी था और न उसने हाथ में लटकता लिफाफा ही। कहीं गिरा ना दे। छोटी लड़की टाँगों से चिपट गयी। बड़ी लड़की ने उसका खाली हाथ अपने दोनों हाथ में पकड़ लिया और उसके साथ-साथ चलने लगी। घर में घुसते ही श्याम ने ऊँची आवाज़ में कहा, "सतसिरी अकाल, सरदारनी।"

"पहले अन्दर तो आ जा। आ जा, सतसिरी अकाल।" तेजो एकदम खिल गयी थी। श्याम के हाथ से उसने लिफाफा पकड़ लिया और पूछा, "क्या लाया है?"

"रोटी खाएँगे। ढँक कर रख दो कहीं मक्खियों से, शाम को बना लेना। एयरबैग उसने खाट के पायताने रख दिया और बैठ गया।

"पानी दे दे मीतो अपने चाचा को।" तेजो ने बड़ी लड़की से कहा।

सूरज पश्चिम की ओर ढलने लगा था। मरी-मरी-सी धूप थी। फतह सिंह और जोरा खेत से वापस नहीं लौटे थे। छोटा लड़का धूप में सो रहा था। बड़ा लड़का और सब से छोटी लड़की भी मालूम नहीं कहाँ थे। शायद कहीं खेलने गये होंगे। दोनों बड़ी लड़कियाँ चाचा के चाव में इधर-उधर भागती घूम रही थीं। तेजो ने शाम की चाय चूल्हे पर रख दी। चूल्हे पर पानी गर्म रखने के लिए रखा था। दोनों बड़ों ने खेत से आते ही हाथ-मुँह धोने थे। तेजो खुद कटोरी में चाय पीने लगी। उसकी आँखों में गहराई उतर आयी। तेज़-तेज़ चाय पीते हुए वह लगातार तेजो की ओर देखता जा रहा था। तेजो की आँखों में काजल था। दाँतों पर दंदासा (रंगीला, दातुन) भी उसने आज दोपहर ही लगाया था। दाँत सफेद थे और तीखे। पाँच बच्चे पैदा करने के बाद भी उसका चेहरा सुन्दर और भरा-भरा था। बात करते हुए कभी-कभी शरमा भी जाती। पूछने लगी, "कैसे भूखों की तरह मुझे लगातार घूरते जा रहे हो। आज रोटी नहीं खायी, क्या?"

वह कहने लगा, "दो साल तो हो गये जो रोटी तेरे पास खायी, सो ही खायी थी। फिर कभी एक टुकड़ा भी नहीं मिला।"

"अच्छा आ गया अब तो। भरपेट खा लेना। उतार लेना मन की हसरतें।"

करनैल गाँव में ही कहीं गया हुआ था। आज उसकी तबीयत थोड़ी ढीली थी। सुबह से ही खाँसी और जुकाम भी था। तेजो ने थोड़ी देर पहले ही अपनी दोनों लड़कियों को भेजा था। कहा था, ''तुम्हारा बापू। साधु बनिये की दूकान पर बैठा होगा, बुला लाओ। घर आ जाए। हमीरगढ़ वाला चाचा आया है।''

श्याम ने चाय का गिलास खाट के पावे के साथ टिका दिया और खड़ा हो गया। भर्रायी सी आवाज़ में बोला, ''चाय बहुत गर्म है। फिर आकर पीते हैं।''

सोये लड़के की ओर देखकर तेजो बोली, ''इतनी जल्दी भी क्या है।''

कमरे से बाहर आकर जब उन दोनों ने अपने-अपने चाय के गिलास खत्म किए, दोनों लड़कियाँ करनैल का हाथ पकड़े आँगन में आ गयीं। मुस्कराते और सकुचाते हुए।

दोनों ने हाथ मिलाया, फिर गले मिले। करनैल खाट पर उसके पास ही बैठ गया और हाल-चाल पूछने लगा। श्याम ठंडी चाय भी ऐसे पीने लगा मानो गर्म हो। साथ ही उसकी बातों का जवाब देने लगा। मीतो श्याम के सिरहाने बैठी थी और छोटी जीतो सामने खड़ी थी, जैसे श्याम की गोदी में बैठना चाह रही हो। तेजो काफी देर बाद कमरे से बाहर निकली। वह करनैल से झगड़ने लगी। कहने लगी, ''कितनी देर हुई घर से गये हुए तुझे। घर नहीं लौटना था क्या?''

अपना बनावटी गुस्सा ठंडा कर वह रसोई में गयी और प्याज़, लहसुन और हरी मिर्चें थाली में डालकर करनैल को पकड़ा दीं। कहने लगी, ''प्याज़ काट दो, लहसुन और मिर्चें भी कुतर दो।''

श्याम करनैल की मदद करने लगा। दोनों जने आपस में बातें भी कर रहे थे। सारा मसाला काट-छीलकर उसने थाली तेजो को पकड़ा दी और वह भूसेवाले कोठे (कमरे) में जा बैठे। श्याम का यह पक्का अड्डा था। पिछली बार जब वह भीखी आया था, उसका ठिकाना इसी कमरे में ही था। वह अपना बैग उसी कमरे में उठा लाया। खाट पर बैठते ही उसने करनैल से कहा कि वह पानी का लोटा और दो गिलास भी ले आये।

उन्होंने दो-दो पैग ले लिये, जब मीट पकने की गन्ध उन्हें उस कमरे तक देने लगी। फतह सिंह और जोरा दोनों ही आ चुके थे। वह चारे का काम निपटा, पशुओं को चारा दे, हाथ-मुँह धो अन्दर श्याम के पास आये। कुछ सफेद दाढ़ी वाले फतह सिंह को श्याम ने माथा टेका। उसके कन्धे पर हाथ रखा। फिर पास ही खाट पर बैठ गया। उसके हाल-चाल पूछने लगा। कहने लगा, ''इस बार तो काफी देर बाद चक्कर लगाया?'' श्याम उसे पैग देने लगा तो उसने मुश्किल से एक अँगुली शराब डलवायी और गिलास पानी से भर पी लिया। जोरा अन्दर आया तो फतह सिंह उठ खड़ा हुआ। कहने लगा, ''अच्छा, सुबह करेंगे बातें।'' श्याम उसे और

पीने के लिए कहता ही रह गया। मगर वह तो कमरे से बाहर चला गया। जोरे को श्याम ने बड़ा पैग दिया। उसने एकदम ही हलक में उतार लिया। फिर वे बातें करने लगे। करनैल उठकर मीट का पता करने चला गया।

चूल्हे के आगे बैठी तेजो करनैल से लड़ने लगी, "तुझे तो बुखार है, तू क्यों चक्कर लगा रहा है।"

उसने अपनी बाँह तेजो को पकड़ाते हुए कहा, "ना अब तो एकदम नहीं है। ना खाँसी-जुकाम है साला। लगता है जैसे कुछ हुआ ही ना हो।"

"तो ठीक है।" अगले पल ही तेजो हँस रही थी। कटोरे में मीट डाल उसने करनैल से कहा, "जा ले जा।" जाते-जाते यह भी पूछा, "रोटी कब खाओगे?"

करनैल बोला, "ठहर कर बताता हूँ। फौजी से पूछ कर।" मीट पहले श्याम को चखाया गया। वह बोला, "ठीक है, बढ़िया बना है। बन गया लगता है।" फिर कटोरे में से काफी हिस्सा जोरे ने खा लिया। करनैल कहने लगा, "अरे, अरे कटोरा अकेला तेरे लिए नहीं है भले मानुस। अब बस भी कर। ला दिखा ज़रा मुझे भी।" श्याम और करनैल हँसने लगे। जोरा अभी भी कटोरा छोड़ नहीं रहा था।

वह पूरे सात दिन भीखी में रहा। वह दो बार अड्डे से मीट लाया था। नहीं तो उन दिनों में सरसों का साग भी मीट से कम नहीं होता था। तेजो बहुत करारा साग बनाती और मक्की की रोटी इतनी हल्की कि बस खाते ही जाओ। पेट भर जाता, नीयत ना भरती। दो बोतलें रम की तो वह साथ लाया था, वह तो तीन दिन ही चल सकी थीं। फिर वह ठेके की बोतलें रोज ले आता। करनैल और श्याम ही ज्यादा पीते थे। जोरा भी दो पैग लगा लेता था। फतह सिंह कम ही पीता था। शराब उसे पचती नहीं थी। एक पैग पीकर भी वह अगले दिन तक परेशान रहता था।

मीतो श्याम के अधिक निकट रहती। उसका सारा काम करती। बड़ी होने के कारण वह दूसरे बच्चों से अधिक सयानी थी। उम्र उसकी बारह साल की थी। स्कूल भी जाती थी। बड़ी हो कर पढ़ने लगी थी। पढ़ाई में ज्यादा होशियार नहीं थी। एक साल फेल भी हुई थी। अब चौथी में थी। चाचा करती रहती। श्याम के रूमाल इत्यादि धो देती। बूटों पर पालिश भी कर देती। इन सात दिनों में उसने बालों सहित नहा लिया था तो मीतो ने ही बाल सूखने पर उसे नारियल का तेल लगाया था। कच्छा-बनियान वह स्वयं धो लेता था। दो बार उसके कपड़े तेजो ने धो दिये थे। सारे परिवार की ओर से उसकी इतनी सेवा सँभाल होती जैसे सचमुच छुट्टी वाले फौजी की होनी चाहिए। हमीरगढ़ जाने से पहले उसने एक दिन तेजो से कहा, "मीतो की तैयारी कर दे इसे मैं साथ ले जाता हूँ। हमीरगढ़ रहेगी चाची के पास। वहीं पढ़ती रहेगी। वहाँ भी है स्कूल। साथ चाची से काम-धन्धा भी सीख लेगी। खुला खाये-पीयेगी।"

सुनकर मीतो मचलने लगी, "आहा, हम तो चाचा के साथ जाएँगे। दूसरे बच्चों के चेहरे उतर गये। मुँह लटकाये खड़े थे वे। वे अकेले ही खीझ रहे थे कि अब अकेली मीतो ही चाचा से चीज़ लिया करेगी। छोटी दोनों लड़कियाँ रोने-सी लगीं। सबसे छोटे लड़के को कुछ भी समझ में नहीं आ रहा था। वह मुश्किल से चार वर्ष का था।

अगले दिन श्याम, मीतो को साथ ले कर चलने लगा तो उसका बैग खाली था। जैसे कुछ भी न हो। बस उसके अपने कपड़े थे या मीतो के दो फालतू सूट। जिस दिन वह आया था तो डेढ़ किलो की तो दो बोतलें ही थीं। तेजो का सूट और गर्म लोई भी थी। सारे बच्चों के लिए कपड़े थे। तीनों भाइयों के लिए जर्सियाँ थीं। तेजो के लिए कान की बालियाँ तो उसने अपने बटुए में ही डाल ली थीं। आधे तोले की बालियाँ थीं।

लड़की को देखकर जलकौर खिल उठी। उसके घर में कोई अपने जैसा बच्चा पहली बार आया था। मीतो लम्बे कद की सुन्दर लड़की थी। बोलने में मीठी, मिश्री से बोल। स्वभाव से चुपचाप। काम-धन्धे में खुद ही आ लगी। गोबर-कूड़े का काम समेटेने लगी। असल में जब वे घर में घुसे तो जलकौर कूड़े को सँभाल रही थी। पशु खेतों में जा चुके थे। घर में कोई और नहीं था। जलकौर ने काफी कहा, "ना बेटा, तुम तो अभी आयी हो। तुझसे काम नहीं लूँगी अभी।" मगर वह मानी ही ना।

श्याम कहने लगा, "चाची, यह मीतो तो तुम्हारी खातिर ही लाया हूँ। मैंने कहा, चाची, अकेले काम करते-करते थक जाती हैं।" फिर कहने लगा, "यह चौथी जमात में पढ़ती है, यहीं पर पढ़ने जाने लगेगी।"

"ठीक है भाई। अपना क्या है। यहाँ रहेगी तो मुझे भी इसका सुख रहेगा। घर भरा-भरा लगेगा।" जलकौर मन से खुश थी।

जितने दिन वह यहाँ रहा, वह डेरे नहीं जाता था। राम खुद ही दिन में एक बार उसके पास चक्कर लगा जाता था। सुबह-सुबह तो वह दूध का गजा करने आता ही था, तब काफी जल्दी में होता था, फिर भी कभी वक्त निकाल कर घर आ जाता। दोनों भाई बातें करते। वह दो-दो घंटे बैठा रहता। कभी-कभी चाची भी उनकी बातों में शामिल हो जाती। मीतो भी अब उस घर की बेटी थी। वह भी बातें सुनती।

छुट्टी खत्म होने वाली थी। चार दिन पहले एक बार फिर वह भीखी गया। मीतो को साथ लेकर नहीं गया था। उसे हमीरगढ़ के प्राइमरी स्कूल में करवा दिया था। भीखी में एक दिन वह और करनैल मानसा आ गये थे। मानसा जाकर उन्होंने एक पंजाबी फिल्म देखी। शराबी होकर सिनेमा देखने गये थे। लौटते हुए वह कपड़े

की दूकान पर भी गये। श्याम ने तीन ज़नाना सूट खरीदे। तीनों एक-से एक सूट तेजो के लिए, बाकी दो हमीरगढ़ लिजाने के लिए। इस बार वह दो रातें भीखी में रहा। करनैल उसे बस-अड्डे तक छोड़ने गया। बस में बैठ श्याम उदास हो गया। उसे घर से चलते समय तेजो भाभी का चेहरा बार-बार याद आता रहा। उसकी आँखों का काजल नजर आता। उसका उदास रोता चेहरा सिर्फ़ श्याम को ही नज़र आता रहा।

जिस दिन श्याम ने जाना था, एक रात पहले गुरमेल और उसने थोड़ी-सी पी। राम भी उस रात घर आया था। मीतो भी जाग रही थी। चाची ने एक बार चाय भी बनायी। वे सभी आधी रात तक बातें करते रहे। जलकौर हैरान थी, भजने को किसी ने भी याद न किया। जब से श्याम छुट्टी आया था। दोनों भाइयों ने कभी भी अपने बापू को याद न किया। जलकौर मन में सोचती, जिस आदमी को काबू करने के लिए शारीरिक सम्बन्ध कायम किया था, वह तो मिट्टी जैसा ही रहा। उसका वजूद कहाँ है आज? उसका तो कोई नाम तक नहीं जानता। उसके सगे बेटों ने ही उसे भुला दिया है।

अगले दिन गुरमेल तो श्याम से हाथ मिलाकर खेत चला गया। चारवाहा जल्दी मचा रहा था। राम उसे बुढ़लाड़े स्टेशन तक छोड़ने गया। जलकौर और मीतो गाँव के बाहर तक विदा करने गयीं। दोनों रो रही थीं। श्याम ने चाची को माथा टेका। मीता को प्यार किया और सिर पर हाथ फेरा। चाची से कहा, ''यह अपनी बेटी है, चाची। भीखीवालों की नहीं। हम इसे यहीं पर रखेंगे।''

''अरे, अब यह यहीं रहेगी मेरे पास। और कहाँ रहेगी, भाई।'' जलकौर ने अत्यन्त स्नेहपूर्वक कहा।

10

छुट्टी से लौटते समय श्याम ने खाली एयरबैग ट्रंक में ही डाल लिया था। अभी ट्रंक में भी इतना सामान बाकी नहीं रहा था। उसने सोचा, एक ही नग ठीक रहेगा। चाची ने दो-अढ़ाई किलो खोये की पिन्नियाँ बना कर दी थीं। वह भी उसने मोमी लिफाफे में डाल किसी पुराने कपड़े में लपेट कर ट्रंक में रख ली थीं। सुबह रोटी खाकर वह घर से निकला था, शाम के लिए चाची ने देसी घी के तीन पराँठे बना दिये थे, साथ में आलुओं की सब्जी रख दी थी।

ट्रंक डिब्बे की नीचे वाली सीट के नीचे उसने जंज़ीर डालकर अपनी सीट से बाँध दिया था। जंज़ीर को ताली भी लगा दी। निश्चिन्त होकर सीट पर बैठ कर वह खिड़की से बाहर झाँखने लगा। उसने चलती गाड़ी से गाँव में अपना घर देखने की

कोशिश की, मगर गाड़ी तो तेज़ी से आगे बढ़ गयी थी। अब तो मानसा आने वाला था। बठिंडे तक वह खिड़की से बाहर ही झाँकता रहा। तेज़ चलती गाड़ी से दरख्त पीछे भागते नज़र आ रहे थे। यह सब कुछ बहुत तेज़ी से हो रहा था। दरख्तों के आकार उसे आदमियों जैसे लगते। किसी-किसी दरख्त के नीचे उसे तेजो खड़ी नज़र आती। एक दरख्त लुप्त हो जाता तो वह किसी और दरख्त के नीचे खड़ी नज़र आती। इस प्रकार न दरख्त खत्म होते और न ही तेजो का आकार दिखाई देना बन्द होता। जब गाड़ी बठिंडा पहुँची तो दिन काफी निकल आया था। प्लेटफार्म पर ही रेहड़ी वाले से उसने चाय का गिलास पिया। यहीं से अगली गाड़ी उसे शाम को मिलनी थी। रेहड़ी वाले से ही उसने अगली गाड़ी के सही वक्त की जानकारी ली। कुछ देर तक वह बैंच पर चुपचाप बैठा रहा। कुछ सोचता रहा। फिर उसने सोचा चाय के साथ पिन्नी खा ले। उसने दो पिन्नियाँ निकालीं, उसमें से एक बड़ी और एक छोटी थी। वह पिन्नियाँ देख मुस्करा दिया। पिन्नियाँ मीतो और चाची ने बनायी थीं। मीतो की पिन्नियों का आकार छोटा भी था और वह थोड़ी सख्त भी थी, जबकि चाची के हाथ की पिन्नियाँ बड़ी और नर्म भी थीं। पिन्नी खाते समय उसे मीतो का चेहरा याद आ गया, जब दोनों उसे गाँव के बाहर तक छोड़ने आयी थीं। मीतो की आँखें भी नम थीं। उसका चेहरा एकदम अपनी माँ जैसा था। वही नाक, आँखें, दाँत और माथे का आकार भी वही था। उसे तेजो में से मीतो नज़र आने लगी। जब वह जवान होगी तो कितनी सुन्दर रही होगी। अभी भी कम नहीं है। लगता ही नहीं था कि उसने पाँच बच्चों को जन्म दिया हैं। तीन मर्द हैं घर में। तगड़ी है एकदम, वैसे ही लगती है जैसे पच्चीस-तीस बरस की ही हो। तेजो का एहसास उसके अंग-संग था। उसे लग रहा था मानो वह भीखीवालों का चौथा भाई हो। लगता क्या, वह चौथा ही है। उन्होंने कभी कोई फर्क नहीं रखा था। जब भी जाता, पलकों पर बिठा लेते थे। उसे लगता जैसे वह हमीरगढ़वालों का कम और भीखीवालों का अधिक अपना हो। फिर उसे यह भी महसूस हुआ कि वह भीखी के लिए छुट्टी काटने आता है, हमीरगढ़ के लिए कब आता है। चाहे वह रहता हमीरगढ़ में है, मगर उसका ध्यान तो भीखी में ही रहता है। भीखी में बिताये दो-चार दिन भी सारी छुट्टी वसूल करवा देते हैं।

भीखीवाले जब उससे इतना स्नेह करते हैं, तेजो भी कितना चाहती है तो वह भी क्या कम करता है। जाते समय सभी के लिए कितना कुछ लेकर गया। इतना खर्च किया उन पर। उनके साथ कोई सम्बन्ध है तभी तो वहाँ जाता है, इतना खर्च करता है। लड़की का एहसान वे कभी भुला नहीं पाएँगे। श्याम ने मन में सोचा। किसी को क्या मालूम, वह मीतो को हमीरगढ़ क्यों लेकर आया है। एक तो लड़की के कारण उसका भीखी हमेशा के लिए आना-जाना बना रहेगा। दूसरा जिसके बारे

में कोई नहीं जानता, वे मीतो की शादी हमीरगढ़ में ही करेंगे। हम लोग उसके विवाह का खर्च करेंगे। भीखीवालों की तीन लड़कियाँ हैं, कुछ बोझ तो उनके सिर से कम होगा। एहसान मानेंगे हमेशा के लिए भीखीवाले, तेजो भाभी भी याद रखेगी।

उसकी सोचें आगे ही भागती जा रही थीं। वह यह भी सोच रहा था कि जब वे मीतो का विवाह करेंगे, जहाँ दोनों भाई भीखीवालों पर एहसान करेंगे, वही अपनी जायदाद में से पुण्य भी कर लेंगे। किसी बेटी का विवाह करना पुण्य ही तो है। इससे बड़ा पुण्य और क्या होगा। चाचा-चाची अकेले ही सारी कमाई खा रहे हैं, मीतो की शादी से कुछ तो हिसाब बराबर होगा।

उसने अपना ट्रंक नीचे रखकर ऊपर पैर रखे हुए थे। खुद वह बैंच पर आँखें मूँदे बैठा था, जैसे नींद की झोंक में हो। उसे लोगों की तीखी आवाज़ें सुनाई देने लगीं। उसने आँखें खोल कर देखा, प्लेटफार्म पर भीड़ बढ़ने लगी थी। यह उसी गाड़ी की सवारियाँ थीं। दिन ढल रहा था। गाड़ी आने में आधा घंटा बाकी था। साथ लाये परोंठे उसने खा लेने का निश्चय किया, सोचा गाड़ी में फिर पानी की मुश्किल पड़ेगी। यह भी मालूम नहीं, गाड़ी में भीड़ कितनी होगी। यदि बैठने की जगह नहीं मिली तो रोटी खाने के लिए और भी मुश्किल हो जाएगी। उसने ट्रंक खोलकर रोटी वाली पोटली निकाली। प्लास्टिक का गिलास भी ट्रंक में पड़ा था। उसे पानी से भर लाया। वह ट्रंक पर बैठकर ही रोटी खाने लगा। परोंठे और आलू की सब्जी देसी घी में बने होने से काफी स्वादिष्ट थे। उसे चाची की याद आयी। आखिर चाची कितना स्नेह रखती है। माँ से कहीं भी कम नहीं है।

डिब्बे में ऊपर की सीट पर वह ट्रंक सिरहाने की ओर रख लेट गया। गाड़ी के हिचकोलों से उसे मीठी-मीठी नींद आने लगी। मगर रात होने पर अगल-बगल की सवारियों का शोरगुल, कभी कोई ज़ोर की आवाज उसकी नींद में खलल डाल रहा था।

चाचा के अड़ियल स्वभाव के कारण चाची बेचारी बुत बनी रहती है। किसी के साथ लेना-देना नहीं, कहीं आना-जाना नहीं। उसके सिर्फ़ हम ही हैं, दोनों भाई हमीं उसकी दुनिया हैं। इसलिए वह हमें इतना चाहती है। उसकी अपनी कोई औलाद होती, लड़का-लड़की तो रिश्तेदारियाँ भी आगे चलतीं। चाची की ज़िन्दगी एक तरह से छप्पड़ के पानी की तरह वहीं सड़ने लगी है।

चाची का मायका कालेके है। उसके दो भाई हैं। छोटा विवाहित है। उसके दो लड़कियाँ ही हैं। बड़ी लड़की के विवाह के समय किसी बात पर गुरमेल नाराज़ हो गया। फिर तो वह झगड़ा हुआ कि रहे परमात्मा का नाम। चाचा कह रहा था, "मैं दामाद हूँ इस घर का।" चाची के दोनों भाई कहने लगे, "तू होगा दामाद। मगर हमारी इज्जत का सवाल है।" किसी को मालूम नहीं था कि बात क्या हुई है।

बीच-बीच में बात सुलगती रही, कभी मध्यम पड़ जाती, मगर क्लेश काफी रहा। चाचा बारात आने से पहले ही रूठकर हमीरगरढ़ आ गया। चाची बाद में आयी। बस वह दिन और आज का दिन। चाचा ना खुद कभी कालेके गया ना चाची को ही जाने दिया।

चाची का अपनी बड़ी बहन के साथ भी आना-जाना नहीं था। उसके घरवाले और चाचा में पहले दिन से नहीं बनी थी। चाची बताती थी, उसका जीजा अक्ल वाला और शरीफ है, मगर चाचा अकड़ में रहता है, कहता है, मेरे पास ज़मीन ज्यादा है। उसके पास दो एकड़ कम होगी, परन्तु इससे क्या फ़र्क पड़ता है। उससे कैसी बराबरी, वो कौन इनका शरीक था। जब कभी दोनों कालेके में इकट्ठे होते, चाचा मुँह सुजा कर रखता। अकड़ कर रहता चाची की बहन चाचा के सिर पर हाथ रखती, उसे अपने पुत्रों समान समझती। मगर मालूम नहीं, चाचा शक करता और खीझता कि ससुराल में उसकी बड़ी बहन और उसके पति की बात अधिक सुनी जाती है। इस बात से भी चिढ़ता कि चाची, अपने जीजा के साथ नज़दीक होकर क्यों बात करती है। चाची से लड़ता-झगड़ता, कहता, ''तूने इससे क्या लेना है। क्या लगता है यह तेरा?''

चाची बताती, उसकी बहन नंद कौर एक बार अपने पति को साथ लेकर हमीरगढ़ भी आयी थी। काफी अर्से पहले की बातें हैं। चाचा ने अपने साढू को बुलाया ही नहीं। ना दारू लाया, ना मीट बनाया। उन बेचारों को भी खाने-पीने का कोई शौक तो नहीं था। वे लोग आपसी नज़दीकी चाहते थे। जब वे लोग आये। यह जल-भुन गया, कहने लगा, ''ये लोग यहाँ क्या करने आये हैं? जब हम इनके घर में नहीं जाते।''

मालूम नहीं कैसा है उसका चाचा गुरमेल सिंह। श्याम ने करवट ली और नीचे वाली सवारी से पूछा, ''कौन-सा स्टेशन है?'' हंडिआया था। नीचे बैठी सवारियाँ आपस में बतियाने लगीं। एक कहने लगा, ''टेशन से लगता गाँव तो खुड्डी है हंडिआया तो यहाँ से दूर है। फिर मालूम नहीं, स्टेशन का नाम हंडिआया क्यों रखा किसी ने?''

''होगी कोई बात भाई।'' दूसरे ने जवाब दिया।

गाड़ी काफी देर तक वहाँ रुकी रही। सामने से कोई गाड़ी आ रही होगी या पीछे वाली किसी तेज़ रफ्तार गाड़ी ने निकलना होगा। गाड़ी होने के कारण ही श्याम को नीचे बैठी सवारियों की बातें सुनाई दे रही थीं। गाड़ी चलने पर बात कम ही समझ में आती थी। वह करवट बदल, आँखें मूँद सोया रहा। घर की पुरानी बातें याद आती रहीं।

''हाँ नंद कौर की बड़ी लड़की भूरो ज़रूर हमीरगढ़ में आती-जाती है। मगर

वह भी कभी-कभी। भूरो की शादी खले हुई है। उसके पति का स्वभाव अच्छा है। बलबिन्दर में कोई अकड़ नहीं। ना ही कोई लोभ-लालच है। भूरो के चार लड़के हैं। सुना था, चाची उन लड़कों में से किसी एक को हमीरगढ़ लाना चाहती थी। फिर पता नहीं कैसे चुप हो गयी। शायद सोचा होगा, जो खले वालों का कोई लड़का नहीं लायी। राम ने बताया था, चाची ऐसा चाहती है, मगर खले वाले लड़के उसके क्या लगते हैं। कोई लड़का आ जाता तो यहाँ पाँच एकड़ का मालिक बन बैठ जाता। यह तो चाची ने समझदारी की। अब चाचा-चाची दोनों दस एकड़ की कमाई अकेले खा रहे हैं, खाते जाएँ। कब तक खाएँगे। कभी तो मरेंगे । फिर ये दस एकड़ हम दोनों भाइयों की होगी। असल में तो अकेले मेरी होगी, राम संन्यासी है। उसने ज़मीन का क्या करना है। पढ़ जाता तो अच्छा था। दसवीं कर लेता तो कोई नौकरी मिल जाती। खेती के मुश्किल काम से निकल जाता। अच्छा खाता-पीता, पहनता और सुख से रहता। चाचा के अक्ड़पन ने उसे घर से निकलवाया। फिर उस बेचारे का हाथ कट गया, नकारा होकर रह गया। माँ मर गयी, बाप का कोई ज़ोर घर में था ही नहीं। चाची की घर में चलती थी। बापू तो सारी उम्र चाची से दबता ही रहा। ना उसने अपना कुछ किया और ना ही बेटों के लिए कुछ बनाया। दो पुत्रों के होते भी संसार में उसका कुछ बाकी न रहा। कोई उस निकम्मे को याद भी नहीं करता अब। वे दोनों तो वैसे भी निपुले हैं, मगर घर के मालिक वही हैं। देखो सोचते-सोचते कहाँ बात पहुँच गयी।

उसे बाहर शोर-गुल सुनाई दिया। गाड़ी खड़ी थी। किसी की आवाज़ से मालूम हुआ, यह घूरी जंक्शन है। गाड़ी यहाँ काफी देर तक खड़ी रही। उसने सोचा, इंजन पानी ले रहा होगा या कोई डिब्बा जुड़ रहा होगा। जंक्शन पर आम तौर पर गाड़ियाँ कुछ अधिक देर तक खड़ी रहती हैं। सवारियों के शोरगुल से उसकी ख्यालों की लड़ी टूट गयी। वह ऊपर की सीट से नीचे उतरा। अँगड़ाई ली और बाथरूम चला गया फिर झाँक कर बाहर देखा, प्लेटफार्म पर लोग इधर-उधर तेज़ कदमों से आ-जा रहे थे। गाड़ी का सिगनल डाऊन नहीं हुआ था। सामने रेहड़ी वाले 'चाय गर्म, चाय गर्म' की आवाज़ें लगा रहे थे। उसने नीचे उतर कर चाय का कप लिया। सिग्नल अभी डाऊन नहीं हुआ था। गाड़ी ने यहाँ काफी टाइम ले लिया था। उसने मन में कहा, ''ये कौन-सी एक्सप्रेस गाड़ी है। ये तो पसंजर से भी बुरी है। गाड़ी नहीं इसे गड्डा कहना चाहिए। जगह-जगह खड़ी हो रही है, जबकि उसे इन स्टेशनों पर रुकना ही नहीं होता।''

गार्ड ने सीटी दी तो वह फुर्ती से अपनी ऊपर वाली सीट पर आ लेटा। दिल में फीका-सा हँस दिया। उसकी अपनी ज़िन्दगी भी तो गड्डा ही है। इसकी भी कोई चाल नहीं, कोई मंजिल नहीं कोई लुत्फ नहीं। ये साली फ़ौज की नौकरी क्या

कर ली, कोई जाट, लड़की देने को भी तैयार नहीं। औरत की ज़रूरत उसकी भीखी जाकर पूरी होती है। वह भी साल या दो सालों बाद कहीं दो-चार दिनों के लिए। यह चोरी का गुड़ है, कितनी देर तक खाया जा सकता है। यह सिलसिला आखिर किसी दिन खत्म हो ही जाएगा। यह किस्सा सारी ज़िन्दगी नहीं चल सकता। घर बसाना और बात है। घर तो कोई अपनी औरत ही बसा सकती है, जिससे बच्चे भी पैदा हों। बच्चे जो ज़मीन-जायदाद के वारिस हों। ऐसा प्रबन्ध कहीं बनते नज़र नहीं आता। चाची-वाची भी आज घर के मालिक हैं। आज की घड़ी उनके पास सब कुछ है, मगर सब व्यर्थ। आगे उनका कौन है। आज आँखें बन्द कर जाएँ, कल इस बसते घर में गधे लोटने लगेंगे।

इसी उधेड़-बुन में उसे नींद आ गयी। गाड़ी के हिचकोले जैसे लोरी दे रहे थे। गाड़ी स्टेशनों पर रुकती रहती, मगर वह सोता रहा।

अम्बाला छावनी आकर वह उतर गया। यहाँ उसने गाड़ी बदलनी थी।

11

वह कीकर का पेड़ कैसा था, किसी की मौत का पैगाम था। पूर्व की ओर गुरमेल के खेतों में एक एकड़ जितना लम्बा नाला था। इस नाले पर था वह कीकर। मालूम नहीं इस कीकर का बीज किसने यहाँ बोया था, क्या मालूम स्वयं ही उग आया था। कहीं का बीज पानी के वेग से जानवरों की बिष्टा या पशुओं के गोबर में से ही वृक्षों के बीच धरती में से जड़ें जमा लेते हैं।

नाले के दूसरी ओर संते का खेत था। उसकी भूमि का यह टुकड़ा सिर्फ़ दो एकड़ का था। यहाँ कुछ भी उगता नहीं था। वे लोग कभी-कभी ग्वार या बाजरा बो देते थे। रेतीली भूमि थी। बंजर की बंजर पड़ी रहती। इधर गुरमेल का एक एकड़ भी बंजर ही था। हल नहीं चल पाता था। आधा एकड़ फिर भी कुछ ठीक था। बारिश होने पर यहाँ ग्वार-बाजरा हो जाता। गेहूँ बोते तो 'कल्लर' दिखने लगते।

गुरमेल का नहर वाला नाला बंजर एकड़ से आगे जाकर उपजाऊ भूमि में जा निकलता। यहाँ फसल बढ़िया होती थी। कीकर इस नाले के ऐन मध्य में पड़ता था और नाला गुरमेल की अपनी ज़मीन में था। नाले का कोई झगड़ा नहीं था। मगर संते को कीकर का लालच था। एकदम सीधा कीकर था यह, ना टेढ़ा न मेढ़ा। टहनियाँ भी उसकी बराबर सी इधर-उधर फैली हुई थीं। जब कीकर पूरा भर जाता तो उसकी छाँव बड़े आँगन जितनी जाती थी। यह प्रारम्भ से ही बहुत बढ़िया थी। इसका तना गोलाकार था। संते का मन इस कीकर के लिए विचलित था। बरसात के दिन थे।

एक दिन उसने कीकर अपनी ओर कर लिया, जैसे किसी की स्त्री को कोई पड़ोसी बाँह पकड़ कर अपने आँगन में ले जाए। नाले की मेंड को कीकर के ऐन मध्य में कर दिया। उसका मतलब था कि कीकर साँझे में पर है। कुछ दिनों बाद गुरमेल ने देखा तो उसके तन-बदन में आग लग गयी। उसका खून खौलने लगा। इस नाले को किसने छेड़ा है। फावड़ा लेकर उतने मेंड को कीकर के ऊपर से कर दिया।

गुरमेल के गर्म स्वभाव से सभी परिचित थे। वह किसी बात पर बिगड़ जाए तो फिर उसे समझाया नहीं जा सकता था। मरने-मारने को तैयार हो जाता था। सन्ता खुंदक खा गया। कुछ दिनों के बाद सन्ता चौपाल में लोगों से कहने लगा, कीकर साँझी मेंड पर था, मेलू ने ज़बर्दस्ती उसे अपनी ओर कर लिया है। मेंड कितनी टेढ़ी है, चल कर कोई देखो तो। गुरमेल के डर से उसके खेत में कोई जाता नहीं था। मगर कुछ लोगों ने चोरी-चोरी जाकर देखा, मेंड टेढ़ी तो थी तो मगर कोई खास नहीं थी। इतना टेढ़ापन तो मेंड बनाते समय स्वाभाविक ही आ जाता है। किसानों में यह आदत बुरी होती है कि वे पड़ोसी खेत की मेंड को ज़रूर ही तोड़ते-बिगाड़ते हैं। दो सेर मिट्टी अपनी ओर करके मानो वे कोई जायदाद इकट्ठी कर लेंगे। समझदार लोग ऐसा नहीं करते। थोड़ी-सी मिट्टी इधर-उधर होने से कोई लाट साहब तो नहीं बन जाता। घरों की हालत तो वैसी ही रहेगी।

सन्ता ऊँचे लम्बे कद का और भरे-पूरे शरीर का आदमी था। हाथ में कुदाल या गंडासा लिए रहता था। एक आँख मींच कर चलता। यहीं उसकी आँख चतुराई दिखाती थी। गुस्सा ना दिखाता, बात बहुत धीमे-धीमे सहजता से कहता। मगर बात में गहरी चालाकी होती। पहले तो उसने लोगों में धीरे-धीरे इस बात का प्रचार किया कि कीकर साझे मेंड पर है और गुरमेल ने उसे अपनी ओर कर लिया है। फिर इस से आगे बढ़ कर कहने लगा कि कीकर उसकी ज़मीन पर है। नाला कीकर से परे जाता है। वह कहता, चकबंदी के नक्शे के अनुसार यह मेंड गलत निकाली गयी है। मेंड कीकर के परे से है और कीकर उसकी ज़मीन में आता है। लोगों में बातें करते-करते वह गुरमेल के भतीजों से भी इस इरादे की बातें करने लगा। कभी श्याम से कुछ कहता, कभी राम से। कहता, "अपने चाचा से कहो भाई, तहसीलदार को अर्ज़ी देकर मेंड निकलवा ले। ये कीकर हमारी ज़मीन में है।" वह भजने से ही कहता, "तुम मेंड क्यों नहीं निकलवाते? मेलू तुम्हारे घर का नम्बरदार बना हुआ है, कहो उससे, तहसीलदार के पास जाए।"

भजना जवाब देता, "तू सन्ता सिंह, सीधे गुरमेल से ही बात क्यों नहीं करता।" लड़के भी यही जवाब देते, "हमें मालूम नहीं ताऊ, चाचा से तुम खुद पूछ लो। उसी को सब मालूम है।"

मगर नहीं सन्ता सिंह, गुरमेल से बात ना करता। उससे कतराता था। जब

कभी वे दोनों टकराते तो दूसरी ही बातें करते। गुरमेल खुद भी बात नहीं छेड़ता था, जबकि भजने तथा भतीजों से उसे सब बातें मालूम हो चुकी थीं।

कीकर बरस-दर-बरस बढ़ता गया। हर बरस उस पर नया काम आ जाता। भरपूर फल लगने लगे। बकरियों वालों का जब भी दाँव लगता, वे शाखाएँ ही बीच से तोड़ लेते। बाँस में लगी दराँती का उल्टा हिस्सा मारकर शाखाएँ गिरा लेते। चरवाहे लड़के गोंद उतारते। पतंगों के दिनों में कीकर की गोंद बहुत काम आती।

गर्मी का मौसम था। एक दिन गुरमेल, संतोख तथा दिहाड़ीदार अमरीकी कपास की गुड़ाई करके हटे थे। शीशम के नीचे बैठे आराम कर रहे थे। दोपहर ढल चुकी थी। ईंटें रखकर बनाये चूल्हे पर चाय उबल रही थी। चरवाहा चाय बना रहा था। गुरमेल ने सारा दूध उड़ेल दिया। एक बोतल अभी भी दूध की भरी पड़ी थी। यह बोतल गीली मिट्टी में पड़ी थी। ऊपर से मिट्टी डाल दी, ईंटें रख दीं ताकि कोई कुत्ता या बिल्ली बोतल को मुँह न लगा जाय। बोतल ठंडी भी रहे और दूध भी न फटे। चरवाहे ने देखा, चाय उबल गयी थी।

सन्ता उधर से पता नहीं कहाँ से आकर उनके पास शीशम के नीचे बैठ गया। गुरमेल ने चाय की कटोरी उसे भी थमा दी। कहने लगा, ''भाई साब, पीकर देख, चाय कैसी बनी है।''

बाकी लोग चाय पीकर उठे और अपनी-अपनी कटोरी धो-माँज कर अपने काम में जा जुटे। चरवाहा चाय के बर्तन समेटने लगा। सन्ता बैठा रहा। गुरमेल की ओर एकटक देखता हुआ। जैसे कुछ कहना चाहता हो। आखिर उकड़ूँ होकर बैठा और अपने कुदाल का फल धरती पर सीधा लगा दोनों बाजूओं का भार उस पर डाल दिया। बोला, ''भजने से मैंने कहा था, लड़को से भी कई बारी कहा, हम पटवारी के पास चलें किसी दिन?''

''क्या काम है पटवारी से?'' गुरमेल ने अनजान बन कर पूछा।

''तुमसे कभी बात नहीं की भजने ने या लड़कों ने?'' वह आश्चर्यचकित हुआ।

''हाँ की थी। सभी कुछ सुना मैंने, जो-जो तुमने उनसे कहा। अब यह बता, तुम चाहते क्या हो?'' गुरमेल ने सीधा उसकी आँखों में झाँका।

''आ उठ कर इधर आ।'' सन्ता उसे कीकर की मेंड की ओर ले गया। गुरमेल के मन में कई भाव आ-जा रहे थे। वह सोच रहा था, 'आखिर ये जाट चाहता क्या है?''

वे मेंड के पास खड़े थे। संते ने कुदाल नीचे रख कर कहा, ''यहाँ से खड़े होकर देखो। कितना फ़र्क है। मेंड में आखिर। सभी मेंड़ें नाप कर बनायी गयी हैं। मगर इस का नाप मेरी ओर है। हम पटवारी से अपना भ्रम दूर करवा लेते हैं।'' संते

ने उसे अपनी ओर से सुझाव दिया। ''मैं इन बातों को नहीं जानता। मुझे कोई भ्रम नहीं है। भ्रम तुम्हें होगा। तुम्हें शक है तो जाकर तहसीलदार को दरख्वास्त दे दो जाकर। मेरी तो ज़मीन पूरी है। नापा-मेरा भी हुआ है।'' गुरमेल ने धीरज रखते हुए कहा।

''हम दोनों चलते हैं तहसीलदार के पास। कानूनगो आ जाएगा। पटवारी होगा। भ्रम दूर हो जाएगा, तेरा भी मेरा भी। मैं ऐसे ही नहीं कह रहा था। थोड़ा-सा फ़र्क है मेरी ओर से।''

''सन्ता सिंह, तुझे कीकर नज़र आती है। कीकर तो मेरी ज़मीन में है। जिससे मर्ज़ी पूछ लो।''

''मैं कीकर की बात ही नहीं कर रहा। मैं तो जमीन की कर रहा हूँ।''

''ज़मीन का तुमने क्या करना है। मैंने भी क्या करना है। ये तो बंजर है सिर्फ़ बंजर। न तेरी ओर कुछ उगता है न मेरी और। क्या करेगा पत्थरों का? मैं नहीं जाऊँगा किसी के भी पास। ना तहसीलदार के ओर न ही किसी कानूनगो या पटवारी के। तुझे जाना है तू जा। भाग, जिस तरफ भागना चाहता है। बस बात खत्म।'' गुरमेल तिनका तोड़ कर आ गया और आकर खेत में गुड़ाई करने लगा। मन में उसे गालियाँ दे रहा था, ''साला बड़ा चालाक बनता है। नज़र कीकर पर है इसकी और बात ज़मीन की करता है। तहसीलदार का डर दिखाकर मुफ्त में ही कीकर काटना चाहता है। उखाड़ ले जो तू उखाड़ना चाहता है। उसने निगाह घुमा कर देखा, सन्ता परे किसी अन्य खेत की ओर चला जा रहा था।

कभी-कभी उनका आपस में सामना भी हो जाता। छोटी-मोटी कोई बात हो भी जाती। गुरमेल पंख बढ़ाकर आगे निकल जाता। उसे मालूम था वह फिर से मेंड की बात छेड़ेगा। उसे पक्का मालूम था कि वह बेकार का शौर डालना चहाता है। शौर डाल वह भीतर काटना चाहता है। जब कीकर छोटा था, तब इसने कुछ न कहा। अब ज्यों-ज्यों कीकर बड़ा होता जा रहा है और काटने लायक हो गया है, त्यों-त्यों इसकी लालसा बढ़ती जा रही है। वह दृढ़ था कुछ भी हो जाय, वह संते को कीकर किसी भी हालत में नहीं देगा। काना-कलूटा, समझता क्या है खुद को।

चौपाल में खड़े होकर संते ने एक बार फिर बात चलायी, ''यदि मेलू सच्चा है तो जाता क्यों नहीं तहसीलदार के पास। खुद ही निपटारा हो जाएगा। कीकर किस की ओर आता है। इसकी ओर आता है तो यह काट ले नहीं तो मैं काट लूँ।''

गुरमेल तक उसकी यह बात पहुँच गयी। उसने गहराई से सोचा कि यदि कीकर इसकी ओर है तो यह स्वयं तहसीलदार की कचहरी में क्यों नहीं जाता? पक्की बात है, यह डराना चाहता है। बेकार ही कीकर में आधा हिस्सा चाहता है। उसने अन्दर ही अन्दर ग्राहक ढूँढ़ने शुरू कर दिए। अन्दर खाते ही कीकर की कीमत तय कर ली। दो-तीन आदमी कीकर की खोज में थे। आखिर चानण बढ़ई से कीकर का सौदा तय कर लिया। गुरमेल ने अग्रिम राशि ले ली। चानण ज़बान का पक्का

था। धोखेबाजी की कोई बात नहीं थी।

चानण का धन्धा था, वह नज़दीकी गाँवों से वृक्ष खरीद लेता। दिहाड़ीदारों से कटवा लेता। वहीं आरे से दरख्त के टुकड़े-टुकड़े कर ट्रैक्टर-ट्राली में लदवा लेता और बुढ़लाड़े ले जाता। बची-खुची लकड़ी भी ले जाता। बुढ़लाड़े मे उसका लकड़ियों का टाल था। बेढंगी लकड़ियाँ चीर कर बेच देता। फर्नीचर या किवाड़-खिड़कियों तथा चौगाठ में काम आने वाली लकड़ी को आरे से चीर लेता। उसकी आरे की मशीन अपनी थी। छत डालने वाली बल्लियाँ भी तैयार करता था।

चानण बढ़ई के आदमी आये और एक ही दिन में कीकर उखाड़ फेंका। उस दिन सन्ता गाँव में नहीं था। किसी रिश्तेदारी में गया हुआ था। वरन् वह झगड़ा लेकर बैठ जाता। वह तीसरे दिन आया। खेत गया तो देखा, कीकर को आरा लगा हुआ है। चार मज़दूर लकड़ियाँ चीर रहे हैं। कीकर का तना तो औंधे मुँह गिरा पड़ा था।

चानण के आदमी ट्रैक्टर-ट्राली ले आये थे। पहले उन्होंने तने को लादा। फिर दूसरी ट्राली में अन्य लकड़ियाँ और टहनियाँ ली जाना था। उनका एक आदमी आया और गाँव में गुरमेल सिंह के घर का पता पूछ कहने लगा, ''कीकर लदवा दो सरदार जी। आपका कोई पड़ोसी है सन्ता सिंह, वह कीकर उठवाने नहीं दे रहा। कहता है, कीकर आधा मेरा है। साँझा है। पहले आप निबट लो उससे। हम लोग ट्राली लिए खड़े हैं। चार आदमी खड़े है वहाँ।''

''तुम चलो मैं आता हूँ। अभी करता हूँ इसका निपटारा।''

गुरमेल की आँखों में खून उतर आया। रीढ़ की हड्डी में झनझनाहट सी हुई। उसने अपना गंड़ासा कमरे से निकाला और उसी वक्त खेत की ओर चल दिया। उसकी पगड़ी उल्टी-सीधी ही बँधी थी। लुँगी तेज़ चलने से टाँगों में अटक रही थी। उसने लुँगी उतारकर कन्धे पर रख ली। वह तेज़ कदमों से चलता जा रहा था।

ट्रैक्टर-ट्राली वाले आदमी परे छोटे शीशम की छाया में बैठे थे। बगल में कुदाल की नोक दबाये सन्ता कीकर के तने के पास एक टाँग पर खड़ा था। उसने सोचा, गुरमेल आकर कोई बात करेगा। मगर एक तो आँधी की तरह आया और आते ही गंडासे का वार संते के कन्धे पर किया। सन्ता जब तक सँभल कर कुदाल से वार करता, गुरमेल ने एक और वार कर दिया। यह वार उसकी गर्दन पर हुआ। सन्ता लहू-लुहान हो गिर पड़ा। उसने दो गंड़ासे और उसकी छाती पर चला दिये। शेर की भाँति दहाड़ते हुए बोला, ''दूँ आधा तुझे? ले उठा ले अपना आधा हिस्सा।''

ट्रैक्टर-ट्राली वाले सभी आदमी भयभीत हो गये। ''सालो, यह तो कुछ और ही हो गया।'' उन्होंने ट्रैक्टर स्टार्ट किया और ट्राली आदि लेकर निकल गये।

गुरमेल वहीं कहीं अमरीकी कपास, मकई और ईख के खेतों में जा छिपा।

12

राम ने बुढ़लाड़े जा कर श्याम को तार दी कि घर में बहुत बड़ा हादसा घट गया। वह पन्द्रह–बीस दिनों की छुट्टी लेकर जल्दी से गाँव पहुँच जाए। रजिस्ट्री करवा चिट्ठी भी लिख दी। गोलमोल शब्दों में समझा दिया कि चाचा एक कत्ल–केस में आ फँसा है। अभी पेश नहीं हुआ। जितनी जल्दी हो सके, वह छुट्टी लेकर गाँव पहुँच जाय।

श्याम को तार तीसरे दिन मिला। उसे एकदम फ़िक्र हो गयी। तार लेकर वह साहब के पास गया। उसकी छुट्टी बकायदा बनती भी थी। उसे एक महीने की छुट्टी मिल गयी। मगर अर्ज़ी देते, छुट्टी की मंजूरी मिलते–मिलते भी तीन–चार दिन लग गये। इतने में चिट्ठी भी मिल गयी। चिट्ठी पढ़ कर उसे सारी घटना का पता लग गया कि चाचा ने कोई कत्ल कर दिया है। वह अच्छी तरह से जानता था कि चाचा का स्वभाव ही ज़हरीला है। ज़रूर उससे किसी का कत्ल हो गया होगा। अच्छा–बुरा काम करते समय वह आगा–पीछा देखता ही नहीं। नफ़ा–नुकसान की उसे कोई समझ है ही नहीं। गुरमेल के बारे में दिमाग में सिर्फ़ बुराई ही सामने आने लगी। उसकी बदौलत ही वे दोनों भाई घर से निकले। वह समझदारी से चलता तो छोटा पढ़ जाता, कोई सरकारी नौकरी करता, मौज करता। श्याम भी खेती का काम करता, उसका विवाह भी हो जाता। चाचा की कोई औलाद नहीं थी, दस एकड़ होने पर रिश्ता पक्का था। राम भी ब्याहा जाता। उन दोनों के बच्चे चाचा–चाची के पोते–पोतियाँ होते। घर भरा–भरा रहता। चाचा ने रह गयी कसर पूरी कर दी। आदमी ही मार दिया। श्याम को यह मालूम नहीं था कि उसने कत्ल किसका किया है।

बुढ़लाड़े पहुँच कर श्याम ने एक मज़दूर लिया और उसे ट्रंक उठवा हमीरगढ़ ले आया। घर में सब शोक मग्न थे। चाची का चेहरा सूखा और उदास था। भैंसें, बैल और कट्टा–बछड़ा भूखे खड़े थे। ऊपर मुँह उठा–उठा कर देखते और रस्सा तुड़वाने की कोशिश करते। घर का काम–धन्धा मीतो कर रही थी। श्याम घर में घुसा तो मीतो उसके गले से लिपट कर रोने लगी। चाची भी बैठे–बैठे कोढ़ सी फूट पड़ी। उससे कुछ भी बोला–बताया नहीं जा रहा था। राम मालूम नहीं कहाँ था। पैसे देकर उसने मज़दूर आदमी को भेज दिया। चाय न पूछी। चाय किसे सूझ रही थी। वह अन्दर कमरे में बैठा चाची की बातें सुन रहा था कि बाहर से किसी की पद चाल सुनाई दी। यह रल्ले वाला बलविन्दर सिंह था। उन दोनों ने हाथ मिलाया। रस्मी हाल–चाल पूछा। चाची फिर पूछने लगी। बलविन्दर सिंह चौकी लेकर उनकी चारपाई

के पास ही बैठ गया। चाची ही क़त्ल का सारा किस्सा बयान कर रही थी। बात खत्म कर उसने अपना माथा पकड़ा और फूट-फूट कर रोने लगी। उसकी सारी देह काँप रही थी। श्याम ने चाची का कन्धा पकड़ दिलासा दिया, ''बस कर चाची। चाचा से जो होना था, हो गया। अब हमें उसका बचाव करना चाहिए।'' फिर पूछा, ''चाचा है कहाँ?''

''यहीं पर ही है। पेश नहीं हुआ अभी। राम वकील के पास गया है बठिंडा।''

''राम के साथ कौन गया है?'' श्याम ने पूछा।

''नम्बदार गया है, तुम्हारे गाँव के हिस्से का गुरचरण सिंह भी।'' बलविन्दर सिंह ने बताया।

यह वही गुरचरण सिंह था जो कभी भजने के साथ अम्बाला गया था और उसने श्याम के भर्ती हो जाने के बारे में मालूम किया था। उसे तसल्ली हुई कि गुरचरण सिंह उनका हिमायती था। वह उनके हित की बात करेगा। उसे यह भी मालूम हुआ कि जिस सन्ता सिंह का कत्ल हुआ है, नम्बदार गुरचरण सिंह उनका खानदानी विरोधी है। दोनों खानदानों की आरम्भ से दुश्मनी थी। सन्ता सिंह के साथ उनके परिवार का अच्छा व्यवहार था। कोई खास वैर-विरोध नहीं था। बस इतनी अनबन ज़रूर थी जो पड़ोसी खेत वाले के साथ होती है। साझी मेंड वाले तो बिना मतलब के ही आपस में टकराते रहते हैं।

चाची ने बताया कि उसी रात पुलिस वाले पृथ्वीदास के डेरे गये और राम को पकड़ लिया। उसे मारा-पीटा, कहने लगे, अपने चाचा को पेश कर। बता, वह कहाँ है? नहीं तो तेरी हड्डियाँ तोड़ डालेंगे। बेचारा सहता रहा, मार पिटाई चाचा को पेश कहाँ से करता?

गुरमेल को अंदेशा नहीं था कि सन्ता सिंह मर जाएगा। अपनी ओर से तो उसने सन्ता सिंह को सिफ़र् सबक सिखाया था। उसका मंशा उसे जान से मारने की नहीं थी। वह सिफ़र् बताना चाहता था कि कीकर उसकी था। उसकी ज़मीन में था। सन्ता कौन होता है, उस कीकर के मामले में दखल देने वाला? सौदा हो गया। अगले दिन कीकर काट दिया गया। कुछ सोच-समझ कर ही उसने यह कीकर बेचा था। अब सन्ता कीकर उठाने नहीं दे रहा था, कमाल है। वह कौन था रोकने वाला। यह तो साफ उसकी बेइज़्ज़ती थी उसके द्वारा बेचे गये कीकर को कोई दूसरा रोक दे।

हादसा घटने से गुरमेल वहाँ से चला और खेतों में लुकता-छिपता बुढ़लाड़े जा पहुँचा। वहाँ संयोग से गाड़ी तैयार खड़ी थी। वह बगैर टिकट ही गाड़ी में चढ़ गया। जाखल जा उतरा। जाखल जाकर स्टेशन के बैंच पर ही बैठा रहा। ना उसे भूख ना प्यास। डर और भय उसके दिमाग पर हावी हो गये। कही मर न गया हो

साला। मर गया तो उसे फाँसी लगेगी। उसकी देह काँपने लगती। अब वह कहाँ जाय? कभी-कभी वह हौसला रखता, जो होगा देखा जाएगा। वह खुद को तसल्ली देता, साला जाट अकड़ दिखाता था। कीकर उठाने नहीं दे रहा था। ये कोई बात हुई भला। भलेमानस तू वैसे बातकर। चार आदमी बुला लेता। पंचायत मुझसे कह देती, मैं मान जाता। वह साला तो खुद ही थानेदार बन बैठा था। देख लिया स्वाद फिर। उसकी जेब में एक भी पैसा नहीं था। दूसरे दिन की गाड़ी से वह मंडी चला गया। वहाँ उसे गाँव का धोबी चमार मिला। उसने बताया कि सन्ता मर गया है। गाँव में सभी उसका नाम ले रहे हैं। भाग जा, जहाँ राह मिलता है। उसने धोबी से पूछा, "तू किधर जा रहा है अब?"

"गाँव। मैं तो इधर भीखी से आया हूँ। कल रात से किसी रिश्तेदारी में गया हुआ था।"

"तुम मेरे घर में सन्देशा दे देना। मगर और किसी को मालूम न हो। कहना, भई मैं पेश हो जाऊँगा। मैं अब कहाँ तक छिपता रहूँगा। आखिर एक दिन पकड़ा ही जाऊँगा। हमारे घर में कोई न हुआ तो डेरे जाना पृथ्वी दास के। वहाँ लड़का है हमारा, मेरा भतीजा राम। उससे कहना, भई मैं रात-बेरात घर आऊँगा। मुझे पेश करवा दे। नम्बदार गुरचरण सिंह को साथ ले ले। वह खुद ही सारा बंदोबस्त कर लेगा।"

वह जैसे आँधी की तरह अपने खेत से भागकर बुढ़लाड़े पहुँचा था, वैसे ही अपने गाँव लौट आया। रात का वक्त था। वह अपने घर न गया। उसे डर था, गाँव में कहीं पुलिस न बैठी हो। गाँव जाकर वह डेरे में गया। डेरे में तो सारी रात लोग चलते-फिरते ही रहते हैं। उसने एक आदमी से पूछा, यहाँ रामदास संन्यासी हैं उससे कह दो कि वह बाहर आये। उसके घर से कोई मिलने आया है। समझाया कि, यह बात किसी और को मालूम न हो।

थोड़ी देर बादा राम डेरे से बाहर आया। चाचा को खड़ा देख जैसे उसके होश उड़ गये। चाचा-भतीजा ने जल्दी-जल्दी बातें कीं। वहाँ से वे घर के लिए चल दिये। राम को मालूम था कि गाँव में पुलिस नहीं है। फिर भी गुरमेल घर न गया। पेश होने की सारी बात राम को समझाकर वह वहीं से कहीं चला गया। बस इतना बताया कि वह प्रीतम सिंह हवलदार के खेत में उनकी झोंपड़ी में बैठा रहेगा। अपनी चाची से कहना, वह ना आये वहाँ। औरतों का मन कमज़ोर होता है। साथ में लोगों को मालूम हो जाएगा कि यह कहाँ जा रही है। साथ ही रोटी दे जा मुझे। मैं तो दो दिनों से भूखा ही घूम रहा हूँ।

राम ने उसी समय जाकर चाची को सारी बात बता दी। फिर उस समय मीतो को अकेली घर में छोड़कर चाची और राम गुरचरण सिंह नम्बरदार के घर चले गये।

कमरे में जाकर वे काफी देर तक इस बारे में बहस करते रहे कि गुरमेल को पेश कैसे किया जाय। नम्बरदार ने जलकौर और राम को समझाया, ''भाई जो दुर्घटना घटनी थी, वो तो घट गयी। अब समझ लो पैसा लगेगा। आदमी को बचाने का सवाल है। नहीं तो फाँसी लगेगी। यह तुम लोग देख लो।''

जलकौर ने नम्बरदार के पैर पकड़ लिये। कहने लगी, ''गुरचरण सिंह, तुम हमें इस वक्त बचा लो। पैसे मैं लगाऊँगी। चाहे कहीं से भी लाऊँ।''

फिर नम्बरदार और राम प्रीतम सिंह की उस झोंपड़ी में गये। जाते समय रोटी नम्बरदार के घर से ही ले गये। जलकौर वापस अपने घर चली गयी। नम्बरदार ने गुरमेल से सारी बातें कीं। तय किया कि वकील से बात कर उसे पेश कर दिया जाएगा।

अब पहले पैसों की ज़रूरत थी। जो घर में नहीं थे। वकील ने मुँहमाँगी फीस पहले ही रखवा लेनी थी।

अगले ही दिन जलकौर खुद और राम बुढ़लाड़े अपने आदमियों के पास गये। सूरजमल आढ़ती पहले तो बात सुनकर अफसोस करने लगा। कितने सारी हमदर्दी और दिलासा देने वाली बातें कहीं। फिर पूछा, ''कितने पैसों की ज़रूरत है ?'' जलकौर ने अलग-अलग कई रकम गिनवा दीं। सूरजमल ने कहा, ''इतने तो मुश्किल हैं, जलकौर। हमें भी किसी से लाने होंगे।'' फिर उसने फसल-खेती की बातें छेड़ दीं। कितनी ज़मीन है। इस बार कौन-कौन सी फसल बोयी हुई है। पिछले साल कितनी गेहूँ हुई थी। सारी जानकारी लेता रहा। डंगर-पशु कितने हैं। भैंसें दोनों दुधारू हैं कि नहीं। जलकौर और राम हैरान थे और खुश भी कि लाला उनका हाल-चाल पूछ रहा है। हैरान इसलिए कि वह पैसों की बात बीच में ही छोड़कर ज़मीन-जायदाद की बाबत क्यों पूछने लगा है।

जितने पैसे उन्होंने माँगे थे, सूरज मल ने आधे देने के लिए हामी भर दी थी। कहा, ''आज तो नहीं है, परसों आना। परसों तैयार मिलेंगे।''

तीसरे दिन राम अकेला गया। सूरज मल दूकान पर नहीं था। घर से पता किया, वहाँ भी नहीं था। फिर पता लगा कि वह बठिंडा गया है। कल आएगा। दूसरे दिन राम फिर दूकान पर गया। सूरजमल के मुनीम ने बताया, ''बाऊजी तुम्हारे काम के लिए ही घूम फिर रहे हैं। मुझसे कह कर गये हैं।' दूकान में अन्य जाट-जमींदार भी सूरजमल भी प्रतीक्षा में बैठे थे। मुनीम उन्हें जितने पैसे दे रहा था, वह लेकर सन्तुष्ट नहीं थे। अधिक पैसों की माँग कर रहे थे। मुनीम कह रहा था, ''बाऊजी मुझसे इतनी रकम ही बता कर गये हैं।''

आढ़त की दूकान का अजीब सिलसिला था। आढ़तियों के गाँव बँटे होते। अपने-अपने गाँवों में आढ़तिये किसी न किसी बहाने चक्कर लगाते रहते। अपने

आसामियों के खेतों में जाते। साग-सब्जी लेने का बहाना लगाकर या कोई और बहाना बनाकर। उन्होंने सिर्फ़ यह देखना होता था कि जाट के खेत में फसल कितनी है, कैसी खड़ी है, कितने एकड़ है। जैसे कसाई बकरे के पेट के नीचे हाथ डाल कर उसे ऊपर उठाता है, उसे परखता है कि इसमें से कितना माल निकलेगा। ऐसे ही आढ़तिया जाट की फसल को परखता है कि कितनी होगी। फिर उसी हिसाब से उसे रकम देता है। फसल मंडी में आती है तो बोली लगने से वह अपनी रकम ब्याज सहित काट लेता है। बाकी रकम जाट की झोली में डाल दी जाती है। कोई नाराज़गी नहीं, गुस्सा-गिला नहीं। फसल से बढ़कर एक पैसा भी आढ़ती, जाट को नहीं देता।

सूरजमल ने परख लिया कि गुरमेल की फसल इस बार इतनी आएगी। उसी हिसाब से उसने जलकौर और राम को पैसे दे दिये। मगर इस लेन-देन के झंझट में कई दिन निकल गये। उधर पुलिस कई बार घर आ चुकी थी। राम को थाने लिजाकर मारा-पीटा भी गया। बाबा चिब्भड़दास की बात किसी ने न सुनी। पुलिस वालों को तो पैसा चाहिए था। चिब्भड़दास का वे सत्कार करते थे। लोकाचार के नाते बाबा के समाने सख्ती से नहीं बोलते थे। बाबा के सामने तो सभी 'जी हज़ूर, जी हज़ूर' करते रहते।

जिस दिन शाम को श्याम छुट्टी लेकर गाँव पहुँचा। राम और नम्बरदार बठिंडा वकील के पास गये हुए थे। वे शाम को लौट आए। आकर बताया कि वकील इतनी रकम पहले ही माँगता है। बठिंडा जज की कचहरी में गुरमेल सामने पेश होगा। बाकी का सारा मुकदमा भी वही लड़ेगा। वह वकील कत्ल के केस ही लड़ता है। जीतता भी है। गुरदेव सिंह वकील की बठिंडा कचहरी में पूरी धाक है। वह राजनीति में हिस्सा लेता है। वैसे भी जजों संग बनाकर रखता है।

प्रीतम सिंह हलवदार की झोंपड़ी का किसी को इल्म नहीं था कि गुरमेल वहाँ छिप कर बैठा हुआ है। वह खेत गाँव से काफी दूरी पर था। झोपड़ी ईख और कपास के खेतों के बीच में थी। बहुत ऊँची नहीं थी। कई बार पता भी नहीं लगता था कि वहाँ कोई झोपड़ी है भी कि नहीं। दिन के समय वह झोपड़ी में पड़ा रहता। आने-जाने वालों की आहट रखता। दस-बारह गन्ने काट कर उसने वहाँ एक छोटी-सी खाट बना ली थी। रोटी उसे दोनों वक्त की वहीं पहुँच जाती थी। अजीब सिलसिला निकल आया था।

खेतों से ही उसे किसी तरह मानसा ले गये। बुढ़लाड़े की ओर जानबूझ कर न ले गये। मानसा से गाड़ी पर चढ़े। गुरमेल ने अपना भेष बदला हुआ था। उसके साथ रल्ले वाला दामाद बलविन्दर सिंह था। राम और नम्बरदार उनसे अलग किसी और गाड़ी से बठिंडा पहुँचे।

बलविन्दर और गुरमेल कचहरी के बाहर एक ओर मुँह छुपाकर बैठे रहे। नम्बरदार और राम ने वकील के पास जाकर कागज़ तैयार करवाये। वकील ने फीस पहले ली। बारह बजे गुरमेल को बठिंडा पहुँचा जज ने उसी समय उसे पुलिस के हवाले कर दिया। हथकड़ी लग गयी। राम, श्याम, बलविन्दर और नम्बरदार वकील के साथ अन्य बातें कर गाँव लौट आये।

13

किसी भी जाट को दो ही चीज़ें मारती हैं बीमारी और मुकद्दमा। आदमी इन दोनों हालतों के आगे हार जाता है। बीमारी की तो जाट फिर भी परवाह नहीं करता। छोटी-मोटी बीमारी की ओर तो वो ज्यादा ध्यान भी नहीं देता। उसके पास कुछ अपने नुस्खे भी होते हैं। शहर में डॉक्टर के पास वह तभी भागता है, जब कोई और चारा न रह जाए। मगर मुकद्दमे के आगे उसकी कोई पेश नहीं जाती, फिर जाट की अकड़ का भी सवाल होता है। उसकी यह अकड़ ज़मीन के आधार पर आधारित होती है। ज़मीऩ के कारण वह राजा होता है। ज़मीन केन्द्र है उसकी अकड़ का। मुकदमे में सज़ा हो जाने के कारण ज़िन्दगी कुछ ठहर-सी जाती है। मगर वकील लोग लूट लेते हैं, दूसरी ओर पुलिस और क्लर्क, साथ में गवाहों की सेवा और हमेशा उनके नीचे अलग रहना भी एक सज़ा समान ही है। जब मुकदमा छिड़ जाए, फिर इज़्ज़त का सवाल बन जाता है। ज़मीनें गिरवी रखनी पड़ती हैं। खेती की ओर से ध्यान एकदम हट जाता है।

जाट जिद्दी होता है। रिश्तेदारों के साथ कोई समझौता नहीं करता। यदि कोई हमदर्द आदमी बीच में पड़ समझौता करवा भी दे तब भी ईर्ष्या कायम रहती है। प्रत्यक्ष न सही, अप्रत्यक्ष रूप से यह ईर्ष्या अन्दर-अन्दर ही घुलती रहती है।

जलकौर अकेली रह गयी। गुरमेल के ज़ेल चले जाने के बाद उसे समझ में आया कि पति क्या होता है। वह अच्छा था या बुरा था, घर का मालिक तो वही था। उसका पति था। जलकौर को इतना डर सज़ा का नहीं था, जितना भय उसे फाँसी लगने का था। उसकी भूख खत्म हो गयी। रात को नींद न आती। उनींदी-सी रहती। जैसे सोये हुए भी न सोयी हो। नींद कभी भी भड़क कर खुल जाती। वह आधी रात को ही पौ फटी समझ खाट से उठ बैठती। आँगन में आ तारे देखने लगती। तारों से ही अन्दाज़ा लगाती कि रात कितनी बाकी रह गयी है।

जाखल से बठिंडा जाने वाली रेल-पटरी हमीरगढ़ पहुँचकर गाँव के ऐन मध्य से गुज़रती थी। बुढ़लाड़े से आगे मानसा की ओर एक स्टेशन था, नरिन्दरपुरा। लोग

इसे बगलियाँ वाला भी कहते। हमीरगढ़ से यह स्टेशन नज़दीक ही था। गाड़ियाँ यहाँ ठहरती थीं। एक्सप्रैस गाड़ी नहीं रुकती थी। मगर गाँव के लोगों का भी रुझान बुढ़लाड़े की ओर ही था। पैसेंजर गाड़ी के लिए भी हमीरगढ़ के लोग बुढ़लाड़े जाते थे।

गाड़ियाँ सारी रात गुज़रती रहतीं। मालगाड़ियाँ और एक्सप्रैस भी। पैसेंजर गाड़ियाँ सिर्फ़ दिन के समय चलती थीं। रात को गाड़ी की खड़खड़ाहट गाँव वालों के लिए आम बात थी। ना उनकी नींद खुलती और न बेचैनी होती। गाँव में आये मेहमानों को थोड़ा अजीब-सा लगता। गाँव में आये हुए आदमी को नींद मुश्किल से आती। उसे लगता मानो दूर से एक शोर गाँव की ओर बढ़ता आ रहा हो। यह शोर गाँव पर बादल फटने के समान गिर पड़ेगा और सारे गाँव को तबाह कर देगा।

छुट्टी आया श्याम खाट पर जलकौर के पास ही लेटा हुआ था। वहीं मीतो की भी चारपाई थी। रल्ले वाला बलविन्दर सिंह भी था। मगर जलकौर को तीनों का ही कोई सहारा नहीं था। वह तो जैसे एकदम अकेली हो। वे रोटी खा, दूध पी, काफी देर रात तक बातें करते रहे थे। बातें गुरमेल के बारे में ही थीं। और किसके बारे में बातें करते। बातें करते समय बलविन्दर भी बहुत सारे सुझाव देता। श्याम सिर्फ़ सुन रहा था। मीतो चुपचाप सभी की ओर ताकती बैठी थी। जलकौर के लिए ये सभी बातें सिर्फ़ खोखली मन भुलावे की थीं। उसके अन्दर एक भय बैठा हुआ था। बातें करते सुनते सभी सोने लगे। पहले मीतो सो गयी। फिर बलविन्दर खुर्राटे मारने लगा। श्याम चुप बैठा पता नहीं क्या सोचता रहा 'चाची, सो जा अब। सुबह करेंगे बातें।' कहकर श्याम ने भी मुँह ढाँप लिया। जलकौर काफी देर बाद सो सकी।

उखड़ी-उखड़ी नींद में उसे सपना आने लगा। जैसे गुरमेल के पीछे एक साँड़ पड़ गया है। गुरमेल भागता जा रहा है। पीछे-पीछे साँड़ भी भाग रहा है। तेज़ भागता, फुँफकारता जा रहा है। गुरमेल से तेज़ भागा नहीं जा रहा। कभी गिर पड़ता है। साँड उससे थोड़ी दूर ही रह गया है। वह फिर से उठकर भागने लगता है जलकौर उसे बचाना चाहती है। बचाने की कोशिश भी करती है। वह उन दोनों के बीच जा खड़ी होती है। मगर साँड़ उसके ऊपर से निकल जाता है। उसे कोई चोट नहीं लगती। साँड़ जलकौर से कुछ नहीं कहता। बस वह गुरमेल का पीछा करता है। जलकौर की कोई पेश नहीं जाती। आखिर में साँड़ गुरमेल पर चढ़ जाता है। सींगों से उठा ज़ोर से पटकता है। साँड़ गिरे पड़े गुरमेल के पेट में टक्कर मारता है। सींग धँसा देता है। जलकौर की चीख निकल जाती है। वह उठकर बैठ गयी। उसके नज़दीक वे तीनों बेसुध से सोये रहते हैं। रात को एक गाड़ी, गाँव की धरती हिलाती गुज़र रही है। फिर दुबारा उसे नींद नहीं आती। वह चारपाई पर उल्लू की तरह बैठी रहती है। रात के अँधेरे में उसकी आँखों के सामने कोई आकर घूमने लगता है। वह

फिर से लेट जाती है। फिर से सोने की कोशिश करती है।

पहले उसे कभी मालूम नहीं था कि रात के समय कौन-सी गाड़ी कब गुजरती है। सारे गाँव के लिए ऐसे ही था मगर उसकी उखड़ी-उखड़ी नींद से उसे हरेक मालगाड़ी और एक्सप्रैस गाड़ी का पता लगने लगा। गाड़ियों के गुज़रने के कारण ही उसे अब रात का पता लगता कि कितनी निकल गयी, कितनी बाकी है।

रात को सोये हुए वह बोलने लगती। पता नहीं, किससे क्या कहती। उसके बोलने से मीतो की नींद खुल जाती। वह उसका कन्धा हिला उसे जगाती और 'वाहे गुरु-वाहे गुरु' कहने के लिए कहती।

जलकौर की मानसिक दशा बहुत अजीब हो गयी थी। गुरमेल कुछ भी था, उसका पति था। वह नहीं तो इस संसार में उसका कुछ भी नहीं। उसके सिर पर ही वह मौज करती थी। गुरमेल उसका खूँटा था, जिसके साथ बँधी, वह इस घर में सुरक्षित थी। विधवा स्त्री पर लोग कई इलज़ाम लगाते हैं। वह सचमुच अकेली रह जाती है। जलकौर को भी यही डर लगता कि कहीं वह भी अकेली न रह जाए।

गुरमेल के गुस्सैल स्वभाव पर लानत भेजती। उसकी किसी के साथ बनती नहीं थी। ना किसी रिश्तेदार के साथ, न ही गाँव में उसकी अच्छी पैठ थी। पता नहीं किस बात की अकड़ थी उसमें। उसके अकड़ स्वभाव के कारण ही दोनों भतीजे घर से निकल गये। शायद उसके पापी स्वभाव के कारण ही उसकी कोई औलाद न हुई थी।

रिश्तेदार तो चलो चुप कर अपने घरों में बैठ गये। उनसे कोई आना-जाना ना रखा। भतीजों ने भी बर्दाश्त कर लिया, घर से ही निकल गये। भजना बीमार रहता था। बीमारी उसके शरीर में जा धँसी थी। वह भी इसके सामने बोलता नहीं था। मगर कोई बेगाना आदमी कैसे सहन कर सकता था। चार आदमियों में बैठकर संते से बात कर लेता। मगर उसे जहन्नुम ही पहुँचा दिया। क्या मिला उस कीकर से? कीकर क्या थी, दोनों के लिए ही मौत का पैगाम था। सन्ता वैसे ही मर गया। गुरमेल को फाँसी लग जाएगी। बेगानों पर अकड़ नहीं चलती।

एक दिन सुबह-सुबह संतोखा पशुओं को अन्दर वाले खूटों से खोलकर बाहर आँगन में बाँधने लगा। यहाँ धूप आ जाएगी और पशुओं को सेंक मिलने लगता। मीतो गोबर-कूड़ा सँभाल रही थी। गोबर एक स्थान पर इकट्ठा कर दिया। मूत्र फावड़े से साफ कर दिया। बाकी सारा स्थान साफ कर दिया। गीले स्थान पर रेत का तसला बिछा दिया। कूड़े के तसले को वह खुद ही भरती और खुद ही उठा कर बाहर खुद के ढेर पर डाल आती। सारे काम खत्म कर वह चूल्हे की ओर आयी तो देखा कि जलकौर वैसे ही चौंतरे पर बैठी है। वह भी ज़मीन पर ही बैठ गयी। बायाँ हाथ ठोड़ी पर रखा हुआ था। मालूम नहीं कहाँ देख रही थी। क्या देख रही थी। पशुओं

पर धूप पड़ने लगी थी। कोने में एक खाट पड़ी थी। वहाँ भी धूप आ गयी थी।

श्याम डेरे में राम के पास गया था। सुबह-सुबह ही उठ कर वह चला गया था। बलविन्दर अपने घर गया हुआ था। श्याम घर में दाखिल हुआ तो देखा, चाची ठंड में ही बैठी है। वह बोला, ''चाची, उठ यहाँ से, उधर धूप में जाकर बैठ जा। देख, खाट पर कितनी धूप आ गयी है।'' फिर मीतो को झिड़कने लगा, ''मीतो, तूने क्यों नहीं कहा चाची से धूप में बैठने को। यहाँ बैठी ठिठुर रही है।''

श्याम की ऊँची आवाज़ सुनकर जलकौर खुद ही उठकर खाट पर धूप में जा बैठी। कहने लगी, ''क्या धूप क्या छाँव भाई। मुझे तो अब कुछ भी पता नहीं लगता। मैं तो मिट्टी हो गयी बच्चे। मुझे क्या होगा। ले, यहाँ बैठ जाती हूँ। क्या फ़र्क पड़ता है।''

घर और पशुओं का सारा काम अब मीतो के जिम्मे ही था। बड़ी होशियार लड़की थी। तगड़ी और मजबूत। घर में झाड़ू, बर्तन माँजती। दूध बिलौती। दूध आदि सँभालती भी। सुबह-सुबह दूध बिलो मक्खन निकालने लगी। मक्खन निकाल अँगुलियाँ पोंछते हुए बैठी रही। मीतो परे आँगन में कुछ और काम कर रही थी। वह जलकौर को बैठे देखती रही। फिर उसके पास जा कहने लगी, ''दादी, मक्खन निकल आया है अब।'' मीतो के कहने पर उसने लस्सी में हाथ डाला। थोड़ा-सा मक्खन बाहर निकल आया।

संतों के घर से चोरी गढ़ी मुहल्ले की बूढ़ी औरतें जलकौर के पास आ बैठतीं। उससे दुख-सुख बाँटतीं। उसे दिलासा देतीं, कहतीं, ''तुम हौसला रखो। उसका बाल भी बाँका नहीं होगा। वाहे गुरु है सब करने वाला। यह कौन-सा उसे मारना ही चाहता था। चोट कहीं ज्यादा लग गयी और वह मर गया। जाटों के यही तो पंगे हैं। कानूनों में कई छेद होते हैं भाई। पैसा लगेगा अब फाँसी नहीं लगेगी, बस सज़ा होगी। कितने भी सालों की हो जाए।''

बूढ़ियों की हमदर्दी से उसे डर लगने लगता। 'फाँसी' शब्द सुन उसकी जान निकलने लगती। वह आँखें पोंछने लगती। बूढ़ियाँ आतीं, उसे रुलाकर चली जातीं। जो बातें उसके अन्तर्मन में कहीं बैठी होतीं वे उसके सामने बोल कर चली जातीं। उसे ये सभी बातें बुरी लगतीं। बहुत चुभती, मगर बाद में मन कुछ हल्का हो जाता। रोने से मन साफ हो जाता। कुछ समय बाद चिन्ता फिर ज़ोर पकड़ने लगती।

घर में तीन आदमी और थे, चौथे संतोखा था। उसे चारों ही ओर भूत-प्रेत दिखाई देते। उसे लगता, जैसे किसी उजाड़ पड़े घर में वह भी कोई भूत ही हो। जब कोई उसे बुलाता या कुछ कहता तो उसे लगता, जैसे कहीं बहुत दूर से कोई आवाज आयी हो। मीतो ही अधिक बात उससे करती। श्याम और राम जब अलग बैठकर उससे कोई विचार-विमर्श करते तो वह सिर्फ़ उनकी हाँ में हाँ मिलाता।

बार-बार यही कहता, ''ज़मीन चाहे सारी बेच दो भाई। मगर तुम्हारे चाचा को कुछ ना हो।''

''ना चाची! तुम धीरज रखो। वकील काफी बड़ा किया है।'' श्याम कहता।

''जब नम्बरदार हमारे साथ है तो चाचा को कुछ नहीं होगा। नम्बरदार की पहुँच बड़े-बड़े अफसरों तक है।'' राम भी उसे दिलासा देता।

14

सन्ते के दो लड़के थे। दोनों का ही कमाई की ओर ही ज्यादा ध्यान रहता। दोनों बाल-बच्चेदार थे। स्वभाव से नर्म थे। गली-मुहल्ले या गाँव में कभी किसी से कोई लड़ाई-झगड़ा नहीं हुआ था। यह गुरमेल के कीकर का झगड़ा भी जो संते ने कई वर्षों से छेड़ा हुआ था, लड़के इसके विरुद्ध थे। उन्होंने अपने बाप को कई बार समझाया भी था कि बापू छोड़ कीकर साली का क्या है। क्यों पड़ोसी जाट के साथ मतभेद पैदा करता है, मगर वह टलता नहीं था। समझता था कि दबकाने से गुरमेल डर जाएगा। कीकर में उसे आधा हिस्सा मिल जाएगा। दोनों लड़के सुलखण और मनमीत सुशील स्वभाव के थे। गुरमेल को आगे बढ़ कर मिलते। राम-श्याम के साथ भी उनका मेल-जोल था। पड़ोसी खेत की कदर करते थे। घर बेशक उनके दूर-दूर थे, मगर खेत पास होने से उनमें निकटता थी।

अब उनके बाप का कत्ल हो गया था। दोनों चुप कैसे बैठते। एक तरह से उनके बाप संते ने कबीलदारी के शान्त पानी में बिना किसी मतलब के हलचल मजा दी थी। कत्ल होकर उनकी जान साँसत में डाल दी थी। यदि वे चुप रहते तो बदनामी थी। यदि मुकदमा लड़ते तो खर्च था। खेती का सारा बोझ अब लड़कों पर ही था। सन्ता बेकार की बात पर कत्ल हो गया। उनके लिए मुश्किल खड़ी कर गया था।

ऐसी बात नहीं थी कि उन्हें बाप की मौत का अफसोस नहीं था। बाप का अफसोस किसे नहीं होता। यदि वह कुदरती मौत मरता, दुख और भी गहरा होता। मगर अब दोनों भाई अजीब-सी दुविधा में फँस गये थे। कातिल को फाँसी हो, उम्र-कैद हो या बरी हो जाए, उनके लिए मुकदमा लड़ना ज़रूरी था।

उन्होंने भी बठिंडा में अपना एक वकील कर लिया। भाग सिंह एक पुराना वकील था। कभी मुकदमा जीत जाता, कभी हार जाता, कानूनी लड़ाई लड़ता। कानून का ज्ञाता था। प्राइवेट तौर पर जजों से मिलता, उन्हें पैसे भी वाजिब देता। मुकदमा जीत जाता तो ज्यादा खुशी ना होती हार जाता तो ज्यादा गम न करता। उसके लिए हार-जीत सामान्य थी।

मुकद्दमा शुरू हुआ। संते के लड़कों के साथ आदमी भी थे। उनके नज़दीकी आदमी, जिनको गुरमेल से कोई जान-पहचान नहीं थी। सन्ता का घर गुरमेल के घर के हिस्से से दूसरी ओर था। इसी प्रकार कुछ गुरमेल के हिमायती थे, जिन्हें संते के परिवार से कुछ लेना-देना नहीं था। नम्बरदार गुरबख्श सिंह का तो बल्कि संतों के साथ विशेष वैर-विरोध था।

तारीखें पड़ने लगीं। गवाहियाँ हो चुकी थीं। वकीलों की बहस भी कई बार हो चुकी थी। मगर जज नयी तारीख डाल देता। तारीख सीधे तीन-चार महीनों की पड़ती थी। दोनों पक्ष पूरी टोली बनाकर बठिंडे पहुँचते। रोटियाँ पका कर साथ ले जाते। कभी सब्जी कभी अचार के साथ। अजीब किस्म का युद्ध छिड़ा था। दोनों परिवारों में हर तारीख पर गुरमेल को हथकड़ी लगाकर लाया जाता। पुलिस की गाड़ी से उतर कर जब भी वह जज की कचहरी तक जाता तो सिपाही उसके परिवारवालों पर रहम करते हुए गुरमेल से एकाध बात करने का रहम कर देता। इस रहम की कीमत चुकानी पड़ती थी, जो पहले ही अदा करनी पड़ती थी।

श्याम एक महीने की छुट्टी पर आया था। एक महीना पता ही नहीं चला। मगर इस महीने के दौरान उसने काफी काम कर लिया था। गुरमेल को जज के सामने पेश करवा दिया। नम्बरदार को साथ लिजाना, वकील गुरमेल सिंह के साथ बात तय कर ली थीं। घर की कुछ अन्दरूनी बातें, जिनके बारे में सिर्फ़ राम-श्याम को ही मालूम था। इन बातों का असर देर से होना था, जिस का प्रभाव राम-श्याम की ज़िन्दगी पर पड़ना स्वाभाविक था। इन बातों के बारे में श्याम अधिक सोचता था, राम नहीं।

जब तक गुरमेल की पेशी नहीं हुई थी, बलविन्दर, हमीरगढ़ ही टिका रहा। विचार-विमर्श में साथ देता। अलग बैठकर भी जलकौर को नेक सलाह देता। मासी-मासी करता रहता, जैसे वही जलकौर के सबसे निकट हो। जलकौर उससे भेदभरी बातें भी करने लगी थी। भीखी वालों की लड़की मीतो वहाँ थी। वह जलकौर के आगे-पीछे घूमती रहती। घर का सारा काम वहीं सँभालती। जब से कत्ल हुआ था, वह स्कूल भी नहीं गयी थी। स्कूल में उसकी कोई खास रुचि भी नहीं थी। बलविन्दर और जलकौर जो बातें आपस में करते, वह सभी बातें श्याम को बता देती। श्याम को तो पहले से ही डर था। उसका माथा उसी दिन ठनक गया था जब उसने देखा कि बलविन्दर वहाँ घर पर है।

वह एक दिन भीखी गया। करनैल और वह कत्ल के बारे में बातें करते रहे। जोरा और फतह सिंह भी पास आ बैठे। करनैल और श्याम ने दारू भी पी, मगर नशा न हुआ। चाचा की ज़िन्दगी का सवाल था। सबसे बड़ा सवाल तो, अब ज़मीन-जायदाद का था। जब तक गुरमेल जेल में है, पता नहीं क्या होगा। उसके बाद ज़मीन

जायदाद को लूटने के लिए गिद्द आ पड़ेंगे। सभी तैयार बैठे थे। श्याम यह सभी बातें करने भीखी गया था। आखिर में तीनों भाइयों ने यह फैसला किया कि फतह सिंह को हमीरगढ़ छोड़ा जाय और बलविन्दर को किसी-न-किसी तरह वहाँ से निकाल बाहर किया जाय। वह चाची के कुछ ज्यादा ही नज़दीक होता जा रहा था।

अगले दिन भीखी से चलने से पहले उसने अकेले में बैठकर तेजो से भी बातें कीं। उसे बताया कि चाची का तो दूसरे आदमी के बगैर गुज़ारा ही नहीं। पहले दिन से उसका यही हाल है। राम और श्याम तो इन बातों का बचपन से ही पता है कि चाची ने कैसे उनके बापू को नींबू की तरह निचोड़ कर रखा है। उनकी माँ इस दुख के कारण ही जल्दी मर गयी। चाचा के पास तो सिर्फ़ गुस्सा था। दोनों को घर से निकाल खुद यह दुर्घटना कर बैठा। आदमी ही मार डाला। श्याम ने बताया कि उसका बाप मरा तो चाची ने चमार को फँसा रखा है। संतोखा को वह इसी कारण काम से हटने नहीं देती। उसे इतना खिलाती-पिलाती है कि देखा नहीं जाता। देसी घी के टिन अपनी ओर से तो उसे चोरी ही देती है, मगर हमें मालूम हो जाता है। चोरी कभी दीवारों से छिपती थोड़े है।

तेजो आँखों में हँस रही थी। कहने लगी, ''मैंने तीन को सँभाला हुआ है, तेरी चाची ने दो को सँभाला तो फिर क्या हुआ। मेरे तो अब चौथे तुम हो।''

''नहीं, यह बात नहीं भाभी, ''श्याम गम्भीर था, ''मुझे बात करते हुए शर्म आती है। हमारा जो बड़ा भाई है फतह सिंह, इसमें है कुछ बात कि नहीं?''

''क्या मतलब?''

''यह कैसा है?''

''मैं समझी नहीं।''

''भई वाह? मैं पूछता हूँ, यह अभी भी तेरे साथ है कि ज्यादा बूढ़ा हो गया है?''

''वाह तेरे। मैंने कहा, पता नहीं क्या पूछ रहा है तू।'' वह ज़ोर से हँसी, ''बूढ़ा-बुजुर्ग कोई नहीं है। यह तुम सभी से ज्यादा तगड़ा है। ऐसे मरियल-सा लगता है।''

''फिर एक बात है भाभी। मैं तो कह नहीं सकता। तुम बात करो इसके साथ। मैं इसे हमीरगढ़ ले जाता हूँ। इसे कहो, चमार से पीछा छुड़ावे चाची का।''

''यह कैसे पीछा छुड़ाएगा?''

''जब यह उस पर भारी पड़ा तो चमार खुद ही टल जाएगा।''

''यह बात कैसे होगी। वह तो बुआ लगती है इसकी।''

''वो कौन-सी सगी बुआ है इसकी। उल्टी बात क्यों करती है, भाभी। अपना काम ये आप ही जानें। तुम बस थोड़ी-सी बात इसके कान में डाल दो। जितने देर तक चाचा का फैसला नहीं हो जाता, इस फतह सिंह को वहीं रखेंगे हम।''

''चलो, यह तो ठीक है। मैं कह देती हूँ, जो तुम चाहते हो। मगर बात मेरे

भेजे में यह नहीं आ रही कि तुम ऐसा क्यों चाहते हो।''

''बस मैं चाहता हूँ।''

''हाँ, यह बात भी है।''

''और कोई बात भी है?''

''वो भी सुन लो। मैं तो चला जाऊँगा, छुट्टी खत्म होने वाली है। फिर मालूम नहीं कब आऊँ। राम को इन बातों का ज्यादा ख्याल नहीं। यदि भाई फतह सिंह और चाची का चक्कर हो जाए तो यह बात अपने पक्ष में जाती है। फिर वह साला रल्ले वाला परे रहेगा। मुझे उसका ज्यादा डर है। यदि वह हमीरगढ़ में रहने लगा तो... ?''

''भई तेरी चाची का कहीं उस रल्ले वाले के साथ तो कहीं....।''

''नहीं, यह बात नहीं। इतना खयाल तो वह रखती है। वह तो उसका भानजा-दामाद है? उसके साथ यह बात नहीं हो सकती।''

''तो फिर क्या डर है उस आदमी से?''

''मुझे डर है, भई यदि रल्ले वाला इसी तरह हमीरगढ़ आता-जाता रहा। कत्ल-केस में दिलचस्पी लेता रहा तो चाची कहीं अपनी भानजी के किसी लड़के को हमीरगढ़ न ले आये। यदि कोई लड़का आ गया। वहाँ से तो यह फिर वहीं टिक जाएगा। फिर तो समझो पाँच एकड़ ज़मीन गयी हाथ से। चाचा-चाची का पहले भी कुछ ऐसा ही इरादा भी था।''

''लो, अब मैं समझी। तुम सीधे-सीधे बात बताते। यूँ ही घुमा-फिरा कर बात करते रहे।''

''तेरे बच्चे जियें भाभी। तुम यह सारी बात फतह सिंह को समझा दो। वहाँ जाकर शर्म ना करे। मैं इसीलिए ही इसे लेने आया हूँ। क्या है, थोड़ी अफीम ज्यादा खा लिया करेगा। दूध-घी वहाँ काफी है। ज़रा-सी बात बनी नहीं कि चाची देखना कैसे इसकी सेवा करेगी।''

''अरे श्याम इन ससुरी ज़मीनों के झगड़े देखो। मैं भी तो ज़मीन की खातिर तीन-तीन खसमों को बर्दाश्त करती हूँ। अब तू खुद को देख ज़मीन के लिए क्या-क्या यत्न करता फिर रहा है।'' तेजो उदास हो गयी।

''यही तो बात है हम दोनों भाई फतह सिंह भाई का एहसान नहीं भूलेंगे। चाचा का कुछ पता नहीं, उसका क्या बनेगा। दस एकड़ तो इकट्ठी रह जाएगी आखिर।''

श्याम के परे जाने पर तेजो ने फतह सिंह को सारी बातें समझाईं। फतह सिंह मूँछों में हँसता रहा। सारी कहानी सुन बोला, ''मेरी अब उम्र है कोई? ऐसे पागलों जैसे बातें कर रही है।''

''उम्र को क्या हुआ है? जब मेरे पास आते हो, मुँह मारने तब तुम्हारी उम्र होती है?''

''तुम्हारी बात और है। ना, मुझसे यह काम न होगा। मैं नहीं जाऊँगा श्याम के साथ।'' फिर बोला, ''अच्छा, इसलिए लिजा रहा था मुझे।''

''बुआ के लड़के का काम है यह, यह तो करना ही पड़ेगा। और कोई बात नहीं, असल में ज़मीन-जायदाद का सवाल है। ''तेजो ने गम्भीरता से कहा।

''यह अच्छा काम है भई। अब मैं क्या इसी काम लायक रह गया हूँ? कोई और बन्दोबस्त कर ले। उस रल्ले वाले सरदार को मार पचास जूते। खुद ही टल जाएगा।''

''बात उसके टलने की नहीं है इतनी। श्याम की चाची को वश में रखने की बात भी है। उसकी यही कमज़ोरी है। जैसा यह बता रहा है। उसे बाँध कर रखना है। बस फिर मानेगी वो तेरी।''

बातें करते-करते उन्हें दोपहर हो गयी। श्याम फतह सिंह को साथ ही ले आया। रास्ते में उन्होंने कोई बात न की। भीखी से बस पकड़ी, बुढ़लाड़े जा उतरे। फिर वहाँ से पैदल हमीरगढ़।

जैसे श्याम की योजना थी, वैसे ही हुआ। फतह सिंह बलविन्दिर को यूँ ही शर्मिन्दा करता। श्याम भी उससे छेड़-छाड़ पर उतर आया। कभी-कभी उनके साथ राम भी शामिल हो जाता। वे तीनों, बलविन्दर अकेला। चाची बीच में बोलती तो उधर से मीतो भी बोलने लगती। वह अपने चाचा-ताऊ की हिमायत करती। आखिर में बलविन्दर टिका न। जाते हुए कह गया, ''अच्छा मासी, मैं तो चलता हूँ। घर सँभालूँ जाकर अपना। कब से यहाँ बैठा हूँ। अब यह सभी हैं। मैं फिर आऊँगा कभी।''

''अच्छा बेटा, जीते रहो। तुम्हारे मौसा का देखो, अब क्या होता है। बहस हो रही है, पैसा लगता जा रहा है। उसकी किस्मत है।'' जलकौर की आँखों में नमी थी।

श्याम अपनी छुट्टी खत्म कर चला गया। वह फतह सिंह को पक्का करके गया कि वह हमीरगढ़ से हिले ना। दोनों भाई उसका एहसान नहीं भूलेंगे। फतह सिंह ने भी भरोसा दिलाया कि वे जरा भी चिन्ता न करें। सारी कहानी उसकी समझ में आ गयी है। बस अब ठीक है। वह अपनी डूयटी पर जाए। पीछे से वह सब सँभाल लेगा।

पूरे दो बरस मुकदमा चला। उनकी खेती का काम वैसे ही चलता रहा। साझीदार संतोखा ही था। फतह सिंह उसके साथ काम करवाता। जलकौर के पास संतोखा भी चक्कर लगाता रहता। फतह सिंह को मालूम था वह उसे रोकता-टोकता नहीं था। फतह सिंह समझदारी दिखाता। सोचता, चमार का क्या डर है। आता रहे। इसका ज़मीन-जायदाद से क्या सम्बन्ध। वह खुद भी जलकौर के निकट है। वह हर बात उससे पूछ कर करती है। इस दौरान एक महीने की छुट्टी पर श्याम फिर घर आया। राम पृथ्वीदास के डेरे बाबा चिब्भड़दास के पास ही टिका हुआ था। वह भी घर में

चक्कर लगाता रहता। पूरा ध्यान रखता। तारीख पर फतह सिंह जाता। नम्बरदार और राम नहीं जाते थे। वकील गुरमेल सिंह पूरा जोर लगा रहा था। उधर उनका वकील भाग सिंह नया से नया नुक्ता निकाल लाता और सहजता से बहस करता।

गुरमेल का बयान था कि जब वह खेत पहुँचा तो संते को गाली दी तो जवाब में वह उसे मारने के लिए दौड़ा। उसने अपनी कुदाल फेंक कर मारी, मगर वह परे हट गया। यदि फुर्ती से पीछे न हटता तो कुदाल उसके सिर पर लगता और उसका सिर फट जाता। दूसरी बार उसने फिर कुदाल उठाया और उसे मारने आया। यदि वह अपना बचाव न करता तो सन्ता उसे मार डालता। उसने तो अपने बचाव भर के लिए ही गंडासा उसकी ओर चलाया था ताकि वह डर जाए और उसका गुस्सा खत्म हो जाए। उसे मार देने का उसका इरादा कतई नहीं था। सच बात तो यह है कि संते के वार उसे लगे नहीं, जबकि उसके वार से वह धराशाही हो गया।

जज ने फैसला दिया, गुरमेल को उम्र-कैद हो गयी। दोनों पक्ष हाई कोर्ट में भी जाकर भिड़े। अपील गुरमेल की ओर से की गयी थी, हाई कोर्ट ने बठिंडा वाले जज का फैसला बरकरार रखा। अन्त में दोनों परिवार सन्तुष्ट हो गये। संते के लड़के कहते, हमने बीस बरस के लिए ठुफवा दिया गुरमेल को। जेल में उसका हाड़-माँस ही बाहर आएगा। थोड़े होते हैं कहीं बीस बरस। जलकौर औरतों से कहती, ''तीन साल तो निकल भी गये। बाकी रह गये दस-ग्यारह साल। इनका क्या है। निकल ही जाएँगे। अभी वो कौन-सा बूढ़ा हो गया है। शुक्र है फाँसी नहीं हुई।''

इन तीनों सालों में जलकौर ने दो एकड़ ज़मीन गिरवी रख दी। और करती भी क्या? कहाँ से आते इतने पैसे? पैसों का तो खेल था। पहले दो साल बठिंडा लगते रहे फिर एक साल चंडीगढ़।

15

राम उदास रहता। यह बात नहीं थी कि डेरे में उसकी इज्जत नहीं थी। वह बाबा चिब्भड़दास का खास सेवक था। सब कुछ राम के हाथ में ही था। बस पैसे ही चिब्भड़दास अपने पास रखता था। बाकी सब अन्न-कपड़े सभी चीज़ें-वस्तुएँ राम ही सँभालता था। किसी को भी कुछ देवे, किसी से कुछ भी ले, सब कुछ उसी की ही जिम्मेवारी थी। बाबा पृथ्वीदास की समाधि पर जो चढ़ावा आता, वह सभी पैसे उठाकर राम ही चिब्भड़दास को पकड़ाता। कई श्रद्धालु आदमी डेरे को पुण्यदान के गुप्त पैसे भी दे जाते थे। वे पैसे पहले राम ही पकड़ता था, फिर चिब्भड़दास को देता। चिब्भड़दास को उस पर पूरा एतबार था। फिर आये-गये साधुओं की सेवा-सँभाल का काम था, वह सब भी राम के ही जिम्मे था। उन्हें रात को अच्छा खाना-पीना देना, रात बिताने के लिए आरामदायक बिस्तरा। बार-बार पूछना, ''किसी और

चीज की जरूरत तो नहीं जी? कोई और सेवा जी?''

राम अपनी मर्ज़ी से कभी कहीं भी खर्च कर लेता, उसे कोई रोक-टोक नहीं थी। खर्च कर वह बता देता था। चिब्भड़दास को, इतनी तसल्ली बहुत थी। उसने कभी भी कोई बदनामी वाली बात नहीं की थी। गाँव में उसके सच्चे चरित्र की महिमा बनी हुई थी। डेरे में उसकी बड़ी प्रशंसा होती। परन्तु फिर भी वह उदास रहता।

वह सोचता, उसे ज़बर्दस्ती तो किसी ने संन्यासी नहीं बनाया था। वह अपनी मर्ज़ी से घर से निकला था और डेरे पृथ्वीदास की शरण में आ गया था। उसकी ज़िन्दगी में कोई भी आशा-उम्मीद बाकी नहीं रही थी। इसलिए वह संन्यासी बन गया था। जिस आदमी की आशाएँ खत्म हो जाती हैं वह संन्यासी बन जाता है। संन्यासी बन जाने के मूल में पहली वजह उसका बाप था। उसके अपने बाप का कोई भी वजूद नहीं रह गया था। ऐसी हालत उसके बाप ने खुद ही पैदा की थी। वह बेबे को छोड़कर चाची के काबू में आ गया। चाची ही उसकी सब कुछ हो गयी थी। चाची के वश में हो, उसने खुद को खत्म कर लिया। जिस आदमी का अपना वजूद ही न रह गया हो, वह अपने पुत्रों के लिए क्या सोच सकता है या क्या कर सकता है। दूसरी वजह उसका चाचा था। चाचा उसकी पढ़ाई के लिए बिल्कुल भी सहमत नहीं था। उसे खेती के काम में जोतना चाहता था। यदि कभी वह उनके साथ खेत में काम करवाने जाता तो भी वह बेबात ही उसे डाँटता-झिड़कता रहता। तीसरी वजह थी, उसकी अपनी किस्मत, उसका नसीब। उसके नसीब में पढ़ाई का पन्ना ही नहीं था। उसका हाथ कट गया, यह भी उसका नसीब था, उसकी बुरी किस्मत थी। हाथ कट जाने के कारण कोई भी उसे अपनी बेटी देने को तैयार ना होता। हाथ के कारण वह पारिवारिक जीवन से वंचित रह गया था। जब उसका पारिवारिक जीवन ही कोई नहीं तो उसे संन्यासी होना ही था। यह साली साधूगिरी ही अब उसका नसीब बनकर रह गयी थी।

चाचा अपनी करनी का फल उम्र कैद में भुगत रहा है, परन्तु जो उसने हम दोनों जिसके के साथ किया, भाइयो कारण हमने घर छोड़ा, उस करनी की सजा उसे कौन देगा? यह मुझे जो साधूगिरी की सजा मिली, इसमें मेरा क्या कसूर था?

चाची जलकौर एक कड़ी है, जिस कारण हम दोनों भाई किसी न किसी तरह उस घर से जुड़े हुए हैं। घर से जुड़े रहने का भी क्या मतलब है, यह सब श्याम का ख्याली पुलाव था। कहता है, उसका विवाह होगा। फिर सारी की सारी दस एकड़ का अकेला मालिक वही बन जाएगा। चाचा-चाची के साथ बनाकर रखना चाहिए। यदि वे दोनों भाई उनसे टूट गये तो वे अपने हिस्से की पाँच एकड़ रिश्तेदारी में से कोई लड़का लाकर उसके नाम कर देंगे। पाँच एकड़ के लालच ने उन्हें कितना नीचे

ला पटका है।

चाची को हमेशा दूसरे मर्द का चस्का लगा रहा। देखा जाय तो उसे अपनी औलाद का कोई दु:ख नहीं है। शायद उसने कभी महसूस ही नहीं किया होगा कि उसकी कोख से किसी ने जन्म नहीं लिया। उसके आँगन में उसका अपना कोई बच्चा क्यों नहीं खेलता। उसे तो बस पराये मर्द की ही तलाश रही। पहले बापू रहा, उसके मर जाने के बाद संतोखा चमार ही उसके लिए सब कुछ हो गया। कैसे घी की मटकियाँ भर-भर कर उसके घर में भेजती है। उसे साझेदारी से बाहर नहीं जाने देती। कहती है, इसके हाथों में बरकत है। जब से आया है, कितना अनाज होने लगा है। कोई क्या जाने कि उस चमार ने इसमें क्या बरकत डाल दी। अब तो दो हो गये। एक वह भीखीवाला चाचा बिठाया श्याम ने। श्याम की सोच भी अलग ही है। अंग्रेजों वाली अक्ल है साले की। चाची अब फतह सिंह का गुणगान करने से नहीं हटती। बूढ़ा आदमी, पता नहीं क्या खाता है। चाची उसे खुद अफीम लाकर देती है। कहती है, अफीम खाये बगैर उसकी हड्डियाँ काम नहीं करतीं। चाची को यह सुख है कि संतोखे का इन्तजार करना पड़ता है, फतह सिंह हर समय हाज़िर है।

चाची उससे स्नेह बहुत रखती है। उन दोनों भाइयों से मोह करती है। अपने पुत्रों की भाँति समझती है। मगर जो सदा से करती आयी है और करती है, उसके इस बुरे चरित्र से उसे नफरत है। क्या वह जानता नहीं। उसे सब मालूम है। श्याम को भी सब मालूम है। परन्तु पाँच एकड़ के लालच में दोनों भाई कुढ़ते हुए भी कुछ कहते नहीं।

वह जब भी घर जाता, घर उसे अपवित्र-सा लगता, जैसे यह कोई पारिवारिक घर ना हो होकर चाची के व्यभिचार का कोठा हो। इस घर में से व्यभिचार की बदबू आती। क्या असर पड़ रहा होगा। उस भीखीवाली लड़की पर। जैसे उन दोनों भाइयों को चाची की करतूतों के बारे में मालूम है, ऐसे ही मीतो को भी मालूम हो गया होगा कि जलकौर का असल चरित्र क्या है।

चाची को चाचा की उम्र-कैद का ज्यादा अफसोस नहीं। उसे तो बल्कि और भी छूट मिल गयी। अब दो-दो खसम हैं उसके पास। चाचा की टोका-टाकी खत्म हो गयी। पहले सारा दिन चाचा घर में चिड़चिड़ करता रहता था। चाची ने मुकद्दमे में पैसा इसलिए लगाया ताकि लोकाचार बना रहे। दो एकड़ ज़मीन भी गिरवी इसलिए रखी ताकि उसे कहीं फाँसी ना हो जाए। उम्र-कैद की उसे फिक्र नहीं थी। उम्र-कैद तो नाम की है, असल कैद चौदह बरस भी मुश्किल से होती है। उसमें भी कटौती होती रहती है। चाचा तो सात-आठ बरस तक वापस आ ही जाएगा।

चाची के साथ भी चाचा कोई कम नहीं करता था। दोनों भतीजों को ही नहीं

कभी-कभी चाची को भी दो-चार हाथ जमा देता था। छोटी-सी बात पर गुस्सा होता और चाची को बुरी तरह से मारने लगता था। चाची कोई शोर नहीं डालती थी। चुपचाप मार खा लेती और वैसे ही घर के काम-धन्धे में लग जाती। चाची का चरित्र भी अजीब है। चाचा द्वारा की गयी पिटाई का ज़हर वह ओट में बापू के साथ संसर्ग कर उतार लेती। चाची का यह अजीब ढंग था। बदला लेने का।

अब भी शायद वह फतह सिंह और संतोखे चमार के साथ सम्बन्ध बनाकर चाचा से बदला ले रही है। चाचा भी क्या था। उसका गुस्सा दूध का उबाल होता। मालूम नहीं इतना कड़वापन किसने उसके मन में बो दिया था। एक बार आग-बबूला हो उठता, फिर शान्त का शान्त। ठहरे पानी-सी चुप्पी छा जाती उसके शरीर पर। सन्ते का कत्ल कर अब ज़ेल में वह ठहरे पानी की ही जून भोग रहा है।

राम सोचता, क्या है उसका सम्बन्ध अपने घर से? हमीरगढ़ में उसका अस्तित्व क्या है? वह एक युवा संन्यासी से अधिक कुछ नहीं है। ऐसे युवा संन्यासी गाँव में अक्सर आते रहते हैं। माँगते-खाते और गलियों की धूल फाँकते। बूढ़ियों की फटकार सुनते और अमानवीय व्यवहार बर्दाशत करते। क्या रखा है बाबा पृथ्वीदास के डेरे में भी उसके लिए? अन्धी सेवा के अलावा कुछ भी नहीं। चिब्भड़दास का स्नेह एक ऊपरी दिखावा है। यह मुलम्मा कभी भी उतर सकता है।

बिशम्भर मुनि एक रमता साधु था। अधिकतर वह हरिद्वार में ही रहता। हरिद्वार जाकर भी वह एक डेरे में नहीं टिकता था। जन्म से वह पंजाबी था और पंजाब के डेरों में ही वह घूमता-फिरता रहता। हिन्दी-संस्कृत का ज्ञाता था। जीवन का गहरा अनुभव था उसे। उसकी अपनी भाषा में हिन्दी-पंजाबी मिश्रित होती थी। वह गुरमुखी लिपि में छपी रचनाएँ भी पढ़ लेता। पता नहीं कहाँ-कहाँ से पढ़ा था। कौन से गाँव, कौन से शहर का था, किसी को भी मालूम नहीं था। वह खुद न बताता। किसी के पूछने पर भी गोलमोल जवाब देता। जब कोई पूछता, "जन्म स्थान कौन-सा है, महाराज।"

"सारी धरती अपनी माँ है।" उसका जवाब होता।

"कौन-सी जाति है, महाराज, धर्म कौन-सा है?"

"मनुष्य-जाति में जन्म हुआ और धर्म अपना मानव-धर्म है।" वह उपदेश देने लगता, "सभी लोग उस परमात्मा की जाति है और हमारा सभी का धर्म एक है। धर्म एक शक्ति का नाम है। यह शक्ति मनुष्य के लिए पवित्र (सत्यम) भय से मुक्ति दिलाने वाली (शिवम) और सुन्दरता प्रदान करने योग्य है (सुंदरम)। दूसरे शब्दों में मनुष्य को अन्धकार से निकाल कर उजाले और ज्ञान की ओर ले जाने वाली शक्ति का नाम है धर्म—ओम! सत्यम् शिवम् सुन्दरम्।"

बिशम्भर मुनि हमीरगढ़ भी चक्कर लगाता रहता। कई-कई घंटे वह चिब्भड़दास

के साथ ज्ञान-गोष्ठी की बातें करता रहता। उसे कोई लोभ-लालच नहीं था। राम उसकी बहुत सेवा करता। उसे अच्छा खाने-पीने को देता। रात को उसकी टाँगें दबा देता। सर्दी होती तो नहाने के लिए गर्म पानी देता। गर्मी में नल से पानी की बाल्टियाँ भर देता। वह उसके कपड़े भी धो देता। बिशम्भर मुनि राम को आशीर्वाद देता। उसके अच्छे भविष्य के लिए उसे ज्ञान की बातें बताता। जब वह डेरे से जाने लगता तो चिब्भड़दास उसे कोई न कोई वस्तु अवश्य देता। गेरुआ चोले का कपड़ा, कभी कम्बल, जूता दे देता। कुछ पैसे भी देता। सभी आने-जाने वाले साधुओं के साथ वह ऐसा ही व्यवहार करता। राम बिशम्भर मुनि के साथ अलग बैठ कर भी बातें करता। इस बार जब वह आया तो उसने देखा, रामदास की आँखों में भी ढीलापन था। वह पहले की तरह फुर्ती से काम नहीं कर रहा था। पूछने पर उसने जवाब दिया, ''बस यूँ ही मन कुछ ठीक नहीं।''

''क्यों भई क्यों खराब रहता है तेरा मन ? क्या हो गया तेरे मन को ?'' बिशम्भर मुनि ने ज़िरह की।

''मन उखड़ा-उखड़ा सा रहता है जैसे। मन कहीं भी टिकता नहीं। न गाँव अच्छा लगता है न डेरा। जी करता है, कहीं भाग जाऊँ।''

''कहाँ जाएगा, मन की तो यही स्थिति रहेगी। कहीं भी जाओ, मन तो साथ रहेगा।''

राम अधिक समझा नहीं सकता था। उसने जो कहना था, कह दिया था। बिशम्भर मुनि फिर बोला, ''कई बार ऐसा भी होता है कि मन स्थान-परिवर्तन करने से बदल जाता है। जैसे जल एक ही जगह पर पड़ा रहे, तो उसमें से दुर्गन्ध आने लगती है। पानी को गति में रहना चाहिए, तभी वो साफ-सुथरा रहेगा। ऐसे ही मनुष्य को गति में रहना चाहिए। यह गति स्थान बदलकर भी प्राप्त की जा सकती है। ऐसा भी होता है कि एक स्थान पर रह कर भी मन को गति में रखा जा सकता है।'' फिर बिशम्भर मुनि ने सीधा सवाल किया, ''तुम मेरी एक बात मानोगे रामदास ?''

''हाँ जी। बताइए। मानने वाली होगी तो क्यों नहीं मानूँगा।''

''तुम स्थान-परिवर्तन करो।''

''कैसे जी, मैं समझा नहीं।''

''चलो, मैं तुम्हें कहीं और ले जाऊँ।''

रामदास सोचने लगा। अगले दिन चिब्भड़दास से चोरी से उसने पता नहीं क्या विचार-विमर्श किया। दरी के तले वाले झोले में दो-चार कपड़े डालकर रामदास बिशम्भर मुनि के साथ जाने को तैयार हो गया। चिब्भड़दास से इतना ही कहा, ''महाराज जी, मैं मुनि जी के साथ हरिद्वार जा रहा हूँ। लग जाएँगे कुछ दिन।''

रामदास की बात सुनकर चिब्भड़ास एकदम हैरान हो गया। यह क्या ? रामदास

तो कभी हमीरगढ़ के क्षेत्र से बाहर नहीं गया था। बठिंडा अपने चाचा के कत्ल-केस के समय दो-चार बार आया था। इसका मन एकदम से हरिद्वार जाने को कैसे तैयार हो गया। उसने राम को रोका-टोका ना। बल्कि हँसकर कहा, ''तुम्हारी इच्छा है भाई। हम तुझे क्यों रोकेंगे। मगर जब तेरा दिल भर जाय प्राकृतिक दृश्यों से तो वापस आ जाना।'' फिर पूछा, ''तुम्हें यहाँ रह कर कोई कष्ट तो नहीं हो रहा?''

''नहीं महाराज। मैं तो बहुत खुश हूँ। ऐसी तो कोई बात नहीं जी।'' राम ने झूठ बोला।

चिब्भड़दास ने स्वयं उठ कर बिशम्भरदास मुनि से कहा, ''मुनि जी, रामदास को लिजा रहे हैं। हमारे बच्चे को वापस कब दे कर जाएँगे?''

''महाराज, मैं कहाँ लिजा रहा हूँ इसे। यह स्वयं जा रहा है मेरे साथ अपनी मर्जी से। लौटेगा भी अपनी मर्जी से। पूछ लो इससे।'' वह अपने जिम्मे कोई बात नहीं लेना चाहता था।

''चलो खैर है, अच्छा पुत्र।'' चिब्भड़दास ने राम के कन्धे पर हाथ रखा। उसे कुछ रुपये थमाये और कहा, ''ये ले जा। तुझे चाहिए होंगे। और बता क्या चाहिए।''

राम और उदास हो गया। आँखें भर आयीं। मुँह दूसरी ओर कर लिया चिब्भड़दास ने इस बार उसका चेहरा देखे बगैर ही उसका कन्धा थपथपा दिया।

वे कई दिन हरिद्वार रहे। वहाँ से ऋषिकेश चले गये। राम को नये से नये अनुभव हो रहे थे। उसे इस भरे-पूरे संसार में अपना वजूद समझ में आ रहा था। कभी-कभी यह भी लगता, ये संसार उसका अपना संसार बिल्कुल नहीं। सभी साधु-संन्यासी एक भटके वेग में ही चलते फिरते नज़र आते हैं। किसी को भी किसी की समझ नहीं थी। किसी को किसी की कोई परवाह भी नहीं। अधिकतर को अपनी समझ और चेतना भी नहीं। लोग मानो पश्चाताप की योनि भोग रहे हों।

बिशम्भर मुनि ने एक दिन उससे कहा, ''चलो, पंजाब चलते हैं। गाँवों में जाएँगे। यहाँ से अब मेरा भी जी भर गया है।'' हरिद्वार से बस लेकर वह सहारनपुर उतरे। दो दिन सहारनपुर के एक डेरे में टिके। वहाँ से फिर अम्बाला गये। कोई जल्दबाज़ी नहीं कही जाने की पहुँचने की कोई चिन्ता नहीं। अम्बाला से गाड़ी ले पटियाला आ गये। पटियाला में इमली वाले डेरे में कई दिन रहे। फिर वहाँ से कई डेरों से होते-होते बरनाला आ पहुँचे। बरनाला के आस-पास के गाँवों में कई डेरे थे। वहाँ कई डेरों में एक-एक रात रहे। रोडूशाह मंडी के पास नये बने डेरे की सूह लगी। एक दिन वहाँ चल दिये। इस डेरे का नाम था, 'दुल्ले की बावड़ी।

16

बिशम्भर मुनि रामदास को दुल्ले की बावड़ी में छोड़ कहीं और चला गया। रामदास ने खुद ही कह दिया, ''मुनि जी, मैं थक गया हूँ। अब यहीं पर रुकूँगा।''

रामदास ने बाबा दुल्ले की अपार सेवा की। वह बहुत बूढ़ा हो गया था। इतनी हिम्मत भी नहीं थी कि खड़ा होकर ढोल बजा सके। अन्त में बाबा स्वर्ग सिधार गया। वहीं डेरे में उसका दाह-संस्कार किया गया। संस्कार वाले स्थान पर उसकी समाधि बना दी गयी। समाधि पर कुटिया भी बनायी गयी। नीचे से ऊँचा चौंतरा बनाकर। अब दोनों गाँवों में बाबा दुल्ला की मान्यता होने लगी। मन्नतें माँगी जातीं। मंगलवार के दिन बूढ़ियाँ छोटी-छोटी रोटियाँ बनाकर बाँटतीं।

रामदास उठ कर खुद सुबह दूध का गजा करने नहीं जाता था। टिब्बे वह धन्ने बूढ़े को भेजता और थंमणवाला में एक नया सेवक सुक्खू जाता। रोटियाँ डेरे पर पकतीं।

रामदास को हमीरगढ़ वाला बाबा पृथ्वीदास का डेरा याद आता। इसमें और उसमें अब कोई फ़र्क नहीं रह गया था। सब वैसा ही चलता था, जैसा हमीरगढ़ में चलता था। फ़र्क सिर्फ़ इतना था कि हमीरगढ़ वाले डेरे का मालिक बाबा चिब्भड़दास था और दुल्ले की बावड़ी का मालिक अब वह स्वयं था। रामदास की महिमा चारों ओर गाँवों में फैल रही थी। अच्छे-अच्छे लोग वहाँ आने लगे थे। उसका स्वभाव बहुत ही नरम और मिलनसार था। मीठा बोलता और धीमे बोलता। ना वह ऊँचा बोलता और न उसकी आवाज में तल्खी या जल्दबाजी होती। उम्र में चाहे वह छोटा था, मुश्किल से तीस का होगा, मगर बड़ी उम्र के लोगों को उपदेश देता। उसके उपदेशों में अपना कोई लालच न होता। वह दूसरों के लाभ तथा उसके पारिवारिक सुख की बातें करता। जो वह कहता, दूसरा मान लेता। उसका बेड़ा पार हो जाता। रोडूशाह के धनवान सेठ भी उस डेरे में आने लगे। थंमणवाला गाँव और टिब्बे वाले तो सभी आते ही थे। दोनों गाँवों के लोग आकर वहाँ बैठे रहते। लंगर आम चलता रहता। चाय दिन में कई बार बनती। दुल्ले की बावड़ी में रौनक लगी रहती। जहाँ वह बच्चों को पढ़ाता, वहाँ छप्पर था। छप्पर उठा वहाँ भी दो बड़े कमरों का निर्माण होने लगा। नींव रखकर दीवारें बननी लगीं कि पैसा अपने-आप ही आने लगा। जो भी अमीर आदमी आता, वह कुछ न कुछ देकर ही जाता था। सीमेंट की बोरियाँ, ईंटें और लोहा। पहुँचने लगा। रोडशाह मंडी के सेठ देखा-देखी दान करने लगे। दूर शहर से एक सरदार आया और डेरे के साथ लगती आधा एकड़ ज़मीन भी डेरे को खरीद कर दे दी। सरदार किसी कठिन मुकदमे में फँसा हुआ था। उसका निश्चय था कि वह रामदास की दया-दृष्टि के कारण ही मुकद्दमे से बरी हो गया था। उसने

एक दिन आकर बताया कि वह जीत गया है। रामदास मुस्कराने लगा। आशीर्वाद दिया, ''तुम्हारा मस्तक बताता है और भी जीत हासिल होंगी। परन्तु समय लगेगा।'' यह सुनकर सरदार के अंग थिरकने लगे। जोश में आकर कहने लगा, ''गुरुजी, सेवा बातइये ?''

रामदास ने कहा, ''जो श्रद्धा हो।''

सरदार ने बास्केट की अन्दरूनी जेब में हाथ मारा रामदास ने उसका हाथ रोक दिया, ''यह नहीं, पैसा कोई नहीं लेना। यह साथ लगती आधा एकड़ ज़मीन है। इसमें खेती तो होती नहीं। कम ही देना पड़ेगा ये लेकर डेरे को दे दो। मुकदमा कोई छोटा-मोटा तो था नहीं। तुम्हारी तो जान को भी खतरा था।''

पढ़ाई का सिलसिला निरन्तर चलता रहता। सुबह-सुबह छोटे बच्चे आते और बड़ी उम्र की लड़कियाँ। उन्हें रामदास खुद पढ़ाता। बड़ी उम्र के लड़के दोपहर समय में आते। वे गिनती में कम ही थे। उन्हें सुक्खू पढ़ा देता। वह भी आठ क्लास पढ़ा हुआ था। वह भी ठीक था पढ़ाई में। मगर उसका कोई घरबार नहीं था। माँ-बाप थे नहीं। एक बहन ब्याही हुई थी, वह थी भी उससे काफी बड़ी। वह जाटों का लड़का था। अचानक माँ-बाप के मर जाने पर बहन अपने पास ले आयी। गाँव में उनके पास कोई ज़मीन नहीं थी। मगर बहन के पास वह रह न सका। उसका बहनोई खेती करता था। यह काम उसे पसन्द नहीं था। उसका बाप भी यह काम नहीं करता था। वह तो भैंसों का एजेंट था। पशुओं की मंडी में जाता और दलाली करता। सुक्खु को कोई साधु ही यहाँ दुल्ले की बावड़ी में छोड़ गया था।

सुबह पढ़ने वाले छोटे बच्चे और बड़ी लड़कियाँ डेरे में इधर-उधर घूमती रहतीं। कुएँ से पानी निकाल कर पीतीं। लंगर में जातीं। समाधि को कपड़े में साफ सँवार देती। फ़र्श धोकर साफ कर देतीं। लंगर का काम भी करतीं। लड़कियों को पढ़ने से ज्यादा खुशी डेरे का काम करके मिलती। भाग-भाग कर काम करतीं।

इन्हीं लड़कियों में तोता सिंह की पोती भी होती जो बहुत ही चुस्त थी। दूसरी लड़कियों से अधिक फुर्तीली। बोलती भी ज्यादा। बात करते समय झिड़कती भी नहीं थी। एक तरह से दूसरी लड़कियों की सरदार बनकर रहती। मध्यम कद, सुडौल शरीर। काम करने में बहुत तेज़ और फुर्तीली थी। लड़कियों को खुद ही काम बाँटने लगती, ''तू लंगर में झाड़ू लगा दे। तू बर्तन सँभाल कर रख दे। तुम समाधि में सफाई कर दो। तुम कुटिया तथा तख्तों पर गीला कपड़ा लगा दो। जहाँ हम पढ़ते हैं वहाँ टाट बिछा कर आ जा।''

तोता सिंह नम्बरदार की पोती का असल नाम तो मनजीत कौर था। मगर सभी उसे मग्घो कहते। डेरे में भी, घर में भी। रामदास भी उसे मग्घो ही पुकारता। मोटी-मोटी आँखें और फूले हुए गाल। टिब्बे की वही चार-पाँच लड़कियाँ होतीं।

थंमणवाला के बच्चे यहाँ नहीं आते थे। दोपहर को जो बड़े लड़के पढ़ते, वह आस-पास के खेतों के लड़के होते। इनमें टिब्बे और थंमणवाला दोनों गाँवों के लड़के होते।

बड़ी उम्र की लड़कियाँ दो चोटियाँ नहीं करती थीं। वे भी लड़कों की तरह सिर पर बालों का जूड़ा बाँधतीं। लड़कों की तरह ही सफेद पगड़ियाँ पहनतीं। सफेद सलवार-कमीज़ पहनतीं। उन्होंने अपने नाक-कान छिदवाये नहीं हुए थे। चहेरे पर देखने से बगैर दाढ़ी-मूछों के लड़के ही लगतीं। मग्घो का चेहरा तो एकदम लड़को जैसा ही था। वह बोलती भी एकदम लड़कों के समान। उसकी सारी भाषा पुल्लिग-वाचक होती। मैं रोटी खाऊँगा। मैं यह नहीं करता। मैं पढ़ता था। मग्घो के दो भाई थे। घर में कोई लड़की नहीं थी। इसलिए जैसे भाई बोलते वह भी बोलती। सभी की लाडली थी।

कभी-कभी ऐसा भी होता कि सुक्खू छोटे बच्चों और उन लड़कियों को भी पढ़ाता। उन्हें एलजबरा-जुमैटरी या अंग्रेजी हिन्दी तो पढ़ाना नहीं होता था। गुरमुखी भाषा के अक्षर ज्ञान सीखते। बाल-उपदेश पढ़ते। अक्षरों से शब्द बनाना और वाक्य रचना सीखते। कोई विद्यार्थी बाल-उपदेश खत्म कर लेता तो पाँच-ग्रन्थी पढ़ने लगता। उसे सभी लिखकर न सीखते, मौखिक तौर पर याद कर लेते। गिनती एक से सौ तक सीखनी होती। बस इतना ही कोर्स था दुल्ले की बावड़ी का।

तेज बुद्धि वाले विद्यार्थी थे कोर्स साल-छ: महीनों में ही पूरा कर लेते, जबकि मन्द बुद्धि दो-चार साल भी लगा देते। वे बस ऐसे ही डेरे में आते जाते रहते। मग्घो ने एक साल में ही सारा कोर्स पूरा कर लिया। मगर वह डेरे पर आती रही। फिर तो वह सुबह दूसरी लड़कियों को अक्षर ज्ञान सिखाने लगी। सुबह की पढ़ाई में अब कभी रामदास बैठता, कभी सुक्खू या फिर कभी मगधो। वैसे मग्घो नित्य आती। बड़े लड़कों को सिर्फ़ सुक्खू ही पढ़ाता था।

मग्घो लंगर का काम भी करती। कभी रोटी पकाती, कभी दाल-सब्ज़ी भी बनाती। लंगर की सफाई करती। बर्तन यथा स्थान लगा कर रखती। जैसे कोई स्त्री अपने घर की रसोई को सँवारती सहेजती है।

वह रामदास की कुटिया भी साफ करती। धुले कपड़ों को तहा कर रख देती। टूटा हुआ बटन लगा देती। रामदास के कपड़े सुक्खू धो देता। उसके हाथ पैर बड़े-बड़े थे। वह एक हाथ से कई बर्तन इकट्ठे उठा लेता। गिरने भी न देता। अँगुलियों की पकड़ काफी मज़बूत थी। चेहरा और दाँत भी बड़े थे। सफेद खद्दर का लम्बा चोगा पहनकर रखता। सिर के बाल कटे हुए थे। एक रूमाल बाँध लेता। आम तौर से पैर नंगे रहते। मग्घो उसे पागल ही समझती। उससे कई काम करवाती। जब वह उसे जान बूझकर बुलाती तो वह हँसने लगता। उसके बनाये काम को करती भी

जाती, हँसती भी जाती। मग्घो उसे देख हँसती, आँखें मटकाती और कहती, ''पागल-सा न हो तो।'' वह ज्यादा ही हँसता तो मग्घो उसकी पीठ पर घूँसा मार कर कहती, ''सीधी तरह से काम कर। क्या ही-ही करता जा रहा है।''

''एक और मार।'' वह फिर ही-ही कर हसँने लगता।

मग्घो सुबह बन-ठन कर डेरे आती। वह सुबह-सुबह नहा लेती। साफ कपड़े पहनती। उसकी आँखें बगैर काजल ही कजरारी लगतीं। वह कोई शृंगार न करती। मगर सीधे-सादे सफेद कपड़ों में वह अनारकली-सी लगती। उसके बदन से सौंधी खुशबू आती।

वह दोपहर तक डेरे में रहती। दोपहर को रोटी खाकर गाँव जाती। आते समय लड़कियों के साथ आती, मगर जाते समय कहीं बूढ़े-बुजुर्ग के साथ जाती।

रामदास उसे धीरे-धीरे समझाता, ''भाई मग्घो रानी, लड़कियों के साथ ही लौट जाया करो। अकेली जाती है काम का क्या है? यहाँ तो चल ही जाता है? कभी पूछता, ''तुम्हारी माँ जल्दी आने के लिए नहीं कहती।''

''ना बाबा जी, वह तो कुछ भी नहीं कहती मुझे। न बापू कुछ कहता है। वे तो कहते हैं, पढ़ाया कर बच्चों को। पाठ किया कर।'' वह भोलेपन से जवाब देती।

''तुम्हारे घर में काम नहीं होता।''

''माँ खुद कर लेती है। जो काम कहे, वो मैं जाकर करवा देती हूँ बाबा जी।'' तोता तोंदू कभी-कभी रामदास के पास चक्कर लगाता है। उसके साथ बैठ पुरानी बातें करने लगता। कैसे यहाँ पहले चश्मा निकला फिर बाबा दुल्ला की हिम्मत से दोनों गाँव वालों ने मिलकर बावड़ी खोद डाली। दुल्ला रब्बा का आदमी था। वह दरवेश था। घर बार छोड़कर फिर यहीं रहने लगा। यहीं पर प्राण त्याग दिये। तोता कहता, दुल्ले की ढोल की आवाज़ जैसे अभी भी गाँवमें सुनाई देती है। वह करनी वाला फकीर था। देख लो, उसके नाम पर पूरा डेरा बना हुआ है। उसी फकीर का वरदान है इस स्थान को।''

रामदास तोता की बातें सुन हूँ-हाँ करता रहता। कभी-कभी उसकी ओर जिज्ञासा भरी निगाह से देखता। जैसे उसे कुछ कहना चाहता हो, जैसे उससे कुछ पूछना चाहता हो।

तोता तोंदू इस बात में खुशी महसूस करता कि उसकी पोती नित्य डेरे आती है। पाँच-ग्रन्थी का पाठ कर लेती है। बच्चों को विद्या देती है। बाबा रामदास की सेवक है। उसका नक्षत्र ऊँचा है। वह धार्मिक प्रवृत्ति वाली लड़की है।

रामदास बेशक भरपूर नौजवान था, मगर उसके विचार साफ-सुथरे थे। उसके मन में कभी कोई विकार उत्पन्न नहीं हुआ था। मन की उदासी ही उसके शरीर की उदासी बनी रहती। उसे इस शोक अवस्था का जैसे नशा हो। ना उसे अपना गाँव

याद आता, ना बाबा पृथ्वीदास का डेरा न मालिक चिब्भड़दास और ना ही अपना घर याद आता। चाची जलकौर, बड़ा भाई श्याम सिंह जैसे सभी उसके लिए अजनबी हो गये थे। उसकी जानने की इच्छा भी नहीं थी कि उसका चाचा गुरमेल उम्र कैद काट कर घर आया या नहीं। श्याम सिंह छुट्टी आता होगा, यहाँ दुल्ले की बावड़ी कभी उससे मिलने क्यों नहीं आया। उसे मालूम हो चुका होगा कि मैं अब यहाँ पर हूँ।

बिशम्भर मुनि दो बार आया था। एक बार तो बाबा दुल्ले की मौत के दो वर्ष बाद। दूसरी बार चार-पाँच वर्षों बाद। पहली और दूसरी बार के फेरे में डेरे में काफी अन्तर आ चुका था। वह बहुत प्रसन्न हुआ कि रामदास ने डेरे में कितना कुछ बना दिया था। टिब्बे के लोग उसकी महिमा करते थे। रामदास किसी भी पक्ष से कभी विचलित नहीं हुआ था। वह असली अर्थों में संन्यासी है। बिशम्भर मुनि को गर्व था कि यह उसका लगाया पौधा है।

बिशम्भर मुनि वृद्ध हो चुके थे। धीरे-धीरे चलते, धीमे-धीमे बोलते। उसकी आवाज़ में पहले की कड़क नहीं रही थी। शरीर ढल गया था। खाना-पीना कम हो गया। वह सबुह देर से उठता। देर से सोता। सुक्खू से कह कर रामदास उसकी पूरी सेवा करवाता। रामदास स्वयं भी उसकी टाँगें दबाता। दूसरी बार जब वह आया तो रामदास ने उसे बहुत कहा, ''मुनि जी, बहुत भ्रमण कर लिया आपने। अब एक जगह रहो। आपकी आयु अब भागने-फिरने की नहीं। यहीं मेरे पास पक्के तौर पर रहिए। जितने दिन बाकी हैं, आराम से काटिए। मगर बिशम्भर मुनि माना नहीं। दस दिन रहा, फिर चला गया। उसके लिए कोई आखिरी मंजिल नहीं थी। उसने सदा सफर पर रहना था।

रामदास का खुद अपना मन बेशक खाली-खाली रहता और बुझा-बुझा सा रहता। मगर उसे इस बात की तसल्ली भी थी कि दोनों गाँवों में उसकी कितनी मान्यता और इज़्ज़त है। मंडी रोड़ूशाह के महाजन उसे कितना पूजते हैं। टिब्बे के काफी सारे लोग रोज़ डेरे पर आते थे। उसे यह भी मालूम था कि कुछ लोग सिर्फ़ लंगर खाने के लिए आते हैं। दूध और चाय पीने के लिए ही आते हैं। तोता भी जब आता तो सबसे पहले सुक्खू से कह दूध का गिलास पीता। फिर रोटी खाता। दाल-सब्जी में मक्खन भी डलवाता। जाते समय चाय पीकर जाता। तोता के दोनों पोतों का भी यही हाल था। उनके पास ज़मीन थोड़ी ही सी थी। हिस्से-ठेके पर खेती करते थे। लड़कों की दादी और बाप नहीं थे। उनका दादा था और माँ थी। वह तोता को ही बापू कहते। एक ही बहन थी जो इस डेरे के प्रति बहुत प्रेम भाव रखने लगी थी।

17

दुल्ले की बावड़ी की महिमा में दिनों-दिन विस्तार होता जा रहा था। इसके दो कारण थे। एक तो बाबा दुल्ला की समाधि में लोगों की अपार श्रद्धा, दूसरे रामदास का नर्म और मीठा स्वभाव। जिससे भी एक बार बात कर लेता, दूसरे को अपना बना लेता।

बावड़ी से लगता जो आधा एकड़ ज़मीन ली गयी थी, वहाँ एक बड़ा हॉल कमरे का निर्माण किया गया था। इस हाल कमरे के कई दरवाज़े थे। गर्मियों में ये खुले रहते, जाड़े में बन्द रहते। साथ ही इसका फ़र्श भी पक्का बन गया था। इस हॉल कमरे में कई तख्तपोश पड़े रहते और कुछ चारपाइयाँ भी। दिन या रात को आने वाले लोग यहाँ बैठ आराम करते, लेटे रहते। बाबा दुल्ला की बरसी मनायी जाती तो इस हॉल कमरे में दीवान लगता। तब तख्तपोश और चारपाइयाँ उठा दी जातीं।

खेतों के नाम भी दुल्ले की बावड़ी से जुड़ गये थे। थंमणवाला गाँव के खेत जो टिब्बे की ओर थे, पहले उन्हें 'टिब्बे वाले खेत' कहा जाता, मगर अब 'दुल्ले वाले खेत' कहा जाने लगा। थंमणवाला के जाट अपने सहयोगियों से कहते, "आज बावड़ी में हल जोतना है भई।" या कहते, "बावड़ी वाले खेत की फसल तो बेशुमार हुई है।"

एक श्रद्धालु आया तो रामदास को मारुति कार ही भेंट कर गया। यह कार कुछ वुर्ष पुरानी थी। अब इसका मॉडल भी पुराना हो गया था। रामदास ने कार की प्रशंसा की, "कार तुम्हारी बहुत बढ़िया है भाई। ऐसी कभी हम भी लेंगे।"

"यही रख लीजिए महाराज, ये लीजिए चाबियाँ।" श्रद्धालु के लिए यह कार कोई बहुत बड़ी बात नहीं थी। उसके पास काफी धन था।

रामदास ने चाबियाँ ले लीं। मगर बोला, "अकेली चाबियों को क्या करूँ। कार चलाने वाला आदमी भी तो चाहिए और इसमें तो तेल डाला जाता है।"

श्रद्धालु कहता, "एक साल में आखिर कितना तेल फूँक दिया करोगे आप। ये लीजिए पैसे एक साल के। रही बात ड्राइवर की, इस ड्राइवर को भी यहीं छोड़ जाता हूँ। जितनी देर यह रहना चाहेगा, रह जाएगा। भाग गया तो और इन्तज़ाम कर दूँगा महाराज ड्राइवर कम टिकते हैं।"

कार चाहे पुरानी थी, मगर ठीक चलती थी। रामदास कभी-कभी ही कहीं जाता। वह अधिक से अधिक रोड़ूशाह की मंडी ही जाता था। कार के साथ वाला ड्राइवर तो चौथे दिन ही भाग गया। उसे इतनी तनख्वाह कौन देता। यह तो डेरा था। संत लोग तो कभी-कभी ही बाहर निकला करते हैं। वह वृक्षों की छाया तले

खाली बैठा तिनके तोड़ता रहता। टिब्बे का एक फौजी पेंशनर था। वह कार चलाना जानता था। संत का श्रद्धालु था। अक्सर डेरे में ही रहता। जब संत को कहीं जाना होता तो उठ कर चल देते। वह संत से कोई तनख्वाह नहीं लेता था। उसका इकलौता लड़का कहीं बाहर नौकरी करता था। बहू-बच्चे भी वहीं रहते थे। टिब्बे में फौजी था या उसकी बूढ़ी पत्नी। मान सिंह दोपहर को रोटी डेरे में आकर ही खाता। वहीं चाय-दूध पीता था। शाम की रोटी घर में खाता। संत का ड्राइवर होने के नाते मान सिंह का खाना-पीना तो पक्का ही था।

एक दिन रामदास ने कहा, ''चल भई मान सिंह, गाड़ी निकाल। कहीं चलें।'' मान सिंह ने गाड़ी साफ की। स्टार्ट की इंजन ठीक था। रोडू शाह मंडी की सड़क पर डाल मान सिंह ने पूछा, ''कहाँ जाना है, महाराज जी?''

''बुढ़लाड़े की ओर ले ले। फिर हमीरगढ़ चलेंगे।''

''अच्छा जी, नगर जाना है। यह तो बढ़िया है जी। मैं भी देख लूँगा आपका जन्म स्थान।''

हमीरगढ़ उनके घर के आगे कार खड़ी देख कई अड़ोसी-पड़ोसी पूछताछ करने आये। कौन आया है यहाँ, यह तो राम था। पहले से थोड़ा लम्बा लग रहा था और भरा-पूरा भी। दाढ़ी-मूँछ बढ़ी हुई। चेहरे का रंग साफ हो गया था, गालों पर लालिमा थी। सिर पर दुपट्टा-सा लपेटा हुआ था। बादामी रंग का लम्बा-सा चोगा पहने था। पैरों में बढ़िया कढ़ी हुई जूती। बाईं कलाई में सोने की चैन वाली घड़ी बाँधी हुई। दाएँ हाथ में स्टील की सिमरनी। पड़ोसी बूढ़ियाँ उससे लिपट गयीं। अरे राम तू? आदमी उससे हाथ मिलाने लगे।

राम ने चाची के पैरों पर सिर झुकाया। बुढ़िया ने उसे हाथों से उठा सीने से लगा लिया और प्यार किया। धरती को नमस्कार किया। राम अपने घर आया है।

चाचा गुरमेल सिंह अपनी सज़ा काट कर घर आ गया था। श्याम की पैंशन हो चुकी थी। वह हवलदारी से पेंशन ले आया था। दाढ़ी में आधे से अधिक बाल सफेद हो चुके थे। मगर वह बालों को डाई करता था। देखने में अभी जवान ही लगता था। भीखीवाला फतह सिंह कई वर्ष पहले यहाँ से चला गया था। जाते समय वह मीतो को भी साथ ले गया था। भीखीवालों ने मीतो का ब्याह कर दिया था। उसका एक बच्चा भी था। संतोखा चमार अभी भी उनका सहयोगी था। दो एकड़ गिरवी रखी अपनी ज़मीन को फौजी ने छुड़वा लिया था। सभी राम से बड़े स्नेह-प्यार से मिले। श्याम की आँखें भर आयीं। एक सन्यासी, दूसरा फौजी। फौजी की आँखों में अक्सर नमी रहती। उसका शादी करने का सपना मर ही गया था। अब तो चाची की ही रोटियाँ थीं। दारू का चस्का वह भीखी जाकर पूरा करता। तेजो भाभी से भी सम्पर्क हो जाता। रामदास और मान सिंह ने सिर्फ़ चाय पी। रोटी वह अपने डेरे से

खाकर चले थे।

घर से वह बाबा पृथ्वीदास के डेरे की ओर चल दिया। राम सभी से प्यार से मिलकर गया और कहा कि वह डेरे से ही उधर चला जाएगा। उसे जल्दी है। उसने अभी कहीं और भी जाना है। चाची कहने लगी, ''अरे, एक रात तो बिताकर जाता। बातें करते। सुख से सारा परिवार इकट्ठा हुआ था।''

रामदास ने जवाब दिया, ''चाची, फिर कभी आऊँगा। काफी वक्त लेकर।'' चिब्भड़दास वृद्धावस्था में था। आवाज़ काँपने लगी थी। दिखाई-सुनाई कम देने लगा था। धीरे-धीरे बात करता। रामदास ने उसके चरणों पर सिर नवाया। उठ ही नहीं रहा था। चिब्भड़दास ने उसकी पीठ पर अपना काँपता, कमज़ोर हाथ रखा और बोला, ''कौन है?''

चरणों से उठ रामदास ने ऊँचे स्वर में कहा, ''गुरुजी, मैं हूँ राम।'' चिब्भड़दास चेहरा तो पहचान न पाया, मगर स्वर से पहचान लिया, कहा, ''तू मर कर फिर से कैसे पैदा हो गया?''

''नहीं, गुरुजी, मैं तो अभी भी मरे समान हूँ। जीता किस तरफ से हूँ मैं?'' रामदास ने नज़र झुका कर जवाब दिया।

चिब्भड़दास धीमे से मुस्करा दिया। फिर आँखें भर आयीं। स्वर काँपने लगा। रामदास पितृ भाव से उससे मिल रहा था।

बाबा पृथ्वीदास की समाधि पर जाकर रामदास ने माथा टेका। गुल्लक में काफी पैसे डाले। उसे लगा, यह डेरा, अब वो डेरा नहीं रहा। उजड़-सा गया है। पुरानी रौनक कहीं भी नज़र नहीं आ रही थी। उन्होंने दूध का एक-एक गिलास पिया और चल दिये।

रात उन्होंने पटियाले के इमली वाले डेरे में बितायी। वहाँ से नहा-धो, खा-पीकर के हरिद्वार की ओर निकल पड़े। ऋषिकेश भी गये। रामदास उन सभी मठों में एक-एक कर रहा, जिनमें बिशम्भर मुनि के साथ गया था। इन पुराने मठों को एक बार फिर से देख उसे अजीब-सी प्रसन्नता और सन्तुष्टि मिली। पुराने साधुओं में से वहाँ पर कोई भी नहीं था। नये साधु भी अपने जैसे लगे। हरिद्वार और ऋषिकेश में वे करीब आठ-दस दिन रहे। मान सिंह को कुछ मालूम नहीं था कि संत रामदास कब वापस लौटेंगे। उसका खुद का मन भी प्रासन्न था। हर जगह अच्छा खाने-पीने को मिलता। फौजी मुफ्त में सैर कर रहा था।

वापस दुल्ले की बावड़ी डेरे पर पहुँचे तो पता लगा कि सुक्खू कहीं चला गया है। किसी को कुछ बताकर नहीं गया था। रामदास को उसके जाने का कोई अफसोस न हुआ। डेरों में ऐसा अक्सर ही होता रहता है। कोई साधु या सेवक कहीं टिक कर नहीं बैठता। पक्का ठिकाना कोई-कोई ही करता है। डेरे में जब कोई आता

है तो ऐसे रहने लगता है जैसे यही उसका घर हो। सभी के साथ अपनों की तरह घुलमिल जाता है। फिर पता नहीं लगता, वो कब कहाँ निकल जाए? यह भी मालूम नहीं पड़ता कि वह कहाँ गया। डेरे भी दुनिया की भाँति ही हैं। आदमी अपनी-अपनी उम्र भोगकर चलते बनते हैं। रामदास ने सुना तो कहने लगा, ''कोई बात नहीं। एक सुक्खू गया, कोई दूसरा सूक्खू आ जाएगा। यह तो चलता ही रहता है। दुनिया में आना-जाना है। हम तो मान सिंह यहीं पर हैं। हम नहीं जा सकते कहीं अब।''

सुबह के समय बच्चे और लड़कियाँ भी नहीं आ रहे थे। दोपहर में आने वाले बड़े लड़के भी नहीं आ रहे थे। क्या करते, पढ़ाने वाला कोई था नहीं। जब पता लगा कि बाबा रामदास जी आ गये हैं तीर्थ-यात्रा करके तो छोटे बच्चे फिर से आने लगे। बड़ी लड़कियाँ भी आने लगीं। दोपहर में आने वाले लड़के हट गये। रामदास उनसे हँस कर कहता, ''तुम जवानों ने जितना सीखना था, बस सीख लिया। चिट्ठी-पत्र भेजने के योग्य तुम हो गये हो। सुक्खू होता तो टाइम दे देता।''

रामदास ने देखा, मग्घो नहीं आ रही थी। घन सिंह बुड्ढे ने बताया कि उसने तो सुक्खू के जाने से पहले ही आना छोड़ दिया था। रामदास को चिन्ता होने लगी, आखिर वह क्यों नहीं आ रही थी? वह तो डेरे को बहुत मानती थी। किसी दिन भी नागा नहीं करती थी। नित्य प्रति आती थी। मान सिंह के हाथ रामदास ने तोता सिंह के घर पर सन्देशा भिजवाया, मग्घो को भेजा करे। तोता सिंह आया, मग्घो की माँ आयी। कुटिया के अन्दर जाकर रामदास के सामने फर्श पर बैठ वह लगातार रोने लगीं कुछ बोले बताये ही ना। वह डेरे में मुश्किल से ही आती थी। रामदास ने पूछा, ''कुछ कहो तुम भई? मैंने पहचाना नहीं?'' उसने दुपट्टे से आँखें पोंछीं और गला साफ कर बोली, ''मैं हूँ बाबा जी, मग्घो की माँ। आपने सन्देशा भेजा था।''

''हाँ भई, मग्घो नहीं आती अब? क्या बात हो गयी?''

''क्या बताऊँ, बाबा जी। मैं आपको तो कोई दोष नहीं देती। न मग्घो ही मुझे कुछ बताती है? मगर कोई हादसा घटा है उसके साथ यहाँ। और तो वह कहीं जाती नहीं थी।''

रामदास का मुँह खुला रह गया। आँखें फैल गयीं। जल्दी से पूछा, ''क्या हादसा... ?''

वह फिर से रोने लगी। उससे बोला नहीं जा रहा था। रामदास भी परेशान, यह क्या घट गया मेरे पीछे से? कहा, ''जल्दी बता भई, मुझे कुछ समझ में नहीं आ रहा?''

''उसे चौथा महीना है, बाबा जी। आपके सामने क्या शर्म करूँ।'' उसने नि:शंक कह दिया।

रामदास की तो साँस अटक गयी। स्वर काँपने लगा। बोला, ''यह

क्या...किसने ? वह... वह किसका नाम लेती है ?''

''ना जी बाबा जी, वह तो किसी का नाम नहीं बताती।''

''तू घर जा बीबी। नम्बरदार कहाँ है ?''

''वो तो यहीं कहीं बैठा होगा, बाबा जी।''

''तुम चलो घर, मैं खुद आता हूँ मग्घो के पास। पता करता हूँ उसका।''

रामदास का दिमाग सुन्न हो गया। दोपहर का वक्त था। गर्मी का महीना। उस समय मर्द अधिकतर खेतों में थे। वह मग्घो की माँ चन्द कौर के तकरीबन साथ ही उनके घर पहुँच गया। तोता सिंह तो कहीं चौपाल में बैठा होगा, वृक्षों की छाया तले। उसे न किसी बात की जानकारी थी, न फ़िक्र। दोनों लड़के जैला और कैला उस समय खेत में थे। उन्हें भी मालूम नहीं होगा कि घर में कौन-सा चिन्ता का पहाड़ खड़ा हो गया है। वह घर में घुसे तो मग्घो चादर लिये अन्दर कमरे में पड़ी थी।

''ऐ लड़की, इस मौसम में, इतनी गर्मी में क्यों पड़ी है ? चादर का मौसम है भला ?'' रामदास ने जाते ही अपनेपन से कहा।

मग्घो ने संत जी को देखा तो चीखें मारकर रोने लगी। वह उसकी चारपाई पर ही जा बैठा। मग्घो का सिर सहलाया, फिर प्यार से पूछा, ''कौन है वो ? बता मुझे। संकोच न कर। तेरी माँ ने पूरा किस्सा बताया है मुझे ?''

मग्घो की चीखें अब सिसकियों में बदल गयीं। वह जैसे बैठी थी वहीं एक ओर टेढ़ी-सी हो गयी। सिसकियों के कारण बोल नहीं पा रही थी।

''बेटा, तू नाम बता एक बार। तुझसे और कुछ नहीं पूछूँगा मैं ?''

रामदास ने उसे दिलासा दिया।

''बाबा तो माँ-बाप से भी ऊपर होते हैं बेटा। तू इन्हें बता दे। लो मैं पीछे हट जाती हूँ।'' चन्द कौर धीमे-धीमे बोल रही थी। गली की ओर भी झाँक रही थी, कोई सुन न रहा हो। यह भी डर था कि बाबा जी को देखकर अड़ोसी-पड़ोसी ही घर में न घुस आएँ।

''बेटी, मैं जा रहा हूँ भई। मुझे देखकर यहाँ हुजूम इकट्ठा हो जाएगा। तू रो नहीं। सब ठीक कर लेंगे। बता, वो कंजर है कौन ? मैं जाऊँ फिर ?'' रामदास ने मग्घो का कन्धा ज़ोर से झिंझोड़ दिया।

वह उठ कर बैठ गयी। उसने रोना बन्द कर दिया। सिर पर दुपट्टा ठीक किया। घर पर भी वह सिर पर बालों का जूड़ा बनाकर रखती और सुफेद दुपट्टे को साफे की तरह लपेट लेती, बोली, ''सुक्खू छेड़ता रहता था, बाबा जी मुझे।''

रामदास के कपाट खुल गये। स्वयं से बुदबुदाया, ''तभी साला कंजर भाग गया डेरे से।'' फिर उसने मग्घो का सिर सहलाया, कहा, ''उसका नाम नहीं लेना

किसी के आगे। अपनी माँ से भी नहीं कहना। किसी को भी मालूम न हो। रोने-धोने की जरूरत नहीं बेटी। सब ठीक हो जाएगा। यूँ ना रोती जा।''

वह कमरे से बाहर निकल परे बैठी चन्द कौर के पास गया और बोला, ''लो भई, बूझ लिया मैंने। तुम इससे कुछ न पूछना अब। मैंने पूछ लिया है सब कुछ। तुम सब डेरे पर आना मेरे पास। हम करेंगे कोई इन्तज़ाम। नम्बरदार और लड़के को एकदम कुछ भी नहीं बताना, नहीं तो बिगड़ जाएगी कहानी। मैं चलता हूँ अब। मुझे देख लोग इकट्ठे हो जाएँगे।''

भय और प्रसन्नता के मिले-जुले एहसासों के कारण रामदास काफी देर रात तक सो न पाया। बाद में भी नींद आयी तो उखड़ी-उखड़ी-सी, जैसे सोया ही ना हो। वह सूरज उगने से पहले ही उठता था। उठकर पहले जंगल-दिशा के लिए जाता। फिर स्नान कर माला फिराने लगता। उस दिन वह पौ फटने से पहले ही उठ गया। घड़ी देखी, मगर फिर न सोया। उसका ध्यान तो हमीरगढ़ पहुँचा हुआ था। चाचा-चाची के और श्याम के बारे में ज्यादा सोच रहा था। चाचा-चाची तो एक दिन चले जाएँगे, श्याम का क्या होगा? जिस के पास दस एकड़ ज़मीन भी है। घर आगे चलना चाहिए। इन्हीं विचारों में पौ फटने लगी। टिब्बे की ओर से कुछ-कुछ आवाज़ें सुनाई देने लगीं। डेरे में सोये आदमी भी इधर-उधर उठने-बैठने लगे थे। धन सिंह ने लंगर में बर्तन बजाने शुरू कर दिये थे। वह चाय का पतीला उबालने की तैयारी कर रहा होगा। रामदास अभी से चन्द कौर की प्रतीक्षा करने लगा।

चन्द कौर भी दिन चढ़ते ही आ गयी। उसे चैन कहाँ था। वह भी चाहती थी, कब उसकी बेटी का इस मुसीबत से छुटकारा हो। उसे खुद कुछ सुझाई नहीं दे रहा था। उसने बताया कि तब, जब कोई उपाय कारगर भी ना हो सकता था। दूसरे महीने ही पता लग जाता तो सयानी बूढ़ियों के पास सौ इलाज होते हैं। अब चौथे महीने में कुछ भी सम्भव नहीं था। हाय, अब वह कहाँ जाय, क्या करे। उसकी डोर तो बाबा रामदास के हाथ में थी। वही उसका सहारा बनेगा। उसे संत जी पर पक्का भरोसा था। वही उसे इस मायाजाल से बाहर निकालेगा।

रामदास भी अपनी कुटिया में बैठा सिमरनी फेर रहा था। चन्द कौर ने आकर उसके पैर छुए और प्रणाम किया, फिर नीचे पड़े टाट पर बैठ गयी। हसरत भरी निगाहों से उसकी ओर ताकने लगी।

रामदास ने सिमरनी रोक कहना शुरू किया, ''मैं तो सारी रात, बीबी के बारे में ही सोचता रहा। सच मानना, नींद ही नहीं आयी।''

''बाबा जी, आपको तो रात को नींद नहीं आयी। मैं तो कई रातों से उल्लू की तरह बैठी रहती हूँ। नींद कहाँ गयी? क्या करें अब बाबा जी?'' वह बहुत जल्दी में थी।

"मैंने तो एक बात सोची है। बीबी को किसी दूसरे घर में भेज दो। जहाँ भी बने बात। बस यही एक इलाज है अब तो।"

"बेगाना कौन लेगा, इस हालत में? फिर इसकी उम्र भी क्या है, सोलह की भी नहीं हुई अभी। ना घर में कोई पैसा है।" फिर बोली, "मैं तो एक बात सोचती हूँ, भई गेहूँ में मिलाने वाली दवा घोल कर पिला देती हूँ। एक तो मेरी जान छूटेगी, साथ ही उसकी भी।"

"नहीं भई नहीं, यह पाप नहीं करेंगे हम।" रामदास ने बाएँ हाथ की तीन अँगुलियाँ घुमायीं।

"फिर क्या करें, बाबा जी?" चन्द कौर ने एक गहरी आह भरी।

"उम्र इसकी ठीक है, बहुत छोटी नहीं। फेरे दिलाने का सारा खर्च हम करेंगे। आदमी भी मैंने सोच लिया है। उम्र कोई ज्यादा नहीं, ठीक ही है। तुम नम्बरदार और बेटों को अन्दरूनी बात ना बताना। बस जिद पकड़ लेना। मैंने आज ही लड़की घर से भेजनी है। कल तक आदमी आ जाएगा। आदमी की जिम्मेदारी मैं लेता हूँ, गर कोई कमी हुई। ज्यादा क्या कहना, मेरा अपना बड़ा भाई है। दस एकड़ ज़मीन का मालिक है। अब तुम और कुछ ना पूछो भई। जाओ घर। मैं भी लेने जाता हूँ उसे। सुबह-सुबह आ जाएँगे टिब्बे। तुम अपनी लड़की को तैयार रखना।"

"अच्छा बाबा जी। जैसा आप ठीक समझो। आप कहीं गलत मशवरा नहीं देंगे। यदि आपका ही भाई है, तो इससे ज्यादा अच्छा क्या होगा। मैंने तो इसे एक दिन घर से भेजना ही था। अब इस हालात में जाएगी, यह इसकी किस्मत।" वह फिर आहें भरने लगी।

रामदास ने उसी समय मान सिंह को सन्देशा भेजा। वह अभी गाँव से आया नहीं था। कार लेकर वे हमीरगढ़ की ओर चल दिये। जाकर श्याम से सारी बात कह सुनाई। वह तुरन्त तैयार होने लगा, टिब्बे जाने के लिए। चाचा-चाची भी खुश। रामदास जो कर रहा था। ठीक था। रामदास कहने लगा, "इस वक्त नहीं। पौ फटते ही चलेंगे। तुम आज बालों को रंग लो। बस लड़का-सा लगना चाहिए।"

नम्बरदार तोता सिंह और उसके दोनों पौत्र चिहुँके नहीं। मगर हैरान ज़रूर थे कि एक ही दिन में चन्द कौर ने यह क्या कर दिया। उन्होंने किसी अड़ोसी-पड़ोसी को भी न बुलाया। वे लोग आये। श्याम के साथ चाचा भी था। चन्द कौर ने मग्घो को नया सूट पहना दिया। सिर के बालों की चोटी बना दी। थाली में चावल के दाने गुड़ और हल्दी रख दी। चन्द कौर ने पहले गुड़ का एक-एक टुकड़ा लड़का-लड़की के मुँह में डाला। फिर हल्दी का टीका माथे पर लगा दिया, उस पर अक्षत लगाया। पाँच रुपये लड़की को दिये, पाँच रुपये लड़के को। विवाह की यह रस्म सम्पूर्ण थी। कार लेकर वे लोग उसी समय हमीरगढ़ चल दिये। वापसी में भी रामदास

उनके साथ ही गया।

18

इस बेतुकी शादी की चर्चा दोनों गाँवों में काफी दिनों तक चलती रही। टिब्बे के लोग हैरान तो थे मगर शक भी करते कि ज़रूर कोई ऊँची-नीची बात हुई होगी, इसलिए नम्बरदार ने अपनी पौत्री की शादी रातों-रात कर दी और कहीं भेज दी। उसकी अभी उम्र ही कहाँ थी विवाह वाली। फिर किसी बिरादरी-रिश्तेदारी को नहीं बुलाया। अन्दर ही अन्दर संत पर भी अँगुलियाँ उठ रही थीं। लोग कहते थे कि संत रामदास की ही यह कोई चाल थी जो एक ही दिन में तोते तोंदू की पोती को ब्याह ले गया। बातों-बातों में यह भी मालूम हो गया कि वह कोई और नहीं, उसका ही बड़ा भाई है। कोई संत को गाली देता, कोई तोता सिंह को। मगर विरोध इतना तीखा नहीं था कि तूफान उठ खड़ा होता। क्योंकि एक भी आदमी न तो नम्बरदार के मुँह पर कुछ कह सकता था और न ही संत रामदास से ही। इन दोनों के लिए तो सभी कुछ अच्छे से निपट गया लगता था। धीरे-धीरे यह चर्चा दबने लगी। तोता तोंदू पहले की तरह ही डेरे जाता और रोटी-पानी खाता। जैला-कैला भी डेरे जाने लगे। अब चन्द कौर भी जाने लगी। कभी-कभी संत से पूछती, ''कोई आया नहीं, हमीरगढ़ से बाबा जी?''

''वहाँ सब ठीक है। तुम किसी भी बात की फ़िक्र न करो। वह अब तुम्हारी बेटी नहीं, मेरी बेटी है।'' रामदास तसल्ली से जवाब देता।

लोग चौपाल में बातें करते, ''भई, साधु की तो तोता के साथ रिश्तेदारी हो गयी। अन्दरूनी बात क्या है, किसी को क्या मालूम। हमने कौन से लड्डू खाने हैं।''

उधर चाची बहू को अन्दर ही रखती। वह घाट-घाट का पानी पिये हुई थी। वह दिन चढ़ने से पहले ही बहू को बाहर शौच इत्यादि के लिए ले जाती। फिर सारा दिन घर से बाहर न जाती। अड़ोस-पड़ोस की तथा गाँव की औरतें बहू का मुँह देखने के लिए घर में आतीं, मगर जलकौर किसी को भी बहू से बात न करने देती। कहती, ''बहू को ऊपरी रौ आ जाती है। ज्यादा बात नहीं करनी है उससे।'' मग्घो अन्दर कमरे में बैठी रहती। वहीं से बहू को दिखा औरतों को बरामदे में ले जाती और दूसरी बातें करने लगती । बहू से कह दिया था, ''किसी से भी कोई बात नहीं करनी है।''

चाचा-चाची के लिए भतीजों की इज़्ज़त अपनी इज़्ज़त थी। उनके लिए भतीजे कोई बेगाने नहीं थे। शुक्र था, श्याम का घर बस गया। बच्चे भी हो जाएँगे। उनका खाली आँगन भर जाएगा। राम ने बताया था कि मग्घो को होने वाला बच्चा उसका

था। उन तीनों के लिए यह कोई बुरी बात नहीं थी। बच्चा राम का हो या श्याम का एक ही बात है, वह होगा तो श्याम का ही। यह बात अब सभी को याद रह जाएगी कि बच्चा शादी के कितने महीनों बाद जन्मा है।

उसे टिब्बे भेजने का तो सवाल ही नहीं था। वहाँ जाने पर तो सारा भेद खुल जाने का डर था। अब उसे छठा महीना लग गया था। डिब्बे या हमीरगढ़ से कोई भी उससे मिलने नहीं आया था। नम्बरदार तो क्या आता, जैला-कैला भी नहीं आये थे। चन्द कौर हौसला नहीं कर पायी थी। वह डेरे जाकर रामदास से बेटी की कुशलक्षेम पूछ लेती थी। रामदास ने उसे बताया कि वह हमीरगढ़ जाता रहता है। ऐसे ही कह देता, ''अभी कल तो आये वहाँ से। वह ठीक है, खुश है। चाची तुम से भी ज्यादा उसका खयाल रखती है। तुम चिन्ता ना करो बस।'' फिर धीरे से कहता, ''जब बच्चा साल-छः महीने का हो गया ना, फिर उसे यहाँ लाएँगे। यहीं आया-जाया करेगी और कहाँ जाएगी।''

एक दिन सूरज चढ़ने से काफी समय पहले श्याम उसे बुढ़लाड़े ले गया। छठा महीना चल रहा था। उसे कोई तकलीफ नहीं थी। बुढ़लाड़े से आगे बस में जा चढ़े। भीखी पहुँचे तो बच्चे शोर मचाने लगे, ''चाची आ गयी, आहा जी। चाची आ गयी।'' तेजो के बच्चे अब काफी बड़े हो चुके थे। मीतो और उससे छोटी दोनों लड़कियों की शादी कर दी गयी थी। एक ही लड़की बाकी थी। लड़के भी दोनों जवान थे। बीस के आस-पास होंगे। तीसरी लड़की उनसे बड़ी थी। तेजो ने मग्घो को सीने से लगाया। प्यार किया। उसके चेहरे को हाथ से छूते हुए कहने लगी, ''अरे श्याम, यह तो एकदम गुड़िया-सी है। कितनी सुन्दर है। तुम्हारी किस्मत अच्छी है भई, इतनी सुन्दर बहू मिल गयी।''

बात भीखी तक भी पहुँच गयी कि, ''छोटे ने कर्म किया, उसे अब बड़े के गले मढ़ दिया माँ-बाप ने।'' तेजो हँसने लगी। मग्घो के पेट पर हाथ फिराते हुए बोली, ''अरी बलिहारी जाऊँ। इसकी जँचगी तो मैं यहीं करवाऊँगी।''

मग्घो की आँखों में तो आँसुओं की कोई बाढ़ थी, मगर वह रोयी नहीं। तल्ख साँसों का धुआँ भीतर ही कहीं भस्म हो गया।

श्याम मग्घो को बहुत प्यार करता। एक तो बड़ी उम्र, दूसरा फौजी। उसे बाँहों में भर धीरे से भींचता, जैसे उसे कोई रेशमी खिलौना मिल गया हो। मग्घो से उसने कभी कुछ नहीं पूछा था। पूछना क्या था, राम खुद ही बता गया था। मगर मग्घो रोती रहती। वह उस समय को कोसती, जब वह डेरे में इतना उछलती-कूदती रहती थी। फिजूल-सी बोलती। उस मरजाणे को बातों-बातों में सिर पर चढ़ा लिया। उसका हँसना, दाँत निपोरना, चहकना, आज उसे रोने पर मजबूर कर गया था। क्या उम्र थी उसकी—न विवाह की, न जँचगी की। यह विवाह क्या उसका सचमुच का विवाह

है। यह तो ज़बर्दस्ती थी। मग्घो को अपनी माँ याद आती तो वह फफक उठती। मगर ऊँची आवाज़ न निकालती। उसके कारण उसकी माँ ने कितना दुःख सहा था। वह उसे ज़हर दे देती तो कितना अच्छा होता। माँ जीते जो मर गयी थी। उसे कितना चाव था। उसके विवाह का, उसके गौने का।

उसके शरीर पर झुका हुआ श्याम उसे कोई लथपथ खूँखार जानवर-सा लगता। उसके हाथ उसके जिस्म पर फिरते तो उसे लगता कोई गिद्द उसे नोंच रहा हो। वह शिद्दत से सोचती, सुक्खू के हाथ भी गिद्द जैसे ही थे, मगर उसके सख्त हाथों की अँगुलियाँ उसे कोई सुख-सा देती थीं। उसकी ओर देख, जब श्याम अपनी कटी मूँछों में मुस्कराता तो मग्घो को बहुत प्यारा लगता था। हर चौथे दिन वह दाढ़ी पर खिजाव लगाने लगता। मगर अगले ही दिन उसके वालों की जड़ों की सफेदी दिखाई देने लगती। सफेद जड़ों वाली काली दाढ़ी में श्याम की सूरत मग्घो को एकदम बकरे- सी लगने लगती। कितना भयानक लगता था उसका चेहरा। कितनी खोखली लगती थीं उसकी बातें और कितना झूठा लगता था उसे पति-पत्नी का रिश्ता। चार बुजुर्गों वाले भीखी के इस घर में वह एक बच्ची से पिल्ली बनकर अपने दिन बिता रही थी। उसे कितनी शर्म आती, जब उसके बराबर या उससे बड़े बच्चे उसे चाची कहते। श्याम जवान दिखने की कोशिश करता, मगर उसके लिए तो वह बुजुर्ग था। उसके बाप की उम्र का था। उसकी सच्ची हमदर्द घर में सिर्फ़ एक ही थी तेजो। वह उसके साथ दिल की बातें करती। तेजो उसे अपनी माँ-सी लगती। माँ की तरह ही उससे बातें करती है।

एक दिन श्याम को परे लिजाकर तेजो कहने लगी, ''तुम अपनी खाट अब अलग बिछाया करो, इसे आठवाँ लग गया है।''

''तो, उससे क्या?''

''तुम फौजी को कुछ मालूम भी है?''

''नहीं तेजो, मुझसे रहा नहीं जाता।''

''ओफ्फोह। जब यह नहीं थी, तब भी तो रहता ही था।''

''अच्छा फिर।'' आँखें मूँद मुस्कराते हुए वह चला गया।

एक दिन तेजो श्याम से कहने लगी, ''अरे श्याम, तुम तो सचमुच बूढ़े हो गये हो। तुम में वो पहले वाली बात नहीं रही।''

''वो कौन-सी?''

''जो पहले होती थी। पहले तो तुम भूखे भेड़िये के तरह थे। अब तो सुधर गये हो।''

'नहीं भाभी। तुम्हें ऐसा ही लगता है।''

''ऐसा ही क्यों। दिखता नहीं क्या अब। उठा लाया इस बेचारी बच्ची को

इसकी उम्र कैसे निकलेगी। तुझ जैसे छूटे साँड़ के साथ।''

''कोई नहीं, ऐसे ही चल जाएगा भाभी। हमें तो सिर्फ़ दो-चार बच्चे ही चाहिए इससे, और क्या। घर चलता रहेगा।'' श्यामा ने खिसिया कर जवाब दिया।

मग्घो का लड़का पैदा हुआ। हमीरगढ़ से चाची जलकौर पंजीरी का पीपा लेकर आ गयी। लड़के के होंठों को अँगुलियों के पोरों से छू कर लोरियाँ देती। कितनी-कितनी देर तक गोदी में लिये बैठी रहती। मग्घो लड़के की ओर ताकती, वह हँसता तो मग्घो भी मुस्कराने लगती। बच्चे को देखकर तेजो और जलकौर आँखों-आँखों में बातें करतीं, ''बच्चे के अंग-प्रत्यंग घर वालों जैसे नहीं। लड़के का रंग भी पक्का है। हमारे लड़कों को रंग तो एकदम साफ है।''

''लो बुआ, क्या बातें करती हो तुम। बच्चा सौ रंग बदलता है। कई बार बच्चा ननिहाल पर जाता है। टिब्बे वाले ऐसे ही होंगे।'' तेजो समझदारी भरा जवाब देती।

लड़का जब चार-पाँच महीनों का हो गया तो श्याम, मग्घो को हमीरगढ़ ले आया। अपनी ओर से उन्होंने यह जतलाना चाहा कि लड़का नौ महीनों के बाद ही पैदा हुआ है। सवा-डेढ़ महीने का है। देखने में बड़ा लगता है। बहू को गर्भवती होने पर बहू खूब दूध-घी खाती-पीती रही थी। बच्चा काफी तदुंरुस्त था। जँचगी के समय माँ को कष्ट भी ज्यादा हुआ।

मगर ये बातें सिर्फ़ उनके अपने मन को समझाने वाली ही थीं। गाँववाले सब जानते थे। मुँह-मुँह से बातें सब जगह पहुँच जाती हैं। दीवार से की बातों के भी एक दिन डंके बजने लगते हैं। लोग चौपाल में बैठकर आपस में सिर जोड़ बातें करते, ''लड़का राम का है यार। उसने यहाँ लाकर पटक दी। और क्या करते वे?''

''वह तो संन्यासी है।'' कोई कहता।

''क्यों, संन्यासी आदमी नहीं होता।'' उसे जवाब मिलता।

''नहीं, वह लड़का ऐसा नहीं है।''

''अरे छोड़ो ये सब। ये साले संन्यासी अन्दर से कैसे होते हैं। साँड़ होते हैं साँड़। वैसे ही टुंडा आदमी की इन्द्रियाँ ज्यादा होती हैं, भाई।''

''टुंडा कैसे है वह?''

''तुम्हें नहीं मालूम, उसका एक हाथ नहीं।''

''हाथ तो है, दो अँगुलियाँ नहीं हैं।'' कोई तीसरा बोलता।

''चलो ठीक है। दोनों का गुज़ारा हो जाएगा अब। फौजी भी बूढ़ा हो गया था। वह तो आशा भी छोड़ चुका था। इस उम्र में भी औरत मिल गयी।''

''यार, उम्र में काफी फर्क है। माँ-बाप ने बुरा किया। फौजी दुगुना नहीं तिगुना

होगा संन्यासिनी से।''

''जलकौर के दो थे। अब इसके भी दो हो गये। सास-बहू एक जैसी ही समझो।'' कोई मनचला फब्ती कसता।

पहले-पहल रामदास ने हमीरगढ़ के कई चक्कर लगाये। वह दो बार भीखी भी गया। मान सिंह से कार निकालने को कहता और चल देता। दोपहर में जाकर शाम तक लौट भी आते। कभी रात भी बिता लेते थे। किसी को क्या मालूम कि वह मग्घो का समाचार लेने आता है। बातें कर उसे धीरज बँधाता। श्याम और चाची से कहता, मग्घो को लाड़-प्यार से रखे। उसे कभी भी कोई चुभती बात न कहे। मगर हमीरगढ़ के लोग यही समझते थे कि वह संन्यासिनी के कारण आता है।

''बाबा जी, लड़के तो मेरा कहना मानते नहीं। मैं कैसे जाऊँगी समधियों के यहाँ। आप उनसे कहो, कभी आकर मिल जाएँ। यहाँ मेरा मन अन्दर से तड़पता रहता है। मेरे कलेजा का टुकड़ा है वह।'' चन्द कौर एकदिन रामदास के आगे मिन्नतें करने लगी।

एक दिन रामदास, कार लेकर हमीरगढ़ गया। उसने बुढ़लाड़े जाकर दो-तीन किस्म के फल-फ्रूट खरीदे। टोकरी भर ली। मग्घो का लड़का एक साल का हो चुका था। रामदास लड़के को देखने पहली बार जा रहा था। उस दिन वह हमीरगढ़ ही रहा। आते समय श्याम और मग्घो को टिब्बे साथ ले आया। श्याम ने एक दिन पहले दाढ़ी-मूँछों पर खिज़ाब लगाया।

चन्द कौर ने मग्घो को छाती से लगाया। वे दहाड़ मारकर रोने लगीं। लोग लड़का देखने आने लगे। सभी मग्घो को कनखियों से देखते। दामाद की पीठ को थपथपाते, नाक-मुँह सिकोड़ते। उन्हें कुछ भी पसन्द नहीं आ रहा था। बस बिरादरी-कबीले की लाज रखने की खातिर वे औरतें आयी थीं।

शाम को तोता सिंह घर की बनी शराब ले आया। वे चारों पीने लगे। जैला और कैला-पीते समय सकुचा रहे थे। कुछ बोल भी नहीं रहे थे। उन्होंने एक-एक पैग पिया था कि फौजी ने अपने झोले में से साथ लायी रम की बोतल निकाल ली। बोला, ''यह पीते हैं। इसका भी स्वाद देखो।''

तोता के होंठों पर मुस्कराहट खेलने लगी। जैला तथा कैला हैरानी से झाँक रहे थे। श्याम ने खुद ही चार पैग बनाये। जैसे फौजियों की बार में बैठा हो। वह पीते रहे। फौजी बोलने लगा। तोता ने रम का एक ही पैग पिया। वह इससे अधिक नहीं पी सकता था। लड़के बराबर पीते रहे। फौजी की बेतुकी बातें भी सुनते रहे। फिर सभी ने रोटी खा ली चन्द कौर प्यार से खाना परोस रही थी, बार-बार पूछती, ''और बेटा। एक रोटी तो और ले लो। तुमने तो कुछ खाया ही नहीं।''

मग्घो का लड़का किलकारियाँ मारता और हाथों से निकल जाता था। मग्घो ने

उसका नाम 'सुख' रखा था।

चन्द कौर ने कहा, ''बेटी, यह 'सुख' क्या नाम हुआ लड़के का। 'सुखवंत' कहो या 'सुखदेव' या 'सुखदर्शन' आदि। सुख तो आधा नाम है।''

''नहीं माँ, सुख ही ठीक है। जल्दी लिया जाता है। पूरे नाम तो कई होते हैं लोगों के। हमारा 'सुख' एक ही है। क्यों सुख, ठीक है न?'' वह लड़के से बातें करने लगी।

अगले दिन मग्घो मान सिंह से कहकर आयी कि ''संत जी से कह दो, कार भेज दें। हम डेरे आएँगे।''

श्याम और मग्घो उर्फ़ मनजीत कौर कार में बैठकर डेरे गये। श्याम पहली बार आया था। डेरे का रंग-ढंग देखकर और छोटे भाई राम की मान-प्रतिष्ठा देख-सुनकर श्याम बहुत प्रसन्न हुआ। दोनों भाई कुटिया में बैठकर इधर-उधर की बातें करने लगे।

मग्घो सुख को लेकर लंगर के पिछले हिस्से में चली गयी। लंगर की दीवार के साथ बना एक गुसलखाना था। कुएँ से बाल्टी भर कर यहाँ लानी पड़ती थी। इतनी झंझट कौन उठाता। इस कारण यह गुसलखाना प्रयोग में लाया ही नहीं गया था। इसमें कंडे रखे जाने लगे। एक कोने में कंडे पड़े रहते और दूसरी ओर सीमेंट की बोरियाँ। कुछ देर तक कंडे खाली बोरियों पर भी पड़े रहते थे। अलमारी में रंग-रोगन के डिब्बे थे या घिसे हुए ब्रुश। इस गुसलखाने में एक किवाड़ भी था। उसमें ताला-चिटकनी कोई नहीं था। किवाड़ भेड़ दो तो गुसलखाना बन्द, खोल दो तो यह खुला रहता। मग्घो इस गुसलखाने में काफी देर तक खड़ी रही जैसे कोई खोयी हुई चीज़ तलाश रही हो। फिर उसकी निगाह नीचे की ओर गयी। यहाँ लकड़ी के कोयले से कुछ लिखा हुआ था। कोई अक्षर था। उसे याद आया, सुक्खू ने यहाँ कोयले में 'म' अक्षर लिख दिया था, फिर मग्घो ने सुक्खू के हाथ से वही कोयला पकड़ कर 'म' के ऊपर लकीर खींच दी थी। मग्घो ने गहरी साँस ली। इस गुसलखाने की दीवार पर 'म' और 'स' एक हुए पड़े थे। उसने अक्षर की कालिख पर अँगुली फिरायी और उसका छोटा- सा काला टीका 'सुख' के माथे पर लगा दिया। बोरियों में एक पुरानी बोरी अभी भी पड़ी थी, जिस पर किसी ने लाल धागा बाँध दिया था। ये गेहूँ डालने वाली बड़ी बोरी थी। यह बोरी उसने वहाँ से उठा ली। उसका चार तह लगाकर कार में रख दी।

रामदास ने मग्घो के लड़के को ग्यारह सौ रुपये का शगुन दिया। अगले दिन मान सिंह अकेले ही जाकर उन्हें हमीरगढ़ छोड़ आया। श्याम ने पूछा, ''मन जीत, यह बोरी भी वहाँ से ले आयी। इसका क्या करना है तुमने?''

''यह तो मैंने ऐसे ही पैर पोंछने के लिए उस दिन कार में रख ली थी। यह

निपूती साथ ही आ गयी। चलो, पड़ी रहने दो इसे।'' मग्घो ने भोलेपन से जवाब दिया।

19

गेहूँ अभी काटी नहीं गयी थी। एक दिन परिवार ने फ़ैसला किया कि खेतों का काम छोड़ दिया जाए। बहुत मेहनत करनी पड़ती है। गुरमेल से भी अब पहले जैसे काम नहीं होता था। वह थक जाता और दम लेने के लिए काम छोड़ देता। ज़ेल में इतने वर्ष बिताने के कारण उसका शरीर पहले जैसा नहीं रहा था। काम तो वहाँ भी होता है। मगर कैदी कामचलाऊ ही काम करते। धीरे-धीरे खुरपी मारते। जेलवाले उन्हें व्यस्त रखना चाहते हैं, जैसे आदमी अपने खेत में काम करता है, वह बात और होती है। गुरमेल कहता, ''छोड़ो, हटाओ खेत के झंझट को। हिस्से पर दे दो खेती। खाने के लिए अनाज आ जाया करेगा। पशुओं के लिए भूसा इत्यादि उपजा लिया करेंगे।''

श्याम भी खेती छोड़ देने के लिए राज़ी था। फौज की नौकरी के बाद वह भी अब स्वतन्त्र रहना चाहता था। थकावट तो उसे भी हो जाती थी। एक तो बड़ी उम्र की थकावट, दूसरी जवान बीवी की थकावट। जूझता रहता। अपनी देह तोड़कर वह मनजीत कौर को खुश करने की कोशिश करता। वह तो खुश ही थी। अभी उसे यही दिन काटने थे। खुश होने वाली बात ही कौन-सी थी। वक्त को धक्का ही देना था। उसकी एकमात्र खुशी तो उसका 'सुख' था। खेत जाने को उसका भी मन नहीं करता था। उसे उनके खेतों से कोई लगाव था भी नहीं। कभी-कभी वह खेत रोटी लेकर जाती तो उसे पगडंडी की मिट्टी अजनबी-सी लगती। अपने खेत याद आने लगते। रोटी खाने के बाद अन्य लोग तो काम से लग जाते, फौजी, मनजीत कौर को खेत की मेंड़ों पर चलाने लगता। उसे खेतों और मेंड़ों के बारे में बताने लगता। वह उसकी बातें सुन हूँ-हाँ करती रहती। उसे श्याम में कोई दिलचस्पी ना होती। वह बर्तन माँजती और टोकरा सिर पर रख घर लौट आती। मन में कोई चाव ना आता। खेत में काम करते हुए आदमी उसे आते-जाते उठ-उठ कर देखते और फिर फौजी की ओर देख-देख कर मुस्कराते।

जलकौर खेती का काम छोड़ने के लिए पहले तो राज़ी नहीं थी। उसकी नज़र ज़मीन की ओर कम और संतोख की ओर अधिक थी। वह सोचती, जब खेती का काम खत्म हो गया तो संतोखा भी नहीं रहेगा। सहयोगी न रहने पर संतोख का आना-जाना खत्म हो जाएगा। अगले ही पल वह सोचने लगती, 'चलो, अगर ये चाचा-भतीजा खेती छोड़ना चाहते हैं तो छोड़ दें। संतोखा भी अब उसकी ओर

इतना ध्यान नहीं देता था। अब तो वह भी गुरमेल जैसा ही है। वह तो अब टालता जाता है। वह अपने शरीर की ओर भी देखती। सोचती, अब उसमें भी क्या रह गया है। हड्डियों का पिंजरा-सा। पिंजर तो खड़केगा ही। क्या रखा है, इन कामों में अब? सारी उम्र भी उसने क्या हासिल किया। एक बात और भी थी, घर में अब बहू भी थी। बहू की शर्म बड़ी थी। क्या कहेगी, बेगानी बेटी। यदि इसे मेरी कोई बात की जानकारी हो गयी। वह कितनी देर तक बहू को बहाने से खेत भेजती रहेगी। और घर में पीछे से चमार को बुलाया करेगी। अच्छा है, यदि खेती का स्यापा ही खत्म हो जाएगा तो संतोखा भी दफा हो जाएगा। जलकौर कभी चाचा-भतीजा की बातों से सहमत होती, कभी उनका विरोध करती। उसकी अपनी कोई मर्ज़ी नहीं थी।

प्रीतम हवलदार तो काफी वृद्ध हो चुका था। उसका लड़का कृपाल खेती करता। उनके पास अपनी ज़मीन कम ही थी। दो बैल थे और एक ऊँट। सहयोगी भी था। उनका खेती का काम अच्छा चलता। कृपाल को कोई ऐब-बुरी आदत भी नहीं थी। ना वह फिजूल खर्च ही करता था। बस खेती में ही उसका ध्यान था। वह हर बरस हिस्से-ठेके पर ज़मीन लेता था। काम इस तरह से करता कि अनाज के ढेर लग जाते। उसके साथ सहयोगी बनने के लिए हर कोई तैयार रहता। गाँव के सभी साझीदारों से ज्यादा अनाज कृपाल के साझीदार को मिलता था। वह खुद भी मेहनत करता और साझीदार से भी करवाता था।

अगले साल के लिए उन्होंने अपनी ज़मीन कृपाल को हिस्से पर दे दी। दोनों परिवार में पहले भी आपसी मेल-जोल था। बस इतना था कि प्रीतम हवलदार का घर दूसरे हिस्से में था। उनकी अपनी ज़मीन भी दूसरे हिस्से में थी। जब गुरमेल से संते का कत्ल हो गया था, तब पेश होने से पहले उसने प्रीतम की कुटिया में ही कुछ दिन बिताये थे। लोग इस उजाड़ खेत की ओर कम ही आते थे। झोपड़ी में रहने वाले आदमी का पता नहीं लगता था। किसी को अगर मालूम भी हुआ होगा तो उसने किसी से बात नहीं की होगी। ऐसी बातें कोई करता भी नहीं, बेकार की दुश्मनी पैदा होने का डर रहता है। पुलिस-टाऊट से सभी नफरत करते हैं।

प्रीतम हवलदार को थोड़ा-सा भी भय नहीं लगा था कि गुरमेल उसकी झोपड़ी से पकड़ा गया तो। उसे पनाह देने के लिए पकड़ भी सकते हैं। वह उसे वक्त-बेवक्त रोटी-चाय भी दे जाते थे। उन्होंने ही उसे बिस्तरा इत्यादि भी पहुँचा दिया था।

गुरमेल ने कृपाल से कह अपनी ज़मीन में एक बीघा में मकई बोयी और एक बीघे में चारा। बाकी सारी ज़मीन में अमरीकी कपास थी। बैल दोनों बेच दिये। खेत से चारा लाने के लिए एक बैलगाड़ी भी खरीद ली। कोई बूढ़ा बैल ले लिया। गाड़ी

खींचने के लिए कौन सा अधिक ज़ोर लगाना पड़ता था। भैंसें उनके पास दो ही थीं। दूध-मक्खन जलकौर सँभालती। एक भैंस से पूरा नहीं पड़ता था। मग्घो खुला दूध-घी खाती-पीती। सुख भी बड़ा हो रहा था। चलने तो वह कब से लग गया था। अब तुतलाता भी था। बातें करता और चीखें भी मारता। जलकौर देसी-घी की मटकियाँ भरकर रखती।

दो साल ज़मीन कृपाल के पास ही रही। तीसरे वर्ष उन्होंने ज़मीन बदल दी। यह कोई कानून था या लोगों में ऐसे ही कोई वहम था कि अगर लगातार तीन वर्ष तक किसी के पास ज़मीन हिस्से-ठेके पर रहे तो वह पक्के तौर पर उस पर कब्जा कर लेता है। तीन वर्ष जोतने के बाद ज़मीन हल चलाने वाले की हो जाती है। चाहे प्रीतम सिंह के साथ उनकी कोई बात नहीं हुई थी, मगर फिर भी वहम तो वहम ही था। कानून तो कानून होता है। आदमी की नीयत बदलने में समय नहीं लगता। सगे भाइयों में भी दूरी आ जाती है।

जाड़े के दिन थे। एक दोपहर गुरमेल खेत में चक्कर लगाने गया था। देखना चाहता था कि गेहूँ कैसी खड़ी है। टीले पर चने के झाड़ थे। रबी-खरीफ़ में वह यहाँ कुछ न कुछ बो ही देते थे। बारिश में एक बार जोतने के बाद वहाँ चारा बीज देते। कभी सुहाग के बीज बो देते। कभी-कभी आँधी से पौधे भी उड़ जाते और पौधे की जड़ें नंगी हो जातीं और वह खड़े खड़े ही सूख जाते थे। सावन में वह इस टीले पर ग्वार बोते और गर्मियों में चने।

पहले वह टीले पर चढ़ गया। चने का झाड़ कहीं-कहीं था। मगर चने अच्छे उगे हुए थे। जब वह टीले पर गया तो उसे शू की आवाज आयी। उसका पैर एक साँप पर टिक गया। साँप ने उसे डसा या नहीं, मगर उसके टखने पर एक काँटा-सा चुभा तो था। जैसे बेरी या कीकर की शूल चुभी हो। उसने देखा, साँप वहीं अपने बिल की ओर पानी ही धारा जैसा चला गया था। उसने अन्दाज़ा लगाया कि साँप बिल से निकल बाहर धूप सेंक रहा होगा। उसने अपने टखने पर हथेली फेरी। उसे कुछ गीला-सा लगा। उसे समझ में नहीं आया कि उसकी टाँगें पर साँप ने डसा है या उसे कुछ और हुआ है। उसे कुछ वहम सा होने लगा।

इन्हीं सोचों में वह आगे बढ़ता गया। गेहूँ सचमुच बढ़िया खड़ी थी। एक ओर से थाली फेंक कर मारो तो वह दूसरे सिरे पर जा गिरेगी। जैसे तला के पानी में छुरी फेर दी जाय। उसने उस स्थान को भी देखा जहाँ कीकर था। जहाँ उसने सन्ता को गंडासे से काट डाला था। परे दूर खेत में संते के दोनों लड़के किसी साझीदार के साथ काम कर रहे थे। शायद गेहूँ को पानी लगा रहे थे। उनकी ओर देखते हुए वह काँपा ज़रूर। साथ ही उसकी टाँग में कसक सी होने लगी। उसने अपनी लुँगी उठाकर टखने को एक बार फिर से छुआ, मगर टखने को कुछ भी नहीं हुआ था। चलते हुए

उसे चक्कर आने लगा। वह गाँव की ओर चल दिया। उसके चक्कर बढ़ने लगे। उसे यकीन होने लगा कि उसे सचमुच साँप ने डस लिया है। सीधे-सीधे चलते हुए उसके पैर उखड़ गये और वह मुश्किल से गिरते हुए बचा। वह जल्दी घर पहुँच जाना चाहता था। गाँव अधिक दूर नहीं था। उसकी आँखों के आगे अँधेरा छाता जा रहा था। रास्ते में दो-तीन आदमियों ने उसे बुलाया भी, मगर वह जवाब भी न दे पाया।

वह अन्दर आँगन में पहुँचा तो सुख भागकर उसकी टाँगों से लिपट गया। उसने भर्रायी सी आवाज़ में जलकौर को पुकारा, "कहाँ हो तुम। जल्दी आ जा ज़रा।" लड़का उसकी टाँगों से अटककर नीचे गिर गया और रोने लगा। वह खुद ही आँगन में पड़ी खाट पर लगभग गिर सा गया। जलकौर शायद घर में नहीं थी। श्याम भी उस वक्त वहाँ नहीं था। मनजीत कौर ने सुना तो भागकर आयी, पूछा, "क्या बात है चाचा?" वह परे चूल्हे के चौंतरे पर बैठी धूप में श्याम की कमीज का टूआ हुआ बटन लगा रही थी। गुरमेल सिंह ने पानी माँगा, मनजीत ने उसे पानी लाकर दिया। पानी उसे बकबका-सा लगा। बोला, "भागकर अपनी चाची को बुला ला। कहाँ है वह?" सुख ने रोना बन्द कर दिया। वह फिर गुरमेल के पायताने आ खड़ा हुआ। वैसे वह लड़के को कितना प्यार करता, पुचकारता था, मगर आज उसने सुख को बुलाया भी नहीं था। मनजीत को कोई शक-सा हुआ। वह तुरन्त पैरों में जूती डालकर बाहर निकल गयी। जलकौर, पड़ोसियों के घर में थी।

सास-बहू तेजी से घर लौटीं तो देखा वह बैचेनी से बैठा था। बोला, "मुझे घी गर्म कर के दे दे जल्दी। मुझे कीड़ा (साँप) छू कर गया है।"

"हाय, देखूँ ज़रा कहाँ?" जलकौर तड़प उठी।

गुरमेल ने टाँग उघाड़ी तो टखना खूब सूज गया था। पत्थर की तरह सख्त। न अँगुली दबती थी न दुखती थी। मगर टीस लगातार उठ रही थी जैस टाँग के अन्दर कोई चीज़ घुसकर बैठ गयी हो।

मनजीत कौर घी गर्म करने लगी। जलकौर भागकर चौपाल में गयी। श्याम वहाँ बैठा ताश खेल रहा था। उसने ज़ोर से पुकारा, "ओये श्यामिया। दौड़कर आ जा। पता नहीं क्या हो गया है तेरे चाचा को।"

उसने उसी पल पत्ते फेंके और उठकर चाची के साथ चल दिया। इतने में चार-पाँच बुढ़िया उनके आँगन में गुरमेल के आस-पास आकर खड़ी हो गयीं। कटोरे में घी डाल कर बहू ने उसके मुँह से लगाया। उसने जल्दी कुछ बाहर उलट दिया। बुढ़िया पड़ोसिनें बोलीं, "अच्छा है विष को बाहर निकल जाने दो, तभी जल्दी आराम आएगा।"

श्याम ने उसकी टाँग देखी तो चिन्ता में पड़ गया। हैरानी से उसकी आँखें

फटी ही रह गयीं। उसे कुछ भी सूझ नहीं रहा था कि क्या किया जाय।

बुढ़िया उसके कन्धे से पकड़कर बिठा दिया और घी की कटोरी फिर से गुरमेल के मुँह से लगा दी। लेकिन हर बार अन्दर से हरी-हरी काई बाहर निकल के आती रही। मुँह से गाढ़ा लार भी टपकने लगा। वह हाय-हाय करता। उसके सिर को चक्कर-लगातार आ रहे थे। नज़र आना बन्द हो गया। बोला नहीं जा रहा था। उसे कोई होश नहीं था।

"बहू बुढलाड़े भेजो किसी को। किसी सयाने को दिखाना चाहिए। सुना है, कोई मणिका लगाता है, सारा ज़हर चूस लिया जाता है।" एक बुढ़िया कहने लगी।

किसी को कुछ भी सूझ नहीं रहा था कि क्या किया जाय। एक आदमी आया और कहने लगा, "आग का कोयला लेकर उतनी जगह फूँक दो, जहाँ पर डसा है। ज़हर इकट्ठा होकर जल जाएगा।"

चूल्हे में कंडों की आग थी। लकड़ी के कोयले भी थे। वही आदमी मिट्टी में कोयले डाल लाया। एक कोयला उसके टखने पर रखा। गुरमेल को कोई तकलीफ न हुई। उसने कोई हाय-आह न की। उसका माँस ज़रूर जलने लगा। आदमी ने दो कोयले और रखे। काफी चमड़ी जल गयी। गहरा हो गया, मगर खून न निकला। गुरमेल को इस वक्त तक कोई होश नहीं रहा था।

उसकी हालत देखकर जलकौर छाती पीटने लगी। मनजीत कौर उसे सँभाल भी रही थी। रो भी रही थी। श्याम भयभीत खड़ा था। क्या करे, कहाँ जाए? औरतों ने देखा, गुरमेल की नब्ज़ बन्द थी।

20

जलकौर ने बेशक सारी उम्र गुरमेल को कोई भाव नहीं दिया था, मगर उसकी मौत के बाद उसके वियोग को उसने अपने दिल से ही लगा लिया था। जैसे उसके सिर की छाँव को किसी ने चादर में लपेटकर बगल में दबा लिया हो। पति के बिना अब वह मरुस्थल में 'सस्सी' (सस्सी-पुन्नु) की भाँति भुँज रही थी। भट्ठी की मकई की तरह से। गुरमेल के कारण ही वह इस घर की महारानी थी। अब वह हर तरफ से बाँझ हो गयी थी। वह था तो कभी महसूस नहीं हुआ था कि उनकी औलाद नहीं है। अब वह नहीं तो कुछ भी नहीं। वह एकदम रीती रह गयी थी।

उसकी जिन्दगी में दूसरे तीन मर्द आये। पहला उसका जेठ भजना, फिर संतोखा चर्मकार और तीसरा वाला फतह सिंह जो आया न आया एक बराबर ही था। आँधी के झोंके में कंटीली टहनी की तरह उससे आ टकराया था। बाद में वह उसके काँटे

बीनती ही रह गयी थी। पुरानी बाड़ की कंटीली टहनी ही था वह। एकदम से लपट की तरह जला, फिर बुझ भी गया। मालूम नहीं उसके मन में क्या आया जो वह सब कुछ छोड़ कर चला गया। साथ में अपनी भतीजी भी ले गया। शायद उसे संतोखे के बारे में भी मालूम था। उसने मुझे अच्छी औरत न समझा हो।

संतोखे में भी क्या बचा था। एक भ्रम ही था। नदी के पानी के साथ आयी गीली चिकनी मिट्टी की तरह था, जो बदन पर पड़ी चोट की तरह से गिनगिनाने लगती है। सन्तोखा किराये की चीज की तरह ही आता था और रिश्ता भी क्या था उसका मेरे साथ? भाड़े में आया चमार खाता-पीता भी कितना था। उसे देसी-घी की मटकियाँ भर-भर कर देती थी। घर में भी कितना खाता-पीता था वह। उसकी पत्नी भी कितनी खाने की चीज़ें ले जाती थी।

अब तो वह श्याम और उसकी बहू के रहम पर थी। उम्र के आखिरी दिनों में यह होना ही था। क्या मालूम इससे भी बुरे दिन आयें तो भी उसका आखिरी सहारा यही बहू-बेटा ही तो होंगे। दिनों-दिन कबीलदारी में उसकी मन-मर्ज़ी कम होती जा रही थी। धीरे-धीरे मनजीत कौर का घर में दबाव बढ़ता जा रहा था। इतना ज़रूर था कि वह सभी कामों में सास से पूछती अवश्य थी। उसकी सलाह लेती थी। बुढ़ाए में इतना ही काफी होता है कि कोई पूछ कर बात करे।

वह सुख को खिलाती। उसे बेहद प्यार करती। रात को भी अपने साथ सुलाने लगी थी। अब सुख ही उसका मन बहलाता था। वही उसे व्यस्त रखता। तभी जलकौर का दिन निकल जाता। दोनों भैसों को मनजीत कौर ही दुहती थी। दूध-मक्खन भी वही सँभालती थी। मनजीत कौर रोटी-दूध से लेकर गोबर-कूड़े तक का सारा काम करती थी। श्याम खेत से चारा ले आता था। मनजीत कौर मशीन में चारा डालती और श्याम मशीन चलता था। रुपये पैसे अलबत्ता जलकौर के हाथों में रहते थे। यद्यपि श्याम जान-बूझ कर ऐसा करता था। घर की मालकिन अभी भी जलकौर थी। श्याम ने मनजीत कौर को समझाया हुआ था कि पाँच एकड़ ज़मीन की मालिक अब जलकौर है। यदि इसे आगे रखेंगे, इसकी बात मानेंगे, तभी यह अपनी बनेगी। आदमी के मन का कुछ भी पता नहीं होता। क्या मालूम मन बदल जाने पर यह अपनी ज़मीन किसी को भी दे सकती है। इसलिए चाची को अपने पक्ष में रखना बहुत ज़रूरी है।

प्रीतम हवलदार और गुरमेल पहले भी इकट्ठे बैठकर शराब पीते थे। कभी प्रीतम के घर पर या उनके घर पर। गुरमेल उसका एहसान भूला नहीं था। प्रीतम हवलदार ने कत्ल केस के समय गुरमेल के पक्ष में गवाही भी दी थी। प्रीतम उसे अपना समझता था। वह दो बार जलकौर के साथ बठिंडा जेल में उससे मिलने भी गया था। उसे वहाँ दिलासा ही दिया था।

अब उनको जैसी दोस्ती श्याम और कृपाल में थी। पहले प्रीतम और गुरमेल के नाते के कारण, फिर दो साल तक श्याम की ज़मीन ठेके पर जोती भी थी। इन कारणों से उनके आपसी सम्बन्ध और भी गहरे हो गये। दोनों परिवारों का आपसी मेलजोल बढ़ने लगा था। एक वर्ष ज़मीन बदल के अब फिर दो वर्षों के लिए कृपाल के पास उनकी ज़मीन थी। ज्यादातर वे श्याम के घर पर बैठ कर शराब पीते। मनजीत कौर उन्हें सब्ज़ी-दाल तड़का लगा कर देती। वह उनकी सेवा में जुटी रहती। श्याम बैठा-बैठा हुक्म देता रहता। कृपाल जब घर में आता, सुख को गोदी में लेकर बैठ जाता वह भी ऐसे बैठता जैसे कृपाल ही उसका बाप हो।

जलकौर श्याम को रोकती-टोकती नहीं थी, मगर कृपाल का इस प्रकार उनके घर में बैठकर शराब पीना और बहू का उनके आगे-पीछे घूमना उसे पसन्द नहीं था। कभी वह खुद को समझाती, यदि प्रीतम और गुरमेल यहाँ बैठकर दारू पीते थे तो इनके बैठ कर पीने में बुराई क्या है। श्याम भी तो उनके घर जाता है, लेकिन श्याम जब भी उनके घर पर जाता तो दो घंटों से अधिक वहाँ नहीं रुकता था। सिर्फ़ दारू ही पीता था, रोटी अपने घर लौट कर ही खाता था। परन्तु कृपाल तो दारू पीता और रोटी भी खाता। कितनी-कितनी देर तक वहीं बैठा रहता। रोटी खाने के बाद भी बैठकर गप्पें लगाता रहता। अन्दर कमरे में बैठकर जलकौर के साथ इधर-उधर की बातें करता रहता। जलकौर ही उससे कहती, ''जा भई कृपाल, अब घर को। रात बहुत हो गयी। जसमेल कौर इन्तज़ार कर रही होगी।'' श्याम तो शराबी हुआ रोटी खा, वही आँगन की खाट पर पसर जाता और यह नासपीटा कृपाल उसे सोता छोड़ कमरे में जलकौर के पास आ बैठता। वह सारी बातें मन ही मन सोचती, मगर चुप ही रहती, किसी से भला क्या कहती। 'चाची, चाची, कहता कृपाल उसे बहुत बेगाना-सा लगता। श्याम के चाची कह कर पुकारने में अपनापन होता, मगर कृपाल के पुकारने में उसे कोई स्वार्थ छिपा नज़र आता।

कृपाल की घरवाली जसमेल कौर बेढंगी सी औरत थी। ना उसका कद-काठ और न अच्छी सेहत थी। मरियल सी लगती। झटका मार कर चलती। अपनी समझ से वह बड़े नाज़-नखरे से चलती थी। मगर शरीर एकदम बेजान लगता। वैसे भी उसे दमे का रोग था। कभी-कभी तो उसकी साँस ज्यादा ही उखड़ जाती, काबू में ही न आती। उसके लिए रोटी बनाने का काम भी मुश्किल हो जाता। वह कृपाल को भी सँभाल नहीं पाती थी। दो लड़कियाँ पता नहीं कैसे और कब हो गयी थीं। नहीं तो कृपाल उसे पशु सा लगता। बड़े-बड़े हाथ-पैर, रंग एकदम काला। इतना बड़ा और भारी बदन था कृपाल का। जसमेल कौर के लिए काला साँड़ और कृपाल एक समान ही थे। दारु बहुत पीता था और खाता भी डंगरों जैसे था। जब वह श्याम के घर जाने लगा था, जसमेल थोड़ा सुखी रहने लगी थी। अब तो ज़्यादातर रोटी भी

उनके घर से ही खाकर आता था। कृपाल की माँ नहीं थी, नहीं तो वहीं उसे समझाती कि वह समय पर घर आ जाया करे, प्रीतम सिंह की बात तो वह सुनता ही नहीं था। कहता, ''फौजी ऐसे ही भौंकता रहता है। फ़ौजियों का दिमाग तो अफसर निकाल लेते हैं। बाकी का उनका खाकी वर्दी में भूसे जैसा भरा रहता है।''

मग्घो को पहले ही दिन कृपाल, सुक्खु जैसा लगा था। जब उन्होंने पहले साल ज़मीन ठके पर ली थी। वह पहली बार उनके घर में आया और श्याम के साथ बरांडे में बैठकर शराब पी थी। तब गुरमेल भी जीवित था। उस दिन उन्होंने रम पी थी। ज़मीन हिस्से पर देने की खुशी में श्याम ने ही कृपाल को पिलायी थी। इससे पहले कभी कृपाल उनके घर नहीं आया था। अगर आया भी होगा तो मग्घो ने उस ओर ध्यान नहीं दिया होगा। उस दिन कृपाल ने रोटी भी उनके घर में ही खायी थी। वे दोनों बरामदे में खाट बिछा कर बैठे हुए थे। वे उन्हें आँगन में रोटी देने गयी। आँगन की दीवार में खूँटे से लटकी लालटेन की रोशनी पड़ रही थी। उसने जब थालियाँ मेज़ पर रखीं तो कृपाल ने ध्यान से उसकी ओर देखा। श्याम तो नशे की झोंक में नज़रें झुकाये बैठा था। पल-पल अपने सिर को झटका देते जैसे मन में कोई बात कह रहा हो और फिर खुद ही उसका जवाब दे रहा हो। थाली रखते ही कृपाल ने थाली की ओर हाथ बढ़ाया तो मग्घो ने देखा कि ये हाथ तो एकदम ही सुक्खू जैसे थे। कृपाल की आँखें भी वैसी ही थी। जैसे एकदम वही बैठा हो।

उस रात वह सो न सकी। यदि आँख लगती तो उसे सुक्खू का सपना आता। जैसे वह दूध का गजा लेने उनके घर के सामने खड़ा हो। फिर वही भेस बदल कर आँगन में श्याम के साथ बैठा नज़र आता। वह उन्हें रोटी दे रही होती। वह उसका हाथ पकड़ लेता। श्याम के बैठे ही वह उसका हाथ पकड़ लेता। उसकी आँख खुल जाती और वह उठकर बैठ जाती। यही सपना उसे तीन बार आया। सारी रात इसी प्रकार निकल गयी।

कृपाल इस बात पर हैरान था कि जब वह पहली बार उनके घर में मनजीत कौर से मिला था तो उसने मूँज वाली खाट पर एक बोरी क्यों बिछा कर रखी हुई थी। बोरी जिसके एक ओर लाल धागा बँधा हुआ था।

मनजीत कौर तो उसके घरवाले ही उसे कहते थे जब कि उनके गाँव तथा मुहल्ले में उसका नाम मग्घो संन्यासिनी था। जब कभी रामदास हमीरगढ़ चक्कर लगाता तो उसे मग्घो ही कह कर पुकारता। यह नाम सबसे पहले लड़कियों-बुढ़ियों तक पहँचा, फिर सारे गाँव में फैल गया। संन्यासिनी वह रामदास के कारण थी।

सिर के बालों की चोटी उसने कुछ वर्षों तक ही की। बाद में अपने गाँव में पहले की तरह ही वह सिर पर जूड़ा करने लगी और जूड़े पर साफा बाँध लेती थी। हाथ में डंडा रखती। भैंसों को खुद ही छप्पड़ में पानी पिलाने ले जाती। कुछ वर्षों

तक संतोखे चमार का लड़का उनका चरवाहा रहा। फिर उसने हटा दिया और किसी और को रख लिया। संतोखे का लड़का चोरी करने लगा था। वह छप्पड़ पर जा भैंसों को गीली मिट्टी में लथपथ करके ले आता। वह उसे गालियाँ देती, फटकार लगाती।

उसे गाँव में भी कोई स्त्री कुछ कहती, ताना मारती या कोई ऊँची-नीची बात करती तो वह सुनकर चुप ना रहती। पलट कर उसे ऐसा जवाब देती कि कोई भी स्त्री डर के मारे उसे कोई कुबोल नहीं कहती थी। चौपाल से निकलती मग्घो को यदि कोई मर्द कुछ छेड़ता या कुछ कहता तो वह मर्दों की भाँति डंडा गाढ़ कर खड़ी हो जाती और अगले को टका-सा जवाब देती। उसने कई मर्दों की इस प्रकार बेइज्जती की थी। हर एक उसे चाची कह कर पुकारता। कोई भी उसे बुरी नज़र से नहीं देख पाता था। वैसे चौपाल में पीपल के नीचे तख्तपोश पर बैठकर वे कुछ इस प्रकार की बातें करते रहते :

''अरे, हमने कौन-से पाप किये हैं यार, जो वह दूसरे मुहल्ले वाला इधर आता है।''

''ना भई, इस औरत से तो डर लगता है। डंडा पकड़ कर जब चलती है, सिर पर पग्गड़ बाँधा होता है। लगता है पीट कर रख देगी, ''गर इसे कुछ भी कहा तो।''

''वैसे साली का शरीर तो देख यार। एकदम गेंद सी सख्त और मजबूत है। मैं तो लड़को एक दिन इससे ज़रूर लिपट जाऊँगा चाहे पीट ही दे डंडे से।''

''देख साले, कहीं पंगा न ले लेना ऐसे ही। कृपाल के अलावा किसी और से तो बात भी नहीं करती। उसमें पता नहीं क्या है। शक्ल तो देखे कोई उसकी, साला साँड़ सा।''

एक दिन वह भैंसें लेकर छप्पड़ पर गयी। गर्मियों के दिन थे। पिछले पहर का वक्त। गर्मी के कारण घर में बँधी भैंसें उकतायी खड़ी थीं। रस्से तुड़वा रही थीं। भैंसों तो तुरन्त छप्पड़ में घुस तैरने लगीं। उसके पुकारने पर भी बाहर न आयीं। पानी उन्हें बहुत आराम पहुँचा रहा था। वह स्वयं छप्पड़ के नीम की छाँव तले खड़ी थी। डंडा का एक सिरा कान के नीचे लगा उसका सहारा लिया हुआ था। कहीं से गुरदेव उसके पास आया और उसकी बाँह पकड़ झरबेरी की ओर खींचने लगा। वह मर्द, यह औरत उसने काफी गालियाँ दीं, ऊँचा बोली आसपास कोई भी नहीं था। गुरदेव ने उसे एकान्त में अकेले खड़े देख लिया था, इसलिए उसने उससे ज़बर्दस्ती करने की हिम्मत की। इस धर-पकड़ में मग्घो का भी डंडा उसके हाथ से फिसल गया। उसने ज़ोर का झटका दिया और उसकी पकड़ से निकल भागी। फिर तो उसने जो गुरदेव को पीटा, वैसे भी गुरदेव उसको लगातार खींचने की कोशिश में हाँफने लगा

था। इतने में एक ऐसा ज़ोरदार डंडा उसे पड़ा कि उसका मत्था फट गया। हाथ ही अँगुलियाँ तथा टखनों पर भी तीखी चोटें लगी थीं। औरत के साथ हाथापाई करता वह किसी भी तरह से अच्छा नहीं लग रहा था। पल-क्षण में ही उसका जनून खत्म हो गया और वह जान बचा कर भाग गया। छप्पड़ से निकल भैंसें स्वयं ही घर की ओर चल दी थीं। उनके शरीरों से पानी निचुड़ता जा रहा था। मग्घो के बदन से निकलता पसीना भी ऐसा ही था। उसने सिर के बालों का दुबारा जूड़ा किया और जल्दी से साफा लपेट कर भैंसों के पीछे चल दी। डंडा उसने कन्धे पर रख लिया था।

गुरदेव की माँ सभी से कहती फिर रही थी कि, ''लड़का हमारा टहनी को तोड़ने पर ऊपर चढ़ा था, गिर पड़ा और माथा फट गया।'' शर्म का मारा वह कितने दिन घर से निकला ही नहीं था। गाँव के प्राइवेट डॉक्टर ने घर पर जाकर उसकी पट्टियाँ की थीं। माँ ने हाथ-पैरों को ईंट का सेंक दिया था।

जलकौर देखती, घर वही था, मटकियाँ भी वही थीं। फ़र्क बस इतना ही था कि पहले यह मटकियाँ संतोखे के घर पर जाती थीं, अब कृपाल के घर जाती थीं। वही दिन थे, पहले ये दिन जलकौर के थे और अब मनजीत कौर के थे।

कृपाल उनके घर में सीना तान कर आता था। कोई साला बोल सकता था कुछ, जब मनजीत कौर उसे स्वयं बुलाती थी। वह तब आता, जब श्याम घर से खेत भूसा इत्यादि लेने गया होता।

उन्हें जलकौर का कोई डर-भय नहीं था। उसे सब मालूम था। जब भी वह आता, जलकौर घर पर ही होती। वह तो बल्कि सुख को साथ ले कहीं घुमाने चली जाती। किसी दूकान पर या किसी के घर पर।

मनजीत कौर को अड़ोस-पड़ोस से जलकौर के बारे में सब मालूम हो चुका था। जलकौर कुछ कहने योग्य नहीं थी। क्या कहती वह अपने दिन वह भूल गयी थी। अभी उसने मनजीत कौर के हाथ से लेकर ही खाना था। उसने अपने दिन काटने थे। अब उसका था भी कौन?

जिस दिन श्याम बठिंडा पेंशन लेने जाता, उस दिन कृपाल का पक्का अड्डा उनके घर में रहता। वह पेंशन लेने जाने पर कैंटीन से रम की दो बोतलें अवश्य लाता था। उसका कार्ड बना हुआ था। चार बोलतें वह महीने की ले सकता था। अब वह कृपाल के साथ लगातार दारू नहीं पीता था। अकेला पीता, थोड़ी पीता, मगर रोज़ पीता। एक बोतल आठ दिनों तक निकल जाती। एक पैग पीता, फिर रोटी खा लेता। अब वह पहले की तरह फौज की बातें भी कम ही करता था।

प्रभु की कृपा। सुख के बाद मनजीत कौर को कोई और बच्चा ही न हुआ। वह भी कहती, ''वन में शेर एक ही काफी होता है।''

21

गाँव में प्राइमरी स्कूल था। श्याम लड़के को छोड़ने गया तो वह वहाँ बैठा नहीं, वापस घर लौट आया। घर आकर श्याम चाची से कहने लगा, ''यह तो लड़कों की ओर भौंचक्का सा देखने लगा। जब मैंने इसे लड़कों के साथ बैठने को कहा तो मेरी टाँगों से लिपट गया। मास्टर ने काफी प्यार किया। यह तो हाथ ही न लगाने दे। यह नहीं पढ़ेगा, यह रहेगा मेरी तरह एकदम से अनपढ़, देख लेना।''

''स्कूल जाया कर सुख। दो अक्षर पढ़ने आ जाएँगे। दस जमात कर ली तो किसी लायक बन जाएगा। नहीं तो रह जाएगा डंगर का डंगर, धक्के खाता फिरेगा।'' मनजीत कौर लड़के को गोदी में ले प्यार से समझाने लगी।

''डंगर क्या होता है, माँ?''

''डंगर, जिसमें अक्ल न हो। अक्षर-ज्ञान न हो। अनपढ़ आदमी डंगर ही होता है, और क्या।'' उसे फिर पुचकारते हुए बोली, ''मेरा बेटा तो खूब सारी पढ़ाई करेगा, है ना।''

मनजीत कौर ने एक दिन चाची को भेजा, ''बेबे, तुम जाओ। सुख को दाखिल करवा आ। बहला-फुसला कर ले जाओ। तुम्हारे साथ तो चला भी जाएगा यह। इसे मैंने काफी समझाया है। अब भागकर नहीं आएगा।''

बैसाख बीत चुका था। गेहूँ का काम खत्म हो गया था। बारिश की आस पर किसान सावन की फसलें बोने की तैयारी कर रहे थे। स्कूल में पहली कक्षा का दाखिला बैसाख से पहले ही शुरू हो जाता है, मगर गाँव के लोगों को उन दिनों फुरसत ही कहाँ होती है।

जलकौर लड़के को स्कूल ले गयी। जाते समय पताशों का एक लिफाफा भी ले गयी। कहने लगी, ''शगुन होता है। लड़का खूब पढ़ेगा।'' वह ठुमक कर चलता। दादी के साथ जा रहा था। मगर बुढ़िया आधे रास्ते से ही घर वापस लौट आयी, कहने लगी, ''बहू, हम इसे सिर्फ़ सुख, सुख कहते हैं, इसका पूरा नाम क्या लिखवा कर आऊँ मैं?''

मनजीत कौर को भी एकदम कुछ न सूझा। उसने कुछ देर सोचने के बाद कहा, ''सुखदयाल सिंह कह देना।''

''सुखदयाल। अरे वाह भई, अब तू सुखदयाल सिंह हो गया है।'' जलकौर उसका पूरा नाम दुहराकर खुश हो गयी। सुख भी मुस्कराने लगा।

मनजीत कौर गोबर सँभाल रही थी। दादी-पोता तो स्कूल चले गये, मगर मनजीत कौर फिर काम न कर सकी। वहीं की वहीं बैठी रह गयी। उसे सुक्खू का

ख्याल आ गया। फिर गहरी साँस लेते उठ खड़ी हुई, ''हाय रे। तू कहीं का भी था। तेरा कोई घर-बार था या नहीं। मैं तेरे साथ ही चल देती तो इस बूढ़े फौजी से तो मेरा छुटकारा होता।''

गाँव के बाहर-बाहर छप्पड़ के किनारे बने नये स्कूल में दो मास्टर थे। एक मास्टर, एक मास्टरनी। जलकौर सुख को मास्टरनी के पास ले गयी। नये लड़कों का दाखिला वही करती थी। कच्ची पहली क्लास में उनके मुहल्ले के और बच्चे भी बैठे थे। लड़के भी, लड़कियाँ भी। सुख की ओर देख सभी मुस्करा रहे थे। जिस दिन श्याम उसे स्कूल लेकर आया था, उस दिन ये बच्चे नहीं थे। मास्टरनी ने सुख को अपने पास बुलाकर प्यार किया। उसे दूसरे लड़के-लड़कियों संग टाट पर बिठा दिया। जलकौर से लिफाफा ले किसी दूसरी कक्षा की बड़ी लड़की से कहा कि वह सारे स्कूल में सभी को एक-एक पताशा बाँट दे। पहला पताशा सुख को दिया। प्राइमरी स्कूल था। स्कूल में लिफाफे के पताशों जितने ही विद्यार्थी थे।

अध्यापिका ने दाखिले का फार्म भर लिया और जलकौर का अँगूठा लगवा लिया। वह स्कूल से चलने लगी तो सुख उदास हो गया। दादी की पीठ की ओर उदास नज़रों से देखने लगा। अध्यापिका ने उसका ध्यान अपनी खींचा और उसे अपने पास बुलाकर पूछा, ''क्या नाम है तुम्हारा?''

'सुख...।''

''नहीं, पूरा नाम बताओ।''

''सुखदयाल सिंह।'' उसके मुँह से एकदम निकला। दूसरे बच्चे भी मुस्करा दिये। उसे फिर से टाट पर बैठने को कहा। दूसरे बच्चे उससे घुलने-मिलने लगे। वह भी दादी को भूल कर उनमें रम गया। वे सभी बच्चे उसके घर के अड़ोस-पड़ोस के ही थे। वे रोज़ ही मिलते थे, खेलते और लड़ते भी थे।

वह जब भी कभी मनजीत कौर के पास लेटता तो कभी-कभी कुछ याद आने पर वह उसे अपने सीने से ज़ोर से भींच लेती वह चीखें मारने लगता। मनजीत तब भी उसे ना छोड़ती। जलकौर बाहर से ही बोलती, ''बहू क्यूँ लड़के को तंग करती हैं?'' फिर सुख से कहती, ''तू भी अब अलग से सोया कर, तू बड़ा हो गया है।''

सुख के हाथ-पैर बड़े ही निकलते आ रहे थे। वहीं आँखें भैंस जैसी मोटी-मोटी। नाक और माथा भी वही था। उसकी आवाज़ भी उसकी तरह की लगती। वह मनजीत कौर से लाड़ करता। माँ उसे भागते को पकड़ती और कस कर साथ भींच लेती। लड़का रोने लगता, तो पीठ पर धौल जमाकर पीछे हटाते हुए कहती, ''जा रे, पशु न हो तो।''

जलकौर उसे मीठा-मीठा झिड़कती, कहती, ''बहू, तेरा लाड़-प्यार इस लड़के को बिगाड़ कर रख देगा। इसको इतना मनचला मत बना। थोड़ा डाँटकर रखा कर।''

मनजीत ने जब पहली बार कृपाल को नज़दीक से देखा तो उसके बड़े-बड़े हाथ-पैर और चेहरा-मोहरा उसे सुख जैसा ही लगा था। तभी वह कृपाल के नज़दीक आयी। वे दोनों मिलने लगे। उसे कृपाल एकदम सुक्खू लगता। वह आँखें भींच सुक्खू को याद करती। कृपाल उसके लिए अजनबी न था। अजनबी सिर्फ़ श्याम था।

श्याम लोकाचार के नाते ही उसका पति था। उसका मालिक। फ़ौजी के लिए औरत एक अलौकिक वस्तु होती है। जब वह ब्याह के आयी थी, श्याम के लिए वह एक खिलौना थी। दिन-रात उसमें ही रमा रहता। वह कितना प्यार करता था उसे। मगर श्याम का प्यार उसे दिखावे सा लगता था। उसके अंग-अंग में तो सुक्खू ही रचा-बसा हुआ था। वह खुद को बहुत कोशिश करती कि वह श्याम में सुक्खू को देखे, महसूस करे। परन्तु नहीं, यह आदमी उसे अपना न लगता। कुछ ऐसा एहसास होता मानो श्याम रोज़ उसके साथ बलात्कार करता हो। श्याम अपनी इच्छा पूर्ति करता रम के नशे में अपना स्वाद पूरा करता। मनजीत कौर का मन बुझा-बुझा सा रहता। बदन में कोई जान न रहती। उसे कभी महसूस ही न होता कि किसी मर्द ने उसे भोगा है।

फिर जब सुक्खू पैदा हुआ तो लगा, जैसे लड़के ने उसके लिए अवतार लिया हो। वह अपने बेटे को देख-देख खुश होती जो हू-ब-हू सुक्खू का रूप था।

जलकौर और श्याम जब बच्चे को प्यार करते, पुचकारते तो उसे लगता ये दोनों कैसे भ्रम में हैं। सुख उनके पुचकारने पर हँसता तो मग्घो को लगता, वह भी व्यंग्य से मुस्करा रहा हो। किसी भ्रम की खिल्ली उड़ा रहा हो।

जलकौर और श्याम ये जानते थे कि यह लड़का रामदास का है। अन्य किसी सच्चाई के बारे में उन्हें मालूम नहीं था। असल सच सिर्फ़ मग्घो जानती थी। उसके मन का चोर कभी हँसता, कभी उदास हो जाता। परन्तु उसे तसल्ली थी कि ऐसा भ्रम बना ही रहेगा। इसे बना ही रहना चाहिए। फौजी इन बातों में माथा पच्ची नहीं करते। जलकौर खुश थी कि उनके आँगन में अपने वंश का बच्चा खेलता है।

मनजीत कौर उर्फ़ मग्घो अच्छी तरह से जातनी थी कि उसके हमीरगढ़ में ब्याहे जाने के बाद उसके मायके-ससुराल दोनों ही स्थानों पर उसके बारे में अच्छी-बुरी बातें, अफवाहें फैलती रही हैं। जब से कृपाल उनके घर में आने लगा था, वह जानती थी कि गाँववाले उसके बारे में कितनी गन्दी बातें करने लगे थे। वह सोचती, मगर अपना दिल कड़ा रखती। लोग तो कुत्तों की तरह भौंकते रहते हैं, भौंकते जाएँ। मेरा क्या बिगाड़ लेंगे। मैं तो एकदम सुन्दर-सुडौल हूँ। मुझे अपने शरीर को सँभाल कर रखना है। इस सड़े-मरियल बैल का मैं क्या करूँ? इसके साथ बेजान शरीर बन कर तो जी नहीं सकती? मनजीत कौर सरेआम कृपाल को घर बुलाती। जलकौर तो

उसकी हिमायती थी। श्याम इस तरह कान लपेट कर रखता जैसे कुछ भी मालूम ना हो।

पाँवों में नागरा जूती, कुर्ता-सलवार और सिर पर बालों का जूड़ा कर ऊपर साफा बाँधती। दूर से देखने पर पुरुष ही लगती थी। नज़दीक से देखने पर ही मालूम होता कि वह औरत है। नाक-कान में कोई गहना ना पहनती। ना बाँहों में चूड़ियाँ, कोई अँगूठी छल्ला भी नहीं। दाएँ हाथ में लोहे का कड़ा वर्षों पुराना था। यह उसके विवाह से पहले का पहनावा था। पहनावे से वह आधी औरत आधा मर्द लगती। स्वभाव, बोलचाल से भी पुरुष थी। मगर शारीरिक एहसास से मुकम्मल औरत। उसे किसी का भी डर-भय नहीं था। फिर भी वह सास और पति की सेवा करती। श्याम उसका स्वामी था। उस पर अपना पूरा अधिकार रखती। सोने जैसे उसका पुत्र था। सुखदयाल, दस एकड़ जमीन का मालिक था। दूध-घी खाने-पीने के लिए भैंसें थीं। उसका घर-संसार एकदम भरा-पूरा था। शारीरिक कमी पूरी करने के लिए कृपाल था।

फिर तो सुक्खू जैसे भूल ही गया उसे। सुक्खू का विकल्प कृपाल हो गया। वह आँखें मूँद कृपाल में से सुक्खू को ही महसूस करती। ऐसे ही अपने पुत्र की ओर झाँकते समय भी महसूस करती। उसे भींच-भींच कर प्यार करती। सुक्खू की उम्र भर की निशानी थी उसका अपना सुखदयाल।

कृपाल और सुख के मिश्रित एहसास ने जैसे उसे सुक्खू का वजूद भुला दिया था। जैसे सुक्खू कभी था ही नहीं। जैसे मग्घो ने उसे कहीं सपने में देखा हो। सपने में ही उसके साथ संसर्ग किया हो। नींद खुलने पर सपना कुछ देर तक याद रहता है, फिर भूल ही जाता है।

कभी-कभी उसका मन तरंगित हो जाता। आँखें भर आतीं। वह अकेली बैठकर रोती और सुक्खू के वजूद को पानी में बहाने का यत्न करती। दिन के समय यदि उसके एहसास को भुलाकर रखती, लेकिन कभी-कभी वह उसे सपने में दिखाई दे जाता। वह इस लोक-विश्वास पर यकीन करती कि जो अदमी सपने में दिखाई दे, वह मर चुका होता है। एक प्रकार से सुक्खू उसके लिए मर ही चुका था।

उसने यदि इस प्रकार भाग ही जाना था तो उसने उससे प्यार ही क्यों किया था। सीना तानकर कहता, मग्घो मेरी है। जाट था आखिर थोड़ी-बहुत ज़मीन तो होती ही उसके पास। वे दोनों थोड़े में ही गुज़ारा कर लेते। कभी-कभी उसे कोसने लगती। डरपोक था। उसे दाग लाकर भाग निकला। बस शरीर को भोगना ही जानता था वह। घर क्या होता है, इसका कोई एहसास था नहीं उसके अस्तित्व में। उसने एक दिन भी यह बात कभी नहीं कही थी कि हम मिलकर घर बसाएँगे।

वह खुद से भी बुरा-भला कहती। तब उसे कोई समझ ही नहीं थी। एकदम

अनुछुई सी लड़की थी। समझ होती तो ऐसा क्यों करती? उसे इन बातों की कोई जानकारी थी भी नहीं। सुक्खू तो सब जानता था, तभी तो ऐसी शरारतें करता था। उसने ही उसे यहाँ तक पहुँचा दिया, एक तरह से कुएँ में ही धकेल दिया था।

उसे इस बात की तसल्ली थी कि सुक्खू की निशानी अब उसका पुत्र है। सुक्खू ने उसे भोग की जो आदत डाली थी वह सुख उसे श्याम से कभी नहीं मिला था। अब वह सुख उसे कृपाल से मिला। कृपाल उसका क्या था, सिर्फ़ सुक्खू का बदला था। एक प्रकार से वह अभी भी सुक्खू को ही भोग रही है।

दुल्ले की बावड़ी से उठाकर लायी गयी बोरी, जिसके एक किनारे पर लाल धागा बँधा हुआ था। अभी तक उसके पास था। जब भी कृपाल आता, वह वही बोरी बिछाती थी। धरती पर बिछायी बोरी पर उसे लगता जैसे सचमुच यह दुल्ले की बावड़ी का वही एकान्त का गुसलखाना हो जहाँ मटका फालतू का छोटा-मोटा सामान पड़ा रहता था। उस ओर कोई भी नहीं आता था। बोरी वही थी, धरती भी वही लगती, दुल्ले की बावड़ी वाला कृपाल भी वही सुक्खू होता। पल-क्षणों के लिए उसका वही संसार होता। उन पलों के बाद फिर से वही मनजीत कौर बन जाती, हमीरगढ़ की बहू। श्याम हवलदार की पत्नी।

सुख उर्फ सुखदयाल दिनों-दिन बड़ा होता जा रहा था। वह स्कूल में पढ़ने जाता। सुबह-शाम अपने घर के आँगन में या गली के लड़कों के साथ खेलता। कभी-कभी दादी या माँ के साथ काम भी करवा देता' आज्ञाकारी पुत्र बनकर रहता। मगर कभी-कभी मचलने लगता, शरारत करता, रोता, चीखता या हँसते-हँसते शोर कर डालता। कभी-कभी यमला जाट की तूम्बी के गीत: गाने लगता। मनजीत कौर की पूरी दुनिया वही था। सास और पति तो सिर्फ़ घूमते-फिरते प्रेत लगते थे।

घर की मालकिन वही थी। ज़मीन-जायदाद, घर-बाहर सुख उसंका पुत्र सभी कुछ उसी का था। उसे कोई रोक-टोक नहीं सकता था। सब जगह उसी की ही मर्ज़ी चलती थी।

परन्तु कभी-कभी...हाय वह इस दिल का क्या करे, जो अभी भी सुक्खू के लिए तड़पने लगता था। हमीरगढ़ में अपने भरे-पूरे घर में कृपाल को भी भुलाकर सुक्खू की प्रतीक्षा करने लगती। यदि अब भी कहीं उसे वह मिल जाए तो उसे साबूत ही निगल जाए। ऐसा जकड़ कर रखे कि फिर कभी वह भाग न सके। मगर क्या करती, इतने गहरे एहसास सिर्फ़ आँखों के नमकीन पानी बनकर धरती पर बह जाते। वह एकदम खाली-खाली सी बैठी रह जाती।

सुक्खू तो कहीं भी नहीं था, जैसे एक आह थी, जैसे एक छलावा था। चला गया, हवा के झोंके जैसा। दुनिया में अब कहीं भी उसका वजूद नहीं था।

22

सुक्खू का गाँव धूरी की ओर शेरपुर के पास छोटी घनौरी था। दुल्ले की बावड़ी से भाग कर वह दो-तीन डेरों में भटकता रहा। इसी प्रकार की उससे कोई न कोई घटना या दुर्घटना घट जाती और वह वहाँ से भाग निकलता। आखिर में उसने अपने गाँव में जाना ही ठीक समझा। परन्तु गाँव में उसका कोई भी नहीं था। कोई ज़मीन नहीं थी। कोई आदमी नहीं, कोई कारोबार नहीं था। वहाँ सिर्फ़ उसका घर ही था। एक कमरा, एक बैठक, आँगन और उसमें लगा एक नल। उसे यह भी मालूम नहीं था कि अब उसके घर का क्या हाल होगा। रिश्तेदार ही इस्तेमाल करते होंगे। क्या मालूम कोई बल्ली ही न निकल गयी हो। वो कौन सा पक्का मकान था। दीवारें कच्ची थीं और छत बल्लियों-शहतीरों की।

उसने संन्यासियों वाले गेरुआ वस्त्र उतार दिये। कुर्ता-पजामा सिलवा लिया। पगड़ी भी बाँध ली। जैसे कोई पढ़ा-लिखा लड़का हो, हालाँकि उसकी उम्र काफी हो चुकी थी। मगर दाढ़ी काली थी। युवक ही लगता था। डेरों में खूब दूध-मक्खन खाया-पीया था। उसका शरीर एकदम सुडौल था। उसने पक्का इरादा कर लिया कि वह अपने गाँव जाएगा और कोई काम करेगा भला क्या रखा है, इस साधुगिरी में।

पहले वह अपने गाँव ही गया। उसकी बिरादरी के एक ताऊ ने उसके घर में अपना भूसा रखा हुआ था। बैठक में उनका बुजुर्ग सोता था। सुक्खू गया तो उनके घर में ही उसने रोटी खायी, उनके घर में ही सोया। ताऊ कहने लगा, ''जब मर्ज़ी आ जा भाई, सुखदयाल, सिर्फ़ भूसा रखा है। अपना घर सँभाल लेना। हमें तो मालूम ही था कि तुम एक दिन ज़रूर लौट आओगे। हमने तो सिर्फ़ तेरा घर सँभाल कर रखा एक तरह से। इसमें से कुछ निकाला नहीं, सिर्फ़ बारिश के समय छत की लिपाई-पुताई ही करते रहे हैं।

वहाँ से वह अपनी बहन के गाँव गया। बहन ने उसके आने पर खुशी प्रकट की। रोत-रोते कहने लगी, ''वीर, तू अपना घर बसा ले अब। काम-धन्धे की कोई कमी नहीं। कोई भी काम कर ले। विवाह भी हो जाएगा तेरा, कमाई कर। ज़मीन कौन सी सारी दुनिया के पास होती है। बनिये-व्यापारी भी तो गुज़ारा करते ही हैं।''

उसके बहनोई ने उसे एक साइकिल खरीद दिया। दूध के दो डिब्बे भी। शेरपुर जाकर हलवाई से बात करवा दी। सुक्खू दूध लेकर उनके गाँव आया। वे ताऊ के घर पर ठहरे। ताऊ हमदर्द था। चार-पाँच घरों में जाकर उसका दूध लगवा दिया। ताऊ के पास अपनी भैंसें थीं। वह किसी और को दूध देता था, अब उसने सुक्खू को दूध देना शुरू कर दिया।

दो ही दिनों में ताऊ ने कमरा खाली कर दिया। सुक्खू कहने लगा, ''बाबा को तो यहीं रहने दो। मेरा भी दिल लगा रहा करेगा।''

सुक्खू का धन्धा चल निकला। हाथ-पैर पहले ही मजबूत थे। डिब्बों भरी साइकिल को भी भमीरी सा चला देता। छः महीनों में ही वह काफी सँभल गया। पैसे बचने लगे। शेरपुर के एक बैंक में उसने अपना बचत-खाता खोल लिया। हर महीने रुपये जमा करवाने लगा। घर को एकदम साफ-सुथरा रखता। स्टोव ले लिया था। रोटी खुद ही बना लेता था। ऐसा काफी काम उसने अनेक डेरों में रहकर सीख लिया था। रात को बैठक में बुज़ुर्ग के पास ही सो जाता। दादा-पोता बातें करते। बुज़ुर्ग उसे अच्छी नसीहतें देता रहता।

उसके दिमाग में और भी कई औरतें रहतीं, मगर टिब्बेवाली लड़की सीने में समायी रहती। उसने कई बार उससे मिलने के बारे में सोचा। अब तक कहाँ बैठी होगी टिब्बे में। विवाह हो गया होगा उसका। उसके तो कई बच्चे भी हो गये होंगे। मगर हो सकता है, उसका विवाह न हुआ हो। घर में बैठी हो। साधुओं के डेरों में जाने वाली लड़कियाँ कई बार भक्तिनें बनकर ही रह जाती हैं। उनका विवाह नहीं होता।

एक रात उसके मन में हलचल मची कि वह रोड़ूशाह की मंडी जाए और वहाँ से मग्घो का पता लगाये। वहाँ उसे टिब्बे के कई लोग मिल जाएँगे। वह लगभग सारे टिब्बे को जानता था। मगर दूध के धन्धे का क्या करे। यदि वह दो दिन के लिए कहीं गया तो भैंसों वाले उसे गालियाँ देंगे। यह साला बड़े सयापे वाला काम है। इस तरह से तो वह बँधुआ मज़ूदर ही बनकर रह जाएगा। आखिर उसने अपने गाँव में से ही एक लड़के को तैयार किया। यह लड़का उनके ही इलाके का था। वह भी कभी उसकी तरह दूध का ही काम करता था। फिर ज़मीन ठेके पर ले जोतने लगा था। कभी-कभी वह उसके पास आ बैठता था। वे इकट्ठे दारू पीते और इकट्ठे ही रोटी खाते। एक रात सुक्खू ने धुल्ले के आगे अपनी बात रखी। उसने हौसला दिया, कहा, ''तुम चिन्ता न करो यार। जा, जितने दिन लगाने हैं लगा आ।''

अगले दिन वह अपने सभी घरों में बता आया कि दो दिनों के लिए धुल्ला दूध लेकर जाएगा। उसने कहीं बहुत ज़रूरी काम से जाना है।

वह एकदम तैयार हुआ। पहले बरनाला गया। फिर वहाँ से रोड़ू शाह की मंडी गया। मंडी में इस तरह चोरी-चोरी घूमने लगा जैसे कोई चोर आया हो। उसके मन का चोर उस पर हावी था। उसे मालूम नहीं था कि उसके बाद मग्घो का क्या हुआ? उसकी शादी हो गयी या वह ज़हर खाकर मर गयी। सारी बात अँधेरे में थी। उसे यह सोचकर तसल्ली भी मिलती कि हो सकता है उसके बारे में किसी को भी मालूम न हुआ हो। शायद चुपचाप ही मग्घो का छुटाकरा हो गया हो। उसे याद

आया, जब डेरे में आ एक दिन अकेले में मग्घो ने उसे बताया था। सुनकर पहले तो वह अपनी छाती पीटने लगी, फिर उसके बाल खींच दिये थे। कहने लगी, ''बता, अब मैं कहाँ जाऊँ, क्या करूँ? मुझे तीन महीनों से मासिक-धर्म नहीं हुआ।''

मंडी के एक ओर फसलों के ढेर लगे थे, जहाँ टिब्बे के कई आदमी खड़े थे। वह तो लोगों को पहचान पा रहा था, मगर उसे कोई आसानी से नहीं पहचान पा रहा था। किसी ने भी उसे बुलाया नहीं था। कोई कैसे उसे बुलाता, वह सुक्खू था ही कहाँ उसने अब कुर्ता-पज़ामे के साथ सिर पर पगड़ी बाँधी हुई थी। दाएँ हाथ में सोने का कड़ा और बाईं कलाई में घड़ी बँधी थी। यह तो कोई पढ़ा-लिखा आदमी था। सुक्खू ने तो सिर पर सफेद दुपट्टा लपेटा होता था। एक लम्बा-सा बादामी रंग का चोला पहने, पैरों में पुरानी टूटी चप्पलें पहने। अब तो सुक्खू के पैरों में कढ़ाई की हुई चमकती जूती थी।

''भई वाह। यह तो कमाल हो गया।'' वह स्वयं से बुदबुदाया। जब उसने एक आढ़तिया की दूकान से बाहर निकलते धन्ने बूढ़े को देखा। उसकी लम्बी सफेद दाढ़ी, सिर परा समोसा लपेटे, गले में सफेद चोगा पहने था। उसने खँखार कर पुकारा, ''किधर जा रहे हो बाबा धन्ना सिंह?''

बूढ़े की उम्र अस्सी के आस-पास थी। नज़र भी काफी कम हो गयी थी। इतने वर्षों के अन्तराल बाद तथा बदले हुए भेष में वह पहचान न पाया कि वह सुक्खू है। आवाज़ से उसे कुछ शक तो हुआ, मगर फिर भी उसने पूछा, ''कौन है भई, मैंने पहचाना नहीं?''

''मैं हूँ बाबा सुक्खू। दुल्ले की बावड़ी में होता था मैं। हम कितना अरसे इकट्ठे रहे।'' उसने धीमे स्वर में कहा।

धन्ना सिंह ने दुबारा ग़ौर से उसकी ओर देखा। वह हैरान हुआ, पूछा, ''अच्छा तू। अब ऐसा बन गया है तू?''

''हाँ बाबा, अब मैं अपने गाँव में रहता हूँ। अच्छी गुजर-बसर हो रही है।'' फिर कहने लगा, ''तुम अभी इधर ही हो बाबा। चलो मेरे साथ। मुझे कुछ बातें करनी हैं। उधर स्टेशन की ओर चलते हैं। किसी चाय की दूकान पर बैठेंगे।''

''उधर जाकर क्या करेंगे भाई। यहीं बातें कर ले जो करनी हैं। यहाँ हमें क्या डर है किसी का। तू अपना हाल-चाल सुना। कैसे रहता है तू?''

''नहीं, यहाँ ठीक नहीं।'' उसने बूढ़े का कन्धा मोड़ एक तरफ से उसे स्टेशन की ओर ले ही चला। एक दूकान पर जाकर चाय के लिए कहा। खुद वे दोनों एक कोने में जा बैठे। सुक्खू पूछने लगा, ''बाबा मैं तुम्हारा बेटा हूँ। तुम मुझे दो-तीन बातें बता दो। आजकल डेरे का महंत कौन है? तुम डेरे में ही रहते हो कि कहीं और हो?''

''मेरा और कौन है। मैं तो वहीं पर हूँ। अब शरीर वैसा नहीं रह गया। अब संत मुझे गजा के लिए नहीं भेजते। बस अन्न-पानी खाता हूँ और पड़ा रहता हूँ। आज तो मुझे संत जी ने ही मंडी में एक काम के लिए भेजा था।''

''आजकल संत कौन है?''

''वही संत है, अपने संत रामदास जी। और कौन होगा वहाँ।''

रामदास का नाम सुन सुक्खू डर गया। साथ ही बूढ़े के घुटनों को हाथों से दबाते हुए कहने लगा, ''संत जी को कभी न बताना कि मैं आपसे कभी मिला था।'' फिर पूछा, ''बाबा यह बताओ, वह तोता तोंदू की पोती मग्घो, एक लड़की होती थी ना वहाँ...''

धन्ना सिंह ने बात काट कर कहा, ''पूछ क्या पूछना चाहता है?''

''वह पढ़ती न थी डेरे में। फिर भी आती थी वहाँ। अब कहाँ है वह।''

''उसका तो विवाह हो गया भाई।''

''कहाँ ब्याही गयी है?'' सुक्खू ने जल्दी से पूछा।

धन्ना सिंह बूढ़े को किसी भी अन्दरूनी बात का इल्म न था। इसलिए वह सहजता से बता रहा था, ''संत जी के बड़े भाई से ही उसका विवाह हो गया था, जो फौजी है। अब तो मग्घो का एक लड़का भी है। काफी बड़ा हो गया है अब तो। आती है कभी-कभी मग्घो टिब्बे। डेरे भी चक्कर लगाकर जाती है।''

''गाँव कौन-सा है संत जी का।''

''तुम भूल गये इतनी जल्दी संत जी को। हमीरगढ़ बुढ़लाड़े के पास है।''

धन्ना सिंह धीरे-धीरे चाय की घूँट भर रहा था। सुक्खू की चाय ठंडी हो गयी थी। उसने गिलास उठाया और पानी की तरह से चाय को पी गया।

जब वह रोडू शाह पहुँचा, जब दोपहर थी। उसका मन कर रहा था कि वह अभी बुढ़लाड़े जाकर हमीरगढ़ अपनी मग्घो के पास पहुँच जाए। उसके पैरों पर सिर रखकर रो दे। उसे अपनी बाँहों में भर प्यार करे। उसके विवेक ने सलाह दी कि वह अपने गाँव लौट जाए। तड़के सुबह उठकर वहाँ से चले। उसने ऐसा ही किया। धन्ना सिंह के पैरों को छुआ और कहा, ''बाबा तेरा-मेरा धर्म है, मेरे बारे में डेरे जाकर संत जी के पास कोई बात ना करे।''

''अरे नहीं करेंगे भाई। हमने इतनी बातें अपने मन में छुपाई हुई हैं, अब तुझे क्या बताएँ। तेरी एक बात पेट में नहीं रख सकेंगे क्या।''

अगने ही दिन वह घनौरी से चल दिया। दिन अभी तक चढ़ा नहीं था। उसने रात को दारू पीते हुए सारी बातें धुल्ले से कह सुनाईं। उनसे कहा, ''यदि वह अकेले जाने में डर रहा है तो वह उसके साथ चला चले।''

सुक्खू कहने लगा, ''तुम क्या करोगे भाई मेरे साथ जाकर। यदि मग्घो ने मुझे

पहचानना हुआ तो मैं अकेले ही ठीक हूँ। और अगर उसने मुझे जूते मारने हुए तो मैं चुपचाप लौट आऊँगा। और क्या।'' वह रोने लगा, ''मगर एक बात पक्की है, उसका जो लड़का है न, वह मेरा ही है।''

''अरे क्या बातें कर रहा है तू यार। तेरे साथ रही है तो तुझे पहचानेगी क्यों नहीं। तू फ़िक्र क्यों करता है। अब वह तुझे आने नहीं देगी। वह तुझे अपने पास रख लेगी। तुम धन्धे का फ़िक्र न करना जितने दिन तुम नहीं आओगे, मैं सब सँभाल लूँगा।''

बुढ़लाड़े से हमीरगढ़ सुक्खू दोपहर तक जा पहुँचा। वह गाँव हवा की तरह गया। फ़ौजी का नाम वह जानता नहीं था। पूछा, ''संत रामदास जी है न रोड़ूशाह मंडी के पास दुल्ले की बावड़ी के डेरे वाले उनका घर कौन-सा है?''

आदमी खुद जाकर श्याम के घर तक छोड़ आया। श्याम घर पर था, चाची भी। सुख आँगन में खेल रहा था। वह उस दिन स्कूल नहीं गया था।

श्याम ने उसे बरामदे में पड़ी खाट पर बिठा लिया। पूछा, ''भाई, कहाँ से आये हो?''

उनसे बता दिया। घनौरी के साथ श्याम या उनके घर-बिरादरी का कोई भी नाता नहीं था। उसने अन्दर जाकर चाची से पूछा। मनजीत कौर ने सुना कि जो आदमी आया है उसका नाम सुखदयाल है और वह घनौरी खुर्द से आया है। कहने लगा कि वह टिब्बेवालों को जानता है। बस गुज़रते हुए यूँ ही मिलने आ गया। दुल्ले की बावड़ी में भी वह आता-जाता था। मनजीत कौर ने सुना तो काँप गयी। उसने आँगन में खेलते सुख की ओर देखा। कितना कुछ ही उसने पल-क्षणों में सोच लिया। वह धीरे-धीरे चलकर बरामदे में गयी। बिजली के करंट समान वह खड़ा हो गया। मनजीत कौर ने उसे सतसिरी काल कहा। उसका हाल-चाल पूछा। यह भी कि अब वह कहाँ रहता है। सुक्खू संक्षेप में जवाब दे रहा था। मोम की तरह पिघला बैठा था।

थोड़ी देर बाद ही वह बरामदे से उठकर खड़ी हुई और अन्दर कमरे में आ गयी। चाची से कहा कि इसके लिए चाय बना दे। यह संत जी से मिलने-जुलने वाला आदमी है।

जलकौर ने चाय बनायी। चाय लेकर वह बरामदे में चली गयी। श्याम कमरे में ही था। मनजीत कौर ने श्याम को बताया कि यह आदमी अच्छा नहीं है। डेरे में रहा करता था। अब ऐसी शक्ल बनाये घूम रहा है। इसे चाय पिलाओ और चलता करो।

तीसरा भाग

1

चाँदनी रात थी। ज्वार-गुआर की ऋतु थी। फसलें कुम्हला रही थीं। चढ़ते आषाढ़ सिर्फ़ एक बार जोरदार वर्षा हुई थी, फिर एक बूँद तक न बरसी थी। बादल रोज आते, मगर कहीं भी बरसे नहीं थे। राम सिंह की कपास झुलस रही थी। वह रोज़ खेत जाता तो उसे उदास पत्तों को देखकर उन पर तरस आता। जैसे उसके अपने लहू से बनी औलाद प्यासी मर रही हो। पत्तों को आखिर वह क्या दिलासा देता? उसकी हिम्मत न पड़ती कि वह कपास के पौधों के पास बैठ उनके साथ कोई बातचीत करे। उनका दुख बँटा सकता।

घनौले की नहर से निकलता खाल का पानी वहाँ के बीस घरों के खेतों को पानी देता था। चाहे खाल की ऊँची-नीची मेंड़ों पर खर-पतवार उगे हुए थे, फिर भी मेंड़ टूटने का खतरा बना रहता था। जब कभी भी खाल (नाला) टूटता तो निकास से टूटता था। इसलिए पानी देने वाले किसान को निकास का किनारा मजबूत रखना पड़ता था। खाल में कीकर-बेरी की शाखाएँ, घास-फूस तथा झाड़-झंखाड़ आम तौर से फँस जाते और पानी के बहाव को रोक देते थे। खाल में से इन सबकी सफाई करना आवश्यक होता था। सबसे बड़ा खतरा यह होता कि रास्ते में किसी और ने निकास निकाल अपनी ओर न कर लिया हो।

उस दिन तड़के ही राम सिंह को पानी मिलना था। वह आधी रात के समय गाँव से चला और खाल के मुहाने जा पहुँचा। खाल अभी पूरा भरा नहीं गया था। जब नहर में ही पानी कम था तो खाल में पानी कैसे ज्यादा हो सकता था। उसे सरकार पर गुस्सा आया। जब पानी की ज़रूरत होती तो ज़रा-ज़रा सा पानी छोड़ती है। जब ज़रूरत नहीं होती तो एकदम खुला पानी होता है। फसलें मार देते हैं बेईमान। यह क्या पानी है। उसने जिलाधिकारी को गाली दी। नहर का पानी मरी सी सुस्त रफ्तार में चल रहा था। पानी का रंग मटमैला था, ज़र्द रंग का। ज़रूर पहाड़ों पर भारी वर्षा हुई है, उसने अन्दाज़ा-सा लगाया। बेशक पानी कम था, मगर मुहाने से निकल खाल में गिरता पानी उसे अमृत सा लगा। उसे लगा, अभी यह अमृत उसके खेतों

में जाएगा और कपास के पत्ते चहकने लगेंगे। जड़ों को पानी छूते ही पौधे बढ़ने लगते हैं। दिनों में ही कपास घुटनों तक पहुँच जाएगी।

उसके कन्धे पर कुदाल थी। मुहाने से तीन-चार खेतों तक पानी साफ बहते हुए नज़र आया। आगे जाकर उसने देखा, एक खेत की निकास की मिट्टी कम है। उसने कुदाल से चार-पाँच भरपूर हाथ मिट्टी निकाल उसे ठीक कर दिया। उसे यकीन हो गया, यदि खाल भर कर बहने लगेगा तो अब यह निकास टूटेगा नहीं। वह चलता गया। दो-तीन स्थानों पर उसने पानी में साथ बह रहे घास-पतवार को निकाला। जिस खेत में पानी जा रहा है, उससे थोड़ा परे खाल में उसे एक टहनी फँसी नज़र आयी। पानी रुका हुआ था। टहनी निकालने से पानी गति से बहने लगा। वह बुदबुदाया, "कौन नासमझ है ये। आधा पानी खेत में जा रहा है।" वह आगे बढ़ा और गला साफ कर ज़ोर से पुकारा "अरे, कौन है वहाँ पर ?" कोई जवाब न आया।

रामसिंह खाल की पगडंडी छोड़ खेत में घुस गया। पानी ज्वार में बह रहा था। साझीदार एक ओर खाट बिछा गहरी नींद में सो रहा था। तीन क्यारियों में निकासी एक साथ हो रही थी। पानी अपने-आप बहता जा रहा था। किसी क्यारी में कम, किसी में ज्यादा। रामसिंह ने साझी को जगाना ठीक न समझा। मगर मन में ज़रूर कहा, "खेत का मालिक स्वयं यहाँ होता तो खाल में टहनी यूँ फँसी न रहती। कुत्तीजात, बादशाह बना सो रहा है। इसे क्या मालूम, पानी की कीमत का।"

अगले खेत में महीरा चमार ने ही निकास बनाये और खाल को बाँधे बैठा था। उसने ईख को पानी लगाना था।

"अरे वाह ! तू तो पहले से ही तैयार बैठा है। चाँद कहाँ है ?" राम ने स्वाभाविक ही उससे पूछा।

"वह घर पर है अपने। उन्होंने क्या करना है यहाँ, जब मैं हूँ।" महीरा बोला।

चाँद के खेत से दो खेत आगे रामसिंह का खेत था। उसके खेत तक अच्छा-खासा पहुँचता था। उससे आगे चार-पाँच खेत और भी थे। अन्त वाले खेत को पानी की बूँद तक भी नसीब नहीं होती थी, वहाँ तक जाते-जाते पानी मर जाता था।

रामसिंह अपने खेत पहुँचा। उसका साझी सखन ने खाल को एकदम तैयार कर दिया था। निकास तैयार किये हुए थे। छोटे नाले की मेंड़ों को भी सँभाल दिया था और किनारों को मिट्टी से एकदम भरा हुआ था। सारे खेत में कपास के पौधे जैसे सोये पड़े थे या कुम्हालाये हुए थे। भगवान ही जाने।

हर खेत अपनी बारी का पूरा पानी लेता। उम्मीद थी रामसिंह को पौ फटने से पहले पानी मिल जाएगा, मगर दिन चढ़ने पर उन्हें पानी मिला। उनकी बारी तीन घंटे की थी। क्यारियों में पानी मुश्किल से जा रहा था। यदि नाला पूरा होता तो क्यारियों में पानी एकदम से बहने लगता। मगर कहाँ! रामसिंह का मन बेचैन हो

रहा था। पानी के पैर ही जैसे काट दिये गये हों। एक क्यारी भरने में ही काफी समय लग रहा था। रामसिंह स्तब्ध हुआ खड़ा था। उसकी आँखें पानी के साथ-साथ चल रही थीं। सखण क्यारी की ऊँची मेड़ों को कुदाल से समतल करता ताकि पानी जल्दी बह सके। पौधे के उखड़ जाने का भी डर था। यह काम वह बड़े सावधानी से कर रहा था।

तीन क्यारियों तक ही सिर्फ़ पानी पहुँचा था कि पानी की धारा एकदम खत्म होने लगी। सखण को खेत में छोड़ रामसिंह खाल की ओर मुड़ा। देखा, चाँद का साझी महीरा मज़े से कीकर की छाँव तले कपड़ा बिछाये सो रहा है। पहले तो रामसिंह ने निकास बन्द किया। सिर्फ़ निकास ही टूटा होता तो उसे इतना गुस्सा न आता। निकास तोड़कर उसने मुहाने के खाल को भी बाँधा हुआ था। चाहे यह बाँध इतना मजबूत नहीं था, मगर बाँधा हुआ तो था ही। फिर गहीरा खुद वहाँ क्यों लेटा हुआ था। ईख को जितना पानी मिलना था, मिल गया था। अब जा अपने घर जा भई। वह वहाँ बैठा था तो उसके मन में ज़रूर मैल था। रामसिंह के हाथ में कुदाल थी। उसका जी तो चाहा कि इससे उस चमार की टाँगें तोड़ डाले। मगर कीकर के नीचे जाने पर उसने कुदाल की उल्टी तरफ से गहीरे के पिछवाड़े तीन-चार डंडे मारे। उसकी चीखें निकल गयीं। उसने दो डंडे और मार उसे अपने साथ ले लिया। वह हाथ जोड़ माफी माँगने लगा। कहने लगा, ''मुझे तो चाँद ने कहा था, चाचा। ईख कौन से मेरे हैं। मालिक तो चाँद है। मुझ गरीब को क्यों मारते हो बेवजह।''

रामसिंह अब उसने न डंडे से मार रहा था, न ही हाथ से। बस उसे धकेल कर आगे लिए जा रहा था। कहने लगा, ''तू सरपंच के पास चल। वहाँ जाकर ही बताना ये सारी बातें। सालों ने हमें मिरासी समझ रखा है क्या। जैसे हममें कोई हिम्मत ही नहीं।''

जस्सी सरपंच चौपाल में पीपल के नीचे बैठा ताश खेल रहा था। नंगा सिर, साफा उतार कर गले में लपेटा हुआ था। उसकी बारह बोर की दुनाली बन्दूक उसकी जाँधों पर पड़ी थी। दो कारतूस ज़ेब में थे। बन्दूक खाली थी। ताश खेलते हुए भी वह इधर-उधर, आगे-पीछे चारों ओर निगाह रखे हुए था।

रामसिंह दूर से ही शोर मचाता चला आ रहा था। उसने गहीरे को कन्धे से पकड़ा हुआ था।

''सरपंच, सँभाल ले इसको। ईख में खाल तोड़कर बैठा था। हम बूँद-बूँद को तरस रहे हैं। यह बहनचोद ऐश कर रहे हैं।''

''किस का साझी है यह?'' जस्सी ने पूछा।

''चाँद लुध्धड़ का और किसका।''

''खुद कहाँ है वह?''

''अपने घर में बैठा है। चमार के कन्धे पर रखकर बन्दूक चला रहा है।''

रामसिंह ने बताया।

सभी ने ताश खेलना बन्द कर दिया। ताश वालों के अलावा भी दो-तीन लोग और भी वहाँ बैठे थे। सभी की नज़रें महीरे, रामसिंह और सरपंच की ओर बारी-बारी से घूम रही थीं।

सरपंच ने किसी को भेजकर चाँद को घर से बुला भेजा। महीरा परे होकर बैठ गया। रामसिंह उसके पास ही बैठा था। सरपंच और उसके साथी फिर से ताश खेलने लगे। जो आदमी चाँद को बुलाने के लिए गया था, वह वापस आ गया। मगर चाँद न आया। सभी उसी का इन्तज़ार कर रहे थे। सरपंच ने गहीरे से कहा, ''जा तू, अपने घर को। भाग जा यहाँ से।''

वह उठकर थोड़ा लँगड़ाता-सा घर की ओर चल दिया। ''रामसिंह, तुम भी जाओ भाई। चाँद से पूछते हैं। क्या बात है। मगर तुमने गलत किया। चमार को क्यों मारा। रंजिश है तो चाँद से बात करो। इस गरीब का क्या कसूर है? जो मालिक करवाता है, वही यह करते हैं।''

''जसवंत सिंह, उस साँड़ को एक बार मेरे सामने करवा दो बस। सीधी बात करवा दो। जब पानी की बारी मेरी है तो उसे अपने खेत में निकासी करने की ज़रूरत ही क्यों पड़ी? फिर साझी से करवाता है। खुद करे, हम भी देख लेते। रोटी तो हम भी खाते हैं।'' रामसिंह बेहद क्रोधित हो रहा था। वह लगातार बोलता गया। उसका क्रोध शान्त नहीं हो रहा था। फिर वह चुप हो गया और घर की ओर चल दिया।

सरपंच ने ताश बन्द कर दी। दूसरों ने भी पत्ते समेट दिये। जसवंत ने साफा गले से निकाल सिर पर लपेट लिया। उठ कर अपनी लुँगी को सँवारा। बन्दूक को कन्धे पर रख घर की ओर चल दिया। शाम की चाय का वक्त था। पीपल के नीचे बैठे आदमी कुछ देर तक बातें करते रहे। उन्हें महीरे पर तरस आया। वे रामसिंह और चाँद के बारे में कोई बात नहीं कर रहे थे। सरपंच के बुलावे पर भी चाँद का न आना, इसमें सरपंच की बेइज़्ज़ती की बात थी। वे लोग इस बारे में ज्यादा चर्चा कर रहे थे। ताश फिर निकाल कर चार आदमी खेलने लगे थे।

रामसिंह की सारी कपास में पानी की पतली धारा पहुँच गयी थी। सखणा काम करने वाला कारिन्दा था। वह भी जाट का बेटा। क्या हुआ जो गरीबी आ गयी और उसे किसी जाट का ही साझी बनना पड़ा था। उसने बड़ी तरतीब से पानी लगाया था। कपास को चाहे भरपेट पानी नहीं पहुँचा था, बस सूखा गला ही तर हुआ था। कहीं तो बस नाम मात्र को ही पानी लगा था। फिर भी कपास खिल गयी थी। पत्ते इधर-उधर हिलने लगे थे।

इन दिनों में ही एक बार बारिश हो गयी। आसमान से जैसे अमृत की वर्षा हुई हो। फसलें खिल उठीं। ईख खिलने लगी। ज्वार भी, गुआर भी शान से खड़े

थे। कपास की फसल सँभल गयी थी। गर्मी फिर होने लगी। आसमान में बादल तो थे, मगर पानी कहीं भी नहीं। वह आसमान में जैसे सिर्फ़ आवारागर्दी कर रहे हों। धरती का मुँह सूखा पड़ा था। रामसिंह की कपास फिर से कुम्हलाने लगी। इस बार नहर में काफी पानी था। नाले का पानी किनारों तक भरा भरा बह रहा था। निकासी करते ही देखते-देखते आधी क्यारी भर जाती थी।

चाहे खाल भरा हुआ था, फिर भी चाँद की ईख सूखी पड़ी थी। तीन क्यारे एकदम सूखे पड़े थे। वह और उसका साझी महीरा काफी भागदौड़ कर रहे थे कि कहीं से ईख को पूरा पानी मिल जाए। जैसे भी था, वे पानी लगाकर गाँव चले गये थे। महीरा चाँद को सलाह दे रहा था कि, ''एक घंटे के लिए पानी किसी से उधार ले लेते हैं। पहले हमने सोचा ही नहीं।''

''उधार देने के लिए क्या किसी के पास पानी फालतू पड़ा है। पानी की ज़रूरत तो सभी को है। इन दिनो।'' चाँद ने रुखा-सा जवाब दिया।

रामसिंह को दिन छिपने के साथ पानी मिला। प्यासी धरती के लिए पानी दूध-घी के समान था। रामसिंह और सरवण दोनों पानी लगा रहे थे। क्यारी इतनी भर जाती कि कपास के पौधे नज़र न आते। जैसे कपास कहीं हो ही नहीं, सिर्फ़ पानी ही पानी हो। दोनों खुश थे। इस बार पानी लगाने का लुत्फ़ आया था।

अभी कुछ ही क्यारियाँ भरी थीं कि नाला खाली होने लगा। सरवण कहता, ''रामसिंह, तुम एक चक्कर लगाकर देखो। निकास ही बनाना है, मैं अकेला ही काफी हूँ।''

वैसे ही चाँदनी रात थी। रामसिंह कुदाल-डंडा लेकर खाल की ओर चल दिया। वह देखकर दंग रह गया, चाँद की ईख में खाल का निकास पूरा खुला हुआ था। उसने सोचा, निकास तो अपने-आप भी टूट सकता है, मगर खाल पर यह बाँध किसने लगाया? बाँध लगाया भी इस चालाकी से था कि पानी चलता भी रहे और थोड़ी कम गति से चलता जाए। बाँध की मिट्टी निकाल और चाँद का निकास बन्द कर उसने इधर-उधर देखा, उनके खेत में कहीं भी कोई नहीं था। चलते-चलते वह चाँद के ज्वार के खेत की ओर चल दिया। उसे मालूम था उसने ज्वार के बीचोबीच दो चारपाइयों की जगह खाली रखकर गुप्त जगह बनाई हुई थी। एक टूटी-सी चारपाई वहाँ पड़ी रहती। पानी की सुराही भी। वहाँ अकेले बैठ चाँद कभी-कभी घर की बनी दारू पीता था। वैसे भी जब वह किसी से छिपकर बैठना चाहता तो वहीं बैठता था। दबे पाँव रामसिंह उस गुप्त स्थान पर पहुँचा तो देखा कि चाँद खाट पर गहरी नींद में सोया हुआ है। उसके दिमागा को गर्मी चढ़ गयी और उसने चाहा कि धड़ाधड़ डंडे से चाँद को सोये हुए ही पीटना शुरू कर दे। मगर वह थोड़ा सहम गया। वह अकेला था। कहीं चाँद उस पर भारी न पड़ जाए।

दबे पाँव ही रामसिंह सरवण के पास गया और उसे बताया कि, ''पानी तो चाँद खींच रहा था। वह अपने खेत में खाट पर सोया हुआ है। चल, चलकर उसे धमकाएँ, यूँ वह मानने वाला नहीं। पहले साझी से करवाया। अब खुद यह काम कर रहा है। इस तरह तो जीते-जी मर जाएँगे यार।''

नये दो क्यारियों के मुहाने खोल सरवण उसके पीछे चल दिया। रास्ते में रामसिंह ने उसे समझाया, ''एक बात सुन ले ध्यान से मेरी। चाँद के साथ मेरी कोई दुश्मनी नहीं है। इतना उसे नहीं मारना कि भई वह अपाहिज बनकर बैठ जाए। बस धमकाना है उसे, आगे से यह काम न करे। जैसे आगे मैंने उसके साझी को मारा था, बस उतना ही। फिर कभी पंगा नहीं लिया चमार ने। देख लेना, समझदारी से काम लेना।''

ज्वार में बीचो-बीच पहुँच रामसिंह ने ज़ोर से खँखारा। चाँद कीड़ा लड़ने के समान खड़ा हो गया। अपना गंडासा उठा। कड़क कर बोला, ''कौन है ?''

''निकास खोलकर रखा हुआ है, है नहीं कोई तुमसे पूछने वाला राजा बाबू ? कौन सी बात का बदला ले रहे हो तुम मुझ से।'' रामसिंह ने डंडा सिर के ऊपर उठाया।

चाँद ने सीधा गंडासा चलाया। रामसिंह छलाँग लगा पीछे हट गया। गंडासा धरती पर जा लगा। रामसिंह ने फुर्ती से आगे बढ़कर उसके पिछवाड़े वार किया। चाँद हिल गया। बस फिर तो रामसिंह ने भी उसके कन्धों पर, कभी जाँघों पर, कभी पिछवाड़े कई डंडे बरसाये। वह बड़ी होशियारी से मारता ताकि चाँद की पिटाई हो मगर ज़ख्म न हो।

सरवण परे खड़ा देख रहा था। उसके हाथ में भी डंडा था। उसे खड़े-खड़े खीझ आ रही थी कि चाँद समझ क्यों नहीं रहा। मार खाकर फिर से गंडासा उठा लेता था। उसे लगता, रामसिंह को एक ही ज़बर्दस्त वार करना चाहिए, जिससे चाँद गिर पड़े और फिर उठ न सके। एक बार तो उसके मन में आया कि, एक ही वार से चाँद का काम तमाम कर दे। कैसे दो आदमियों के साथ मुकाबला करता जा रहा था। चौथी बार जब उसने गंडासा उठाया तो सरवण ने ज़ोर से डंडा मार गंडासे को ही तोड़ दिया। अब चाँद निहत्था हो नीचे गिर पड़ा। सरवण ने जोरदार दो डंडे उसकी पीठ पर दे मारे। टाँगें भी तोड़ दीं। चाँद नीचे गिरा ज़ख्मी साँप सा लोटने लगा। उसमें खड़े होने की हिम्मत नहीं रह गयी थी। रामसिंह, सरवण को गालियाँ देने लगा, ''अरे कंजर। बस कर। खून गले पड़ जाएगा। बस बहुत हो गया।'' मगर सरवण, जैसे चाँद को जान से ही मार देना चाहता था।

''ओए रामसिंह। भई हम में कौन सी इतनी कोई दुश्मनी है। बस करो। अब और न मारो।'' चाँद ने हाथ जोड़ दिये। फिर पानी माँगा। उसकी सुराही से पानी

निकाल रामसिंह ने उसे पिला दिया। गाँव जा उनके घर में सन्देशा भी दे दिया कि जाकर चाँद को उठा लाओ।

2

नम्बरदार कुंडा सिंह बहुत परोपकारी आदमी था। गरीबों का हिमायती तथा दूसरों का भला सोचने वाला। गाँव के साँझे कामों में वह सदा अग्रणी रहता। दुल्ले की बावड़ी उसके अथक परिश्रम का नतीजा था। गाँव वाले उसके काम की प्रशंसा करते नहीं थकते थे। वह दिनों-दिन बूढ़ा होता गया और आखिर इस संसार से कूच कर गया।

कुंडा सिंह के तीन बेटे-बहुएँ थी। दोनों बड़ी बहुएँ अच्छे घरों की थीं। आते ही वे परिवार में घुल-मिल गयी थीं। हमेशा काम में ध्यान लगातीं। दोनों बड़े लड़के भी कमाऊ थे। पहले कुंडा सिंह ने खुद बहुत मेहनत की थी। जब दोनों लड़के बड़े हो गये तो नम्बरदार का नाम सभी ओर चलने लगा। बड़े लड़के बिक्कर सिंह का स्वभाव एकदम अपने बाप पर गया था। वैसी ही बोल-वाणी, वही भले मानसी।

छोटा लड़का घोगा थोड़ा बिगड़ा हुआ था। वह खेत में काम कम करता इधर-उधर तफरीह में ज्यादा मन लगाता, कुंडा सिंह ने कई बार उसे डाँटा-फटकारा। मगर वह सीधे रास्ते पर नहीं आता था। बड़े दोनों भाई उससे कुछ नहीं कहते थे। बैठकर सोचते, ''नहीं करता कुछ, न करे। बापू कौन-सा हमेशा बैठा रहेगा। बापू के सिर पर मौज़ कर ले। बापू के बाद थोड़ी-सी ज़मीन देकर परे कर देंगे। रोता रहेगा फिर बैठकर।''

वैसा ही हुआ। बापू के मरने के बाद दोनों बड़े भाइयों ने छोटे घोगे को अलग कर दिया। इनके पास तीस एकड़ ज़मीन थी। तीनों के हिस्से दस-दस एकड़ आती थी। बिक्कर और मेहर इकट्ठे रहे। दोनों के ब्याह एक गाँव और एक ही घर में हुए थे। घरवालियाँ दोनों सगी बहनें थीं। वह आपस में मिलकर रहतीं। बिक्कर तथा मेहर दोनों नर्म स्वभाव के थे। कुंडा सिंह के बाद नम्बरदारी बिक्कर को मिल गयी। खेती का सारा काम मेहर के ज़िम्मे आ पड़ा। उसके लिए यह कोई मुश्किल काम नहीं था। दोनों भाइयों को पहले से ही मालूम था कि बापू के बाद नम्बरदारी बिक्कर को मिलेगी। नम्बरदारी के कामों की वजह से वह खेती की ओर ज्यादा ध्यान नहीं दे पाएगा। घोगा वैसा ही निकम्मा था। खेती के काम में दिलचस्पी नहीं लेता था और क्या करेगा वह उसकी तो यही आदतें रहनी थीं। माँ ज़िन्दा थी। माँ ने उसका विवाह करवा दिया था। सोचा था, सुधर जाएगा। मगर उसमें कोई सुधार न आया। उस निकम्मे को रोटी तो आसानी से मिल सकती थी, परन्तु उसकी बुरी आदतों को कौन पूरा करता।

मेहर के साथ बक्शी चमार साझी था। कभी-कभी बिक्कर भी खेत जाता। वह अपनी ओर से काफी काम करने की कोशिश करता। मगर गाँव के लोग खेत पहुँच जाते। कहते, ''अभी चल नम्बरदार, हमारा झंझट निपटा दे। नहीं तो दोनों पक्षों का बेड़ा ग़र्क हो जाएगा।'' उसे अपने हाथ के काम को बीच में छोड़कर मंडी जाना पड़ता। ज्यादातर काम थाना या तहसीलदार की कचहरी में होते। फिर लोगों के अपने अनेक झगड़े होते, जिनका निपटारा गाँव में ही होता। बिक्कर की ज़रूरत हरेक को पड़ती रहती। वह शरीफ नम्बरदार था। एकदम अपने बाप पर गया था। कुंडा सिंह एकदम सच बात बोलता। गाँववाला कोई भी रास्ते में उसे कुछ भी उल्टा-सीधा कहने की पट्टी पढ़ाता जाता था। वह सिर्फ़ हूँ-हाँ करता रहता। मगर थाना या तहसील की कोर्ट में पहुँचते तो कुंडा सिंह वही कहता जो उसे मालूम होता। वह हमेशा सच बोलता। किसी का लिहाज न करता। उसे यह परवाह न थी कि उसका बयान किसके हक में जाएगा और किसके खिलाफ। वह अपना किराया भी खुद देता और शहर जाकर भी न किसी पक्ष के द्वारा न चाय पीता और न ही रोटी खाता। गाँव के लोग अक्सर कहते, ''कुंडा सिंह को साथ लिजाने का फायदा भी क्या। रास्ते में जितना मर्ज़ी पढ़ाते जाओ, वहाँ जाकर सारा सच उगल देता है।'' वह न शराब पीता था और न ही उसमें कोई और ऐब था।

बिक्कर का भी यही हाल था। वह भी सचाई का ही पक्ष लेता। वह भी दारू नहीं पीता था। मेहर कभी-कभी दारू पी लेता था। परन्तु घोगे का तो बुरा हाल था। वह रोज़ पीता था। खेत मुश्किल से ही जाता। घर का भी कोई काम नहीं करता था, कुंडा सिंह जीवित था। माँ घोगे की विवाह की बात करती, ''विवाह से सुधर जाएगा यह। बेगानी बेटी खुद ही आकर उसे सीधा करेगी। बड़े दोनों ब्याहे हैं तो छोटा क्यों अकेला रहे, भाभियाँ कहाँ सारी उम्र इसे रोटी देंगी। उतनी देर ही रोटी मिलेगी, जब तक मैं ज़िन्दा हूँ।''

घोगे की शादी करने की एक जल्दी इसलिए भी थी क्योंकि वह दिनों-दिन गलत आदतों में धँसता जा रहा था। कई जगहों से उसे जूते पड़ चुके थे। अक्सर लोगों से उलाहने मिलते। तब तो हद हो गयी जब नंद की बीवी ने अपनी छाती पीटते हुए बताया कि उसकी बेटी को तीसरा महीना है। फिर बुढ़िया ने ही गाँव की दाई से लड़की को छुटकारा दिलाया। दो किलो घी भी दिया, कुछ पैसे भी दिये ताकि लड़की की सेहत सुधर सके। यह हादसा चुपचाप निपट गया। नंद अत्यन्त गरीब था, सहन कर गया। बराबर का जाट होता तो खून-खराबा हो जाता।

मुहल्ले के लोगों का कहना था कि कुंडा सिंह के छोटे लड़के घोगे को सरवण ने बर्बाद किया है। वे दोनों इकट्ठे मिलकर घर पर दारू बनाते, पीते और नये-नये पंगे लेने की तरकीबें सोचते रहते।

सरवण, घोगे से काफी बड़ा था। वह शादीशुदा था। उसके दो बच्चे भी थे। ज़मीन कम थी। बेटी वालों ने जैसे अपनी बेटी को कुएँ में धकेला था। नम्बरदार के बाहर खेत वाले घर में वे दारू निकालते और पीते। नंद की लड़की के साथ भी मौज-मस्ती करने का सुझाव सरवण का ही था। घोगे को खाने-पीने को खुला मिलता था। इसलिए वह घोगे को अपने काबू में रखता। उसकी बीवी मुश्किल में अपनी गृहस्थी चलाती थी।

घोगे का विवाह हो गया, तो भी वह सुधरा ना। उसके लक्ष्ण वही रहे। उसकी घरवाली ताजो गाँव की थी। सुन्दर-सुडौल। नाम भी माँ-बाप ने चुनकर रखा था-रूपो।

विवाह के कुछ ही दिनों बाद दोनों बड़ी बहुओं ने अन्दर ही अन्दर सलाह-मशविरा करके रूपो को अलग कर दिया। घोगे की तरह वह कामचोर थी। बन-सँवर कर रहती। मेंहदी लगा, आँखों में काजल लगा। चूड़ियों-अँगूठियों से लदी रहती। नयी-नवेली थी। कुछ दिनों तक तो बड़ी बहुओं ने उसे बर्दाश्त किया। मगर बाद में उसे रोकने टोकने लगीं। सास से कहतीं, बुढ़िया हँस देती। कहती, ''कोई नहीं, कर लिया करेगी। सारी उम्र पड़ी है काम करने की। दो दिन हँसने-खेलने दो इसे।''

मेहरवाली जवाब देती, ''क्यों अम्मा जी, मुझे तो दूसरे ही दिन गोबर का टोकरा उठवा दिया था। एक दिन भी हुआ था मुझे गौना से आये हुए। नयी-नवेली होगी तो पति के लिए। वैसे भी उसने हमारा काम तो नहीं करना, अपने हिस्से का करना है। अपने पति के लिए करना है।''

''यूँ ही सिर पर चढ़ा कर न रखोगी अम्मा। एक दिन तुम्हारे ही सिर पर चढ़ कर नाचेगी। हम तो इनका हिस्सा मार कर परे हटा देंगे मियाँ-बीवी को। फिर खुद करते रहें। अपनी खातिर।'' बिक्कर वाली भी बहन का साथ देती।

बड़ी बहुओं की बातें खरी थीं। सास के पास उनका कोई जवाब नहीं था। वह ठीक कहती थी। मगर सास छोटी का लाड़ दिखाते हुए उसका मन लगाने की कोशिश करती। लड़ियाते हुए रूपो से कहती, ''थोड़ा-बहुत तुम भी काम किया करो। एक दिन तो गृहस्थी सँभालनी ही है। बाद में भी तो करोगी ही।''

रूपो चुस्त-चालाक थी। बड़ी जिठानियों को पानी का गिलास ला देती। कहती, ''लो, पहले पानी पियो। दिमाग ठंडा हो जाएगा। फिर पीट लेना मुझे।'' फिर आँखें भर लेती।

सास उसे अपने आलिंगन में ले उसका सिर थपथपाने लगती। हँसती, ''लो तुम तो रोने लगीं। रोने को तो सारी उम्र पड़ी है, बेटा। अभी तो तेरे खेलने-खाने के

दिन हैं।''

जिठानियों के दो-दो बच्चे थे। रूपो उनके बच्चों को गोदी में उठा, खिलाने लगती। जिठानियों को कभी-कभी अच्छी लगती। लगता, जैसे उनके अपने बच्चों समान ही उनकी लड़की हो। मगर गहरे में सोचती हुए उनके अन्दर ईर्ष्या जागती। ''घोगा तीसरे हिस्से का मालिक है। उसकी बहू तीसरे हिस्से जितना ही काम न करे? ऐसी बनी रहती है, जैसे कोई मेहमान हो।''

कभी वे भी गौने बाद आयी थीं। उनके हँसने-खेलने के दिन थे। बुढ़िया ने आते ही उनके सिर पर गोबर के तसले रख दिये। वे कुढ़तीं, ''इस छोटी बहू से बुढ़िया बहुत लाड़ लड़ाती है। सिर चढ़ाती जा रही है।''

बड़ी बहुओं ने एक दिन सास को पास बिठाकर समझाया, ''देख बेबे, तूने घोगे का विवाह रचा लिया, हालाँकि विवाह के लायक वह है नहीं। चलो कोई बात नहीं। हमने विवाह में कोई झंझट नहीं डाला। सभी कुछ तुमने अपनी मर्ज़ी से किया। अब हम सभी इकट्ठे नहीं रह सकते। बात बाहर न निकले। बस हमारा बँटवारा कर दो।''

पहले तो बुढ़िया अकड़ दिखाने लगी, ''तुम्हारा बापू ज़िन्दा होता तो देखती कैसे करता इन्हें अलग? बाप रहा नहीं, अब तुम मालिक बन बैठे हो। मैं अभी अलग नहीं करूँगी अपने लड़के को। अभी तो वह कितना छोटा है।''

वे कहने लगीं, ''जो ईनाम वह लेकर आता है, उसे कौन बर्दाश्त करे। नंद की लड़की का किस्सा भला हमें मालूम नहीं? कल को कोई और करतूत कर आएगा। बेबे, तू राज़ी रह या गुस्सा हो। बस हमारा बँटवारा कर दे। हम अब इसे अपने साथ नहीं रखेंगी।''

बुढ़िया खीझ कर बोली, ''चलो, करो टंटा खत्म। कर दो इसे अलग। खेत वाला घर इसे दे दो। ज़मीन दे दो इसकी इसे। मैं इसके साथ रहूँगी। इसकी गृहस्थी नयी है। अभी मालूम नहीं बहू को सब कुछ के बारे में।''

बिक्कर कहने लगा, ''यह तेरी मर्जी है, बेबो हमें तो कोई ऐतराज नहीं। जहाँ मर्ज़ी रहो। इसके साथ रह कर भी हम से दूर तो नहीं। आखिर माँ है हमारी।''

बाहर वाला घर गाँव के रास्ते पर था। बहुत लम्बा-चौड़ा घर था यह। दो पक्के कमरे, भूसा-चारा रखने वाला कमरा और बैठक। रसोई के लिए छप्पर पड़ा हुआ था। आँगन खुला था। आँगन में दरख्त थे। बकरैनों के अनेक वृक्ष थे। शीशम का वृक्ष था। एक छोटी कीकर भी थी। पशुओं के अलग दो बरामदे थे। कुंडा सिंह ने स्वयं अपने हाथों से बनाया था। शायद उसे मालूम था, लड़कों के अलग-अलग होने पर ऐसी जगह की ज़रूरत पड़ेगी। अन्दर वाला घर हवेली थी। तीन क्या, उमसें तो करीब पाँच परिवार रह सकते थे। मगर बड़ी बहुएँ छोटी को अलग कर देना

चाहती थीं। यह बाहर वाले घर में ही ठीक रहेंगे। यहाँ नज़रों के सामने घोगे की करतूतों का उनके बच्चों पर गलत असर पड़ सकता है।

माँ ने सीधा-सादा सा बँटवारा कर दिया। घर के साथ-साथ पशुओं को भी बाँट दिया। घोगे को एक भैंस मिली। दोनों बैल तथा ऊँट बड़ों के पास रहे और एक भैंस मिल गयी। माँ ने कहा, ''अभी इसी प्रकार गुजर-बसर करो। पक्का बँटवारा बाद में कर लेंगे।'

जिन दिनों घोगे को अलग किया गया, तब रूपो अपने मायके में गयी हुई थी। उसकी माँ बीमार थी। छोटा भाई आ कर लिवा ले गया था उसे। लौटने पर बँटवारे का पता लगा। माँ-बेटे का हाल देख रूपो रोने लगी। सास ने उसे अपने साथ लगाया और चुप करवाने लगी। कहने लगी, ''कोई बात नहीं, हम अपनी गृहस्थी ठीक ढंग से बसा लेंगे। हवेली को भूल जा। भैंस है। खाओ-पीओ, मौज करो।''

नम्बरदार के पास की ज़मीन दो स्थानों पर थी। बारह एकड़ गाँव के पास थी और अठारह एकड़ दुल्ले की बावड़ी के पास थी। बुढ़िया कहने लगी, ''जितनी देर तक मैं जीवित हूँ। तीन एकड़ ज़मीन मैं अपने पास रखूँगी। जिसके पास मैं रहूँगी, उसके पास ही वह ज़मीन रहेगी। यदि तुम दोनों ने कोई चूँ-चाँ की तो चौथे हिस्से की मालकिन हूँ मैं। जिससे मर्ज़ी कानून पूछ लो। मेरे हिस्से में साढ़े सात एकड़ आती है।''

दोनों भाई मान गये। सोचा, ''ठीक है, मरने के बाद वह तीन एकड़ आपस में बाँट लेंगे। बारह एकड़ घोगे के पास और अठारह एकड़ बड़े भाइयों ने रख ली। नहर का पानी लगता था। यहाँ फसल अच्छी होती थी। बावड़ी वाले खेत को नहर का पानी तो था ही, वहाँ बोर भी लगा हुआ था, मगर एकड़ के हिसाब से फसल कम होती थी।

3

एक दिन सरवण ने अपनी घरवाली बन्तो को घोगे के घर में भेजा। सास-बहू सरसों का साग चूल्हे पर रख रही थीं। दिन छिपने वाला था। बंतो ने बुढ़िया के पैर छुए और उसके पास ही बैठ गयी। वह साग की बातें करने लगे। बुढ़िया कह रही थी, ''आजकल की सरसों क्या सरसों रह गयी है, न स्वाद है न खुशबू। साग हमारे वक्त में होता था। इतना साग एक साथ पकाते थे कि पन्द्रह-पन्द्रह दिन तक खाते रहते थे। अब तो साग तीसरे ही दिन बासी लगने लगता है। मुश्क मारने लगता

है।''

''अब की दुनिया और ही हो गयी है, ताई। अब पन्द्रह-पन्द्रह दिन एक ही चीज़ को कौन खाता है। तड़के ताजी सब्जी और शाम को भी ताज़ा ही चाहिए होता है सभी को।''

बात बदल कर बुढ़िया पूछने लगी, ''तुम कैसे आयी? सरवण नहीं आया कभी, कहाँ है अब? कभी देखा नहीं उसे?''

''उसी ने तो भेजा है मुझे, खुद शर्म आती थी। कहने लगा, घोगे की बहू होगी वहाँ। मैं क्या करूँगा जाकर। तू पूछ कर आजा ताई से।'' बन्तों ने जवाब दिया।

''आगे यहीं पर धक्के खाता रहता था, अब उसे शर्म आने लगी हमारे घर से। ये दोनों तो मियाँ-बीवी जैसे हैं, दोनों से एक-दूसरे के बगैर रहा नहीं जाता। यहीं बैठे रहते थे रोज़। अब कहीं और बैठते होंगे।''

''ना, अब नहीं मिले कब से। जब से घोगे का ब्याह हुआ है।''

''क्यों, ब्याह के बाद वह कोई और हो गया क्या। वही तो है। बस इतना है कि अब बहू के कारण घर में रहता है।''

''वही बात हुई ना। ब्याह कराके लड़के बहुओं के हो जाते हैं। यारों-मित्रों से दूर।''

''बहू का हुआ तो फिर मानूँ, अगर काम को हाथ लगाये। अभी तो इसे समझा ही सकती हूँ। मैं तो हार गयी, भाई।'' बुढ़िया ने माथे पर हाथ रखा।

रूपो वहीं बैठी थी। हँसकर कहने लगी, ''अपने आप करेगा, बेबे। भाइयों ने तो इसे अलग कर दिया। अब कौन करके देगा इसे? कहता है, अगले साल से खुद खेती करेगा।''

''इसलिए तो मैं आयी हूँ ताई। मेरा आदमी भी किसी का साझीदार होना चाहता है। ज़मीन तो हमारे पास सिर्फ़ दो एकड़ ही है। अब जाट होकर भी इसे अपने रिश्तेदारों का ही साझी बनना पड़ेगा। यह कोई अच्छी बात थोड़े है? साझी तो नीची जात के ही बनते हैं।''

''देखो, इस साल तो बड़े भाइयों ने बुआई की है सारी। इसे हिस्सा देंगे गेहूँ का। गाँव के पास वाली बारह एकड़ इसके हिस्से की है। अब घोगा खुद ही देखेगा सब। तुम्हारी ज़मीन भी तो हमारी ज़मीन के पास ही है। दोनों खेती-बाड़ी कर लेंगे आधी-आधी। तो तुम बता रही हो अपनी, चौदह हो जाएगी सारी। चौदह एकड़ तो काफी होती है। मन लगाकर काम करें तो ढेर सारी फसल पैदा हो सकती है।'' बुढ़िया हौसला देने लगी।

''फिर तो ठीक है। बस इसी काम के लिए भेजा था उसने। मैं जाकर कह देती हूँ उससे।'' बन्तों ने चैन की साँस ली।

रूपो का चेहरा भी चमकने लगा। उसे खुशी हो रही थी कि घोगा अब खुद खेती बारी का काम करेगा। वे भी बड़ों की बराबरी कर सकेंगे।

बैसाखी बीतने के बाद उन्होंने हल लगा लिया। सरवण के पास सभी औजार थे और बैल भी। वह ठेके पर ज़मीन लेकर बोया करता था। ज़मीन वाले उसे बेहद तंग किया करते थे। जब कभी नये साल पर ज़मीन लेनी होती तो मालिक नखरे करने लगते। सरवण की संगति बुरी थी। वह नशे-पत्ते का आदी था। घर की दारू निकाल पीता और बेचता था। घोगे के साथ उसकी मित्रता थी। भाइयों के सिर पर घोगा मौज करता था। मगर अब तो अपना काम खुद ही करना था। उधर सरवण का भी खेती-बारी के बिना गुज़ारा नहीं होता था। हिस्से-ठेके पर ले बुआई करे या किसी रिश्तेदार के साथ साझी बन जाए। ब्याह हो गया, बच्चे हो गये। दाने कौन से आसमान से टपकने थे। घर में आमदनी हो तो ऐशपरस्ती भी सम्भव है। बच्चे भूखे बैठे हों तो...., क्या जून होती है आदमी की।

बन्तो के भाई आये थे उसे समझाने, ''सीधी तरह से काम कर। अपने बच्चों को पाल। तेरे यही लच्छन रहे तो अपनी बहन ले जाएँगे हम। कहीं और बिठा देंगे इसे। बच्चे तेरे हैं, तू ही रखना इन्हें अपने पास। हमारी बहन तो साथ लेकर आयी नहीं थी। तूने पैदा किये हैं, तू ही सँभाल इन्हें। हम तुझे ऐसे बेकार बैठने नहीं देंगे।'' बड़े भाई ने उसके कन्धे को ज़ोर से झिंझोड़ते हुए डाँटा था, ''यह सारी ऐश तू किसके सिर पर करता है। जेब तेरी में धेला नहीं। साला अभी तक आम की गुठली को चूसता जा रहा है।''

सरवण सालों से डर गया। कहने लगा, ''अब कभी कोई मेरी ओर से कोई गलत सुना तो जो मर्ज़ी आये, वो करना। मैं अब कभी दारू नहीं निकालूँगा, ना ही नशा-पत्ता करूँगा कोई। तुम लोग बेफिक्र होकर जाओ अपने गाँव।''

घोगे को भाइयों की ओर से औज़ार कम ही मिले थे। वह कुदाल, खुरपा, कुल्हाड़ी आदि छोटे-छोटे ही थे। कोई बड़ा औज़ार मिला नहीं था। खैर,..सरवण और वह खेती करने लगे। बड़ा होने के कारण सरवण उसे मशवरा देता रहता। घोगा उसकी बातें ध्यान से सुनता।

उन्होंने दो एकड़ भूसा बोया और दो एकड़ में मकई। बाकी सारी ज़मीन में नरमा (अमरीकी कपास) बो दी। चाहे सुंडी से नरमे को काफी नुकसान पहुँचा। फिर भी उन्हें नुकसान न हुआ। बल्कि बचत ही हुई। गेहूँ से उन्हें काफी उम्मीद थी। सरवण जान लगाकर काम करता था। घोगा तो मालिक था। नहीं ज्यादा काम करता तो न करे। सरवण ने नशा-पत्ता भी कम कर दिया। थोड़ा-बहुत ही अफीम खाता ताकि शरीर काम करता रहे। दारू वे अभी भी निकालते थे। पहले घोगे के खेत वाले घर में निकालते थे। मगर अब माँ और रूपो के डर से खेत में ही दारू का

मटका दबा देते। फसलों की ओट में निकाल लेते। अब वे शराब बेचते नहीं थे। बस अपने पीने लायक ही निकालते थे। जब भी शराब की चाहत होती या मौका हाथ लगता तो शराब की बोलत निकाल पी लेते। बाकी बची वहीं मिट्टी में गाड़ देते।

गेहूँ की फसल अच्छी रही। बिक्कर और मेहर हैरान थे साले, दारू पीने वालों ने काम कर लिया। खुश भी हुए कि चलो, अलग होकर काम तो करने लगा घोगा। माँ और रूपो खुश थी। रूपो की बड़ाई करते हुए माँ कहती, "भाई, मेरी बहू तो सचमुच बहुत सयानी है, ऐसे ही नहीं कह रही हूँ मैं। बड़ी दोनों को गुमान था बहुत, तोड़ दिया छोटी ने उनका अहंकार। मुझे तो खाट पर बिठाकर देती है सारा अन्न-पानी, खूब सेवा करती है मेरी।"

गेहूँ की फसल अच्छी होने से वे दोनों ही हवा में उड़ने लगे। दारू भी घोगे के घर पर बैठकर पीते। बेबे उन्हें रोकती-टोकती ना।

वे दोनों बैठक में पी रहे होते। रूपो वहीं उन्हें दाल की कटोरी दे जाती। साथ में प्याज़-अचार भी। उनके साथ कोई-कोई बात भी कर लेती। वह जब भी बैठक में आती, वह कनखियों से रूपो की ओर देखता। वह सब समझती, मगर अनजान बनी रहती। कई बार सोचती, इस तरह बात करने का इसका अन्दाज़ होगा। बेगानी औरत को लोग ऐसे ही झाँकते हैं।

एक दिन वे दोनों खेत में फावड़े से कपास की गुड़ाई कर रहे थे। ग्रीष्म ऋतु थी। दोनों पसीना-पसीना हुए शीशम के नीचे आ बैठे। रूपो उनकी रोटी ले आयी। पहले उन्होंने नमकीन लस्सी का एक-एक गिलास पीया। दम लिया। अपनी प्यास बुझाई। फिर वे रोटी खाने लगे। रूपो ने कढ़ी बनायी थी। मालूम नहीं कढ़ी में मिर्च ज्यादा थी, दोनों सी-सी कर रहे थे।

घोगा रोटी खाकर उठ गया था। सरवण ने एक रोटी और माँगी। रूपो ने नर्म सी रोटी निकाल कर सरवण को दी। रोटी देते समय दोनों का हाथ एक-दूसरे से छू गया। रूपो को लगा, सरवण ने जानबूझ कर ऐसा किया है। सरवण सोचने लगा, रूपो ने ऐसा क्यों किया? यह स्वाभाविक भी लग रहा था, शायद किसी ने पहल की भी हो। दोनों एक-दूसरे की ओर ताकने लगे।

सरवण रोटी खाकर वृक्ष के नीचे कमर सीधी करने के लिए लेट गया। आँखें मींच लीं। मगर मन बेचैन रहा।

रूपो जब भी खेत पर रोटी लेकर आती तो दो-तीन रोटियाँ ज्यादा लेकर आती। कभी-कभी बची रोटी खुद ही खा लेती। वह आज भी बाकी बची दो रोटियाँ कढ़ी के साथ खाने लगी। घोगा उसके पास आ बैठा। उसने सहजता से रूपो को दो बार बुलाया, मगर उसने जैसे सुना ही ना हो। वह कहने लगा, "कितनी भूखी

आयी है घर से तू। खाने में लगी है। ध्यान कहाँ है तेरा?''

रूपो ने हुंकार भरी और आँखों में मुस्कराई। उसे जैसे पास बैठे घोगे का एहसास ही ना हो। जूठे बर्तन वहीं माँज टोकरे में सारा सामान सँभाल वह घर आ गयी। जो हुआ था, उसे वह भुलाने की कोशिश करने लगी। चारपाई बिछाकर लेट गयी। सास ने पूछा, ''बहू, तबीयत तो ठीक है न तेरी?''

''हाँ, ठीक है।''

''फिर यूँ एकदम चुपचाप सी कैसे जा कर लेट गयी?''

''बस ऐसे ही। कोई काम तो है नहीं। मैंने सोचा लेट जाती हूँ थोड़ी देर मेरी टाँगें दुखने-सी लगी हैं। थकावट हो रही है।''

''तो फिर सो जा फिर। यह मौसम ही ऐसा है।'' बुढ़िया खुद भी किसी चारपाई पर टेढ़ी हो गयी।

वे दो-अढ़ाई घंटे सो गयी। अचानक बुढ़िया की नींद खुली। वक्त देखा। फिर उसने रूपो को पुकारा, ''बहू, वे चाय का इन्तज़ार कर रहे होंगे। चाय रख ले।''

रूपो जाग ही रही थी। उठकर उसने चूल्हे पर चाय रख दी। चाय बनाते समय भी उसका ध्यान कहीं और ही लगा रहा। चाय कटोरे में डाल रूपो ने माँ से कहा, ''लो बेबे, पहले तू पी ले। डोलची भर देती हूँ। आज तुम ही दे आओ चाय उन्हें। मेरा कुछ मन ठीक नहीं है।''

बुढ़िया चाय लेकर खेत की ओर चल दी। अपनी चाय गिलास में ले रूपो अपनी खाट पर आ बैठी। उसकी सुरत अपने गाँव ताजो जा पहुँची। उसके दिमग में कई दृश्य घूमने लगे। सुनारों का बग्गू एकदम सरवण जैसी सूरत का था। उनके प्यार की आग घर-घर धुआँ बन पहुँचने लगी। बग्गू गाँव से ही भाग गया। आज तक नहीं लौटा। रूपो की माँ ने किसी तरह उसकी जान छुड़ाई। मगर बग्गू ने उसकी देह को जो प्यास लगायी, वह उसके जाने के पश्चात् बुझी नहीं। यह सरवण एकदम बग्गू जैसा ही है। अब यह भागकर कहीं नहीं जा सकता। मैं अपनी प्यासी देह को इसके बदन में समा दूँगी।

फिर वे दोनों परछाइयों की तरह एक-दूसरे में घुल-मिल गये। कभी वे परछाये खड़ी फसल की ओट में मिल जाते। कभी घोगे के घर पर। कभी जब बन्तो किसी दिन बच्चे सहित रिश्तेदारों में गयी होती तो आँख बचाकर रूपो सरवण के घर भी चली जाती।

उसे समझ में न आता कि जब उसका अपना पति इतना सुन्दर, सुडौल, नौजवान और तगड़ा है तो वह सरवण की ओर क्यों खिंची जा रही है? उसे यह भी मालूम न लगता कि सरवण के साथ उसके सम्बन्ध कैसे बन गये? सरवण के पास जाना और

अपने अकड़ गये अंगों को ढीला कर लेना। जैसे किसी हाजत से फारिग होने जैसा था। मानो वह किसी जादू-टोने के अन्तर्गत बेसुरती की हालत में यह सब करती हो।

घोगे को इस बात की कोई जानकारी नहीं थी। उसे कोई शक भी नहीं था। कि बाल बच्चेदार आदमी ऐसी हरकत भी कर सकता है। रूपो की ओर से वह निश्चिंत था। मगर कुछ अर्से बाद सास के कानों में भनक पड़ने लगी। उसके होश उड़ गये। उसकी जान आफत में आ गयी। यदि वह चुप रहती है तो घर की इज़्ज़त का सवाल है। अगर घोगे को बताती है तो घर में क्लेश खड़ा हो जाएगा। क्या मालूम लड़का बहू के साथ क्या कर गुज़रे?

4

बाहर वाले खेत में बढ़ी बहुएँ आतीं। उनके बच्चे भी घूमते रहते। बिक्कर तथा मेहर मुश्किल से ही कभी चक्कर लगाते थे। उनका साझी बक्शी चमार पशुओं को बाँधने-खोलने के लिए आता। भूसा आदि डालना होता। उनके पास दो भैंसें थीं। दूध दुहने के लिए मेहर की बहू आती। चलते-फिरते सास से भी कई बातें कर लेती। रूपो दोनों जेठानियों संग बहुत कम बोलती थी।

बिक्कर की बहू सयानी थी। अतरी का मन करता, वह उसे सारी बात बताकर अपनी बेचैनी को कम कर ले। नहीं तो अन्दर ही अन्दर घुलती रहेगी। रूपो तो उसकी परवाह भी नहीं करती थी। उसे ससुरालवालों की कोई लाज-शर्म ही नहीं थी। सरवण अचानक ही कहीं से आता ताई-ताई करता। पहले उससे दो-चार बातें करता। फिर घर में कहीं खो जाता। रूपो अपने कपड़े ठीक करते हुए किसी कमरे में से निकलती नज़र आती। रसोई में जा कोई बर्तन-भांडा खड़खड़ाने लगती और ऊँची-ऊँची बोल कर अतरी बेबे के साथ बेसिर-पैर की बातें करने लगती। बुढ़िया को उन्होंने अन्धा समझ रखा था।

अतरी सोचती और सुन्न रह जाती। यदि बड़ी बहू को बताएगी तो सारी बात आग की तरह बड़े भाइयों को मालूम हो जाएगी। बड़े लड़के फिर मालूम नहीं क्या कर बैठें। आखिर नम्बरदार कुंडा सिंह का परिवार है। आपस में बेशक मेल-जोल हो, मगर ऐसी बात पर तो सारा परिवार स्वाभाविक ही भड़क उठेगा। मेरे सिर पर लोग जूते मारेंगे, कहेंगे, ''पहले अन्धी थी। तभी क्यों न बता दिया? पहले क्यों चुप रही?''

बन्तो भी कभी-कभी चक्कर लगाती। आते ही पहले उसके पैर छूती। पूछती, ''ठीक है न ताई?'' फिर उसके साथ बातें करने लगती। बातें करते समय वह देखती

कहीं और, कान कहीं और लगे होते। फिर वह उठकर रूपो के पास जा बैठती। हँसकर कहती, ''क्या कर रही हो। खाली बैठी है तो सास की टाँगें ही दबा दे ज़रा।''

''कब्र में पड़ी टाँगों को दबाने से क्या फायदा। लकड़ी बनी हुई है। लकड़ियों में मिल जल जाएगी।'' रूपो जवाब देती।

फिर वे खेत की बातें करने लगतीं। रूपो के खेती के कामों का ना कोई इल्म था, न ही कोई दिलचस्पी। बन्तों बातों-बातों में उससे घोगे का हाल-चाल जानना चाहती। रूपो भी क्या बताती, उसमें नया था भी क्या बताने को? दारू वह रोज़ पीता। अफीम से भी उसका शरीर अन्दर ही अन्दर खोखला होता जा रहा था। बन्तो पूछती, ''बहन तुझसे पहले की तरह ही बोलता-चालता है क्या?''

''और नहीं तो क्या? वैसा ही है। रह नहीं पाता मेरे बिना।''

''फिर तो ठीक है, सुरत से। कुछ ही वर्षों में मर्द बड़े निमोहे हो जाते हैं। मेरे भी पहले-पहले ही दो बच्चे पता नहीं कब हो गये। अब तो कई-कई महीने निकल जाते हैं। जैसे मर्द ही न हो वो।'' बन्तो अपना दुखड़ा लेकर बैठ जाती।

मगर बन्तो जानती थी, हालात इसके एकदम विपरीत हैं। घोगा दिनों-दिन गिरता जा रहा था। ज्यादा शराब पीने के कारण उसे होश नहीं रहता था। अफीम की सुरति मार कर रखती। वैसे भी उसे अब रूपो का कोई मोह नहीं था। शायद इस कारण भी क्योंकि रूपो की कोई औलाद नहीं हुई थी। औलाद न होने के कारण सास भी उसे निकम्मी समझती। घोगा मालूम नहीं क्या सोचता रहता होगा। जबकि सरवण ही तीसरे-चौथे दिन उनके घर आ धमकता। घर ना आता तो वे कहीं और मिलते। उसे रूपो से मिलने की एक आदत पड़ती जा रही थी। उम्र में वह घोगा से काफी बड़ा था। मगर अभी उसमें काफी जान थी।

जब वे दोनों औरतें अपनी बातों में काफी मशगूल होतीं तो एकदम से बंतो बात काट कर कहने लगती, ''रूपो, मेरा एक काम कर दे। मेरी तो नासपीटी मकई खत्म हो गयी है चाहे दो पसेरी मकई दे दे मुझे। बच्चे गेहूँ की रोटी पर नाक-मुँह सिकोड़ते हैं।''

रूपो बगैर सोचे-समझे जवाब देती, ''ले जा, दे देती हूँ।'' वह अपनी बात जारी रखती। दूसरी ओर बुढ़िया की ओर रूपो की नज़र बचा कर बन्तो आधी बोरी मकई ले जाती और चुपचाप धीरे से खिसक जाती।

अतरी को सब मालूम था। वह अन्धी नहीं थी कि बन्तों का मंसूबा न जानती हो। वह आने-बहाने उनका घर लूटती जा रही थी। रूपो खुद ही उनका घर भर रही थी। उसे मालूम था, कभी-कभी देसी घी का डिब्बा भी जाता है, सरवण के घर। बुढ़िया को घर से सामान जाने का बुरा नहीं लगता था। यह कोई विशेष बात

नहीं थी। भरे-पूरे घरों से कमज़ोर घरों को सदा दिया जाता रहा है। मगर उसकी बहू जो दूसरी गन्दगी फैला रही थी, उसका वह क्या करे। उसका जी चाहता कि वह यहाँ थूक कर बड़ी बहुओं के पास चली जाएँ। छोड़ दे इस छिनाल को। इसे ज़हर देकर मार दे और घोगा का दूसरा विवाह कर दे। मगर अन्दर ही अन्दर घुलती रहती। सोचता, जितना पर्दा बना है, वह बना ही रहे। उसका अपना क्या है। वह तो कुछ ही दिनों की मेहमान है। किसी भी दिन खत्म हो जाएगी। बाद में जो मर्ज़ी हो इस घर को। बुरे कर्मों वाला घोगा पैदा ही क्यों हुआ। यह ना होता तो ये दिन भी न देखने पड़ते। बड़े दोनों ही काफी थे। कितने नेक थे दोनों पुत्र तथा पुत्रवधू।

अतरी इसी ग़म में बीमार रहने लगी। इतना बड़ा परिवार था नम्बरदार कुंडा सिंह का। कितनी इज़्ज़त थी। सारे गाँव-भर में। बिक्कर की भी उतनी ही महिमा थी। मेहर खेती में पूरा ध्यान लगाता था। बँटवारे के दो वर्षों बाद ही उसने ट्रैक्टर भी ले लिया था। खेती का काम बड़ी मेहनत और ईमानदारी से करता। दूसरी ओर घोगा की गृहस्थी। नीच घर की लड़की ने आकर सब बर्बाद कर दिया। बेगाने पुत्र को घर लुटा रही थी। सिर्फ़ अपने शरीर के स्वाद के लिए। कीड़े पड़ें इसके...। बुढ़िया गहरी सोचों में डूब जाती। उसे खाने-पीने का भी पता ना लगता। बस बैठे-बैठे घोगा की बुरी किस्मत के लिए कोसती रहती। चौथे-पाँचवें दिन गाँव के आर.एम.पी. डॉक्टर के पास चली जाती। नयी दवाइयाँ ले आती। डॉक्टर बताता, "अम्मा, तुम्हें कोई बीमारी नहीं है, बस कमज़ोरी है। तली चीज़ें न खाया करो। अचार, खटाई सब छोड़ दे। बस मलाई के बगैर का दूध पीया कर। फल-फ्रूट खाया कर।"

परन्तु वह दिनों-दिन कमज़ोर होती गयी। उसका शरीर शिथिल होता गया। एक दिन रूपो का भाई उसे अपने साथ ले गया। कहने लगा, "बेबे, सख्त बीमार है। हम काम-धन्धे में लगे रहते हैं। माँ, बहुओं के साथ खिंची-खिंची रहती है। तू कुछ दिन रहकर माँ को सँभाल ले।"

अतरी से मुश्किल से उठा-खड़ा हुआ जाता था। वह खुद खाना बनाने के लायक नहीं थी। दूध कितने वर्षों से उसने दुहा नहीं था। ना ही कभी दूध सँभाला था। दो-चार दिन बन्तो आकर सारा काम करती रही। फिर एक दिन मेहर की बहू, सास पर तरस खा उसे अपने घर ले गयी। फिर सारा दूध इत्यादि मेहर की बहू सँभालती। घोगा का खाना इत्यादि भी उनके घर से ही जाने लगा। घोगा भी कभी-कभी अपने अन्दर वाले घर में जाने लगा। बच्चों के साथ घुलना-मिलना उसे भी अच्छा लगता। माँ का हाल-चाल पूछ लेता। भाभियों से बात कर लेता। मगर दोनों भाई उसे न बुलाते, ना कुछ पूछते-सुनते। वह उनकी ओर किसी उम्मीद से ताकता ही रह जाता।

घोगा को रूपो के जाने-आने की कोई फ़िक्र न थी, न ही कोई प्रतीक्षा। सरवण

रोज़ चक्कर लगाता, पूछता, "आयी नहीं रूपो?" बन्तो भी उसके आने के बारे में पूछती। उसकी माँ की फ़िक्र करती। घोगा को रूपो या उसकी माँ की कोई चिन्ता नहीं थी। मगर उसे अपनी माँ की गिरती सेहत की काफी फ़िक्र लगी रहती। वह कितनी-कितनी देर तक माँ के पायताने बैठा रहता। उसे पानी-चाय देता। माँ भी उससे कोई न कोई बात करती रहती। लेकिन माँ ने एक बार भी उसे बहू को वापस लाने के लिए न कहा।

अतरी का शरीर सूख कर काँटा हो गया। खाना-पीना कम हो गया। बड़ी दोनों बहुएँ उसकी खूब सेवा करतीं।

दो दिनों से उसकी आवाज़ बन्द थी। कुछ खा-पी भी नहीं रही थी। बहुएँ उसके गन्दे कपड़े बार-बार बदल देतीं। गीले कपड़े से उसका मुँह साफ कर देतीं। तीसरे दिन उसके प्राण-पखेरू उड़ गये।

अतरी की उम्र चाहे अस्सी वर्ष से ऊपर थी। बड़े बेटे-बहुएँ मानते थे कि माँ को घोगा का दुख जल्दी ले गया वरन् वह अभी भी पाँच वर्ष तक जीवित रह सकती थी। एकदम स्वस्थ थी।

अतरी सोचती थी कि उसने अन्दर बहुत बड़ा भेद छुपा रखा है। यह उसका भ्रम ही था। लोगों में कानाफूसी होती थी। लोग चौपाल में बैठ भेद भरे ढंग से आपस में बातें करते।

कोई कहता, "ताजोवाली ने बुढ़िया को खा लिया। नहीं तो कितनी तंदुरुस्त थी बेबे।"

'एक भैनचोद घोगे को देखो। साले से अपनी बीवी सँभाली नहीं जाती। अच्छा-भला जवान आदमी है। नशों के कारण अपना-आपा बर्बाद कर रहा है। भला सरवण भी कोई आदमी है?"

"बेबे, सदा दूसरों के भले की बात करने वाली थी। छोटे बेटे की गृहस्थी सँभालने के लिए इसके साथ रहने लगी थी। मगर उसी के दुख ने बेचारी की जान ले ली।"

माँ के संस्कार की क्रिया तथा 'भोग' तक घोगा गुमसुम ही रहा। रूपो सास की मृत्यु पर शोक प्रकट करने के लिए अपने मायके वालों के साथ आयी और यह कहते हुए उनके साथ ही चली गयी कि "अभी माँ ठीक नहीं है। मालूम नहीं कब गुज़र जाए। मैं तो तब तक ताजो ही रहूँगी।"

घोगे ने कुछ न कहा। अतरी के कुछ ही दिनों के बाद रूपो की माँ भी मर गयी। सारा परिवार उसकी मौत का अफसोस करने गया। सभी भाई, बहुएँ, सरवण-बन्तो और बिरादरी में से भी काफी लोग गये। ताजो में रूपो के घर में एक अनजान युवक सभी कामों में दिलचस्पी लेता दिखा। पूछने पर पता लगा, 'बग्गू' नाम है

उसका वह थोड़ी-थोड़ी देर बाद रूपो से बातें करता नज़र आता।

रूपो माँ की मृत्यु के बाद भी गाँव न लौटी। घोगा कुछ महीनों के पश्चात् उसे लेने गया। उसने बताया कि वह बीमार है। और किसी संत से इलाज करवा रही है। उसे हरेक चौथे दिन दवा लेने जाना पड़ता है। ठीक होने पर ही वह थंमणवाला आएगी।

बाद में काफी कुछ बदल गया। तीनों भाइयों ने नये सिरे से ज़मीन का बँटवारा किया। यह पक्के-कानूनी तौर से था। अब तीनों भाइयों के पास दस-दस एकड़ ज़मीन हो गयी। बावड़ी के पास वाले खेत में पानी का बोर करवाया हुआ था। अब उन्होंने बिजली की मोटर लगवा ली थी। साथ में ट्रैक्टर भी ले लिया था। मोटर लगने से उनकी ज़मीन की कीमत काफी बढ़ भी गयी थी।

एक बड़ी घटना यह घटी कि घोगा ने खेती करना छोड़ दिया। उधर सरवण भी खाली हो गया। घोगा ने अपनी ज़मीन ठेके पर दे दी। खेती का काम उससे होता नहीं था। ठेके से पैसे पहुँच जाने थे। उसे राजा की मानिन्द घर पर बैठे-बैठे ही पैसे मिल जाने थे। उसने ठेके वाले से भैंसों के लिए हरा चारा बोने को कह दिया था। ठेके पर ज़मीनें लेने वाला था चन्द सिंह लुध्धड़। वह भी उनकी बिरादरी-रिश्तेदारी में से ही था। उसने घोगा को ज़मीन ठेके पर लिखवाने के समय दो हज़ार पेशगी दिया। उसके पास ट्रैक्टर भी था और दो बैल भी।

दो हज़ार नकद हाथ में आ जाने से घोगा की मौज बन आयी। उसे खर्च करने को खुला पैसा मिल गया। सरवण ने कई दिनों तक उसके घर में धरना दिया कि वह ज़मीन ठेके पर न देवे। वह अकेला ही खेती का सारा काम कर लेगा और फसल का आधा उसे दे देगा। परन्तु घोगा न माना। बस यही कहता, ''मुझ से खेत जाया नही जाता। हिस्से पर ज़मीन दे, खेत तो जाना ही पड़ता है। मैं अब दुबारा खेती के झंझट में पड़ना नहीं चाहता।''

सरवण ने उसे रूपो का वास्ता भी दिया, ''कहा, तू उसका इन्तज़ार तो कर ले। सारे लोग मानते हैं, परिवार से सलाह कर लेनी चाहिए। क्या मालूम, वह ज़मीन ठेके पर देना पसन्द न ही करे।''

''परिवार को गोली मार। औरतों को आदमियों के काम के बारे में क्या मालूम होता है?'' घोगा ने मज़ाक में बात टाल दी।

बाहर खेत वाला घर अब पूरी तरह से घोगा के पास था। पशुओं वाली जगह भी घोगा ने कह-सुन कर ले ली थी। बड़े भाई-भाभियाँ भी वहाँ जाना नहीं चाहते थे। वे सभी घोगा और उसकी बदचलन बीवी की शक्ल भी देखना नहीं चाहते थे।

5

सरवण डेढ़-दो महीनों से अपने ससुराल अधिक आने-जाने लगा था। उसके बड़े-साले की टाँग कट गयी थी। बन्तो भी अस्पताल में थी। अपने भाई के पास। सरवण पाँचवें-साँतवें दिन वहाँ चक्कर लगाता। घर में बच्चे अकेले थे। इसलिए खाना भी सरवण को ही बनाना पड़ता था। इस दौरान वह घोगा के पास भी ना जा सका। अब ज़मीन की कोई साझेदारी रही नहीं थी। वह बस अपनी आदतानुसार वहाँ चला जाता। रूपो उसे पानी-चाय तो पहले की तरह ही पूछती थी, मगर उसके पास नहीं आती थी। सरवण को भी घर जाने की जल्दबाजी लगी रहती। सरवण सोचता, ''चलो ठीक है। बोलती-मिलती तो पहले की ही तरह है। उसकी भी कोई मजबूरी होगी। मौका नहीं मिलता होगा। घोगा भी तो हर वक्त घर पर ही होता है। इसलिए अकेले मिलना मुश्किल हो जाता होगा। चलो, ठीक है। जब कभी मौका मिल गया। दो महीनों के बाद बन्तो भी घर आ गयी, उसका भाई ठीक होकर पर आ गया। भाई ने बन्तो की सेवा के लिए उसका एहसान माना था।

एक साल तो सरवण ने जैसे-तैसे काटा। मगर अगले वर्ष शुरू में ही वह राम सिंह के साथ साझी लग गया, गाँव में यह कोई पहली घटना नहीं थी। पहले भी चार-पाँच जाट अपने रिश्तेदारों के साथ साझी का काम कर रहे थे। बुजुर्ग लोग सोचते थे। कैसी-अनहोनी बात हो रही है। साझी बनना मज़हबी-रामदासियों यानि छोटी जात वालों का काम था जाट होकर अपने ही किसी जाट भाई का साझी बनना, भगवान के श्राप जैसा है। साझी का काम करते जाटों के लड़कों की शादी असम्भव हो जाती थी। यह तो बहुत बड़ा लांछन था। जाट की परिभाषा है भूमि का मालिक होना। जाट का भूमिहीन हो जाना एक दुर्घटना है। सरवण लगभग भूमिहीन था। दो एकड़ कोई ज़मीन होती है। उसने अपने बैल बेच दिये। गृहस्थी के खर्चों में ही बैलों के साथ औज़ार भी गये। अपनी ज़मीन किसी अन्य जाट को हिस्से पर दे दी। भैंस अपने पास ज़रूर रखी। उसकी सँभाल बन्तो और दोनों बच्चे करते।

सरवण ने शराब छोड़ दी। मगर अफीम वह अभी भी खाता था। अफीम के कारण ही वह काम कर पाता था। उसके बगैर शरीर निढाल और बेजान लगने लगता। असल में अफीम के नशे के भुलावे में वह अपनी टूटी-फूटी गृहस्थी के दर्द को भुलाने की कोशिश करता। वरना उसका शरीर तगड़ा था। उसे कोई बीमारी आदि नहीं थी। न ही कोई और कमज़ोरी थी।

जब भी उसे काम से फुरसत मिलती, सवेरे या शाम, वह घोगा के घर का चक्कर ज़रूर लगाता। घोगा होता या ना होता। रूपो हँस कर मिलती। चाय रख देती। सरवण बातों ही बातों में उसे असल बात की ओर लाने की कोशिश करता,

मगर वह फिसल जाती और बात को दूसरी ओर मोड़ ले जाती या उसके पास से उठकर ही चली जाती। किसी काम का बहाना करने लगती। सरवण का दिल निराशा के कारण डूबने लगता।

एक दिन कड़ी दोपहर के समय सरवण घोगे के घर जा घुसा। रास्ते में उसे किसी ने नहीं देखा था। उसे मालूम था कि घोगा इस समय गुरुद्वारे के नीम-शीशम की छाँव तले खाट बिछा सोता रहता है। और पीछे घर में रूपो अकेली ही होती है। वह उनके दरवाज़े अन्दर दाखिल हुआ। आँगन में जा खड़ा हुआ। उसने देखा, कमरे के आगे वे तीनों बैठे चाय पी रहे थे। रूपो ने सरवण को दूर से ही हाँक मारी। कहने लगी, "आजा। जल्दी आजा। फिर से चाय नहीं बनानी पड़ेगी। तेरे लिए तो पतीले में काफी चाय पड़ी है।"

सरवण मन में खुश हुआ कि चलो, घर में घुसते ही रूपो ने उसका स्वागत किया है। साथ ही वह डर भी गया। सनसना के एक तीखी लहर उसके शरीर को चरती हुई निकल गयी, "यह साला लुघ्घड़ यहाँ बैठा क्या कर रहा है? मुझे देखकर क्या सोचेगा?" चन्द लुघ्घड़ ने घोगा की ज़मीन ठेके पर ली हुई थी। सरवण को इसलिए भी वह ज़हर लगता था। अच्छा-भला वह घोगा की ज़मीन पर खेती कर रहा था। घोगा के घर आने-आने का एक बहाना भी बना हुआ था। दनदनाते हुए आया करता था। अब देखो कैसे चोरों की तरह आया और पकड़ा गया।

"आ भई सरवण, आज कैसे दोपहर में?" चन्द ने भी उसे स्नेह से पुकारा। आ जा भई सरवण। जैसे साला खुद ही घर का मालिक हो। कैसे बैठा है खाट पर पसर कर। सखण के माथे पर बल पड़ गया।

घोगा कटोरी में डालकर चाय पी रहा था। चाय पीकर वहीं टेढ़ा हो गया। आज उसकी तबीयत कुछ ठीक नहीं थी। या तो नशा कुछ ज्यादा खा लिया था। या कुछ कम। उसकी टाँगों में दर्द था। चन्द के आने से पहले रूपो उसकी पिंडलियाँ दबा रही थी। अभी भी वह घोगा के पायताने ही बैठी थी। उठी और चूल्हे पर पड़े पतीले से चाय ले आयी। चन्द ने उसे अपने पायताने बिठा लिया। जैसे वह सरवण से ऊपर हो। सरवण सिकुड़कर बैठ गया। खाट की मूँज उसे चुभने लगी। उसके दिमाग को गुस्सा चढ़ने लगा। यह वही चन्द है जिसके घर पर कभी रोटी नहीं पकती थी। बाप गुरुद्वारे की रोटियाँ खाता मर गया। अफीम बेच-बेचकर अब साला सरदार बना घूमता है।

ट्रैक्टर लेकर तो और भी अकड़ने लगा है। किस्तों पर खरीदे ट्रैक्टर पर इतना गुमान करते हैं जैसे हवाई जहाज़ खरीद लिया हो। बैठा कैसा है, जैसी सारी खाट उसी के लिए बिछी हो।

"यह तो बहुत ज्यादा है। आधी निकाल ले रूप कौर।" सरवण ने कहा, परन्तु उसके बोलों में जान नहीं थी।

"अरे, पीले आँखें मूँद कर। यह कौन-सी बहुत ज्यादा है।" चन्द हँसा।

उसका इस तरह से कहना और हँसना सरवण को और भी बुरा लगा। उसके अन्दर हीन भावना भरने लगी। जैसे उसके लिए इतनी फालतू पड़ी चाय किसी कुत्ते-बिल्ली को फेंक देने के समान की बात हो। उसने फिर से 'ना' कहा और चन्द की ओर कहर भरी लाल आँखों से झाँकने लगा। उसकी इस नज़र को देख चन्द मुस्कराने लगा। सरवण को यह और भी ज्यादती लगी। रूपो आधी चाय वापस पतीले में निकाल आयी।

"और भई सरवण सिंह, राम के साथ अच्छी निभ रही है तुम्हारी?" चन्द ने उसके साझी होने की बात छेड़ दी।

"ठीक है। राम सिंह का स्वभाव अच्छा है। हमने तो बस काम ही करना है भाई।" सरवण ने सहजता से जवाब दिया।

"आज कैसे आया था?" चन्द ने पूछा। सरवण के लिए यह सवाल तकलीफदायक था, जैसे वह घर का मुखिया हो। वह उठ खड़ा हुआ।

"क्या बात है, जा रहे हो अभी से?" रूपो ने पूछा। वह अभी भी घोगे की पायताने बैठी हुई थी। उसने हाथ उल्टा कर अपनी ठोड़ी के नीचे रखा हुआ था और एक अँगुली उसके गाल में घुसी हुई थी। रूपो का यह अन्दाज़ सरवण को बहुत प्यारा लगा। मगर अब यह अन्दाज़ उसके लिए न रह गया था।

"मैं तो घोगा से मिलने आया था। सोचा, बैठकर बातें करेंगे। आज फुरसत थी। खेत नहीं गया था। और यह पीठ मोड़ कर लेटा हुआ है, बोल ही नहीं रहा।" उसने चलते हुए कहा।

घोगा सब सुन रहा था। उठकर बैठ गया। कहने लगा, "अरे जा कहाँ रहा है? थोड़ा-सा दिन ढल जाने दे। करते हैं अभी कोई बंदोबस्त। बैठ जा।"

"नहीं, बस ठीक है। फिर कभी आऊँगा।" सरवण को काफी गुस्सा आ रहा था। वह तेज़ कदमों से उनका आँगन पार कर के किवाड़ से बाहर निकल गया। उसके जाने के बाद चन्द और रूपो भेद भरे ढंग से मुस्कराने लगे।

घोगा इतना आलसी था कि उससे अपना सिर भी नहीं धोया जाता था। पाँचवें-सातवें दिन जब भी वह सिर सहित नहाता तो रूपो ही उसे नहलाती। उसे पटड़े पर बिठा कर खुद पीढ़ी पर बैठ उसका सिर धोती। दही की लस्सी में सरसों का तेल डाल, सिर पर उसे अच्छी तरह से मल कर उसके बालों से मैल निकालती। पानी से अच्छी तरह सिर धोने से बाद उसके बाल हवा में उड़ने लगते। भीनी-भीनी सी खुशक आस-पास फैल जाती।

रूपो, घोगे को नंगे बदन न बैठने देती, कहती, "कुरता पहन ले। कोई देखेगा तो नज़र लगा देगा।"

वह नहा-धोकर घर से बाहर जाने लगता उसे आँखों में सुरमा डालने को

कहती। घोगा आँखों में एकबार सुरमा डाल देता तो उसे गहरी नज़र से देखते हुए परे थोड़ा-सा थूक देती। उसका विश्वास था कि ऐसा करने से घोगा की सुन्दर आँखों को नज़र नहीं लगेगी।

शराब तो वह रोज पीता था। अब सरवण की जगह चन्द का साझी गहीरा उसका पक्का जोड़ीदार बन गया था। दारू बनाने में तथा दारू निकालने में। चन्द को इस बात की जानकारी थी, मगर वह चुप ही रहता, बल्कि अन्दर ही अन्दर खुश होता कि घोगा सदा इन्हीं कामों में लगा रहता है।

रात देर तक शराब पीने के कारण घोगा सुबह काफी देर से उठता। उठने के बाद चाय पीकर फिर से सो जाता। सोकर उठने पर चाय पीकर खेत का चक्कर लगाने जाता। वापस आने पर रूपो उसे बार-बार नहाने को कहती, मगर वह टाल-मटोल करता रहता। वह उसे पटड़े पर बिठा देती दही में नमक-काली मिर्च डाल कर खाने के लिए देती। कहती, ''ऐसा दही खाने से मन ठीक रहता हे। भूख भी लगने लगती है।''

जाड़े में जब वह सूरज की ओर बैठी धूप सेंक रहा होता तो ऊँची आवाज़ में कहती, ''सूरज की ओर पीठ करके बैठ। इतनी समझ भी नहीं तुझे। समझदार को सूरज की ओर मुँह करके बैठने से रंग काला पड़ जाता है।''

रात को दारू के नशे में घोगा उसे ज़ोर-ज़ोर से गालियाँ देता, ''भैनचोद, कुत्ती। टाँग तोड़ दूँगा मैं तेरी एक दिन। ज्यादा ही उछलती फिरती है। मैं तुझे सीधा करके रख दूँगा।''

रूपो को घोगे की गालियाँ सुन मज़ा आता। वह हँसती भी रहती और उसके काम भी करती रहती।

कई महीनें बीत चुके थे। पिछली फसलें पकने के बाद काटी जा चुकी थीं। अब नयी फसलें पक रहीं थीं। मगर रूपो वहीं की वहीं थी। सरवण के लिए अब वह अजनबी हो चुकी थी। उसे रात को नींद न आती। वह खीझते-कुढ़ते हुए आसमान के तारे देखता रहता। उसे समझ में न आता। वह गालियाँ देता, ''यह साली औरत की जात भी अजीब है। दयाल हो तो सब कुछ लुटा देती है। मुँह मोड़ ले तो, तू कौन, मैं कौन।''

कभी-कभी उसका शक पक्का होने लगता कि अब वह चन्द लुध्धड़ के साथ है। इसी कारण उस दिन कैसे खाट पर पसरा हुआ था। वह ऐसे बातें करता था जैसे रूपो उसी के कब्जे में हो। वह घोगा को गालियाँ देता, ''साले, को ज़रा भी होश नहीं। घर को सेंध लगी हुई हो और आदमी गहरी नींद से सोया रहे। दर-दरवाज़े खुले छोड़ रखे हैं कपूत ने। कोई आये, कोई जाए, कंजर को कोई परवाह ही नहीं।''

एक दिन सरवण में दृढ़ निश्चय कर लिया कि आज वह आखिरी बार उनके घर जाएगा। यदि रूपो अकेली हुई तो सीधी-स्पष्ट ढंग से उससे बात करेगा और पूछेगा कि उसे क्या हो गया है। अब वह उससे सम्बन्ध क्यों नहीं जोड़ना चाहती ?''

वह गया। दोपहर का वक्त था। उनके घर में कोई नहीं था। घोगा मालूम नहीं कहाँ था। उसने शुक्र मनाया कि चलो आज ठीक है। आज बात का निपटारा हो जाएगा।

वह हँसकर मिली। उसे बैठने को पीढ़ी दी। पानी का गिलास दिया। उसे बहुत प्यास भी लगी हुई थी। फिर वह चाय बनाने लगी। उसके पास ही दूसरी पीढ़ी लेकर बैठ गयी। उसके बच्चों का हाल-चाल पूछने लगी। बन्तो के बारे में पूछा। सरवण को वह बहुत अपनी-अपनी लगी। वे एकदम नज़दीक बैठे थे। सरवण ने उसका हाथ अपने हाथ में ले लिया। रूपो ने कोई ना-नुकर न की। मगर अगले ही पल अपना हाथ छुड़ा लिया। आँगन की ओर झाँकते हुए बोली, ''कोई आ जाएगा। यहाँ तो सारा दिन बड़ों के बच्चे घूमते-फिरते रहते हैं। कभी कोई आ जाता है, कभी कोई।''

वे चाय पी चुके थे। सरवण ने काँपती आवाज़ में पूछा, ''क्या हो गया अब तुझे ? तू बोलती क्यों नहीं ?''

''मैं ठीक नहीं। बीमार रहती हूँ।'' उसने बेचारा-सा मुँह बनाकर जवाब दिया और फिर थोड़ा अन्दाज़ से कहने लगी, ''तुम अब हमारे घर न आया करो। चन्द कान लगाये रखता है। उसे शक है हम दोनों पर।''

सरवण का चेहरा फीका पड़ गया। मगर उसने कुछ कहा न। उठकर घर आ गया। घोगा के घर से अपने घर तक वह यही सोचता आया, ''यह साला चन्द कौन होता है, कान रखने वाला। क्यों कान लगाकर रखता है वह ? यह उससे डरती क्यों है ?''

6

चन्द लुध्धड़ के दोनों लड़के उसी समय उठकर खेत गये थे। अभी पौ नहीं फटी थी। उन्हें सिर्फ़ इतना ही मालूम हुआ था कि खेत में लड़ाई हो गयी। यह मालूम नहीं था कि उसके बाप को ही चोट आयी है। वे सीधा ज्वार वाले खेत में ही गये। चन्द धरती पर टेढ़ा पड़ा हुआ था और हाय-हाय कर रहा था। लड़कों ने देखा तो भयभीत हो गये। ये क्या हो गया इसे ? उन्हें मालूम नहीं था कि वह खेत आया हुआ है। वह घर में नहीं था तो लड़कों ने सोचा कि कहीं बैठा दारू पी रहा होगा। जब भी आएगा, माँ से रोटी ले, खाकर सो जाएगा। उसका रोज़ का यही हाल था। हमेशा ही वह तभी घर में घुसता था। जब दोनों लड़के रोटी खाकर सो चुके होते

थे। उस दिन वह बीवी से बस इतना ही कह कर गया कि आज रात वह घर नहीं आएगा। यह नहीं बताया था कि वह खेत जाएगा।

उन्होंने पहले उसे सुराही से पानी निकाल कर पिलाया। चन्द ने कराहते हुए दो घूँट ही पानी पीया। उसे खाट पर लिटा दिया। बड़े लड़के मुख्तार ने पूछा, "बापू, किसने मारा तुझे?" उससे बोला न गया। मगर उसने राम सिंह और सरवण का नाम मुश्किल से बताया।

"बापू, तुम चलकर तो गाँव तक नहीं जा सकोगे?" मुख्तार ने बाप से पूछा। फिर भाई जगतार से कहने लगा, "तुम भागकर गाँव जाओ और ट्रैक्टर के साथ ट्राली जोड़ कर ले आओ। ट्राली में डाल कर इसे जल्दी से ले चलें। इसकी हालत ठीक नहीं लगती?"

उसने फिर बापू से पूछा, मगर चन्द कुछ बता न पाया। उसके बदन के सभी अंग-प्रत्यंग दर्द से बेहाल हो रहे थे। उसकी टाँगों, पसलियों, कमर और सिर में बहुत दर्द हो रहा था। भीतर चोटें खूब लगी थीं। समय निकल रहा था। उसकी तकलीफ बढ़ी जा रही थी। मुख्तार को क्रोध भी बहुत आ रहा था।

सूरज के उभार के साथ जगतार ट्रैक्टर-ट्राली लेकर पहुँचा। दोनों भाई बाप को ट्राली में डाल गाँव ले आये। उसी समय जगतार सरपंच को घर बुला लाया। उनके घर में लोग इकट्ठे होने लगे। बुजुर्ग आदमी उसके अंगों को हाथ लगा-लगा कर देख रहे थे। उसका पूरा बदन चोटों से अटा पड़ा था। दूध में घी तथा हल्दी डालकर उसे पिलाया गया। कुछ ही पलों में उसने सारा बाहर उगल दिया। साथ में लघु भी निकला। सारे घर में दहशत भरा माहौल व्याप्त हो गया, मानो उन्होंने नियत कर उसे मारा था।

सरपंच तथा अन्य लोगों ने सलाह दी कि चन्द को मंडी ले जाया जाए। सरकारी अस्पताल में उसकी जाँच हो। थाने में केस दर्ज़ करवाया जाए। अब तो यही इलाज है। इसकी मलहम-पट्टी ज़रूरी थी। वरना हालत और भी बिगड़ सकती थी।

बिरादरी के चार-पाँच आदमी भी साथ गये। उन्होंने पहले थाने में रिपोर्ट लिखवाई। थाने वालों ने पर्चा दाखिल कर लिया। डॉक्टर ने जाँच की। मुख्तार गाँव से चलते समय काफी रुपये साथ लेकर आया था। उसने जाते ही डॉक्टर को पैसे थमाये। पुलिस को पैसे दिये। डॉक्टर ने ज़बर्दस्त रिपोर्ट लिखी। इरादतन कत्ल का केस बना।

चार दिन चन्द को अस्पताल में ही रखा गया। गाँव जाकर पुलिस ने रामसिंह और सरवण को पकड़ लिया गया। मुख्तार तथा जगतार को मुकदमे की नहीं, बाप की चिन्ता थी। डॉक्टर ने कहा, टाँगों की टूट-फूट तो फिर भी ठीक हो जाएगी, पसली और सिर की चोट बुरी है। बरनाला लिजाकर इसका एक्सरे करवाओ। हालत

बहुत खराब लगे तो लुधियाने ले जाओ। देर ना करो। सिर की चोट बहुत खतरनाक होती है।

बरनाला में उसके कई एक्सरे हुए। दोनों टाँगों की दो-दो जगहों से हड्डियाँ टूटी हुई थीं। बाईं पसली में गहरी चोट लगी थी। माँस अन्दर से फट गया था। सिर में चोट थी, इसलिए मुँह से खून आना बन्द नहीं हो रहा था। बरनाला लड़कों का काफी रुपया-पैसा लग गया। टाँगों पर प्लस्तर लगा दिया गया था। टट्टी-पेशाब बिस्तर पर ही करवाया जाता था। उससे कुछ भी खाया-पिया नहीं जाता था। बस चम्मच से अन्दर कुछ डाला जाता।

गाँव से और पैसे लाये गये। उसे जीप में डाल लुधियाना ले गये। वहाँ अस्पताल में उसकी पूरी जाँच-पड़ताल हुई। सिर की नाड़ी फट गयी थी। इलाज शुरू हुआ। दोनों लड़के लुधियाना में थे। उनकी माँ भी वहीं थी। जंगीरो रोती, मगर चन्द के सामने होती तो आँखें पोंछ कर बात करती।

उधर बरनाला में रामसिंह ने हवालात में सरवण को पीटा। कहने लगा, ''कंजर की औलाद। तुझ से कहा था, इतना नहीं मारना उसे। तूने तो उसके अंग ही तोड़ डाले। अब वह लुधियाना में है। हालत ज्यादा खराब ना होती तो लुधियाना तक ना पहुँचता। अगर वह मर गया, तो दोनों कत्ल के केस में फँस जाएँगे।''

सरवण भी पछताता। कहता, ''मुझे क्या था। रामसिंह, तू ऐसे ही मुझे कोस रहा है। तूने कहा तो मैंने भी लगा दिया। दो अधिक लग गयी होगी। खुद तुमने तो कसर नहीं छोड़ी थी।'' मन में सरवण सोचता, ''भैनचो...कुत्ता जाट...ऊपर से मुझे ही कोस रहा है। साला बड़ा फन्ने खाँ बना घूमता था। एक बार तो मैंने अपनी रंजिश निकाल ही ली। अब चाहे बीस वर्ष के लिए अन्दर हो जाऊँ, कोई बात नहीं।'' कभी-कभी यह भी सोचता, ''मेरा लुघ्घड़ के साथ क्या लेना-देना था। जो भी करवाया उस कुतिया औरत ने करवाया। वह तो अब किसी और पुरुष को फाँस लेगी। हम दोनों को भिड़ा कर रख दिया, उस बदचलन औरत ने।''

जेल में जाकर रामसिंह के कान खुले और दिमाग खुल गया। कहने लगा, ''मेरा तो कोई झगड़ा नहीं था चन्द के साथ। ये तो तुम दोनों का आपसी झगड़ा था। कंजर की औलादो। नम्बरदार की बहू के पीछे गुस्से में आ, उसे जाते ही पीट दिया। औरतें ऐसे ही तो मरवाती हैं आदमियों को। मुझे तब इस बात के बारे में मालूम होता तो तुम्हें क्यों लेकर जाता चन्द के पास। तुमने तो अपनी रंजिश निकाल ली। मैं तो ख्वामहख्वाह रगड़ा गया। खाल के पानी की कौन-सी इतनी बात थी, यह तो भैनचो...तुम्हारा झगड़ा था औरत के पीछे।''

सरवण नजर झुकाये बैठा था। दूसरे हवालाती उनके झगड़े को ध्यान से सुनते। मगर ऊपरी तौर पर हौसला देते। सभी को अपने-अपने मुकदमों की फ़िक्र थी।

दूसरे से किसी का क्या वास्ता था।

लुधियाना अस्पताल में चन्द को दवा और खुराक नलियों के द्वारा ही दी जाती थी। पेशाब के लिए भी पाइप लगायी हुई थी। पुलिस लुधियाना उसके बयान लेने आयी। उसने रिश्तेदारों और पुलिस सभी से कहा कि, ''रामसिंह और सरवण दोनों के पास हथियार थे। दोनों ने खूब पीटा मुझे।'' सरवण का नाम लेते समय वह आह भरता। वह कहता, ''मुझे ठीक हो जाने दे। एक बार खड़ा हो जाने दे मुझे।'' उसकी खबर लेने के लिए गाँव से घोगा और रूपो दोनों लुधियाना आये। रूपो काफी देर तक उसके पायताने खड़ी रही। जंगीरो, रूपो की ओर ध्यान से झाँकते हुए उसके चेहरे से कुछ खास पढ़ने की कोशिश करती। मन में सोचती, ''इस छिनाल ने ही करवाया है सब। बदचलन अब यहाँ भी आ गयी। मालूम नहीं, कितनों के घर बर्बाद करेगी यह छिनाल।''

चन्द लुध्धड़ की हालत दिनों-दिन बिगड़ती जा रही थी। उसके सभी रिश्तेदार उसका समाचार पूछने आये थे। बड़ा लड़का मुख्तार गाँव लौट आया। आखिर किसी ने घर-बार भी तो सँभालना था। पड़ोसी भी कितने दिन पशुओं की सँभाल करते। लुधियाना में जगतार और उनकी माँ जंगीरो थी। दवा और इलाज पर पैसा पानी की तरह लग रहा था। डॉक्टर और नर्स सही हालत नहीं बताते थे। बस मुस्करा कर पूछते, ''ठीक हो रहा है।''

एक रात अभी पौ नहीं फटी थी। चन्द ने नाक से पाइप निकाल दी। उसे ज़बर्दस्त उल्टी आयी। वार्ड के फ़र्श पर खून का छप्पड़ लग गया था। खून में माँस के टुकड़े भी थे। जंगीरो ने पानी लेकर उसका मुँह साफ किया। जगतार भयभीत सा इधर-उधर भागदौड़ कर रहा था। डॉक्टर ने आकर देखना था। मगर वह सुबह आठ बजे आता था।

नर्स आकर फिर से उसकी नलियाँ ठीक करने लगी। चन्द का सिर एक ओर को लुढ़क गया। नर्स भागते हुए ड्यूटी वाले डॉक्टर के पास गयी। डॉक्टर अपनी मस्त चाल से चलता हुआ आया। उसने मरीज को चैक किया। फिर इन्कार में सिर हिला दिया। नर्स ने लम्बी साँस ली। थोड़ी देर के लिए वार्ड में सन्नाटा फैल गया। जंगीरो रोने लगी। जगतार सुन्न रह गया। माँ-पुत्र एक दूसरे को कोई दिलासा नहीं दे रहे थे। वार्ड की बूढ़ी औरतें जंगीरो के पास आ उससे कहने लगी, ''हौसला रख। रोओ न।'' आदमियों ने जगतार को समझाया, ''भाई, लाश गाँव लिजाने का बंदोबस्त करो। रोने से कुछ नहीं होगा। इसकी बस इतनी ही उम्र थी।''

दो बजे दोपहर तक गाँव से कुछ लोग आ गये। मुख्तार ट्रैक्टर-ट्राली ले आया था। चन्द की मृतक देह वार्ड के बरामदे में रखी थी। ऊपर सफेद चादर लिपटी हुई थी। पहले उन्होंने अस्पताल का बिल भरना था। तभी वे मृतक देह लिये जा सकते

थे। मुख्तार सभी इन्तज़ाम करके आया था। सभी चुप थे। ये उनका गाँव नहीं था, जहाँ वे रोते-पीटते। यह हस्पताल था और हस्पताल के कुछ उसूल होते हैं।

दिन छिपते ही वे लोग चन्द की मृतक देह लेकर गाँव पहुँच गये। बिरादरी के लोगों ने श्मशान में सारा इन्तजाम किया हुआ था। चिता तैयार थी।

सारे गाँव में सोग फैला था। मुहल्ले के लोग आपस में बातें करते। लोग चन्द की मौत का अफसोस करते, फिर बातें निकालने लगते। बातों में से इशारा नम्बरदार कुंडा सिंह की छोटी बहू रूपो की ओर जाता। नम्बरदार के घर की तारीफ की जाती और रूपो को बुरा-भला कहा जाता। रूपो छिनाल नम्बरदार की इज़्ज़त को मिट्टी में मिला रही थी।

''रामसिंह का कोई वैर-विरोध नहीं था चन्द से। दोनों के खेत पास-पास थे। मेड़ों का मिटना और पानी की चोरी तो सभी जाटों के साथ लगा रहता है। ऐसे छोटे-मोटे झगड़े तो आपस में होते ही रहते हैं। यह तो सरवण ने रंजिश निकाली अपनी।'' भेदिया आदमी सब जानते थे।

''कैसी रंजिश?'' कोई अनजान आदमी पूछ लेता।

''लो भई, अब इसे कौन बताये।'' कोई कहता, ''अगर कुछ मालूम नहीं तो चुप रह। और दस दिनों तक सब मालूम हो जाएगा। यह कोई लुकी-छिपी बात तो है नहीं।''

पूछने वाला चुप होकर बैठ जाता।

''अरे यार, घोगा में क्या कमी है। जवान आदमी है। उससे सब्र न कर सकी वह।''

''जिसे बेगाना स्वाद पड़ जाए, वह फिर एक पर सब्र नहीं कर सकता।''

''सरवण और चन्द दोनों ही उम्र मे काफी बड़े हैं घोगा से। छिनाल ने फँसाना था तो कोई नया लड़का फँसाती।''

''उम्र को कौन देखता है भले मानुस। उस समय सब एक हो जाते हैं। सुना तुमने।''

''अरे यार नागिन है घोगा की औरत तो। हाथ से फिसल-फिसल जाती है। देखा है कभी उसे चलते हुए। ज़मीन पर पैर नहीं रखती।''

''तू उसके रंग-ढंग देखना चाहता है। देख ले।''

''हमें क्या लेना-देना है।''

''देख लेना। चन्द और सरवण जैसा ही होगा तेरा भी हाल। एक तो जान गवाँ बैठा कुतिया औरत के पीछे। दूसरे की उम्र जेल में ही बीत जाएगी। क्या स्वाद रहा भई?''

रामसिंह और सरवण की ज़मानत ना हुई। वे दोनों बरनाला सब-जेल में ही थे। अब जब चन्द की मौत हो गयी थी। उनकी जमानत होना और भी मुश्किल हो गयी थी। सेशन जज की कचहरी में दो साल तक मुकदमा चला। चन्द के लड़कों ने पूरा ज़ोर लगा दिया। पैसा पानी जैसा बहाया। उनके वकील की कोशिश थी कि रामसिंह और सरवण को फाँसी की सजा हो। दूसरे पक्ष का वकील मेहनती था। वह पैसे पूरे लेता मगर मुकदमा ध्यान से लड़ता। रामसिंह के लड़के मक्खन के पास पैसों की कमी थी, मगर वे ज़मीन के सिर पर आढ़तिये से पैसे उधार लेता रहा। ब्याज की परवाह न की। मुश्किल तो सरवण को थी। सरवण की औरत अपने दोनों बच्चों को साथ ले मायके जा बैठी। कहाँ से लाती वह पैसा। बन्तो के बच्चे पलने लगे। लड़का खेतों में भैंसें चराने जाता। लड़की मामी के साथ घर का काम करवाती।

रामसिंह के लड़के मक्खन ने सरकारी वकील से गठजोड़ कर लिया। इस योजना में उनका वकील भी शामिल था। मुकदमे का फैसला हुआ। जिसमें रामसिंह को चार वर्ष की सज़ा हुई और सरवण को बीस वर्ष के लिए अन्दर कर दिया गया था।

7

लंगड़े की एक इन्द्रिय अधिक होती है। शृंगारा तो छत्तीस घाटों का पानी पिये हुआ था। उसने दुनिया देखी-परखी थी। एक दिन बन्तो को पास बिठा उसने बात छेड़ी, ''तेरी तो बहन, जून खराब हो गयी। कोई बात न बनी। वह साला तो जेल में जा बैठा। दस-बारह सालों तक गया वह।''

''दस-बारह क्यों शृंगारे, बीस साल कहो।''

''नहीं भाई, तुझे मालूम ही नहीं। बीस साल तो कहने के लिए होते हैं। उम्र-कैद कहते हैं इसे। मगर बारह साल तो काटने ही पड़ेंगे। दो साल तो कच्ची कैद में ही निकल गये समझ। अब कम से कम दस साल तो लगेंगे ही।''

''फिर?''

''दस साल। इसमें तो उम्र बीत जाती है।''

''कट जायेंगी भाई, सब्र रख। औरतें सारी उम्र विधवापन काट लेती हैं, मुझसे क्या दस साल नहीं काटे जायेंगे।''

''दस-बारह साल तभी होता है, यदि कैदी का जेल में चाल-चलन ठीक रहे। उसकी तो यही आदतें जेल में भी रहेंगी। वहाँ कोई बदनामी सकेड ली तो कैद की माफी भी फिर बन्द। कभी-कभी तो चौदह-चौदह वर्ष काटने पड़ते हैं फिर।''

बन्तो का दिल काँपने लगा। चौदह वर्ष। उसकी आँखें भर आयीं। बोली, ''मैं तो अब थंमणवाला रहने लायक नहीं रही। घर तो है वहाँ। मगर खाऊँ कहाँ से? अकेली हो तो कोई बात भी है। ये दो पिल्ले भी तो साथ हैं। इनका क्या करूँ?''

जब से मुकदमा आरम्भ हुआ था, चाहे बन्तो रामसिंह के लड़के की तरह खुला खर्च नहीं कर पाती थी। मगर फिर भी कुछ न कुछ तो लगाना ही पड़ता था। पहले वह जस्सी सरपंच से उधार लेती रही। वह बही में उसका अँगूठा लगवा लेता था। जब काफी पैसे हो गये तो उसने बन्तो से एक एकड़ ज़मीन गिरवी रखवा ली। बरनाला मुलाकात करने गयी बन्तो ज़मीन गिरवी रखने के लिए सरवण की सहमति भी ले आयी थी। यूँ ही दूसरा एकड़ भी जस्सी के पास चला गया। बन्तों का उधार काफी बढ़ गया था। अब वह ज़मीन छूटने वाली नहीं थी। कहाँ से छुड़ा सकती थी बन्तो? उसे तो अपनी रोटी की फ़िक्र थी।

''मैं कुछ और सोच रहा हूँ। कहूँगा वही जहाँ तेरा मन मानेगा। आखिर दोनों भाई-बहन हैं एक माँ के बच्चे।''

''हाँ, बता, क्या सोचा है तूने?''

''लड़की तो हमी रखेंगे भई, हम इसे पाले-पोसेंगे और शादी-ब्याह भी करेंगे। लड़के को तुम ले जाओ।'' श्रृंगारे का गला भर आया था, जैसे बेहद दुःखी होकर उसने यह बात कही हो।

बन्तो थर-थर काँपने लगी, जैसे उसका दिमाग सुन्न हो गया हो। उसे कोई समझ में न आया कि शिंगारे ने उससे क्या कहा है। वह उसकी ओर आँखें फाड़-फाड़ कर देखने लगी। शिंगारा ने फिर कहा, ''देख, उसकी करतूतें तो पहले से ही काफी खराब थीं, कैद से बाहर आकर भी उसकी आदतें वही रहेंगी। अब वह सुधरने वाला नहीं। जब तू ब्याह के गयी थी, कितना तंग करता रहा है वह तुझे। अब कैद भी हुआ है तो अपनी उन्हीं करतूतों की वजह से ही। बारह साल वह वापस नहीं आएगा। बारह साल खुद को विधवा समझ ले।''

बन्तो उसकी ओर सिर्फ़ झाँक रही थी। कभी-कभी आँखें झपकाती। कभी आँखें चौड़ी कर शिंगारे को ताकने लगती, जैसे उसे वह कोई अजूबे भरी बातें कर रहा हो।

घर में कोई और था नहीं। उसकी माँ गाँव में कहीं गयी हुई थी। शिंगारे की घरवाली कई महीनों से मायके में थी। दोनों बच्चे भी उसके साथ थे। अब घर में सिर्फ़ बन्तो थी या शिंगारा। बन्तो की लड़की नानी के साथ ही गयी हुई थी। बन्तो के दोनों बच्चे दस-दस, बारह-बारह वर्ष के थे। लड़की बड़ी थी।

बन्तो ने अधिक देर तक इन्तज़ार करना नहीं चाहा। उसका मन किया कि

शिंगारा जल्दी से बात खत्म करे। ऐसे पहेलियाँ ना डाले। इतने में लेखिये साधु ने दरवाजे पर आकर 'अलख निरंजन' कहा। शिंगारा ने अपनी बैसाखी सँभाली और खड़ा हो गया। बन्तो कहने लगी, "तू बैठ, मैं इसे आटा देकर आयी।" शिंगारा ने कहा, "नहीं, मैं अब चलूँगा। मैंने बाबा से भी एक बात करनी है। तुम कटोरे में आटा डालकर मुझे दे दो।"

शिंगारा साधु को आटे की कटोरी उड़ेलने जा रहा था। एक हाथ में कटोरी और दूसरे हाथ में बैसाखी। बैसाखी और लकड़ी की टाँग धरती पर ठक-ठक कर बज रही थी। साधु को आटा देने के बाद भी वह वहीं खड़ा रहा। साधु ने प्लास्टिक की थैली में लपेटी हुई कोई चीज़ उसे पकड़ायी और शिंगारे ने अपनी खद्दर की जैकेट से कुछ रुपये निकालकर उसे पकड़ा दिये।

वह आटे की कटोरी शिंगारे को दे फिर से चौकी पर बैठ गयी थी। जितनी देर में वह उसके पास दुबारा आकर ना बैठी, उतनी देर में बन्तों ने काफी कुछ सोच लिया। शादी के बाद से लेकर सरवण के कैद होने तक इन सभी वर्षों का दृश्य उसकी आँखों के सामने घूम गया। इस सरवण के घर पर आकर बन्तो ने एक दिन भी सुख का नहीं भोगा था। कष्ट ही कष्ट सहे थे। ये दो बच्चे मालूम नहीं कब उसके पेट में पड़ गये। नहीं तो कब चाहा था सरवण ने उसे। उसने तो बस ऐब ही कमाये थे। उस डायन रूपो के पीछे लगकर उसकी जून खराब की थी। कैसे चंडाल स्त्री के घर पर वे सामान लेने जाती रही, मानो कोई भिखारिन हो।

जब शिंगारा धरती पर लकड़ियाँ खड़काते उसकी ओर आ रहा था तो उसने बेहद ध्यान से शिंगारा की ओर देखा। यह व्यक्ति जो उसका सगा भाई है, उसके साथ कोई धोखा तो नहीं कर रहा? क्या सचमुच वह उसका भला चाहता है? अपनी बहन का भला कौन भाई नहीं चाहेगा?

शिंगारा खाट पर बैठते ही बताने लगा कि मौड मंडी में उसका एक मित्र है। वे इकट्ठे कबड्डी खेलते रहे हैं। उसकी घरवाली मर गयी है। पीछे एक लड़की छोड़ गयी है। लड़की होगी करीब चौदह-पन्द्रह बरस की। उस व्यक्ति की उम्र होगी चालीस से ऊपर। वह कोई अधिक बड़ा नहीं है। आदमी अगर दस साल भी बड़ा हो तो कोई फ़र्क नहीं पड़ता। कहते हैं मर्द और घोड़ा कभी बूढ़े नहीं होते। उसके पास काफी ज़मीन भी है। हिस्से-ठेके पर देता रहता है। स्वयं उसने कभी खेती-बाड़ी का कोई काम नहीं किया। फौजी रहा, फौज की पेंशन भी लेता है। वह उसके घर पर मौज़ करेगी। कहने लगा, "देख लो, अगर तुम्हारा मन मानता हो तो?"

"लड़की तंग करेगी। ये लड़कियाँ सौतेली को बसने नहीं देतीं। सौतन बन कर बैठ जाती हैं।" बन्तो ने कहा।

उसकी इस बात से शिंगारा को यह यकीन तो हो ही गया कि बन्तो मौड़

मंडी जाने के लिए तैयार है। कहने लगा, ''लड़की का कोई दु:ख नहीं, मगर लड़के का दु:ख होता है। लड़की तो एक दिन ब्याही ही जाती है। लड़की तो पराये घर चली जाती है। मोह-प्यार रखेगी तो आती-जाती रहेगी, नहीं तो अपनी माँ को याद किया करेगी।''

''देख लो भाई, तुम कौन सा मुझे कुएँ में धकेलना चाहोगे। मेरा अच्छा ही करोगे।'' बन्तो के चेहरे पर घोर उदासी थी। उदासी और घुप्प अँधेरे वाले रास्ते पर कभी-कभी उसकी आँखें झपकती भी थीं। उसे यकीन होने लगा कि आने वाले दिन उसके लिए अच्छे ही आएँगे।

अगले दिन सुबह ही वह मौड़ मंडी के लिए चल दिया। कोई अधिक दूर भी नहीं था। ख्याला के अड्डे से रामपुरा फूल की ओर जाती सीधी बस मिल गयी। उस बस ने वाया मौड़ मंडी जाना था।

उनका मकान मंडी से थोड़ा हटकर मौड़ कलां गाँव में था। शिंगारा ने बस अड्डे से रिक्शा ले लिया। उसके लिए चलना मुश्किल भी था। मकान के आगे रिक्शा खड़ा हुआ तो खड़ाक की आवाज़ सुनकर लड़की दरवाज़े पर आ खड़ी हुई। लड़की काफी बड़ी नज़र आ रही थी। यह तो बीस वर्ष से ऊपर होगी। शिंगारा ने अन्दाज़ा लगाया। उसने ऐसे ही चौदह-पन्द्रह बरस बन्तो से कह दिया था। चलो, लड़की की उम्र से बन्तो को क्या लेना-देना। बड़ी हो या छोटी, उसने तो एक दिन घर से चले ही जाना है।

गंडा सिंह अन्दर बैठक में चारपाई पर लेटे हुए जालंधर रेडियो सुन रहा था। उसका यही काम था। सुबह-सुबह उठकर वह खेतों में शौच इत्यादि के लिए जाता। आकर नहा लेता। फौजी रहन-सहन था उसका। नहा-धोकर दूध के गिलास संग नाश्ता करता। फिर कहीं न जाता। दोपहर के खाने तक रेडियो सुनता रहता या अख़बार पढ़ता। खाना खाने के बाद सो जाता। तीसरे उठ कर चाय पीता। शाम को दो पैग पीकर रोटी खा लेता। यही नित्य कर्म था उसका। घर का सारा काम लड़की करती। वह तो बस नहा-धो, दाढ़ी इत्यादि बाँध कर अखबार पढ़ता और रेडियो सुनता रहता। शिंगारा को बैसाखी की आवाज़ सुनकर वह बैठक से बाहर निकल आया। उससे गले मिला। उसे खुशी हुई कि शिंगारा अपने वायदे का पक्का निकला और नियत दिन पर आ गया। उसे बैठक में लिजाकर गंडा सिंह ने रेडियो बन्द कर दिया। उसे कुर्सी पर बिठा, उसके लिए पानी लेने चला गया। लड़की से चाय बनाने को भी कह दिया। दोपहर के खाने का अभी समय नहीं हुआ था।

''लो भई गंडासिंह, तुम्हारा काम हो गया।'' शिंगारा ने बैठते ही उसे सूचना दी।

''अच्छा भई, बल्ले तुम्हारे। तुम्हारे बगैर कौन कर सकता था। शाबाश भाई।''

वह शुक्र मना रहा था। कहने लगा, ''फिर चाय की क्या ज़रूरत है। रम की बोतल पड़ी है, पीते हैं। साथ में खाना भी खा लेंगे।''

''नहीं चाय पिएँगे। थके पड़े हैं। साथ में पहले बात भी कर लें।''

''कौन है?'' गंडा ने जल्दी ने पूछा।

''तुम्हें बताया तो था। भई बहन है मेरी सगी। और कौन होगी यार। धोखेवाली बात नहीं।''

''यदि तुम्हारी बहन है, पैसे कैसे फिर? बहन के पैसे?'' गंडे ने मन में सोचा। फिर सोचने लगा, ''होगा कोई इनका हिसाब-किताब।''

''खैर...'' उसने पूछा, ''जिससे पहले ब्याही हुई है, वह कोई ऐतराज़ न करे?''

''वह क्या ऐतराज़ करेगा। वह तो जेल में बैठा है। बारह-चौदह बरसों बाद आएगा। तब तक उम्र बीत जाएगी लड़की की। बाहर आकर भी वह कौन सा करिश्मा कर लेगा। निकम्मा है एक नम्बर का। नशे-पत्ते और बुरी आदतों का मारा हुआ है।''

''बुरी आदतें क्या?''

''चलो छोड़ो वह सब। यह बता कि रकम तैयार है क्या?''

''पैसे तो बँध कर रखे हुए हैं। जितने तुमने कहे थे।''

''पहले वह पकड़ा दो मुझे। मैं ज्यादा देर तक नहीं बैठूँगा तुम्हारे पास। वापस जाऊँगा।''

''क्यों?''

''और भी एक काम है। काम बहुत गले पड़े रहते हैं मेरे। आना-जाना पड़ता है कई जगहों पर। एक इस टाँग ने मेरा खून पी लिया है। गर मेरी टाँग ठीक होती तो मैं पहाड़ खोद कर भी ले आता तुम्हारे लिए।''

''क्यों कंजर के। पहाड़ क्या करना है मुझे। मुझे तो औरत चाहिए।'' गंडा खुश था। हँसने लगा।

चाय के गिलास मेज़ पर आ गये। लड़की रख गयी थी। गंडा सिंह अन्दर कमरे में गया और नोटों की गड्डियाँ थैले में डालकर ले आया। शिंगारा ने गड्डी गिन ली। नोट पूरे थे, जितने तय किये गये थे। कुरते के अन्दर खद्दर की जैकेट की ज़ेबों में उसने आधी-आधी गड्डी करके डाल लीं और निश्चिन्त होकर चाय पीने लगा। सफाई देने लगा, ''तुम सोचते होगे, मैंने अपनी सगी बहन के पैसे क्यों लिए? यह बात नहीं है। उस बहन के पास तो कुछ भी नहीं था। यह बात पहले ही बहन से तय हो गयी थी। मैंने मुकदमे का खर्च लिखवाकर रखा है। ये तो बस वह खर्च की हुई रकम है। मैं भी बाल-बच्चेदार आदमी हूँ।''

''बहन की सहमति है?'' गंडा ने पूछा। चाय पीकर गिलास उसने एक ओर रख दिया।

''कल शाम को हमने फैसला किया। मैंने और बहन ने बैठकर सारी बातों पर विचार-विमर्श किया। फिर आधी रात तक बेबे भी हमारे साथ बैठी रही। हमने आपस में बात की। बहन एकदम तैयार है। तुम कोई फ़िक्र न करो। तुम्हारे साथ कोई धोखा नहीं होगा।''

गंडा फ़ौजी ने अभी तक अपनी बेटी का कहीं कोई रिश्ता इत्यादि नहीं किया था, क्योंकि उसके खाने-सँभाल का कोई और प्रबन्ध नहीं था। बन्तो आयी तो लड़की को भी छः महीने के अन्दर-अन्दर गंडा सिंह ने ब्याह दिया। सौतेली आने के बाद उसकी शादी ज़रूरी भी थी। कहने लगा, ''मैं ही पालना करूँगा। इसका शादी-ब्याह करूँगा। यह बस मेरी बेटी हो गयी अब।''

बन्तो सुलझी हुई औरत थी। वह बसने वाली स्त्री थी। उसे फौजी के घर पर ढंग से खाना-पीना मिलने लगा। पहनने को कपड़ों का अन्त ही नहीं था। उसके बेटे के भी दिन बदल गये थे। गंडा को वह बापू कहने लगा। गंडा भी उससे प्यार करता, जैसे उसके अपने लड़के को ही भगवान ने उसके पास भेज दिया हो। गंडा की उम्र उस समय पचास बरस की थी। उसके पहले दो लड़के हुए थे। दोनों मर गये थे। फिर तीसरी लड़की पैदा हुई थी। लड़की थोड़ी सी बड़ी हुई तो लड़की की माँ मर गयी। उसे कैंसर था। तब कैंसर का कोई इलाज भी नहीं था।

बन्तो ने कई वर्षों के पश्चात् बताया कि सरवण के मुकदमे पर तो रकम उसने खुद ही लगाया था। दो किल्ले जो ज़मीन थी, वही इसी कारण गिरवी रखनी पड़ी थी। शिंगारा ने तो कभी एक इकन्नी भी खर्च नहीं की थी। वह तारीख पड़ने पर कभी-कभी आता ज़रूर था, मगर खर्च बिलकुल नहीं करता था।

फौजी को बेहद बुरा लगा। शिंगारा साला कैसा आदमी है। किस मिट्टी का बना हुआ है वह। उसने अपनी सगी बहन ही उसे दस हज़ार में बेच दी थी।

उधर बन्तो की लड़की ख्याला में काफी जवान हो गयी थी। बन्तो को तसल्ली थी कि उसका भाई शिंगारा उसकी शादी करेगा। वह किसी अच्छे घर जाएगी। उसे शिंगारा की दस हज़ारवाली कहानी के बारे में मालूम नहीं था। गंडा सिंह चाहता था कि बन्तो को यह बात कभी न बतायी जाए। यदि उसे मालूम हो गया तो उसे बेहद बुरा लगेगा, मगर फिर भी फौजी के मन में एक बात आती कि शिंगारा अब बन्तो की लड़की के साथ भी अच्छा नहीं करेगा। उसके मुँह को खून लग चुका है। जब वह अपनी सगी बहन के पैसे ले सकता है, फिर बहन की बेटी उसकी क्या लग सकती है?

8

सरवण अब संगरूर जेल में था। रामसिंह की कैद खत्म हो गयी। वह तो पिछले वर्ष ही छूट कर घर आ गया था।

उड़ती-उड़ती खबर जेल भी पहुँच गयी। सुनकर सरवण सुन्न रह गया। जेल के खेतों में अब उससे काम नहीं होता था। साथी कैदी पूछते, ''क्यों भई, क्या हुआ तुम्हें? तुम अपना मुँह सुजाकर क्यों बैठे हो?''

''अरे भाई, यह पूछो, क्या नहीं हुआ? मेरा तो सब कुछ ही चला गया।''

''अरे भाई, क्या हो गया?''

''मैं गृहस्थ नहीं रहा अब।''

''वह कैसे?''

''घरवाली को उसके मायके वालों के कहीं और बिठा दिया। मेरे दोनों बच्चे भी साथ चले गये उसके। अब तुम्हीं बताओ, क्या बाकी रह गया?'' वह उनकी ओर आँखें फाड़-फाड़कर देखता और देखता ही रहता। जैसे ये कैदी उसकी समस्या का हल बताएँगे।

वह बहुत दुखी था। उसे लगता, उसके पैरों के नीचे से ज़मीन खिसक रही हो। जैसे किसी दिन आसमान टूट कर उसके सिर पर टूट पड़ेगा। गाँव में अब उसका कुछ भी नहीं रह गया था। न बीवी, न ज़मीन, न बच्चे। घर पर भी ज़रूर किसी रिश्तेदार ने कब्ज़ा कर लिया होगा। ज़मीन दो किल्ले है, जस्सी सरपंच के पास गिरवी है। सरपंच अब इस ज़मीन को छोड़ेगा भी नहीं। न गिरवी की रकम चुकायी जा सकेगी और ना ही ज़मीन छूटेगी। जस्सी वैसे भी परदेसी है और बुरा आदमी भी। अब यह दो किल्ले तो रह गयी उसी के पास ही। सरवण का दिल बेचैन होने लगता। उसका दिल करता कि वह भाग कर थंमणवाला जाए और सारी बात का पता लगाये। उसने एक दिन जेल-सुपरिन्टेडेंट के पास अपना दुखड़ा भी रोया। परन्तु सुपरिन्टेडेंट भी क्या करता। वहाँ तो सभी ओर ऐसी ही कहानियाँ फैली हुई थी। जेल में देवता कहाँ आता है। सभी के अपने-अपने दुःख होते हैं, अपने-अपने जुर्म होते हैं।

इन दिनों में जस्सी सरपंच भी पूरी अकड़ में था। गाँव में लगभग सभी लोगों पर उसका दबदबा था। मुहब्बत भी पूरी रखता। बहुत मीठा बोलता। शराब नहीं पीता था। मगर पूरा चुस्त और मज़बूत था। पुलिस से बनाकर रखता। रोड़ूशाह मंडी के थानेदार को वह 'महीना' देता। थानेदार भी उसकी सिफारिशें मानता। गाँव के लोगों के काम जस्सी के सिर्फ़ कहने भर से ही पूरे हो जाते। असल में जस्सी मध्यस्थता करते समय पुलिस को पैसे दिलवाता था। पैसे से सभी काम आसानी से हो जाते हैं।

वह अफीम तो बेचता ही था, अब भुक्की भी देने लगा था। भुक्की की बोरी घर में भर कर रखता। सरपंचनी कटोरियों से माप कर भुक्की बेचती। जस्सी ने मोटरसाइकिल भी ले लिया था। पहले घोड़ी रखता था। घोड़ी बेच दी, मोटरसाइकिल ले लिया था।

जस्सी जब कभी गाँव से बाहर जाता, एक आदमी साथ रखता। उसे अपनी बारह बोर दुनाली बन्दूक पकड़ा कर अपने पीछे बिठा लेता। मोटरसाइकिल वह बहुत तेज़ चलाता था। शिकारी निगाह थी जस्सी की। शिकारी कुत्ते जैसी ही उसके शरीर में फुर्ती थी।

जब वह लिहल खुर्द से थंमणवाला आया था, उसके पास कुछ भी नहीं था। बस इतना था कि वहाँ लिहल खुर्द उसकी शादी हो गयी।

लहिरा भागा के सरकारी हाई स्कूल से उसने दसवीं पास कर ली थी। उसे कोई नौकरी तो ना मिल सकी। वह घर में ही दूसरे आदमियों के साथ खेती का काम करवाने लगा। कभी भैंसों का काम उसके गले पड़ जाता। वह अपने बाप मैंगल की भाँति ही अच्छा कामगार था। बलवंत सिंह अभी जीवित था। वह बोलता तो बेशक था, मगर जस्सी से बेहद स्नेह करता था। कभी-कभी कुछ बोलता था। बलवंत सिंह जब भी उससे कोई बात करता, जस्सी लिहल खुर्द रहने की सहमति देता था।

बलवंत सिंह ने जसमेल कौर की बात मान ली। इसलिए जस्सी का रिश्ता भी तय हो गया। बलवंत सिंह ने लड़की के बाप को पक्का यकीन दिलाया कि यह लड़का उनके अपने पुत्रों जैसा ही है। इसके नाम दो किल्ले ज़मीन लगवायी हुई है। वसीयत की हुई है। उसकी मृत्यु के पश्चात् यह ज़मीन जसवंत को मिल जाएगी। वसीयत का कागज़ बलवंत सिंह ने लड़की के बाप को दिखा भी दिया। सुनाम के नज़दीक गाँव छाजली में जस्सी का रिश्ता तय हुआ था। जसमेल कौर ने बड़े चाव से उसकी शादी की। बहू को सारे कपड़े गहने दिये। जस्सी की बारात गयी। मगर कुछ ही दिनों के पश्चात् जस्सी की बहू करतारो का मन उखड़ने लगा। एक तो घर की औरतें तथा गाँव की स्त्रियाँ ऐसी अजीब सी भाषा बोलतीं कि करतारो का दिल डूबने लगता। उस गाँव में छाजली जैसे गाँवों के समान मोह-प्यार नहीं था। दूसरा कारण था, जब उसे मालूम हुआ कि जस्सी के नाम पर कोई ज़मीन-जायदाद तो है नहीं, सिर्फ़ बातें ही बातें हैं, तो करतारो उदास हो गयी। वह कम उम्र की थी, मगर काफी अक्लमंद थी। वह सोचती, यहाँ तो अपना कुछ भी नहीं। भाड़े की दूकान की तरह बैठे हैं। काम करते हैं और रोटी खा लेते हैं। यहाँ तो अपना कुछ भी नहीं।

उन दिनों में ही बलवंत सिंह की मृत्यु हो गयी। वह कुछ वर्षों से बीमार रहने लगा था। उम्र भी सत्तर से ऊपर थी। जो वसीयत उसने करवायी थी, वह

जस्सी के पास नहीं थी। घर में ही कहीं रखी थी। जसमेल कौर को भी मालूम नहीं था। जस्सी ने भी कभी ध्यान नहीं दिया था। कभी-कभी करतारो उसे उकसाती कि उस कागज़ के बारे में मालूम तो करो। जसमेल के पास है या कहाँ है। बापू तो रहा नहीं। अब दो किल्ले उनके नाम चढ़ सकती है। जस्सी ने दो बार बेबे से इस बारे में बात चलायी भी। बेबे ने इस बात को सरसरी सा लिया। कह देती, ''पूछती हूँ लड़कों से। उन्हें ही मालूम होगा। बहुएँ तो कुछ बताती नहीं।''

इस दौरान कई महीने निकल गये। जसमेल कौर, बलवंत सिंह से उम्र में चार-पाँच वर्ष बड़ी थी। बलवंत सिंह के जाने के बाद उसका अपना शरीर भी जवाब देने लगा। वह भी बीमार रहने लगी। उसे मोटापे की बीमारी थी। दिनों-दिन उसका शरीर भारी होता जाता था। थोड़ी दूर चलती तो साँस फूलने लगता। उसके घुटने उसके शरीर का भार सँभाल न पाते। इसलिए घुटने दुखते ही रहते। घी-दूध कई वर्षों से बन्द था। फूला हुआ शरीर ऊपरी तौर पर तो ठीक-ठाक लगता, मगर वैसे बेबे एकदम खोखली हो चुकी थी। फिर वह भी मर गयी।

बलवंत सिंह तथा जसमेल कौर ही जस्सी को रखने वाले थे। उन्हें ही जस्सी से मोह था। बलवंत सिंह के पुत्र तथा बहुएँ तो जस्सी करतारो के साथ बोलती-चालती थी नहीं तो क्या लगते थे वे किसी के। उनका वहाँ क्या था। जस्सी के पैदा होते समय मुसलमानों के टूटे मकान में पक्की बैठक जो सरदारो को दी गयी थी, वही बैठक अब जस्सी के कब्ज़े में थी। बैठक में उसकी माँ का सामान ज्यों का त्यों पड़ा था। करतारो अपनी सास का सारा सामान प्रयोग में लाती और उसे याद करती रहती। कैसी रही होगी वह। करतारो ने उसे देखा नहीं था। जसमेल कौर की बहुएँ करतारो को सरदारो की बातें बताती थीं।

जस्सी ने एक दिन थंमणवाला जाने का निश्चय कर लिया। वह कई दिनों से करतारो से इस बारे में विचार कर रहा था। जस्सी ने लड़कों संग बात की और वे कहने लगे, ''थारी मर्ज़ी है जसवंत म्हारी तरफ से तो चाहें और रही चाल। ऐठे थानूँ रोटी का गाटा नहीं। कपड़े-लत्ते का गाटा नहीं।''

करतारो ने बहुओं से बात छेड़ी तो उनका भी यही जवाब था, ''तौ अपना देखो भाई। हम के कह सके थम को। हम्मां तो थानूँ रखकर राजी आँ।''

ट्रैक्टर-ट्राली उनके घर के थे। कुछ ही सामान था। ट्राली के एक ओर ही टिक गया। जस्सी तथा करतारो ड्राइवर के पास मडगार्ड पर बैठ गये। लड़कों ने माँ-बाप की लाज रखी आर ट्राली में एक भैंस भी चढ़ा दी। यह भैंस दूध भी देती थी। नया दूध था, मगर कोई बछेरा नहीं था।

वे थंमणवाला आये तो मैंगल ने शुक्र मनाया। जस्सी को इस बात का गहरा अफसोस हुआ कि ताई प्रसिन्नी नहीं रही थी। उसकी उम्र तो अस्सी से भी ऊपर

थी। जस्सी अब समझदार था। सोचने लगा कि जितने लोग भी चाहने वाले हैं, सभी एक-एक करके इस संसार से विदा होते जा रहे हैं। बलवंत सिंह गया, बेबे जसमेल कौर गयी और अब ताई प्रसिन्नी भी चली गयी। वह सोचता, यदि वह जीवित रहती तो करतारो को देखकर कितना खुश होती। फिर तो वह दो तीन बरस और निकाल जाती।

इतना बड़ा मकान देख कर करतारो बेहद खुश हुई। लिहल खुर्द तो उसके पास एक बैठक ही थी। यहाँ गली की ओर दो बैठकें थीं। अन्दर एक बड़ी सबात थी। आँगन के एक ओर रसोई थी। आँगन पक्का था। सारा मकान ही पक्का था। मकान के एक ओर भूसे वाली सबात तथा पशुओं को खड़ा करने के लिए लम्बा बरामदा भी। यह इतना बढ़िया मकान जस्सी के ताऊ धौंकल ने कभी बड़ी रीझ से बनवाया था। मगर उनके घर पर कभी औलाद ही नहीं हुई। मैंगल की औलाद जसवंत सिंह ही इस मकान का मालिक था।

उनके पास अपनी कोई ज़मीन नहीं थी। वे पहले दिन से ही भूमिहीन थे। धौंकल तथा मैंगल तो ऊँटों का व्यापार करते थे। अब जब जस्सी गाँव आया, मैंगल किसी जाट का सहयोगी था। उसकी उम्र भी साठ के आस-पास होगी, मगर वह मजबूत शरीर का था। बाप-बेटे ने सलाह कर अगले वर्ष किसी की ज़मीन हिस्से पर ले ली। उनके पास बैल या ऊँट भी कोई नहीं था। ज़मीन उन्होंने किसी से ट्रैक्टर लेकर बो-बीज ली थी। गाँव में अब कई ऐसे ट्रैक्टर थे, जो घंटों के हिसाब से पैसे लेकर अन्य खेतों में काम करने जाते। ज़मीन की गुड़ाई बुआई करते और खेतों में खड़ी की खाद भी डाल देते।

पहले ही साल उनका नरमा अच्छा हुआ था। नाले का पानी लगता था। ज़मीन में बोरिंग भी किया हुआ था। इंजन मालिकों का था। गेहूँ के ढेर भी लग गये। मालिकों ने अगले वर्ष भी ज़मीन उन्हें ही दे दी। खेतों में जस्सी काम करता और करतारो उनकी रोटी लेकर आती। मैंगल को लगता कि वह भी लोगों के बीच खड़े होने योग्य हो गया। वह भी जाट-किसान है। सीरी (सहयोगी) होने पर तो उसकी जून मज़बी-रामदासियों (अदलितों) जैसे ही थी।

पहले वर्ष जब जस्सी गाँव आया था तो मैंगल बहू-बेटे को लेकर दुल्ले की ढाब (बावड़ी) लेकर गया। बाबा दुल्ला की समाधि पर उन्हें माथा टिकाया और शीरनी बाँटी। जस्सी ने सब सुन रखा था कि उसकी माँ सरदारो इसी बाबा दुल्ला की घरवाली थी, जिसे उसका बाप मैंगल गाँव से निकाल ले गया था। वे लिहल खुर्द जाकर सरदारो की कोख से पैदा हुआ था। ये सारी बातें जस्सी ने करतारो को भी बता दी थीं। लिहल खुर्द बेबे जसमेल कौर की बहुओं ने करतारो को सब कुछ बता दिया था। जस्सी के लिए यह अब आम बात हो गयी थी। उसकी उम्र चाहे

तीस-बत्तीस बरस की थी, मगर इतनी छोटी उम्र में ही उसे दुनिया के बारे में काफी कुछ मालूम हो चुका था। वह दसवीं पास था। अक्षर-ज्ञान का जानकार था। ज्ञान की कुछ किताबें भी उसने पढ़ी हुई थीं। उसके स्कूल का ज्ञानी-मास्टर ये किताबें उसे पढ़ने को देता था। जस्सी को मालूम था, इस दुनिया में माँ के धर्म तथा जाति को कोई नहीं पूछता। धर्म जाति तो बाप से होती है। जो बाप का धर्म, वही पुत्र का धर्म। जो बाप की जाति, वही पुत्र की जाति। पीठ पीछे जस्सी को गाँव में सभी बाजीगरनी का लड़का कहते, मगर मुँह पर उसे किसी ने कुछ भी नहीं कहा था। सभी जसवंत-जसवंत कहते। मैंगल उसे जस्सी कहता था। तो उसके मुहल्ले-इलाके के लोग भी उसे जस्सी कहने लगे। जब वह और करतारो पहले दिन ढाब पर बाबा दुल्ला की समाधि पर माथा टेकने गये थे तो जस्सी ने बाबा दुल्ला को कोई साधु-महात्मा समझ कर ही माथा टेका था। साधु-लोगों का दुनियादारी से कोई वास्ता-राबता नहीं होता। वे तो भगवान के बन्दे होते हैं। उनके लिए सभी मनुष्य एक ही हैं और पापी लोग बख्शने योग्य हैं। मैंगल स्वयं कभी-कभी दुल्ला की ढाब पर चक्कर लगा आता था। वहाँ समाधि पर माथा टेक कर कितनी देर वहाँ नजरें झुकाए बैठा रहता। पुराने आदमी सोचते कि मैंगल अपनी भूल का पश्चाताप कर रहा है। यहाँ तक कि लोग यह भी सोचते कि दुल्ला खुद भी गुनाहगार था। बड़ी उम्र में नयी जवान उम्र की स्त्री को घर में लाकर उसने गुनाह ही तो किया था।

करतारो के पहले लड़का हुआ। लड़के के बाद एक लड़की भी। फिर एक और। तीन बच्चे हो गये तो परिवार की ज़रूरतें भी बढ़ने लगीं। खेती के काम में इतनी आमदनी नहीं थी। मुश्किल से ही गुज़ारा होता था। धीरे-धीरे जस्सी को मालूम हुआ कि मैंगल स्वयं अफीम खाता भी है और बेचता भी है। यही कारण था कि मैंगल की ज़ेब में हर समय नोट रहते थे। वह जस्सी के बच्चों को पैसे देता रहता था। करतारो को भी चोरी से पैसे देता। करतारो यह सब जस्सी को बता देती। फिर धीरे-धीरे बाप-बेटे में यह बात खुल गयी। फिर तो जस्सी खुद यह धन्धा करने लगा। कुछ दिनों में ही उसने मोटरसाईकिल ले लिया। थंमणवाला में ही नहीं, वह अन्य गाँवों में भी अफीम देने लगा। उसने तो यहाँ तक कि गाँवों में एजेंट पैदा कर लिए। खुद बड़ा एजेंट बन गया। रात-बिरात जीप आती और उसे इकट्ठा माल दे जाती। उसे इस धन्धे के सभी ढंग-तरीके समझ आने लगे थे।

9

जिस वर्ष जस्सी करतारो को लेकर थंमणवाला आया, मैंगल उसके बाप का मकान पक्का तो था, मगर यह मकान घर जैसा दिखाई नहीं देता था। लगता था, आँगन

कभी भी सँभाला नहीं गया था। बैठक तथा सबात की छतों पर मकड़ी के बेशुमार जाले थे, जैसे यह घर मकड़ियों का ही बसेरा हो। दीसरों पर नीला रंग डाल कर सफेदी किए कई दशक बीत गये थे। सफेदी अब कहीं नज़र नहीं आती थी। सभी स्थानों पर मक्खियों का कूड़ा था। ट्रंक, सन्दूक, खाटें, बिस्तरे, भांड़े-बर्तन सभी पर धूल जमी थी। बड़े बर्तनों में ही सामान डाल कर मैंगल रखता था, बर्तनों के मुँह पर फटे-पुराने कपड़े बँधे होते और उस पर ढक्कन दिये होते। इन कुजजे-तपलों में ही समायी थी मैंगल की सारी कबीलदारी। खांड, गुड़, चाय, दालें, चावल और मिर्च-मसाला। असली अर्थों में मैंगल का यह मकान एकदम उजड़ा हुआ घर था। घर में कोई पशु इत्यादि नहीं था। मैंगल दूध का गिलास दूकान से खरीद लाता और चूल्हे में आग जलाकर चाय बना लेता। रोटी काम करने वाले जाटों के घर पर खाता। पिछले पहर की चाय भी उनके घर पर ही पीता था। सुबह की हाज़िरी (नाश्ते) के साथ ही चाय मिलती, मगर तड़के-तड़के एक बार चाय वह अपने घर पर अवश्य बनाता। सुबह सवेरे चाय पिये बगैर उससे उठा नहीं जाता था। उसकी उम्र भी तो काफी हो चुकी थी। शरीर टूटता रहता। घर का नल कब का बन्द हो चुका था। चाय बनाने के लिए पानी की ज़रूरत पड़ती। पानी की बाल्टी वह पड़ोसियों के घर से भर लाता था।

जस्सी मैंगल की तरह पैसों का त्यागी नहीं था। लिहल खुर्द छोड़ने के समय मैंगल तो अपने साथ कम ही पैसे लाया था, वही था बस जो बलवंत सिंह तथा जसमेल कौर ने उसे दिये थे। मगर जब से करतारो जस्सी के पास थी, वह पैसे जोड़ने लगा था। जब उन्होंने लिहल खुर्द छोड़ा, करतारो के पास काफी रकम थी। अब थंमणवाला आकर कुछ दिनों में ही उसने ससुर के मकान को झाड़-पोंछ कर एकदम चमका दिया था। दीवारें तथा छतें झाड़ दी थीं, बल्कि रोड़ूशाह मंडी से आदमी बुलवाकर दीवारों पर सफेदी भी करवा दी थी। छत ईंट-वालों की थी। बल्लियों को और ईंटों को रंग करवाया गया। सारा मकान यूँ चमक उठा, मानो कोई शादी वाला घर हो। चाहे उनके पास कोई ज़मीन-जायदाद नहीं था, मगर बाप के पुश्तैनी मकान में आकर जस्सी तसल्ली भरी साँस लेता। करतारो अजीब सा गौरव महसूस करती कि वह अपने ससुर के मकान में है, जो अब उनका अपना मकान है।

करतारो रोड़ूशाह गयी, जस्सी उसके साथ था। घर में पीतल तथा ताँबे के बर्तन ही थे। वह सभी बेच दिये गये। और रकम डालकर सारे स्टील के नये बर्तन खरीद लिए गये। गिलास, थालियाँ, कटोरियाँ, चम्मच, डोलू, बाल्टी तथा अन्य कई चीजें। ऐसे ही एक दिन पुराने रज़ाई-गद्दों की रुई को पिंजवाकर और रुई डालकर उसने चार नयी रज़ाईयाँ तथा चार गुदैले बना लिए। वह दिनों-दिन अपना घर बनाती जा रही थी। मैंगल चौड़ा होकर चौपाल में बैठता और रिश्तेदारों संग खूब बातें

करता। चौपाल का कोई भी व्यक्ति उसे चुभती बात नहीं कहता था। उसकी पीठ पीछे भी कोई उसकी बुराई नहीं करता था। बल्कि कहते, ''अरे भाई वक्त-वक्त के राग होते हैं, वक्त-वक्त की बातें हैं। यदि यह बाजीगरनी को ले गया तो भाई ये इनके मन की मौज थी। वह स्वयं ही गयी होगी इसके साथ। ज़बर्दस्ती तो औरत को लिजाया नहीं जा सकता।'' लोग बीती बातों को साधारण बनाने की कोशिश करते।

''दुल्ले का घर तो बर्बाद हो गया था?'' कोई समझदार आदमी सवाल खड़ा कर देता।

''दुल्ला भी तो सरदारो को पटा कर ही लाया था। उसकी उम्र तथा सरदारो की उम्र में फ़र्क भी कितना था। पानी निचली सतह की ओर बह गया। दुल्ले ने सरदारो के साथ धोखा किया। वह भी उसे छोड़कर चलती बनी।''

''यूँ कहो कि सरदारो ले गयी मैंगल को, मैंगल नहीं।''

''अरे भाई, कुछ भी था। ये बातें तो पुरानी हो गयीं अब। दुल्ला इन बातों से ऊपर जा पहुँचा था। साधु बन गया। देख लो, अब मन्नत होती है उसकी, सुखें उतारी जाती हैं। इधर जस्सी को देख लो, रिश्ता भी हो गया। जाटों की लड़की है करतारो उसकी बहू। किसी ने पूछा, भाई जस्सी बेकौम से पैदा हुआ था। जाट का पुत्र रहेगा, माँ चाहे कोई भी हो।

जस्सी स्वभाव से मिलनसार था। उसने जसमेल कौर बेबे का सा आचार व्यवहार अपने पल्ले बाँध लिया था। हर एक के साथ मीठा बोलना और अधीनगी ज़ाहिर करनी। जब वह लिहल खुर्द छोड़कर आये, जस्सी पहले दिन ही चौपाल में लड़कों के पास आ बैठा। वे ताश खेल रहे थे। एक लड़का उठ कर गया तो उसके स्थान पर जस्सी बैठ गया और ताश खेलने लगा। उन तीन लड़को संग ऐसे बातें करने लगा जैसे उन्हें काफी समय से जानता हो।

चौपाल में बैठे बुजुर्गों साथ गर्मज़ोशी से बातें करता। बातों-बातों में ही बता देता कि वह कौन है। बूढ़े आदमी धौंकल की तारीफ करने लगते। कहते, ''भाई, तुम्हारे ताऊ जैसा व्यक्ति और कौन होगा। बड़ा ही शरीफ आदमी था वह।'' उसके बाप मैंगल की बात कोई ना करता। ना कोई अच्छा कहता, ना बुरा। बाजीगरनी को गाँव से निकाल लिजाने की तोहमत उसके बाप के सिर पर पाप जैसी खड़ी थी। लिहल खुर्द आने के बाद बेशक मैंगल ने कोई बुराई नहीं कमायी थी। बाजीगरनी की बात भी जैसे काफी दूर जा खड़ी हुई थी। मगर एक कलंक सा ज़रूर था, जिस कारण पुराने आदमी मैंगल के बारे में खामोश रहते। जस्सी उनके साथ बातें करता और मीठा-मीठा बोलता, उन्हें अच्छा लगता। वह उन्हें मोह-प्यार का एहसास देते और कहते, ''जो भाई अच्छे काम करे, उसकी महिमा होती है। जो बुरे रास्ते पर

पड़ जाए, उसे दुनिया दुत्कारती भी है। आदमी कमाई की ओर ध्यान रखे। पिछले सभी कर्म धुल जाते हैं।''

उसकी उम्र के नौजवासन लड़के उसे बहुत चाहने लगे। वे उनके घर चला जाता। मैंगल का लड़का समझ कर और बाजीगरनी के बारे में सोच कर बूढ़ी औरतें उसे दूध पिलातीं और आने-बहाने उससे बातें पूछने लगतीं। वह सभी कुछ आराम से बताता जाता।

नौजवान तथा समझदार नौजवान भी जस्सी के घर पर आने लगे। कोई आकर जस्सी, कह कर आवाज़ लगाता। थोड़ा बहुत ही अन्दर बैठता, करतारो की ओर चोर-नज़र से ताकता और जस्सी को साथ ले बाहर निकल जाता। वे चौपाल में बैठ कर बातें करते।

ऐसे ही थोड़े दिनों में जसवंत ने अपने इलाके में अपनी अच्छी जान-पहचान बना ली। वह जैसे उनकी बिरादरी का ही लड़का था और उनका ही खून। थोड़े ही दिनों में जसवंत को भाईचारे का एहसास होने लगा। यह एहसास लिहल खुर्द रह कर नहीं था। वहाँ चाहे जसमेल कौर बेबे तथा उसके परिवार की ओर से उसे घर जैसा प्यार ही मिला था, मगर भाईचारे वाली कोई बात नहीं थी।

बाप-बेटे दोनों हिस्से पर ज़मीन लेकर खेती-बाड़ी करते थे। उनके पास कुछ जमा हो गये तो वे ठेके पर ज़मीन लेने लगे। एक सीरी (सहयोगी) भी रख लिया। मगर भीतरी तौर पर उनका असल धन्धा अफीम था। मैंगल चोरी से अफीम बेचता था, जस्सी सरेआम अफीम बेचने लगा। वह सोचता, क्या रखा है खेती-बाड़ी में। मिट्टी संग मिट्टी होना पड़ता है। बैल जैसी जिन्दगी होती है जाट की। यदि पैसे बनाने हों तो और भी कई तरीके हैं। उसने खेती की बजाय अफीम के धन्धे को काफी बढ़ा लिया।

जब अफीम था धन्धा बहुत बढ़ गया तो उसने पैसे ब्याज पर रोड़ूशाह विजय कुमार आढ़तिये के लड़के कीमती लाल को देने शुरू कर दिये। कीमती ईमानदार बनिया था। वह जस्सी को डेढ़ रुपया सैकड़े का ब्याज देता। इस प्रकार उसके पास जस्सी का लाखों रुपया जमा हो चुका था। कीमती कहता, ''सर जी, जब मर्ज़ी ब्याज ले लिया करो। उसी समय हिसाब हो जाएगा। कभी मूल रकम सारी लेनी हो तो बस चार दिन पहले बता देना। जितने लायक होंगे। हाज़िर है।''

अब वह ठेके पर ज़मीन लेकर आगे ठेके पर दे देता। हिस्से वाले की निगरानी मैंगल खुद रखता। जस्सी बापू पर दबाव बना कर रखता। कहता, ''बापू, तुमने तो दुनिया देखी हुई है। हिस्से वाला कितना भी लिहाज़ रखे, शरीफ और ईमानदार हो, उसने हेरा-फेरी करनी ही होती है। फसल पर नज़र रख कर। मुझसे तो काम-धन्धे के कारण खेत में जाया नहीं जाता। खुद ध्यान रखा करो।''

जस्सी दुल्ले की ढाब पर अवश्य जाता। उसने बाबा रामदास के साथ काफी निकटता बना ली थी। बाबा रामदास अब बूढ़ा हो चुका था। उसकी उम्र उस समय सत्तर के आस-पास होगी। मगर वह शरीर से तगड़ा था। जिस्म फूला हुआ नहीं था। अभी भी घोड़े की तरह चलता-फिरता था।

आस-पास के सभी गाँवों में उसकी ख्याति फैली हुई थी। थंमणवाला तथा टिब्बा तो डेरे के अपने गाँव थे। रामदास सभी प्रकार के व्यक्तियों संग बना कर रखता। उसके पास सियासी पार्टियों के नेता आते और माथा टेक जाते। भले मानस भी आते और लुच्चे-लफंगे महा बदमाश भी। बाबा रामदास सभी का साँझा था। भीतर से कोई भी पक्ष उसका हो, ऊपर से वह सभी की खैर माँगता और भला चाहता। जसवंत अपनी मोटर-साइकिल लेकर डेरे आता। मोटरसाइकिल तीव्र आवाज़ करते आता। मालूम हो जाता कि जस्सी आया है। उसके पीछे उसकी दुनाली बन्दूक लेकर बैठा आदमी छलाँग लगाकर सीट से उतरता और परे खड़े होकर जस्सी का इन्तज़ार करने लगता। जूते उतार कर वे पहले बाबा दुल्ला की समाधि पर माथा टेकते और फिर बाबा रामदास के घुटने हाथ लगाकर नमस्कार करते। रामदास धीमा-धीमा सा मुस्कराता। धीरे-धीरे बोलता, ''और भाई जसवंत ठीक है तू। राज़ी-खुशी से है।''

''हाँ बाबा जी, बहुत कृपा है आपकी। आपका आशीर्वाद चाहिए सिर पर।'' जसवंत भी मुस्करा कर ही जवाब देता।

''कृपा तो उस ऊपर वाले की चाहिए भाई। उसी के हुक्म से चलते हैं काम सभी।'' रामदास कह रहा होता। सेवक आता और बाबा का इशारा समझ थोड़ी देर बाद ही गर्म-गर्म दूध के दो गिलास ला हाज़िर करता। इलायचियाँ डाल कर उबला हुआ दूध, देसी घी डालकर। जसवंत जैसे दिलदार तथा तगड़े आदमियों की बदौलत ही दुल्ले की ढाब का ताप-तेज बना हुआ था। ज़माना ही ऐसा था। रामदास ज़माने की हवा अनुसार चलता था।

उधर जसवंत भी ज़माने की हवा को पहचानता था। डेरे पर जाने के कारण उसकी भी महिमा थी। उसे विश्वास था, डेरे जाने वाले लोग धर्मात्मा माने जाते हैं। रामदास चार आदमियों में बैठकर जसवंत की प्रशंसा कर देता, इतने से ही उसकी पौ-बारह हो जाती। कहता, ''बहुत नेक लड़का है जसवंत। शालीनता बहुत है इस लड़के में। एक दिन बहुत तरक्की करेगा।''

बाबा रामदास का इशारा समझ कर जस्सी ने डेरे में कमरा बनवा दिया। पैसे दे दिये बाबा को। ईंटें, सीमेंट, लोहा उनके सेवक खरीद लाये। कमरे में पत्थर लगवाया गया, ''यह कमरा सरदार जसवंत सिंह औलख सुपुत्र सरदार मैंगल सिंह औलख गाँव थंमणवाला ने परमार्थतः बनवाया।'' कमरे के कारण गाँवों में जस्सी की ख्याति

और भी फैल गयी। चौपाल में बातें होतीं, ''अच्छा है भइया, मैंगल का लड़का धर्म के राह चल दिया। नेकनामी है इसमें। चार आदमी इस कमरे में बैठकर आराम किया करेंगे असीस दिया करेंगे।''

पंचायत के चुनाव में कुछ ही महीने बाकी थे। इस बार नगर-पंचायत थंमणवाला के चुनाव में जसवंत सिंह खड़ा हो गया। उसके मुकाबले में दो आदमी और भी थे। एक तो पुराना सरपंच था मेवा सिंह। दूसरा उम्मीदवार था बुढ़िया का पोता मघर सिंह। यह लड़का बी.ए. पास कर बेरोजगार था। शरीफ बहुत था। गाँव में दो-चार और भी लड़के बी.ए. पास थे। मधर को अपनी चौदह कक्षाओं पर गर्व भी था। मेवा सिंह भूतपूर्व सरपंच ने गाँव में अच्छे काम किये थे। वह किसी की नाजायज़ तरफदारी नहीं करता था।

जस्सी पहले डेरे जाकर बाबा रामदास से आशीर्वाद ले आया। बाबा दुल्ला की समाधि पर माथा टेक कर डेरे में लड्डू बाँटे गये। बाबा रामदास ने जसवंत के सिर पर हाथ फिराया और कहा, ''ठीक है बेटा, भगवान भला करेगा। उसी पर निश्चय रखो। तुम्हारी ही विजय होगी।''

मेवा सिंह और मधर भी डेरे पर गये थे। रामदास ने उनके सिरों पर भी हाथ रख आशीर्वाद दिया था, मगर अन्दर ही अन्दर रामदास के सेवकों ने सारे गाँववालों में इसी बात का प्रचार किया था कि जसवंत सिंह को ही वोट दी जाए।

जस्सी कई दिनों से गाँव में घूम रहा था। बुजुर्ग लोगों के पैर छूता। बूढ़ी औरतों को माथा टेक, सिर उनके आगे झुका लेता। बूढ़ियाँ उसके कन्धे थपथपातीं। नौजवानों की कई टोलियों को वह भरपेट दारू पिला चुका था। चुनाव की तिथि से एक दिन पहले उसने शाम को दो बकरे भी पकाये। खुली शराब बाँटी गयी। जसवंत के आदमी मज़बियों तथा रामदासियों के आँगन में पैसे भी बाँट आये। नशेड़ियों को मुफ्त अफीम दी गयी। चारों ओर जसवंत की जय-जयकार थी। शाम को नतीजा निकला तो वह दोनों उम्मीदवारों से कई गुना अधिक वोट लेकर सरपंच बन गया। बाबा रामदास ने जसवंत के पहुँचने से पहले ही डेरे पर लड्डू बँटवा दिये। वह बाबा को माथा टेकने गया तो रामदास खड़े होकर जसवंत तथा उसके आदमियों से मिला। जैसे बाबा रामदास खुद थंमणवाला गाँव का सरपंच बन गया हो।

10

कितने वर्षों तक वही नगर पंचायतें कायम रहीं। थंमणवाला की पंचायत के दो मैम्बर भगवान की प्यारे हो गये। वे बड़ी उम्र के थे। जसवंत की सरपंची बरकरार थी। वह

लड़ाई-झगड़े के मामलों में रोडूशाह की मंडी थाने जाता और झूठी-सच्ची गवाहियाँ देता। अधिकतर अपने धड़े का पक्ष रखता। थानेदार को पैसे झोंकने होते तो जस्सी सरपंच के द्वारा दिये जाते। सच्चे इंसाफ वाली कोई बात जस्सी में नहीं थी। गाँव के आम लोग अन्दर ही अन्दर उसके विरोधी बनते जा रहे थे। मगर अधिकतर लोग, उससे भयभीत रहते, बल्कि उसकी कृपादृष्टि चाहते। एक बात अवश्य थी वह गरीबों का हिमायती था। गरीबों ने कभी उसका विरोध नहीं करना था, इसलिए वह उनकी सहायता करता। उनके झगड़े तो वह गाँव में ही निपटा देता।

सरवण अपनी कैद भुगत कर गाँव आ चुका था। गाँव में अब उसका कुछ नहीं था। ज़मीन, ना बीवी, न बच्चे। बस एक मकान था जो एक प्रकार से खण्डहर बना हुआ था। मकान में कोई सामान नहीं रह गया था। दरवाज़े के तख्ते टूट कर गिर गये थे। आँगन में गधे आकर लेटते या कुतियाँ अपने पिल्ले देतीं। दोनों सवातों को ताले लगे हुए थे, मगर उनके अन्दर कोई सामान नहीं था। उसने आकर पहले दरवाजे के तख्ते खड़े किये। सवातें दोनों रगड़ कर खुद साफ कीं। दीवारें झाड़ीं और छत के जाले उतारे। स्त्रियों वाले काम करते समय वह अत्यन्त उदास था। बन्तो का विचार आते ही उसका दिमाग फटने लगता। इतना बड़ा धोखा। यह स्त्री-जाति उसी की है, जो उसके नज़दीक है। स्त्री कभी किसी एक की बनकर नहीं रहती। दोनों ने मेरे साथ धोखा किया। रूपो मुझे छोड़कर चन्द से प्यार जताने लगी। इसलिए गुस्से में आकर मैं उसको कुछ अधिक ही मार बैठी और वह मर गया। इधर बंते की अपनी औरत कहीं और जा बैठी। मेरा इन्तज़ार भी नहीं किया? बच्चे भी साथ ले गयी। बच्चे तो मेरे थे। उसकी अपनी मर्ज़ी होगी, तभी तो मौड़ मंडी जा बैठी। शिंगारा ज़बर्दस्ती तो उसे वहाँ नहीं ले गया होगा।

उसका जी चाहा, वह पहले मौड़ ही जाए और जा कर बन्तो से पूछे, ''तुझे क्या तकलीफ थी थंमणवाला में, जो तू यहाँ फौजी के घर आ बैठी?'' मगर वह डर गया, फौजी क्यों उसे अपने घर में घुसने देगा? बन्तो का अब वह लगता ही क्या है? ख्याला जाने से भी कोई लाभ न होगा। लड़का-लड़की से मिलकर भी अब क्या होगा। जब उनकी माँ उसके पक्ष में नहीं रही तो वह बच्चों का भी कौन लगता है? इन दस-बारह वर्षों में उनका मोह भी टूट चुका होगा। वे उसे भूल गये होंगे। अब तो काफी बड़े-बड़े हो गये होंगे।

वह अधिकतर गुरुद्वारे में ही रोटी खाता। गुरुद्वारे में तो दोपहर के बाद दिन छिपने तक किसी समय भी रोटी मिल सकती थी। गाँव से डालियाँ आतीं। रोटियों का टोकरा भरा रहता और भाँत-भाँत की सब्जियाँ, दालें तथा साग इत्यादि। गुरुद्वारे वाले सभी दालें-सब्जियाँ एक बड़े पतीले में इकट्ठा करके रखते। भूखे व्यक्तियों के लिए ये ठंडी रोटियाँ तथा दाल-सब्ज़ी छत्तीस पकवान सरीखे होते। सरवण को अपने

इलाके की बूढ़ियाँ भी रोटी दे देती। चाय भी दे देतीं। आखिरी पहर होता तो दूध भी पिला देतीं। वह घोगा के घर भी जाता। पहले दिन गया तो काफी देर तक रूपो के पास बैठ रोता रहा। हिचकियाँ लेता, वह अपनी व्यर्थ बीत गयी ज़िन्दगी के बारे में सोचकर झूरता रहा।

उसका बुरा हाल देख रूपो पिघल गयी। उसे सरवण पर तरस आया। कहने लगी, ''सरवण, मैं तो इतना कर सकती हूँ। जब मर्ज़ी हो आकर रोटी खा लिया कर, चाय भी पी लिया कर। तुम जैसे मर्ज़ी आना जाना। पहले भी तो आता-जाता रहता था।''

''वह तो ठीक है रूपो। कितने दिन गुज़रेंगे? यह तो भाड़े की जून है।'' सरवण के रुदन में फिर भी तसल्ली का रंग था कि दुनिया में उसका कोई एक है। रूपो के हमदर्दी भरे शब्दों से उसकी आँखें और भी भीग गयीं।

कुछ ही दिन बीते थे। उसे गाँव से सूह मिली कि शिंगारा ने उसकी बेटी को कहीं ब्याह दिया है। औरतें बातें कर रही थीं कि उसने जाट से मोटी रकम ली थी। लड़का दुहाजू था और एक आँख का काना भी था। वह उसी दिन ख्याला चला गया। जाकर शिंगारा से पूछा तो उसने सीधे ढंग से बात ना की। रकम लेकर लड़की की शादी की बात पर आ ही ना रहा था, बल्कि ऊपर से एहसान जतलाने लगा कि उसने बढ़िया वर ढूँढ़ा। थोड़ी सी आँख मूँदता है। दुहाजू है तो क्या हुआ, पीछे कोई बच्चा इत्यादि तो नहीं है न। लड़की से पाँच-सात बरस ही तो बड़ा है। बढ़िया मकान है। ज़मीन भी है उसके पास। शिंगारा स्वाभाविक ढंग से बता गया कि उन बेचारों ने तो अधिक खर्च भी नहीं करवाया। बस पाँच आदमी आये और लड़की ब्याह कर ले गये। कपड़े गहने भी ज़्यादा नहीं दिये। अकड़कर कहने लगा, ''तू खुद ही मालूम कर ले, यदि यकीन नहीं आता तो। लड़की खुद ही सब कुछ बता देगी। यह तो रहा बगलियाँ।''

शिंगारे ने यह भी बता दिया कि बन्तो उसी दिन ही आयी थी। गंडा सिंह भी साथ था। लड़का भी साथ। हमने तो पूरी सेवा की उनकी।

सरवण का गला भर आया। पूछा, ''शिंगारा, तूने यह क्या किया यार। बन्तो को मोड़ी बिढ़ा दिया? मेरा इन्तज़ार तो करते?''

''सूखी दहलीज़ पर बैठा हूँ, ऊपर से भगवान देख रहा है। मेरा इसमें कोई दखल नहीं। बन्तो स्वयं वहाँ गयी।'' शिंगारा ने लगाकर बात की।

''नहीं, खुद नहीं गयी। मुझे सारी खबर मिल गयी है। तूने ही किया है यह सब।''

''ना, मेरा वाहे गुरु जानता है। मगर भाई गुस्सा ना मानना ज़मीन दो किल्ले थी जो तेरे केस के सिलसिले में गिरवी हो गयी। वह खाती कहाँ से। दो बच्चे भी

साथ थे। तेरा क्या मालूम था तू पन्द्रह में वापस आता या बीस बरसों में।''

''चलो ठीक है। जो कहता है, वही सच है। ऊपर वाला ही इन्साफ करेगा। मेरे पीछे तो कोई नहीं। न मेरी बाँह पकड़ने वाला ही कोई है। नहीं तो बताता तुझे। तुझे भी देख लूँगा। बड़े बदमाश को।'' आँखों में आयी नमी को अपने अन्दर ही समेटते हुए सरवण उठ खड़ा हुआ और शिंगारा के घर से लौट आया। चाय वहीं मेज़ पर पड़ी ठंडी हो रही थी।

सरवण के ज़ेल से लौटने के चार वर्ष पूर्व घोगा की ज़मीन जस्सी के पास ठेके पर थी। तीन साल उसके पास ही रही ज़मीन। जस्सी खुद तो अफीम का धन्धा करता। ठेके पर ली ज़मीन आगे किसी अन्य जट को दे देता। दो और घरों की ज़मीनें भी उसके पास थीं। एक वर्ष छोड़कर अब फिर से उसने घोगा की ज़मीन ले ली थी। यह वहम सा था कि किसी की ज़मीन एक ही व्यक्ति के पास लगातार तीन वर्षों से अधिक नहीं रहनी चाहिए। यदि मालिक ध्यान ना दे तो हिस्से वाला अपना कब्ज़ा ज़मीन पर पक्का कर सकता था।

पहले बरस ही जब जस्सी ने घोगा की ज़मीन ठेके पर ली तो उनके घर पर ही दारू पीने का प्रोग्राम बन गया। उसी दिन घोगा को पैसे दिये गये थे। आधे अभी और बाकी के दीवाली के पश्चात्। लोग गेहूँ उठा लाये थे। पेशगी घोगा ने फागुन-चैत में ही ले ली थी। बैसाखी गुज़रे अभी कुछ ही दिन हुए थे। गर्मी का मौसम अपना रंग दिखाने लगा था। सर्दी का कहीं नामो-निशान नहीं रह गया था। दिन के समय धरती मंडी सी तपती और सूरज छिपने के बाद ठंड होने लगती। हवा चलती तो पानी छिड़क कर बैठने से शिमला लगने लगता। घोगा के आँगन में पानी छिड़क कर चार-पाँच आदमी बैठे थे। खाटें बिछी हुई थीं। एक टूटी सी मेज़ पर घर की निकाली गयी दारू की बोतल रखी थी। उनके पास काँच का एक ही गिलास था। बारी-बारी से सभी अपनी ज़रूरत अनुसार दारू उँड़ेल, जग से ठंडा पानी डाल एक साँस में पी लेते। घोगा, चन्द लुद्धड़ का छोटा बेटा जगतार पी रहा था। जस्सी के साथ हमेशा की तरह चिपटा हुआ बाह्मणों का लड़का कौरा था। दानो बुढ़िया का पोता मघर भी था। वह बी.ए. करने के बाद मास्टरी का कोर्स कर अब मास्टरी करता था। नज़दीकी गाँव परवो कलाँ में नियुक्त था। उसके पास स्कूटर था। स्कूटर पर स्कूल जाता। उसके पास अपनी ज़मीन थोड़ी ही थी। ठेके पर ज़मीन ले फसल बोता था। एक सीरी था और दो नौकर। एक नौकर माल-सामान सँभालता। दूसरा नौकर खेत में जा सीरी का हाथ बँटाता। मघर के पास ट्रैक्टर भी था। स्कूल तो वह बहुत कम जाता। खुद खेती का काम कम ही करता, मगर कभी-कभी ट्रैक्टर खुद चलाता। स्कूल न जाने के कई बहाने उसके पास थे। उसने हैडमास्टर के साथ बना कर रखी हुई थी। हैडमास्टर को गाँव बुलाकर दारू पिलाता और मुर्गा खिलाता।

हैडमास्टर जात का बनिया था। उनके घर पर माँसाहार नहीं बन सकता था। थंमणवाला आकर वह हड्डियाँ चूसता और मघर को प्रोत्साहित करता, ''तुम स्कूल की परवाह ना करो, जितना देर मैं वहाँ हूँ। तुम्हारी ओर कोई देख नहीं पाएगा। पंचायत का कोई भी आदमी तुम्हारे बारे में पूछने नहीं आएगा और ना ही माँ-बाप। मास्टर कभी-कभी जिरह करते हैं। उनकी मैं परवाह नहीं करता। तुम्हें कथाएँ भी छठी-सातवीं की दी हैं। उन्हें पढ़ाने की ज़रूरत नहीं। ये कौन सी आठवीं-दसवीं की कक्षा है। मौज ले, ऐश कर।'' हैडमास्टर के मुँह से झाग गिरने लगती। उसका गिलास खाली हो जाता तो वह कहता, ''ला, और डाल दे पैग।''

जब मघर की पाँच-चार महीने में छुट्टियाँ हो जातीं और चार-पाँच ड्यूटी में हाज़िरी लग जाती तो हैडमास्टर जानकीदास की दारू पक्की हो जाती। वह मंडी रोड़ू शाह से टैम्पू में आता। जब रात थंमणवाला रुकता, मघर उसकी पूरी सेवा करता। नौकर भेज साइकिल पर मुर्गा मँगवा लेता। जानकीदास तड़के उठकर ही नहा-धो लेता। उसे ताज़े मक्खन, लस्सी तथा आम के अचार के साथ देसी घी के पराँठे खिलाये जाते। फिर स्कूटर पर बिठला कर मघर उसे स्कूल छोड़ आता। दोनों को स्कूल अन्दर गेट में घुसते देख दूसरे मास्टर मुस्कराने लगते, कुछ अन्दर ही अन्दर कुढ़ने लगते। सभी जान जाते कि रात को हैडमास्टर साहब थंमणवाला रहे हैं।

मघर बेशक चुनाव में हार गया हो, मगर उसे अब इस बात की कोई शमर्न्दिगी नहीं रह गयी थी। वह अब जस्सी के नज़दीक रहने लगा था। सरपंच होने के कारण उसे जस्सी से कई काम लेने होते थे। जस्सी वैसे भी बदमाशी में यकीन रखता था। जहाँ कहीं दारू की महफिल लगती, यदि सरपंच वहाँ होता तो मघर भी वहाँ ज़रूर पहुँचता। सरपंच मघर को खुद ही बुला लेता। मघर अधिक पढ़ा होने के कारण सरपंच के काम भी आता। रोड़ूशाह तहसीलदार की कचहरी जाना होता, थाना या एस.डी. एम. या ज़िला कचहरी में कोई काम होता, जस्सी उसे साथ ले जाता। अफीम के धन्धे में कौरा साथ होता।

उस दिन घोगा के घर बकरा पकाया गया। बकरे का माँस कैंचीया से मिल जाता। माँस पकने से पहले ही वे पीने बैठ गये। वे तीन-तीन पैग पी चुके थे। मीट का डोंगा उनके बीच रखा गया। पहले तो वे आम के अचार की गुठलियाँ ही चूसते जा रहे थे। डोंगा आया देख, कौरा बोला, ''लो अब बनी न बात। सरपंच जी, पहले तुम देखो स्वाद। हड्डी-सड्डी हमें भी दे देना बाद में।''

जस्सी ने एक टुकड़ा उठाकर मुँह में डाला और खाने लगा। मीट में स्वाद था। फिर भी उसने कहा, ''घोगा, थोड़ा सा और रिसने दे ज़रा। माँस अभी सख्त है ज़रा..।''

जस्सी ने दो-तीन टुकड़े और खाये और डोंगे को मुँह लगाकर उसकी ग्रेवी

पीने लगा। डोंगा आधा रह गया। उसने डोंगा कौरे के आगे रख दिया। कहने लगा, "ले पंडित, अब हो जा तू आनन्द-प्रसन्न।"

जस्सी ने देखा, घोगा दो-तीन बार पीतल के गिलास में दारू डाल चूल्हे की ओर गया। उसे कुछ शक हुआ। मगर उसने इस बारे में ज्यादा नहीं सोचा। दूसरा बर्तन भर कर घोगा ने अकेले जस्सी के सामने लाकर रखा। सभी को अलग-अलग कटोरी में डालकर दे दिया। सभी मीट खाने लगे। पास ही चार-पाँच कुत्ते भी आकर खड़े हो गये। सभी की चमकती आँखें शराबियों की ओर लगी हुई थीं। शराबी भी हड्डी चूस कर कुत्तों की ओर उछाल देते। एक कुत्ता हड्डी दबोच लेता। शराबियों के लिए भी यह एक बढ़िया खेल-तमाशा बन गया था।

जस्सी उनमें से चुप सा उठ गया और चूल्हे की ओर थोड़ा हट कर एक कुर्सी पर जा बैठा। वहाँ से चूल्हे के आगे बैठी रूपो साफ नज़र आ रही थी। मीट का पतीला उतार कर अब वह रोटियाँ पका रही थी। उसने एक बार जस्सी की ओर देखा, फिर अपना काम करने लगी। थोड़ी देर बाद घोगा वहाँ आया। उसके हाथ में वही पीतल का गिलास था। जस्सी की ओर पीठ कर उसने रूपो को गिलास थमाया और खुद वहाँ खड़ा रहा। जस्सी को पक्का शक हो गया कि यह गिलास रूपो ने ही पिया है। घोगा जस्सी की ओर बढ़ा तो जस्सी ने देखा, रूपो कटोरी में से ले हड्डी चूस रही थी। घोगा बोला, "क्यों सरपंच। मीट और दूँ।" फिर बोला, "तू यहाँ क्यों आ बैठा?"

जस्सी कहने लगा, "वे लोग तो अभी रोटी खाएँगे नहीं। पानी की बाल्टी में अभी एक बोतल पड़ी है। तीन हज़म कर गये, अभी भी मन नहीं भरा। मुझे तो भूख लगी है। मुझे तो यहीं पर दो रोटी ला दे। कटोरी में सिर्फ़ तरी ही लाना। मीट बहुत खा लिया। स्वाद आ गया बस।"

कटोरी में घोगा ने सब्ज़ी डाली। थाली में दो रोटियाँ रखीं और थाली लाकर जस्सी को थमा दी। तीन टाँग वाली लोहे की कुर्सी सामने रख दी। दीवार पर सौ वाट का बल्ब जल रहा था। इसकी रोशनी आँगन में दूर तक जा रही थी। चौके में भी इसी बल्ब की रोशनी थी। घोगा दूसरे साथियों में जा बैठा। उसे भी काफी नशा हो चुका था। अन्य साथी भी काफी नशे में थे। सभी बेबात पर हँस रहे थे। कभी किसी की बात छेड़ उसे गालियाँ देते, कभी किसी को। सरपंच की ओर उनका कोई ध्यान नहीं था।

जस्सी ने दो-तीन हिचकियाँ लीं तो रूपो चूल्हे से उठकर उसे पानी का गिलास देने आयी। गिलास उसने तिपाई पर न रखा, उसके हाथ में पकड़ाया। फिर उसके कन्धे पर चिकोटी काट बोली, "पानी पी लो। न पीते ज्यादा।"

वह हँस दिया। कहने लगा, "तुझे रूपकौर मालूम नहीं मैं तो पीता ही नहीं।"

''तो फिर बैठा क्यों है इनके बीच।''

''बैठना पड़ता है। इनके बिना चारा भी नहीं अपना।'' वह अपना कन्धा सहला रहा था। फिर धीरे से बोला, ''इधर भी एक चिकोटी काट दे। एक सा कर दे। स्वाद आ रहा है।''

चूल्हे की ओर जाते हुए वह बोली, ''कोई नहीं, धीरज रख। तुझे भी देख लूँगी।''

11

घोगा ने रूपो को भी अफीम खाने की लत लगा दी थी और दारू पीने की भी। पहले-पहल खुद अफीम खाते समय रत्ती भर उसे भी दे देता। कहता, ''नाक बज रही है तेरी। ये ले ले, रत्ती भर ले ले। मिनट-सेकेंड में ही आराम आ जाएगा तुझे।'' वह अफीम खा लेती। अफीम खाने के बाद सचमुच उसका नाक ठीक हो जाता। अंगों में एक चुस्ती सी आ जाती। काम करने को जी चाहने लगता। धीरे-धीरे फिर वह भी खाने लगी। घोगा को अब इस बात का लाभ हो गया था कि अफीम का प्रबन्ध रूपो ही करती। कहीं से लाये, कैसे लाये, यह अब उसी की जिम्मेवारी थी।

ऐसे ही वह दारू पीने लगी। असल में दारू का स्वाद तो उसने कआँरे होते ही चख लिया था। बग्गू पीता था। कभी-कभी वह बग्गू के घर जाती। बग्गू की बहन दारू पीती थी। चोरी से पीती और इतनी पीती कि किसी को मालूम ना हो सके। दारू पीने के बाद वह गुड़ खा लेती या सूखी चाय चबा लेती। इस प्रकार करने से मुँह से दारू की दुर्गन्ध नहीं आती थी। नशा आँखों में रहता। बोतल में बाकी बची पाव भर तो इधर-उधर पड़ी ही रहती। रूपो उनके घर जाती तो दारू का स्वाद बग्गू की बहन उसे भी चखा देती। वह भी दारू के घूँट पी कर गुड़ खा लेती। ये लड़कियों के चोरी-चोरी के चोंचले और चुहलबाजियाँ थीं। जब रूपो, बग्गू से एकान्त में मिलती तो बग्गू ने काफी पी रखी होती। बग्गू को मालूम ही ना होता कि रूपो ने भी पी रखी है। अक्सर रूपो माँ से कोई बहाना लगाकर बग्गू के घर आती। बग्गू की बहन से दारू की बोलत के बारे में पूछती। उस दिन वह गिलास में काफी सारी उड़ेल कर पी लेती। बाद में सूखी चाय चबा लेती। रूपो तथा बग्गू की बहन आपस में काफी खुली हुई थीं। रूपो उसे बताती, ''अरी सुखदेव, दारू पीकर जब मैं बग्गू के पास जाती हूँ तो सूरज का तपता सेंक बादलों जैसी धूम जैसे लगता है। बस कुछ ना पूछ, जैसे बादलों में ही कहीं उड़ती फिर रही हूँ।'' वे ऊँची खड़ी फसलों की ओट में कहीं मिलते थे। जहाँ खोया आदमी ढूँढ़े भी नहीं मिलता था।

फिर यहाँ यह थंमणवाला में जब भी सरवण से मिलती या फिर चन्द लुध्धड़

को मिलती तो दारू पीकर ही जाती। घोगा की दारू बग्गू की दारू की तरह घर के किसी किनारे में पउवा आदि बची पड़ी रहती। उस समय वह अधिक नहीं पीती थी, बस एकाध पैग। फिर गुड़ इत्यादि खा लेती। सरवण या चन्द को कभी-कभी शक होता। वह भाई की सौगन्ध खाने लगती। कहती, ''अजीब आदमी हो, औरत होकर मैं क्यों करूँगी इस काम को। यूँ तुम्हारा नाक खराब लगता है। तुम ने तो खुद ही पी रखी है।''

थंमणवाला आकर घोगा से जब उसकी बात खुली तब उसे काफी खाँसी थी और साँस मुश्किल से आ रहा था। घोगा ने पहले तो उसे अफीम दी। कोई खास आराम ना आया। फिर पीतल का गिलास दारू का आधा भरकर दिया, बीच में थोड़ा-सा पानी डालकर उसे कहने लगा, ''लो यह पी लो। दवाई समझ कर पी लो। तेरा शरीर खुल जाएगा।''

रूपो चालाक बनने लगी। एक घूँट पी कर उसने थूक दिया। गिलास वापस घोगा को देते हुए बोली, ''यह तो कड़वी है।''

''तो दारू कहीं मीठी होती है क्या।'' फिर कहने लगा, ''अच्छा लो। इसमें चीनी का एक चम्मच घोल देता हूँ।''

अब दारू का स्वाद कड़वा-मीठा था। रूपो ने दो घूँट भर लिये और झुरझुरी ली। बाकी का गिलास घोगा ने पी लिया। कहने लगा, ''चलो, तुम्हें तो इतनी ही काफी है। अब चादर लेकर लेट जा बस।''

और फिर शाम को घोगा पीने लगता तो रूपो कमर पकड़ कर उसके पास आ बैठती। हाय-हाय करने लगती। कटा हुआ प्याज या आम का अचार भी रख जाती। घोगा थोड़ी-सी डालकर उसे दे देता। कहता, ''थोड़ा सा कोसा पानी डाल कर पी ले। तेरी कमर को आराम आ जाएगा।''

ऐसे ही झूठी-मूठी सा पाखंड बना रखा था कि उसे साँस की बीमारी है। घोगा दारू रोज़ पीता। रोटी का काम रूपो तभी करती, जब उसकी कमर का दर्द ठीक रहता। इसका सिर्फ़ एक ही इलाज था, कोसे पानी में दारू पीना।

फिर तो जब सरपंच का उनके पर आता-जाना शुरू हो गया। सरपंच, अफीम रूपो को दे जाता। यह भी कहता, ''घोगा को उतनी ही दिखाया करो, जितनी उसने खाना होता है। सारी दे दी तो उसकी आदत पड़ जाएगी कंजर को। फिर परेशान होगा। इसे छुपाकर रख ले कहीं।''

अब वह अपने घर में ही दारू बनाने लगा। कई-कई मटके मिट्टी में दबा कर रखता। जो तैयार हो जाता, उसे निकाल लेता। घोगा दारू बेचता नहीं था। वह अपने लिए या अपने मित्रों के लिए दारू तैयार करता था। सरपंच का उसके घर पर आना-जाना था, इसलिए घोगा के पर पुलिस ने कभी छापा नहीं मारा था। पुलिसवालों का घर तो जस्सी पूरा कर देता। घोगा से उन्होंने फिर क्या लेना था। पुलिस जानती थी

कि घोगा सरपंच का खास आदमी है।

जब भी कभी सरपंच को उत्तेजना महसूस होती, चौथे-पाँचवें दिन, कभी-कभी आठ-दस दिनों बाद, वह अपने सेवक को पहले घोगा के घर पर भेजता और कहता, ''कह देना, आज हम आएँगे शाम के समय।'' फिर उसे साइकिल देकर मुर्गा लेने भेज देता। एक मुर्गा तो जस्सी अकेले ही खा लेता था। जब साँड़ की भाँति भरपेट खा लेता तो हड्डियाँ कुत्तों की ओर फेंकने लगता। कभी-कभी वे बकरे का मीट पकाते। कैंचिया में मीट की तीन दूकानें थीं। आस-पास के लोग वहाँ जाते थे। दोपहर तक सारा मीट खत्म हो जाता।

कौरे बामण की सिर्फ़ माँ ही थी। उसका और कोई नहीं था। उनके पास कोई ज़मीन-जायदाद भी नहीं थी। माँ गाँव के जाटों के घरों से माँग-ताँग कर ले आती थी। इस प्रकार उनका गुज़ारा होता था। उनके यजमान वैसे तो तीज-त्योहार पर गोमती बुढ़िया को घर पर बुला कर दान-पुण्य भी करते थे। कौरा को बामण-भोज करवाते। कोई कोई बुजुर्ग जाट कौरा से कहता, ''पंडिता, जिस सरपंच के साथ तू रहता है, माँस-मीट खाता है, यह काम गलत है तेरा। तू देवता-लोग है यार, पूज्य योग्य है। बामण है, बामणों वाले कर्म तो हैं नहीं तेरे।''

वह गौर से उनकी बात सुनता और हँसने लगता। बहुत चतुर था। वहीं मन में कहता, ''यह माँग कर खाना कौन सा आदमियों वाला काम है। आप जाट लोग हमें गरीब समझकर पूजते थोड़ा हैं।''

कौरा पिछले पहर सरपंच के पास आ बैठता। सरपंच उसका स्वागत करता, ''आ भई कौर चन्द। आज जा, बैठ जा।'' वह बैठने लगता तो सरपंच कहता, ''जा ओए, घर से मटके का ठंडा पानी तो ले आ। अन्दर जैसे साली आग लगी हुई है।''

''आग तो लगेगी ही। रात को साँड़ की भाँति खाता है, कहाँ जाएगा यह सब। आग तो लगेगी ही।'' कौरा उसके घर की ओर जाते हुए कहता। जस्सी हँसने लगता। जस्सी को हँसते देख पास बैठे दूसरे व्यक्ति भी हिन-हिन कर हँसने लगते।

इस प्रकार अकेले आये कौरा से करतारो कई प्रकार की बातें पूछती रहती। वह भी जवाब देता जाता। मगर होशियारी रखता, जस्सी की कोई ऐसी बात न बताता, जिससे उनके घर में क्लेश होने का डर पैदा हो। करतारो फिर भी सूह लेने की कोशिश करती रहती। जस्सी के बारे में उड़ती हुई खबरें उसके सीने को छेद जातीं, कभी सिर के ऊपर से निकल जातीं।

पानी पीकर जस्सी आस पास देखता और कौरा से कहता, ''सेवक गया है कैचियाँ मीट लाने। तू जाकर घोगा के घर कह दे हम आएँगे शाम को।''

घोगा के आँगन में बैठ वे शराब पीते। जाड़ा होता तो अन्दर किसी सबात में बैठ जाते। घोगा और कौरा ही पीते। जस्सी पहले बातें करता रहता जब मीट आ

जाता तो मीट खाने लगता। दारू पीकर कौरा बहकने लगता। घोगा पहले तो कुछ ना कुछ बोलता, मगर जैसे-जैसे उसे नशा होने लगता, वह खामोश हो जाता। उनकी बातें सुनता रहता, खुद कुछ न बोलता। हुँकार ज़रूर भरता। चूल्हे के पास बैठी रूपो को चुपचाप दारू का गिलास दे जाता। जब वे काफी नशे में आ जाते और कहीं उठ कर जाने लायक ना रहते तो उन्हें झकानी देकर जस्सी उठता और इधर-उधर छिप जाता। रूपो उसकी आहट का इन्तज़ार कर रही होती। कहीं ओट में ही वे आपस में मिलने लगते। कौरा उस दिन घोगा को ज्यादा ही पिला देता, खुद थोड़ा सा कम पीता।

एक दिन ऐसे ही उन्होंने पीने का प्रोग्राम बनाया। उस दिन जस्सी का सेवक बीमार था। जस्सी ने कौरा और घोगा को मोटरसाइकिल देकर कैंचिया भेज दिया। कौरा मोटरसाइकिल चला लेता था। वह जानबूझ कर घोगा को भी अपने साथ ले गया। जस्सी भी घोगा के घर में आ गया। रूपो को मालूम हुआ तो वह लहसुन छीलने लगी। जस्सी कहने लगा, ''यह काम बाद में करना। पहले...। फिर वे लोग आ जाएँगे।''

''धीरज रखो। इतनी जल्दी क्या है। आग लगी हुई है क्या।'' वह हँस कर बोली।

''नहीं।'' जस्सी उतावला होने लगा।

''तू दो मिनट बैठ तो सही। तुम छील दो।'' रूपो ने लहसुन जस्सी के आगे किया और बोली, ''मैं आयी अभी।''

वह अन्दर कहीं गयी और बची पड़ी दारू ढूँढ़ने लगी। प्याज खाकर आयी और कहने लगी, ''मैं कब से तुम से कह रही हूँ। तुम किसी प्रकार सरवण से मेरा पीछा छुड़ा दो। रोज़ आ धमकता है। मैं चाहती हूँ कि बस वह न आये।''

''इसका मतलब, दो-दो मज़े लेती हो तुम?'' जस्सी ने व्यंग्य किया। उसे मालूम तो पहले से ही था। मगर यह नहीं जानता था कि वह अब भी इनके यहाँ आता है।

''मज़ा लेने में अब उसमें बाकी क्या रह गया है। यूँ तो जिस्म तोड़ता है अपना। अपना शौक पूरा करने आता है। कभी था वह, मैं मानती हूँ मुकर तो नहीं रही।''

''तुम खुद ही मना करो उसे। मैं उससे क्या कहूँ?''

''ऐसे नहीं मानता वह। वह ना तो आगा-पीछा देखता है। बस आते ही बकरे की तरह मुझे दबोच लेता है। मानता नहीं। जूतों से ही मानेगा।''

जस्सी ने दिमाग में कई बातें एक साथ घूम गयीं। वह कहीं सोचों में गहरा उतर गया। उसे खीझ आने लगी, ''साला, कुत्ता-जाट, मेरे होते हुए कैसे आता है

यहाँ? यह काँटा निकालना ही पड़ेगा।''

उसके दिमाग में एक और बात भी तुरन्त बैठ गयी। सरवण की दो किल्ले जमीन जस्सी के पास गिरवी थी। वह सो रहा था, गिरवी पड़ी ज़मीन तो अब वह छुड़ा नहीं पाएगा, मगर साला पैसे माँगता ही रहता है। कई बार ले भी गया है। सरवण कहीं इधर-उधर हो जाए तो वह ज़मीन हमेशा के लिए जस्सी के पास ही रह जाएगी और इधर रूपो की बात भी मान ली जाएगी। बन्तो का अब थंमणवाला में कुछ बाकी नहीं रह गया था। सरवण का लड़का जो मौड़ मंडी में बन्तो के पास है, वह उसका कुछ नहीं बिगाड़ पाएगा। पहली बात जो उसके दिमाग आयी कि सरवण को कुछ पैसे और देकर दुगुना-तिगुना रकम अधिक लिख कर गिरवी की रकम इतनी लिख दे कि जो बिक्री की कीमत के बराबर हो। यदि वह उसे छुड़ाना भी चाहे तो छुड़ा ना पाये। यह बात भी दिमाग में आयी कि क्यों न वह सरवण से यह ज़मीन खरीद ही ले। मगर हो सकता है, वह इस बात के लिए राज़ी ना हो और उससे ना-नुकुर करे। इन सोचों में डूबे उसने कटोरे का सारा लहसुन छील दिया। जिसके लिए उसने कौरा तथा घोगा को कैंचिया भेजा था और बाद में अकेले रूपो के पास आ गया था। वह उत्तेजना तो उसके दिमाग से कब से उड़ गयी थी। रूपो उसके मुँह की ओर खाली-खाली तकते हुए मन ही मन हँसने लगी, ''यह क्या हो गया उसे। आदमी को क्या है, लहसुन छीलने में लगा हुआ है।'' इतने में मोटर साइकिल की आहट सुनाई दी। वे वापस आ गये थे। कौरा मसाला रगड़ने लगा? मसाला पीसते हुए उसने तिरछी नज़र से रूपो की ओर देखते हुए कहा, ''रूपो, थोड़ी-थोड़ी सी चाय बना दे अब तो। थकावट हो रही है।''

''थकावट तो तेरी उतार दूँगा, कंजर के बामण। चाय का क्या करेगा तू?'' घोगा ने कहा।

''दारू अभी कहाँ। इतना तो दिन खड़ा है अभी। पहले चाय पीते हैं बढ़िया सी। अधिक दूध वाली।'' कौरा ने फिर कहा।

घोगा कहने लगा, ''इसे दूध ही दे दे। भूख लगी होगी। मैं समझ गया, इसकी रमज को। क्यों बे?''

''अरे यार। बुढ़िया अभी घर लौटी नहीं थी। मालूम नहीं, कहाँ है। वह होगी तो रोटी पकाएगी ना।''

रूपो ने सुबह की पड़ी दो रोटियाँ थाली में रखकर कौरा को दीं और साथ ही प्याज़ भी छीलकर रख दिया। आम का अचार भी। दूध का गिलास भी भर दिया। अब कौरा खुश था। कह रहा था, ''जीती रह रूप कौर। भूख बहुत लगी थी।''

12

आषाढ़-कत्तक का मौसम था। इन दिनों में किसानों को रत्तीभर भी फ़ुरसत नहीं रहती। सावन की फसलें घर लानी होती हैं। और गेहूँ बोयी जाती है। जो कोई घर निपटा लेता है, वह ऐसा महसूस करता जैसे उसने कोई जंग जीत लिया हो। चन्द लघ्घड़ के लड़कों ने इस कृषि जंग को सब से पहले जीत लिया और सरखरू हो गए। बड़ा लड़का मुख्तार तो गृहस्थ आदमी था। ना दारू पीता न मीट-मुर्गा खाने का उसे शौक था। मगर कोई परहेज़ भी नहीं था। कभी साल-छमाही दारू पी भी लेता। उसे हड्डियाँ चूसना कुत्तों जैसा काम लगता। जगतार जस्सी का पक्का यार था। वह खूब दारू पीता और माँस-मीट खाता। वह गाँव की अन्य टोलियों में भी जाकर बैठता। रोज़ रात को दारू पीकर घर लौटता। कभी-कभी जस्सी के साथ भी उसकी बैठक हो जाती। खेतों में भी खूब काम करता। मुख्तार सयाना था। उसे तो खुशी भी होती कि जगतार दारू पीने वाले लोगों में व्यस्त रहता है। सरपंच के साथ उसका वास्ता था। इलाके में उसकी पहचान थी। वह सोचता, घर में एक ऐसा व्यक्ति होना भी चाहिए, नहीं तो दुनिया जीने नहीं देती। दुनिया पीर तो डंडा ही है। उनका बाप चन्द अकेला था, तभी तो दूसरों ने उसे मार गिराया था। यदि वे दो भाई होते तो साला कोई भी कुछ कह न पाता। मुख्तार को तसल्ली थी कि वे दो भाई हैं और जगतार कोई लफंगा लड़का नहीं।

लघ्घड़ा का बाहर वाला घर दूर था। यहीं पर उनका कूड़ा-करकट होता और यहीं पर पशु बाँधे जाते। एक बड़ी सवात थी। पानी का बड़ा नल लगा हुआ था। पानी की धारा काफी मोटी थी। इस सारे ही गाँव का पानी अच्छा था। पीने को स्वाद तथा ठंडा-मीठा। अब कई वर्ष अच्छी बारिश होने के कारण धरती का पानी दूर चला गया था। सभी घरों ने अपने पम्प खुदवा कर नयी नालियाँ बनवा ली थीं। पानी बेशक गहरा हो गया, मगर स्वभाव वही था। मीठा और ठंडा। कभी यह पानी बीस-पच्चीस फुट से बाहर निकल आता। बारिशों के समय तो पानी एकदम ही जैसे धरती पर आ जाता। खेतों में कुएँ की मुंडेर पर बैठ कर लोग हाथों से पानी पी लेते। कुदाल के चार टक मारने पर ही, पानी निकल आता। मिट्टी और पानी अपना स्वभाव बदलते रहते हैं।

उस दिन लुघडों के बाहर वाले घर में सभी बैठ गये। जगतार ने ही दारू पीने की दावत दी। बात यह थी कि उसने अपने खेत से दारू का मटका निकाला था। दारू बढ़िया बनी थी। कई बोतलें तो अभी भी वहीं मेड़ों में दबी पड़ी थीं। मगर इकट्ठे बैठ कर पीने का कोई संयोग नहीं बन रहा था। अब उन्होंने अपनी फसल घर

पर डाल दी थी और गेहूँ की बुआई कर दी थी। सिर से भारी बोझ उतर गया था। इसलिए आज जगतार ने पीने का जुगाड़ बना लिया था। जस्सी ने अपनी मोटर साइकिल दे दिया। कौरा तथा घोगा कैंचिया गये। जगतार ने ही उन्हें पैसे दे कर भेजा था कि वह बढ़िया सा बकरे का मीट ले आयें। जल्दी ले आये, नहीं तो पिछले पहर को बढ़िया माँस बिक जाता है। बाकी का रद्दी माल मिलता है फिर तो।

वह मोटर साइकिल लेकर कैंचिया गये तो पीछे से जस्सी घोगे के घर जा घुसा। रूपो आँगन में चादर लपेट कर सो रही थी। आँगन में आहट सुनकर वह उठ बैठी।

"क्यों लेटी हो?" जस्सी उसकी खाट पर ही बैठ गया। वह तुरन्त खाट से खड़ी हो गयी।

अपने बैठने के लिए लोहे की कुर्सी देखने लगी। फिर कहने लगी, "रोटी खाने के बाद खुमारी सी चढ़ जाती है। सिरस को। आज नींद काफी आयी।" फिर पूछने लगी, "वह कहाँ है?"

"वह और कौरा तो कैंचिया गये हैं। आज लुघड़ों के यहाँ जोड़ मेला है। वहीं बैठेंगे।" जस्सी ने बताया, "जगतार कब से कह रहा था। बातें करनी हैं तुम्हारे साथ। मैंने सोचा, चलो बैठ जाते हैं। बातें भी कर लेंगे।"

"चाय बनाऊँ?" रूपो ने पूछा।

"चाय भी पी लेंगे।" जस्सी ने उसकी ओर तिरछी नज़र से देखा। वह कुछ लेने अन्दर कमरे में चली गयी तो जस्सी भी उठकर पीछे ही चल दिया।

जस्सी की उत्तेजना अब इतनी तीव्र नहीं रह गयी थी। जब से रूपो ने सरवण के बारे में बताया था। वह जब भी रूपो के निकट आया, उसकी उत्तेजना ढीली पड़ जाती। वह दाँत काटते हुए सोचता, "साला सरवण यहाँ भी है...।"

खाट पर नज़रें झुकाये बैठा वह चाय पी रहा था और सोच रहा था। आज भी वह निढाल हो गया था। उसके जिस्म में पहले जैसी आग नहीं रह गयी थी। उसने खुद कभी सरवण की बात रूपो के आगे नहीं छेड़ी थी। ना रूपो अब सरवण की बात करती थी। चाय की कटोरी ले चौकी पर बैठते हुए अचानक रूपो बोली, "देखो, कहीं घोगा ना आ जाए।"

जस्सी अपना मूड ठीक करना चाहता था। कहने लगा, "अब क्या उससे डरना। आता रहे।" फिर कहने लगा, "इतनी जल्दी नहीं लौटेगा। कौरा साथ गया है। कौरा जानता है कि मैं यहाँ हूँ। वे देर से ही आएँगे।"

उस दिन की बात याद आने से जस्सी को बेचैनी होने लगती। उस दिन सरवण उससे कुछ और रुपये माँगने आया। उसे देखते ही जस्सी के तन-बदन में आग लग गयी। ऊपरी तौर पर हँसते हुए बोला, "आ भई सरवण सिंह। कैसे आया?"

''सरपंच, दुअन्नी भी पास नहीं यार। रोटी-चाय गुरुद्वारे में खा लेता हूँ, मगर और ज़रूरतें भी तो रहती हैं। सौ बीमारी-ठीमारी आ घेरती है। साल-भर से वही कुर्ता-लुँगी पहनी हुई है। जूती के तलवे में भी छेद हो गये हैं। पैसों की ज़रूरत है।''

''दारू भी पीता होगा?'' जस्सी ने पूछा।

''दारू तो कभी-कभी ठेके की देसी ले लेते हैं। नहीं तो खुद निकाल लेता हूँ किसी के साथ मिल कर।''

''क्यों चलता नहीं, गर ना पिया तो?''

''बस ऐसे ही मन टिक जाता है, और क्या। फिर अफ़ीम भी खाता हूँ। दिनों-दिन मँहगी होती जाती रही है। तुम्हें तो मालूम होगा। तू खुद करता है अफीम बेचने का काम।''

ऐसे फ़िजूल सी बातों के बाद जस्सी ने उससे कहा, ''चल, मुकंदी लाल की दूकान पर चलते हैं। तुम ऐसा करो। तुम्हारी किल्ले बाबत दुबारा से लिखित कर लेते हैं। मगर भाई अब कुछ ज्यादा लगेगा। पिछला सारा हिसाब मैंने कापी पर लिखा हुआ है। यदि तू नहीं चाहता तो अपनी ज़मीन छुड़ा ले बेशक और रकम दे दे। फिर बेशक किसी और को दे दे जमीन। मुझे तो खास ज़रूरत नहीं।'' जस्सी ने रूखापन दिखाया। गिरवी की पहली रकम से लेकर अब तक सभी जोड़-जाड़ कर काफी रकम बन चुकी थी। इतनी रकम अब कोई दे नहीं सकता था। सरवण को सब मालूम था। वह मान गया। वे दोनों मुकंदी की दूकान पर चले गये। जस्सी अपनी बही कपड़े में लपेट कर साथ ही ले गया। दो हज़ार रुपया अब देकर तथा पहले कई बार दिये गये पैसों का हिसाब लगाकर कुल रकम पर दस फीसदी सूद लगाया गया। इस प्रकार यह सारा हिसाब-किताब बिक्री-मूल्य जितना बन गया था। जस्सी की बही पर मुकंदी लाल ने नयी इबारत कर दी। उसके बाद सरवण मुकंदी की दुकान से उठकर जस्सी के साथ ही उसके घर आ गया। उस दिन उसने जस्सी से अफीम भी तो लेनी थी। करतारो ने चाय रख दी। वे बैठक में बैठ बातें कर रहे थे। उनके पास और कोई नहीं था। हँसते-हँसते ही जस्सी ने सरवण से कहा, ''अरे भाई, अब तुम घोगा के घर ना जाया कर ज्यादा।''

सरवण गम्भीर हो गया। पूरे ध्यान से सरपंच की बात सुनी। पूछने लगा, ''क्यों?''

''घोगा, तुम्हें अच्छा नहीं समझता। ऐसे ही कभी ऊँचा-नीचा हो गया। टालना ही ठीक होता है भाई।''

''मुझे साला कौन रोक सकता है, जब वह मुझे खुद बुलाती है। मैंने तो अपना सारा घर फूँक दिया उसकी खातिर। अब मैं जाना छोड़ दूँ जसवंत सिंह, यह क्या बात हुई?'' सरवण ने सीना तान कर कहा।

वह दिन, उसके बाद फिर कभी जस्सी ने सरवण को रोका-टोका नहीं। मगर संघर्ष की बातों से उसके अन्दर एक कपाट खुल गया। ''साली, यह क्या बात हुई। यह कहता है, वह बुलाती है। वह कहती है, इसे परे करो। मेरा पीछा नहीं छोड़ता। बड़ी कुतिया औरत है, फिर तो?'' मगर फिर वह यह भी सोचता, रूपो दिल से उसे ही चाहती है, सरवण तो सचमुच कीचड़ है। यह कीचड़ जितनी जल्दी घोगा के आँगन से साफ हो जाय, उतना ही अच्छा है। आँगन साफ-सुथरा दिखेगा। साफ-सुथरा...जो सिर्फ़ उसके लिए हो। जब तक यह कीचड़ साफ नहीं होता, उतनी देर तक रूपो झूठी बर्तन है।

उस दिन जब लुध्धड़ों के बाहर वाले घर पर चूल्हे पर पक रहे माँस की नमकीन वाश्ना हवा में घुलने लगी तो अन्दर सबात में उन्होंने घर की निकाली दारू की एक बोतल खोल ली। एक ही गिलास था उनके पास। जगतार, कौरा, घोगा और मघर मास्टर पी रहे थे। जस्सी कुर्सी पर बैठा अपनी अँगुलि में मोटरसाइकिल की चाबी घुमा रहा था। बाकी सभी दो चारपाइयों पर बैठे थे। खाटों के मध्य एक नीचा सा पुराना मेज़ पड़ा था। मेज़ पर नमक लगे प्याज़ की एक प्लेट थी और साथ में अचार। पानी का जग था। हर एक अपने मुताबिक गिलास में दारू डालता और पानी मिलाकर पैग तैयार कर लेता। हर एक की अपनी-अपनी प्यास थी। एक-एक पैग के बाद दूसरा पैग भी उन्होंने जल्दी से पी लिया। जगतार इस बार बोयी गयी गेहूँ की बातें सुना रहा था। वह उत्साह से बता रहा था कि अपने साथ-साथ उन्होंने अन्य घरों की भी बुआई कर दी। घर के ट्रैक्टर का यही तो मजा है भाई। जैसे एक उसी अकेले के पास ही ट्रैक्टर हो, गाँव के बाकी जाट तो बेकार ही हों।

जगतार के कान एकदम से खुल गये, जब उसने सुना कि, ''भाड़े पर ट्रैक्टर भेजने से मशीनरी खराब हो जाती है। या तो मालिक स्वयं चलाये। ड्राइवर तो ट्रैक्टर का धुआँ निकाल देते हैं।'' मास्टर कह रहा था।

घोगा और कौरा की निगाह खाली गिलास की ओर जा रही थी। वे कब तीसरा पैग पिये और सरूर में आये। दो-दो पैग से तो उनका कुछ भी नहीं हुआ था। जगतार और मास्टर की बातों में उनकी कोई दिलचस्पी नहीं थी। मास्टर और जगतार ही बातें कर रहे थे। कौरा ने गिलास उठाया और आधा पी लिया। पानी थोड़ा ही डाला। पानी डालते वह कह रहा था, ''क्यों जसवंत सिंह, हम ना ले लें ट्रैक्टर?''

''क्यों, हमने क्या करना है उसका? हम कौन सी खेती करते हैं।'' जस्सी हँसने लगा।

''एक ड्राइवर रख लेंगे। किराये पर लोगों का काम किया करेंगे। ट्रैक्टर का काम तो सारा साल ही रहता है।'' कौरा ने एक घूँट भरा। पानी तो नाममात्र ही था

उसमें।

''अरे छोड़ो, हम ने क्या करना है ट्रैक्टर? जब खेती करेंगे तो ट्रैक्टर भी ले लेंगे। ट्रैक्टर का क्या है साला। तुम ही चला लिया करना। तुझे ही दे देंगे। ट्रैक्टर का चार्ज।'' जस्सी ने बच्चों की भाँति उसे दिलासा दिया।

जस्सी की बात सुन कौरा जैसे धरती से थोड़ा ऊपर उठ गया हो। वह तिरछी निगाह से दूसरों की ओर देखने लगा। अब घोगा गिलास में अपने लिए दारू उँड़ेल रहा था।

सबात के कोने में पाँच-सात गट्ठर ही भूसे के रह गये थे। बाकी सारी सबात खाली थी। गेहूँ निकालने पर वह इस सबात को भूसे से भर लेते थे। उनके पशु-डंगर काफी थे, जबकि भूसे का खर्ज भी काफी होता था।

''बल्ले बल्ले, इसी सबात में हम कई बार बैठे थे। चन्द सिंह के साथ। वक्त-वक्त की बातें होती हैं। बहुत शरीफ आदमी था। सिर्फ़ बातें ही बाकी रह जाती हैं।'' जस्सी ने बात छेड़ी।

पहले तो जगतार ने आँखें फाड़कर उसकी ओर देखा, फिर नजरें झुका लीं। बोला कुछ ना। जैसे गम की गहरी खाई में उतर गया हो। मास्टर बोला, ''हाँ देख ले। बेमौत ही मारा गया। बेबे बताती है, तब मैं कॉलेज जाता नहीं।''

कौरा कहने लगा, ''अब तो सभी साले अच्छे-भले फिरते हैं। खत्म होने वाला किसे याद है।''

''वह तो कब से कैद काट कर लौट आये। चन्द सिंह वापस ना आ सका। इतना नेक आदमी। उसने तो कभी किसी कुत्ते को भी डंडा नहीं मारा होगा।'' घोगा बोल रहा था।

दारू की महफिल जैसे शोक-सभा में बदल गयी हो। जगतार को उनकी बातें चीरती चली गयीं। एक बार तो उसका सिर ही घूम गया। वह चुपचाप सा उठा और सबात से बाहर हो गया। जस्सी उसकी पीठ की ओर देखता रहा। कौरा दूसरी बोतल का डाट खोलने में लगा था।

चूल्हे के सामने जाकर जगतार ने देखा। नौकर उकड़ूँ बैठा था। चूल्हे में आग धीमी थी। वह बोला, ''क्यों, कैसे है अब? कड़छी चलाते रहना।''

''यह तो बन गया चाचा। इसलिए मैंने आग बन्द कर दी। मैं एक टुकड़ा निकाल कर देख लिया था।'' उसका नौकर खड़ा हो गया।

वह कहने लगा, ''लाकर दिखा मुझे, दो टुकड़े निकाल कर।''

नौकर ने खाली कटोरी में एक कड़छी भरकर डाल दी। पतीले से भाप निकल रही थी। भाप से मालूम हो रहा था कि मीट पूरी तरह से पक गया है। मीट की कड़छी में तरी भी थोड़ी सी आ गयी। जगतार ने एक बोटी चख कर देखी और सिर

हिलाते हुए कहा, "हूँ..." और कटोरी लाकर जस्सी के सामने रख दी। और कहा, "देखो सरपंच साहब, कैसा बना है।"

जस्सी ने उठ कर कटोरी पकड़ ली। उसने गर्मा-गर्म बोटी को मुँह में डाला। उसके होंठ जल उठे।

"इन्हें और किसी कटोरी में लाकर दे दो। मेरी ओर झाँकते रहते हैं। यह तो सिर्फ़ मेरा है।" जस्सी ज़ोर से हँस दिया। मीट आ जाने से और जस्सी के हँसने से महफिल का ग़मगीन माहौल काफी कुछ बदल गया। जगतार खड़े-खड़े फिर से चूल्हे की ओर मुड़ गया। अब की बार वह दो कटोरियाँ भर कर ले आया। कौरा ने चम्मच माँगा। जगतार ने कहा, "चम्मच लेने तो अब दूसरे घर जाना पड़ेगा। लाना भूल गये।"

कौरा ने कहा, "कोई बात नहीं, काम चला लेते हैं।"

कटोरियाँ रखकर जगतार ने शराब से गिलास भर लिया। पानी नहीं डाला और एक ही साँस में गटक गया। जस्सी ने भाँप लिया, वह बहुत दुखी हो गया है। गिलास रखकर अपना सिर झटका और मुँह परे करके अनसुने शब्दों में बोला, "वाहे गुरु करने वाला है। देखूँगा कभी उसे भी।"

"किसे देख लेगा?" जस्सी ने फुसफुसा कर पूछा।

"रामसिंह को, और किसे?" जगतार ने भी धीमे से कहा।

जस्सी उसे कन्धे से पकड़ बाहर की ओर ले गया। एक ओर खड़े हो वे पेशाब करने लगे। फिर जस्सी उसके निकट आते हुए बोला, "तेरे बाप के कत्ल में राम सिंह का हाथ नहीं, जितना सरवण का था। ज्यादा मार सरवण ने ही मारी थी। सारी दुनिया जानती है। राम सिंह तो सिर्फ़ डाँट-फटकार ही करना चाहता था। कैद भी सरवण को ही ज्यादा हुई थी। जितना बड़ा कसूर, उतनी बड़ी कैद।"

"उसे नहीं छोड़ूँगा मैं।" जगतार ने दाँत पीसे।

"पहले सरवण का काँटा निकालते हैं। राम सिंह को फिर देख लेंगे। जान लगा देंगे। मैं बरी कराऊँगा तुझे।" जस्सी ने फुसफुसा कर बातें कीं।

जगतार धरती पर बैठ गया, और मिट्टी मुट्ठी भर कर माथे पर लगायी। फिर मिट्टी फेंक कर बोला, "हे धरती माता। वर देना। मैं बापू के खून का बदला लूँगा। बापू के खून में बैरी का खून मिलाना है एक दिन। लुध्धड़ का खून दुश्मन का खून माँग रहा है।"

13

पौष-माघ का मौसम था। गेहूँ की बलियाँ काफी ऊँची हो गयी थीं। वे दो महीने के

बाद इकट्ठे हुए थे और अब दुल्ले की बावड़ी के एक ओर उत्तर दिशा की ओर खाल की ओट में बैठे दारू पी रहे थे। जस्सी सरपंच के साथ हमेशा की तरह कौरा और जगतार थे। कौरा तथा जगतार पी रहे थे। सरपंच सिर्फ़ अंडे खा रहा था। एक ओर काफी सारे उबले हुए अंडे, नमक की पुड़िया और देसी शराब की बोलत थी, जो मंडी से वे लोग लाये थे। दिन थोड़ा ही बाकी रहता था। वह उतावले लग रहे थे। जल्दी-जल्दी पैग भरते और अंडे को छील, नमक लगाकर फट से खा जाते। अंडे छीलने का काम सरपंच कर रहा था। जगतार को जल्दी थी कि वह जल्दी गाँव पहुँचकर अपने पशु-डंगर सँभाल सके। सरपंच को गाँव लौटने की कोई जल्दी नहीं थी। जल्दबाजी सिर्फ़ इस बात की थी कि जगतार के नशे में आते ही अपने मतलब की बात छेड़ी जा सके। वे धीरे-धीरे बातें कर रहे थे। डर था, बावड़ी के निकट के रास्ते पर आते-जाते लोगों तक कहीं उनकी आवाज़ न पहुँच जाय। आवाज़ सुनकर कोई पास भी आ सकता था।

जस्सी ने कौरा को आँख मारी कि जगतार को ज्यादा पिलाये, खुद कम पिये। मगर कौरा लालच करता, खुद भी अधिक डाल लेता। जस्सी उसे घूरता तो वह दूसरी ओर देखने लगता।

वे मंडी से ही दो बोतलें पानी की भर लाये थे। तीन बोतलें और खाने-पीने का नमकीन भी साथ लाये। जस्सी ने मोटर साइकिल डेरे में एक ओर खड़ी कर दी थी। बाबा रामदास को भी माथा टेक आया था। बताया था कि वे इधर गेहूँ के दरम्यान में बैठ रहे हैं। बातें करनी हैं। वह एक घंटे तक लौटेगा। रामदास ने मुस्करा कर कहा था, ''चाय का लंगर छक जाते या वापस आकर छक लोगे।''

''कोई नहीं बाबा। चाय भी पी लेंगे आते हैं।'' जस्सी जल्दी में था।

उस दिन वे आढ़तिये कीमती राम की दूकान पर मिले थे। जगतार सुबह से वहीं बैठा था। बनिया कुछ बता नहीं रहा था। वह पैसों के लिए गया था। इस मौसम में जाटों को पैसों की काफी ज़रूरत रहती है। रबी का वे सब खा-पी चुके होते हैं और खरीफ की फसल अभी दूर थी। गेहूँ के लिए खाद खरीदनी होती है। कीड़ेमार दवाइयाँ और फिर इंजन के डीज़ल इत्यादि। लोहड़ी के बाद विवाह शुरू हो जाते हैं। जाटों की आखिरी उम्मीद आढ़तिये ही होते हैं। आढ़तिया सब जानता है। वह जाट की फसल देखकर पैसा देता है। उस दिन कीमती की दूकान पर दस-बारह जमींदार बैठे थे। कीमती किसी को भी कुछ नहीं दे रहा था। पहले तो कहता रहा। भाई, कहीं गया हुआ है, अभी आने वाला है। विजय कुमार का कुछ मालूम नहीं था, कहाँ है। कहीं गया भी है या घर में ही लिहाफ लेकर पड़ा हुआ हो। जब दो बज गये तो कीमती ने सभी को टाल दिया। बहाना यह लगाया, अब मालूम नहीं भाई आएगा भी या नहीं। अब फ़ायदा भी नहीं, बैंक बन्द हो चुका है। दो-तीन चैक

कैश होने थे। भाई के नाम हैं। वही पैसे लेकर आने वाला था। भाई ने कल भी नहीं आना। अब तुम परसों को आना। सभी जने दाढ़ी पर हाथ फिराते, दूकान से बाहर निकल गये। ये सभी अलग-अलग गाँवों से आये थे। थंमणवाला तथा टिब्बा का कोई और आदमी वहाँ नहीं था। जस्सी ऐन उसी वक्त दूकान पर आया। कौरा ने बता दिया कि जगतार वह जा रहा है जस्सी ने उसे आवाज़ लगाई। वह पलट कर दूकान में आ गया। खाली दूकान में इधर-उधर की बातें करते रहे। फिर जगतार तथा कौरा वहीं गद्दी पर बैठे रहे, जस्सी कीमती को लेकर अन्दर कमरे में चला गया। भीतरी कमरे में अँधेरा था। बस चेहरा ही धुँधला सा नज़र आ रहा था। पीछे खड़े होकर उन्होंने बात की।

जस्सी उस दिन कीमती लाल को याद दिलाने आया था कि चौथे दिन तहसीलदार की रजिस्ट्री है। दो लाख रुपया जस्सी के घर पर पड़ा था और पाँच लाख कीमती लाल से लेना था। यह रुपया जस्सी का अपना था, जो उसने उसे ब्याज के लिए दिया हुआ था। चार किल्ले ज़मीन का सौदा था। यह ज़मीन थंमणवाला के ही एक गर्जमन्द किसान की थी। उस जाट पर कर्ज़ बहुत चढ़ गया था। अब यह चार किल्ले बेचे बिना उसका गुज़ारा मुश्किल था। उसने सोचा कि चार किल्ले बेच देने से सारे कर्जे खत्म हो जाएँगे। फिर वह कर्ज़ा नहीं लेगा। उसके पास और भी अच्छी ज़मीन थी। मगर कमाई नहीं थी। लड़कियाँ ही लड़कियाँ थीं, लड़का नहीं था। वह हर दूसरे-चौथे बरस लड़की की शादी कर देता। लड़की की शादी में एक ही बार में काफी भारी कर्ज़ चढ़ जाता था।

जब से जस्सी अफीम का धन्धा करने लगा था, उसके पास धन काफी इकट्ठा हो गया था वह दूसरे-तीसरे वर्ष कोई न कोई ज़मीन खरीदने लगा। कभी एक किल्ला, कभी दो किल्ले या इससे भी अधिक। वह किल्ले बदलता भी रहता। उसका मकसद था कि ज़मीन के बड़े टुकड़े एक साथ दो-तीन स्थानों पर बन जाएँ। थोड़ी-थोड़ी ज़मीन अलग-अलग स्थानों पर सँभालना मुश्किल होती है। चौथे-पाँचवें दिन हर खेत में चक्कर लगाना मुश्किल लगता।

कीमती लाल ने मुनीम भेज कर उन्हें चाय के तीन कप मँगवा दिये। चाय पीते हुए वह बातें करने लगे। जस्सी कहने लगा, ''हद हो गयी जगतार, इतने दिन हो गये, कभी मिला भी नहीं। कहाँ रहता है आजकल?''

''गाँव में ही हूँ। और कहाँ जाऊँगा। खेत से घर।'' जगतार ने धीमे से कहा।

''काम कौन सा होता है खेत में आजकल?'' कौरा हँस दिया।

''ना हो, खेत तो वैसे ही जाना पड़ता है? पशुओं द्वारा उजाड़ने का डर भी तो रहता है।'' जगतार ने जवाब दिया।

''क्यों मुख्तार सिंह कहाँ होता है? वह नहीं जाता खेत?'' जस्सी ने कहा।

‘‘वह भी जाता है। एक काम और था मुझे। मैं ननिहाल चला गया था। दस दिन हुए। मामा बीमार है हस्पताल में है।’’

‘‘हाँ, यूँ कहो न कि ननिहाल जा घुसा था।’’ जस्सी ने फिर पूछा, ‘‘आज कैसे?’’

‘‘यहीं आया था, कीमती के पास। इसने कोई रास्ता नहीं सुझाया। अब कहता है, परसों आना। पैसों की ज़रूरत थी। पहले वह खुद आता था, आज मुझे भेज दिया। आज भाई गया है मामा के पास।’’

‘‘चलें फिर गाँव को?’’

‘‘हाँ, हाँ गाँव ही चलते हैं। और कहाँ जाना है हमने।’’

‘‘मोटरसाइकिल है। साथ ही तुम भी बैठ जाना। कोई मौज-मस्ती करना है तो वह भी कर लो। इकट्ठे हुए हैं आज हम।’’ जस्सी ने कहा।

‘‘वह तो अब करेंगे ही। मुश्किल से तो मिले हैं?’’ कौरा ने कहा, फिर हँसने लगा।

‘‘लो फिर। बोतल तुम खुद ले लो जाकर ठेके से। कुछ खाने की भी ले आना। उबले अंडे भी ले आओ। खाएँगे।’’ जस्सी ने सौ रुपये का नोट बटुए से निकाल कौरा को पकड़ाया।

खाल की ओट में बैठे अब वे पी रहे थे। जस्सी ने देखा, जगतार अब सरूर में है और खुल कर बोल रहा है तो उसने पानी की भरी बोलत उठायी। आधा पानी हाथ की अँजुलि में भर कर पी लिया। बाकी का पानी वहीं फेंक दिया। दूसरी बोतल का पानी शराब संग पी लिया गया था। जस्सी कहने लगा, ‘‘जा भई कौरा, डेरे के कुएँ से पानी भर कर ले आ। यह पानी तो बकबका था। और पानी पीएँगे। पानी तुम्हें भी चाहिए।’’ फिर पूछा, ‘‘और कितनी रह गयी अभी?’’

‘‘एक पऊआ ही रह गया है। नशा ही नहीं होता, इसलिए लोग घर में निकाल कर पीते हैं।’’ कौरा खाली बोतलें ले उठ खड़ा हुआ।

‘‘घर की निकली दारू बढ़िया होती है। वह शरीर को खोखला नहीं करती।’’ जगतार बोला।

जब कौरा दूर चला गया तो जस्सी बोला, ‘‘फिर क्या स्कीम बनायी?’’

‘‘कौन सी स्कीम?’’

‘‘याद नहीं उस दिन तुम्हारे बाहर वाले घर में बात की थी हमने। काम तमाम कर दो अब सरवण का।’’

‘‘याद है मुझे। यह बात तो मेरे सीने पर चढ़ी रहती है। याद क्यों नहीं। बस देखता जा। कुछ न कुछ करूँगा ही।’’

‘‘लाठी-डंडे से काम नहीं चलेगा। यहाँ तो पिस्तौल से बनेगी बात।’’

''पिस्तौल अब कहाँ से लायें?''
''चला लेगा?''
''हाँ पिस्तौल चलाने में क्या है। अगले के सीने पर रख कर घोड़ा दबा दो। बस चल गया पिस्तौल।''
''काम तो तूने करना ही है अब। कुछ पैसे खर्च कर सकता है?''
''हाँ, कितने का आएगा?''
''देसी है, बारह बोर का। एक कारतूस पड़ता है। अभी एक हज़ार दे देना। बाकी हिसाब बाद में कर लेंगे।''
''ला दे। हज़ार देने में मैं पीछे नहीं रहूँगा।''
वे बातें कर रहे थे कि कौरा पानी की बोलतें लेकर आ गया।
''कोई मिला तो नहीं गाँव का तुझे?'' जस्सी ने पूछा।
''ना ना, कोई नहीं था कुएँ पर। परे ज़रूर घूम रहे थे। तीन-चार आदमी। मालूम नहीं कहाँ के थे। अपने गाँव के तो नहीं लग रहे थे।''
कुएँ का पानी पहले जस्सी ने पिया, फिर उन दोनों ने। जस्सी उन्हें वहाँ छोड़ खुद डेरे की ओर चल दिया। उसकी चाल तेज़ थी। अपनी बारह बोर वाली दुनाली उसने कौरा को थमा दी थी। पीछे से जगतार कहने लगा, ''लाओ, इसे चलाकर देखें।''
''इसे चला कर क्या करेगा?''
''हाथ खोल लेते हैं।'' जगतारा हँस रहा था। अब उसका मूड अच्छा था।
''अब लौटे हो?'' रामदास ने ऊँची आवाज़ में सरपंच से पूछा।
''नहीं महाराज, उधर बैठे थे। कब से आ गये हम तो। आपके सामने ही तो मोटर साइकिल खड़ा करके गया था मैं।'' जस्सी ने नम्रता से जवाब दिया। फिर धीरे से रामदास के कानों के पास जा फुसफुसाया।
''उस दिन जो चीज़ मैं थमा गया था आपको, वह दीजिये ज़रा।''
बाबा के पास और कोई नहीं था। बाबा ने पूछा, ''कौन सी चीज़?''
''अरे, वही देसी...।'' जस्सी ने खली अँगुली का घोड़ा दो-तीन बार दबाया। रामदास समझ गया और गम्भीर हो गया। फिर बोला, ''ये लो चाबी। वह अलमारी खोलो। तुम्हारा थैला वैसे का वैसा वहाँ पड़ा है। मैंने तो देखा नहीं जसवंत सिंह, उसमें क्या है, क्या नहीं?''
जस्सी थैला लेकर उन्हीं पाँव लौट पड़ा। खाल की ओट में जाकर उसने पिस्तौल निकाला और बटन दबा कर उसे खोला। नली में कारतूस डाल उसे चलने के लिए एकदम तैयार कर दिया। कहने लगा, ''लो दबाओ घोड़ा और चला दो।''
''निशाना कैसे लगायें इसका?'' कौरा ने पूछा।
''निशाना लगाने की ज़रूरत ही क्या है। देसी है। अगले के सीने या पुडपुडी

में टिका कर दबा दो घोड़ा। जहाँ बजेगी काम तमाम कर देगी। छलनी जैसा कर देगी।'' फिर बेरी की ओर ऊपर कर घोड़े पर अँगुली रखी। कहने लगा, ''ये देख, इधर निगाह कर।'' घोड़ा दबाने से ज़ोर की आवाज़ हुई। आस-पास के वृक्षों पर बैठे पक्षी फड़फड़ाते हुए उड़ गये। डेरे के वृक्षों पर से मोर बोला।

''इसका कोई खास प्रशिक्षण नहीं लेना पड़ता जगतार सिंह।'' फिर जस्सी कहने लगा, ''ले पकड़ ले इसे। खुद कारतूस डाल इसमें चला दे मेरी तरह बेरी की ओर ऊपर करके।''

जगतार ने वैसे ही किया। डेरे का मोर फिर बोला। जस्सी ने अपने चमड़े के थैले में से पाँच कारतूस निकाल जगतार को दे दिये। दूसरे थैले में पिस्तौल तथा पाँचों कारतूस डालकर जगतार से कहने लगा, ''ले ले, अब यह तेरा माल है। अब तू जाने तेरा काम। हज़ार रुपया जब मर्ज़ी दे देना। बाकी के पैसे फिर कभी ले लेंगे।''

उधर डेरे में घूमते आदमियों ने बाबा रामदास से पूछा, ''ये फायर कहाँ हुए हैं महाराज?''

''सरपंच घूम रहा है वहाँ। कोई तीतर-वीतर मारा होगा उसने। शुगल है भाई बड़े आदमियों के और क्या।''

थोड़ी देर बाद जस्सी डेरे में आया और तेज़ आवाज़ करता अपनी मोटर साइकिल ले गया। रामदास ने अपनी कुटिया से बाहर निकल कर ना उसे देखा और ना जस्सी कुटिया के अन्दर गया। कौरा और जगतार रास्ते में ही खड़े थे।

14

जब से चन्द लुध्धड़ का कत्ल हुआ था और फिर मुकदमा चलने के बाद मुल्जिमों को सज़ा हो गयी थी। तभी से मक्खन डर-डर कर रहने लगा था। उनके पास अच्छी ज़मीन थी। ट्रैक्टर वाला घर था। उन्होंने किसी का कर्ज़ा नहीं देना था। उनके पास धन काफी था। पैसे के बल पर ही तो मक्खन ने अपने बाप को ज्यादा सज़ा नहीं होने दी थी। मगर जो डर उसके अन्दर बैठ गया था, उसका वह क्या करता। उसे लगता चन्द लुघड़ का कोई लड़का उसे कभी नुकसान न पहुँचा दे। वह कभी भी अकेला खेत न जाता। हमेशा साथ में एक आदमी रखता। स्यापा यह था कि रामसिंह और चन्द लुघड़ के खेत एक-दूसरे के नज़दीक थे। उनके घर भी एक ही इलाके में थे। मक्खन के ट्रैक्टर पर उसका सीरी (सहयोगी) साथ होता। कभी पैदल वह चल कर खेत जाता या मंडी जाता तो कोई न कोई उसके साथ जाता। इस प्रकार उसने तीन-चार लड़कों के साथ गहरी मित्रता बनायी हुई थी, जो उसकी बात सुनते,

उसका पक्ष लेते थे। वह उन्हें खिलाता-पिलाता भी था। पाँचवें-सातवें दिन उन्हें पिला देता था। बरनाला जाता शाम से पहले ही गाँव लौट आता। बस चढ़ते समय भी आगे-पीछे देख कर चढ़ता। अक्सर लोग अपने काम-धन्धे खत्म कर, सौदा-सुल्फ खरीद कर लौटते। मगर मक्खन शहर से जल्दी लौटता। कभी भी वहाँ दारू न पीता। अपने घर में बैठ कर ही पीता। मित्रों को भी घर ही बुला लेता। ज्यादा से ज्यादा वे लोग उसके बाहरवाले घर में जा बैठते। किसी के घर जाकर दारू पीना उसके लिए सख्त मनाही थी। मक्खन की माँ उसे ताड़कर रखती। एकलौता लड़का था। रामसिंह से हत्या हो जाने के पश्चात् तो वह वैसे भी कमली हो गयी थी। अब आगे बचाव रखना अत्यन्त ज़रूरी था।

और फिर जब रामसिंह सजा भुगत कर गाँव आ गया तो बाप-बेटा इकट्ठे रहने लगे। इकट्ठे खेत जाते। काम के बिना गुज़ारा नहीं था। नौकरों सहयोगियों के सहारे खेती का काम नहीं हो पाता। रोडूशाह मंडी या बरनाला जाना होता तो वह किसी और को साथ ले जाता। अगले पर भी खर्च करता। दूसरे लोग सूरज उगने से पहले खेतों की ओर चल देते थे और दिन छिपने के साथ ही गाँव आते थे। मगर रामसिंह और उसका लड़का ऐसा न करते। वे दिन-चढ़े खेत को जाते और शाम होने से पहले ही ट्रैक्टर ले लौट आते। कितना भी काम आता, बीच में ही छोड़ आते।

मक्खन ने कई बार कहा, ''बापू, हम बन्दूक का लाइसेंस बनवा लेते हैं। हथियार पास हो तो आदमी जल्दी हाथ नहीं डालता।''

रामसिंह ने जवाब दिया, ''हथियार पास रखना तो ऐसा है भाई, जैसे मौत का साया साथ-साथ रहे। क्यों पंगा लेता है। यदि हम बन्दूक लेंगे तो वे भी ले लेंगे। उन्होंने अभी तक लाइसेंस लिया नहीं। फिर हमें क्या डर है।''

''डर तो हमें है। उन्हें तो नहीं है।''

''नहीं लाइसेंस नहीं लेते हम।'' रामसिंह मानता नहीं था। कहता, ''हथियार तो कट्टे का होता है। आदमी को तो बेशक कड़ाही से मार दो। गंडासा-फावड़ा अलग से होता है।''

जब से जगतार ने पिस्तौल लिया था, उन्हें एक बेचैनी सी घेरे रहती। पिस्तौल उसने अपने बाहर वाले घर में लकड़ियों के पीछे छुपा कर रखी थी। लकड़ियाँ टेढ़ी-मेढ़ी थीं और किसी काम की नहीं थीं। बस चूल्हे का ईंधन ही थीं। इन लकड़ियों के नीचे जगतार ने पिस्तौल का थैला छुपा कर रख दिया था। थैले में ही पाँच कारतूस थे। उसे लगता जैसे पिस्तौल तथा कारतूस कोई जानवर-पक्षी हों, साँस लेते हों। मगर ये जानवर-पक्षी उड़ने के लिए उतावले हों।

जस्सी सरपंच जगतार को दो बार फिर से टकरा और बातें कीं। कहने लगा

था, ''गर्म बात है, फिर ठंडी हो जाएगी। हथियार तुम्हें दिया किस लिए है? उसे तो यार फिर जंग लग जाएगा। तड़के-तड़के और शाम को उठकर घर से गुरुद्वारे चाय पीने जाता है। एक दिन ओट में बैठ जा। इधर से जाते ही ठोक दे उस साले को। देर क्यों करता है यार। मैं हूँ तुम्हें कुछ होने नहीं दूँगा। उसकी पैरवी कौन करेगा। लाश उठाकर हम फूँक देंगे। थाना चल कर आएगा। थाने को भी सँभाल लेंगे। तू परवाह न कर किसी भी लाट-साहब की।''

जगतार कभी-कभी मुख्तार से सलाह करता। कभी कहता, ''यार बापू को इन्होंने ऐसे ही मार डाला। तब से मन उखड़ा हुआ है। दिल करता है रामसिंह तथा सरवण दोनों की गर्दनें काट डालूँ और सिर वहाँ जा रखूँ, जहाँ उन्होंने उस दिन खेत में बापू को चोटें मारी थीं।''

''अरे क्या लेना है जगतार अब पंगा लेकर। गृहस्थ आदमी हैं। तुम्हारी तो अभी बहू नहीं आयी। मगर मेरे बच्चे बर्बाद हो जाएँगे। क्यों छेड़ता है इस बन्द हो चुकी कहानी को। बापू तो वापस आयेगा नहीं। क्या फायदा, सब्र कर लो अब।'' मुख्तार समझदार था। उसे समझाने लगता। कहता, ''ऐसे ही किसी के चक्कर में न आ जाना। लोग तो तमाशा देखने वाले होते हैं। घर अपना बर्बाद हो जाएगा। पहले ही बापू के चक्कर में अपना कितना पैसा लग चुका है। मुश्किल से उतार पाये हैं।''

मुख्तार उससे कई बरस बड़ा था। उसके तो दो लड़के भी थे। जगतार की उम्र उस समय तीस के आस-पास होगी। उसका अभी कुछ समय पहले ही ब्याह हुआ था। ससुरालवालों ने अभी गौना नहीं किया था। कहते थे, सभी कुछ देंगे तब भेजेंगे। उनका लड़का सख्त बीमार था। ब्याह की तिथि तय होने के कारण उन्होंने शादी कर दी लेकिन लड़की विदा करने के लिए एक वर्ष का समय ले लिया था।

जगतार ने पिस्तौल के बारे में मुख्तार को कुछ नहीं बताया था। यदि बता देता तो उसका दिल दहल जाता। उसे, उसी समय कुएँ-बावड़ी में फेंक देने का कहता। उसका दिल कमज़ोर था। वह तो इसी बात से डर जाता कि यदि पुलिस को पिस्तौल के बारे में मालूम हो गया तो मारे जाएँगे। नाजायज़ हथियार रखना तो बहुत बड़ा जुर्म है, बहुत बड़ी सज़ा। जगतार जब कभी बाहर वाले घर में जाता तो लकड़ियों के ढेर के नीचे छिपाये गये थैले को निकाल कर पिस्तौल को टटोल कर देखता। कभी-कभी खाली घोड़ा भी दवा देता। आवाज़ भी आस-पास जाकर खो जाती। उसका अपना दिमाग भी खाली घोड़े समान है और विचार तूफान समान आकर निकल जाते। कितने ही वर्ष निकल गये थे बापू के कत्ल को, वह तब से ही बदला लेने को खाली घोड़े दौड़ाता जा रहा था।

उसे यह समझ ना आती कि सरपंच हमेशा सरवण की ही बात क्यों कहता है, रामसिंह की बात क्यों नहीं करता। जगतार समझता था कि मालिक तो रामसिंह

ही था। उसने ही यह सब किया था। सरवण तो उसका सीरी था, उसका नौकर था। सरवण तो उसके अधीन था। सरवण रामसिंह के कारण ही उस रात वहाँ उनके खेत गया था। पानी तो रामसिंह का ही था। रामसिंह ही बापू के कत्ल का अधिक कसूरवार है। पैसे के बल पर वह अपनी सज़ा कम करवा गया। सरवण बेचारा था। पैसे से भी कमज़ोर। इसलिए उसे बीस वर्ष काटने पड़े। वह बीस वर्ष काट कर आया। काफी सज़ा मिल गयी उसे। मगर यह जाट रामसिंह अभी भी घूमता है जो सिर्फ़ चार वर्ष जेल की रोटियाँ खा कर आया।

सरपंच कहता, ''रामसिंह को छोड़ परे। वह तो उम्र के आखिरी पड़ाव पर है। कब्र में टाँगें पसारे बैठा है। कुछ वर्षों पश्चात् खुद ही मर जाएगा।'' जगतार सोचता, सरवण कौन-सा जवान है। वह भी उतार उम्र ही है। अब औरत नहीं, ज़मीन नहीं, जान छिपाता फिरता है। जगतार को मालूम था, सरवर्ण कितना भयभीत रहता था। जब कभी दोनों का आमना-सामना हो जाता तो सरवर्ण नज़रें बचाकर दूसरी ओर चल देता। उससे डरता ही है।

रामसिंह की बात और है। वह जब गली में से जगतार के पास से गुज़रता तो दनदमाते हुए निकल जाता, मानो उसे किसी का भी डर-भय ना हो। जब दोनों बाप-बेटा इकट्ठे जगतार के पास से निकलते तो वह उनसे भयभीत हो जाता। उसके पैर बोझिल हो जाते। उसके लिए चलना मुश्किल हो जाता। उसकी चेतना कुंद हो जाती, जैसे बेध्यानी में वह कुछ अनहोनी कर बैठेगा। रामसिंह तथा मक्खन उसे भूत-प्रेत से लगते, जो साये की तरह पास से गुज़र जाते थे। सरवण के साथ ऐसा एहसास नहीं होता था। वह तो उसके पास के कभी गुज़रा नहीं था। उसका बुरा एहसास होता भी कैसे।

मुख्तार, जगतार की भाँति कभी नहीं सोचता था। उसके पास से कौन निकल कर गया, कौन नहीं। उसने इस ओर कभी कोई ध्यान नहीं दिया था। वह तो अपने खेत के कामों में ही मस्त रहता था। गाँव में भी घरेलू काम चुपचाप सा करता रहता। उसे कोई छेड़ता भी नहीं था। सारा गाँव जानता था कि बड़ा लड़का मुख्तार तो साधु प्रवृत्ति का आदमी है। जबकि जगतार उससे एकदम उलट स्वभाव का है। उसे हर एक की बात पीठ-पीछे भी सुनाई देती रहती।

एक दिन किसी ने उसे बताया कि वे दोनों पीपल के नीचे खड़े थे। और कोई तीसरा नहीं था। मक्खन था या वह स्वयं। उसने मक्खन से कहा, ''मुख्तार तो ठीक है। उसके मन में तो कोई पाप नहीं। छोटे से बचकर रहा करो तुम। जगतार के मन में खोट है।''

''वह लड़की सा मेरा क्या कर लेगा। कमर में छुरा मार दूँ तो साँस भी ना ले पाये।'' मक्खन ने दाँत पीसते हुए कहा।

जगतार एकहरे शरीर का लड़का था। उसने जब यह बात सुनी तो तड़पकर रह गया। उसने कहा, "अच्छा, यह बात है? कोई नहीं देख लेंगे।"

और एक दिन फिर जगतार चौपाल के नीचे बिछे तख्तपोश पर बैठा था। सन्ध्या समय था। यही दिन था चैत्र का महीना। उस दिन वह खेत न गया। तख्तपोश पर और भी दो व्यक्ति बैठे थे। सभी इधर-उधर की बातें कर रहे थे। जगतार को मक्खन आता नज़र आया। वह उतावलेपन से इधर ही आ रहा था। जगतार को लगा, वह तख्तपोश पर बैठेगा। उसने सोचा, यदि वह तख्तपोश पर आकर बैठेगा तो वह तुरन्त उठकर खड़ा हो जाएगा और उठकर घर चल देगा। उसे यह भी लगा कि हो सकता है कि वह वहाँ न बैठना चाहे। और ऐसा ही हुआ। मक्खन, जगतार हो वहाँ बैठा देख, पैर मलते हुए आगे निकल आया। मगर जाते-जाते उसने तख्तपोश की ओर देखकर थूका। जगतार को उसकी इस हरकत से ज़हर चढ़ गया। उसने सोचा, "ऐसे तो ये लोग जीने नहीं देंगे।" उसने दाँत किटकिटाये और वहाँ से उठकर घर आ गया। घर में भी उसे चैन नहीं मिल रहा था। वह बाहर वाले घर की ओर चल दिया। उसके दिमाग को कोई ज़हर छिड़ गयी थी। उसे खुद मालूम नहीं था। उसने लकड़ियों के नीचे से थैला निकाला और पिस्तौल निकालकर अपनी लुँगी में छिपा लिया। उसने एक कारतूस पिस्तौल में भर लिया और बाकी तीन कारतूस अपनी जेब में डाल लिये।

अपनी तैयारी के साथ वह फिर से चौपाल के तख्तपोश पर आ बैठा। पहले वाले आदमी वहाँ नहीं थे। कोई और व्यक्ति वहाँ उसके पास आ बैठा और बातें करने लगा। जगतार सिर्फ़ हुँकार भर रहा था, बोल नहीं रहा था। उसे अन्दाज़ा था कि मक्खन छप्पड़ की ओर ही गया था, जंगल-पानी के लिए गया होगा। जल्दी ही गुज़रेगा। अच्छा हो, गर इधर से ही गुज़रे।

वही बात हुई। मक्खन वापस आ रहा था। समझदार होता तो जगतार को वहाँ बैठा देख दूसरे रास्ते की ओर चल देता। मगर वह तो अकड़ दिखा रहा था। खुद को निडर दिखाने की कोशिश करता। जगतार को बेवकूफ समझ रहा था। शायद उसकी मौत उसे बाजू पकड़कर इस ओर ला रही थी। मक्खन को आते देख जगतार उठकर खड़ा हो गया। अभी मक्खन खँखारा भी नहीं था। उसने थूका भी नहीं था। जगतार ने झट से पिस्तौल कुरते से निकाल मक्खन की ओर दाग दिया। गोली उसके सीने पर जाकर लगी। वह एकदम धरती पर जा गिरा। जगतार ने फुर्ती से पिस्तौल में एक और कारतूस भरा। और उसकी पुडपुडी से नली जोड़ कर फायर कर दिया। उसकी खोपड़ी के टुकड़े-टुकड़े हो गये। फिर जगतार भाग निकला। पिस्तौल को अपनी लुंगी में छिपा दिया। उसके कुरते की जेब में बाकी कारतूस बजते जा रहे थे। पल-छिन में ही वह गाँव से बाहर निकल भागा। उस रात उसने खेतों में खड़ी

फसलों की ओट में गुज़ारी। उसे भागते हुए सभी ने देखा था कि वह लुध्धड़ा का जगतार है, मगर उसे स्वयं मालूम नहीं था कि तख्तपोश पर दूसरा व्यक्ति कौन बैठा था।

15

जस्सी सरपंच तीन दिनों से एम.एल.ए. के साथ चंडीगढ़ गया हुआ था। अभी लौटा नहीं था। उसके जाने के पश्चात् ही गाँव में कत्ल हो गया।

उस दिन मक्खन के कत्ल के बाद आँधी बहने लगी। आसमान में काफी बादल पहले से ही थे। अचानक तीव्र बयार चलने लगी, फिर धूल उड़ने लगी। मक्खन की लाश वैसे की वैसे ही चौपाल के तख्तपोश से थोड़ा हट कर पड़ी हुई थी। उसका लहू कुछ धरती ने सोख लिया और कुछ आँधी से ढँक गया। वहाँ जैसे लहू का कोई निशान रह ही ना गया हो। शरीर ठंडा हो जाने के बाद लहू भी सूख गया था। उसकी लुँगी का लड़ कभी-कभी हवा में फड़फड़ा रहा था। वैसे लुँगी उसकी टाँगों में फँसी हुई थी। कुरता लहू से सन कर जिस्म से चिपक गया था। उसके सिर का साफा उतर कर उसके निकट ही पड़ा था, मिट्टी में लिथेड़ा और लहू से भीगा-सना। उसकी आँखें बाहर निकल आया था। जैसे वह यह सारा नज़ारा खुद खुली आँखों से देख रहा हो। लोग, बुढ़िया, लड़कियाँ और छोटे बच्चे मक्खन की लाश से परे-परे होकर निकल रहे थे। रामसिंह ने सुना तो भागते-हाँफते आया। लड़के का यह हाल देख कर परे ही खड़ा रहा। उसका दिल चाह रहा था, उसकी देह से लिपट जाए, मगर ऐसा कुछ दूसरे लोगों ने उसे करने न दिया। वह लाश से परे ही बैठ गया। उसे रोना आ रहा था। देह काँप रही थी। वह कभी-कभी वहाँ बैठे-बैठे ही लेट जाता, कभी खड़ा हो जाता। परिवार के अन्य लोग भी आ गये। वारदात हो चुकी थी। अब क्या किया जा सकता है। इलाके के बहुत सारे आदमी इकट्ठे खड़े थे। नम्बरदार बिक्कर सिंह ने चौकीदार को साइकिल देकर रोड़ूशाह मंडी के थाने भेजा ताकि थाने में इत्तला हो जाए और पुलिस आकर अपनी कागज़ी कार्यवाही कर ले। सरपंच गाँव में होता तो यह सब वह करता। अब नम्बरदार का फ़र्ज़ बनता था या दूसरे पंचायत सदस्यों का। इत्तला ना होती तो पुलिस ने उन्हें हड़काना था। गालियाँ निकाल धमकाना था, ''सालो, कत्ल हो गया गाँव में, तुम लोग सोये पड़े हो।''

अधेड़ उम्र का चौकीदार साइकिल चलाना जानता था। थंमणवाला से रोड़ू शाह तक सड़क बन चुकी थी। मगर एक तो साइकिल पुरानी थी, ऊपर से उसका एक पैडल जाम था। दूसरी बात आँधी चलने लगी थी। चौकीदार मुश्किल से रोड़ू

शाह पहुँचा। थाने गया तो मुंशी गालियाँ देने लगा। पूछा, ''कत्ल कब हुआ?''

''काफी दिन था सरकार।'' चौकीदार ने जवाब दिया।

''माँ—, उसी वक्त आना था न। अब दिन छिपने पर कौन जाएगा थंमणवाला को।'' कहने लगा, ''सरपंच कहाँ मर गया है बहनचोद?''

''जी, वह तो चंडीगढ़ गया हुआ है, अभी लौटा नहीं। मुझे तो नम्बरदार बिक्कर सिंह ने भेजा है।''

थानेदार ने पहले दो सिपाही घोड़े वाले भेज दिये। एक घंटे के पश्चात् थानेदार खुद जीप लेकर आया। साथ में चार सिपाही और भी थे। आकर मौका देखा। उस समय इलाके के केन्द्र में नम्बरदार ने सभी लोगों तथा सदस्यों को इकट्ठा कर लिया था। सारे गाँव को मालूम था। दबे स्वर में सभी कह रहे थे कि कत्ल जगतार लुघड़ ने किया है। कोई लुक-छिप कर नहीं किया, सरे आम किया है। मगर थानेदार के सामने कोई बोल नहीं रहा था। वह पूछता, तो सभी कहते, ''क्या कह सकते हैं जी अब? खुद ही दरयाफ्त कर लो।''

रामसिंह से कहा, ''नाम बताओ?''

उसने तुरन्त कह दिया, ''कत्ल चन्द लुध्धड़ के छोटे पुत्र जगतार ने किया है, महाराज आप फिर भी पड़ताल कर लो।''

''कोई पहले से दुश्मनी है तुम्हारी ?'' थानेदार नया था। उसे इलाके की अभी, समझ नहीं आयी थी। सिपाही ने थानेदार के कान में बताया, ''इसी रामसिंह के हाथों चन्द लुघड़ का कत्ल हुआ था जी। बूढ़ा कैद काट कर आया है।''

''ओ फिर तो चल दी कहानी। और भी कत्ल होंगे।'' थानेदार ने डंडे से धरती को ठकोरा और मुँह में बुदबुदाया।

रामसिंह का अपना घर का ट्रैक्टर था। थानेदार ने रात को ही ट्राली में मक्खन की लाश रखवा रोड़ू शाह के सरकारी हस्पताल में जा रखी। पर्चा भरा गया। मक्खन का पोस्टमार्टम अगले दिन दोपहर तक हो गया। दिन अभी बाकी था। गाँव लाकर उसका दाह-संस्कार कर दिया गया।

मुख्तार तथा उसका परिवार घर को ताला लगा उसी रात कहीं चले गये। उन्हें मालूम था, पुलिस अब आएगी और उनसे मारपीट करेगी। ऐसे मौकों पर पुलिस स्त्रियों को भी नहीं बख्शती। मुख्तार ने सभी को ट्रैक्टर पर बिठाया और निकल गये। बीवी-बच्चों संग, ट्रैक्टर वह स्वयं चलाकर ले गया। पशुओं की देखभाल के लिए पड़ोसियों से कह दिया। गालियाँ दे रहा था जाते समय, ''कंजर से कहा था। मत कर। रोज़ रोकता था। मगर माना नहीं। अब यह घर बसेगा नहीं, उजड़ेगा ही। जब मुकदमा पल्ले पड़ गया तो उजड़ेगा ही। आदमी मारना आसान है कहीं।''

रामसिंह का पुत्र मर गया। उसका चिराग बुझ गया। इकलौता लड़का था

उसका। बहू के पास लड़का नहीं था। दो लड़कियाँ ही थीं। रामसिंह बहुत दुखी था। मगर शायद मुख्तार, रामसिंह से अधिक दुखी था। उसके लिए यह कत्ल से भी कोई बड़ी घटना घट गयी थी।

पहले बापू के कत्ल के समय उसने मुकदमा लड़कर देखा था। तब की गिरवी रखी ज़मीन कितने वर्षों के बाद छुड़ाई जा सकी थी।

मुख्तार शेरपुर से आगे कातरों ब्याह हुआ था। आधी रात के बाद वे कातरों जा पहुँचे। जाकर बताया तो ससुराल वाले भी बैठकर अफसोस करने लगे। कत्ल होने से एक तरह से सभी रिश्तेदार भी हिल जाते हैं। विशेषकर कत्ल करने वाले के सगे-सम्बन्धी भी।

दूसरे दिन आधी रात को जगतार भी उनके घर पहुँच गया। उसे मालूम नहीं था कि मुख्तार पहले ही परिवार सहित वहाँ आ पहुँचा है। वह तो इसलिए आया था कि कातरों वाला का कोई आदमी थंमणवाला भेजा जाए ताकि मुख्तार से कह-देख कर उसे पेश करवाया जा सके। गिरफ्तारी के बिना पीछा छूटने वाला नहीं था। पुलिस फिर पीछे वालों को तंग-परेशान करने लगती है। जगतार जब घर के अन्दर घुसा तो मुख्तार का साला सुन्न होकर रह गया। वह दरवाज़े के पास ही पशुओं के निकट लेटा था। जगतार को उसने वहीं बिठा लिया। ऊपर के लिए रज़ाई दे दी। दरवाज़े की बिजली जलती देख मुख्तार की सालेहार आँगन में आयी और पूछने लगी, '''कौन है?'' उसे दरवाज़े पर दस्तक भी सुनाई दी थी। उसने दरवाज़े में जगतार को रज़ाई लपेटे खड़े देखा तो वह वहीं थम गयी। उल्टे पाँव मुड़ी और धीरे से ननद को जगाया। कान में कहा, ''जगतार आया है।'' वह करंट लगने के समान चौंक उठी। मुख्तार को ज़ोर से आवाज़ दी। वह गहरी नींद में था। एकदम उठ कर बैठ गया, जैसे कोई खास घटना घट गयी हो। बोला, ''क्या हो गया?''

''जगतार आया है, जगतार।'' पत्नी ने निकट जाकर बताया।

मुख्तार झट से बिस्तरे से उठ खड़ा हो गया, पूछा, ''कहाँ है?''

''दरवाज़े में बैठा है।''

नंगे पैर, नंगे सिर, खेस भी ऊपर नहीं लिया। वह जल्दी से दरवाज़े के पास जा पहुँचा। जाकर जगतार के पास खाट पर जा बैठा। उसकी ओर देखने लगा। गुस्से से आँखें लाल थीं। उसका साला कहने लगा, ''मुख्तार सिंह, अब इससे कुछ न कहो। जो हो गया, वो हो गया। अब 'बचाव' की बात सोचो। क्या करना है अब?''

मुख्तार के चेहरे से लग रहा था मानो अभी जगतार के चेहरे को अपने नाखूनों से ही रौंद देगा। मगर उसने गहरा साँस लिया। मुँह दूसरी ओर फेर लिया। एक आह भरी। उसकी साँस तेज चल रही थी। अगले पल अपनी आँखें पोंछीं और बाहर से उठकर अपने बिस्तर पर आकर लेट गया। रज़ाई सिर तक खींच ली। भावज

ने चाय बनायी और दरवाज़े में बैठे उन दोनों को पकड़ा आयी। जगतार ने चाय पीते हुए कहा, ''मैं रोटी भी खाऊँगा। दो रोटियाँ भी दे दो मुझे। चूल्हे में आग होगी अभी तो।'' फिर बताने लगा कि वह तीन दिनों से भूखा है। उसे ना तो रात को रोटी कहीं मिली। रात उसने खेत में काटी। किसी की झोंपड़ी में जाकर पड़ा रहा। वहाँ बिस्तर तो था, मगर रोटी इत्यादि नहीं थी। कोई व्यक्ति भी नहीं था। दूसरे दिन दोपहर तक वहीं रहा। कोई आया-गया ही नहीं, इसलिए रोटी भी नहीं मिली। फिर वह दिन छिपते वहाँ से चल दिया। बरनाला से पैदल चलते-चलते कातरों पहुँचा। देख लो, अब तो रात आधी से अधिक गुज़र चुकी होगी। पेट में कुछ गया नहीं। पानी ही पीता आया हूँ। पानी से भूख और भी चमक जाती है।''

''तूने यार, आदमी को मारना क्यों था। फिर इतने वर्षों के बाद तेरे मन में यह आया ही क्यों?'' मुख्तार के साले ने यह बात तब पूछी, जब वह रोटी खा चुका था और अब आराम से रज़ाई में लेट अभी जाग रहा था। प्रीतम भी कम्बल लपेट उसी के पास बैठा था और बातें कर रहा था। प्रीतम दुखी था कि जगतार ने व्यक्ति को मार कर उसकी बहन का घर, बर्बाद कर दिया। कत्ल के मुकदमे में घर के बर्तन भी बिक जाते हैं।

''वह अकड़ दिखाता था यार। जानबूझकर पास से खाँस कर निकलता था। मुझे देखकर थूकता था। बस मुझसे बदर्शत नहीं हुआ। बात बस इतनी सी ही थी। क्या करता मैं?'' फिर खुद ही भरे गले से कहने लगा, ''मुझे मालूम है, मुख्तार बहुत दुखी है। मगर मैं क्या करता, गाँव में मेरा जीना दुश्वार हुआ पड़ा था।''

''मुख्तार भी तो रह रहा था वहाँ। तू भी काट लेता। जाट खुद ही भौंक कर चुप हो जाता। एक दिन खुद ही खामोश हो जाता। मुँह मोड़ लेता, और क्या था।'' प्रीतम को अफसोस हो रहा था।

''मुख्तार की बात और है। इसका स्वभाव और है। इससे कोई कुछ भी कह दे, यह जवाब नहीं देता।''

''चलो, जो होना था, अब हो गया। आगे समझदारी से काम लो। हौंसला रखो भइया। पेश हो जा। अच्छा सा वकील कर लो कोई। फाँसी ना हो बस। कैद का क्या है, बेशक कितनी भी हो जाए। एक दिन आदमी घर आ जाता है।'' प्रीतम सिंह फिर उसे समझाने लगा।

''इसीलिए तो मैं यहाँ आया हूँ। अच्छा हुआ, भाई भी यहीं पर है। तू कह दे उससे, बात कर ले फिर। फिर तुम जाओ, थंमणवाला जस्सी सरपंच के पास।'' जगतार कह रहा था।

वे सोये नहीं थे। प्रीतम दरवाज़े से उठकर अन्दर गया। मुख्तार के पास। वह भी कहाँ सोया था। उसे भी चैन कहाँ था। वैसे मुँह ढँक कर लेटा था। प्रीतम ने हाँक

लगायी तो वह उठकर बैठ गया। रजाई परे हटा दी। उसे मालूम नहीं था कि प्रीतम उसके पास क्यों आया है। उसने सारी बात कही। दिन चढ़ने से पहले ही प्रीतम, जगतार को अपने खेत मोटर वाले स्थान पर छोड़ आया।

जस्सी सरपंच उधर मक्खन के दाह-संस्कार के बाद तीसरे दिन थंमणवाला पहुँचा। इस बार उसे कई दिनों तक चंडीगढ़ रहना पड़ा था। एमएलए साथ था। काम ही ऐसा था। उनकी कार सीधा औलाखों के मुहल्ले में जस्सी के घर के सामने रुकी। जस्सी के घर में घुसते ही करतारो ने सबसे पहले उसे मक्खन के कत्ल के बारे में बताया। जगतार द्वारा कत्ल की बात सुन जस्सी सुन्न खड़ा रह गया। वह चुपचाप अन्दर कमरे में कुर्सी पर जा बैठा। कार से छोड़ने वाले चले गये। चाय-पानी नहीं पिया। कार की आवाज़ सुनकर कौरा भी आ धमका। दोनों जल्दी-जल्दी बातें करने लगे। कौरा ने पूछा, ''इस बार कई दिन लगा दिये, जसवंत सिंह तूने?''

''हाँ यार, मन्त्री मिला ही नहीं। बैठे रहे बस उसकी प्रतीक्षा में।''

चौथे दिन जाकर मुलाकात हुई। एम.एल.ए. ने तो वहाँ रहना ही था। मुझे कहने लगा, अभी आया बात खत्म करके। रोज़-रोज़ कहाँ जाया जाता है चंडीगढ़।''

''सुन लिया तूने, मक्खन के बारे में?'' कौरा ने बात चलायी।

''हाँ, बता दिया करतारो ने। अभी बात हुई।''

''देख लो...।''

''और क्या...बहनचोद ने वही बात की। मैंने कहा क्या था उसने किया क्या।''

''और क्या...अपनी बात तो बनी नहीं।'' कौरा ने भेद भरे स्वर में कहा।

''सरवण तो घूमता-फिरता है। मक्खन का हमें क्या दुख था।'' जस्सी माथा पकड़कर बैठ गया।

करतारो चाय के दो गिलास रख गयी। दोपहर ढल चुकी थी। वे चाय पी रहे थे कि कातरों वाला प्रीतम सिंह आ बैठा। इस लड़के को जस्सी पहचानता था वह कई बार थंमणवाला आ चुका था। जब भी आता, दो-चार दिन रह कर जाता था। कौरा भी जानता था। वे प्रीतम को देख हैरान हुए। फिर कौरा ने पूछा, ''क्यों काका, तुम्हें कब मालूम हुआ?''

वह खाट से उठ जस्सी ने निकट आकर बैठ गया। आगे-पीछे देखकर उसके कान के पास जाकर बताया कि मुख्तार अपने परिवार सहित कातरों बैठा है। जगतार भी वहीं है। उन्होंने ही उसे यहाँ भेजा है। जगतार को पेश करवाना है।

''पेश होने को अब क्या करें। मरने दो बहनचोद को जहाँ मर रहा है। हम से पूछ कर उसने बन्दा मारा है क्या?'' जस्सी बेहद क्रोधित था।

कौरा उनकी बात में कोई दखल नहीं दे रहा था। प्रीतम बोला, ''जो कुछ भी हो गया जसवंत सिंह, उनकी तुझ पर काफी उम्मीदें हैं। तुम्हीं बेड़ा पार लगा सकते

हो। मुख्तार सिंह ने कह कर भेजा है मुझे। थानेदार के साथ तुम्हारी बनती है। बात कर लो उसके साथ। फिर मैं ले आऊँगा जगतार को।''

जस्सी थोड़ा ढीला पड़ गया। फिर भी गाँव का मामला था। उसने सोचा, सरेंडर करवाने में क्या है,करवा देते हैं। बाद में जो मर्ज़ी हो। मगर कहने लगा, ''अभी तो मैं जा नहीं सकता। अभी चंडीगढ़ से लौटा हूँ। थकावट हो रही है। आज खाना भी नहीं खाया कहीं।''

प्रीतम को हौंसला हो गया। कहने लगा, ''मैं रुक जाता हूँ। सुबह चलेंगे रोडू शाह। जल्दी आकर बता देना। मैं कल ही कातरों चला जाऊँगा। जैसा कहेगा, कर लेंगे।''

उस रात प्रीतम, कौरा के घर पर ही रुक गया। रोटी उसने सरपंच के घर पर खायी। कौरा रात को घर जाते समय उसे साथ ले गया। सुबह जल्दी उठकर ही जस्सी थाने चला गया। कौरा भी साथ में बन्दूक पकड़ मोटरसाइकिल पर पीछे बैठ गया। उनके वापस लौटने तक प्रीतम कौरा के घर पर ही बैठा रहा। वे दोपहर को लौटे। थानेदार से सारी बात हो गयी थी। उसे पहले पैसे दिये जाने थे। वह खुश भी था कि मुलज़िम को पेश करेंगे। नहीं तो थानेदार को ऊपर से फटकार पड़ती कि कातिल अभी तक पकड़ा क्यों नहीं गया। थानेदार की कारगुज़ारी पर बुरा असर पड़ता। जस्सी ने आ सारी बात प्रीतम को समझा दी। कहा, अब वह जाए। उन्हें भी सारी बात जा कर बता देवे। मुख्तार पैसे साथ लेकर आये। ट्रैक्टर पर ही तीनों जने रोडू शाह सुबह दस बजे तक पहुँच जाएँ। आकर रेलवे स्टेशन के किसी बैंच पर बैठ जाएँ। वे उन्हें वहीं मिल जाएँगे।

16

जगतार को रोडू शाह थाने पेश करवाने के पश्चात् जस्सी उस दिन सन्ध्या समय अपनी चौपाल में आकर खड़ा हुआ तो लोग बातें करने लगे। बन्दूक उसने कन्धे पर लटका रखी थी। वह कौरा की प्रतीक्षा कर रहा था। कौरा आया और वे दोनों पुलथरु लेकर बन्दूक साफ करने लगे। एक प्रकार से जैसे लोगों की बातों से बेध्यान हो। मगर लोग थे कि खामोश न बैठे। वे यहीं बातें कर रहे थे। एक बूढ़े ने ज़ोर से पूछा, ''जसवंत सिंह गाँव छोड़कर न जाया कर। तू यहाँ नहीं था। पीछे से बन्दा मारा गया। यदि तू गाँव में होता तो यह वारदात क्यों होती।''

''ताऊ, काम-धन्धे के लिए बाहर जाना ही पड़ता है। गाँव में रहने से ही तो काम नहीं चलता ना।'' उसने साधारण सा जवाब दिया।

''यहीं पर यार, जहाँ हम बैठे हैं, पलक झपकते ही सब कुछ हो गया। अच्छा-

भला बैठा था जगतार तख्तपोश पर। किसी ने दिमाग में यह सोचा भी नहीं होगा कि ऐसी बात हो जाएगी। उधर मक्खन को उसकी नियति मालूम नहीं कहाँ से यहाँ ले आयी।'' एक अन्य व्यक्ति बोला।

''अरे भाई, मारना तो उसने सरवण को था। सामने यह आ गया।''

''नहीं भई, इस पर कब से आँख थी इसकी।''

''सुना है, चन्द को अधिक मार तो सरवण ने मारी थी। उसकी पिटाई से ही तो वह मारा गया फिर रामसिंह के लड़के पर आँख क्यों थी उसकी? सरवण को मारता।''

''सरवण को क्या मारता यार। सरवण तो खुद ही मरे समान है।''

''नहीं, कहते हैं, मक्खन छेड़ता रहता था, इसे। अपनी नज़र से नीचा दिखाने की कोशिश करता था। यह अन्दर-ही-अन्दर पीता जा रहा था। मगर देख लो, एक दिन काम तमाम कर दिया।''

''यार, इतने बरसों बाद? कमाल कर दी। चन्द को मरे बारह-तेरह वर्ष बीत गये होंगे। बन्दे के दिमाग से तो बात निकलती नहीं। काँटा रगड़ता ही रहता है।''

''मगर बड़ा लड़का मुख्तार सयाना है। उसने तो स्थिति को स्वीकार कर लिया। मगर जगतार ने रंजिश मन में रखी।''

''मक्खन थूक कर निकलता था यार। जगतार को देखकर जानबूझ कर खाँस कर निकलता था। उसकी मौत ने ही करवाया सब कुछ। जगतार बदर्शत करता गया, इतने वर्षों तक। कितना बदर्शत करता आखिर वह?''

जस्सी और कौरा सुनते भी जा रहे थे और बन्दूक साफ करने में व्यस्त भी थे। बन्दूक की ओर ध्यान अधिक दे रहे थे। नाटक कर रहे थे मानो किसी बात की ओर उनका ध्यान नहीं। जस्सी ने कारतूसों वाले थैले को सँभाला और कौरा से कहने लगा, ''चलें?''

''क्यों जसवंत सिंह, पेश तो तूने करवा दिया उसे। अब बनेगा क्या उसका?'' एक बुज़ुर्ग ने फिर पूछा।

''कानून के हवाले तो कर दिया उसे, ताऊ। अब परमात्मा जाने। क्या बनेगा उसका। अपना तो कोई दखल है नहीं। हमारे लिए तो दोनों ही पक्ष अपने हैं। ना रामसिंह हमसे दूर है, ना लुघड़ दूर है।'' जस्सी ने जाते-जाते कहा। फिर दोनों बाहर की ओर चल दिये। चौपाल में बातें अभी भी हो रही थीं।

दिन छिपने वाला था। जस्सी कहने लगा, ''तीतर देखें, कोई इस समय वृक्षों पर आ बैठे हों तो।''

वे वृक्ष के नीचे जा खड़े हुए और ऊपर की ओर झाँकने लगे। किसी भी वृक्ष पर कोई तीतर नहीं था।

''आज कहाँ गये तीतर?'' जस्सी की निगाह एक वृक्ष से दूसरे वृक्ष की ओर जा रही थी।

''हमने ही तो खत्म किये हैं सभी? और कहाँ जाना था इन पक्षियों ने, सरपंच।'' कौरा खिलखिला कर हँस दिया।

अँधेरा पल-पल बढ़ता जा रहा था। वे खाली हाथ घर की ओर मुड़ने लगे। रास्ते में कौरा ने ही बात छेड़ी, ''अब फिर क्या करें जगतार का?''

''हमने क्या करना है। फाँसी लगे बहनचोद को, चाहे कैद हो। हमने तो जैसा कहा, वैसा उसने किया नहीं। मक्खन को जा ठोंका बहन के यार ने।''

''हाँ, बात तो वहीं की वहीं रही।'' कौरा कहने लगा।

''उधर रूपो टिकने नहीं देती। कहती है, उसे मेरे पास आने से मना कर। मेरा पीछा ही नहीं छोड़ता। साली कहानी समझ से बाहर है। यह बहनचोद सरवण कहता है कि वह खुद इसे बुलाती है।''

''अरे, क्या कह सकते हैं, सरपंच इन औरतों के सौ त्रिया-चरित्तर होते हैं यार। क्या मालूम सरवण से भी यही बात कहती हो।''

''क्या कहती होगी?''

''यही कि सरपंच, मेरा पीछा नहीं छोड़ता।''

''हाँ भई, यह भी हो सकता है।'' जस्सी के कान खड़े हो गये। मगर फिर कहने लगा, ''नहीं, यह नहीं हो सकता। मुझे तो बहुत चाहती है। वही एकदम से लिपट जाती है, बस पूछो मत।''

मक्खन की क्रिया वाले दिन आसमान पर काफी बादल थे। इधर से उधर जा रहे थे। हवा भी बह रही थी। किसान ऊपर झाँकते और फिर उदास हो नज़रें झुका लेते। किसी व्यक्ति ने ज़ोरदार गाली देकर कहा, ''भगवान भी गिन-गिन कर बदला लेता है। जब ज़रूरत हो तो एक बूँद नहीं गिराता, और अब देखो क्या रथ बनाया हुआ है। क्यों इससे पूछे भला, जब गेहूँ पक कर तैयार है तो अब बारिश की कोई रुत है भला कोई?'',

मगर क्रिया होने तक बादल परे-परे ही रहे। नहीं तो एसे मौकों पर काम बहुत ही मुश्किल हो जाता है। शामियाना भीगकर निचुड़ने लगता है। बैठने के लिए कोई जगह नहीं बचती। रोटी-पानी का काम भी संकट में पड़ जाता है। अन्न-पानी खराब होने लगता। जैसे ही शामियाना उखाड़े जाने लगे, बूँदें बरसने लगीं। सन्ध्या तक बारिश होती रही। लोग कह रहे थे, ''इतने रिमझिम से तो कुछ नहीं बिगड़ेगा। बस जल-थल न कर दे रब्ब, नहीं तो बर्बाद हो जाएँगे। किसी योग्य नहीं रहेंगे।''

आधी रात के बाद अंधड़ उठ आया। तेज़ बारिश और आँधी। सभी लोग

अन्दर छतों के नीचे सोये हुए थे। जो जाग रहे थे, उन्होंने बादलों की गर्जना और तेज गड़गड़ाहट सुनी, जैसे कहीं आसमान टूट कर गया हो। बिजली चमकने लगी। एक बार तो सभी ओर अँधेरा छा जाता। तख़्तों की दरारों से तेज़ तीखी रोशनी टकराती। पल्ले खड़कते, पशुओं के रँभाने तथा नज़दीक दरख़्तों के टूटने की आवाज़ें आ रही थीं। दो-तीन घंटे यही हाल रहा। आँगन में पानी भर गया। बारिश अन्दर तक जा पहुँचती। गलियों में पानी ही पानी था। गड्ढों में पानी भर गये। सुबह उठकर लोगों ने देखा, चारों ओर पानी ही पानी भरा था। सितम यह कि बूँदाबाँदी अभी भी हो रही थी। सिर पर कपड़े रख या छाते ले लोग चौपाल में आ खड़े हुए। बातें होने लगीं। कई कच्चे कोठे गिर गये थे। पशु जंजीरें-रस्सियाँ तुड़वा कर खेतों की ओर भाग गये। गाँव में हाहाकार था। हवा में चूल्हे भी भीग गये थे। बारिश होते हुए भी लोग अपने-अपने खेतों की ओर गये। कहीं फसलों में भरा पानी कहीं और न चला जाए। मगर गेहूँ की बालियाँ तो बिखरी पड़ी थीं, जैसे लोगों की कमर ही टूट गयी हो। धरती पर गिरे पानी जितना ही पानी किसानों की आँखों में भी था। भगवान को कितनी गालियाँ दी जा चुकी थीं।

सड़कों पर वृक्षों की टहनियाँ नीचे गिरी हुई थीं। बसों तथा ट्रक-कारों के लिए आवागमन मुश्किल हो रहा था। खेतों में वृक्षों की टहनियाँ टूट कर दूर-दूर तक जा गिरी थीं। वृक्षों के नीचे अनेक पक्षी मरे पड़े थे। कोई कहता, इन बेचारों पखेरों की यही होनी थी। बड़े-बुजुर्गों का कहना था कि यह बठिंडे वाला दानव था। जहाँ-जहाँ से निकला, विनाश करता गया।

गुरुद्वारे में बातें हो रही थीं कि आज सरवण नहीं आया भाई। पहले तो नित्य-प्रति यहाँ आकर चाय पीता था। आज उसे क्या हो गया।

''किसी को भेज कर पता तो लगाओ। कंजर का घर तो नहीं गिर पड़ा कहीं। गाँव में कई कच्चे घर गिर गये थे। कहीं नीचे दबा मृत ही ना पड़ा हो।'' किसी ने हँसते-हँसते कहा।

सच बात यही थी, सरवण के घर की बैठक गिर गयी थी। एक शहतीर गिर कर उसके सिर पर आ गिरा। सिर पर चोट तो नहीं आयी थी, वरन् वह मर गया होता। फिर भी काफी चोटें आयी थीं। वैसे भी उसका घर एकदम खँडहर बन चुका था और बदबू भी बेहद थी। सरवण ने बस थोड़ी सी जगह साफ कर अपनी खाट बिछा ली थी। पड़ोसी घरों में से कोई उसका पता करने नहीं आया था और ना ही वह अपनी खाट से उठ पाया। उसके शरीर से खून निकल कर कई स्थानों पर लग गया था। सिर के बाल तथा दाढ़ी धूल से अटे पड़े थे। चेहरा बदरंग हो गया था। काफी दिन चढ़े लोग गुरुद्वारे से उसका हाल मालूम करने आये। वह अपनी खाट पर बेसुरत पड़ा था। कोइ आवाज़ नहीं थी।

"सरवण।" किसी ने पुकारा।

"हूँ।" उसने सिर्फ़ इतना ही जवाब दिया।

"अरे, तेरी बैठक गिर गयी और तू ऐसे ही पड़ा है।"

"हूँ।" फिर वही हुँकार।

"तुम्हें कोई चोट तो नहीं आयी?"

"हूँ।" उसने फिर इतना ही कहा।

वे दो व्यक्ति थे। दूसरे ने मुँह से रज़ाई हटायी। उसका बुरा हाल था। पिंडलियाँ सूज गयी थीं। उन्होंने सिर की ओर देखा। सिर पर कोई चोट नहीं थी। फिर उन्होंने उसे झिंझोड़ा, "उठ, खड़ा हो जा। क्या हाल बना रखा है तूने। हम ना आते तो कौन उठाता तुम्हें?" वह उठ कर बैठ गया। आँखें खुल नहीं रही थीं। यह भी मालूम नहीं था कि पीने वाला पानी कहाँ रखा था। कोई घड़ा-बाल्टी नज़र नहीं आ रहा था। एक व्यक्ति पड़ोसियों के घर से पानी का गिलास ले आया। पानी उसके मुँह में लगाया। पानी पीकर उसकी आँखें खुल गयीं। अब वह होश में था। एक व्यक्ति उसके पास बैठा रहा। दूसरा उसके रिश्तेदारों में से किसी को बुला लाया। सरवण की ऐसी हालत देख तरस आया। कहने लगे, "हमें क्या मालूम, यह अन्दर है। हमने सोचा, गुरुद्वारे में बैठा होगा। बैठक गिरने का पता भी अन्दर आने पर ही चलता है। बाहर से तो कुछ मालूम नहीं पड़ा।"

एक अन्य ने कहा, "यार, इसे रोडू शाह ले चलो, डाकदर के। मल्हम-पट्टी करवा लाओ इसकी। नहीं तो मर जाएगा यार यह। इसका हाल तो देखो यार।" फिर कहने लगा, "जा ओए ससुरे। अन्दर पड़े-पड़े ही मर गया होता। कोई जून है इसकी यार।"

बारिश बन्द हो चुकी थी। अब आसमान साफ था। रिश्तेदारों में से किसी ने ट्राली जोड़ी, उसे रोडूशाह ले गये। थंमणवाला से रोडूशाह तक यह नयी बनी लिंक-रोड थी। इस सड़क पर कोई खास दरख्त नहीं थे, जो गिर कर रास्ता रोकते छोटे-छोटे वृक्ष थे। जो नहीं गिरे थे।

ट्रैक्टर-ट्राली रोडूशाह को जाते देख लोगों को मालूम हुआ कि सरवण को लिजाया गया है। बैठक का शहतीर टूट कर गिरने से उसे चोटें आयी थीं। यदि उसका इलाज ना किया गया तो वह बचेगा नहीं।

जस्सी को भी खबर हो गयी कि सरवण को चोटें आयी हैं और उसे मंडी लिजाया गया है। यह खबर सुन पहले तो वह खुश हुआ, फिर गम्भीर हो गया। मालूम नहीं उसने क्या सोचा। उसने कौरा को घर से बुलवा भेजा। कहा, "चल, रोडूशाह चलते हैं। मालूम करते हैं सरवण का। कहते हैं, बैठक गिरने से चोटें आयी हैं।"

वह कहने लगा, ''चल, मैं तैयार हूँ।''

रोड़ूशाह उन्होंने कई प्राइवेट डॉक्टरों से मालूम किया। वह कहीं भी दाखिल नहीं था। सरकारी हस्पताल गये तो वह वहाँ था। उसके साथ मुहल्ले के चार-पाँच आदमी भी थे। डॉक्टर कोई खास ध्यान नहीं दे रहा था। सरपंच ने डॉक्टर के बारे में मालूम किया। यह डॉक्टर तो बहुत लालची था। पैसे लिए बगैर सुन नहीं रहा था। गोरा रंग और नाक पर काला मोटा तिल। सरपंच को वह जानता था। उसने स्वयं सरपंच को बुला लिया, ''आओ, सरपंच साहब?''

जस्सी डॉक्टर को एक ओर ले गया। उसके साथ मिनटों-सैकेंडों में बात की और नोटों की दो गड्डियाँ डॉक्टर की पैंट की दोनों जेबों में डाल दीं। कान में कहा, ''अच्छा डॉक्टर साहब। हम चलते हैं। आप अपनी कार्यवाही करो। बस, सब ठीक है न?''

डॉक्टर की आँखों में चमक थी। सरवण को दो रातें हस्पताल में रखा गया। तीसरे दिन वह सोते हुए उठा ही नहीं। डॉक्टर कह रहा था, ''यह कमज़ोर दिल का था। ज़ख्मों को बदार्शत नहीं कर पाया। हो जाता है कई बार।''

17

सरवण बदकिस्मत का भाग्य कैसा था। उसकी मौत का किसी को कोई अफसोस न हुआ। मुहल्ले के आदमियों ने अपना भाईचारे का फ़र्ज निभाया। उसके साथ किसी को दिल से हमदर्दी नहीं थी। सच्चा हमदर्द होता तो उसका किसी प्राइवेट डॉक्टर से इलाज करवाता। वह ठीक हो सकता था। रोड़ूशाह में कई बढ़िया डॉक्टर थे। मगर कोई आदमी उसके लिए पैसे खर्च नहीं करना चाहता था। इसलिए दुनियादारी के नाते उसे सरकारी हस्पताल ले गये। सरकारी हस्पताल में कौन किसी को पूछता है। क्या किसी का ढंग से इलाज होता है। डॉक्टर बस ड्यूटी निभाते हैं। सौ में से कोई दो-चार डॉक्टर ही ईमानदारी से अपनी जिम्मेवारी निभाते हैं। अच्छे डॉक्टर अपनी साख बना शहर में अपना हस्पताल खोल लेते हैं।

सरवण की क्रिया गुरुद्वारे में की गयी। उसके अपने घर से कोई उसका अफसोस करने नहीं आया। कौन, किसके पास जाता उसका अफसोस करने। मालूम होने पर सिफ़र् ख्याले वाले उसकी क्रिया पर गुरुद्वारे आये थे। शिंगारा सिंह अकेला आया था। बन्तो ने तो आना ही क्यों था। सरवण के बच्चों में से भी कोई नहीं आया था। और कौन था, इस जग में। जिसकी खातिर उसने अपना घर उजाड़ लिया था। रूपो उस दिन गुरुद्वारे भी नहीं गयी थी। हाँ, घोगा ज़रूर गया था। घोगा का मित्र रहा था। उसकी ज़मीन पर हल चलाता रहा था। सरवण का उसके घर में भी आना-जाना

था। उन्होंने कई बार इकट्ठे दारू पी थी।

मुहल्ले के लोग सीधा उसे श्मशान ले गये थे। लोग लकड़ियाँ ले आये और उसे फूँक दिया। उसकी चिता जलने पर किसी ने आह ना भरी, कोई रोया ना। फूँकने आये लोगों की खामोशी ही उसकी मौत के लिए भारी अफ़सोस थी।

उसके दाह-संस्कार के समय जस्सी सरपंच श्मशान घाट तक गया था। फिर उसकी क्रिया के समय भी वह गुरुद्वारे में हाज़िर रहा। गुरुद्वारे में ऐन सबसे आगे बैठा। उसकी क्रिया पर जो भी खर्च हुआ, जस्सी सरपंच ने ही किया और अपनी वाहवाही करवायी। लोग उसके मुँह पर उसकी तारीफ करते, ''वाह भाई वाह जसवंत सिंह। ऐन धर्म के राह पर निगाह है तेरी। तभी सारे राग-रंग लगे हैं तुझे। यह तो एक यज्ञ था। नहीं तो कौन किसके लिए इतना करता है। शाबाश भाई तुम्हारी।''

अंधड़ के पन्द्रह दिनों बाद एक दिन तहसीलदार सुबह-सुबह थंमणवाला आया। साथ में कानूनगो तथा गाँव के दोनों पटवारी भी। चपरासी भी था। वे जीप में आये थे। सरपंच को पहले ही सन्देश मिल गया था। सभी पंचायत-सदस्यों को सूचना दे दी गयी थी। नम्बरदार तथा गाँव के अन्य लोग भी थे। तहसीलदार ने खेतों में जाकर फसलें देखीं। अधिकतर घरों के खेत अभी तक पानी में डूबे हुए थे। लोगों का अन्दाज़ा था कि यह पानी दस दिन और नहीं सूखेगा। तब तक बालियों के दाने काले हो जाएँगे। तहसलीदार ने जाब्ता-कार्यवाही पूरी की। गाँव के चारों ओर उसकी जीप घूमी। ऊपर से आदेश था, तहसीलदार के लिए मौके पर जाकर हालात देखने ज़रूरी थे। लिस्टें पटवाारियों ने बनानी थीं कि कितनी फसल बर्बाद हो गयी है। पटवारियों के पास नित्य उठने-बैठने तथा चक्कर लगाने वाले जमींदारों ने फायदा उठा लेना था। फायदा उठाने वालों के लिए जस्सी सरपंच की मुट्ठी-चापी करनी भी ज़रूरी थी, क्योंकि पटवारियों तथा गाँव में आने वाले सभी अफसरों की सेवा-सँभाल सरपंच के घर से ही होती थी। सरपंच जिसके लिए कह देता, उसका काम कैसे ना बनता।

उस दिन तहसीलदार को भेज कर जस्सी ने घोगा के घर जाने का प्रोग्राम बनाया। घोगा उनके साथ ही था, जस्सी के पीछे-पीछे घूमता। जस्सी उसे हँसकर पूछने लगा, ''क्या भई घोगा सिंह, खेतों की थकावट उतारनी है फिर जाकर?''

''मर्ज़ी है, सरपंच। चले जाते हैं कैचियाँ। गर तू कहे तो?'' वह जैसे इस काम के लिए उसके पीछे-पीछे बछड़े सा घूमता-फिरता था।

सरपंच ने कौरा को पैसे दिये और आँख दबायी। कौरा जानता था। चाहे दुपहर ढलने वाली थी, मगर कैचियाँवाले आदमी को देखते। नित्य के ग्राहक को ही वह अच्छा मीट देते थे। मोटर साइकिल लेकर गये और मीट तो उन्होंने उसी समय खरीद लिया। बकरे का मीट था। मगर वापस लौटते समय कौरा पुल के ऊपर आकर

रुक गया। कहने लगा, ''ठहर जा यार घोगा। आज सुबह से पेशाब करने की फुरसत भी नहीं मिली।'' फिर वह पम्प पर पानी पी आँखों पर छींटे मारने लगा। इसी प्रकार इतनी देर लगाता रहा। फिर मोटरसाइकिल स्टार्ट करने लगा, मगर वह स्टार्ट न हुई। घोगा को तो किक भी मारनी नहीं आती थी। डरता कहीं लोहे का कील उसकी पिंडली पर न लग जाए।

चैत्र का महीना था। इन दिनों में सर्दी आखिरी साँस पर होती है। धूप अच्छी लगती है। कभी अच्छी भी नहीं लगती। वातावरण से गेहूँ के दानों के पकने की खुशबू घुल जाती है। मगर इस वर्ष ऐसा नहीं था। वातावरण में पानी की बदबू थी। खेतों से बदबू थी। ठहरे पानी में छोटी-छोटी मछलियाँ तथा दूसरे मच्छर भिनभिना रहे थे। पानी सूख जाने के बाद इन जीव-जन्तुओं ने मर जाना था और बदबू ही पैदा कर रहा था।

सबात से फारिग हो वे आँगन में आ बैठे। जस्सी खाट पर बैठा। रूपो उससे थोड़ा परे हट कर पीढ़ी पर बैठी लहसुन छील रही थी। जस्सी ने दोनों बाजू ऊपर उठा अँगड़ाई ली, फिर जम्हाई ले कहने लगा, ''अभी तो ठीक है तू, तेरा काम हो गया।''

''कौन सा काम?''

''सरवण वाला काँटा निकल गया।''

''अरे हाँ, वह तो अच्छा ही हुआ। भगवान ने पहुँचा दिया। अगले पार।''

''भगवान ने कहाँ पहुँचा दिया। वह तो...'' जस्सी बताते-बताते रुक गया।

''हाँ, बैठक गिर गयी थी। उसके नीचे आ गया। चोटें काफी आयी होंगी।''

''चोटें तो इतनी कौन सी लगी थीं। वह बच सकता था, यदि कोई बचाना चाहता उसे तो। मगर कौन बचाता उसे, पैसा लगता। साथ तेरा भी तो पीछा छुटाना था उससे। कब से कह रही थी तू।''

''हाँ, यह तो भगवान ने सुन ली।'' उसने फिर वही कहा।

''भगवान ने नहीं सुनी, डॉक्टर ने सुन ली।''

''डॉक्टर ने कैसे?''

''इस बात से तूने क्या लेना-देना। हमने जो मन्त्र चलाना था, चला दिया। और अब क्या चाहती है, बता दे?''

''मैं क्या चाहूँगी और।'' वह जस्सी की ओर लगातार झाँकने लगी। झाँकती रही। मोटरसाइकिल की आवाज़ कानों में पड़ने लगी तो लहसुन की कटोरी उठा कर खड़ी होते हुए बोली, ''लगता है, आ गये हैं।''

दारू पीने वाले आज वे दोनों ही थे घोगा और कौरा। अभी दिन काफी चढ़ा हुआ था। विलायती राम पटवारी, सरपंच की सूह निकाल उनके पास ही आ बैठा।

''आइए पटवारी साहब।'' जस्सी ने उसका स्वागत किया और कौरा से कहा

कि वह विलायती राम को भी पैग डाल कर दे दे। आज उनके पास घर की निकली हुई शराब नहीं थी। कौरा ठेके से एक बोलत लेकर आया था। मीट लेने जाते समय ही वह जस्सी से पैसे ले गया था। विलायती राम ने संकोच में गिलास पकड़ा और दारू को कड़वी दवाई की तरह पीने लगा। पैग पीने के बाद उसने आधा गिलास पानी का पिया। मीट वह खाता नहीं था। प्याज़ का टुकड़ा चबाने लगा।

''हाँ सुनाओ पटवारी साहब। कैसे आये। कोई काम है?'' जस्सी ने पूछा।

''काम तो सरपंच साहब—वह कमरे की छत है न, मैं आ नहीं पाया कुछ दिन। बीमार था। बरसातों में छत खिसकती जा रही है। मेरे तो सारे कागज़-पत्र भीग गये हैं जनाब। यदि गाँव में कोई और जगह मिल जाए तो।'' पटवारी ने हँसते-हँसते अधीनस्थ होकर बात छेड़ी।

''विलायती राम। ऐसा कर यार तू अपना सामान सरवण की बैठक में लिजाकर रख दे। वहाँ बना ले अपना पटवारखाना। खुला आँगन है। पम्प नया लगवा देंगे। बिजली है ही। और बता?''

''बस ठीक है जी। ऐसा ही कर दो।''

''सरवण की बैठक तो किसी काम की है नहीं। शहतीर गिर गया था। जिस कारण मरा वह।'' घोगा ने कहा।

''अरे वह सब तो ठीक हो जाएगा। शहतीर भी नया लगा देंगे। ऐन बढ़िया बैठक बना देंगे। उसके मकान की कुंजी है अपने पास अभी विलायती राम।'' फिर जस्सी ने कहा, ''कौर चन्दा, और डाल कर दे दो पैग पटवारी साहब को।''

जिस दिन सरवण का दाह-संस्कार हुआ, जस्सी ने उसी दिन उसके घर को अपना ताला लगा दिया था। सरपंच था, फिर ताकतवर, उससे कोई कुछ नहीं कह सकता था। कौन रोकता उसे ताला लगाने से। जैसे सरवण का सबसे बड़ा हिमायती वही रहा हो।

फिर सरवण की बैठक पर नया शहतीर चढ़ा दिया उसने। यह मिस्त्री के एक दिन का काम था। छत पर नयी मिट्टी डलवा दी गयी। दीवारों पर पांडू का पोंछा फिरा दिया। नीचे कलई करवा दी। बैठक चमकने लगी। आँगन में नया पम्प लग गया। बिजली की फिटिंग ठीक थी। चार आदमी बुलवाकर पटवारी का सारा सामान बैठक में लाकर रख दिया गया। सरवण के घर पर गाँववासियों का आना जाना होने लगा। पटवारी के पाास किसानों के रोज़ ही काम आते हैं। कुछ ही महीनों पश्चात् लगने लगा जैसे सरवण का यह मकान कोई सरकारी दफ्तर हो। सरवण की किसी को याद भी बाकी नहीं रह गयी थी। दोनों कमरे साफ करवा उसने अपने घर के लिए भूसा भरवा दिया। यह मकान जैसे जस्सी का ही हो। मानो वह तो सरवण की मौत की ही प्रतीक्षा कर रहा हो। उसकी दो किल्ले ज़मीन भी जस्सी की ही थी।

गाँव के मुख्य रास्ते पर उन्हीं लोगों की आबादी थी, जिन के पास अपनी ज़मीन थी। उन ज़मीनों में से ही मुख्बाबंदी समय बस्ती बनायी गयी थी। मगर धौंकल परिवार के पास तो अपनी ज़मीन ही नहीं थी, फिर रिहायश कैसे दी जाती। आबादी वालों ने, कुछ ने तो अपने अन्दर के स्थान छोड़ कर बस्ती में अपने खुले मकान बनवा लिए, अधिकतर ने बस्ती में अपने बाहर वाले मकान बना लिए, जहाँ उनके भूसे वाली कोठरियाँ थी और डंगर-पशु बाँधे जाते। जस्सी को अब बाहर वाले घर की अधिक ज़रूरत थी। उसका लड़का जवान हो रहा था और ट्रैक्टर लेने की ज़िद कर रहा था। जस्सी काफी कहता, कि ट्रैक्टर का वह क्या करेंगे, वे कौन सा खेती का काम करते-करवाते हैं। फिर ट्रैक्टर खड़ा कहाँ करेंगे। जस्सी के पास एक भैंस थी। करतारो चाहती थी, भैंसें दो हों। एक भैंस के दूध से पूरा नहीं पड़ता था। आने जाने वालों का घर है। दूसरी भैंस ना लेने का कारण यह था कि उनके घर में इतनी जगह भी नहीं थी। आखिर जस्सी ने अपने मुहल्ले की ओर मुख्य रास्ते पर ही एक बना-बनाया मकान मोल ले लिया था। यह बाहर वाला घर एक कर्ज़दार जाट को बेच दिया था। पैसे वाज़िब ही लिए थे। मगर अगले की कबीलदारी बस गयी। इस मकान में पीछे की ओर दो कमरे (सबातें) थे। कमरों के आगे बरामदा था। रास्ते की ओर एक दरवाज़ा तथा दरवाज़े की दाहिनी ओर बैठक थी। लम्बा-चौड़ा आँगन। पूरा आधा किल्ला जगह थी वह।

फिर जस्सी ने बाहर वाले घर में सबसे पहले नल लगवाया। पहले दूसरा पम्प था। लड़के की ज़िद पूरी हो गयी। नया ट्रैक्टर आ गया। ट्राली भी, भैसें भी दो हो गयीं। जस्सी के पास कमी भी क्या थी।

मैंगल काफी बूढ़ा हो चुका था। उससे अब ठीक ढंग से चला भी नहीं जाता था। उसे पूरी तरह से दिखाई भी नहीं देता था। एक हाथ में लाठी और एक हाथ आँखों पर रखकर चलता। धीरे-धीरे चलता, चींटी की चाल। सिर्फ़ घर से गुरुद्वारे तथा गुरुद्वारे से घर आता। और कहीं आने-जाने योग्य नहीं था वह। दो बार तो रास्ते में गिर भी चुका था। करतारो बहुत कहती, ''बापू, तुम अब टिक कर बैठा करो। आराम से बैठ कर चाय-रोटी खाया कर। तुम्हारी उम्र नहीं रह गयी, रोज़-रोज़ गुरुद्वारे जाने की।'' मगर वह मानता नहीं था। गुरुद्वारे के चक्कर लगाता। गुरुद्वारे पहुँचे लोग उसे कन्धे से पकड़ खाट पर बिठा देते। उसका साँस फूला होता तो उसे पानी पिलाते। जस्सी के घर छत्तीस पकवान बनते, मगर मैंगल गुरुद्वारे की चाय जरूर पीता। आखिर चला गया एक दिन मैंगल बूढ़ा भी।

जस्सी ने बापू की क्रिया बाहर वाले घर में की। वहीं पाठ रखवाया। रास्ते पर तम्बू लगा दिये। आँगन में हलवाइयों ने भट्ठियाँ चढ़ा लीं। अन्न-पानी छकने सारा गाँव गया। साबुत मूँग की दाल, रोटी, पचरंगे अचार के डिब्बे और लाल रंग की

जलेबियाँ। दूसरे गाँवों से भी लोग आ रहे थे। भोग पड़ने पर लाऊड-स्पीकर पर नेताओं ने श्रद्धांजलि भाषण भी दिये। अकाली, कांग्रेसी, कम्युनिस्ट तथा साधु-संत भी काफी थे। बोलने वाला, पहले मैंगल सिंह की मौत का अफसोस करता। फिर सरपंच जसवंत सिंह की तारीफों के पुल बाँधने लगता। इलाके में धर्मात्मा आदमी एक ही था। पाठ रखने से लेकर भोग डालने तक का सारा कार्य बाबा रामदास के सेवकों ने किया था। बाबा रामदास लाऊडस्पीकर से खुद भी बोला। लोग प्रसाद खा घरों की ओर जाते हुए बोलते जाते, ''यह तो उसके लड़के की करामत है, नहीं तो मैंगल क्या था। सारी उम्र एक भी ढंग का काम उसने नहीं किया। सारे लोफरों वाले ही काम किये।''

''जस्सी ना होता तो मैंगल का भी अन्त में वही हाल होता, जो सरवण का हुआ। कोई बात भी करता है सरवण की? इसकी बातें, मैंगल की बातें, लीडर लोगों ने तो एक तरह से किले ही बना दिये।''

18

मक्खन के कत्ल का मुकदमा डेढ़-दो साल चला। जगतार को बीस वर्ष की सज़ा हो गयी। मुख्तार को इस बात की तसल्ली रही कि वह फाँसी लगने से बच गया। बीस बरस का है, ऐसे ही निकल जाते है साल। आदमी जीता-जागता घर तो लौट आता है। रामसिंह को न कोई तसल्ली थी। न रंज। जगतार को फाँसी लगती या सज़ा हुई, उसका मक्खन तो अब वापस आने वाला नहीं था। वह तो बस लोक-लाज के लिए मुकदमा लड़ता रहा। एक तो घर का आदमी चला गया और दूसरा मुकदमे पर पैसा लग गया। रामसिंह ने यह सारा कंजरखाना खुद चन्द लुघड़ के कत्ल के समय भी देखा था। कचहरी तथा थाने में कैसे पैसा पानी सा बहता है, मगर हासिल कुछ नहीं होता। बस मन की तसल्ली भर ही होती है।

जस्सी के पास दोनों ही पक्ष आते। वह किसी भी पार्टी के साथ थाने, कचहरी, हस्पताल न गया। रामसिंह आता तो सरपंच उसे कानून समझाने लगता। हौंसला देता कि जगतार को फाँसी होगी। यह सम्भव ही नहीं कि फाँसी ना हो। मुख्तार आता तो उसे भी दिलासा देता। कहता, ''सरकारी वकील मेरा आदमी है। मैं कह दूँगा उसे। अपनी बात मानता है वह। तू उसके पास मेरा नाम लेकर देखना।'' फिर हौंसला देता, ''जगतार का बाल भी बाँका नहीं होगा। फाँसी तो क्या, कैद भी मुश्किल से पाँच-सात बरस की होगी। साल की तो गिनती भी है, कैद तो आधी ही भुगतनी पड़ती है।''

कत्ल के मुकद्दमे में पैसे की कोई कीमत नहीं रहती। कमाल की बात यह

है कि दोनों पार्टियों को पैसा सरपंच की ओर से जाता था। दोनों पक्षों को जितने पैसे ही ज़रूरत होती, रात-दिन वे जस्सी के घर पर आते, इधर-उधर की बातें कर, फिर उससे पैसे माँगते। जस्सी पहले तो, मजबूरी ज़ाहिर करता। दूसरी ओर मुँह घुमा कर कुछ सोच-विचार करने लगता। फिर कहता, ''अच्छा फिर, तड़के आठ बजे मुकुंदी की दूकान पर आ जाना। पैसों का बंदोबस्त करूँगा मैं, अरे कहीं से भी करूँ। लिखा-पढ़ी भी कर लेंगे। ठीक रहता है।''

रामसिंह से वह कहता, ''पैसों की परवाह ना करना। तेरा लड़का खा लिया कुत्ते जट ने। मज़ा तभी है, जब उसे फाँसी हो। जितने लायक हूँ मैं, उतना तो करूँगा ही।''

मुख्तार से कहता, ''पैसे का क्या है मुख्तार सिंह, हाथों की मैल है। जगतार की जान एकदम बच जाए, काफी कमा लोगे तुम दोनों भाई। मैं तो भाई जिस लायक हूँ, करता ही रहूँगा। मेरी तरफ से कभी शर्म ना करना। चाहे कहीं से भी पकड़ कर दूँ। हर समय तो देखो अपने पास भी नहीं होता न। तुझे पैसे के लिए रुकावट नहीं आने दूँगा।''

जितने पैसे देता, मुकुंदी की दूकान पर जाकर अपनी बही में लिखा-पढ़ी करवा लेता। पहले दिये पैसे भी साथ में जोड़ लेता। इस प्रकार ब्याज लग-लगकर पैसा बढ़ता जाता। इसी प्रकार करते-करते एक वर्ष बीत गया। दोनों को ही जवाब दे दिया। कहने लगा, ''क्या मालूम भाई, यह पैसा तुम कब लौटा पाओ। तुम कुछ गिरवी रख दो, जब रकम दे दोगे, ज़मीन तुम्हारी।'' इस प्रकार रामसिंह का एक किल्ला और मुख्तार के दो किल्ले उसने गिरवी रखवा लिये। दोनों को ही और रकम भी दे दी ताकि रकम काफी बढ़ जाए और वह ज़मीन छुड़वा ना पाये।

जब दोनों घरों की ज़मीनें उसके किसी अन्य जट को हिस्से पर दीं, तभी लोगों को मालूम हुआ कि वे दोनों ही सरपंच से रुपया लेकर इस्तेमाल कर रहे थे। लोग बहुत तेज़ होते हैं। सारी बात की सूह रखते हैं। अब उन्हें मालूम हो गया कि रामसिंह का कितना खर्चा हुआ और मुख्तार का कितना। कहते, ''लुघड़ों का खर्चा ज्यादा होना ही थी भाई। आदमी निकलवाना है उन्होंने कत्ल से। पैसा या आदमी। एक ही चीज़ रहेगी पास। पैसे की तरफ से हाथ कस लिया तो आदमी जाएगा ही।''

लोग तो यह भी कहते, ''जगतार को सज़ा अधिक नहीं होगी। होगी भी तो कम समय के लिए होगी।''

''क्यों भई? आदमी तो सामने मारा है उसने?'' कोई पूछता।

''गिरवी पड़ी ज़मीन बताती है बेवकूफ। नज़र नहीं आता। रामसिंह ने हाथ कस लिया है। लुघड़ ने खासा पैसा झोंका लगता है। सज़ा खुद ही कम होगी भाई।''

''फिर तो आदमी मारना खेल है।''

‘‘कैसे?’’

‘‘पैसा हो किसी को भी मार दो। पैसे के कारण कुछ नहीं बिगड़ता।’’

‘‘समय बदल गया भाई। पहले ज़माने में जो जज होता था, भगवान का रूप होता था। कभी नहीं सुना था। भई जज भी पैसा खाते हैं। अब तो जज भी भ्रष्ट हो गये हैं। पहले वाले ज़माने नहीं रहे अब।’’

ज़मीन गिरवी रखने के बाद भी जस्सी उन्हें रकम देता रहा। पर्दा बना हुआ था, और किससे रुपये मिलते। जब कत्ल का फैसला हुआ, उसके बाद रामसिंह की दो किल्ले और मुख्तार की तीन किल्ले (एकड़) ज़मीन जस्सी सरपंच के पास गिरवी थी। चौपाल में लोग बातें करते, ‘‘किसी का बन्दा मर गया, किसी को ज़ेल हो गयी। कमाई सरपंच कर गया। पाँच किल्ले (एकड़) का मालिक बन बैठा। अब नहीं छुटेगी यह ज़मीन सारी उम्र। बस समझो सरपंच की हो गयी अब तो।’’

इस बार कई वर्षों के पश्चात् पंचायत के चुनाव हुए। लोग हैरान थे, ‘‘यह बात कैसे सूझ गयी भई सरकार को। पहले तो कई-कई वर्ष निकाल दिये उसने, जैसे मैम्बरी-सरपंची अगले के घर पर ही पैदा हुई हो। जो एक बार बन गया, सो बन गया।’’

जस्सी समझने लगा था कि सरपंची के काम में कई पंगे हैं, ‘‘छोड़ो इस कुत्ते काम को। हर कोई अपनी औरत समझता है, चल भई सरपंचा थाने, चल भई सरपंचा तहसील। चल हमारा यह काम करवा दे सरपंच, वो काम करवा दे। ऐसे ही फालतू बेगार का काम है यह तो।’’

इस बार जस्सी सरपंची के लिए खड़ा ना हुआ। ना किसी की मदद की। वह जानता था कि जो भी जीत गया, उसका ही बनकर रहेगा, और जाएगा भई कहाँ। नये सरपंच को तो दो वर्ष कामकाज़ की समझ भी नहीं आती। साथ में सारे अफसरों लीडरों के साथ जान-पहचान हो गयी है। जो भी नया थानेदार आये, नया तहसलीदार या कोई भी अफसर, अपना बन कर रहता है। मुझे अब क्या करना है सरपंच बन कर।

इस बार सरपंच का चुनाव तीन व्यक्तियों ने लड़ा। एक उनमें रामदासियाँ (दलित) था, एक जट और एक बनिया। जस्सी का तीनों के साथ नाता था। तीनों व्यक्ति अपने-अपने समर्थकों के साथ उसके पास आये । उसने तीनों को हामी भरी। मगर एक बार भी चौपाल में खड़े होकर किसी के लिए स्वीकृति न दी और ना ही वोट के लिए किसी के घर पर गया। यूँ ही टालता रहता। कभी मंडी चला जाता, कभी दुल्ले की ढाब जाकर बैठ जाता। रामदास से कह देता कि उसके बारे में किसी को न बताये। जब फिर भी लोगों ने पीछा ना छोड़ा तो कौर चन्द को साथ लेकर बगैर किसी को बताये रोडू शाह के स्टेशन से गाड़ी पर जा बैठा। सिर्फ़ करतारो को

मालूम था। बच्चों को भी मालूम नहीं था। बच्चे आगे बता देते हैं। तीनों उम्मीदवारों में से किसी एक को भी मालूम हो गया तो मुश्किल हो जाएगी। कहेगा, ''सरपंचा, अब टाल रहा है तू। सीधी तरह से 'सपोर्ट' कर मेरी। नहीं तो सीधा जवाब दे दे। अब किसी को क्या जवाब दूँगा मैं?''

पंचायत चुनाव में चार दिन बाकी थे। जस्सी और कौरा हजूर साहब जा पहुँचे। चुनाव के तीन दिनों बाद वापस लौटे। बुध्या राम सरपंच बन चुका था। आते ही मालूम होने पर जस्सी पहले बुध्या राम की दूकान पर गया। वह खड़ा हो गया और जस्सी के पैर छू लिये। जस्सी कह रहा था, ''भई लाला जी, मैंने तो हजूर साहब जाकर तेरे नाम की अरदास करवायी। भई सच्चे पातशाह हमारा शाह जीत जाए। गुरु महाराज की सौगन्ध, झूठ ना समझना ऐसे ही।''

''अरे मान ली तुम्हारी बात। तुम्हारे आसरे ही तो जीता मैं।'' फिर बुधा कहने लगा, ''मेरा तो सिर्फ़ नाम ही नाम है। सरपंची तो फिर भी तुम्हीं ने करनी है। यह बात समझ ले अच्छी तरह से। अब भागूँगा नहीं।''

''मैं कहता हूँ, जान लगा देंगे। परवाह ना करना। जहाँ मर्ज़ी। झोंक देना। खरा उतरूँगा।'' जस्सी हट्टी की गद्दी पर बैठते हुए कह रहा था।

''कस्तूरी ओ कस्तूरी।'' बुधा राम ने दूकान से बाहर कमर पर हाथ रखे खड़े अपने लड़के को हाँक लगायी।

उसने वहीं से जवाब दिया, ''हाँ जी।''

''अरे जा, घर से लड्डुओं का डिब्बा लेकर आ। सरपंच का मुँह मीठा करवाए।'' बुधे ने कहा।

''मुँह मीठा क्यों? कड़वा करेंगे आज। दारू पिएँगे।''

''लो भई आ गया मज़ा। अरे सरपंच साहब। तुझे सभी जानते हैं। कौन भूला है तुझे कि तू मुँह कड़वा नहीं करता। तू पीता होता तो बात ही क्या थी।'' जस्सी के ऐन कान के पास जाकर फुसफुसाया, ''पियेगा तो मँगवाऊँ अभी बोतल?''

''तू पिएगा तो मुझे कौन सा काटती है।'' जस्सी जानता था कि बुधा राम भी शराब नहीं पीता।

कस्तूरी डिब्बा ले आया। बुधा राम ने लड्डू जस्सी के सामने कर दिया। उसने एक लड्डू उठा लिया और थोड़ा-थोड़ा खाने लगा। डिब्बा पकड़ बाकी लड्डू दूकान पर खड़े सभी ग्राहकों को बाँट दिये।

जस्सी ने खड़े-खड़े न्यौता दिया, ''लो सेठ। आज शाम अपने बाहर वाले घर तेरी सारी पंचायत को फीसट है मेरी और से। दिन-छिपे आ जाना। बाकी भी जो-जो मैम्बर है, मुझे उनके नाम भी लिखवा दो अभी। आज की पूरी रात अपनी है।''

वह सुबह की गाड़ी से रोडूशाह आकर उतरे थे। हजूर साहब को जाते हुए अपना मोटरसाइकिल रोडूशाह कीमती लाल की दूकान पर खड़ा कर गये थे। आज वापस आने पर मोटरसाइकिल लेकर सन्ध्या समय थंमणवाला पहुँच गये। उस समय दूकान पर कीमती नहीं था और ना कोई और। नौकर दूकान की सफाई कर रहा था। आते समय आधा घंटा बाबा रामदास के पास भी लगा आये। रामदास ने भी उन्हें बताया कि बुधा राम सरपंच बन गया है और सात सदस्यों में से तीन सदस्य पुराने ही हैं। एक सदस्य तो किकर सिंह था, जो हर बार जीतता था। जब से पंजाब तथा उससे पहले पैप्सू में पंचायतें बननी शुरू हुई थीं, किकर सिंह पहले दिन से सदस्य था। वह इतना सच्चा-सुच्चा आदमी था, उसे गाँव का हरेक व्यक्ति वोट देता था। सब से अधिक वोट वही ले जाता था। रामदास ने जस्सी को शाबाशी दी कि उसने बहुत समझदारी से काम लिया जो वह चुनाव वाले दिन गाँव से टल गया। उसके लिए तो सभी एक थे। उसने तो सभी से काम लेना है।

जस्सी दोपहर से पहले ही बुधा राम की दूकान पर आ गया। जब उसके साथ दावत की बात हुई तो उसने कौरा तथा मघर मास्टर को तुरन्त कैंचियाँ मोटरसाइकिल पर भेज दिया और कहा कि पाँच किलो बढ़िया बकरे का मीट ले आये। जस्सी के बाहर वाले घर कड़ाही में मीट बनने लगा। देसी घी में मसाला भूना जाने लगा। मीट बनाने वाले भी कौरा तथा मघर मास्टर ही थे। घोगा का घर भी उसी ओर था। लहसुन तथा प्याज़ रूपो ने छील कर दिये थे। मसाला भी घोगा के घर पर रगड़ा गया। रूपो मसाला पीसते समय परेशान भी हो रही थी। नौकर हँसने लगे। जस्सी का नौकर कहता, ''चाची के रगड़े नहीं खत्म होते।''

जब कौरा पीसे हुए मसाले का बर्तन रूपो के घर से लिजाने लगा तो रूपो ने उसे आवाज लगा कर, कान में धीरे से कुछ कहा।

''अच्छा।'' कौरा ने भलेमानसी से सिर झुका लिया।

गाँव में काफी सारी शराब किसी एक के घर से नहीं मिली। एक बोतल किसी के, दो किसी के। मघर तथा कौरा ने दो घंटे लगा कर मुश्किल से दस बोतलें इकट्ठी कीं। कौरा खीझ रहा था, ''पहले मालूम होता तो कोई बन्दोबस्त भी कर लेते। यह जस्सी ऐन मौके पर बात करता है।''

''पहले कब बात करता, आये तो तुम आज हो। तब तो तुम हिरन के सींग से गायब हो गये।'' मघर ने कहा।

फिर कौरा ने सहजता से कहा, ''चल, उधर, जब वे लोग मसाला तैयार करेंगे तो हम लोग बोतलें इकट्ठी कर लेते हैं।'' बोतल के पैसे वह पहले पकड़ाते। जस्सी ने कौरा को पैसे पहले से ही दे रखे थे।

दिन छिपते ही जस्सी के बाहर वाले घर लोगों का ताँता लग गया। जेठ-हाड

का महीना था। बरसात अभी शुरू नहीं हुई थी। दिन के समय लू चलती और भट्ठी तपती। आग सी हवा चलती। दिन ढले जब टिब्बों की रेत ठंडी हो जाती तो ठंडी हवा चलने लगती। आस-पास पानी का छिड़काव कर खाट बिछा लो तो साँस आसानी से आती। उस दिन भी जस्सी ने ऐसा ही किया। चार लड़कों को पानी का छिड़काव करने को कह दिया। चार-पाँच कुर्सियाँ भी रखवा दीं।

पंचायत के सातों सदस्य नया सरपंच बुधा राम तथा अन्य कई व्यक्ति थे। कौरा, मघर, घोगा, मुकंदे का छोटा बेटा और तीन-चार व्यक्ति और भी। जितने आँगन में लोग खड़े थे उससे अधिक रास्ते पर कुत्ते खड़े थे। एक बड़ी परात में जब हड्डियों का ढेर लग जाता, वे नौकर से कहते, "जा बाहर दरवेशों को डाल दो। बाहर खड़े हैं आस पास।"

जब सभी खासे सरूर में आ गये तो कौरा ने कटोरी में तीन-चार कलुछियाँ डालीं और पीतल के एक गिलास में दारू डाल, चुपचाप बाहर की ओर चल दिया। किसी को मालूम नहीं था कि वह कहाँ गया है। बुधा राम ने मीट तो क्या खाना था, शराब भी न पी। वह बस थोड़ी देर वहाँ बैठा। फिर जस्सी को नमस्ते कह लौट आया। दो अन्य मैम्बर भी खाने-पीने वालों में नहीं थे। किकर सिंह दारू नहीं पीता था, मगर वह अन्त तक मंडली में बैठा रहा। कौरा ने ऐलान किया, "भई मेरी बात सुनो। माल काफी पड़ा है। रोटी भी खायी जा सकती है। मगर रोटियाँ अब अपने-अपने घर से मँगवाओ। साफ-साफ सुना दिया मैंने तो।"

"रोटियाँ, बामणा, फिर तू ही ला हमारे घरों से।" किसी ने ऊँची आवाज़ में हँस कर कहा।

कौरा तथा जस्सी दोनों नौकरों को साथ लेकर चल दिये। बाहर आकर कौरा तथा दोनों नौकर तो रोटियाँ लेने चल दिये और जस्सी चल दिया रूपो के पास। घोगा काफी पी चुका था।

19

इलाके के एम.एल.ए. से कह जस्सी सरपंच ने थंमणवाला गाँव के लिए कई अच्छे काम करवाये। उसे सरपंच बने दो वर्ष ही हुए थे। एक तो थंमणवाला से रोडू शाह की मंडी तक पक्की लिंक-रोड बन गयी। दूसरा बड़ा काम था स्कूल का। गाँव में कई वर्षों से प्राइमरी स्कूल ही था। मुख्य मार्ग वाली शामलाट में पहले तो जस्सी ने गाँव से काफी रकम इकट्ठी कर स्कूल की इमारत बनवायी। आठ कमरे बनवा दिये और एक हॉल-कमरा, जिसमें हैड मास्टर का दफ्तर था। पहले तो यह प्राइमरी से मिडिल बना और फिर दो वर्षों के बाद ही हाई स्कूल के लिए मंजूर हो गया। गाँव

के लड़कों को फिर रोडूशाह इतनी दूर, पढ़ने नहीं जाना पड़ता था। वे अपने गाँव से ही दसवीं पास कर लेते। लड़कियों के लिए तो यह हाई स्कूल और भी वरदान साबित हुआ। पहले गाँव की लड़कियाँ प्राइमरी से आगे कहीं और पढ़ने नहीं जा सकती थीं। रोडू शाह दूर पड़ता था। अन्य हाई स्कूल भी अधिक नज़दीक नहीं था। जब से मिडिल स्कूल बना और फिर हाई बन गया तो गाँव की लड़कियाँ यहाँ भी दस-दस जमातें पास करने लगीं। ऐसे पिछड़े गाँव में किसी लड़की का दस जमातें पास कर जाना ही बहुत बड़ी उपलब्धि थी। दस जमातें पढ़ी लड़की का रिश्ता तो अच्छी जगह पर हो जाता। दस कक्षाएँ पास लड़की कोई कोर्स या प्रशिक्षण ले कोई सरकारी नौकरी भी ले सकती थी।

जस्सी का लड़का अलबेल दसवीं कक्षा पास कर आगे पढ़ने के लिए पढ़ाई करने नहीं गया। क्या ज़रूरत थी उसे आगे पढ़ने की। घर की ज़मीन-जायदाद बहुत बन चुकी थी। पहले मोटरसाइकिल, फिर टेलीविजन और अब फिर ट्रैक्टर ने अलबेल का दिमाग खराब कर दिया। जैसे उसे किसी अन्य चीज़ की ज़रूरत ही नहीं रह गयी हो। माँ से खुला पैसा लेकर रोडू शाह की मंडी जाता और मनमर्ज़ी से खर्च करता। छोटी उम्र में ही उसकी आदतें बिगड़ चुकी थीं। मालूम नहीं कहाँ से सीख ली थीं उसने ये बातें। रूपो ने अलबेल को अपने घर में जैबे नाई की लड़की से मिलवा रखा था। मीतो अलबेल की कक्षा में ही पढ़ती थी। सातवीं तक पढ़ी थी। उम्र चाहे छोटी थी, मगर उसका कद-काठी पूरी थी। सुरमा आँखों में डालती। स्कूल में पूरा निखर कर स्कूल आती। उसकी आँखें चौड़ी थीं। जिधर देखने लगती, देखती ही रहती। देखने से ही मालूम हो जाता कि वह लड़की ठीक नहीं है। लड़के उस पर आँख रखते। लड़की की शिकायतें आने लगीं तो हार कर उसे स्कूल से हटा लिया गया। हैडमास्टर ने चैन की साँस ली। उसने अलबेल का फिर भी पीछा न छोड़ा। माँ से आँख बचाकर फटाक से जस्सी के घर आ घुसती। करतारो को चाची-चाची कह बातें करने लगती। अलबेल उसका इन्तज़ार करता मिलता। अलबेल की बहनें भी मीतो को अच्छा नहीं समझती थीं। जब कभी भी वह उनके घर आती, दोनों लड़कियाँ नाक-भौं सिकोड़ने लगतीं। बड़ी लड़की सुरजीत कभी उसे बातों-बातों में समझाती, कभी गहरा मज़ाक भी करती। मगर मीतो पर कोई असर नहीं होता था। उसकी निगाह तो अलबेल में होती। करतारो सीधी-सादी थी। उसे लगता मीतो उसकी लड़कियों से मिलने के लिए आती है। एक ही स्कूल में पढ़ने के कारण वे आपस में सहेलियाँ हैं।

फिर मीता घोगा के घर जाने लगी। बातों-बातों में वह रूपो से भी खुल गयी। रूपो को तो ऐसी बातें ही अच्छी लगती थीं। मीतो के बहाने उसे भी अलबेल से खुला खाने-पीने को मिलता। ऐसी गलत आदतों में पड़ने के कारण अलबेल ने कौन

सी पढ़ाई पूरी करनी थी।

सुरजीत ने भी दसवीं पास की और घर में बैठ गयी। सुरजीत से छोटी गुरमीत अभी स्कूल जाती थी। गाँव की दो-चार लड़कियाँ ही आगे कॉलेज में पढ़ने जाती थीं। आम तौर से लोग दस कक्षाओं को ही बहुत बड़ी पढ़ाई मानते थे। अधिकतर यही सोचते, हमने लड़की को और पढ़ा कर कोई अफसर बनाना हैं। दस जमातें बहुत हैं, खत्म नहीं होतीं।

थंमणवाला से रोडूशाह तक बनी लिंक-रोड से बेहद आसानी हो गयी थी लोगों को। एक लिंक-रोड थंमणवाला से धनौला मंडी तक जाती थी। अब इन सड़कों पर टैम्पू-गाड़ियाँ चलने लगी थीं। यह टैम्पू-गाड़ियाँ दो-दो घंटे के पश्चात् आती-जाती थीं। घनौला से चलकर दो अन्य गाँवों से भी टैम्पू थंमणवाला आता था। थंमणवाला से टिब्बा और फिर रोडू शाह की मंडी तक। टैम्पू को कहीं भी रुकवा कर लोग उतर भी जाते और चढ़ भी जाते। यह लोगों की अपनी घर की सवारी सी प्रतीत होती। थंमणवाला से टिब्बे के बीच में दुल्ले की ढाब पर हरेक टैम्पू रुकता। डेरे पर आने वाली अनेक सवारियाँ चढ़ती-उतरती थीं। प्रत्येक मंगलवार को बाबा दुल्ले पर मन्नतें चढ़ायी जातीं। फिर बाबा दुल्ला की बरसी भी हर वर्ष मनायी जाती थी। दूर-दूर से लोग आते। गुरु ग्रन्थ साहिब का अखंड पाठ साहिब तथा रामायण का भोग डाला जाता। रामदास पूरी सज-धज से यह बरसी मनाता था। सारी सियासी पार्टियों के लीडर माथा टेकने आते। लंगर सुबह से रात तक बँटता रहता।

दुल्ले की ढाब पर जस्सी का परिवार भी आता। गाँव की औरतें बूढ़ियाँ तथा लड़कियाँ सभी आतीं और रामदास को माथा टेकतीं। जस्सी के परिवार के साथ तो बाबाा रामदास का स्नेह वैसे भी काफी था। करतारो और उसकी दोनों बेटियाँ भी आतीं। रामदास सभी को आशीर्वाद देता। सुरजीत को शिक्षा देता रहता। करतारो से कहता, ''लड़की अगर आगे नहीं पढ़ती तो घर पर बैठ कर ही किताबें पढ़ती रहा करे। ज्ञानी का इम्तहान दे दे। फिर बी.ए. कर ले। जब तक ब्याह नहीं होता, पढ़ती रहे बस। साथ में घर का काम-काज किया करे।''

''घर के काम-काज़ तो खत्म ही नहीं होते, बाबा जी। अब और पढ़ कर क्या करेगी भला। इसने कौन-सा किसी दफ्तर में बैठना है। इसकी खातिर तो अब कोई लड़का देखो। आप के पास तो कई तरह के लोग आते-जाते रहते हैं। सरपंच तो इस ओर अभी ध्यान ही नहीं दे रहा।'' एक दिन करतारो बाबा रामदास के पास घर की कबीलदारी लेकर बैठ गयी।

''आप बात तो करो, लड़के तो बीस मिल जाएँगे। सरपंच ने कभी कहा नहीं हमसे।''

''बाबा जी, देख लो, ये फिक्र तो माँओं को रहती है। आदमी तो कभी गौर ही नहीं करते। अब सुख से अठारह-उन्नीसवें की हो गयी यह तो।''

बाबा के साथ माँ को ऐसी बातें करते देख सुरजीत को शर्म आ रही थी। वह गुरमीत को साथ ले परे समाधि की ओर चल दी।

बाबा रामदास की उस लड़की पर कब से आँख थी। लड़की बहुत सुन्दर थी। फिर जस्सी सरपंच की बेटी। जस्सी ने तो दान-दहेज भी बेहद देना था। अगले का घर भर देता। कितनी तो जायदाद थी जस्सी के पास। हिसाब-किताब और पैसे की कोई कमी नहीं थी। फिर उनके कहने भर की देरी थी, जस्सी ने बाबा की बात को टालना थोड़े ही था।

बाबा रामदास अपने घर से सम्बन्ध बनाये हुए था। कार हमेशा रहती उसके पास। एक कार को वह अधिक से अधिक दो वर्ष तक चलाता, उसे बेच नयी कार ले आता। कार का ड्राइवर भी साल-छह महीने के पश्चात् बदलता रहता। बाबा रामदास खुद भी कार चला लेता था। नज़दीक कहीं जाना होता तो रामदास खुद ही गाड़ी चला ले जाता। दूर कहीं जाने पर मान सिंह साथ जाता। अब रामदास की उम्र भी काफी हो गयी थी। मगर उसका शरीर तगड़ा था। खुद कार चला वह कई बार हमीरगढ़ आ जाता था।

हमीरगढ़ में अब मनजीत कौर और सुखदयाल ही रह गये थे। दोनों माँ-पुत्र। मनजीत कौर भी अब पचास के करीब थी। मगर देखने में चालीस की ही लगती थी। मगर जब से उसकी बहू मरी थी, वह उदास-सा रहने लगी थी। जलकौर तथा श्याम की मौत का उसे अधिक दुःख नहीं हुआ था, मगर बहू की मौत का दुःख बड़ा था।

सुखदयाल ने दसवीं तक पढ़ाई की थी। पढ़ने में अच्छा था। फिर बुढ़लाड़ा में कॉलेज भी खुल गया। गाँव के लड़के इस कॉलेज में पढ़ने जाते थे। सुख का भी दिल था कि वह कॉलेज जाए और बी.ए. करे। मनजीत कौर भी उसे पढ़ाना चाहती थी। मगर रामदास का विचार कुछ और था। उसने सलाह दी, बी.ए., एम.ए. करने का कोई फायदा नहीं। सुख ट्रैक्टर ले ले और खेती-बाड़ी करे। सोलह कक्षाएँ पढ़े नौजवान भी जूते घिसाते हैं। पढ़ाई में कोई तत्त्व नहीं रह गया। फिर चुपचाप ही रामदास ने उसे ट्रैक्टर ले दिया। ट्राली भी नयी। सुख खेती बाड़ी करने लगा। उसके हाथ-पैर तगड़े थे। शरीर की कद-काठी तंदरुस्त थी। भारी शरीर, चलता तो धरती काँपने लगती। वह बीस-बाईस बरस का हुआ तो मनजीत कौर ने उसकी शादी कर दी। यह लड़की प्रीतम हवलदार के लड़के कृपाल की रिश्तेदारी में से थी। कृपाल की बम जसमेल और की सभी भतीजी दातेवास से थी। रिश्ता जसमेल कौर ही लेकर आयी थी। लड़की देखने में सुन्दर तथा गोरे रंग की थी। दातेवास वालों ने

सुख के पक्के रंग का कोई ख्याल न किया, बस ज़मीन देखी थी। उस समय तक उनके पास अठारह एकड़ ज़मीन थी। दस एकड़ उनकी अपनी पुश्तैनी ज़मीन और आठ एकड़ बाद में खरीदी थी।

मनजीत कौर खुद जसमेल कौर संग लड़की देखने दातेवास गयी। लड़की उसे बेहद सुन्दर लगी। बातें कीं, लड़की ने अच्छी तरह से बातों के जवाब दिये। कामकाज में सलीकेदार लगी। वे दोपहर से पहले गयी थीं। रोटी-सब्ज़ी लड़की ने ही बनायी थी। अपनी होनेवाली बहू के हाथों का खाना खाकर मनजीत कौर ने गहरी तसल्ली का अनुभव किया। उसने उसका सिर सहलाया। सौ रुपये का शगुन दिया और उसका माथा चूम लिया।

वह हमीरगढ़ आकर बीमार रहने लगी। सुबक सी तो थी। सुखदयाल उसके लिए भारी पड़ता। वह थक-टूटकर खाट पर ही पड़ी रह जाती। मनजीत कौर समझती, नाजुक सी है, लड़के का ज़ोर इससे बर्दाश्त नहीं होता। वह बहू को नहाने के लिए गर्म पानी देती, ''ले बेटा, उठकर नहा-धो ले। गर्म पानी से शरीर खुल जाता है।'' उसे खाने-पीने को भी अच्छा-खासा देती। सब्जी-दाल में विशेष तौर पर देसी घी डालकर देती। दूध पर मलाई की मोटी तह डाल कर देती। मगर बहू नाक-भौं सिकोड़ कर खाती-पीती। अधिक खाना-पीना उसे हज़म ना होता। मनजीत कौर का दिल उदास हो जाता। वह कहती, ''तुझ जैसी जवान लड़कियाँ तो लकड़ी तक हज़म कर जाती हैं। तू खूब मन भरकर खाया-पीया कर। यही दिन तो हैं तुम्हारे खाने-पीने के। फिर कबीलदारी गले पड़ जाएगी तो उससे फिर निकला नहीं जाएगा। मैं कौन-सा सारी उम्र बैठी रहूँगी।'' मगर अपने मन में सोचती, ''इस लड़की से कुछ खाया-पीया नहीं जाता। यह बच्चे कैसे पैदा करेगी। हड्डियाँ निकली नज़र आती हैं इसकी।''

दो महीने लगाकर वह दातेवास गयी तो आठ दिनों के पश्चात् ही लड़का वहाँ जा धमका। एक रात बिता आया। मनजीत कौर हँस कर पूछने लगी, ''क्यों भई सुख, अकेले ही लौट आया। उन्होंने बहू को साथ विदा नहीं किया?''

''नहीं माँ, वह नहीं आयी?''

''क्यों भई, क्या बात हुई?'' उसे चिन्ता होने लगी।

''बीमार थी। बुखार हो रहा था।''

''यहाँ तो अच्छी-भली थी। हँसती-खेलती थी। वहाँ जाकर क्या ऐसा घट गया?''

''बुखार है और खाँसी भी?''

''वहाँ उनके गाँव में कोई डॉक्टर नहीं क्या? कोई दवा ले देते उसे।''

''वही बता रही थी कि बुढ़लाड़े दिखाकर लाये हैं। डॉक्टर ने एक हफ्ते की

दवाई दी है।''

''बुखार इत्यादि कुछ नहीं। कोई और कसर ही ना हो उसे। मैं तो स्वयं जाऊँगी, पता लगाकर आऊँगी। जसमेल कौर को साथ ले जाती हूँ।'' मनजीत कौर को फ़िक्र होने लगी।

दो दिनों के बाद वे दोनों गयीं। बहू की हालत काफी खराब थी। वह चारपाई से उठ नहीं पा रही थी। सूखी खाँसी थी। हर समय खराश रहती। बुखार उतर नहीं रहा था। दातेवास वालों का उस डॉक्टर से तसल्ली ना हुई तो वे उसे संमसर ले गये। अब संमगसर काले डॉक्टर का इलाज चल रहा था। मगर कोई विशेष फ़र्क ना आया। मनजीत कौर कह आयी, ''जब यह ठीक हो गयी तो आप लोग खुद इसे वहाँ छोड़ आइएगा। सुखदयाल से तो बार-बार आया नहीं जाएगा। काम का ज़ोर रहता है। अकेला है वह तो बेचारा।''

छः महीने तक बहू हमीरगढ़ वापस न आयी। एक दिन कृपाल सिंह उनके घर पर आया तो मनजीत कौर उसके गले पड़ गयी। खूब खरी-खोटी उसे सुनाई। कहने लगी, ''तुम्हारी बीवी ने फँसा दिया हमें। बहू को तो शादी से पहले ही तपेदिक थी।''

''मग्घो, मेरा बेटा मर जाए, 'गर मुझे पहले से कुछ भी जानकारी हो। मैं दातेवास जाता ही कब हूँ? मुझे तो कई बरस हो गये। यही जाती है। इसने कभी कोई बात मुझसे नहीं की, भई वह बीमार रहती है।''

''मेरा एक तो बेटा है, मैंने तो बड़े लाड़-प्यार से ब्याहा था। तुम लोगों ने रोग का कुज्जा मेरे घर में ला फेंका। मैं आज बहुत दुःख से कह रही हूँ, भई जसमेल कौर तेरा पूत मरे।'' मनजीत कौर ने अपनी जाँघों पर ज़ोर से हाथ मारा। उसके बाद कृपाल बोला ही ना। चुपचाप उनके घर से बाहर निकल गया।

बहू मायके में ही वर्ष भर बीमार रह कर मर गयी।

20

बाबा दुल्ला की मृत्यु अस्सू के नवें नवरात्र में हुई थी। अगले दिन दशहरा होता है। अब बाबा रामदास इन दोनों तथा बीच वाली रात को डेरे में मेला लगाकर रखता। आखिरी नवरात्रि को बाबा दुल्ला की बरसी होती और अगले दिन दशहरा मनाया जाता।

बाबा रामदास पहले थोड़ी दवा-बूटी दिया किया करता था। फिर उसने इस काम को बढ़ा लिया। वह दसवीं कक्षा तक पढ़ा था, मगर इम्तहान नहीं दे पाया था। उसे हिन्दी-पंजाबी दोनों भाषाएँ लिखनी-पढ़नी आती थीं। उसने हिन्दी-पंजाबी में

छपे आयुर्वेदिक चिकित्सा के ग्रन्थ मँगवा लिये। डेरे में आरम्भ से ही काफी सारे साधु-संत आते-जाते रहते थे। रामदास भी अन्य कई डेरों के चक्कर लगाता रहता था। इन डेरों से भी वह आयुर्वेदिक चिकित्सा के बारे में पूछता रहता। ग्रन्थ भी पढ़ता। ग्रन्थों में बतायी विधिनुसार स्वयं औषधि तैयार करता। लोगों की लाइलाज बीमारियाँ ठीक होने लगीं। रामदास की महिमा और भी बढ़ गयी। आस-पास के लोग तो आते ही थे, फिर दूर-दूर से भी लोग आने लगे। उनके ऐसे दो-तीन सेवक लड़के थे, जो सारा-सारा दिन दवाइयाँ पीसते-कूटते रहते। डेरे में बड़े-बड़े कूंडे तथा इमामदस्ते थे। उपलों की धूनियाँ जलाई जातीं। भस्में तैयार होतीं। बरनाला जाकर वह काफी दवाइयाँ ले आता। चिट्ठियाँ भेज कर कई दवाइयाँ दूसरे बड़े शहरों से भी मँगवा लेता। कई जड़ी-बूटियाँ वह खुद भी उखाड़ लाता। वैघगिरी से उसे अथाह आमदनी होती थी। पैसों की कोई गिनती नहीं होती थी। घुटनों के नीचे तक जाते उसके लम्बे चोगे की बड़ी-बड़ी ज़ेबों में नोटों की अनेक गड्डियाँ पड़ी रहतीं। दवाई के पैसे तो वह वाजिब ही लेता, मगर लेता सभी से था। इलाके के लेखकों, कलाकारों, पत्रकारों तथा राजनीतिक प्रतिनिधियों से कोई पैसा नहीं लेता था।

बाबा दुल्ला की समाधि पर चढ़ावा तो कम ही चढ़ता। जिनकी मन्नतें पूरी होतीं, वे दान-पुण्य करने जाते। रोडूशाह के कई महाजनों ने डेरे पर कमरे बनवाये हुए थे। आस-पास के जट-जमींदारों के पास भी नकद पैसे काफी थे। सरदार लोग, ईंटें, सीमेंट और सरिया दान कर जाते। डेरे का दिनों-दिन विस्तार होता जा रहा था। डेरे के साथ लगती पाँच एकड़ ज़मीन भी रामदास ने डेरे के नाम से खरीद ली थी। वैसे तो इस ज़मीन को नहर का पानी मिलता, मगर बाबा ने बोर करवा कर इंजन भी लगा दिया था। इस पाँच एकड़ में ज़ीरा तथा गेहूँ की बुआई होती। इस ज़मीन का सबसे बड़ा सुख यह था कि मेले के दिनों में यहाँ तम्बू लगा दिये जाते। यहाँ पर बड़ा दीवान सजाया जाता और यहाँ पर खाने-पीने की कई रेहड़िया लग जातीं। बच्चों तथा औरतों का सामान बेचा जाता। अरसू के नवरात्रों से पहले ज़ीरी की कटाई हो चुकी होती और गेहूँ की अभी तक बुआई नहीं हुई होती थी। इसलिए मैदान काफी खुला सा लगता था।

रामदास हर बरस बरसी के कार्ड छपवाता। आदमी भेज कर दूर-दूर तक डेरों में पहुँचाता। बरसी के दिन साधु-संतों की बहुत बड़ी भीड़ एकत्रित होती। भोग के पश्चात् उन्हें भोजन छकाया जाता और बाद में दक्षिणा के लिफाफे दिये जाते। सारी राजनीतिक पार्टियों के प्रतिनिधि भी आते। इन दो दिनों में थंमणवाला तथा टिब्बा के सभी निवासी डेरे में ही लंगर खाते। चाय, खीर, कड़ाह, निरन्तर चलता। लंगर में दाल-सब्ज़ी रोटी चौबीस घंटे पकती रहती। लंगर इतना स्वादिष्ट होता कि लोग एकाध रोटी अधिक ही खा जाते। इन दोनों दिनों में रामदास अपने चोगे की सभी

ज़ेबें दिन में कई बार खाली करता। ऊपर चौबारे की दीवार में धँसी लोहे की सेफ नोटों की गड्डियों से एकदम भरी होती।

दुल्ले की ढाब का डेरा एक प्रकार से बाबा रामदास की अपनी बादशाहत था। सेवकों की श्रद्धा का लगान बारह महीने, तीस दिनों तक बढ़ता ही जाता। वह चौथे-पाँचवें महीने ही नयी एफ.डी. करवाता। रोड़ूशाह या बरनाला के बैंकों से एफ.डी. करवाता तो अपना पता रामदास चेला बाबा दुल्ला, डेरा, दुल्ले की ढाब, गाँव थंमणवाला, लिखवाता। उसकी एफ.डी. बुढ़लाड़े के बैंकों में भी थी। वहाँ वह रामसिंह पुत्र भजन सिंह, गाँव हमीरगढ़ लिखवाता था। तीन वर्षों की एफ.डी. करवाता। तीन वर्षों में ये रकम लगभग एक-तिहाई बढ़ जाती। तीन स्थानों को दो-तीन एफ.डी. करवा कर वह हर वर्ष हमीरगढ़ भतीजे को ज़मीन ले देता। कभी गिरवी, कभी खरीदवा कर। इस प्रकार धीरे-धीरे उसने सुखदयाल की ज़मीन अठारह एकड़ तक बना दी थी। किसी के पास अठारह एकड़ ज़मीन हो तो वह सरदार कहलाता। हमीरगढ़ की ज़मीन भी एकदम उपजाऊ थी। सुखदयाल की सारी ज़मीन में फसलें भारी मात्रा में होती थीं।

थंमणवाला तथा टिब्बा के लोग तथा हमीरगढ़ वाले भी यही समझते थे कि रामदास हमीरगढ़ मग्घो के पास दूसरे-चौथे महीने जाता है। मगर ऐसा कुछ भी नहीं था। रामदास जो कर रहा था, सिर्फ़ वही जानता था। मग्घो तथा उसका लड़का जानते थे कि रामदास उनका घर निर्मित कर रहा था। दूसरे शब्दों में, वह अपने लिए ही सब कुछ कर रहा है।

मग्घो बरसी के समय दुल्ले की ढाब अवश्य आती। साथ में सुखदयाल भी होता। बहाने से वे टिब्बा भी चक्कर लगा आते। तोता सिंह कब से गुज़र चुका थ। मग्घो की माँ भी अब नहीं रही थी। अब उसके दोनों भाई कैला तथा जैला घर में थे। दोनों अब परिवार वाले थे। दोनों की गृहस्थी अलग-अलग थी। मग्घो आती तो दोनों के घरों में जाती। बच्चे उसे बुआ-बुआ कह लिपट जाते। उसे अच्छा लगता। मग्घो भी बच्चों को पैसे देकर जाती। भाभियाँ भी उसका पूरा आदर-सत्कार करतीं।

मग्घो दशहरे से अगले दिन डेरे से निकलती। जाते समय उसके पास कपड़ों इत्यादि की बहुत बड़ी गठरी होती और कुरती की अन्दरवाली ज़ेब में सौ-सौ के कई नोट होते। रामदास उसे काफी देकर भेजता।

इस बार बरसी पर मग्घो तथा सुखदयाल एक दिन शाम के समय ही वहाँ आ गये। मग्घो एक दिन एक भार्भा के यहाँ रह गयी और दूसरी रात दूसरी भाभी के यहाँ।

पहले जब भी बरसी को सुखदयाल दुल्ले की ढाब आता, तो मुश्किल से एक ही दिन रुकता। दशहरा उसने कभी देखा नहीं था। दशहरा भी क्या था। सुबह से

लेकर रात तक दीवान सजता। कीर्तन वारे इत्यादि सुनने में सुखदयाल की कोई रुचि न होती। लीडर लोग अपनी तकरीरें करते। बाबा रामदास को तारीफों के पुल बाँधते या फिर अपनी पार्टी का प्रोग्राम लेकर भाषण झाड़ते रहते। लोग भी सुन-सुन कर खीझते रहते। सुखदयाल तो बस बँधा-बँधाया अपनी मां संग आ जाता। उसे बाबा का भी डर रहता। ना जाने पर बाबा क्या कहेंगे। उसका बाबा रामदास उसके लिए इतना कुछ कर रहा था। रामदास भी चाहता था कि सुखदयाल बरसी पर अवश्य आये। लोगों से मिले-जुले। अपनी वाक़फियत बढ़ाये। लोगों से जान-पहचान आखिर काम ही आती है। वह यह भी चाहता था कि लड़का ऐसे समागमों आने-जपाने से बहू का गम भूला रहे। जब से दातेवास वाली लड़की मरी थी, सुखदयाल का मन कहीं नहीं लगता था। उदास रहता, कम बोलता, सोचता ज्यादा था। मग्घो उसे समझाती। घोड़ा और मर्द एक बराबर होते हैं। उसका दूसरा विवाह हो जाएगा तो कोई आफत नहीं आ जाएगी। इससे भी सुन्दर, सलीकेदार तथा अक्लमंद मिलेगी उसे। वह फ़िक्र ना किया करे।

बरसी के दिन भोग डल चुका था। संगत इधर-उधर घूम-फिर रही थी। लोग लंगर खा रहे थे। रामदास कहीं एक स्थान पर टिक कर नहीं बैठता था। वह अपनी कुटिया की ओर जाने लगा तो कुटिया के एक ओर उसे करतारो खड़ी नज़र आयी। दोनों लड़कियाँ भी साथ थीं। उसने बड़ी लड़की के सिर पर हाथ रखा और उसे अपने साथ कुटिया में ले गया। गुरमीत उसके पीछे-पीछे खुद भी आ गयी। रामदास ने उसे तीन-चार सूखे नारियल, थाली तथा दो चाकू दिये। कहने लगा, ''लो सुरजीत, बैठ जा बेटा यहाँ बोरी पर। इस नारियल को कुतर दे। खीर में डालेंगे।'' थाली में आधा नारियल पहले से ही कटा पड़ा था। सुरजीत खुश हो गयी कि बाबा ने उसे काम दिया। गुरमीत भी उसका हाथ बँटाने लगी।

करतारो कहीं बाहर ही खड़ी थी। रामदास कुछ देर तक कुटिया में आसन पर बैठा, फिर उठ कर बाहर चला गया। उसने देखा एक ओर बैठी मग्घो, करतारो तथा रूपो बातें कर रही थीं। मेले में यही सब होता है। कई बरसों के बाद ही आपस में मुलाकात हो जाती है। मग्घो उन दोनों को कम जानती थी। मग्घो को हर कोई जानता था कि वह बाबा रामदास की भाभी है और टिब्बा की रहने वाली है। दूसरी औरतें स्वयं उससे परिचय करने लगतीं। माथा टेकतीं, पैरों को हाथ लगातीं। एक तो बाबा की भाभी, दूसरा, टिब्बा की बेटी, तीसरा उनकी ननद बीवी थी।

बाबा रामदास दूसरे चक्कर में सुखदयाल को कुटिया में ले आया। उसे कन्धे से पकड़ कहने लगा, ''उधर खड़ा-खड़ा क्या कर रहा है। आ, आकर काम कर। इन लड़कियों के साथ नारियल काट, यहाँ बैठ कर।'' फिर कहने लगा, ''अपनी ही लड़कियाँ हैं, सरपंच जसवंत सिंह की बेटियाँ। वह करतार कौर बैठी है इनकी

माँ, तेरी माँ के पास। वे बातें कर रही हैं, तुम लोग नारियल काट दो, जल्दी चाहिए।''

जब वे अन्दर आये, सुरजीत सूखे नारियल को बीच में से काटने की कोशिश कर रही थी। मगर चाकू से भी वह नारियल को दो भागों में बाँट नहीं पा रही थी। नारियल काफी सख्त था। सुखदयाल ने आते ही अपने हाथों की हथेलियों में नारियल को इतने जोर से दबाया कि वह एकदम से तड़क गया। सुरजीत, सुखदयाल के हाथों के ज़ोर की ओर देखने लगी। सुखदयाल ने दूसरे नारियल भी इसी प्रकार तोड़ दिये। फिर दोनों नारियल बारीक-बारीक कुरतने लगे। गुरमीत एक और चाकू लेने लंगर हाल चली गयी थी। सुरजीत लड़के को बार-बार ताकती जा रही थी। सुखदयाल उसकी ओर देखते हुए झिझक रहा था। उसे डर था, लड़की कहीं अपनी अगुँली काट न बैठे।

आँखों ने कुछ पूछा, फिर लड़की के होंठ हिले।

लड़के ने पूछा, ''क्या?''

''वीर, तेरा गाँव कौन सा है?'' लड़की के होंठ हिले।

''गाँव तो यहीं है, ये डेरा है।'' लड़के ने जवाब दिया।

मग्घो पास बैठी होती तो मन में गहरा सोच जाती, ''चन्दरे ने कितना बड़ा सच बोल दिया।''

''डेरा कैसे, डेरा गाँव है कोई?'' लड़की ने अविश्वास से कहा।

''बाबा का गाँव है न हमीरगढ़। बस, वही मेरा गाँव है। मैं उनका भतीजा हूँ।'' लड़के ने बना-सँवार कर जवाब दिया।

इतने में गुरमीत एक और चाकू ले आयी। वे तीनों नारियल चीरते रहे, बातें करते रहे। बातें करते हुए वे हँसने भी लगते। सुखदयाल चाहता था कि ये काम कभी खत्म ना हो और उनकी बातें यूँ चलती रहें। गुरमीत ने शंका व्यक्त की, ''क्या मालूम इतना खोया न चाहिए हो, और हम ऐसे ही चीरते जा रहे हों।''

सुरजीत कहती, ''चल, खीर और भी स्वाद हो जाएगी।''

''तुम्हारा नाम क्या है?'' लड़के ने सुरजीत से पूछा।

''सुरजीत, और तुम्हारा नाम सुख है न?'' लड़की खुलने लगी।

''तुम्हें कैसे मालूम?'' वह खिल उठा कि लड़की उसका नाम पहले से ही जानती है।

''बाबा ने अभी तुम्हारा नाम लिया था, जब अभी आये थे न, तब।''

लड़की ने चाकू वाला हाथ अपने घुटने पर रख लिया।

''दोनों का नाम 'स' से शुरू होता है।'' गुरमीत ने बेध्यान होकर कह दिया। तीनों के चेहरे फूलों की भाँति टहकने लगे थे।

21

रामदास को मनजीत कौर जितना ही दु:ख था। वह सोचता, नहीं तो अब बहू की गोदी में कोई बच्चा आदि होता। आँगन फिर से खिल उठता। उसके बाप भजन सिंह का परिवार आगे बढ़ता। वह सोचता, ''ये ज़मीनें आखिर किस की खातिर खरीद रहा हैं, हमीरगढ़?'' और फिर खीझ कर कहने लगता, ''ले मग्घो, पहले लड़की ढूँढ़ी थी तूने। अब लकड़ी मुझे ढूँढ़ लेने दे। ऐसी तगड़ी बहू ढूँढ़ कर दूँगा, एकदम स्वस्थ और सुन्दर सी। बस बातें छोड़। साथ बहुत सारा दान-दहेज भी लेकर दिखाऊँ। दातेवासवाले तो नंगे थे। कंजर कहीं के।''

''मैं कीड़े पड़े जसमेल कौर की बातों में आ गयी थी। मैंने सोचा, कितनी पीढ़ियों से रिश्ता बना हुआ है। वह मेरे साथ बेईमानी तो नहीं करेंगे।

''अच्छा अब, भजन किया कर, सच्चे पातशाह का। लड़के का संयोग और कहीं थे। दातेवास इस की रेखा में लिखा हुआ नहीं था।''

''अच्छा महाराज। अब आप ही कोई उपाय कीजिये।'' बाबा पे मनजीत कौर का पूरा यकीन था।

इस बार बरसी निकले अभी कुछ ही दिन गुज़रे थे कि बाबा ने जस्सी से बात चला दी। कहा, ''करतार कौर बात कर रही थी अपनी बेटी के लिए। मुझे लगता है कि हमीरगढ़ वाले लड़के के साथ इसका संयोग हो सकता है। आगे आप खुद विचार कर लो।''

''हमीरगढ़ वाला कौन सा लड़का है?''

''वही अपना लड़का, भतीजा अपना। टिब्बे वाले नम्बरदारों का दोहता। यहाँ डेरे पर बीस बार आया होगा। देखा नहीं तुमने कभी उसे?''

टिब्बे वालों का नाम सुनकर उसने नाक सिकोड़ा। दो पल की चुप्पी के बाद उसने फिर पूछा, ''ज़मीन कितनी आती है लड़के के हिस्से में?''

''अकेला ही है। हिस्सा कैसा? अठारह एकड़ है। ट्रैक्टर से खेती करता है। दसवीं तक पढ़ा हुआ है।'' रामदास बना-सँवार कर बातें करने लगा।

''अठारह तो बहुत है फिर। उधर ज़मीनें भी अच्छी हैं। अपनी ओर की तरह सख्त तो नहीं?''

''ना, ना सारी ज़मीन एकदम बढ़िया उपजाऊ है। नहर का पानी लगता है। दोनों फसलें चावल और गेहूँ होती हैं।''

''कोई नहीं देख लेते हैं। फिर घर की बात है।'' जस्सी ने बात समझ ली थी। कौरा भी अन्दर कुटिया में पास बैठा था। सन्ध्या समय था। उधर दवाखाने में मरीज़ आये बैठे हैं। वे बार-बार कुटिया में आकर चक्कर लगा रहे थे। रामदास ने

अब कुटिया से निकलकर दवाखाने में जाना था। वह शाम पाँच से आठ बजे तक दवाइयाँ देता रहता था। सुबह आठ बजे से दोपहर दो बजे तक बैठता था। दोपहर में खाना खाकर वह दो-अढ़ाई सो जाता था। इस समय उसे कोई नहीं उठा पाता था।

वे रोडूशाह की मंडी कीमती लाल आढ़तिये की दूकान से होकर आये थे। आते ही वे डेरे आ गये थे। बाबा रामदास जब दवाखाने में आकर बैठ गया और बड़े मेज़ पर दवाइयाँ कूटी-पीसी जाने लगीं तो जस्सी तथा कौरा एक तख्तपोश पर बैठ दूध के गिलासों का इन्तज़ार करने लगे। बाबा ने कहा, "जो भी चाहे पीकर जाइएगा।" सेवक उनके लिए बादाम डालकर दूध उबालने लगा था।

जस्सी लड़की के रिश्ते की बात सुन सोच में डूब गया था। वह चुप बैठा था। परे खेतों की ओर झाँकने लगा। डेरे की ज़मीन को देखकर सहजता से बोला, "कितनी बढ़िया ज़मीन बना रखी है।"

कौरा ने उसे अनसुना कर नयी बात छेड़ दी, "सरपंच, तू लड़की के बारे में न सोच अभी, पहले अलबेल का कुछ कर।"

"क्यों, अलबेल तो लड़का है, जब चाहेंगे ब्याह कर देंगे। पहले लड़की को ब्याहना ही सही होता है। सयाने यही कहते हैं।" जस्सी ने तर्क दिया।

"न यार, तुम कुछ होश करो। तुम्हें मालूम नहीं, अलबेल की आदतें बिगड़ती जा रही हैं।"

"कैसे?"

"नाइयों की लड़की के बारे में तो तुम्हें मालूम ही है। कितनी बार लड़ाई की है तुमने रूपो से इस बारे में।"

"हाँ रूपो ने तो खरी सुना दी। कहने लगी, तू वरज ले लड़के को। उधर नाई वरज ले।"

"अरे, मूर्ख सरपंच है तू तो। वह और भी कई कारनामे करता है।"

"और कहाँ जाता है?"

"जाता कहीं नहीं। जब भी खेत जाता है तो, जो भी लड़की घास खोद रही हो, उसे वहीं फसल पर दबोच लेता है। तुम्हारे खेतों की ओर कोई डर के मारे जाता ही नहीं, ना भूसा लेने न लकड़ी इत्यादि लेने। मैं कब से यह सभी बातें सुन रहा हूँ। मैंने तुमसे कभी कहा नहीं। यार, यह तो उबल रहा है। इसे विवाह की नकेल डाल दे बस। अपने-आप टिक जाए। बेगानी लड़की आकर खुद सीधा कर लेगी इसे।"

जस्सी को लड़के की फ़िक्र तो हुई, मगर उसके दिमाग में लड़की की बात अटकी हुई थी। दूध पीकर वे तख्तपोश से उठ खड़े हुए। दवाखाने में बाबा के पैर छूकर गाँव की ओर चल दिये। दिन छिपने वाला था। पक्की सड़क पर मोटरसाइकिल

धूल उड़ाती जा रही थी।

गाँव जाकर जस्सी ने कौरा से औपचारिकतावश पूछा, "क्यों, क्या इरादा है, पीनी है क्या?"

"तू बता, अब घर जा रहा है तू तो।"

"हाँ, यार मैं तो थक गया हूँ। ले ये बीस रुपये पकड़। घर का अधिया या पऊआ ले ले कहीं से। पी, मौज कर। मैं तो रोटी खाकर सोऊँगा अब।" जस्सी ने मोटरसाइकिल अपने घर की ओर मोड़ दी।

अलबेल घर में नहीं था। सुरजीत बैठक में उसे चाय देने आयी। चाय का गिलास पकड़ वह लड़की की ओर ही देखता रहा। बिजली-बत्ती की रोशनी में वह और भी बड़ी-बड़ी लग रही थी। चाय पीकर उसने सफेद कुर्त्ता-पजामा उतारा और रात को सोने वाले कपड़े पहन लिये। पगड़ी उतार सिर के बालों में अँगुलियाँ फिरायीं और लपेट कर रखे बिस्तरे से टेक लगाकर पसर गया। टेलीविजन सुरजीत ही जाते समय लगा गयी थी।

टेलीविज़न देखते हुए उसने खाना खाया, फिर बिस्तर बिछा लिया। अभी सर्दी ज्यादा नहीं थी।

चूल्हे-चौंके का काम समेट कर करतारो उसे दूध देने आयी। वह जाग ही रहा था। रिमोट कंट्रोल से उसने टी.वी. बन्द कर दिया। करतारो को उसने अपने पास बिठा लिया और बात छेड़ी।

जस्सी अकेले ही बैठक में सोता था, जबकि लड़कियाँ तथा करतारो परे कमरे में सोती थीं। अलबेल की चारपाई भी वहीं माँ के पास बिछती थी। उसका जी करता तो बाहर वाले घर जाकर सेवक के पास सो जाता। अन्दर वाले घर में सोने वह तब आता जब घर के सभी सो चुके होते। करतारो चारपाई से उठकर उसे रोटी देती। दूध का गिलास भी खाने के साथ ही रख देती।

"बाबा ने मशविरा दिया है कि, सुरजीत का रिश्ता हमीरगढ़ वाले लड़के संग कर दे।" जस्सी ने दूध का घूँट भरते हुए कहा।

"हैं, हमीरगढ़ वाला लड़का?"

"अरे वही जो भतीजा है। बाबा का। नम्बदार का दोहता।"

"ना, ना। वह ठीक नहीं?" करतारो एकदम भड़क गयी।

"क्यों? क्या बात है?"

करतारो आगे कुछ ना बोली। बैठक से उठकर बाहर चली गयी। अभी तक अलबेल बाहर से आया नहीं था। लड़कियाँ अपने बिस्तर बिछा रही थीं। उसने अपनी चारपाई ना बिछायी। अलबेल का इन्तज़ार करने लगी। वह आये, उसे रोटी देकर काम, खत्म करे। गुरमीत के पास बैठ गयीं। थोड़ी देर बाद सेवक आया।

बोला, ''चाची, अलबेल बाहर वाले घर में बैठा है। वह वहीं सोयेगा। उसका खाना दे दो।''

''उसके साथ भी कोई है?''

''नहीं और कोई नहीं है।''

करतारो ने एक कपड़े में चार रोटियाँ और आलू-गोभी की सब्ज़ी बाँध कर दे दी। दूध की डोलची भी दे दी। कहने लगी, ''दूध काफी है। दोनों पी लेना।''

मुख्य द्वार बन्द कर करतारो लड़कियों के पास नहीं गयी। बैठक की ओर चल दी। बल्ब जल रहा था। टेलीविज़न पर खबरें आ रही थीं। जस्सी टेढ़ा सा होकर टेलीविजन देख रहा था। करतारो ने जाते ही टी.वी. बन्द कर दिया। फिर कुर्सी पर बैठे धीरे-धीरे कहने लगी, ''एक तो उस लड़के का रंग पक्का है। दूसरी बात, वह लड़की से दस बरस बड़ा है। तीसरी बात, वह दुहाजू है। मैंने लड़की को कुएँ में नहीं धकेलना।''

''तुम्हें कैसे मालूम ये सारी बातें?'' जस्सी उठकर बैठ गया।

''उस दिन डेरे लड़के की माँ के साथ ही बैठी थी मैं। कह रही थी बहू मर गयी। लड़के को दाग़ लगा गयी। कोई रिश्ता करवाने को कह रही थी।''

''लड़का देखा है तूने?''

''हाँ वहीं तो घूम रहा था। उसकी माँ ने ही दिखाया मुझे।''

''पक्का रंग है?''

''हाँ, अपनी लड़की से तो मेल नहीं खाता उसका।''

''रंग का क्या है। मेरा रंग भी तो पक्का है। तू गोरी है।''

''लो, तुम्हारा रंग इतना पक्का कहाँ है?''

''लड़का मैंने भी देखा है, दस साल तो बड़ा नहीं होगा।''

''ना, यदि एकाध साल का भी फ़र्क हुआ तो मेरे मुँह पर थूक देना।''

''अच्छा, लेट जा जाकर। मैं सारी बातों का पता लगाऊँगा डेरे जाकर।'' जस्सी ने लेटते ही करवट ले ली। कहने लगा, ''बत्ती बुझा दे।''

अभी आधी रात ही बीती थी कि जस्सी के दरवाज़े पर एक जीप आकर रुकी। घर्र-घर्र की आवाज़ से वह जाग उठा। बैठक गली में ही थी। गली की ओर खुलती खिड़की वह खोल कर रखता था। खिड़की के पास आ किसी ने धीमे से पुकारा, ''सरपंच साहब।''

वह पहले ही उठ कर बैठा था। जवाब दिया, ''आया बस।'' अँधेरे में ही बैठक का दरवाज़ा खोल जस्सी ने लाइट जला दी। वे दो थे। अन्दर आ गये। एक बोरी पकड़ा कर कहने लगे, ''पहले इसे सँभाल ले।''

''कितनी है?'' उसने बोरी पकड़ते तुरन्त पूछा।

''बस, वही पाँच। पहले भी तो इतनी आती है।''

''बैठो, चाय रखता हूँ।''

''नहीं, चाय नहीं, आगे भी जाना है।''

''अरे बैठो तो सही।''

''लो, बैठ जाते हैं। जल्दी कर।'' वे दोनों खड़े-खड़े ही जस्सी के बिस्तर पर बैठ गये।

उनके सामने ही उसने वह बोरी-कट्टा दीवार में लगी अलमारी खोल कर अन्दर रखा और ऊपर के खाने से नोटों की गड्डियाँ निकाल गिनने लगा। फिर कहने लगा, ''लो पकड़ो। बैंक की मोहरें लगी हुई हैं। पिछला हिसाब कोई बाकी नहीं। यह भी निपट गया। चाय पीना है तो बताओ। नहीं तो फिर सासरी अकाल।''

कपड़े के बड़े झोले में गड्डियाँ गिन कर उन्होंने रखीं और उसे ऊपर से बाँध कर हवा के झोंके समान कमरे से बाहर निकल गये। अगले ही पल जीप की घर्र-घर्र हुई। बैठक का कुंडा अन्दर से लगाया और बिजली बुझा दी।

तड़के जस्सी चार बजे ही उठ बैठा। जब से जीप वाले आये थे, उसे चैन नहीं था। पहले वह जंगल-पानी के लिए गया, फिर आते हुए कौरा को उसके घर से उठा लाया। बैठक में आ उससे कहने लगा, ''ले भई शेर बग्गे, ये पाँच किलो हैं। एक जैसी दस ढेरिया बना ले। ये मोमी लिफाफे। इनमें डालता जा। आधे घंटे के अन्दर-अन्दर हम चल देंगे। तू यह काम कर, मैं चाय बनवाता हूँ।''

जस्सी का दस गाँवों में कारोबार था। माल खत्म होने पर वह मोटरसाइकिल का इन्तज़ार करने लगते। पैसे तैयार ही रखते।

उन्होंने दो गाँवों में माल उसी दिन पहुँचा दिया। बाकी के गाँव दो दिनों में खत्म कर लिए। वे काफी सुबह चल देते। सूरज चढ़ने से पहले-पहले अपना काम खत्म कर लेते। महीने के महीने उनका भी यही कारोबार था। जब भी माल आता, बाँट देते। जीप कभी बीस दिनों बाद आ जाती। कभी महीने बाद आती।

ये तीन-चार दिन जस्सी अपने कारोबार में व्यस्त रहता। जिस कारण वह डेरे न जा पाया। फिर एक दिन वह बाबा रामदास के पास खास तौर से इसी काम के लिए गया। सुबह का समय था। रामदास अभी अपने दवाखाने में नहीं बैठा था। अभी तो उसने अपनी पूजा-अर्चना ही समाप्त की थी। रामदास ने उनके लिए भी दूध मँगवाया। कौरा बन्दूक ले परे एक तख्तपोश पर जा बैठा और वे दोनों कुटिया के अन्दर जा बातें करने लगे।

''चाचा जी, आप उस दिन बात कर रहे थे, वह हमीरगढ़ वाले लड़के की?'' जस्सी ने बात छेड़ी।

''हाँ, फिर कोई सलाह की?'' रामदास ने उत्सुकता से पूछा।

"एक बात आपने बतायी नहीं बाबा जी। छिपा कर रख ली।"

"कौन सी बात?"

"वह तो दुहाजू है।"

"बस कहने को ही दुहाजू है। एक दाग ही लगना था बेचारे को। वह दातेवास ब्याहा गया था। गाँव में से ही किसी ने रिश्ता करवाया था। उस लड़की को पहले से ही तपेदिक थी। सिर्फ़ दो महीने ही रही वह हमीरगढ़, फिर वापस नहीं आयी। दातेवास में ही मर गयी। बस इतनी सी बात है, यही कहानी है। दुहाजू समझ लो या कुछ भी।"

"लड़के की उम्र कितनी है?"

"अरे यही होगी कोई चौबीस बरस। उम्र तो ठीक है। अपनी सुरजीत अठारह, उन्नीस की है। लड़का थोड़ा बड़ा ही होना चाहिए लड़की से। कबीलदारी की सारी समझ आ जाती है। चौबीस-पच्चीस के लड़के को।"

"यह बात तो आपकी ठीक है।"

"सारी गृहस्थी अब उसी के हाथ में है। ट्रैक्टर आप चलाता है। वैसे ड्राइवर भी रखा हुआ है। लेने-देने का काम सभी कुछ वही करता है। लड़की भी समझदार है। दो ही जने हैं। तीसरे किसी का दखल नहीं। जसवंत सिंह, इतना बढ़िया ठिकाना और कहीं नहीं मिल सकता। चाहे चारों दिशाएँ देख ले।" रामदास ने पूरी तस्वीर ही खींच दी।

लड़के के पक्के रंग को लेकर जस्सी को ऐतराज़ नहीं था। उसे सब ज्ञान था कि डेरे की अधिकतर कमाई हमीरगढ़ ही जाती है। वह अठारह एकड़ सिर्फ़ अठारह तक ही नहीं बने रहेंगे, वे अभी और भी बढ़ेंगे। उसने रामदास की बातें सुनीं तो एक फैसला लेकर उठ खड़ा हुआ। कुटिया से बाहर आया। कौरा तख़्तपोश के पास खड़ा उसकी प्रतीक्षा कर रहा था। वे दोनों रोडू शाह मंडी की ओर चल दिये। रास्ते में जस्सी ने इस रिश्ते बाबत कोई भी बात ना की। इधर-उधर की ही बातें करते रहे। मंडी से उन्होंने दो और गाँवों में भी जाना था। शाम के समय थंमणवाला वापस आये। रोटी इत्यादि के बाद करतारो जब दूध देने आयी तो वह स्वयं ही उसके निकट कुर्सी पर बैठ गयी। कहने लगी, "एक और पंगा खड़ा हो गया। अपने घर में ही चिंगारी भड़क उठी?"

"कैसी चिंगारी?" जस्सी को चिन्ता हुई।

"मैं बेवकूफ लड़की से बात कर बैठी। भई, मुझे नहीं पसन्द वह हमीरगढ़ वाला लड़का बेहद। समझाया, भई दुहाजू है, रंग पक्का है। उम्र भी बड़ी है। मगर मानती नहीं। ज़िद पकड़े बैठी है। कहती है, मेरा विवाह करना है तो उसी लड़के के साथ करो। लो, है न कलयुग। सुना था कभी लड़कियाँ, अपने मुँह से ऐसा कहेंगी।"

''अच्छा....अच्छा, हूँ।'' वह खिलखिलाकर हँस दिया।

''हँसते क्यों हो। जब सिर पर ख़ाक पड़ेगी तब समझ में आयेगा।''

''अरे, सब मालूम कर लिया है मैंने। वह लड़का ठीक है।''

''किससे मालूम किया?''

''बाबा से, और किससे?''

''क्या ठीक है?''

''लड़के की उम्र सिर्फ़ चौबीस साल है। विवाह हुआ था, मगर ठंडी हो गयी। बहू सिर्फ़ दो महीने रही। अठारह किल्लों का मालिक है।''

''रंग पक्का है और दुहाजू है, क्यों मेरी लड़की में कोई कमी है?''

''पक्के रंग का क्या है? रही बात दुहाजू की, दुहाजू वह बुरा होता है, जिसकी उम्र बड़ी हो या पहले का कोई बच्चा आदि हो...।''

''इसका मतलब बाप-बेटी पहले ही सभी कुछ तय किये बैठे हैं। ना, मैं नहीं करूँगी वहाँ। ज़िद करोगे तो कुएँ में छलाँग लगा दूँगी।''

''हूँ...हूँ....।'' वह हँस दिया, फिर पूछने लगा, ''यह अपनी लड़की लड़के पर कैसे फिदा हुई है?''

''छोटी बता रही थी, यह पास-पास बैठे मेले वाले दिन। कुटिया में सुरजीत और वह बैठ कर नारियल कुतर रहे थे। फिर वह लड़का आ गया। जैसे जानबूझकर किसी ने उसे भेजा हो। गुरमीत बता रही थी, भई दोनों बातें करते रहे। वह लंगर में चाकू लेने गयी, ये दोनों पीछे से खीसें निपोरते रहे।''

''अच्छा यह बात है।''

''जब इसकी चुटिया खीचूँगी न तब मालूम होगा इस कम्बख्त को। ना ननिहाल में, न दादके में पहले कोई ऐसा हुआ है। पता नहीं यह कैसी पैदा हुई।'' वह तमक कर उठ खड़ी हुई, दोनों लड़कियाँ सो चुकी थीं। वह सोती हुई सुरजीत को देखने लगी, जो उसे सोते हुए अब बड़ी-बड़ी लगने लगी थी।

दस-बारह दिनों तक उनके घर में यह खींचतान बनी रही। जस्सी कहता, लड़का ठीक है। करतारो भड़कने लगती, नहीं ठीक। सुरजीत भी कभी माँ की ओर देखती, घूर कर। माँ उसे दुश्मन लगने लगी थी। करतारो उसे काम-काज़ के लिए डाँटने और खीझने लगती। लड़की के मन पर ये बातें भारी पड़ने लगतीं तो उसके हाथ से बर्तन गिरने लगते। ऐसे समय पर करतारो उसे गालियाँ देने लगती, ''अब बर्तन तोड़ने लगी? दिमाग तो तेरा ठीक है या नहीं। ''इसका दिमाग तो वहीं है, माँ, हमीरगढ़ में।'' गुरमीत हँसने लगी। सुरजीत जूती उठा उसे मारने के लिए उसके पीछे भागती, फिर आँखें भर लेती।

जस्सी और करतारो में लगातार बहस चलती। इन दिनों में जस्सी डेरे न गया।

आखिर रोज़ का क्लेश खत्म हो गया। करतारो मान गयी। उन्होंने मामा को हमीरगढ़ साथ लिजाने के लिए छाजली के लिए आदमी भेज दिया।

22

निहाली और मीतो उनकी दो लड़कियाँ थीं, लड़का कोई नहीं था। जैबा था तो नाई, मगर जाटों की तरह खेतीबाड़ी करता। उसके पास अपनी भी दो किल्ले ज़मीन थी। दो बैल तथा एक भैंस भी थी। खेतीबाड़ी के सारे औज़ार उसके पास थे। वह कुछ ज़मीन हिस्से पर भी ले लेता था। कभी ठेके पर भी। अकेले आदमी की कमाई थी। सीरी नहीं थी। बस एक नौकर था। नौकर लड़का उनके घर पर ही रोटी-पानी खाता था। सुबह से लेकर रात अँधेरा होने तक उनके काम-धन्धे ही करता रहता था। जैबे को उसका सहारा बहुत था। उसका अपना कोई लड़का नहीं था। वह नौकर जेठू को ही अपने बेटे समान समझता था। उसे खाने-पीने को पूरा देते। कभी-कभी उसे कुरता इत्यादि भी सिलवा देता।

निहाली और मीतो की उम्रों में काफी अन्तर था। निहाली का ब्याह हो चुका था। उसकी उम्र तो अब चालीस के आस-पास होगी। उसका घरवाला फौजी था। फौज से रिटायर होकर भी आ गया। मगर उनके घर में कोई बच्चा नहीं हुआ था। फौजी ने काफी इलाज करवाया। सुरजन सिंह में कोई नुक्स हीं था और और ना ही निहाली में। सभी डॉक्टरों ने चैकअप करने के बाद यही कहा था, कुदरत पर सब निर्भर है। नुक्स तो कोई नहीं है। उन्होंने देसी इलाज भी करवाया। कोई ज़मीन-जायदाद नहीं थी। पेंशन लेकर आने के बाद वह गाँव में ही दूकान करता था या फिर उसकी पेंशन थी। मगर बच्चा कौन नहीं चाहता। जायदाद का मालिक बनाने के लिए बच्चा नहीं होता, वैसे भी घर में उसकी ज़रूरत होती है। बच्चे के बगैर तो घर का आँगन श्मशान-भूमि सा लगता है।

सुरजन के पास पहले साइकिल थी। फिर स्कूटर का रिवाज चल पड़ा। मौपेड़ पर भी काफी सामान लादा जा सकता था। वह दूकान का सामान धनौला से लेकर आता था। कभी-कभी बरनाला भी जाता। नमक, चीनी, चाय, तेल और देहाती घरों की ज़रूरत की अन्य चीज़ें भी उसकी दूकान पर होतीं। वह शहर जाता तो निहाली दूकान पर सौदा बेचती। उसे सभी वस्तुओं के दाम मालूम थे। पैसे-टके का भी वह हिसाब रखती। घर और दूकान पर वह काफी श्रृंगार करके बैठती।

जब सारी उम्मीदें खत्म हो गयीं तो वे दोनों थंमणवाला गये। घर-दूकान को ताला लगा गये। उनकी यह दूकान अपने घर की ही एक बैठक में थी। बैठक का

दरवाज़ा गली में खुलता था। थंमणवाला जाकर वे रात रुके। मगर जो बात करने आये थे, वह करने की हिम्मत न हुई। अन्य बातें करते रहे। मीतो जीजा के साथ खूब बातें करती गयी। वे मीतो की ओर देखते और मन ही मन कुछ सोचने लगते। अपने दिल की बात ज़ाहिर करना उस घर पर पहाड़ टूटने समान था। वे बार-बार गहरा सोचते, कहें या ना कहें। सोचते, माँ-बाप कहीं बुरा ना मान जाए। अगले दिन सुरजन दोपहर को खाना खाने के बाद भठ्ठल की ओर चल दिया। निहाली थंमणवाला ही ठहर गयी। उसने ही कहा, "तुम जाओ, मैं तुम्हारे पीछे से बात करूँगी। पहले माँ का मुँह देखूँगी।"

रात को रोटी इत्यादि से फारिग हो निहाली ने माँ से बात छेड़ी। माँ ने बात तो ध्यान से सुनी, मगर असहमति से सिर हिला दिया। कहने लगी, "निहाली, यह तो मुश्किल है। गुस्सा ना करना। तुम्हें बच्चा चाहिए तो मैं अपनी बेटी को बलि का बकरा क्यों बनाऊँ? तुम कहीं और देखो।" फिर कहने लगी, "कहाँ सुरजन सिंह की उम्र। वह तो तुमसे भी काफी बड़ा है। मीतो कहाँ, वह तो अभी मुश्किल से सत्रह-अठारह की हुई है।"

तड़के उठकर माँ ने निहाली के बाप से बात की। जैबा तो एकदम चीखने लगा। कहने लगा, "यदि निहाली का कोई भी बच्चा नहीं हुआ तो इसकी किस्मत। हम अपनी छोटी बेटी को क्यों भट्ठी में झोंकेगे। फिर सुरजन कहाँ और मीतो कहाँ। अब यह रिश्ता माँगने लगी है, फिर यही उसकी दुश्मन बन कर बैठ जाएगी, निहाली। सौतनें दुश्मन ही होती हैं और क्या।"

परसों जब बेटी-दामाद आये थे, सारे परिवार को बेहद नाज आया था उनके आने पर। आज माँ-बाप को अपनी बेटी पर क्रोध आने लगा था, जैसे निहाली ने यह बात कह कर बेहद बुरा काम किया है। वह उसी दिन भठ्ठल की ओर चल दी। जाते समय निहाली का चेहरा बेहद उदास था। माँ-बाप का गाँव उसके लिए मुर्दाघाट बन गया हो जैसे।

मीतो तीसरे-चौथे दिन ही घोगा के घर पर चक्कर लगा आती। अलबेल तो रोज उनके घर जाता। इधर-उधर खड़े-खड़े ही वह घोगा के घर जा घुसता। यदि घोगा घर होता, उसे तो भी कोई रुकावट ना होती। आस-पड़ोस में सभी को मालूम था कि घोगा का जस्सी सरपंच के साथ गहरा सम्बन्ध है। उनके बच्चे पहले दिन से घोगा के घर पर आते-जाते थे। रूपो, करतारो के पास जाती-आती थी।

मीतो किसी भी समय आकर रूपो चाची को बता जाती कि आज वह आएगी। अलबेल पहले ही सूह रखता कि वह कब आएगी। ऐसे यह सिलसिला बना रहता। रूपो के आस-पास या जैबा के अड़ोस-पड़ोस में जिस किसी को भी मालूम था, वह बोलता नहीं था, किसी से बताता नहीं था। वे सोचते उन्हें क्या ज़रूरत पड़ी है।

घरवालों को मालूम नहीं, लड़की कहाँ घूमती-फिरती है। जानने वाले आपस में बातें करते।

एक दिन मीतो, रूपो के पास हँस-हँस कर बातें कर रही थी, "अरे चाची, मुझे तो इस बार 'महीना' ही नहीं आया।"

"कोई नहीं, आ जाएगा। कभी-कभी ऐसा हो जाता है।" वह बेध्यान सी बैठी कुछ और ही सोच रही थी।

"नहीं चाची, दो महीने हो गये। तीसरा लग गया।" इस बार वह गम्भीर थी।

"सच में?"

"और क्या।"

"फिर तो फ़िक्र वाली बात है।"

"क्या करूँ अब?"

"कुछ ले ले। मैं किसी से पूछ कर बताऊँगी?"

"कब पूछोगी, कब मुझे बताओगी आखिर। चाची, तुम्हें तो सब मज़ाक लग रहा है।"

"ना लेती पंगे ना। भागती आती है उस मुस्टंडे के पास। अब ज़रा-सा मुँह बना रही है।"

"मुझे तो चाची कुछ हो रहा है। डर लगता है। कुछ भी करो चाची। मैं तुम से नहीं कहूँगी तो किस से कहूँगी।"

रूपो को अपने दिन याद आने लगे। जब वह क्वाँरी थी, ताजो, बग्गू ने ऐसे ही कुछ कर दिया था। तब जो कुछ उन्होंने इसे करने के लिए कहा था, रुपो ने वही सब मीतो से कह दिया।

मगर चार दिन बीत गये, मीतो ठीक न हुई। माँ से चोरी चोरी वह सभी उपाय अज़मा रही थी। वह दिन में कई बार रूपो के पास आती। अलबेल से मिलने की एक भी बात ना करती। रूपो के पास जा बल्कि अलबेल को गालियाँ देती। फिर कहती, "मैं उसकी औरत हूँ। अब घूमता है साला मुँह उठाये। मैं तो कहती हूँ प्लेग हो इसे। इसकी बहन के साथ ऐसा हो, जो क्वाँरी बैठी है।"

मीतो कुछ अधिक ही विचलित हो रोने-पीटने लगी तो रूपो गाँव की बूढ़ी दाई संती के पास गयी। वह चमरी-टोले में रहती थी। सारे गाँव के लोगों के घरों में जचगी के समय वही जाया करती थी। बूढ़ियों वाले सारे इलाज जानती थी। वह नाजायज़ गर्भ भी सँभाल लेती थी, मगर अच्छी-भली रकम लेती थी। मालूम होने से डरती थी।

संती घोगा के घर पर आ गयी। मीतो तो बिस्तर पर लिटा अच्छी तरह से

टोह कर देखा। उसे दिलासा भी दिया, ''फ़िक्र न कर तू। मैंने ऐसे कई केस ठीक किये हैं। यह तो कोई बात ही नहीं।''

संती ने कुछ चीज़ें बतायीं और कहा कि उन्हें उबाल कर तीन बार पी ले। दो दिन में ही सब ठीक जाएगा। यदि कोई बड़ी कसर हुई तो मैं कह नहीं सकती। अड़ोसने-पड़ोसनें, कयास लगाने लगीं कि घोगा के घर पर संती क्यों आयी है। इसके यहाँ बच्चे कहाँ, किसके होंगे। रूपो तो बाँझ है, इस के कोई बच्चा कभी हुआ नहीं। फिर सोचती, शायद रूपो का पेट की मालिश करने आयी होगी।

संती ने मीतो के पेट की मालिश की। उसने रूपो को बताया कि कोई ऐसी फ़िक्र वाली बात नहीं है।

रूपो खुद मुकुंदी बनिया के दूकान से संती के बताये सामान को लायी। मन में कहने लगी, ''अब इस 'चन्दरी' का मुझे ही सब कुछ करना पड़ेगा। मेरे ही घर पर सब कुछ होता रहा है। जस्सी का लड़का तो वो गया। अब उसकी कोई पूँछ तो पकड़ नहीं सकता। कहीं खाक का टोकरा मेरे सिर पर न आ गिरे।''

रूपो ने अपने घर ही सभी चीज़ें उबाल कर, काढ़ा बनाया और फिर छान कर मीतो को पकड़ाया। कहती, ''आँखें मूँद कर पी जा, एक ही साँस में, कड़वेपन की ओर ध्यान न देना।''

एक घूँट भर मीतो ने झुरझुरी सी ली। काढ़ा पीने के बाद उसे ऊबकाई सी आ रही थी। रूपो ने कहा, ''तुम, यहीं इस कमरे में लेटी रहो। थोड़ी तबीयत सँभलने दो, फिर घर चली जाना। शाम को फिर आ जाना। दो बार फिर पीना है तुमने यह काढ़ा।''

तीन बार काढ़ा पीने के बाद लड़की की तबीयत और भी खराब होने लगी। एक तो वैसे भी गर्मी का मौसम, दूसरा काढ़े ने अन्दर खलबली पैदा कर दी। उसे बार-बार पसीना आने लगा। बेचैनी होने लगी। वह कभी खाट पर लेटती, कभी उठकर बैठ जाती। कभी आँगन में चलने-फिरने लगती। लगता था जैसे उसका अन्तस, हिल गया हो। उसे एक तसल्ली भी थी कि थोड़ी देर की परेशानी है, फिर बेड़ा पार हो जाएगा। माँ उससे पूछती, मगर वह कुछ न बताती।

''अरी मीतो, तू यूँ बैचेन सी क्यों घूम रही है? क्या हो गया बेटी?''

''माँ, मेरी तबीयत ठीक नहीं। चक्कर आ रहे हैं।'' उसने जवाब दिया।

वह सारी रात परेशान रही। मगर कुछ न हुआ। अगले दिन वह फिर रूपो के पास सुबह ही पहुँच गयी और बताया, ''चाची, मुझे तो कुछ आराम नहीं आया।''

रूपो फिर संती के पास गयी। वह कहने लगी, ''अब तो मैं हाथ खड़े करती हूँ रूप कौर। मेरे पास तो सिर्फ़ यही इलाज था। कहीं और ले जाओ लड़की को।''

और कहाँ मीतो को लिजाया जा सकता था। ले जाना भी मुश्किल था। इसी

प्रकार बीस दिन और बीत गये। आखिर मीतो ने सारी बात अपनी माँ से कह डाली। उधर रूपो ने जस्सी को बता दिया। अन्दर ही अन्दर एक तूफान उठ खड़ा हुआ।

जस्सी ने रूपो को बेतरह से गालियाँ दीं। कहने लगा, ''तुझ कुतिया को जीभ का स्वाद है। लड़के से खाती रही होगी। पहले क्यों न बताया। कोई इलाज हो जाता। अब इतने महीने हो गये, अब क्या बनेगा उसका?''

सारी बातें अनसुनी कर रूपो अपनी बात को सँवार कर कहने लगी, ''मंडी ले जाओ। वहाँ डॉक्टरी से पलक झपकते ही सब ठीक हो जाएगा।''

''कुमारी लड़की का मामला है। वहाँ कौन ले जाएगा उसे?''

''मैंने पहले भी तो कितनी बार बताया तुम्हें, भई वह लड़की यहाँ आने से बाज नहीं आती, ना लड़का मानता है मेरी बात।''

''वैसे ही आते-जाते तो ठीक था। बात को यहाँ तक पहुँचने ही क्यों दिया तूने?''

''हे भगवान, मैं क्या करती?''

''तुम उन्हें समझाती, भई इस बात का ख्याल रखना। आजकल तो सौ चीज़ें, दवाइयाँ मिलती हैं।''

उधर जैबा की घरवाली ने जब पूरी बात सुनी तो एकदम सुन्न रह गयी। यह कौन-सा आसमान टूट पड़ा उसके घर पर। उसका शरीर काँपने लगा। उसे लगा, सारा कसूर लड़की का ही है। इसकी मर्ज़ी के बगैर कोई बेगाना लड़का इसे हाथ कैसे लगा सकता था। मीतो रोती जा रही थी। मां ने डंडा ले उसे पीटना शुरू कर दिया वह उसे मारते-मारते बेदम हो गयी। उसका हाथ दुखने लगा। वह दोनों हाथों से माथा पकड़ कर बैठ गयी। फिर रोने लगी। रोते-रोते पूछने लगी, ''तू खुद जाती थी न उसके पास, तभी तो नौबत यहाँ तक पहुँची। वह लड़का खुद चल कर तेरे पास नहीं आया होगा।'' फिर दाँत पीसते हुए कहने लगी, ''तेरा कसूर है सारा कुतिया। अब बता मैं करूँ आखिर क्या? कौन से कुएँ में धकेलूँ तुझे। तू तो पैदा न हुई होती तो ठीक रहता। वह बड़ी लड़की भी तो रहती रही इस घर में। उसने कभी ऐसी करतूतें नहीं की थीं।''

मीतो अब न रो रही थी ना कुछ बोल-बता रही थी। वह एकदम शून्य में घूरती बैठी थी। कभी सिर घुटने में दे देती। उसे वैसे ही बुत बने छोड़ उसकी माँ चतिन्नो जस्सी सरपंच के घर गयी। करतारो घर में अकेली थी। बैठक में लेटी हुई थी। जस्सी रोडू शाह गया हुआ था। अलबेल कई दिनों से मालूम नहीं कहाँ था। छोटी लड़की गुरमीत भी अपनी किसी सहेली के पास गयी हुई थी। करतारो के पास बैठते ही रोने-पीटने लगी। सारा किस्सा बयान कर दिया।

करतारो बेचारी को कुछ भी मालूम नहीं था। उसने सुना तो पानी-पानी हो

गयी। उसे कुछ सूझा ही नहीं, क्या कहे? कुछ देर बाद चैतन्य हो कहने लगी, "देखो, यह पर्दा की बात है। चतिंन कौर। यूँ शोर मत मचाओ। सब ठीक हो जाएगा, तू चिन्ता न कर। प्रभु सब करने वाला है।" फिर बोली, "पहले तो इस रूपो की चुटिया खींचूँगी जाकर। अब डायन यह सब भी करने-करवाने लगी।" उसने चतिंनी को दिलासा दिया। वह रो-धोकर घर लौट गयी। रास्ते भर यही सोचती गयी कि कोई उसे यूँ रोते जाते देख अगर उससे रोने का कारण पूछ लेगा, तो वह क्या जवाब देगी।

जैबा अभी खेत से लौटा नहीं था। दो आदमी चारपाई पर बैठे थे और मीतो परे ज़मीन पर बैठी थी। चतिंनी को घर में घुसते देख, वे उसे एक कोने में ले गये। धीरे-धीरे मगर उतावलेपन से बताने लगे कि, आपकी लड़की को कुएँ के पास से वापस लाये हैं। छलाँग लगाने वाली थी।

"अच्छा।" चंतिनी की साँस रुकने लगी। बोली, "क्यों, ऐसी क्या बात हो गयी? घर में कोई लड़ाई-झगड़ा भी नहीं हुआ।"

"कोई ऊपरी कसर तो नहीं इसे?" उन्हें कोई शक होने लगा।

"ऊपरी कसर (हवा) तो कोई नहीं। बस कभी-कभी बेचैन होने लगती है।" माँ ने बात सँभालने की कोशिश की।

माँ के जस्सी के घर जाने के पश्चात् मीतो उठी, कपड़े झाड़े और घर से बाहर निकल गयी। उससे चला नहीं जा रहा था। माँ के डंडे कुछ ज्यादा ही पड़े थे। गली पार करने के बाद वह भागने लगी। अब उसे बेहताशा भागते देख अजीब सा लग रहा था। मुकुंद सिंह की हवेली के पास बरगद तले कुछ लोग बैठे थे। एक व्यक्ति ने जब इस प्रकार एक लड़की को इस तरह भागते देखा तो वह चौंक गया," अरे, यह कौन है? इस प्रकार भाग क्यों रही है?"

उसकी बात सुन दो अन्य व्यक्ति भी उठ खड़े हुए। उन्होंने अन्दाज़ा लगाया कि वह लड़की तो सीधा कुएँ ने पास जा रही है। शायद छलाँग लगाने जा रही थी। वह अभी कुएँ की मेंड़ पर चढ़ी भी नहीं थी कि दो व्यक्तियों ने उसे चीते की तरह छलाँग लगा पकड़ लिया। तब उन्हें मालूम हुआ कि वह जैबा नाई की बेटी मीतो है। लड़की ने खुद को छुड़ाने की पूरी कोशिश की, मगर उनकी पकड़ मज़बूत थी। वे उसे खींचते हुए परे ले गये। फिर उसे उसके घर छोड़ने चल दिये। घर के नजदीक पहुँचने पर वह रोने लगी और खुद ही तेज़ी से घर के अन्दर जा घुसी।

जिस दिन मीतो, रूपो को अपनी तबीयत के बारे में बताने आयी थी तो उसके कुछ ही देर बाद अलबेल रूपो के घर आया। हँसते हुए पूछने लगा, "आज चक्कर नहीं लगाया उसने, चाची?"

"आयी थी वह। यहाँ तो कहानी कुछ और ही बन गयी है। तू तो भाग ले

यहाँ से, नहीं तो जूते पड़ेंगे तुझे।''

''कौन सी कहानी, चाची?'' वह उसके नज़दीक आकर बैठ गया।

''उसे तो तीसरा महीना लगा हुआ है। कोई इलाज न हुआ तो तेरे सिर पड़ेगी सारी बात। बाप तेरा मारेगा तुझे। क्या मालूम, नाई ही तुझे मार डाले।''

''ऐसे कोई कैसे मार डालेगा मुझे। हिम्मत है किस में?'' यह बात उसने हौसला रखते हुए कह तो दी, मगर भीतर से वह डर गया। रूपो के घर से तुरन्त बाहर निकल गया। अपने घर जल्दी से कपड़े बदले और कुछ रुपये ज़ेब में डाल घर से बाहर निकल गया।

पहले वह हमीरगढ़ सुरजीत के घर गया। उन्हें प्रसन्नता हुई कि बहू का भाई आया है। सुरजीत बेहद खुश हुई। सुरजीत की सास मनजीत कौर ने धरती को नमस्कार किया कि उसके पुत्र के रिश्तेदार अब घर आने लगे हैं। यह कितने सौभाग्य की बात है। नहीं तो माँ-पुत्र अकेले ही घर में चुपचाप बैठे रहते थे। सुखदयाल ने उसी समय कार निकाली और वे दोनों बुढ़लाडे की ओर चल दिये। उसे मंडी लिजा सुखदयाल ने कहा, ''बता कौन सी पीनी है? वही बोलत ले चलते हैं।'' दोनों ही पीते थे।

अलबेल बोला, ''जो मर्ज़ी हो वही ले ले।''

सुखदयाल हँस दिया। उन्होंने वहीं से मीट लिया। सुखदयाल कार चला रहा था। यह कार उन्होंने ही सुखयाल को शादी के समय दी थी। अलबेल ने सिर्फ़ बात करने के इरादे से पूछा, ''यह तेल तो ज्यादा नहीं फूँकती?''

''कभी ध्यान नहीं दिया।'' सुखदायाल ने साधारण सा जवाब दिया। अलबेल को लगा, ऐसी हल्की-फुल्की बातें करने से जैसे थंमणवाला बहुत दूर रह गया हो।

वह दो रातें हमीरगढ़ रहा। वहाँ से फिर छाजली जाने का इरादा कर लिया। उसने सुरजीत को बताया तो सुखदयाल कहने लगा, ''यह पास में तो है छाजली। कल मैं तुझे वहाँ छोड़ आऊँगा।''

सुरजीत कहने लगी, ''मैं भी जाऊँगी साथ। ननिहाल गये, कई वर्ष हो गये।''

भाभी उससे पूछ रही थी, ''सास तुम्हारी अच्छी है? तुझ से स्नेह रखती है क्या?''

''हाँ भाभी, बहुत अच्छी है।'' सुरजीत जानती थी कि लोग सास का नाम लेकर असल में दामाद के बारे में पूछ रहे होते हैं।

सुखदयाल और सुरजीत तो एक रात छाजली रह हमीरगढ़ वापस लौट गये। अलबेल वहाँ पाँच दिनों तक टिका रहा। मामा के साथ खेत चला जाता, शाम को लौट, खाना खा, सो जाता। मीतो उसे एकदम से भूल ही गयी थी। मगर यह क्या, उसे गाँव वापस लौटने में डर क्यों लग रहा था।

उसके माँ-बाप जानते थे, वह ज्यादा से ज्यादा छाजली चला गया होगा। और वह जाता भी कहाँ? उन्हें उसकी कोई चिन्ता नहीं थी। वे खुद भी चाहते थे कि जब तक नाईयों की लड़की मीतो की बात किसी सिरे पर नहीं पहुँचती, वह गाँव वापस न आये।

उस दिन शाम को जब जैबा खेत से घर आया तो मीतो को एकदम मायूस बैठे देख उसे चिन्ता होने लगी। उसने नहाने से पहले चाय पी। तभी मौका देख चतिन्नो ने उसे वार्ता कह सुनाई। सुनते ही जैबा के होश गुम हो गये। वह गहरी और लम्बी साँसें लेने लगा। वह शिद्दत से सोचने लगा कि वह अभी जस्सी सरपंच के घर जाए। और उसके बेटे अलबेल के टुकड़े-टुकड़े कर दे। उसने खुद से कहा, ''क्या हुआ यदि मैं नाई हूँ और वह जाट है। हमारी भी इज़्ज़त है?''

वह परे खाट बिछाकर लेट गया। उसे अपनी बेटी एकदम निर्दोष लग रही थी।

उस दिन घर में चूल्हा न जला। चतिंनी की भूख मर चुकी थी। मीतो ने भी रोटी कहाँ खानी थी। जैबा बस पी रहा था। जेठू ने भी रोटी न माँगी। घर में पसरी चुप्पी देख वह चुपचाप लौट गया था।

चतिंनी, मीतो के पास खाट बिछा कर लेट गयी। उसे डर था, लड़की रात-बिरात फिर से कहीं भाग ना जाए। उसका मन उखड़ा हुआ था। शायद दोनों सो चुकी थीं। तेज़-आवाज़ सुन चतिन्नी चौंक कर उठ बैठी। जैबा ने सिरहाने रखी लाठी को पूरी ताकत से दीवार पर दे मारा था।

अगले दिन पौ फटने से पहले दोनों पति-पत्नी उठ बैठे। चूल्हे पर चाय रख वे दोनों बातें करने लगे। जैबा ने पत्नी से कहा, ''तुम अभी भट्ठल चली जाओ। मीतो को भी साथ ले जा। निहाली को समझा देना। वह सयानी है। कहना, हमारी लाज रख ले। मीतो अब उनकी हुई। बस समझदारी दिखाए।'' जैबा ने चतिन्नी को समझाया।

23

पंचायत के चुनाव फिर से आ गये। फार्म भरने में कुछ ही दिन बाकी थे। इस बार जस्सी सरपंच बनने के लिए फिर से चुनाव लड़ना चाहता था। सरपंची के बगैर उसका काम नहीं चलता था। गाँव में उसकी पहले जैसी इज़्ज़त नहीं रह गयी थी, जैसे सरपंच होते समय थी। गाँव के संयुक्त कामों में उसे कम ही बुलाया जाने लगा था। लोगों के लिए उसकी राय की कोई खास अहमियत नहीं रह गयी थी। बुग्घा राम की ही बात मानी जाती थी। अब एक पुलिस ही पुलिस थी उसकी। पुलिस के

कामों में लोग उसे अवश्य लिजाते थे। बात सिर्फ़ इतनी थी कि वह थानेदार को पैसे देता था। पैसा देने से काम हो जाता था। जस्सी एक प्रकार से पुलिस-टाऊर बनकर रह गया था। लोगों में कोई खास कद्र नहीं रह गयी थी। वह सोचता, लोगों का तो डंडा पीर है। सरपंच के हाथों में यही डंडा होता है।

दो दिन पहले गाँव के सभी लोगों ने संयुक्त रूप से एक मीटिंग की। उनकी योजना थी कि इस बार सरपंच सर्वसम्मति से बना लिया जाए। सभी हिस्सों से एक-एक सदस्य ले लिया जाए। यह मीटिंग गुरुद्वारे में की गयी। करीब दो सौ आदमी एकत्रित हुए। मीटिंग में तीन धड़ों (गुटों) के विशेष आदमी पहले से सुनियोजित ढंग से शामिल हुए। एक गुट था पहले सरपंच बुग्घा राम का। दूसरा गुट था भूतपूर्व सरपंच जसवंत सिंह का। तीसरा गुट, जिसके सबसे अधिक हिमायती थे, वह था नम्बरदार बिक्कर सिंह का। तीनों धड़ों के हिमायती अपनी-अपनी दलीलें दे रहे थे। स्पष्ट बातें नहीं करते थे। पहेलियाँ सी डाल रहे हैं।

"देखो भई, पहले सरपंच में कोई नुक्स निकाल कर बताये। यही ठीक है? इसे ही बने रहने दो।"

"जिस आदमी ने सबसे अधिक वर्षों तक सरपंची की है, उसे ही फिर से मौका देना चाहिए। उसके समय में गाँव में कितनी तरक्की हुई। देख लो। सड़क बनी, स्कूल बना, सभी संयुक्त कार्य सम्पन्न हुए।"

"खानदान भी दो देखो। कोई अँगुली नहीं कर सकता, नम्बरदार कुंडा सिंह के कामों में। अब सरपंची आने दो उनके पास वापस।"

"घोगा भी तो उन्हीं के खानदान का है। देख लो करतूतें उसकी।" किसी ने दबी आवाज़ में कहा।

कोई कुछ कह रहा था, कोई कुछ। शोरगुल होने लगा। नम्बरदार बिक्कर सिंह खड़े होकर कहने लगा, "देखो भाइयो, सारा नगर सुन रहा है। मैं वोटों में खड़ा नहीं होता। ना ही हूँगा। किसी दूसरे को बेशक देख लो।" फिर कहने लगा, "अन्य कोई क्यों? उसे ही बना लेते हैं। हमें सब मंजूर है।"

"आखिर ज्यादातर लोगों का मत यही था कि नम्बरदार बिक्कर सिंह को सर्वसम्मति से सरपंच बना लिया जाए। मगर कानाफूसी जारी रही। दूसरे धड़े के लोगों में डर बढ़ने लगा, "कहीं सभी लोग सहमति ज़ाहिर न कर दें। उनके विशेष आदमियों का भी विश्वास हिलने लगा। बुग्घा राम और जस्सी भी वहीं बैठे थे। जो स्वयं कुछ नहीं बोल रहे थे। अन्त में एक व्यक्ति ने खड़े होकर बात शुरू की, "देखो भाइयो, अगर एकमत चाहिए तो वह सिर्फ़ जस्सी के नाम पर बनता है।"

चारों ओर शोर बढ़ने लगा। लोग ऊँची आवाज़ में बोलने लगे। फिर एक दलित जाति का व्यक्ति खड़ा हुआ। सिर पर काली पगड़ी बँधी हुई थी। कहने

लगा, "बुग्घा राम क्या बुरा है ?" बिक्कर नम्बरदार के हिमायती पक्ष को लोग भी अपने मत पर ज़ोर दे रहे थे। कुछ लोग उठ खड़े हुए। धीरे-धीरे खिसकने लगे। अन्तिम फैसला कोई न हो सका। तीनों ही धड़ों के लोग एक-दूसरे की ओर खाली-खाली नज़रों से देखने लगे थे।

जस्सी के धड़े के लिए खुशी की बात यह थी कि सर्वसम्मति नहीं हुई थी। सर्वसम्मति होती तो बिक्कर नम्बरदार नाम पर ही होती। जस्सी के धड़े ने निश्चय कर लिया कि वह चुनाव लड़ेंगे और जीतेंगे भी।

बिक्कर सिंह नम्बरदार चुनाव लड़ना नहीं चाहता था। मगर उसके हिमायतियों ने उसकी एक न मानी। उसके पक्ष में दो प्रकार के लोग थे, एक जो इन्साफ-पसन्द थे, इज़्ज़तदार आदमी, जो चाहते थे कि बिक्कर सिंह सरपंच बने ताकि गाँव में सही फैसले लिये जा सकें, ताकि असली अर्थों में गाँव की तरक्की हो। दूसरे प्रकार के व्यक्ति वह थे जो असल में जस्सी सरपंच के खिलाफ थे। उन्हें मालूम था कि जस्सी ने गाँव में बहुत खराबी पैदा की हुई है। अगर वह फिर से सरपंच बन गया तो गाँव में फिर से पुलिस के घोड़े हिनहिनाएँगे। किसी की बहू-बेटी की इज़्ज़त बाकी नहीं रहेगी। उसके आदमी पंचायत को लूट खाएँगे।

बुग्घा राम ने अकलमंदी दिखाई। वह भी नहीं चाहता था कि चुनाव लड़ा जाए। पिछली बार मालूम नहीं वह कैसे जीत गया था। इस बार वह खड़ा नहीं होगा। अब या तो बिक्कर जीतेगा या फिर जस्सी को।

चुनाव से एक दिन पहले फार्म भरे गये। जब सरपंची के लिए सर्वसम्मति नहीं हो सकती तो फिर सदस्यों के बारे कैसे सर्वसम्मति सम्भव थी। सदस्य सिर्फ़ नौ चुने जाने थे। मगर खड़े अठारह हो गये।

पंजाब की सारी पंचायत-चुनाव प्रक्रिया पाँच चक्करों में खत्म होनी थी। चुनाव-सदस्य चुनाव से एक दिन पहले सुबह ही गाँव जा पहुँचते। फार्म भरे जाते, फिर स्कूल या किसी धर्मशाला में चुनाव-बूथ बनवा जाते। सरकारी अधिकारी वहीं ठहरते। अगले दिन वोट डाले जाते और शाम को चार बजे खत्म हो जाते। सरकारी अधिकारी एक दिन की छुट्टी करते। छुट्टी से अगले दिन फिर अगले गाँव में पहुँच जाते। इस प्रकार एक चुनाव-पार्टी पाँच गाँवों में चुनाव प्रक्रिया को सम्पन्न करवाती। जिस गाँव में सर्वसम्मति से चुनाव हो जाता, वहाँ अधिकारी भी खुश हो जाते। वे भी अपने-अपने घरों में जाकर छुट्टी का आनन्द उठाते।

जिस दिन फार्म भरे गये, थंमणवाला गाँव में रातभर हलचल बनी रही। बुग्घा राम के हिमायती स्पष्ट तौर पर जस्सी की मदद करने लगे। बुग्घा राम कहने लगा, "पहले जस्सी ने मेरी मदद की थी, अब उसकी मदद करना मेरा फ़र्ज बनता है। हम तो सोलह आने जस्सी के साथ हैं।" दलित-परिवार बुग्घा राम की बात मानते

थे। उन सभी के घरों में वह स्वयं गया। सभी दलित-परिवार उसकी दूकान से ही उधार सौदा ले जाते थे। उनके घरों में बुग्घा राम का ब्याज दी हुई रकम चलती थी। बुग्घा राम समझता कि वे लोग उसकी मुट्ठी में हैं। उसे पक्का विश्वास था कि उसके अपने चुनाव समय में भी वह इन्हीं लोगों के मतों से विजयी हुआ था। भीतर ही भीतर वह यह भी समझता था कि जस्सी के सरपंच बनने पर वह अपने कई काम उससे निकलवा सकता है। वह खुद भी कई जायज़-नाजायज़ कितने ही काम करता था। गाँव की कोआपरेटिव सोसाइटी को उसने लूट खाया था। सबसिडी का माल चोरी से बेच देता। डिब्बों की चीज़ें तथा चीनी इत्यादि में वह कई तरह की हेरा-फेरी करता था। वह सोचता, "बिक्कर सिंह कुंडा सिंह का लड़का है। वह तो एकदम शुद्ध आदमी है। मैंने कौन सा उसे धर्मराज की कचहरी लिजाना है?"

मास्टर मघर सिंह भी चाहता था कि जस्सी ही सरपंच बने। उनके अपने घर-परिवार की कई वोटें थीं। मास्टर सियासी व्यक्ति था। जस्सी के सरपंच बनने पर मास्टर ने कई नाजायाज़ काम करवाये थे। तब तो उसे पूरी छूट रहती थी। उसने सरपंच की एक मुहर अपने पास बनवा रखी थी। जस्सी को इस बात का इल्म था। सरपंच की मुहर से वह लोगों के कई जायज़-नाजायज़ कागज़ों पर वह स्वयं ही जस्सी के हस्ताक्षर कर देता था। बुग्घा राम के समय उसे ये सभी छूटें प्राप्त नहीं थीं। बुग्घा राम तो महाजन था। अपने फायदे का काम करता था।

जस्सी गोत का औलख था। गाँव में औलखों के परिवार कम ही थे। मुश्किल से चालीस परिवार थे। बाकी सारा गाँव सिन्धू-बरारों का था। बिक्कर सिंह का गोत्र सिन्धू था। गाँव में और भी गोत्र थे जैसे मान, धारीवाल, चाहल तथा ढिल्लो। लोग समझते थे कि थंमणवाला सिन्धुओं का गाँव है, बाकी तो सारे उप-गोत्र हैं। बाहर से आकर बस गये हैं। पुराने लोग यह बातें भी करते कि जस्सी कहाँ से जाट है, वह कौन-सा औलख है। यह तो बाजीगर है। बाजीगरनी की कोख से पैदा हुआ है। अब बना घूमता है जसवंत सिंह औलख।

बिक्कर सिंह गयी रात तक घूमता रहा। सारे हिस्सों-मुहल्लों में गया। चौपाल में खड़े होकर लोगों से बातें कीं। उसके साथ उसके समर्थकों का अच्छा-खासा हज़ूम था। वह सभी के घरों में गया। दलितों के पास भी गया। सभी लोग पीठ पीछे उसके बाप तथा उसकी ईमानदारी की बातें करते। लोग सोचते, यही सरपंच बनेगा। यदि यह सरपंच बन गया तो गाँव स्वर्ग बन जाएगा। लगता, सभी गाँववाले उसे चाहते हैं। इसे ही सभी वोटें मिलेंगी।

बिक्कर सिंह ने ना किसी को दारू पिलायी, ना ही पैसे दिये। वह अपने समर्थकों से कहता, "आप लोगों ने मुझे खड़ा किया है। अब आप लोग ही सारे गाँववालों से जाकर कहो। अपना सारा ज़ोर लगा दो। यदि मैं हार गया तो समझो

आप सभी लोग हार जाएँगे। दारू पीने तथा पैसे वाले दिल से मुझे अपनाएँगे नहीं। सिर्फ़ दिल से पक्का मानने वाले ही मुझे वोट देंगे।''

उसके समर्थकों ने उसे भरोसा दिलाया।

बिक्कर घोगा के घर भी गया। वह घर पर ही था। मगर बाहर जाने के लिए तैयार खड़ा था। वह जस्सी के बाहर वाले घर जा रहा था। जहाँ आज की रात विवाह जैसी दावत का आयोजन था। बिक्कर सिंह को देख रूपो कहीं अन्दर ही छुप गयी। घोगा भाई के सामने हाथ बाँधे खड़ा था। दोनों भाई आपस में मिले। समूह में से एक व्यक्ति ने आगे बढ़ कर कहा, ''लो भाई घोगा सिंह, एक ओर तेरी यारी है, दूसरी ओर तेरा भाई खड़ा है। अब तू खुद ही फैसला कर ले कि तू किसके साथ खड़े होगा?''

''भाई के साथ खड़ा हूँगा, और क्या।'' उसने गम्भीरता से कहा।

''तैयारी तो तुम्हारी जस्सी के पास जाने की लग रही है।'' किसी दूसरे ने मज़ाक किया।

''नहीं, नहीं मैं वहाँ नहीं जा रहा। कहीं और काम है मुझे।'' उसने एकदम से सफाई दी।

फार्म भर कर जस्सी ने कौरा को साथ लिया और झटपट दुल्ले की ढाब चले गये। पहले बाबा दुल्ला की समाधि पर माथा टेका, ''हे बाबा दुल्ला, मेरी लाज रखना। सिर-धड़ की बाजी लगी हुई है। अब अपनी शक्ति दिखा कोई।''

जस्सी जाकर रामदास के पैरों में गिर पड़ा बोला, ''बाबा, बिगुल बज गया। मैंने भर दिया फार्म। अब आप सुबह ही गाँव आ जाइएगा। अपनी बैठक में आपका आसन लगा दिया है। बस माला फिराते जाना मेरे नाम की। आपका तप-तेज़ देखना है कल।''

जस्सी के हिमायतियों ने लोगों को खुली दारू बाँटी और मीट खिलाया। देर रात जस्सी दलित-परिवारों में जाकर पैसे भी बाँट आया।

जस्सी के बाहर वाले घर में लोग पी-पीकर गिरने लगे। बाबा रामदास तड़के ही जस्सी की बैठक में आ बैठा। अब उसे रोकने-टोकने वाला कौन था। वह जस्सी का रिश्तेदार भी था। वह जस्सी का पूजनीय था।

उस दिन सुखदयाल और सुरजीत भी थंमणवाला आये हुए थे। बस चुनाव का मेला देखने के लिए आ गये। घर में काम काफी था। बार-बार चाय-रोटी की आवाज़ आती। सुरजीत, करतारो की मदद कर रही थी। सुखदयाल अपनी कार गाँव में इधर-उधर घुमा रहा था। अलबेल तथा सुखदयाल बूढ़े-बूढ़ियों को अपनी कार में बिठा स्कूल वोट डालने लिजाते रहे।

वोट सुबह आठ बजे पड़ने शुरू हुए। दोपहर तक काफी लोग भुगत चुके थे।

चुनाव अधिकारियों को पेशाब जाने की भी फुरसत नहीं थी। दोपहर के समय जस्सी के घर से रोटी आयी। सुबह मूली के पराँठे, मक्खन तथा लस्सी की बाल्टी आ गयी थी।

वोट डालने के बाद लोग चौपाल में बतियाने लगे।

''देखो भाई, कौन जीतेगा, कौन हारेगा। वोटें तो खूब डाली जा रही हैं।''

''हक-सच की बात तो यही बनती है, भई बिक्कर जीतेगा।'' कोई कहता।

''नहीं बिक्कर जीतेगा नहीं। सारी दुनिया जस्सी पर लट्टू है।''

''कौन नहीं जानता, जस्सी की सारी कामई पाप की है। क्या था उसके पास जब लिहल खुर्द से आया था।''

''अफीम बेचने का दुःख नहीं। अपनी जिम्मेवारी पर करता है सारा धन्धा। मगर कितने उल्टे-सीधे तरीकों से इतनी ज़मीन बना ली है। कितने भले मानसों का गला काटा है इसने। देख लो, बीस एकड़ खरीद ली। इतनी ही गिरवी रखे हुए है। यह तो अब सरदार बन बैठा है भाई।''

''सरदार तो है ही। गाँव में कौन ऐसा है, जिसने अपनी लड़की को कार दी है। इसने दी है। आखिर कहाँ से आयी वह कार? गरीब जाटों के गले काट-काट कर ही।'' कोई दूसरा कहता।

''लोगों को क्या मालूम नहीं, रामसिंह के लड़के मक्खन का कत्ल इसने करवाया है। दोनों पक्षों की ज़मीनें गिरवी रखवा लीं। सरवण का तो वैसा ही कुछ बाकी न रहा।''

''तुम देख लेना, घोगा को भी एकदम चित कर देगा। उसकी बीवी वैसे भी इसकी मुट्ठी में है। उसकी दस एकड़ ज़मीन एक दिन जस्सी ही सँभालेगा।''

जैबे नाई ने खूब पी रखी थी। वह दोपहर बाद स्कूल के सामने जा खड़ा हुआ हाथ में गंडासा लिए हुए। जब सुखदयाल तथा अलबेल कार में लोगों को बिठा कर स्कूल लाते तो जैबा ठोकरें खाता उनकी ओर जाने लगता। कौरा की निगाह जैबा की ओर ही थी। उसे बाँह से पकड़ दूर ले गया, ''जैबा, इधर आकर बैठ। अकल कर कोई।''

अलबेल हर बार जैबा की ओर गहरी निगाहों से ताकता। उसके भीतर एक डर पनपने लगा। उसका दिल चाहता वह जैबा के हाथ से गंडासा छीन, उसका मुँह तोड़ दे। मगर ऐसा करने से काम खराब हो जाएगा। चुनाव का दिन था। उसने समझदारी से काम लिया। कौरा को देख उसे तसल्ली हुई।

जैबा स्कूल से परे बैठ दारू पीता रहा। वहाँ बूढ़े लोग बैठे थे। जैबा ऊल-जलूल बोलता जा रहा था। किसी को उसकी कोई बात समझ में नहीं आ रही थी। अलबेल को आते देख वह बार-बार गिरते-पड़ते खड़ा होता और उसे कुछ कहने की कोशिश करता। एक बार उसने अपना गंडासा बोतल पर दे मारा।

कौरा ने देखा, जब वह पूरी तरह से शराब में धुत हो चुका तो दो आदमियों से कहा, उसे उसके घर पहुँचा देने का इशारा किया।

चार बजे वोट खत्म हुए। चुनाव-अधिकारियों ने चाय पी। अन्दर बैंच डाल सारे उम्मीदवार सामने बैठ गये और वोटों की गिनती शुरू हो गयी। पहले सदस्यों की वोटें गिनी गयीं। बैठते ही मालूम हो गया कि कौन-कौन से सदस्य चुन लिए गये हैं। बाकी नौ आदमी उठकर बाहर आ गये। जाने वालों के चेहरे उतर गये थे। जीतने वालों में कौर चन्द भी था।

सरपंची की वोटें गिनी जाने लगीं। रात के आठ बज चुके थे। सरपंची के लिए जसवंत सिंह का ऐलान हो गया। बाहर खड़े लोगों ने शोर मचाया। ढोल बजने लगा। रात को भी दारू की नदी बहायी गयी।

नगर-पंचायत मुकम्मल करने के लिए दो मैम्बर मनोनीत भी होने थे। एक दलितों में से लिया जाना था। दूसरी स्त्री-सदस्य थी। दलितों में से बुग्घा राम की सिफारिश पर जंगीर सिंह उर्फ गीरा चमार को मैम्बर बनाया गया। उसकी उम्र साठ से ऊपर थी। स्त्री-सदस्य के रूप में रूपकौर को सदस्य बनाया गया।

चौथा भाग

1

कभी यह नर-गाँव था, थंमणवाला यानी थम कर रखने वाला। गाँव जैसे थंम हो, लोगों का। उस भले सज्जन का नाम था थंमण। सुन्दर और लम्बा-चौड़ा नौजवान।

सुना है, दिल्ली का कोई मुगल बादशाह था। वह दिल्ली में कोई बड़ी आलीशान मस्जिद बनवा रहा था। मस्जिद पर लाखों रुपये खर्च होने थे। लाखों लोग वहाँ काम कर रहे थे। परन्तु ये सभी लोग हिन्दुस्तान भर में से बेगार के लिए लाये जाते थे। गाँवों से हरेक घर से एक-एक आदमी ज़रूरी था। क्या करते लोग, सरकारी हुक्म था।

जहाँ अब का थंमणवाला गाँव है, इसके छिपने की ओर ऊँचे टीले की जड़ों के पास से पगडंडी थी। राहगीर आते-जाते थे। टीले को समतल कर दो झुग्गियाँ बनायी गयी थीं और एक कच्ची सी छत भी बनायी हुई थी। झुग्गी मे साधु रहता। दूसरी झुग्गी आने-जाने वाले मुसाफिरों के लिए थी। कच्ची छत पर छोटा-मोटा सामान और कुछ इस्तेमाल होने वाला सामान पड़ा रहता।

एक दिन वहाँ साधु के डेरे पर दस-बारह आदमी इकट्ठे ही रात के समय रुके। रात का खाना उनके पास था। साधु ने देखा, बाकी सभी व्यक्ति तो अधेड़ उम्र के थे, मगर एक लड़का नौजवान है। साधु ने पहले कई अनुमान लगाये। फिर सीधे ही नौजवान से मुखातिब हुआ, ''क्यों भई नौजवान। तुम्हारे सारे संगी साथी तो सभी बूढ़े से हैं, तुम अकेले ही नौजवान हो। क्या बात है?''

लड़के ने जवाब दिया, ''मैं जी घर में अकेला हूँ। ना बाप ना ताऊ-चाचू कोई। सिर्फ़ मेरी माँ है। हरेक घर से एक आदमी ज़रूरी था। बाकी घरों ने बूढ़े आदमी भेजे ताकि दिल्ली आते-जाते मर-खप भी गये तो कोई बात नहीं। मगर मेरी माँ को मुझे भेजना पड़ा।''

साधु को मालूम हो गया कि ये सभी लोग बेगार के लिए दिल्ली जा रहे हैं, जहाँ बादशाह की कोई आलीशान मस्जिद बन रही है। उसे लड़के पर तरस आया। उसने उसे वर दिया, ''नौजवान, तू सुख से जीता-जागता वापस आएगा। टीले पर

अपने नाम से कील गाड़ दे। तेरे नाम पर इस जगह पर गाँव बनेगा।''

वही नौजवान थंमण था। दिल्ली से वापस लौटा। वह सिन्धू बरारों के वंश में से था। यह थंमणवाला गाँव इस नौजवान की तामीर था।

2

कभी यह नर-गाँव था। थंमणवाला। लोगों को थम कर, बाँध कर रखने वाला। मुगलों का राज था। चारों ओर अँधेर मचा हुआ था। धाड़वी आते। गाँवों को लूट ले जाते। इसी प्रकार कोई एक बार सौ आदमी इकट्ठे आये। उनके हाथों में तेज हथियार थे। वे घोड़ों पर चढ़कर आये। धूल उड़ाते, मुँह से खूनी आवाज़ें लगाते। उनके दहशत भरे शोर से गाँव के पशु-डंगर रस्सियाँ तुड़ाने लगे। बच्चे, औरतें भागकर कहीं न कहीं छिपने लगे। उनके शरीर काँपने लगे। गाँववालों के हाथों में गंड़ासे, बरछे, गंधाले, खुरपे और दात्री आदि खेती के अनेक सामान थे। धाड़वियों के पास बन्दूकें थीं।

पहले तो धाड़वियों ने गाँव की गलियों में कई चक्कर लगाये। उनके घोड़े सरपट भागते रहे। घुड़सवार अपने बरछे वगैरह किसी की ओर फेंकते रहे। उनकी आँखो में खून उतरा हुआ था।

गाँव के लोगों ने सुन रखा था, ऐसी लहूलहुान वारदातों के बारें में। मगर उनके गाँव में ऐसी अनहोनी पहली बार हो रही थी। हथियार ले एक-दूसरे के घर भागने लगे। इस प्रकार धीरे-धीरे एक घर में कई-कई लोग इकट्ठे हो गये। वे आपस में सलाह-मशविरा करने लगे। इस सामने आयी मौत से कैसे निपटा जाए।

जब एक घुड़सवार बरछा घुमाता नज़र आया तो एक घर से पाँच-सात लोग इकट्ठे ही उस पर टूट पड़े। घोड़ा दीवार से जा लगा और घुड़सवार नीचे गिर पड़ा। सभी ने फुर्ती से अपने हाथों के हथियार घुड़सवार के शरीर पर गड़ा दिये। पल-क्षण में उसका शरीर ठंडा होने लगा। उसे मारने के बाद भी वे लोग अभी तक काँप ही रहे थे। फिर भागकर घर में जा घुसे।

उन्होंने देखा, घुड़सवार इधर किसी इलाके का नहीं था। वह पंजाबी भी नहीं लगता था। उसका रंग पक्का था। चेहरा भरा-पूरा था। हाथों की अँगुलियाँ फूली हुई सी। उसकी पगड़ी, कुरता तथा तहमद भी सभी काले रंग के थे। मूँछें तो थीं, मगर दाढ़ी कतरी हुई थी।

दूसरा घुड़सवार उधर आया तो साथी घुड़सवार की लाश देखकर थम सा गया। लाश के पास घोड़ा आँखें मूँदे निढाल खड़ा था। वह घोड़े से नीचे उतरा और लाश

की जाँच करने लगा। पहचानने की कोशिश कर रहा था कि वह कौन है। बगल के मकान में घुसे व्यक्तियों ने पल-भर के लिए कोई निश्चय किया और बाहर निकल दूसरे घुड़सवार पर भी टूट पड़े। जैसे उसकी मौत ने ही उसे उसके घोड़े से नीचे उतार दिया था।

फिर उन्होंने सुना, जैसे गाँव में गोली चली हो। गोली की आवाज़ सुनकर उनके कान खड़े हो गये। वे भयभीत हो गये। उनके मन में दहशत और भी बढ़ने लगी। आपस में बात करने लगे, ''हम लोग यहीं खड़े रहते हैं। अपने घरों की सुरक्षा के लिए।''

फिर गोलियों की आवाज़ बढ़ने लगी। चीखें भी गूँजने लगीं। लगा गाँव में ज़रूर कहीं और भी कुछ अधिक ही बुरा घट गया है।

गाँव की चौपाल में खड़े पन्द्रह लोगों को उन्होंने गोलियों से भून दिया था। वे दिन छिपने पर आये थे। गर्मियों के दिन थे। अभी किसान खेतों से घर की ओर लौट ही रहे थे। औरतें घर में चूल्हा-चौका कर रही थीं। जो बच्चे खेल रहे थे और जो पशु बाहर से लौट रहे थे उन सभी के टुकड़े-टुकड़े कर दिये गये।

औलख-मुहल्ले में भी इसी प्रकार व्यक्तियों ने मिलकर तीन घुड़सवारों को मार गिराया था।

सूरज छिपते ही गाँव में घमासान मच गया। घुड़सवारों को इतना यकीन नहीं था कि इस गाँव के लोग इतनी दिलेरी से उनका डट कर मुकाबला करेंगे। वे सोच कर आये थे कि गाँव में ऐसी दहशत फैलाकर उनके पशु-डंगर जबर्दस्ती खींच ले जाएँगे। उनका रुपया पैसा और गहने-जेवरात लूट ले जाएँगे। उनकी जवान औरतों तथा लड़कियों को उठा लें जाएँगे। मगर ऐसा कुछ ना हुआ। गाँव में जिसे जहाँ राह मिला, वहीं भाग लिए।

घुड़सवारों ने घरों में भरे भूसे को आग लगा दी। सभी घरों में लपटें निकलने लगीं। घुड़सवार मरते भी जा रहे थे, मगर सभी ओर तबाही मचाते जा रहे थे। औरतें जो घर में छिपी बैठी थीं, कुछ मर गयीं, कुछ खेतों की ओर भाग निकलीं। औरतें भी घुड़सवारों पर ईंट-पत्थर फेंकती जा रही थीं। गाँव में काफी बर्बादी हुई। गाँव में धुआँ और रात का अँधेरा आपस में घुलमिल गये।

अब यह गाँव ऊँचा-नीचा सा लगता है, कुछ मकान जैसे टीले पर बसे हों, पहाड़ी गाँवों सी तरतीब वाला यह गाँव, एकदम नया है। पुराने घरों के मलबे पर निर्मित किये गये मकान। नये घरों के नीचे पड़ी रह गयी औरतें-बच्चों की सिसकियाँ, शहीद हुए व्यक्तियों के खून की बूँद-बूँद। वहीं कहीं रह गया उनका सम्मान। थंमणवाला गाँव के लोग वे थे, जो तबाह हो गये, मगर लुटेरों में भगदड़ मचा दी।

3

एक वर्ष गाँव में चार डाकू आये। यह बात सैंतालिस से पहले की है। दोपहर में गाँव में डाका पड़ा। कहीं-कहीं चूल्हे से धुआँ उठ रहा था। अधिकतर लोग खेतों में थे और औरतें भी। नौकर लड़के भैंसें-गायें चराने में लगे थे।

रसालदार निक्का सिंह की ऊँची हवेली में डाका पड़ा था। रसालदार ने तीन शादियाँ कीं। पहली बहू बसंत कौर की कोख हरी न हुई। दूसरी दया कौर के तीन लड़कियाँ हुईं। फिर कोई अन्य बच्चा नहीं हुआ। तीसरी बहू की पहली लड़की हुई, फिर एक लड़का हुआ बघेल सिंह। तब तक रसालदार काफी बूढ़ा हो चुका था। सत्तर साल का था। गाँववाले सभी जानते थे कि तीसरी बहू ने किसी अन्य के बच्चे पैदा किये थे। यह अन्य आदमी और कोई नहीं वर्षों से उनके खेतों में काम करने वाला घोना चमार था। घोना हाथ-पैर का तदुंरुस्त आदमी था। वैसे वह विवाहित था और दो बच्चों का बाप था। एक प्रकार से घोना चमार ने अपनी नमकहलाली अता की थी। क्योंकि बघेल सिंह के जन्म लेने से निक्का सिंह का वंश चलने लगा। उसके पास काफी ज़मीन थी, जो बेगाने पुत्रों के पास जाने से बच गयी थी।

रसालदार को ज़मीन से अन्धी आदमनी होती थी। उसने अंग्रेज़ों की नौकरी की थी। तभी से उसके घर में काफी रकम आने लगी थी। निक्का सिंह अकेला था। उसका कोई और भाई-बहन नहीं था। जवान हुआ तो अफसरी ठाठ-बाठ के लिए फौज में भर्ती हो गया। वह स्कूल की कुछ कक्षाएँ पास था।

भले समय की बात थी। बड़ी बहू बसंत कौर के हाथ में ही सब-कुछ था। वही घर की सारी कबीलदारी सँभालती थी। वह काफी समझदार थी। स्वभाव की नम्र तथा संयमी। अपनी दोनों सौतनों को अपनी बहन-बेटी समझती। तीसरी गुरमेल कौर को घोना से गर्भ धारण करने की सलाह बसंत कौर ने ही दी थी। बंसत कौर ने लोहे की दो बड़ी गागरें मल्लिका के रुपयों से भर कर बरामदे में नीचे दबा दी थीं। इस बात की जानकारी सिर्फ़ बसंत कौर तथा निक्मा सिंह से ही थी। जब उन्होंने ऐसा किया तो परिवार के अन्य सभी सदस्य किसी रिश्तेदारी में गये हुए थे। निक्मा सिंह ने फावड़े से धरती में गड्ढा किया और दोनों ने मिलकर गड्ढों में गागरें एवं ऊपर मीलो मिट्टी से लीप दिया। अनेक वर्ष बीत गये। किसी को कोई इल्म तक नहीं था कि रसालदार के घर में चाँदी के रुपयों से भरी गागरें दबी पड़ी थीं।

उस दिन डाकू आ गये। वे चार थे। एक के पास बड़ी बन्दूक थी। एक के पास बारह बोर की बन्दूक। एक के पास तलवार थी। चौथे के पास गंडासा था।

उस दिन निक्का सिंह घर पर नहीं था। गुरमेल कौर भी नहीं थी। वह अपने बच्चों सहित मायके गयी थी। बंसत कौर तथा दया कौर ही घर पर थीं। तीनों लड़कियाँ

भी घर पर थीं।

वे दनदनाते हुए आये और निक्का सिंह की हवेली का दरवाजा खुला देखकर दनदनाते हुए ही आगँन में आ खड़े हुए। तलकर उठाये डाकूओं ने बाहर के दरवाज़े के पल्ले बन्द कर कुंडा लगा दिया। बारह बोर की बन्दूक वाले ने आते ही तीनों लड़कियों के चेहरों को थप्पड़ों से भर दिया। लड़कियों की साँस थम गयी। गंडासा उठाये व्यक्तियों ने लड़कियों को एक बैठक में धकेल बाहर से कुंडी लगा दी। फिर उन्होंने दोनों औरतों को खूब पीटा। वे चीखने लगीं। वे दोनों से पूछने लगे, ''बताओ गागरें कहाँ दबकर रखी हैं ?''

दया कौर अचरजता से पूछने लगी, ''कौन-सी गागरें ?'' पिटाई से बचने के लिए उसने अन्त में कह दी दिया, ''भाई, मुझे किसी बात की कोई जानकारी नहीं। घर की मुख्तार तो यह है।'' उसने बसंत कौर की ओर इशारा किया।

बन्दूकधारी दोनों बसंत कौर के इर्द-गिर्द हो गये। वह दाँत भींचे पिटती रही। उसे लातों-घूँसों से मारा। उसके बालों को खींचा। कान लहू-लुहान कर दिये। वे उसे मारते-पीटते थक कर चूर हो गये। मगर बसंत कौर के मुँह से कुछ ना फूटा।

गंडासा पकड़े एक लुटेरा हवेली के मुख्यद्वार पर खड़ा था, ताकि बाहर से गाँव वाले अन्दर ना आ पाएँ। एक बून्दकधारी थोड़ी-थोड़ी देर में हवाई फायर भी करता ताकि गाँव वालों में दहशत बनी रहे।

अन्त में काफी समय गुज़र जाने के पश्चात् उन्होंने बसंत कौर के कपड़े खींच कर फाड़ दिये। उसे एकदम नग्न कर बरामदे के खम्भे से बाँध दिया। उसे फिर पीटा। बसंत कौर ने बेहोशी की हालत की तरह गर्दन लटका दी। नग्न हो जाना उसके लिए अर्थहीन था। उसने कुछ भी न बताया। एक बन्दूकधारी ने बन्दूक के गज़ को बसंत कौर के गुप्तांग में दबाते हुए कहा, ''बता दे, गागरें कहाँ हैं ? नहीं तो यह सारा तेरे अन्दर जाएगा।''

बसंत कौर को तकलीफ होने लगी। उसकी दृढ़ता ढीली पड़ने लगी। उसने बरामदे के दूसरे खम्भे की ओर इशारा किया, ''वहाँ खोद लो।''

तलवारधारी ने दया कौर से कुदाल माँगा। अगले ही पल वे उस स्थान को खोदने लगे। वे ज़मीन खोदते, मिट्टी निकालते थक गये, मगर कहीं भी गागरें न मिलीं। उनमें से एक ने बसंत कौर के मुँह पर ज़ोर से थप्पड़ लगाते हुए कहा, ''कुतिया, कहीं यूँ ही बकसास तो नहीं कर रही ?''

तभी कुदाल को ज़ोर से मारते ही टंकार की आवाज़ हुई। अब उन लुटेरों की जान में जान आयी। उन्होंने दोनों गागरें निकाल लीं। उन्होंने एक चादर में दोनों गागरें पलट ढेरी की। बसंत कौर को खोल दिया। वह लकड़ी की भाँति धरती पर

धड़ाम से गिर पड़ी।

पल-छिन में ही वे चारों लुटेरे निक्का सिंह की हवेली से बाहर निलक गये। गठरी भारी होने के कारण उनका तेज़ चलना मुश्किल हो रहा था।

हवेली के बाहर सभी गाँववासी एकत्रित थे। वे सभी भी डाकुओं के पीछे-पीछे चल दिये। लोग तेज़ी से उनका पीछा करने लगे। लुटेरों को इस बात का भय सताने लगा कि लोग उन्हें पकड़ लेंगे। लुटेरे भागने लगे। उन्होंने दो-तीन मुट्ठियाँ रुपयों की पीछे आते लोगों के सामने फेंकी। किसी-किसी ने रुपये उठाये, अधिकतर ने उन रुपयों की ओर देखा तक भी नहीं।

कभी यह नर-गाँव था, थंमणवाला। लोगों के हाथों में कोई न कोई हथियार या औज़ार था। गाँव की इज़्ज़त का सवाल था। डाकू यों ही नहीं चले जाने चाहिए। गाँव के रुपये गाँव में ही रहने चाहिए।

थंमणवाला के पूर्व की ओर गाँव से बाहर एक छप्पड़ था। छप्पड़ से आगे जाकर लोगों ने चारों डाकुओं को चारों ओर से घेर लिया। यदि वे ऐसा ना करते तो मकई-कपास के मौसम में डाकू उन फसलों में ही गायब हो सकते थे। डाकू थोड़ी-थोड़ी देर में फायर करते जा रहे थे। गोली किसी को भी नहीं लगी थी।

बन्दूक के लाइसेंसधारियों ने तीन डाकूओं को गोलियों से मार गिराया। चौथे की टाँग पर ज़ोर से गंडासा दे मारा। अब वह भागने लायक नहीं रहा था।

दिन अभी छिपा नहीं था। पुलिस आ गयी। तीनों लाशें रसालदार निक्का सिंह की ऊँची हवेली के सामने ला रखी गयीं। चौथे डाकू को पुलिस ने अपनी निगरानी में पास बिठाया हुआ था।

गाँव में घटी घटना जैसे एक अचम्भा हो। इलाके के गाँवों में कई महीनों तक इस अलौकिक डाके की चर्चा चलती रही। सभी यह कहते रहे कि थंमणवाला गाँव असल नर-गाँव है भाई।

अंग्रेज़ मान गये इस गाँव को। रियासत मान गयी इस गाँव को।

4

कभी नर-गाँव रहा थंमणवाला, अब कूड़ा बनकर रह गया था।

कल रात गाँव की गलियों में राक्षस ने फेरा लगाया। राक्षस ने चार आदमी मार दिये, एक स्त्री, तीन व्यक्ति। गाँव की रात जैसे कड़कती दोपहर हो। गाँव के सभी लोग जाग रहे थे। मगर अपने-अपने ही घरों में। गोलियों की आवाज़ किसे सुनाई न दी थीं। दानव गलियों में दनदनाता घूमता रहा। गाँव के लोग साँस कहाँ ले

पा रहे थे कि उठकर दानव को नकेल डाल पाते। गाँववालों की रगों में खून सूख गया था या सफेद हो गया था। किसी ने हिम्मत न दिखाई। उन्होंने एक स्त्री तथा तीन आदमियों को मार गिराया और भाग निकले।

दुल्ले की ढाब वाले बाबा ने अब रात को रोडू शाह मंडी में रहना शुरू कर दिया था। भले समय में उन्होंने एक कोठी मंडी के सघन आबादी वाले इलाके में बनी-बनायी खरीद ली थी। आस-पास के लोग अच्छे थे। सभी महाजनी वर्ग के परिवार रहते थे। बाबा की यह कोठी एक बन्द डिब्बे समान थी। यहाँ कोई डर-खतरा नहीं था। कोई दहशत नहीं थी। यह कोठी बाबा रामदास ने चोरी से कभी कई लाखों रुपये दे कर खरीदी थी। डेरे के नाम पर नहीं, अपने नाम पर। रजिस्ट्री रामदास पुत्र भजन सिंह गाँव हमीरगढ़ तहसील मानसा ज़िला बठिंडा के नाम से की थी। सीधी सी बात थी, यह कोठी बाबा रामदास की मृत्यु के पश्चात् दुल्ले बाबा के डेरे को नहीं मिलनी थी, बल्कि उसके भतीजे सुखदयाल सिंह हमीरगढ़ वाले को मिलनी थी। सुखदयाल सिंह जो जस्सी सरपंच का दामाद था। सरपंच के कहने पर ही बाबा रामदास ने ऐसा किया था। बल्कि कोठी खरीदने का मशविरा भी जस्सी सरपंच का ही दिया हुआ था। कहने लगा, ''बाबा जी, कोई एकाध कोठी मंडी में भी ले लीजिये। रात-बिरात कभी मंडी में भी रहना पड़ सकता है। आदमी अपने ठिकाने पर ही रहना चाहिए। बेगानी जगह रहने का कोई मज़ा नहीं। बहाने से डेरे की जायदाद भी बन जाएगी।''

मगर जिस दिन कोठी की रजिस्ट्री करवानी थी। दोनों में आपस में इस बात पर सहमति हो गयी कि कोठी बाबा रामदास के अपने नाम से करवायी जाए। दोनों ही भीतर से जानते थे कि आखिर को यह कोठी सुखदयाल की होगी। सरपंच सोचता, उसकी बेटी की जायदाद बढ़ गयी। अन्दर की बात कोई नहीं जानता था। मंडी और दोनों गाँवों में लोग यही जानते थे कि वह कोठी डेरे की है।

बाबा रामदास ने प्रपंच यही बनाया था कि सभी यही समझें कि यह कोठी डेरे की है। कोठी के बड़े कमरे में बाबा दुल्ला की फोटो बड़े फ्रेम में जड़वा कर टाँगी हुई थी। बाबा दुल्ला की फोटो कल्पित थी। बरनाला के एक चित्रकार ने बाबा रामदास के बताये नैन-नक्श अनुसार फोटो बना दी थी। बाबा दुल्ला की भला फोटो उस समय खींचने वाला था भी कौन?

कोठी में हमेशा एक सेवक रहता था। वह कोठी एकदम सफाई से रखता था। जब बाबा वहाँ ठहरते, वही रोटी इत्यादि बनाता। कोठी की रसोई में खाने-पीने का सारा सामान तथा बर्तन भांडे रखे हुए थे। शानदार गुसलख़ाना। चार बड़े-बड़े कमरे। चारों कमरों में गद्दे, रजाईयाँ, कम्बल, खेस तथा तकिये पड़े रहते। बाबा रामदास का अपना अलग सा था। वह विशेष कमरा था। उसमें लोहे का बड़ा सन्दूक भी था,

जिसमें विशेष बाबा के लिए ही बिस्तर पड़े रहते थे।

आधी रात के बाद कोई मोटरसाइकिल या स्कूटर आता। दो आदमी होते। कभी कोई, कभी कोई। उनका हुक्म था कि डेरे के फाटक को ताला न लगाया जाए। सिर्फ़ अन्दर का कुंडा लगा रहे, जिसे हाथ डाल कर खोला भी जा सके। हमेशा दो-चार आदमियों का खाना बनाकर रखा जाए। उनके डेरे में घुसते ही उनके लिए खाना-गर्म कर दिया जाए। वह सेवकों से नम्रता से बात करते।

मगर एक रात वही बात हुई जिसका डर बाबा रामदास को सदा लगा रहता था। अजनबी व्यक्तियों ने पहले रोटी-पानी खाया। रोटी खाकर गर्मागर्म दूध भी पिया। एक के पास ए.के. सैंतालिस थी दूसरे के पास रिवाल्वर। रिवाल्वर वाले लड़के ने बचित्तर सेवक को पास बुलाया और पूछने लगा, "संत जी को उठा सकते हो, भक्त जी?"

"जी हाँ, वह तो जाग रहे होंगे।" बचित्तर ने जवाब दिया।

"जाओ, फिर जाकर उनसे कह दो। हमें उनसे एक प्रार्थना करनी है। वह बाहर आएँगे या हम लोग अन्दर जाएँ उनके पास?" रिवाल्वर धारी ने मीठा बोलते हुए कहा। यह लड़का बहुत बार डेरे पर आ चुका था। उनके ही गाँव का लड़का था। पक्का रंग, एक आँख थोड़ी-सी भींचता था। पतला शरीर, कद लम्बा था। अंग-पैरों में बिजली सी फुर्ती। इधर-उधर हवा की तरह निकल जाता। अधिक उम्र भी नहीं थी। अब तक आठ व्यक्तियों को खत्म कर चुका था। पूरा नाम था गुरमीत सिंह। मगर 'मीता' का नाम सुन दुनिया थर-थर काँपने लगती थी। जब कभी वह दुल्ले की ढाब पर रात को आता तो बचित्तर खाना खिलाता। वह उसे प्यार से पूछता, "बचित्तर भाई, तुम्हें गाँव का कोई आदमी तंग करता है तो बता हमें। हम अभी उससे पूछ लेंगे।'

बचित्तर उसके सवाल से ही काँपने लगता, और जवाब देता, "नहीं जी, मुझसे कोई कुछ नहीं कहता। हम तो मज़े में हैं।"

"मज़े में...पक्की बात है?"

"हाँ जी, बिलकुल।" जवाब देते हुए बचित्तर अभी भी काँप रहा होता।

रोटी-पानी खा-पीकर वे लोग बाहर निकल जाते। उनके मोटरसाइकिल की आवाज़ दूर जाते ही बचित्तर गहरी साँस लेने लगता। मीता द्वारा पूछे जाने से बचित्तर सोचता, मीता को उसका कितना ध्यान है। हालाँकि वह उससे भयभीत भी रहता।

भीतर ही भीतर बाबा रामदास भी मोटरसाइकिल कि आवाज़ सुन भयभीत हो जाता। राम का भजन करने लगता। वह धीरे-धीरे माला फिराते हुए जाप करने लगता। मन ही मन चाहता कि आने वाले चुपचाप खाना खाकर चले जाएँ। बचित्तर अन्दर आया तो रामदास के कान खड़े हो गये। माला थम गयी। "मिलना चाहते हैं

महाराज आपसे।'' बचित्तर ने कहा।

''कौन हैं?'' रामदास ने पैर नीचे रखे।

''वही जी मीता।''

बाबा की उम्र अब अस्सी से ऊपर थी। मगर शरीर तंदुरुस्त था। उसने कपड़े की बूट पैरों में डाली और धीरे-धीरे चलकर कुटिया से बाहर आ गया। आँखों पर हाथ की ओट कर इधर-उधर झाँकने लगा। चाँदनी रात थी। वे साये की तरह उसके पास आ खड़े हुए। सतसिरी अकाल कह, पैरों पर माथा टेका। बाबा ने आशीर्वाद दिया। उन दोनों को कुटिया में आने को कहा, ''डेरा संगत का है। सभी कुछ भक्तों का है। आओ आ जाओ।''

ए.के. सैंतालिस वाला लड़का बाहर खड़ा रहा। मीता अन्दर चला गया। बचित्तर ने कुटिया में लाइट जला दी। रामदास आसन पर बैठ गया। मीता नीचे दरी पर बैठ गया। सीधा ही कहने लगा, ''बाबा जी, दस हज़ार चाहिए। ज़रूरत है। हमारा एक काम अटका पड़ा है। कृपा कीजिये।''

बाबा रामदास सुनकर सन्न रह गया। उसे मालूम ही था कि ऐसी घटना अवश्य होगी।

''कब चाहिए, दस हज़ार?'' रामदास ने हौसले से कहा।

''अभी हैं तो दे दीजिये। नहीं तो फिर कल आना पड़ेगा हमें।''

''यहाँ तो रुपया-पैसा हम ज्यादा रखते नहीं भाई। यदि आप लोग कल शाम या रात को आ सको या मैं रोडूशाह मंडी आ जाऊँगा।'''

''अच्छा, ठीक है। आप ही आ जाना मंडी। मैं तो नहीं आऊँगा। कोई दूसरा लड़का आएगा।'' मीता ने खड़े होकर कहा, ''अपने हाथ की यह अँगूठी उतारकर मुझे दीजिये। जो लड़का इस अँगूठी को लेकर आये, उसी को माया दे दीजिएगा।'' उसने आदर से शीश झुकाया और कुटिया से बाहर निकल गया। अगले ही पल वे मोटरसाइकिल ले डेरे से बाहर निकल आये।

दस हज़ार देकर बाबा रामदास की जान न छूटी, बल्कि बड़ी समस्या खड़ी हो गयी। बाबा सोचने लगा, इनके मुँह को तो खून लग जाएगा। वे लोग फिर आएँगे। मीता नहीं आएगा तो कोई और आ जाएगा। रकम दस हज़ार से भी बढ़ जाएगी। वह किसी को क्या कह पाएगा?

अँगूठी ले कर तीसरे-चौथे दिन कोई सादा कपड़ों में लड़का साइकिल पर आया। रामदास से दस हज़ार रुपये ले गया। बस उस दिन के बाद बाबा ने फिर कभी रात डेरे में न बितायी। रात को रोडूशाह मंडी की कोठी पर जाने लगा। काफी दिन चढ़े वह डेरे पर आता और सन्ध्या समय मंडी लौट जाता। डेरे पर वह अपने मरीज़ों को दवा इत्यादि देने के लिए आता। रामदास सुबह डेरे आने पर पन्द्रह-बीस

मिनट अपनी कुटिया में बैठता। बचित्तर उसे सारी रिपोर्ट देता। रात कौन आया-गया या किसने क्या कहा इत्यादि।

मीता फिर भी डेरे आता रहा। एक बार पूछा भी, ''बाबा कब मिलेंगे? बचित्तर ने गढ़ा-गढ़ाया जवाब दिया, ''वह तो अब डेरे पर कम ही आते हैं। मंडी में होते हैं या हरिद्वार चले जाते हैं।''

मंडी वाली कोठी बाबा के लिए सुरक्षित थी। वहाँ पुलिस भी थी। वह थानेदार से मिलना-जुलना भी रखता था। फिर आबादी में घर था। रात-बिरात मंडी में किसी पराये आदमी के आने का डर नहीं होता था।

थंमणवाला में जस्सी सरपंच के बाहर वाला घर भी उन लोगों का पक्का अड्डा था। रात को नौकर के पास अलबेल ही सोता। वहाँ एक रसोई बना कर रसोई का सारा सामान तथा राशन-पानी रखवा दिया गया था। वे आते तो उनका खाना-पीना वहीं बनता। नेक चमारों का लड़का था। अब सरपंच का नौकर था। वह खाना इत्यादि भी बना लेता था।

जस्सी अभी भी सरपंच था। पंजाब के हालात खराब होने के कारण पंचायत के चुनाव नहीं हुए थे। इसलिए जस्सी अभी भी सरपंच बना हुआ था। अब उसकी उम्र भी पचास से ऊपर थी। वह बूढ़ा या जवान नहीं था। उसका शरीर तगड़ा था। उन्होंने अपनी दूसरी बेटी का भी ब्याह कर दिया था। सिर्फ़ अलबेल का विवाह नहीं हुआ था। उसकी उम्र तीस से कम थी। हालात ऐसे हुए थे कि न तो जस्सी अलबेल के विवाह के बारे में सोचता था, न अलबेल को इसकी ज़रूरत थी। उसके कारनामे ऐसे थे कि लोग अब उसे 'भूपा' कहते। छीनकर लायी गयी कोई कार, कोई मोटरसाइकिल या स्कूटर हमेशा ही जस्सी के बाहर वाले घर पर खड़ा रहता। पुलिस कभी-कभी गाँव आती तो जस्सी के बाहर वाले घर पर कभी न जाती। सारा गाँव जानता था कि वहाँ रोज़ रात को बुरे लोग आते हैं। रोटी-पानी सरपंच के घर से आता है। पौ फटते ही वे लोग वहाँ से चल देते। इलाके में होती सभी वारदातों की सारी स्कीम पहले जस्सी सरपंच के बाहर वाले घर पर ही तैयार होती हैं।

5

दोनों बड़े भाइयों का घोगा से कोई लेना-देना नहीं था। मकान, ज़मीन सब अलग। आर्थिक तौर पर बिक्कर तथा मेहर सम्पन्न जाट थे। उनके पास अब जीपें-कारें, ट्रैक्टर तथा कम्बाईनें थीं। उन भाइयों के बच्चे भी लायक थे। हमेशा कमाई पर ध्यान देते थे। दोनों का परिवार अभी भी एक ही था। लड़कों की शादियाँ हो चुकी थीं।

उनके भी बच्चे थे। बिक्कर सिंह की नम्बरदारी वैसे ही चल रही थी। दूसरी ओर, घोगा ज़मीन ठेके पर देता। घर में एक भैंस अवश्य थी। अन्य कोई पशु नहीं था। दूध का काम रूपो ही करती। घोगा सरदारी ठाठ में रहता। रोज़ शराब पीता। अफीम तो खाता ही था। नशे के कारण उसका शरीर शिथिल होने लगा। उसे साँस की तकलीफ़ रहने लगी। उन पति-पत्नी की करतूतें ऐसी थीं कि नम्बरदार कुंडा सिंह का नाम उनके साथ से जैसे उतर ही गया था।

घोगा बीमार रहने लगा। उसका पेट तना रहता। कब्ज़ रहने लगी। गाँव के डॉक्टर से दवा लेने से उसे दस्त आने लगते। उसका पेट एकदम खाली हो जाता। दर्द होने लगता। अफीम छोड़ता तो शरीर टूटने लगता। शराब उसकी बीमारी का इलाज नहीं था। वह सोचता, शराब पीने से उसके शरीर में चुस्ती आ जाएगी। मगर ऐसा ना होता। वह खाना खाये बगैर ही सो जाता। सुबह उससे उठा ना जाता। रूपो उसे गर्म पानी संग अफीम की गोली देती तो कहीं वह उठ कर जंगल-पानी जाने लायक होता। रूपो का काम जैसे सिर्फ़ घोगा की सेवा-सँभाल करना ही रह गया था। घर के खाने से अधिक खर्च घोगा की बीमारी तथा दवाइयों पर ही होता था। ठेके से आये पैसे तो वे कुछ ही दिनों में उड़ा देते। रूपो को भी रोज़ पीने की लत लग चुकी थी। वह अफीम भी खाती। मगर उसे बीमारी कोई नहीं थी। जस्सी का उनके घर पर आना-जाना पहले की तरह जारी था। वह जस्सी को दूसरे-चौथे महीने में पकड़ लेते। वह वहीं पर लिखवा कर उन्हें पैसा दे देता।

जस्सी घोगा पर तीन रुपये सैकड़ा महीने का ब्याज लगाता। उनसे कहता कि वह महाजन से दो रुपये सैकड़ा ब्याज देकर पैसा लेता है। घोगा से तो वह एक रुपया ही कमाता है। यह एक रुपया बस उसके आने-जाने के लिए है बस। इस काम में उसे कुछ खाना-कमाना नहीं था। अन्दर ही अन्दर बात यह थी कि जस्सी अपने पास से ही रकम घोगा को देता था। वह तो बल्कि रोडूशाह मंडी के कीमती लाल आढ़तिये को डेढ़ रुपये सैकड़ा पर रकम देकर रखता था।

घोगा और रूपो पर जस्सी पूरा रौब रखता और ऊपर से एहसान भी जतला कर रखता कि वह उन्हें ब्याज पर पैसा देता है। वह मुश्किल से आढ़तिये से रकम लेकर आता है।

घोगा के पास दस किल्ले ज़मीन थी। उसने कौन से अपने पुत्रों को ज़मीन देनी थी। वह बेऔलाद था। उसका विश्वास था कि अच्छा खासा खाया-भोगा जाए। उसके दिल में ज़मीन की कोई कद्र नहीं थी। उनके दिन निकलते जा रहे थे, बस इतना ही काफी था। जस्सी ने अपने बही-खाता में उसके सिर पर कई हज़ार रुपये कर लिए थे। फिर जस्सी ने कहना शुरू कर दिया कि यह ब्याज का रुपया है। ब्याज लगने से रकम बढ़ती जाएगी। या तो वह सारी रकम वापस कर दे। उसने भी आगे

महाजन का ब्याज देना है। वे चाहे तो एक किल्ला ज़मीन उसके नाम कर दे ताकि ब्याज कुछ कम हो सके। जस्सी के बार-बार ज़ोर देने पर घोगा ने एक दिन एक किल्ला उसके नाम पर लिख दिया। फिर ऐसा ही होने लगा। हर वर्ष एक किल्ला जस्सी सरपंच के पास गिरवी रखा जाने लगा। घोगा जस्सी से पैसे लेकर इस्तेमाल करता रहता। जस्सी अपने बही खाते में रकम बढ़ाकर घोगा का अँगूठा उस पर लगवा लेता। किसी एक ही गवाही भी दे दी जाती।

इस प्रकार सात-आठ वर्षों में ही जस्सी ने उसके पाँच किल्ले अपने नाम गिरवी कर लिए। गाँव में कम परिवार ही ऐसे थे जो ज़मीन गिरवी ले सकते थे। अधिक लोगों के पास पैसा नहीं था। उनका अपना गुज़ारा मुश्किल से चलता था।

जस्सी, रूपो से कहता कि वह उसी के कारण घोगा को पैसा देता है। ज़मीन भी वह मज़बूरी में गिरवी लेता है। यह तो ज़मीन गिरवी रखेगा ही, फिर मैं ही क्यों न ले लूँ। आखिर अपनी तो घर की ही बात है। हमारी तो पहले दिन से ही बनती आयी है। रूपो उसकी बातें सुन उदास हो जाती। सोचती, उसका भी कोई बच्चा होता तो अब जवान होता। उसका ब्याह होता, वह खेती करता। कमाई घर में आती, फिर वह क्यों अपनी ज़मीन गिरवी रखते। रूपो हँसकर जस्सी से कहती, "रोज़ मेरा जिस्म नोंचता है, उसे भी गिरवी के रुपये में गिन लेते होगे। है न?"

"नोंचना क्या। मुझे तो प्यार है तेरे साथ।"

"और कहाँ-कहाँ मुँह मारता रहता होगा। ऐसे आदमी का एक स्त्री से कोई गुज़ारा नहीं होता।"

रूपो और जस्सी आपस में ऐसे बातें कर अपना ठर्क़ पूरा करते। जस्सी, एक प्रकार से रूपो को बातों में उलझाये रखता।

साँस की तकलीफ ने घोगा का शरीर खोखला कर दिया। शराब इसलिए पीता क्योंकि इससे नींद अच्छी आ जाती है। अफीम के बारे में उसका तर्क था, इससे साँस उखड़ता नहीं है। उसके शरीर में कुछ भी बाकी नहीं रह गया था। रूपो भी जानती थी कि घोगा अब कुछ ही दिनों का मेहमान रह गया है। खाँसते-खाँसते एक दिन वह सोया ही रह गया। एक रात उसे महसूस हुआ जैसे घोगा खाँसते-खाँसते बन्द हो गया हो। कभी-कभी बलगम के कारण उसकी साँस रुक जाती। वह उठकर बैठ जाता। मगर कुछ देर के बाद उसकी साँस ठीक चलने लगती। खाँसी का दौर रुक जाता। बलगम वह थूक देता। ऐसा रात को कई बार होता। उस रात, उसे लगा, जैसे वह दुबारा खाँसा ही ना हो। वही बात हुई। सुबह उठ, जब वह उसे चाय देने लगी तो देखा घोगा आराम से सोया हुआ है। खाँसी उसकी मौत के साथ ही कहीं शान्त हो गयी थी।

पाँच किल्ले तो जस्सी के पास पहले से ही रेहन पर थे। दूसरे पाँच किल्ले

भी उसी के कब्ज़े में थे। वह इन पाँच किल्लों का ठेका रूपो को दे देता। उस रकम से रूपो की गुज़र-बसर हो रही थी। जस्सी इन पाँच किल्लों को आगे किसी को ठेके पर दे देता था। अच्छी फसल हो जाती थी। रूपो को अफसोस होता, कभी यह अनाज उसके घर में आया करता था। उसकी बात सुन जस्सी उस पर रौब जमाता, वह चाहे तो सारी ज़मीन छुड़ा ले और सारी फसल अपने पास रख लिया करे। मगर सच तो यह था कि रूपो गिरवी रखी इतनी बड़ी रकम कहाँ से चुकाती?

एक ही वर्ष में उसने दो किल्ले और जस्सी के पास रेहन रख दिये। उन रुपयों से उसने दो काम किये। एक तो अपने घर की गली की ओर नयी बैठक बना ली। पुरानी छत गिर गयी थी। और दीवारें भी खस्ता हो गयी थीं। इसलिए उसने उसे एकदम नये ढंग से बनवा लिया।

दूसरा काम पुण्य का था। उसे किसी ब्राह्मण ने बताया कि वह कोई पुण्य-दान करे। उसकी आगे की ज़िन्दगी सँवर जाएगी। वह स्वयं जानती थी कि उसने ऐसे पाप किये थे, जिनकी बदौलत वह सीधे नर्क-द्वार जाएगी। नाई की बेटी मीतो की बात उसके दिमाग़ से निकलती नहीं थी। जैबे की पत्नी चतिंनी ने उसे बद्दुआ दी थीं कि उसे कीड़े पड़ेंगे। अलबेल की खातिर उसने ऐसा किया था। रूपो को महसूस होता, मानो उसकी देह में कीड़ों की सुरसुराहट होने लगी हो। यह अब बढ़ते ही जाएँगे और एक दिन उसकी जान ले लेंगे।

गर्मियों के दिनों में जब तल्ले का पानी सड़ने लगता। उसमें मच्छर पैदा हो जाते। वह पानी पशुओं-डंगरों के पीने लायक भी न रहता। लोग जंगल-पानी के बाद इसमें हाथ धोना पसन्द न करते। रूपो ने एक छोटा कमरा बनवाकर उसमें मोटर लगवा फिल्टर का बोर करवा दिया। दो हौज बनवा दिये। सुबह-शाम एक आदमी मोटर चला इन दोनों हौजों को भर देता। पशुओं को साफ और ठंडा पानी पीने को मिलता। रूपो को लगता, मानो बेजुबान जानवर पानी पी उसे आशीर्वाद देते हों।

गाँव में सभी जानते थे कि रूपो शराब पीती और अफीम भी खाती है। इन दिनों सरेआम शराब पीने की मनाही थी। पहले दिनों की तरह कोई शराबी न गलियों में घूम-फिर सकता था और न ही कोई ललकारें मारता था। नये-नये लड़के रूपो के घर पर आते। उनके पास कोई अधीया-पऊया होता। वह रूपो को चाची-चाची कह, उससे पानी भी लेते और गिलास-कटोरी भी ले, किसी भी कमरे में घुस पी लेते। खाली बोलतें वहीं छोड़ जाते। दिन के समय रूपो के घर पर अड़ोस-पड़ोस की औरतें, बूढ़ियाँ इत्यादि भी आती ही रहती थीं।

एक दिन आधी रात को दो आदमी आये। उन्होंने तीन-चार बार तख्तों को खटखटाया। आखिर रूपो अन्दर से उठकर बाहर आयी। उसने ताला खोला। वे पूछने लगे, ''रूपो, तुम्हारा ही नाम है?''

''हाँ, हाँ, मैं ही हूँ रूप कौर।'' उसने डरते-काँपते हुए कहा।

''तुम्हारा मर्द कहाँ है?''

''वह तो गुज़र गया है।''

''घर में और कौन है?''

''कोई भी नहीं। मैं अकेली हूँ, बस।''

उन्होंने एक-दूसरे की ओर देखा। फिर रूपो से एक ने कहा, ''तुम जो नीच काम करती हो, वह छोड़ दो, वरना..।'' उसने कन्धे से लटाकाई ए.के. सैंतालिस कम्बल से नंगी कर ली।

रूपो डर गयी। मन में सोचने लगी, ''यह तो वही है बाबे।'' उसकी जीभ तालू से चिपक गयी। फिर बोली, ''ना जी, मैं तो कोई बुरा काम करती नहीं अब। बूढ़ी हो गयी हूँ। अब मैं ऐसी नहीं रही।''

''करती नहीं होगी भाई, करवाती तो है न।''

''वह कैसे भाई?''

''तेरे पास गाँव के नौजवान आते रहते हैं न।''

''जी हाँ, आते हैं।''

''वे क्या करने आते हैं फिर यहाँ?''

''वे लोग तो यूँ ही आ जाते हैं भाई। बैठक में बैठे रहते हैं। अपने ही घरों के लड़के हैं। वे कोई बुरा काम नहीं करते जी।''

''करते हैं। तुम मानती क्यों नहीं?''

रूपो का कलेजा काँपने लगा। उसने तुरन्त निश्चय किया कि वह उन्हें बता दे। कहने लगी, ''बस जी, वह पानी इत्यादि पीते हैं और क्या। गाँव में सभी लड़के ही पीते हैं।''

''तुम से और क्या कहेंगे। उनका यहाँ आना बन्द कर दो। यदि फिर से कभी कोई लड़का तुम्हारे घर में घुसा तो याद रखना। तुम्हें गोली से ही ठंडा करना पड़ेगा।'' वे लोग दरवाज़े से ही वापस लौट गये। रूपो अच्छी तरह से समझ न पायी कि वह आखिर कौन से बुरे काम करती है और वे क्या रोकना चाहते हैं। लड़कों का दारू पीना तो कोई बुरी बात नहीं। सारा गाँव दारू पीता है। यदि उसके घर में आकर लड़के दारू पीते हैं तो यह कौन सा बुरा काम है, जो वह लड़कों से करवाती है।

उस रात वह बहुत डर गयी। उसे फ़िक्र होने लगी।

गाँव के गुरुद्वारे में एक दिन भारी दीवान हुआ और लोगों को अमृत छकाया गया। आस-पास के गाँवों से भी संगत आयी। सुबह से ही चाय-लंगर बाँटा जा रहा था। अमृत-पान की दीक्षा सुबह ही कीर्तन के बाद सम्पन्न हो गयी थी। आज के दिन बहुत सारे लोगों ने अमृत छक खुद को 'गुरु का सिंह सजा' लिया था।

अमृत की दीक्षा के लिए सभी आमंत्रित थे। बनिये के लड़का लाल नंद छक कर लाल सिंह बन गया। उसने केसरी पगड़ी बाँध कर गले में कृपाण डाल ली। सिर के बाल बढ़ाने लगा। दाढ़ी-मूँछें रखने के कारण उसका गोल चेहरा सुन्दर लगने लगा था। मास्टर दीवान चन्द भी अमृतधारी हो गया। वह पहले से गुरु ग्रन्थ साहब का पाठी था। उसकी आवाज़ बहुत मीठी थी और सुरीली भी। हालाँकि पाठ करने के उसे पैसे मिलते थे। वह स्कूल मास्टर था। स्कूल से टाइम निकालकर वह पाठ कर लेता था। पाठ कर पैसे लेना उसकी हक-सक की कमाई थी। अब जब वह अमृतधारी हो 'सिंह' बन गया तो उसे गौरव महसूस होने लगा। अब वह पक्का सिक्ख बन गया था।

रूपो ने भी जब अमृत-दीक्षा के बारे में सुना तो उसके मन में भी चाव जाग उठा। वह सोचती अमृत-दीक्षा लेने पर उसके भी पाप घुल जाएँगे। लोग उसे बुरा नहीं कहेंगे। फिर जब कभी 'बाबे' आये तो वे कितना खुश हो जाएँगे। उसे शाबाशी देंगे।

अमृतपान वाले दिन वह भी नहा-धोकर गुरुद्वारे पहुँच गयी। वह भी लड़कियों-औरतों के साथ जाकर बैठ गयी। उसे लगा, उसे देख जैसे लोग मुस्करा रहे हों। मन में उसका मज़ाक उड़ा रहे हों। उनके लिए, उसका अमृत-पान एक-दिखावा हो जैसे।

जब उसकी बारी आयी। उसने संतजी की बात को बहुत ध्यान से सुना और उनके कहे अनुसार सब कुछ करती गयी। अमृत-पान कर गले में कृपाण डाल जैसे उसका चेहरा-मोहरा बदल गया हो। मन में यह संकल्प लिया कि वह फिर से कोई बुरा काम नहीं करेगी। बाकी उम्र वह भलमानसी से व्यतीत करेगी। हर समय प्रमात्मा में चित्त लगाएगी।

जस्सी सरपंच के बाहर वाले घर में वे लोग दूसरे-चौथे दिन चक्कर लगा जाते। आधी रात को आते। वे स्वयं ही दरवाजा खोल लेते, क्योंकि उन्होंने कह रखा था कि रात को दरवाज़ा अन्दर से बन्द ना रखा जाए। उनका कुछ भी पक्का नहीं, वे लोग कब और किस वक्त आ जाएँ। दरवाज़ा खटखटाने या आवाज़ देने से अड़ोसी-पड़ोसी जाग सकते थे। जब वे लोग आते, एक ए.के. सैंतालिस ले पहरा देता और बाकी जने थोड़ी-थोड़ी नींद ले लेते। किसी-किसी दिन वे जस्सी को अन्दरवाले घर से बुलवा लेते। उस दिन वे लोग काफी देर तक सलाह-मशविरा करते। स्कीमें बनाते और जस्सी की सलाह भी पूछते।

एक रात सलाह बनायी गयी कि एक रात थंमणवाला गाँव में भी एक्शन किया जाए। जस्सी तो कब से इस एक्शन के लिए कह रहा था, मगर अभी उनकी कोई सलाह नहीं बनी थी। उनका तर्क था कि जिस गाँव में रोज़ का आना-जाना हो, वहाँ

एक्शन ठीक नहीं होता। एक्शन वहाँ करना चाहिए, जहाँ वापस न जाना हो, ताकि मालूम ना हो सके कि एक्शन किसने और कब किया।

जस्सी सरपंच ने उन लोगों को इस बात का पक्का यकीन दिला दिया कि रूपो गाँव की लड़कियों को फुसला कर लड़कों के साथ फँसा देती है। पहले सारी बात रूपो के घर पर तय होती है। बताया गया कि रूपो के पास गैस का चूल्हा है, जो गाँव में सिर्फ़ चार-पाँच घरों में ही होगा। वह घर आने वाले लड़कों को चाय पिलाती, साथ में हलवा-पंजीरी खिलाती। लड़के उसका गुणगान करते कि वह उनकी मित्रता फलाँ-फलाँ लड़की से करवा दे। शगुन के तौर पर वह लड़का रूपो को डेढ़-दो सौ रुपये भी देता। रूपो लड़की को किसी न किसी तरह से फुसला लेती। वे लोग पहले दो-चार बार रूपो के घर में मिलते, फिर अपना ठिकाना कहीं और बना लेते। रूपो गर्भपात भी करवाती है। घर में कई प्रकार की जड़ी-बूटियाँ रखती है। अब तक दस लड़कियों को खराब कर चुकी है। खाने की कुतिया है। लड़के-लड़कियाँ दोनों पक्षों से रुपया खाती है। अपने घर को उसने व्यभिचार का अड्डा बना रखा है।

वे लोग उस रात फिर आये। उन्होंने रूपो का दरवाज़ा खुलवाया। वे दो थे। यह वही थे, जो पहले भी एक रात को आये थे और रूपो को चेतावनी देकर गये थे। उस रात रूपो समझ न पायी थी कि वह उसे किन बुरे कामों के लिए चेता रहे हैं। असल में जस्सी सरपंच कई दिनों से उनके कान भर रहा था कि रूपो ने धन्धा बनाकर रखा हुआ है। उस दिन उन्होंने उसे अस्पष्ट तौर से चेताया, मगर आज उन्होंने उसे साफ-स्पष्ट ही कह दिया, ''तुम भले घरों की क्वाँरी लड़कियों को खराब करवाती हो। हम तुम्हें चेतावनी भी दे कर गये थे?''

वह अपनी कृपाण दिखाकर कहने लगी, ''नहीं भाई जी, मैंने तो कभी ऐसी कोई बात नहीं की। यह देखिए, मैंने तो अमृत की दीक्षा ली हुई है।''

''गुरु के बाणे को बदनाम करती है, भाई। उतार दे यह कृपाण।'' रिवाल्वर धारी ने कड़क होकर कहा।

ऊँची आवाज़ ने रूपो की मति मार दी। उसने तुरन्त कृपाण उतार दी और उन्हें देने लगी। वे कहने लगे कि कृपाण वाला गातरा तख्ते पर टाँग दे और परे सीधी होकर खड़ी हो जा।

रूपो बेहोशी की हालत में थी, जैसे बिल्ली को देख कबूतर आँखें बूँद लेता है। जैसे कसाई के टोके को देख बकरा गर्दन लटका खड़ा हो जाता है। रिवाल्वर उसकी पुड़पुड़ी से आ लगी। अगले ही पल आवाज़ गूँजी और रूपो की देह एकदम धड़ाम से नीचे जा गिरी।

6

उनका आदेश था कि गाँव से देसी शराब का ठेका उठा दिया जाए। यह ठेका सड़क पर बस-स्टॉप के पास किसी के बाहर वाले घर की बैठक में था। बस से उतर पाँच मिनटों में बोलत ले दुबारा बस ली जा सकती थी। ठेका के साथ ही एक कच्ची सी दूकान थी। जिस पर आलू-प्याज और गोभी के पकौड़े बनते। नमकीन पकौड़ियाँ और भुजिया भी मिल जाता था।

यह ठेका मंडी रोडू शाह के एक बनिये का था। उस के पास अन्य गाँवों के भी ठेके थे। कहते थे, थंमणवाला ठेके की शराब खरी होती है। पूरा नशा होता है उसमें। आस-पास के गाँवों की शराब घटिया होती है। आग की तरह चढ़ती है और साथ-साथ उतरती भी जाती है। बरनाले से आती आखिरी बस वाले कंडक्टर को वह मुक्त में दे देते। इसलिए बस काफी समय तक खड़ी रहती और काफी बोतलें बिक जातीं। थंमणवाला ठेके की इतनी बोतलें बिक जातीं कि कंडक्टर वाली बोतल उन्हें याद ही न रहती।

सन्ध्या समय थंमणवाला बस-अड्डा चंडीगढ़ बन जाता। गाँव के तकरीबन बूढ़े-अधेड़ सभी व्यक्ति अपने-अपने हिसाब से अधीया या पऊआ इत्यादि ले जाते। कोई-कोई वहीं खड़े-खड़े पीने लगते। साथ में थोड़ा पकौड़े या नमकीन भुजिया ले खाने लगते। बुजुर्ग लोग बीते समय की बातें करते। कुछ एक-दूसरे की तबीयत का हाल-चाल पूछने लगते। कभी-कभी एक-दूसरे को छेड़ते, मज़ाक करते, हँसने लगते।

वे 'बाबे' आधी रात को आये। जाड़े की रुत थी। सभी लोग घरों के अन्दर सोने लगे थे। कारिन्दा अन्दर सो रहा था। उन्होंने कारिन्दा को जगाया। वह उसी गाँव के सुनारों का लड़का था। उसने समझा, इस समय कोई बोतल लेने आया होगा। उसने तुरन्त उठकर ताला खोल दिया। उन लोगों ने अन्दर आते ही उसे पीटना शुरू कर दिया। उसकी कुहनियाँ तथा कन्धे तोड़ दिये। वे कहने लगे, ''सालो, क्या मूर्ख समझ रखा है हमें। ठेका अभी तक उठाया क्यों नहीं?''

फिर उन्होंने अलमारियों तथा बोरियों से बोतलें निकाल दीवार पर मार-मार कर सारी बोतलें तोड़ दीं। कारिन्दा से भी बोतलें तोड़ने को कहा। जाते समय गल्ले से सारी रकम निकलवाकर ले गये। जाते समय लड़के को कंधे से झिंझोड़ कर कह गये, ''उस बहन...बनिये से कह देना, फिर से शराब ना लाये यहाँ। नहीं तो उसका भी काम तमाम कर देंगे। समझ गया?''

कारिन्दा ने हाथ जोड़कर उनके पैरों पर अपना सिर रख दिया। रोडूशाह का बिरज बनिया बहुत दिलेर था। वह उनसे डरता नहीं था। उसके पास थ्री नॉट थ्री की राइफ़ल थी, जिसकी मैगज़ीन में ग्यारह गोलियाँ आती थीं। उसके पास नयी

जीप थी। उसे पुलिस पर भी भरोसा नहीं था। अपने साथ चार आदमी रखता। उन सभी के पास हथियार होते—बन्दूकें तथा रिवाल्वर इत्यादि। ड्राइवर की कमर के साथ भी रिवाल्वर बँधा रहता। इसी सड़क पर उसके चार ठेके और भी थे। उन्होंने ये चारों ठेके फूँक दिये। अब बिरज लाल जीप में शराब की बोरियाँ रख लाता। आधा-पौना घंटा पाँचों गाँवों में लगाता। गाँव से बाहर बस-अड्डे से दूर जीप खड़ा कर लेता। दारू लेने वाले आदमी इधर-उधर छिपे बैठे रहते। जीप के आने पर वे लोग चोरों की तरह फसलों से बाहर निकल आते। पैसे देते जाते और बोलते ले फसलों में ही कहीं लुक-छिप जाते।

बिरज लाल के साथी उसे समझाते, ‘‘सेठ, क्यों मौत को मासी बुला रहा है। छोड़ दे यह धन्धा। हमें भी मरवाएगा।’’

‘‘चलो तुम्हारी बात मान लेते हैं। मगर ये बताओ, किस्तें कहाँ से भरूँ मैं? इतनी रोकड़ तो अन्दर दबा के रखी नहीं। एक दिन तो मरना ही है भाई। डर कर क्यों रहें। अगर हम डरेंगे तो ये ‘बाबे’ और भी डराएँगे।’’ बिरज लाल सीना ठोंक कर कहता। उसकी बातें सुन अन्य लोगों को भी हौसला होने लगता। असल में बिरज लाल के धन्धे में उन सभी की भी थोड़ी-थोड़ी हिस्सेदारी थी।

थंमणवाला गाँव में एक और आदमी भी था, जो चोरी से शराब बेचता था। वह रिटायर्ड फौजी था। डरता नहीं था। बिरज लाल के आदमी उसे बोलतें थमा जाते। अधीये और पऊवा भी। मुहल्ले के एक सुनसान घर में उन्होंने अपना अड्डा बनाया हुआ था। सिर्फ़ एक घंटे के लिए इस मकान में एक अन्धा-सा बल्ब जलता। भुजिये की छोटी-छोटी थैलियाँ भी रखता। पानी की बाल्टी और लोटा भी। दो काँच के गिलास। वह दिन छिपते ही अपना मिन्नी-ठेका खोल लेता। उस समय ‘बाबों’ का डर नहीं रहता था। उनके आने का कोई निश्चित समय नहीं था। कुछ लोग वहीं खड़े-खड़े दो-दो पैग पी लेते। पियक्कड़ों को बातें करने की मनाही थी। अपना काम करो और जाओ बस। यह सारा खेल सिर्फ़ एक घंटे का होता। फिर वह अन्धा सा बल्ब बुझ जाता। हौलदार बाकी बचा सामान और अपनी बाल्टी-लोटा अपने घर उठा ले जाता।

फिर एक दिन हौलदार को भी जस्सी सरपंच का सन्देश आ गया। कौरा ब्राह्मण आकर उसे चेता गया कि वह शराब बेचने का यह धन्धा छोड़ दे। ‘‘बाबो’ तक यह बात पहुँच चुकी है। पिछली रात वह स्वयं आकर उनसे कह गये हैं। हौलदार डर गया और उसने यह धन्धा छोड़ दिया।

कुछ दिनों के बाद बस-अड्डे के पास शाम को जीप का आना भी बन्द हो गया। नित्य के शराबी लोग जम्महाईयाँ भरने लगे। उनके लिए तो संकट की घड़ी आ गयी। ठेके की शराब कहीं से मिलती नहीं थी। घर से भी शराब निकालनी बन्द

ही चुकी थी। कौन खेतों में शराब के मटके दबा कर रखता। गाँव में तो दिन छिपने से पहले ही चारों ओर सन्नाटा पसरने लगता। सुबह भी अच्छा-खासा दिन निकलने पर ही लोग घरों से निकलते थे। रात को घरों के अन्दर रोशनी करने की भी मनाही थी। चूल्हे की आग की रोशनी तो आसमान पर भी नज़र आती थी। पक्के शराबियों के शरीर टूटने लगे। उन्हें दारू अवश्य मिलनी चाहिए थी।

कामरेड तरसेम सिंह का खेत बस-स्टॉप के पास ही था। बस-स्टॉप से मुश्किल से डेढ़ सौ गज़ की दूरी पर। बस-स्टॉप की ओर एक कोने से एक दस फुट चौड़ा और पन्द्रह फुट लम्बा कमरा निर्मित होना शुरू हो गया। सीमेंट का पक्का कमरा। उसका एक दरवाज़ा खेतों की ओर था और छोटी खिड़की सड़क की ओर। खिड़की में मोटे लोहे के सरिये थे। एक छोटी सी खिड़की, जिसमें सिर्फ़ बोतल निकालने जितना सुराख था। यह बन्द डिब्बे सा छोटा कमरा रोड़ूशाह के ठेकेदार बिरज लाल ने बनवाया था। अपने खर्च पर। यह छोटी जगह तरसेम सिंह ने बिरज लाल को पाँच साल के लिए ठेके पर दे दी थी। ठेका साल के साल देना था और पाँच वर्षों के बाद यह कमरा भी ज़मीन मालिक का हो जाना था। कमरा जब ऐन तैयार हो गया तो उसकी अन्दर-बाहर से पुताई करवायी गयी। रात को कमरा दूर से किसी शहीद की समाधि की भाँति चमकता। कारिन्दा अन्दर से ताला लगाकर खिड़की के पास कुर्सी बिछाकर बैठ जाता देसी दारू का धन्धा फिर से शुरू हो गया। शाम को ग्राहक आते, खिड़की के सुराख से नोट अन्दर फेंकते और अगले ही पल बोलत बाहर आ जाती। अधिया पऊवा भी मिल जाते। दारू लेकर कमरे के पास कोई भी खड़ा होता या बैठता नहीं था। इधर-उधर हो जाता। कारिन्दा भी खिड़की से सट कर नहीं बैठता। उसे डर रहता कि कहीं कोई सुराख से ही फायर न कर दे। कमरे के अन्दर बिजली-बत्ती नहीं थी। लालटेन जलती। दिन में किसी समय आकर बिरज की जीप दारू की बोरियाँ रख जाती।

कामरेड तरसेम सिंह पुराने ज़माने की आठ कक्षाएँ पास था। चीन की लड़ाई के समय वह फ़ौज में भर्ती हो गया था। देश में जनता पार्टी के शासन के बाद जब इन्दिरा गाँधी की दुबारा सरकार बनी तो वह फ़ौज से पेंशन ले वापस आ चुका था। उसकी टाँग में गोली लगी थी। उससे खेती-बाड़ी का काम नहीं होता था, ज़मीन हिस्से पर देकर रखता। भाइयों के बँटवारे से उसके हिस्से में पाँच किल्ले ज़मीन आयी थी। फौज में रहते ही उसका विवाह हो गया था। उसके तीन बच्चे थे जो अब स्कूल-कालिजों में पढ़ते थे। पाँच किल्ले की ज़मीन से घर का गुज़र-बसर अच्छे ढंग से हो रही थी। खुद वह खाली रहता। पंचायत मैम्बर बनने में उसकी कोई रुचि नहीं थी। वह बस पंजाबी की किताबें पढ़ता। बरनाला से पत्रिकाएँ खरीद लाता। गाँव में अखबार आते ही थे। चौपाल में बैठ अखबार पढ़ता रहता। पास बैठे

लोगों को भी खबरें सुनाता। उन्हें देश की हालत के बारे में समझाता। वह कांग्रेस-पार्टी तथा अकाली-दल दोनों के विरुद्ध बोलता। लोग उसे 'कामरेड' कहने लगे। वैसे वह किसी कम्युनिस्ट-पार्टी का मैम्बर नहीं था। मगर बातों-बातों में कम्युनिस्टों की प्रशंसा करता रहता। बंगाल का ज्योति बसु उसका चहेता लीडर था। वह कहता, "यदि बंगाल जैसे दूसरे सूबों में भी कम्युनिस्टों का राज्य कायम हो जाए तो समझो आ गया इन्क्लाब।"

चौपाल पर लोग और भी उसके पास सरक आते और तरसेम की बातें सुनते। ये लोग सुबह-सुबह या दोपहर में पास आ बैठते। सन्ध्या समय तो चौपाल में बैठने का हुक्म ही नहीं था। यदि कोई उस समय बैठता तो जल्दी ही उसे उठकर जाना पड़ता। तरसेम कभी नौजवानों के हक में बोलता, कभी विरुद्ध। वह बताने लगता, "जब नौजवानों को अपना कोई भविष्य नज़र नहीं आता, उनका खून उबालें खाने लगता है। फिर वह तोड़-फोड़ करने लगते हैं। मरने या मिटने की परवाह नहीं करते। वे अपनी जान हथेली पर ले चल पड़ते हैं।"

"क्यों भई फौजी, ये लड़के सरकार के विरुद्ध लड़ने लगें फिर। ये तो आम लोगों को मारते जा रहे हैं। कहते हैं, खालिस्तान बनाना है। ऐसे ही खालिस्तान बनेगा।" कोई व्यक्ति पूछने लगता।

"नौजवान लड़ते हैं तो यह सरकार के विरुद्ध ही है। यह खालिस्तान की बात भी पहले-पहल थी। अब तो मालूम नहीं कोई क्या चाहता, कोई क्या कर रहा है। आपा-धापी पड़ी हुई है। लोग मरते जा रहे हैं। लोगों को मारा जा रहा है।"

"और ये जो बसों से उतार-उतार कर लोगों को मारा जा रहा है। फ़ौजी, आखिर यह क्या बात हुई भला?"

"बस दहशत फैला रहे हैं।"

"किसलिए?"

'ताकि घबराकर हिन्द सरकार खालिस्तान मान ले।"

"'अच्छा, यह बात है। ठीक-ठीक...।"

"ऐसे नहीं बनेगा खालिस्तान।" तरसेम स्पष्ट करता, "मैंने बताया न। जब नौजवानों का खून उबलने लगता है, वे मौत की परवाह नहीं करते। मर-मिटते हैं। फिर सरकार का काम उन्हें खत्म करना ही रह जाता है। पंजाब में नौजवान दो बार उठे, पहले नक्सलबाड़ी लहर पैदा हुई, अब फिर यह खालिस्तानी लहर, असल में यही वे नौजवान हैं।"

"वही नौजवान कैसे हुए? उन्हें तो बीस-पच्चीस वर्ष हो गये।"

"अरे नहीं भाई। मेरा यह मतलब नहीं। मैं कह रहा हूँ। तब भी युवा पीढ़ी

उठी थी, हुकूमत ने उन्हें कुचल कर रख दिया था। अब भी ये नौजवान कुचल दिये जाएँगे। यह अलग बात है कि तब उनका लक्ष्य कुछ और था, अब इनका लक्ष्य कुछ और है, इतनी बड़ी हुकूमत के आगे तब भी इनका ज़ोर नहीं चला था। वे नौजवान दानों की भाँति भून दिये गये थे। इतनी बड़ी हुकूमत के सामने इनका कोई वश नहीं चलता। बस वे मर रहे हैं। पंजाबी कौम खत्म हो रही है। पुलिस आतंकवादियों को मार रही है। आतंकवादी, हिन्दुओं को मार रहे हैं। सिक्खों को भला कौन नहीं मारता। अधिक नुकसान अगर होता रहा है तो हमेशा सिक्ख कौम का ही होता रहा है। तमाशा हो रहा है। तुम देख लेना, इसमें निकलेगा कुछ भी नहीं।''

फ़ौजी की बातें सुन सुनने वालों के कान खुल जाते। उन्हें असलियत की रोशनी नज़र आने लगती।

बाबे एक दिन आधी रात तरसेम सिंह के घर गये। उसने नि:संकोच दरवाज़ा खोल दिया और बाहर गली में आ खड़ा हुआ। कहने लगा, ''बताइये, क्या हुक्म है ?''

''तुमने बुरा काम किया है।'' ए.के. सैंतालिस वाले ने रौब से फैसला सुनाया।

''मैंने क्या बुरा काम किया है ?'' उसने बेधड़क होकर पूछा।

''तुमने बनिये को ज़मीन क्यों दी ? तुम्हें अच्छी तरह मालूम है, वह वहाँ ठेका बनाएगा। हमने तो सारा ज़ोर लगा दिया, भई, गाँव में शराब बिकेगी नहीं। तुमने फिर से बखेड़ा शुरू कर दिया। बता, क्यों दी तूने ज़मीं ?'' उसी नौजवान ने फिर पूछा।

तरसेम भयभीत ना हुआ। बोला, ''मेरी ज़मीन है, भाई। जिसे मर्ज़ी दूँ। अगला भी वहाँ जो मर्ज़ी करे। मुझे क्या।''

''तुम्हें कुछ नहीं ?''

''हाँ, मुझे क्या है। शराब मैं तो नहीं बेचता, वे बेचते हैं।''

''जब तुम्हें मालूम था कि वे उस ज़मीन पर ठेका खेलेंगे। तुम भी कसूरवार हो।''

''नहीं, मेरा कोई कसूर नहीं।''

''कसूर तो है। तुमने ज़मीन जो दी।''

''हाँ, ज़मीन दी।''

''ले फिर....।''

अगले ही पल उस रिवाल्वरधारी ने तरसेम की पुडपुडी को दाग दिया। वह एकदम ढेर हो गया।

7

उसके दाँत थोड़े-थोड़े ऊँचे थे। इसलिए उसे दाँदू कहते थे, अछरा दाँदू। मौड़ी भी उसे दाँदू ही कहते थे। जब वह थंमणवाला आकर रहने लगा, यहाँ भी सभी उसे अछरा दाँदू कहने लगे। वह खीझता और हैरान होता, यहाँ आकर कौन बता गया कि मुझे दाँदू कहते हैं। पहले-पहल तो वह कई लोगों संग लड़ता-झगड़ता रहा कि वे लोग सीधी तरह से उसका नाम क्यों नहीं लेते। उसे अछरा कहकर पुकारें। दाँदू कहने की क्या ज़रूरत है। मगर लोग जिस किसी अंग की कमी हो तो उसे ही सामने रख छेडने लगते हैं जैसे काणा, लंगड़ा, टुंडा इत्यादि। अब ये लोग दाँत ऊँचे होने के कारण उसके मुँह पर ही उसे दाँदू कहते थे।

वैसे गाँव में दो और लड़कों का नाम भी अछरा ही था। एक तो तेलियों का लड़का था, उसे अछरा छींबा कहते थे। दूसरा मास्टर मघर सिंह का लड़का था, उसे मास्टरों का अछरा कहा जाता। फिर तीसरा अछरा, जिसे अछरा दाँदू कहा जाता। अब उसने खीझना छोड़ दिया। उसकी पहचान ही दाँदू कारण बन चुकी थी। अब तो वह स्वयं ही रोडूशाह या बरनाला जाता तो वहाँ किसी भी जान-पहचान वाले से कहता, ''तू यार कभी आना मेरे गाँव। गाँव में तुम किसी से भी अछरा दाँदू के बारे में पूछ लेना। वह तुझे मेरे घर छोड़ जाएगा।''

बन्तो जब मौड़ कलां फ़ौजी गंडा सिंह के घर जा बसी थी, तब उसकी उम्र चालीस से कम थी। फौजी उससे पाँच-सात साल बड़ा था। पहले विवाह की लड़की को जब उन्होंने ससुराल भेज दिया तो वह और औलाद की इन्तज़ार करने लगा। उसने बन्तों को भी मना लिया कि उनके घर में लड़का होना चाहिए। लड़का ना हो तो लड़की सही। फौजी ने दुनिया देखी हुई थी। उसका निश्चय था कि औरत को घर में उसके बच्चे ही बाँधकर बिठा सकते हैं। अपनी कोख के जाए औरत के पैरों में बेड़ियाँ बन जाते हैं। फिर वह कहीं नहीं जा सकती। फौजी का सोचना था कि, यदि लड़का होगा तो वह ज़मीन-जायदाद का वारिस भी बनेगा। बन्तो कभी यह बात उससे कह न सकी कि वह अछरा को ही अपना पुत्र माने और अपनी ज़मीन-जायदाद उसी के नाम कर दे। बन्तो को उम्मीद थी कि अछरा एक दिन थंमणवाला जाएगा और अपने बाप का घर-द्वार तथा दो किल्ले ज़मीन भी सँभाल लेगा। अछरा का असल ठिकाना तो थंमणवाला ही है। यहाँ मौड कलां में उसका कौन है। यहाँ तो बस रोटी ही है, चाहे कम खा ले या ज्यादा। वह खुद भी कब तक बैठी रहेगी। कब तक बैठी रहेगी। उसे यह भय भी रहता कि मालूम नहीं, फौजी कितने वर्षों तक उसे अपने घर में रखेगा। कल किसने देखा है ? जब उसका अपना कोई पक्का

ठिकाना नहीं तो फिर अछरा के अगले दिनों का क्या विश्वास!

फौजी उससे प्यार तो काफी करता था, जैसे वही उसकी असल बीवी हो। मगर उसे अपने बारे में दु:ख होता कि वह कहाँ की कहाँ पहुँच गयी जैसे डंगर पशु खुरली में बिकता हो। उसके मायके वालों ने भी क्या देखा जो उसे सरवण जैसे बेकार और अवारा आदमी के पल्ले बाँध दिया। खुद जाट होकर भी वह अपने रिश्तेदारों संग नौकरों जैसे काम करने लगा। उस चन्दरी रूपो जैसी डायन ने उसका घर लूट लिया। यह तो प्रभु की कृपा है जो उसे एक पुत्र दे दिया। वह यदि किसी भले पुरुष के संग ब्याही गयी होती तो बेटी को उसके घर विदा कर भी स्वर्ग भोग रही होती। मगर अब बैठी है आधारहीन सी। औरत अपनी धुरी से एक बार हिल जाए तो वह फिर किसी काम के लायक नहीं रहती। उसकी बेटी तो अपने ठिकाने जा बैठी। चलो जैसा किस्मत में लिखा था, मिल गया। मगर इस लड़के का वह अब क्या करे। यह तो किसी ओर का न रहा बदकिस्मत सा।

फौजी ने बन्तो का इलाज भी करवाया। उसे दाइयों के पास न ले गया और न धागे-ताबीज़ किये। मौड़ मंडी में एक अच्छी लेडी डॉक्टर थी। उसका इलाज भी चला दो साल। फौजी ने भरोसा रखा। खर्च भी किया। अन्त में लड़का पैदा हुआ। फौजी जैसे फिर से जवान बन गया हो। जैसे उसका संसार फिर से बस गया हो। उसने दारू भी पिलायी और खूब दान-पुण्य भी किया।

अछरा के लिए घर में यह एक चमत्कारिक घटना थी। उसकी माँ को एक बच्चा पैदा होना एक अनहोनी बात हो जैसे। माँ उसे अजनबी सी लगी। फौजी और बन्तो सारा दिन नवजन्मे बच्चे के लालन-पालन में ही जुटे रहते। जैसे अछरा घर में है ही नहीं। वह मौड़ मंडी के सरकारी स्कूल में पढ़ता था। सुबह स्कूल जाते समय कभी खाने को मिलता कभी नहीं। घर आकर भी उसे बासी रोटी खाने को मिलती। अपने कपड़े खुद धो लेता। अछरा को लगता फौजी ही नहीं माँ का भी उसके प्रति कोई स्नेह नहीं रहा। वह उसे 'पापा' कहता था। मगर अब उसे लगता वह कोई झूठ बोल रहा हो।

अछरा आठवीं कक्षा में पढ़ता था। वह चोरी से घर से भाग ख्याला अपने मामा के पास जा पहुँचा। घर छोड़ने का एक कारण उसके स्कूल का गणित-मास्टर भी था। यह सितम्बर-अक्टूबर के दिन थे। गणित-मास्टर सुरिन्दर पाल ट्यूशन का काम ज्यादा करता था। जो लड़का ट्यूशन ना रखता, उसे डंडे से पीटता। इस बारे में माँ से दो बार कहा भी। मालूम नहीं माँ ने आगे फौजी से बात की या नहीं। मगर उसने कोई सहमति नहीं दी। कसाई मास्टर पीटने से हटता नहीं था। घर में भी अब उसका मन नहीं लगता था।

शिंगारा उसे ख्याला आया देख, एकदम हैरान रह गया। पहले उसने सोचा

शायद मौड़ कलां के घर में किसी ने मारा-पीटा होगा। इसलिए भाग आया होगा। आगे उसने बताया कि उसे पढ़ना नहीं है। मास्टर बहुत पीटते हैं। एक मास्टर तो उसके बहुत ही पीछे पड़ गया है। शिंगारे ने फिर कहा, "मोड़ कलां में खेती आदि कर लेता। खाली बैठकर क्या करेगा? यहाँ तो हम ने भी खेती बारी का काम छोड़ दिया है। नहीं तो हमारे साथ काम कर लेता तू। थंमणवाला में भी अब तेरा कुछ नहीं? अब तेरा क्या किया जाए?"

लड़का चुप बैठा अपने नाखून चबाता रहा।

"क्यों दाँदू, बोलो अब।" शिंगारा हँसने लगा।

मामा द्वारा दाँदू पुकारा जाना उसे बेहद प्यारा लगा।

चाहे शिंगारा सिंह बेईमान, ठग और पापी था, मगर इस समय उसे अछरा पर तरस आया। उसने अपनी ठगी के जाल के कारण बन्तो को बेच दिया था। अपनी सगी बहन को। फिर भानजी के भी पैसे खरे कर लिये। लड़के का वह क्या करता। लड़का कहीं बेचा नहीं जा सकता था। उसकी हालत देख शिंगारा के अन्दर सुहृदय मनुष्य जाग उठा। वह उसे अगले दिन थंमणवाला ले आया।

शिंगारा चाहे अभी इतना बूढ़ा नहीं हुआ था कि चल-फिर न सके। मगर अपनी टूटी हुई टाँग के कारण उसे बसों-गाड़ियों में सफर करना मुश्किल लगता था। लकड़ी की टाँग के कारण उसे काफी मुश्किल भी पेश आती थी। अपने भानजे की खातिर वह किसी प्रकार थंमणवाला आ ही पहुँचा।

गुरुद्वारे के भाई जी बाबा अन्तर सिंह एक फरिश्ता था। वह शरीर का तंदुरुस्त था। गर्मियों में सिर्फ़ कच्छा पहन कर रखता। जाड़े में खद्दर का मोटा कुरता और सिर पर सफेद साफा बाँधकर रखता। सत्तर वर्ष की उम्र में भी वह सुबह तड़के उठ कर कसरत करता। उस अकेले ने ही कुदाल से गुरुद्वारे की निचली सतह को मिट्टी डाल कर समतल किया था। गाँव से 'सीधा' लेने वह स्वयं जाता था।

भले समय में शिंगारा जब भी बन्तो से गाँव में मिलने आता तो कई-कई दिन यहाँ ठहरता था। थंमणवाला गाँव में वह अनेक व्यक्तियों को जानता था। गुरुद्वारे भी जाता था। उन दिनों बाबा अतर सिंह गुरुद्वारे में नया-नया ही आया था। शिंगारा जब भी गुरुद्वारे जाता तो बाबा उसे चाय या लस्सी पिलाता। बाबा सभी के साथ प्यार और भाईचारे का व्यवहार करता। सभी को बाबा अपना-अपना-सा लगता।

इस बार भी शिंगारा थंमणवाला जाने पर अछरा को सबसे पहले गुरुद्वारे में ही ले गया। उसने बाबा को सतसिरी अकाल कहा और अपना परिचय बताया। उसने बताया कि यह लड़का उसका भानजा अछरा है और सरवण सिंह का पुत्र है। उसने बाबा से कहा, "यह आपके गाँव का है। सँभालिए इसे। यह अब यहीं रहा करेगा। बस इसे खाना दे दीजिएगा। यह पाठ करना भी जानता है। इसे आप 'पाठी' बना

दीजिए। अपने ज्ञान की एक चुटकी इसके पेट में भी डाल दीजिएगा।''

बाबा ने आँखें झपकाकर शिंगारा की ओर देखा। फिर मुस्कराने लगा। उससे बातें करने लगा।

दोपहर का समय था। पहले दोनों को लंगर खिलाया। फिर चाय पी, वह आपस में बतियाने लगे।

बाबा ने अछरा से पूछा, ''तू स्कूल नहीं जाता?''

''आठवीं में पढ़ता था। भाग कर आ गया। कहने लगा, मास्टर पीटते हैं। असल में इसका मन वहाँ नहीं लगता था।'' अछरा की बजाय शिंगारा ने बताया।

''कहाँ?''

'मौड़ मंडी के बगल में ही है मौड़ कलां। मेरी बहन बन्तो आजकल वहाँ है न। दूसरा बाप है, आप खुद ही समझदार हैं, देख लीजिए।''

''गुरुवाणी का पाठ आता है क्या तुम्हें?'' बाबा ने सीधा अछरा से पूछा।

''जी आता तो है, मगर बीच-बीच में से भूल जाता हूँ।'' वह शरमा रहा था।

''जपुजी साहब की पहली पऊड़ी (पाठ) सुना तो ज़रा।'' बाबा ने कहा।

अछरा ने फर्राटे से सुना दिया।

बाबा ने हँस कर कहा, ''चल, पास है।''

शिंगारा एकदम प्रसन्न हो गया। उठकर खड़ा हो गया। वैसाखी ज़मीन पर खटखटाते हुए बोला, ''अच्छा महाराज, मैं फिर चलता हूँ। अच्छा, बस यह आपका हो गया।'' भानजे से बोला, ''अच्छा, दाँदू। चलता हूँ। कोई बात हो तो मेरे पास आ जाना। अब बाबा का बनकर रहना।''

अछरा ने चाय के जूठे बर्तन उठाये और उसे रेत से माँजने लगा। उसने जूठे पड़े अन्य बर्तन भी माँज दिये। बाबा उसे ध्यान से देखता रहा।

अछरा पोथी से पाठ करता और बाबा पास बैठ उसका उच्चारण शुद्ध करता। साखियाँ सुना उसे उसके अर्थ समझाता। तीन-चार महीनों में ही अछरा गुरु ग्रन्थ साहब का अच्छा पाठी बन गया। वह गाँव के लोगों के घरों में पाठ करने जाने लगा। गाँव में उसका सम्मान होने लगा। वह बाबा अतर सिंह का पक्का सेवक था। सभी उसे गुरुद्वारे के कारण ही जानने-पहचानते थे। न कि सरवण के पुत्र के रूप में। सरवण जो अय्याश तथा ऐबी था। जिसने अपनी जान ताश के पत्तों समान गँवा दी थी। अछरा एक भला नौजवान था। दाँदू कहना बुरा नहीं मानता था। दिनों-दिन उसका सामाजिक रुतबा कायम होता जा रहा था।

फिर पंजाब में काले दिनों का दौर आरम्भ हो गया। गाँवों का सुकून हराम हो गया। आधी रात से पहले पुलिस वाले जीपें भगाते घूमने लगे। अपनी दहशत फैलाने लगे। आधी रात के बाद ''बाबों' की दहशत होती, उनका प्रभुत्व होता। किसी भी

गाँव में पहुँच वे क्या कर जाएँ, किसी को केाई इल्म न होता। रोटी-पानी के लिए उनके पक्के ठिकाने थे। खेतों में बने घर तो जैसे उनके अपने ही घर हों। जस्सी सरपंच के अलबेल के घर में आने वाले लोग कोई होते जबकि दुल्ले की ढाब तथा थंमणवाला गुरुद्वारे में आने वाले लोग कोई और होते थे। सभी जगहों पर उनके लिए खाना और दूध तैयार रखा जाता था।

वे जब भी आते, अछरा जागता होता। वह रज़ाई ले उनींदा, सा लेटा रहता, जैसे उनके आने का इन्तज़ार कर रहा हो। उन्हें भेज वह गहरी नींद में सोता।

गुरुद्वारे के बाईं ओर वाली कोठरी में अछरा का पक्का ठिकाना था। इसी कोठरी में ही उसका कुल सामान था। एक बिस्तर और कुछ कपड़े पड़े रहते। गुरुद्वारे से थोड़ा सा परे हट कर दो कमरे थे, जहाँ गुरुद्वारे आने-जाने वाले लोग सोते, आराम करते। उन कमरों की बगल में ही लंगर-हाल था। लंगर-हाल में लंगर पकाने के सामान के साथ लंगर खाने के लिए कुछ बोरियाँ भी पड़ी थीं।

वे लोग जब भी आते। बाईं ओर की कोठरी का दरवाज़ा खटखटाते। तुरन्त अछरा उठ कर बैठ जाता। पैरों में चप्पल डाल बाहर आ जाता। वे कभी दो, कभी चार-छः होते। अछरा उनके आगे बढ़ कर लंगर हाल का दरवाज़ा खोलता। बल्ब जलाता। चूल्हा जलाता और खाना गर्म करने लगता। उन्हें लंगर खिला, अछरा उन्हें गर्म दूध पिलाता। वह उनके चेहरों की ओर चोरी से झाँकता। नये चेहरे की ओर गौर से देखता।

तड़के उठकर बाबा अतरसिंह ने कभी अछरा से नहीं पूछा था कि रात कोई आया था या नहीं। ना ही बाबा अन्य कोई जानकारी माँगता था। बाबा के लिए तो सभी अच्छे थे। कोई भी बुरा नहीं था। गुरु-घर में कोई भी आये, लंगर-पानी छकना उसका अधिकार है। गुरु घर का लंगर-पानी है, गुरु के बन्दे खाते हैं। बाबा बस इतना ही जानता था। बाबा वृद्ध था। वह शाम को जल्दी ही खा पीकर रज़ाई में घुस जाता था।

एक रात उन लोगों के पास थोड़ा वक्त था। दूध के गिलास हाथ में लिये उन्होंने अछरा से उसकी राम-कहानी सुनी। उन्हें उस पर तरस आया। हमदर्दी में उससे पूछने लगे, ''तुम्हें कोई दुःख-तकलीफ तो नहीं।''

अछरा ने बातों ही बातों में बता दिया उसकी ज़मीन और घर जस्सी सरपंच के पास है।

''क्या घर भी ज़मीन की तरह गिरवी था?''

''नहीं जी, घर तो सरपंच ने यूँ ही सँभाल लिया है। दो कमरों में सरपंच ने भूसा भर रखा है। एक बैठक में पटवारी बैठता है।''

''तुम अपने घर जाना चाहते हो?''

''जी, चाहता तो हूँ।''

''फिर हमें लंगर कौन खिलाया करेगा?'' एक ने हँस कर कहा।

''दिन के समय वहाँ रहा करूँगा। रात को यहीं आ जाया करूँगा। मैं ही आपको लंगर खिलाया करूँगा।'' अछरा भी मुस्कराया।

''पटवारी को वहाँ किसने बिठाया है?''

''सरपंच ने। और कौन ऐसा कर सकता है।''

''तुमने कभी सरपंच से कहा नहीं कि मेरा घर खाली कर दो।''

''दो-तीन बार बात की थी।''

''फिर क्या कहा सरपंच ने?''

''हँसने लगता है। कहता है, तूने मकान क्या करना है दाँदू रे। तेरी कौन सी बहू है। पहले औरत ले आ। फिर मकान भी तेरा खाली कर दूँगा मैं। असल में वह मुझसे मसखरापन करता है। अब बहू कहाँ से लाऊँ मैं। मेरे पास है ही क्या।''

''नहीं भाई। गुरु तुम्हें सभी कुछ देगा। तेरे पास घर-द्वार, ज़मीन, तेरा परिवार भी तुम्हें मिलेगा। गुरु पर भरोसा रखो।'' उनमें से बड़ी उम्र के व्यक्ति ने कहा। फिर उसे हौसला दिया, ''बैठक तुम्हारी कल खाली हो जाएगी। तड़के पटवारी को सन्देशा पहुँच जाएगा। और बता?''

''ठीक है जी। बैठक मिल जाए। बाकी कमरे फिर कभी सही।''

''वह भी खाली हो जाएगी। धीरज रखो।''

वे चले गये।

गाँवों में उनके आदेश पर तुरन्त अमल होता था। वही बात हुई। शाम को आकर चौकीदार गुरुद्वारे में आकर अछरा को सन्देशा दे गया कि वह आकर अपनी बैठक सँभाल ले। चौकीदार उसे बैठक की चाबी भी दे गया।

अगले दिन गुरुद्वारे के दो सेवकों के साथ जाकर अछरा ने अपनी बैठक खोली। फर्श पर काफी कूड़ा बिखरा हुआ था। दीवार में एक अलमारी थी, जिसमें रद्दी कागजों का ढेर था। वहाँ कोई खाट नहीं थी। ना कोई कुर्सी-मेज। पड़ोसियों के घर से अछरा झाड़ू ले आया। तीनों ने मिलकर सारी सफाई की। अछरा दोपहर को रोड़ूशाह गया और गाँव की एक ट्राली पर एक खाट, दो कुर्सियाँ, एक मेज रख कर ले आया। बैठक में सारा सामान लगा, बैठक को ताला लगा दिया। धीरे-धीरे बैठक में सामान बढ़ने लगा। बिस्तर भी आ गया। चाय के बर्तन तथा सामान भी। आँगन में नल लगा हुआ था। उसने नया बोर करवा लिया। अब पानी समय से आने लगा।

दोपहर तक अछरा गुरुद्वारे में रहता। वहाँ उसे कई काम करने थे। दोपहर के बाद अपनी बैठक में आकर लेट जाता। सो जाता। कभी कोई पत्रिका या किताब पढ़ने लगता। गुरुद्वारे से कोई न कोई पंजाबी का अखबार अपने साथ ले आता। सभी

अखबारों में लगभग एक जैसी खबरें होतीं। जैसे मोटर साइकिल पर जा रहे दो आदमी मारे गये। पुलिस मुकाबला हुआ। कभी बस रोक कर किसी न किसी विशेष धर्म के लोगों को बस से उतार गोलियों से भून दिया गया इत्यादि।

दिन छिपने के साथ ही अछरा बैठक को ताला लगाकर गुरुद्वारे आ जाता। वहाँ वह रोज़ की भाँति सेवा करता। गाँव के घर में यदि पाठ चल रहा होता तो अछरा उनके घर चला जाता। कभी-कभी काम का ज़ोर होने पर वह अपनी बैठक में जा भी न पाता।

वह सफेद कमीज-पजामा पहनता। काले रंग की पगड़ी बाँधता। काली गर्म वास्कट पहनता। किसी रंग की गर्म शाल रखता। उसका रंग गोरा था। उसके सुन्दर चेहरे पर छोटी-छोटी दाढ़ी-मूँछ अच्छी लगती। कृपाण पहनकर रखता। देखने में भी वह कोई सौम्य नौजवान लगता।

गाँव में सभी स्त्रियों को चाची, ताई, अम्मा इत्यादि कहकर पुकारता। सभी से नम्रता और विनम्रता से बोलता। लोग उसे पसन्द करते। वह भगवान का आदमी था। दरवेश व्यक्ति था। बाबा था। सभी का साँझा आदमी था। लड़कियाँ, युवतियाँ तथा स्त्रियाँ सभी अछरा को 'बाबा' कहतीं।

8

गली से निकलते हुए वह एक दिन वरियाम सिंह के घर पर चला गया। सुबह का वक्त था। उनकी बहू आँगन में आटा गूँथ रही थी। बुढ़िया भी कुछ काम कर रही थी। उनकी लड़की खाली बैठी माँ को ताक रही थी। अछरा उनके घर में किसी काम के सिलसिले में गया था। आँगन में पड़ी खाली खाट पर जा बैठा और हँसकर ताई को सतसिरी अकाल बुला, लड़की से पूछने लगा, "सुरजीत, भई गुड्डी, तुम कोई काम नहीं करती। खाली बैठी हो?"

लड़की शरमा गयी। उसने नज़र उठाकर अछरा की ओर देखा। फिर मुँह घुमा लिया। अपनी कलाई में पड़ी चूड़ियों से खेलने लगी।

"क्या बतायें भाई अछरा सिंह? एक साल हो गया। यहीं बैठी है।"

"यह क्यों भई?"

"जोगा इसका ब्याह हुआ है। सास इसकी बहुत बुरी है। पति अपनी माँ की सुनता है। साल से ऊपर हो गया। इसे लेने ही नहीं आया। खुद यह जाती नहीं। कहती है, बेइज्जत होकर नहीं जाऊँगी।"

"लेकिन दामाद इसे लेने क्यों नहीं आता?"

"यह तो वही जाने। माँ आने नहीं देती होगी। और क्या।"

''खुद जाकर दामाद से पूछ लो, ताई। आखिर वह क्यों लड़की को लेने नहीं आता। साथ ही सास के बारे में भी मालूम हो जाएगा।''

''अपने ताऊ से बात कर लो तुम भइया। साथ चला जाएगा तुम्हारे। मालूम तो हो कसूर क्या है लड़की में।''

अछरा, वरियाम सिंह को साथ लेकर न गया। जोगा उसके साथ उसके दो अन्य मित्र गये। वे दोनों थंमणवाला के नहीं थे। अछरा की ही उम्र के थे। जोगा जाकर उन्होंने लड़की के ससुराल का पता लगाया। घर में उसका ससुर और पति दोनों ही नहीं थे। सिर्फ़ उसकी सास घर पर थी। जाते ही उन्होंने अपना परिचय दिया। लड़की बाबत बात करने का मकसद बताया। नौजवानों को देखकर बुढ़िया थर-थर काँपने लगी। यूँ भी सहम भरे दिन थे। किसी अजनबी का घर में आना सन्देहास्पद होता था। फिर भी उसने नौजवानों को बिठाया। उन्हें गर्म दूध पीने को दिया। फिर वे आपस में बातें करने लगे।

अछरा ने कहा, ''माता जी, हम वरियाम सिंह की रिश्तेदारी में से हैं। जमाई बाबू लड़की को लेकर क्यों नहीं आता?''

अब तक बुढ़िया सँभल चुकी थी। उसने कहना शुरू किया, ''देखो भइया। मेरी पाँच लड़कियाँ हैं और एक ही लड़का है भिंदर। लड़कियों से छोटा है बेटा। शादी को पाँच बरस हो गये। हम दोनों मौत के किनारे खड़े हैं। हमारा कुछ पता नहीं। अच्छे दिन हम फिर कब देखेंगे। अब आप खुद समझदार हो बेटा।'' बुढ़िया के बोलते हुए आँखें भर आयीं। उसकी आवाज़ भीग गयी थी।

अब उन तीनों को असलियत समझ में आयी। वह लोग अपने लड़के की कहीं और शादी करना चाह रहे थे। इसलिए उसे मायके में छोड़ रखा है। उनमें से एक अन्य युवक ने पूछा, ''अब आप चाहते क्या हो बेबे?''

''हम तो उसे रखना चाहते हैं। हमने कई डॉक्टरों से इलाज करवाया। वैद्य-हकीम को भी दिखाया। उसको बच्चा हो ही नहीं सकता। हमने उससे कहा, देख बेटा, हम भिंदर का दुबारा विवाह कर लेते हैं। तुम भी यहीं रहो। दूसरी औरत से वंश-वेल बढ़ेगी। हम भी बसते रहेंगे। वह रूठकर थंमणवाला जा बैठी। अब ऐसे कैसे चलेगा। कोई हल तो निकालना ही पड़ेगा।'' बुढ़िया वकीलों की तरह जिरह करने लगी।

''तुम्हारे लड़के में भी कोई कमी हो सकती है बेबे। अपने पुत्र को दिखाया किसी डॉक्टर को?''

''लो भला, आदमियों में कौन सी कमी होती है। अच्छा-भला लड़का है। जिस्म का तगड़ा है। एकदम तंदुरुस्त है। तुम लोगों ने देखा नहीं मेरे भिंदर को। उसमें कोई नुक्स नहीं है।''

"नहीं बेबे। इसमें तगड़े-तंदुरुस्त की बात नहीं होती। आप अपने लड़के को चैक करवाओ। नुक्स है तो उसका इलाज करवाओ। लड़की को भी किसी और अच्छे डॉक्टर को दिखा लेंगे। यह तो लम्बे इलाज होते हैं। दिल छोटा न करो। वाहेगुरु भला करेगा। मगर सुरजीत को अपने घर ले जाओ। कल ही भेज दो भूपिंदर को।" अछरा ने कहा।

बुढ़िया चुप बैठी रही। शायद उसने कोई अन्य इरादा किया हुआ था। लड़के को चैक करवाने की बात से वह उदास हो गयी थी।

"माता जी, बता दो भूपिंदर किस दिन थंमणवाला आएगा फिर?"

"क्या कह सकती हूँ मैं। लड़का देखो मानता है कि नहीं।"

"लड़का तो मान ही जाएगा। माता जी, जब तुम कहोगी। लड़के की बात तो बाद में आएगी। पहले तुम तो मान जाओ।"

"अच्छा भइया, फिर भेज दूँगी।" बुढ़िया ने देखा वे तीनों युवक उसे घूर रहे थे।

"दूसरी बात भी कान खोलकर सुन ले बेबे। अपना कोई और नुकसान न करवा लेना।" बुढ़िया की आँखों में आँखें डाल अछरा ने कहा तो बुढ़िया भयभीत हो गयी।

"लड़के की शादी कहीं और की तो सारा परिवार खत्म कर देंगे तुम्हारा। समझ गयी? अपनी बहू को लिवा लाओ पुत्र को भेजकर। वाहेगुरु पर भरोसा रखो।" वे तीनों उठ खड़े हुए।

"चार दिनों में लड़का जाकर लड़की को ले आये, तो ठीक रहेगा तुम्हारे लिए।"

बुढ़िया हाथ जोड़ उठ खड़ी हुई।

वही बात हुई। जिसका डर था। रात होने पर दोनों वृद्ध दम्पत्ति को नींद न आये। एक नयी मुसीबत उठ खड़ी हुई थी। वह भिंदर की दूसरी शादी नहीं करते तो वंशबेल आगे नहीं बढ़ेगी। यदि बहू को घर पर नहीं लिवाने जाते तो उनकी धमकी अनुसार, किसी को ज़िन्दा नहीं छोड़ेंगे।"

अगले ही दिन भिंदर तथा उसकी माँ थंमणवाला सुरजीत को लिवाने जा पहुँचे।

वरियाम सिंह और ताई अछरा को आशीष देने लगे। उन्होंने अछरा से पूछा, "अछरा सिंह, तुमने भला कौन सा मन्त्र फूँका जाकर उन्हें?"

उसने जवाब दिया, "मन्त्र समझ या कुछ और ताई। खुद बुढ़िया आयी न बहू को लिवाने। अब एक लफ़्ज़ भी लड़की से कहे तो मुझे बताना। बल निकाल दूँगा उनके। आगे लड़की की किस्मत। करने वाला तो वाहेगुरु है।"

ताई सब समझती थी। उनकी खुशी ढीली पड़ने लगी। धीरे से बोली, "चलो

अच्छा है अपने घर राज़ी-खुशी से रहे। अच्छे दिन भी आएँगे।''

सन्ता और ज़ोरा दो भाई थे। सन्ता बड़ा, ज़ोरा छोटा। ज़ोरा किसी न किसी तरह पाँच-सात कक्षाएँ पढ़ गया था। उसे पंजाबी का अखबार पढ़ना आता था। वह थोड़ा बन-ठन कर भी रहता था। दोनों के पास ज़मीन बारह किल्ले थी। दोनों खेतीबाड़ी का काम करते थे। ज़ोरा ऊपर के काम करता। सन्ता थोड़ा सीधा सा आदमी था। संते की बहू खासी चुस्त-चालाक थी। उसने ज़ोरा को अपने वश में कर लिया। भाभी दयालो ने तीन बच्चे पैदा किये। वह ज़ोरा से कहती, ''ये तीनों बच्चे तेरे ही हैं। सन्ता तो कभी-कभी ही आता है मेरे पास।''

ज़ोरा जब काम करने से एकदम हट गया तो, सन्ता ने क्लेश डाल दिया। उसने कहा, ''मैं सारा दिन खेतों में बैल के माफ़िक काम करूँ। नहाने-धोने की भी मुझे फुरसत नहीं। ज़ोरा तू मज़े करता है। या तो बराबर का काम कर। या फिर बँटवारा कर ले।''

सन्ता की फटकार सुन ज़ोरा रूठ जाता। कहीं निकल जाता। चार-चार दिन घर न घुसता। दयालो उसे गाँव में खोजती फिरती। बच्चों को भी चाचा को ढूँढ़ कर लाने का मशविरा देती।

फिर ज़ोरा खुद ही घर आ जाता। बच्चे उसे देख खुश हो जाते। उसे रोटी-पानी खिलाते। दयालो खिल उठती। वह खुशी से घर का काम निपटाती। सन्ता खेत गया होता। बच्चों को इधर-उधर भेज दयालो और ज़ोरा कमरे में घुस जाते। ज़ोरा को महसूस होता। कुछ भी गलत नहीं घटा। वह तो अपने ही घर में है। सन्ता की बुदबुदाहट उसे आम सी लगने लगती। दयालो, ज़ोरा को समझा-बुझाकर अगले दिन खेत भेज देती। दोनों भाई चुपचाप मिलकर काम करने लगते।

ज़ोरा गाँव से किसी का पुराना टेप-रिकार्डर खरीद लाया। पैसे अभी देने थे। रिकार्डर ठीक-ठाक चल रहा था। ज़ोरा सारा दिन बैठा कैसेट सुनता रहता। दयालो का बड़ा लड़का भी टेप चला लेता था। आधी रात को जब ज़ोरा अकेला होता तो वह भिंडरावाला की कैसेट सुनता। टेप-रिकार्डर वाला चमारों का लड़का पैसे लेने एक दिन घर आ गया। दयालो को सन्देश देकर चला गया। उस समय ज़ोरा घर पर नहीं था। दयालो ने सन्ता से बात की। घर में तूफान खड़ा हो गया। उसने कहा, ''कबीलदारी के खर्चे पहले ही इतने ज्यादा हैं। इसे कैसेट लगाकर सुनने की पड़ी है। मैं कहाँ से लाऊँ इतनी रोकड़। तू इस हरामखोर से कह दे। अपना सामान बाँधे और निकले यहाँ से। मैं इसकी फरमाइशें पूरी नहीं कर सकता।''

ज़ोरा घर आ गया। उसने ऊँचे सुर में लगाया टेप बन्द कर दिया। उसकी ज़ेब में सौ रुपया था। टेप उसने बगल में दबाया और खेस लपेट चमारों के घर चल दिया। उसने जाते ही उस लड़के से कहा, ''भइया तेरी यह टेप वैसी की वैसी पड़ी

है। बेशक चलाकर देख ले। यह सौ रुपया पकड़ ले। कुल पन्द्रह दिन रखा है मैंने इसे घर में। बस यह समझ ले, यह पन्द्रह दिनों का किराया है।''

ज़ोरा द्वारा पैसे देने को उस लड़के ने गनीमत समझा और अपनी वस्तु वापस ले ली।

अब कितने दिनों से ज़ोरा ने जिद्द पकड़ ली थी कि ''वह अब विवाह करेगा। उससे सन्ता के जूते नहीं खाये जाते।''

दयालो अन्दर ही अन्दर उसे समझाने की कोशिश करती। मगर ज़ोरा ने जिद्द पकड़ ली। एक दिन दयालो ने कड़क कर कहा, ''ये तीनों बच्चे फिर किसके हैं। कोई जाट अपनी बेटी ब्याहने इस देहरी पर आया तो ये तीनों बच्चे तेरे माथे ही बताऊँगी। कहीं तू किसी भ्रम में बैठा हो।''

ज़ोरा ने दयालो की भौंकने की परवाह न की। आखिर वह छह किल्ले का मालिक था। एक जगह पर सारी ज़मीन थी। उर्वरा ज़मीन थी। नहर का पानी नज़दीक था। अच्छी फसलें होती थीं। बात बाहर निकली तो कई जाट अपनी रिश्तेदारियों में शादी करवाने को तैयार नज़र आये।

ज़ोरा की शादी हो गयी। भाइयों में बँटवारा हो गया। वह घर आ गयी। उसने अपने हिस्से की ज़मीन ठेके पर दे दी। उसका लड़का पैदा हुआ। घर का खर्च ज्यादा नहीं था। दयालो ज़ोरा की बीवी को देख-देख दुखी होती। कहाँ सारी कबीलदारी उसकी थी। कहाँ कल की आयी, आधा घर सँभाल कर बैठ गयी थी।

ज़ोरा की बहू लड़का लेकर मायके गयी तो वापस न लौटी। एक महीना ज़ोरा ने इन्तज़ार किया। फिर अपनी ससुराल महिल कलां गया। सास उसे देखते ही काटने को दौड़ी, ''पहले अभी भाभी का पल्लू छोड़। फिर भेजूँगी अपनी बेटी तेरे संग।''

बात यह हुई कि एक वर्ष के लिए ज़ोरा ने अपनी ज़मीन सन्ता को ही हिस्से पर दी। ज़मीन क्या दी। दोनों घर एक ही हो गये। घर के बीचों-बीच खड़ी की कन्धे जितनी दीवार टूट गयी। फिर तो हमेशा के लिए ही सन्ता सारी ज़मीन जोतता-बोता। आधा खर्च काटकर ज़ोरा को आधी फसल दे देता। ज़ोरा भी खुश, दयालो भी खुश। मगर ज़ोरा की बहू निम्मो गुमसुम रहने लगी। कोई ज़हर धीरे-धीरे उसके खून में घुलने लगा। असल में एक बार नहीं कई बार उसने ज़ोरा को देखा था। वह सन्ता के तड़के खेत पर जाने से उसके पास से उठकर आता। फिर दयालो कमरे से बाहर निकलती। अपने कपड़े दुरुस्त करती। इधर-उधर आँखें फाड़कर देखती। निम्मो देखती, ज़ोरा चुपचाप उसके पास निढाल-सा आकर लेट जाता।

आखिर एक दिन वह भड़क उठी। उसने चीखते हुए दो बार अपना सिर दीवार पर दे मारा। खून बहने लगा। वह गालियाँ देने लगी। ज़ोरा ने उसे किसी

ऊपरी शै की कसर समझ निम्मो को मायके भेज दिया।

अब ज़ोरा जब उसे लेने गया तो सास ने एकदम खरी-खरी सुना दी। वह मायूस सा खाली हाथ वापस लौट आया।

मगर कब तक निम्मो माँ के घर पर बैठी रहती?

थंमणवाला में अछरा सिंह की शोभा गाँवो में फैलने लगी। उसने गाँव की छोड़ी हुई बेटियों को उनके ससुराल भिजवाया था। इसी प्रकार वह गाँव के पाँच लड़कों को गलत आदतों से सीधे राह पर ले आया था। साले बिगड़े हुए जाटों के लड़के अपनी बहुओं की ओर मुँह नहीं करते थे। वे अपने मायके बैठी रंडपा काट रही थीं। कुछ लड़के अपनी भाभियों के वश में थे। कुछ यूँ ही मौज-मस्ती कर रहे थे। अछरा सिंह तथा उसके साथियों ने गाँव के कई बिगड़े लड़कों को सीधा कर उनकी गृहस्थी फिर से जमा दी।

महिल कलां से चार आदमी थंमणवाला अछरा सिंह के पास आये। उन्होंने अपने गाँव की लड़की निम्मो की सारी कहानी कह सुनाई। निम्मो का बाप भी साथ था। उसने निःसंकोच बता दिया कि ज़ोरा का भाभी के साथ अवैध सम्बन्ध है। उसके बाप ने अछरा के आगे निवेदन किया कि वह जाकर ज़ोरा को समझाये।

अछरा ने सारी समस्या को समझ लिया। वह उन्हें गुरुद्वारे से अपनी बैठक में ले गया। उसने उन्हें बढ़िया सी चाय पिलायी। उन्हें पूरा भरोसा दिलाया और कहा चार दिनों में ही ज़ोरा बहू को लेने महिल कलां आएगा। लड़की को ले जाएगा। भाभी का पीछा भी छोड़ देगा। आप लोग चिन्ता न करो। बस लड़की को भेजने की तैयारी रखो।

उस शाम अछरा ने किसी को भेज ज़ोरा को अपनी बैठक में बुला भेजा। पहले तो ज़ोरा ने अछरा की किसी भी बात का ठीक ढंग से जवाब न दिया। भाभी से सम्बन्ध वाली बात वह सिरे से नकारता रहा। जब अछरा ने घूर कर उसे आखिरी फैसला दे दिया तो ज़ोरा उसके पैरों को छूकर बाहर निकल गया। अगले दिन अछरा दयालो के पास भी गया। उसे भी समझाया। दयालो भयभीत हो हाथ जोड़ने लगी।

9

अछरा दाँदू चार रोज़ से गाँव में नहीं था। वह बाबा अतर सिंह से सिर्फ़ इतना ही कहकर गया था कि वह ख्याला अपने मामा के पास जा रहा है। शायद आगे माँ के पास भी जाए। मगर यह नहीं बताया था कि वह कब वापस लौटेगा। कार्तिक की ऋतु थी। इन दिनों जाटों के पास जरा भी फुरसत नहीं होती। पुण्य-दान और धर्म-कर्म के काम जाड़ों में होते हैं। शादी-ब्याह भी खुले दिनों में होते हैं। अधिकतर

बूढ़े लोग मरते भी कड़ाके की सर्दी में हैं। इसीलिए ये दिन सहज-पाठ या अखंड-पाठ के लिए साज़गार नहीं होते। अछरा को इन दिनों फुरसत थी। इसीलिए वह अपने रिश्तेदारों से मिलने-जुलने गया हुआ था।

उसके पीछे से गाँव में एक खास घटना घट गयी। यह झंझट ब्राह्मणों के लड़के जनक राज ने खड़ा किया था। उसने अभी हाल ही में ही अमृत-दान लेकर सिक्ख धर्म अपनाया था। उसमें जाटों के लड़कों से अधिक जोश था। क्या हुआ, एक दिन सुबह-सुबह गाँव के पाँच-सात नौजवान इकट्ठे हुए और बर्छे लेकर दूकानों की छानबीन करने लगे। वे सिगरेट की डिब्बियों, बीड़ियों के बंडल, ज़र्दे की पुड़िया बाहर निकलवाने लगे। ये सभी वस्तुएँ उन्होंने दूकानों के बाहर ढेर लगा आम लगा देते। दुकान का सत्यानाश कर सारा सामान बिखेर देते। गाँव में कुल दस-बारह दूकानें ही थीं। दो बड़ी दूकानों की तिज़ोरियाँ भी उन्होंने लूट लीं। जिन दो महाजनों ने उन्हें दूकान के अन्दर घुसने नहीं दिया था। युवकों ने उन्हें मारा-पीटा और हथियार दिखाए।

रौनकी महाजन पन्द्रह किल्ले ज़मीन का मालिक था। छोटे कद-काठ था। उसकी एक बाजू टेढ़ी भी थी। बचपन में कहीं खेलते समय टूट गयी थी। रौनकी के छह लड़के और तीन लड़कियाँ थीं। जब भी लड़का पैदा होता। रौनकी मुहल्ले में लड्डू बँटवाता। वह सोचता, जितने लड़के अधिक होंगे, उतनी अधिक कमाई करेंगे। कोई साला जाट भी सामने बोल नहीं पाएगा।

रौनकी के दो लड़के खेती का काम करते थे। एक लड़का साइकिल पर दूध बाँटता था। एक की रोडूशाह मंडी में कपड़े की दूकान थी। एक लड़के की गाँव में दूकान थी। एक लड़का बरनाला के बड़े महाजन का मुनीम था। लड़कियों के ब्याह हो चुके थे। रौनकी बूढ़ा हो चुका था। हुक्का पीते हुए आने-जाने वालों से बातें करता रहता। एक दिन वह घर में बैठा हुक्का पी रहा था। दोनों बेटे खेत गये हुए थे। घर में बीबी के अलावा तीन बहुएँ भी थीं।

वे लोग आये और आते ही आदेश दिया कि वह अपना हुक्का परे फेंक दे।

''आपको मेरा हुक्का क्या कहता है?''

''हमें नहीं, तुम्हें कहता है।''

''मुझे, वह कैसे?'' वह हँसने लगा। वह गाँव के उन सभी युवकों को जानता था। वह हमेशा से हुक्का पीता था। आज कोई नयी बात नहीं थी।

''यह हुक्का तुम्हारी मौत है महाजन।'' जनकराज उर्फ जनक राज सिंह ने ऊँचे स्वर में कहा।

''तुम्हें मालूम नहीं, गाँव में क्या-क्या चल रहा है।'' दूसरे ने और भी ऊँची आवाज़ में कहा।

एक ने रौनकी को गिरेबान से पकड़ खड़ा कर लिया। उसे लिजाकर घर के बाहर बहती गन्दी नाली में जा डूबो दिया। रौनकी का मुँह गन्दा हो गया। उससे बोला नहीं जा रहा था। वह गहरे साँस लेने लगा। उसका हुक्का परे गिरा पड़ा था। बहुएँ अन्दर से भागकर आयीं। बूढ़े ससुर को आकर सँभाला। वे युवक जा चुके थे।

अछरा दाँदू गाँव लौटा तो उसे गुरुद्वारे में सारी घटना के बारे में मालूम हुआ। वे सभी रौनकी के बाबत बातें कर रहे थे। कभी हँसते, कभी मिर्च लगाकर बातें करते। कुछ लोग सिर्फ़ चुपचाप सुन रहे थे। सारी बात सुनकर अछरा एकदम उदास हो गया।

उस दिन अछरा ढंग से खाना न खा पाया। अपनी बैठक में जाकर लेट गया। उसे नींद भी न आयी। शाम के समय उसने अपने चार साथियों को बुला भेजा। आपस में विचार-विमर्श किया। उनका विचार था कि, जो भी हुआ, अच्छा नहीं हुआ। कम से कम थंमणवाला गाँव में तो ऐसी कोई घटना नहीं होनी चाहिए। सभी फिक्रमंद थे। आधे घंटे के मशविरे के बाद वे सभी उठ खड़े हुए। गाँव में घूमने लगे। सभी दूकानों पर गये। सभी दूकानदारों को हौसला दिया। यह भी पूछा कि वह युवक कौन थे। सभी लोगों ने उन्हीं युवकों के नाम लिए। यह भी बताया कि इन युवकों का लीडर जनकराज सिंह था। रौनकी के घर भी गये। उससे कई बातें कीं। मगर वह खामोश ही रहा। जैसे उसे इन नौजवानों से भी डर लग रहा हो। अछरा की बातों पर भी जैसे यकीन नहीं आ रहा था।

वापस लौट कर वे सभी नौजवान आपस में चर्चा करते रहे। अन्त में उन्होंने यही निश्चय किया कि सीधे जनकराज से ही बात करनी चाहिए और उससे पूछा जाए, ''क्यों बामण, तूने इन्हीं कामों के लिए अपना हुलिया बदला था?''

अगले दिन सन्ध्या के समय वे सभी जनकराज के घर जा पहुँचे। घरवालों को कुछ मालूम नहीं था कि वह कहाँ है। जनक चार-पाँच दिनों से घर नहीं आया था। उसे शायद अछरा तथा उसके साथियों के निश्चय के बारे में मालूम हो चुका था।

उसके बाद भी अछरा ने सभी दूकानदारों से यही कहा, ''देखो, उस दिन जो हो गया, हो गया। आगे से ऐसा कुछ नहीं होगा। जनक के अलावा मैंने सभी से बात कर ली है। वे सभी शर्मिन्दा हैं।''

जनक राज रात-बिरात घर में घुसता। मगर फिर से वह कभी किसी के सामने न हुआ। वह डर गया था। एक तरह से उसने गाँव ही छोड़ दिया था।

अछरा का एक कमरा खाली पड़ा था। दूसरा कमरा आधा भूसे से भरा हुआ था। एक दिन सरपंच के आदमी दूसरे कमरे से भूसा ढो-ढो कर लिजा रहे थे। शाम तक उन्होंने सारा भूसा निकाल कमरा खाली कर दिया। सन्ध्या समय अछरा गुरुद्वारे जाने की तैयारी कर रहा था। उसने उन आदमियों से पूछा, ''अभी और भी चक्कर

लगेगा या हो गया बस?''

''नहीं बाबा, बस। यह आखिरी चक्कर ही है। क्यों बाबा जी, कोई बात है?''

''नहीं बात तो कोई नहीं। यदि आना ही है तो ताला लगा कर न जाऊँ मैं।''

वह ट्रैक्टर स्टार्ट करने वाले थे कि अछरा ने ड्राइवर को हाथ दिया। ड्राइवर ब्राह्मणों का लड़का था और वह कई वर्षों से जस्सी के ट्रैक्टर पर काम करता था। यह कौरा की रिश्तेदारी से लड़का था। अछरा ने ऊँची आवाज़ में उससे कहा, ''भाई बिरज, ट्रैक्टर चलाने से पहले एक बात सुनते जा मेरी। पास आकर सुन ले।'' बिरज उसके निकट आया। अछरा ने धीमे स्वर में कहा, ''सरपंच साहब से कह देना आगे से कहीं और भूसा रखने का बन्दोबस्त कर लें। मैं कमरे साफ करवा अपना सामान रखूँगा यहाँ।''

बिरज के लिए यह साधारण सी बात थी। उसने ट्रैक्टर स्टार्ट किया और चला गया।

दिन गुज़रते जा रहे थे। आस-पास के गाँवों में भी अजीब घटनाएँ घट रही थीं। बातें इधर-उधर पहुँच जाती थीं। गाँव में पंजाबी के दो-तीन अखबार आते थे। जब भी अखबार गाँव में आते, हर तरफ खबर फैलने लगती। गाँव में रेडियो और टेलीविजन अभी काफी कम ही थे।

उनके अपने गाँव में एक दिन सुबह अजीब-सी खबर उड़ी। महाजनों के चारों परिवार रातों-रात मालूम नहीं किस समय अपना सामान ट्रकों पर लाद बरनाला चले गये थे। द्वार खुले हुए थे। घर में एक भी सामान नहीं था। गाँववाले आहें भरने लगे। गाँव में हवा थी कि गाँव के कुछ और परिवार भी यहाँ से जाने के बारे में सोच रहे थे।

अछरा सिंह तथा उसके साथियों के लिए यह बेचैनी भरे दिन थे। जैसे उनका विश्वास कम होता जा रहा हो। अन्य गाँवों में उन्होंने ऐसी कई घटनाएँ देखी थीं, मगर उनके अपने गाँव में भी ऐसा हो सकता है यह नहीं सोचा था। ये चारों परिवार अच्छे थे। गाँव में उनकी अच्छी-खासी दूकानदारी थी। वे अपनी दूकानें भी वहाँ बन्द कर गये थे। पाँच-सात दिनों में ही लोग परेशान होने लगे। गाँव में जाटों के पास नकद पैसे होते ही कब हैं। वहाँ सब उधार चलता है और हिसाब रबी-खरीफ की फसलों के समय ही होता है।

अछरा सिंह तथा उसके साथियों ने बीस आदमी इकट्ठे किये। उसके पाँच ट्रैक्टर-ट्रालियाँ थीं। वे सभी सुबह ही बरनाला जा पहुँचे। उन्होंने पूरी जानकारी ले ली थी कि कौन, कहाँ रह रहे थे। वे उन चारों परिवारों को जबर्दस्ती थंमणवाला वापस लौटा लाये। गाँव में जैसे फिर से जान आ गयी। अन्य जाने वाले महाजनों के

परिवारों को भी हौसला हो गया। जाट-जमींदारों का कहना था, ''भई, इन महाजनों के बगैर तो जैसे अन्धे हो गये थे जी। हमारा इनके बगैर गुज़ारा नहीं।''

''गुज़ारा इनका भी नहीं था गाँव के बगैर। एक महीने में ही इन्हें भी मालूम हो जाता। शहर में इन नये दूकानदारों को कौन पहचानता। वहाँ की बड़ी-बड़ी दूकानों के साथ ये बनिये कैसे मुकाबला कर लेते।'' किसी व्यक्ति का यह तर्क भी ठीक था।

''फिर भइया, इनके बगैर हमें लूट कर भी कौन खाएगा?'' एक मनचले ने आवाज़ कसी। सभी हँसने लगे।

''नहीं, यह तो अपने गांव के महाजनों का ऐलान है, भई बरनाला के भाव से हमसे सामान खरीदो। फिर लूटने वाली तो कोई बात नहीं रही। यह रहा बरनाला, यह रहा रोडू शाह। वहीं से ले आएँगे इकट्ठा सौदा।'' किसी दूसरे ने बात को समझाया।

''फिर यार कोई न कोई छोटी-मोटी वस्तु रह ही जाती है। वह तो गाँव से ही खरीदनी पड़ती है। गाँव की दूकानों के बगैर कोई और चारा नहीं रहता।''

''यार, बात को खत्म क्यों नहीं करते। भई, भगवान ने कहीं पर यह तो नहीं लिखा कि गाँव सिर्फ़ जाटों का ही होगा। यहाँ तो सभी जातियों के लोग रहेंगे। यहीं खाएँगे-कमाएँगे।''

''हाँ यार, यह बात तो सोलह आने खरी कही है तुमने।'' सभी ने एकसुर होकर कहा।

सारा गाँव अछरा दाँदू को शाबाशी दे रहा था, जिसकी हिम्मत से महाजनों के परिवार वापस आ गये थे। गाँव की आन कायम रह गयी थी।

अछरा दाँदू की महिमा गाँव में ही नहीं, आस-पास के इलाकों में भी बढ़ रही थी। वह जब से गाँव में आया था, तभी से जस्सी सरपंच की आँख में चुभ रहा था। पहले-पहल तो जस्सी को यह उम्मीद ही नहीं थी कि वह गाँव की नज़रों में इतना लोकप्रिय हो जाएगा। अन्दर ही अन्दर इतनी ताकत हासिल कर लेगा। गाँव के लोग उसके पीछे लग जाएँगे। पहले तो जस्सी उसे भिखमँगा ही समझता था। जैसे अन्य लोग गुरुद्वारे में रोटियाँ खाते हैं और कुछ महीनों के पश्चात् वहाँ से चले जाते हैं। ऐसे ही दाँदू भी महीनों बाद चला जाएगा। मगर वह तो डर ही गया था। पहले पाठी बना, फिर लोगों के बीच अपनी जान-पहचान बढ़ा ली। हालात ही ऐसे थे। वह बाहर वाले आदमियों की नज़रों में भी चढ़ गया। अब उनके सहारे से पहले पटवारी से बैठक छुड़वा ली। अब गाँव में इतनी अहमियत बढ़ा ली थी कि कमरे भी हासिल कर लिए और कितने रौब से कहा, ''सरपंच साहब, को कह देना...।''

जिस दिन से बिरज से उसे सन्देश मिला था, उसी दिन से उसे डर पैदा हो गया था कि अब वह अपनी दो किल्ले ज़मीन भी छुड़वा लेगा। चाहे ज़मीन गिरवी है, पैसे देने पर ही छूटेगी। मगर क्या मालूम, गर्म हवा चल रही है। इसका उनके

साथ सम्बन्ध है। रोज़ वे लोग गुरुद्वारे आ कर रोटी खाकर जाते हैं। किसी से कहलवाकर भेज दे कि अछरे की दो किल्ले ज़मीन उसे सौंप दी जाए।

जस्सी ने उड़ती-उड़ती खबर भी सुनी थी कि दाँदू अब विवाह भी करवाना चाहता है। विवाह के कारण ही उसने अपने दोनों कमरे भी सँवार लिए थे। छतें भी सँवार ली थीं। सारे घर में सफेदी करवा, फ़र्श भी ठीक करवा लिए थे। बढ़ई को बुलाकर द्वार के दरवाज़े भी ठीक करवा लिए थे। इस प्रकार उसने अपना सारा घर ठीक-ठाक कर लिया। कमरों में सामान बढ़ने लगा। जस्सी ने सुना कि अछरा अपना घर बसाना चाहता है। जो घर उसका बाप नहीं बना पाया, अछरा उसे बनाएगा। जस्सी यह बातें सुनता तो उसे अच्छा ना लगता। स्पष्ट था कि जस्सी के हाथ से दो किल्ले ज़मीन निकलने वाली थी।

जस्सी के पुलिस के साथ सम्बन्ध वैसे ही बने हुए थे। गाँव में भी वह काफी गलत काम करता ही रहता था। रोडूशाह थानेदार भी उसे कुछ नहीं कहता था। उसे 'महीना' मिलता रहता था, वह कुछ कहता भी क्यों?

रोडूशाह की पुलिस को सब मालूम था कि दुल्ले की ढाब, थंमणवाला गुरुद्वारे तथा जस्सी सरपंच के बाहर वाले घर में आधी रात को अजनबी लोग आते हैं और रोटी खाकर जाते हैं। पुलिसवाले दिन के समय कभी दुल्ले की ढाब जाते और सन्त रामदास से पूछताछ करते तो बाबा का जवाब होता, "हम कौन हैं महाराज जी, उन्हें मना करने वाले। मैं तो वैसे भी रात के समय मंडी में रहता हूँ। हमारे सेवक उनसे गर कुछ कहेंगे तो वे उन्हें मार डालेंगे या पीट देंगे।"

"वे लोग कौन हैं?" थोनदार पूछता।

"सेवकों की तो हिम्मत ही नहीं होती महाराज उनसे कुछ पूछने की। मैं भी उन सेवकों से पूछता हूँ तो उनका जवाब यही होता है कि वे सभी एक जैसे ही पहनावे में होते हैं। बदलते हैं, कभी कोई आता है, कभी कोई।" रामदास जवाब देता।

"बाबा जी, मालूम कीजिये, वे लोग कौन-कौन हैं।" थानेदार ड्यूटी निभाता।

"वे आधी रात को आते हैं सरदार साहब। आप खुद ही कभी आधी रात के समय तशरीफ ले आयें। खुद ही दरयाफ्त कर लें कि वे लोग कौन हैं?" रामदास ने दुनिया देखी थी। वह कुनना सा हो जवाब देता।

थानेदार भी खीसें निपोरने लगता।

थंमणवाला गुरुद्वारे के बाबा अतर सिंह का जवाब भी कुछ इसी तरह का होता। थानेदार पूछता, "बाबा जी, कौन लोग यहाँ आते हैं आपके यहाँ लंगर खाने के लिए आधी रात को?"

"मालूम नहीं कौन लोग होते हैं। सभी की उम्र एक जैसी और पहनावा भी

एक जैसा ही होता है। सभी के पास एक जैसे हथियार।''

''कैसे हथियार?''

''भई हमें हथियारों का क्या मालूम? हमें तो सारी बन्दूकें ही लगती हैं।''

''जब वे आते हैं, उन्हें खाना कौन खिलाता है?''

बाबा ने झूठ बोला, ''मैं ही देता हूँ।''

''आप देते हैं लंगर, इतने खतरनाक आदमियों को। वे कातिल लोग हैं।''

''गुरु घर के लोगों के लिए सारी दुनिया सारी संगत एक समान है। यहाँ कोई कातिल, कोई डाकू नहीं। हमारे लिए सारी संगत प्रभु की प्यारी है। गुरु घर का लंगर-पानी सभी के लिए है। कोई भी आये। आओ, आप लोग भी लंगर छककर जाओ।''

थानेदार अपनी डूयूटी निभाता था। वह खुद अपनी जान बचाता फिरता था। उसे क्या लेना-देना था, कौन, कहाँ कितने बजे आता है, क्यों आता है?

थानेदार जगजीत सिंह गाँव में दूसरे-चौथे रोज़ चक्कर लगाता तो था, मगर वह जस्सी सरपंच के बाहर वाले घर कभी नहीं गया था। वह जस्सी के अन्दर वाले घर में भी नहीं जाता था। गाँव में सरपंच से मिलता भी नहीं था। वैसे उसे मालूम था कि इलाके का मशहूर आतंकवादी मीता उर्फ़ गुरमीत सिंह जस्सी सरपंच के बाहर वाले घर में कभी-कभी आधी रात को आता है। उसके साथ पाँच-सात युवक और भी आते हैं। वह कभी अकेला नहीं आता।

जस्सी खुद मंडी थानेदार जगजीत सिंह के पास जाता रहता था। थाने जाता या सरदार के घर पर। उसे इलाके की सारी रिपोर्ट देता। थानेदार को जस्सी के माध्यम से सब मालूम रहता कि कहाँ कौन-कौन आता था।

एक दिन रोडूशाह थानेदार जगजीत सिंह के घर पर जस्सी खास तौर से गया। बताया कि थंमणवाला गाँव में अछरा सिंह बहुत खतरनाक युवक है। वह रात को गुरुद्वारे आये व्यक्तियों की सेवा करता है। वहीं पर सारी योजनाएँ बनायी जाती हैं। किसका कत्ल कहाँ होगा, अछरा दाँदू को सबकी जानकारी रहती है। वह खुद भी उनसे अलग नहीं। वह गाँव के लिए एक बहुत बड़ी मुसीबत बन जाएगा। वह गाँव में लीडर बनता जा रहा है। सारा गाँव उसकी प्रशंसा करता है। कल को पंचायत चुनाव में वह एक बहुत बड़ी मुसीबत खड़ा कर सकता है। हमने इस झंझट से छुटकारा पाना है। आप इलाके के अफसर हैं, मेरा यह काम कर दीजिए। तीसरी बात, उसकी दो किल्ले की ज़मीन है। उसका बाप न शेड़ी था। मेरे पास दो किल्ले ज़मीन गिरवी हैं। जैसे दाँदू का रसूख दिनों-दिन बढ़ता जा रहा है, वह एक दिन उस ज़मीन को छुड़वा लेगा, और रकम भी नहीं देगा। मैं तो मारा जाऊँगा। मुझसे जो सेवा चाहिए, उसके लिए मैं हाज़िर हूँ।''

''फिर तुम्हीं बताओ, क्या करें?'' थानेदार ने पूछा।

''उसे जीप में डाल लाओ। उल्टा लटका दो। खूब पीटो। कत्ल मनवा लो उस भैन चोद से।''

''चलो यह तो हो जाएगा। रोज़ ही ऐसा करते हैं हम, फिर?''

''फिर मार-पीट कर उसे किसी दूसरे थाने स्थानांतरित कर दो।—एक दिन पुलिस मुकाबले में मारा जाएगा वह भी। जैसा आप लोग हमेशा करते ही हैं।''

''ठीक है सरपंच, तुम्हारा यह काँटा तो निकाल ही देते हैं। और बता?'' थानेदार ने अपने घुटने पर ज़ोर से हाथ मारा।

सन्ध्या समय की पुलिस के दो सिपाही मोटरसाइकिल पर आये और चौकीदार को साथ ले उन्होंने अछरा दाँदू के घर का पता पूछा। अछरा अपनी बैठक में चादर लपेट सो रहा था। चौकीदार ने उसे पुकारा। उसने वहीं से कहा, ''बताओ भाई।''

सिपाहियों ने आदेश दिया, ''सरदार ने बुलाया है। अभी चलो हमारे साथ।''

''कहाँ, यहाँ गाँव में आये हैं वह?''

''नहीं रोडूशाह। थाने में बुलाया है तुम्हें।''

वह सोचने लगा।

उन्होंने फिर से कहा, ''जल्दी करो। हमें डाँट मिलेगी।''

''आप चलो, मैं बस आया अभी। साइकिल पर आता हूँ।'' वह बैठक की ओर मुड़ने लगा।

''अरे खालसा जी, हमारे साथ ही चलो। मोटरसाइकिल पर बैठ।''

''इतनी भी क्या जल्दी है, यार?''

''बस हुक्म है सरदार का।''

थानेदार जगजीत सिंह ने अछरा सिंह को कुर्सी दी। अन्य सभी को कमरे से बाहर निकाल दिया। जो कुछ जस्सी ने उसके बारे में कहा था, वे सभी बातें थानेदार ने उससे पूछीं। कभी रौब से, कभी हँसते हुए। वह सब सच बता रहा था। हैरान था वह, कि उसके बारे में ऐसी बातें किसने उसके बारे में थानेदार से आकर कहीं। मगर वह डरा-काँपा नहीं। उसका दिल संयत था। उसे प्रभु पर भरोसा था। उसने निश्चय किया था कि वह बिलकुल भी झूठ नहीं बोलेगा। जगजीत सिंह ने अछरा को चाय भी पिलायी। जाड़ों के दिन थे। बातों-बातों में ही दिन छिपने लगा। उसे एक कोठरी सोने के लिए दे दी। जिस पर खाट-बिस्तरा भी था। मगर उसे रातभर नींद न आयी। थानेदार ने खाने के लिए भी पूछा। मगर उसने माना नहीं।

तड़के दिन चढ़ते ही सौ आदमी थंमणवाला से आकर रोडूशाह थाने पर एकत्रित हो गये। सभी थानेदार से मिलने को उतावले हो रहे थे। उन्हें डर था कि कहीं अछरा को किसी दूसरे थाने में भेज ना दिया हो। यदि ऐसा हो गया तो फिर अछरा

का पता कभी नहीं लग पायेगा। उसे झूठा मुकाबला कर मार दिया जाएगा। फिर तो उसकी लाश भी गाँव नहीं आ पाएगी। पुलिस ने सैकड़ों नौजवान इसी प्रकार खत्म कर दिये थे।

जगजीत सिंह ने हजूम में से पाँच व्यक्तियों को बुला लिया। बाकी सभी बाहर ही रहे। वे पाँच व्यक्ति जब अन्दर आये तो अछरा सिर झुकाये थानेदार के पास कुर्सी पर बैठा था। उसका चेहरा उदास था। उसने एक पल अपने गाँव के सज्जन व्यक्तियों की ओर देखा और चेहरा झुका लिया।

थानेदार ने पूछा, "कैसे आये आप लोग?"

"यह नौजवान हमारे गाँव का है। यह ऐसा वैसा नहीं है। इसे आप किस वारदात में लेकर आये हैं?" एक व्यक्ति ने हिम्मत कर पूछा।

"देखो, गाँव की पंचायत आयी है, सिर माथे पर। हालात ही ऐसे ही गये हैं। हरेक पर शक किया जा सकता है। इसे हमने मारा-पीटा नहीं, आपके सामने ही बैठा है।" फिर थानेदार ने अछरा से कहा, "क्यों भई। तुम्हीं बताओ। कहा क्या तुमसे कुछ भी?"

अछरा ने थानेदार की ओर देखा, अपने हमदर्दों की ओर देखा और असहमति में सिर हिलाया।

थानेदार फिर कहने लगा, "हम तो सिर्फ पूछताछ कर रहे हैं। आप इतने लोग गाँव से चल कर आये हैं, आपका स्वागत है। हम इसे अभी कुछ दिन और रखेंगे।"

"बस इतना निवेदन है, सरदार साहब। पूछताछ आप अवश्य करें। यदि कुछ मालूम होता है तो वह भी करो। मगर इस गरीब को मारिएगा नहीं। हमारा सारा गाँव इसके समर्थन में अँगूठा लगाने को तैयार है। यह लड़का ऐसा नहीं। बस इतनी ही प्रार्थना है हमारी।" उन सभी में से बड़ी उम्र के व्यक्ति ने कहा।

"ठीक है। हम इस पर कोई झूठा केस नहीं लगाएँगे, ना इसे किसी दूसरे थाने में स्थानांतरित करेंगे। मगर कुछ दिन रखेंगे ज़रूर। आप सभी लोग जाओ।" थानेदार ने उन्हें तसल्ली दी।

वे सभी मायूस से गाँव लौट आये।

मगर उन्हें चैन नहीं पड़ रहा था। उन्हें यह मालूम हो गया था कि अछरा को थाने तक पहुँचाने की सारी कार्यवाही जस्सी की है। जब गाँववाले थाने गये तो उसी शाम को जस्सी खुद थाने गया। थानेदार को पक्का कर 'सेवा-माया' भी दे आया। साथ में कहा, "अब, जब यह थाने आ गया है तो बस गाँव जाने न पाये। थाने में ही रहे। आपसे कहा तो था, आपसे कोई केस नहीं बनता तो इसे किसी दूसरे थाने में तब्दील कर दो। कोई न कोई केस तो इसके सिर पर पड़ेगा ही।"

तीसरे दिन गाँववाले फिर से थाने जा पहुँचे। इस बार वे बीस-पच्चीस ही

थे। वे फिर जगजीत सिंह से मिले। वह कहने लगा, ''वह पहुँचा नहीं गाँव, मैंने तो उसे कल शाम ही रवाना कर दिया था।''

''नहीं जी, वह तो गाँव पहुँचा ही नहीं।'' लोगों को फिक्र होने लगी।

असल में थानेदार ने जस्सी से किया वायदा ही निभाया था और अछरा को घनौला थाने भेज दिया गया था। घनौले वालों ने अछरा को मारा-पीटा भी। मगर अछरा से कुछ मालूम न हुआ। उसे दो रातें घनौला रखा गया। उसे सारी रात जगा कर रखा जाता। उसे उल्टा भी लटकाया गया। परन्तु थानेदार जब भी उससे कुछ पूछता, वह भली बातें ही करता। वह सभी कुछ सच ही बताता। उसने घनौलावाले थानेदार से बताया कि उसे यहाँ तक जस्सी सरपंच ने पहुँचाया है। जस्सी के पास उसकी ज़मीन गिरवी है। वह उसे झूठे केसों में फँसा कर मरवाना चाहता है। ताकि उसकी ज़मीन हड़प सके। घर में वह अकेला है। थानेदार को अछरा की बातों में सच्चाई नज़र आयी। अछरा की कुहनियों तथा घुटनों का माँस नोंच दिया गया था। यह देख थानेदार को तरस आ गया और शर्म भी आयी। मगर थानों में ऐसा रोज़ ही चलता रहता है।

थानेदार देसराज खुद तो अछरा से मीठा बोलता। मगर उसके सिपाही रोज दिन छिपते ही उसे खूब पीटते। अर्द्ध बेहोशी की हालत में कभी वह हाँ कहता, कभी ना। सुबह जब वह उससे भले ढंग से बातें करते तो वह किसी भी कत्ल तथा वारदात में अपने शामिल होने की बात से इनकार कर देता। यह बात पुलिसवाले भी जानते थे कि अछरा बेकसूर है। घनौला में उसे चार रातें रखा गया।

उधर थंमणवाला गाँव के लोग रोज़ इकट्ठे होकर रोड़ूशाह थाने जाते। जगजीत सिंह थानेदार रोज़ ही रटा-रटाया वाक्य दुहरा देता था।

जगजीत सिंह दोनों पक्षों की ओर से खुद को सच साबित करना चाहता। लोगों से कहता कि अछरा को छोड़ दिया गया है। जस्सी से क्योंकि पैसे खा चुका था इसलिए उसने उसे घनौला थाने भेज कर अपनी कार्यवाही पूरी कर दी थी। जस्सी सरपंच यही चाहता था।

जस्सी खुश था कि रोड़ूशाह के थाने से गया अछरा अब थानों में ही घूमता रहेगा और अन्त में वह किसी मुकाबले में मारा जाएगा। पुलिसवाले इन्तज़ार करते कि कोई आये और मुजरिम को छुड़ा ले जाए। जिसका कोई वली-वारिस होता उस पर कई झूठे केस डाल दिये जाते और एक दिन मुकाबला बन जाता। जस्सी खुश था कि अच्छा हुआ अछरा का काँटा निकल गया। खामखाह गाँव में लीडर बनता फिरता था। अब तो उसकी दो किल्ले ज़मीन भी अपनी ही हुई।

पाँचवीं रात को देर रात गये गाँव में पुलिस आयी। यह पुलिस जीप घनौला थाना की थी। चार सिपाही और एक हवलदार था। देसराज खुद नहीं आया था।

अछरा सिंह को वे लोग गुरुद्वारे में फेंक गये। बाबा अतर सिंह अभी दूध इत्यादि का काम समेट रहा था। पुलिस ने बाबा को बुलाया और कहा, ''पहचानो, इसे कौन है यह?'' ''अरे यह तो अछरा सिंह है अपना। अछरे, ओये अछरा।'' बाबा अतर सिंह को किसी ने इस प्रकार दहाड़े मारते नहीं देखा था।

जीप जा चुकी थी। जब तक जीप की आवाज़ सुनाई देती रही, अछरा ज़मीन पर पड़ा मुर्दा नज़रों से आस-पास झाँकता रहा। कुछ बोला नहीं। बाबा ने उसे पानी दिया। पानी पी उसमें थोड़ी जान आयी। दरबार साहब के बाईं ओर वाली कोठरी का द्वार खुला था। वह एकदम से उठा। कपड़े भी झाड़े नहीं। ऊँची आवाज में रोते हुए अपने बिस्तरे पर जा गिरा। वह अभी भी चीखें मार रहा था। चाँदनी रात थी। बाबा उसके पीछे ही कोठरी में आ गया था। गुरुद्वारे के अन्य लोग भी इकट्ठे हो गये। सभी उसकी चीखें सुन रहे थे।

बाबा अतर सिंह ने दूध गर्म करवाया और उसमें देसी घी तथा हल्दी मिलाकर अछरा को ज़बर्दस्ती पिला दिया। अन्य सेवकों से कहा, ''इसे अब सोने दो। सुबह उठकर बातें करेंगे। अभी इससे कोई बात न करो।''

अगले दिन काफी दिन चढ़े अछरा रज़ाई से बाहर निकला। उसके हाथ-पैर दुख रहे थे। पानी नहाने के लिए गर्म था। ज़ख्मों पर गर्म पानी सूई की भाँति चुभने लगा। उससे खुद स्नान भी नहीं किया जा रहा था। बाबा ने एक अन्य सिक्ख को उसे नहला देने को कहा। उसके घर से नये कपड़े ला, उसे पहना दिये।

अच्छी-खासी धूप निकल आने पर वह लोगों को अपनी हालत के बारे में बताने लगा। वह रुक-रुक कर बोल रहा था। कुछ बातें उसके गले में ही अटक जाती थीं। गुरुद्वारे में लोगों का हजूम बढ़ता जा रहा था। जो भी सुनता, भागते हुए गुरुद्वारे पहुँच जाता। सुना तो जस्सी सरपंच ने भी होगा। सुनकर थानेदार जगजीत सिंह को गालियाँ अवश्य दी होंगी।

अगले दिन आधी रात के समय वे गुरुद्वारे आये। आज उन्हें लंगर छकने की कोई जल्दबाजी नहीं थी, जितनी अछरा सिंह से बातें सुनने की उत्सुकता थी। वे उसकी बातें सुनते हुए मुट्ठियाँ भींचते जा रहे थे। अछरा सब कुछ बताने के बाद आँखें पोंछने लगा। एक लड़के ने अपनी कमर में खोंसा हुआ रिवाल्वर निकाल अछरा की गोदी में फेंक कर कहा, ''तू हमारे साथ क्यों नहीं है—अभी भी कोई कसर रह गयी है क्या?''

''ऐसे ही लोगों के बीच में रहा तो सरदारा, अपने हाथ-पैर तुड़वाता ही रहेगा।'' एक अन्य साथी ने कहा।

अछरा पहले तो भरपूर निगाहों से उनकी ओर ताकता रहा। फिर उसने गोदी में रखे रिवाल्वर को उठा माथे से लगा लिया। बोला, ''रोज़-रोज़ की मार-पिटाई

से तो यही राह ठीक है। पहले देसराज को ठोकना है।''

अब वह आधी रात तक गुरुद्वारे में नहीं रहता था। उन्हें रोटी-पानी देने की ड्यूटी अब किसी अन्य सेवक की लग चुकी थी। बाबा अतर सिंह वृद्ध होने के कारण अधिक देर तक जाग नहीं पाता था। अछरा आधी रात के समय गुरुद्वारे चक्कर अवश्य लगाता। तब वह उन 'बाबों' से मिलता और वे लोग आपस में कोई सलाह-मशविरा करते रहते।

अछरा को ढूँढ़ने पुलिस दो बार फिर गुरुद्वारे आयी। बाबा ने जवाब दिया कि अब वह गुरुद्वारे में नहीं रहता और न ही यहाँ आता है। बाबा की बात सही भी थी। बाबा को अछरा के आने-जाने की कोई जानकारी भी नहीं रहती थी।

पुलिस उसके घर पर भी चक्कर लगाती, मगर उसकी बैठक को ताला लगा मिलता। पड़ोसियों ने बताया कि वह अब घर में नहीं सोता। कभी-कभी दिन के समय आता है, वह भी घंटे-आध घंटे के लिए ही।

अछरा जानता था कि पुलिस इन दोनों स्थानों पर ही उसे ढूँढ़ेगी। इसलिए वह रात को इधर-उधर ही सो रहता। यदि वह दूसरी बार पकड़ा गया तो इस बार उसकी खैर नहीं।

जस्सी सरपंच के बाहर वाले घर में कभी-कभी मीता उर्फ़ गुरमीत सिंह भी होता। जिस दिन कोई विशेष सलाह-मशविरा करना होता तो वह जस्सी सरपंच को भी अन्दरवाले घर से बुला लेते। इस बार जस्सी ने अलबेल से कह रखा था कि मीता के आने पर उसे घर से अवश्य बुला लिया जाए। उसे मीता से विशेष काम था।

''गुरमीत सिंह भाई। जो काम पुलिस नहीं कर पाई, अब तुम कर दो।'' मिलने पर जस्सी ने तुरन्त ही कहा।

''कौन सा ताया जी?''

''अछरा दाँदू का काँटा निकालना है हमें।''

''आपको क्या कहता है वह। घूमने-फिरते दो उसे। वह कौन सा इतना खतरनाक है आपके लिए।''

''तुम्हें मालूम नहीं, जब भी मेरी जड़ें काटी गयीं, वही काटेगा। उसे जल्दी खत्म करना ही ठीक है।''

''वह कैसे ताया जी?''

''वह जब से गाँव में आया है, गाँव की लड़कियों-बहुओं को उनके परिवारों में भेजने लगा है। गाँववाले उसके पीछे लगने लगे हैं। यह तुम्हारा शोर-शराबा एक दिन तो खत्म होगा ही। फिर पंचायत चुनाव भी होंगे। मुझे यही एक आदमी हरा सकता है। और कोई मेरे सामने खड़ा नहीं हो सकता। यदि अभी इसका टंटा खत्म

कर दूँ तो मेरी जीत हमेशा ही पक्की रहेगी।'' जस्सी ने असल बात समझायी।

''यह तो कोई खास बात नहीं है ताया जी। आजकल तो चौथे-पाँचवें दिन ही किसी-न-किसी को मार दिया जाता है। कल ही इस घटना को अन्ज़ाम दे देते हैं। मगर हमारी फीस। वह तो पहले जमा कर दो।''

''अच्छा, अच्छा, वह भी बता दो?''

''बस बीस हज़ार। दो गड्डियाँ ही समझो ताया जी।''

''तुम्हारी बोरी में कल ही रख दूँगा यह दो गड्डियाँ।''

''ताया जी, बोरी कितनी भर गयी?''

''मैंने कौन से गिने हैं। तुम्हारी जो है, वह वैसे ही पड़ा रहता है। वैसे बोरी काफी भर चुकी है। यह भर जाएगी तो दूसरी लगा देंगे। तुम्हारी अमानत है शेरा। तुम्हारी ताई सब सँभाल कर रखती है, बोरी को अपनी लोहे की पेटी में।''

''ठीक है, फिर तीसरी भी कर देंगे।''

''एक तो रूपा हुआ, दूसरा अछरा दाँदू हो गया। तीसरा कौन है?''

''वह भी पता लग जाएगा।''

''ना, बताओ तो। पहले कौन सा लुकाव-छिपाव रखा है मुझसे कभी।''

''तीसरा फौजी, कामरेड तरसेम सिंह।''

''हाँ, वह ठीक है। बना फिरता है। कौमनिस्ट। साला, बातें ही और तरह की करता है।''

''जो व्यक्ति हमारे काम में रुकावट बने हैं, हम उन्हें खत्म कर देंगे। यह तरसेम भी एक बड़ी रुकावट है।''

''अछरा सिंह भी रुकावट ही है। वह बनियों को गाँव में फिर से वापस लौटा लाया। गाँव को लूट-लूट कर खाते थे। उन्हें देख अन्य कई घर भी जाने वाले थे। अब बैठ गये सभी डटकर यहाँ। अपने काम में रुकावट बना कि नहीं?''

''हाँ, यह तो ठीक है। बस ताया जी, मान ली तुम्हारी बात। एक दिन इकट्ठे ही निकलेंगे सभी काँटे।''

वे रोटी-पानी खा चुके। उन्होंने जीप की आवाज़ सुनी। लगा, जैसे गाँव में पुलिस आयी हो। जस्सी के बाहरवाले घर से सभी सायों की तरह निकल गये।

वह रात गाँव पर कहर की रात थी। उस दिन भी सन्ध्या समय रोडूशाह की पुलिस आयी थी, जीप लेकर। उन्होंने गाँव की चौपालों में चक्कर लगाये। दुल्ले की ढाब पर गये। गुरुद्वारे गये। अछरा दाँदू की बैठक देखी। वह कहीं भी नहीं था। पुलिस ने सरपंच को नहीं बुलाया। चौकीदार से ही बातें पूछ लीं। जस्सी के बाहर वाले घर में न गये। कहीं किसी के घर पर चाय-पानी भी न पिया। आसमान से धुन्ध उतर रही थी। कुछ ही देर में चेहरे दिखने बन्द हो गये। पुलिस जल्दी से गाँव

से बाहर निकल आयी। अब उनकी दुबारा गाँव में आने की सम्भावना नहीं थी। गाँव में मुकम्मल खामोशी थी।

वे आधी रात को आये। पहले रूपो के यहाँ गये, फिर कामरेड तरसेम सिंह के। तीसरा निशाना उनका दाँदू था। जिस दिन पुलिस गाँव में अपना फेरा पूरा कर चली जाती तो वह निश्चिन्त हो अपनी बैठक में सो जाता। मगर हमेशा वह ऐसा नहीं करता था। पुलिस क्या है, दुबारा भी आ सकती है। मगर पुलिस आधी रात के बाद कभी भी नहीं आयी थी।

उन्होंने ज़ोर से ललकारा मारा। अछरा का द्वार खटखटाया। पहले वह डर गया, कहीं पुलिस न आ जाए। मगर यह समय पुलिस का नहीं था। यह आवाज़ भी पुलिस की नहीं थी। वह तो बहुत बुरी तरह से बोलते थे, जबकि यह तो किसी घरवाले जैसे की आवाज़ थी।

लगता था, वे काफी जल्दी में थे। वे दो जने थे मीता और उसका एक अन्य साथी। अछरा ने बैठक का बल्ब जला दिया। उसका डर जाता रहा। अछरा खाट पर बेफिक्र बैठा था। यह तो अपने ही आदमी थे। इनसे कैसा खतरा। वे दोनों आराम से कुर्सियों पर बैठ गये।

अछरा उनके लिए चाय बनाने लगा तो उन्होंने रोक दिया।

अछरा ने अपना रिवाल्वर तकिये के नीचे रखा हुआ था। मीता के हाथ में रिवाल्वर था और दूसरे साथी के पास ए.के. सैंतालिस थी। दोनों ने गर्म शालें लपेट रखी थीं।

''अछरा सिंह, तू महाजनों की दूकानों पर क्यों गया था भला?''

मीता ने स्वाभाविकता से बात छेड़ी।

''कब?''

''लड़कों ने जिस दिन उनकी दूकानों से सिगरेट इत्यादि निकाल बाहर फेंकी थी।''

''सिगरेट-बीड़ियाँ निकाल दीं उन्होंने। बस बात खत्म। आगे से नहीं रखेंगे। इन चीज़ों को। वे डरे बैठे थे। आखिर अपने गाँव के हैं।''

''अच्छा, अपने गाँव के हैं?''

''हाँ, कहा डरो न। आगे से ये वस्तुएँ न रखना।''

''यह तुमने बुरा किया?''

''क्यों?''

''आ जाएगा समझ कभी।''

''मैंने तो अपनी समझ अनुसार अच्छा ही किया था।'''

''चलो छोड़ो। तुम उन्हें शहर से भी वापस लौटा लाये। ले गया लोगों को इकट्ठा करके वहाँ।''

''यह भी अच्छा ही किया हम गाँव वालों ने।''

''गाँव ने नहीं, तूने किया। गाँव वाले तेरे पीछे लग गये। तुम हमारे प्रोग्राम में विघ्न डाल रहे हो।''

''कोई विघ्न नहीं डाल रहा मैं तो। हम तो यही चाहते हैं कि गाँव एक मुट्ठी की तरह रहे। शोर-शराबा सरकारों का हैं, खत्म हो जाएगा।''

''तुम्हारा कोई लेना-देना नहीं?''

''ना। मेरा कोई लेना-देना नहीं किसी के भी साथ। मेरी नज़र में सभी बराबर हैं। हाँ, यह पुलिस अवश्य जुल्म करती है। झूठे मुकाबले बनाकर नौजवानों को मारती जा रही है।''

''चल उठ। हमें वहाँ तक छोड़कर आ जा।'' वे उठ खड़े हुए।

''चलो।'' अछरा ने अपना रिवाल्वर तकिये के नीचे ही पड़ा रहने दिया। सोचा, पड़ा रहने दो। क्या होगा। वहीं तक तो जाना है। अभी तो वापस आ जाऊँगा।

द्वार से बाहर निकलते ही उन्होंने उसकी पुडपुडी को छेद कर दिया। मीता ने एक और फायर किया। वह उसकी छाती की ओर था।

10

पूरन सिंह के तीन ब्याह हुए थे। वह बाप का इकलौता पुत्र था। उनके पास चालीस किल्ले ज़मीन थी। एकदम बढ़िया उपजाऊ ज़मीन थी। माँ को बहू चाहिए थी। बहू आये और घर में बच्चे हों ताकि घर भरा-भरा लगे। जितने अधिक भाई होंगे बिरादरी में उनका रौब बनेगा। इसलिए दस वर्ष की उम्र में ही पूरन की शादी कर दी गयी। माँ तीसरे वर्ष गौना चाहती थी, मगर लड़की वाले मानते थे कि लड़की अभी काफी छोटी है। यह उम्र तो गुड़िया के साथ खेलने की थी। उन्होंने पाँचवें वर्ष में गौना दिया। लड़की अभी भी काफी छोटी थी। बहू लड़के से दो वर्ष छोटी थी। बहू सब जानती थी। पूरन अभी अनाड़ी ही था। वह बहू के पास जाकर सो जाता। वह उसे काफी छेड़ती, मगर वह सो जाता।

चार-पाँच वर्ष बीत गये थे। बहू को कोई बच्चा न हुआ। बहू उदास रहती। सास उससे भी अधिक उदास रहती। दाई काफी टक्करें मार चुकी थी। मगर कोई बात बन नहीं रही थी। उन दिनों गाँवों तक लेडी डॉक्टरों की पहुँच नहीं थी। लोग शहरों तक जाने में संकोच करते थे। मगर सास के लिए सबसे बड़ी परेशानी यह थी कि उसकी चालीस किल्ले ज़मीन रिश्तेदारों ने हड़प जानी थी। घर में सास-बहू खिंची-खिंची रहने लगीं। सास कहने लगी, वह अपने बेटे की दूसरी शादी करेगी,

उसे पोते का मुँह ज़रूर देखना था। बहू मायके जा बैठी कि फिर से थंमणवाला में पैर ना रखा। ना उसे कोई लेने गया। उसके माँ-बाप ने उसे किसी ज़रूरतमंद के घर पर बिठा दिया। वहाँ जाकर उसके दो लड़कियाँ और एक लड़का पैदा हुआ।

दूसरी ओर माँ ने भी पूरन का दूसरा ब्याह रचा दिया। उससे अगले वर्ष ही लड़की पैदा हो गयी। उस समय पूरन की उम्र चौबीस-पच्चीस बरस की थी। तीसरे वर्ष लड़की और हो गयी। दादी लड़कियों को लड़कों की भाँति पालती-पोसती। कहती, ''इन लड़कियों के भाग्य से इनका भाई भी आएगा।''

भीतर ही भीतर सास खीझती रहती। बहू की ओर कड़वी निगाहों से झाँकती। मन में सोचती, ''बदकिस्मत ने आते ही दो पत्थर सिर पर दे मारे। यह तो पहले से भी बुरी निकली। उससे कुछ नहीं हुआ तो मैंने पुत्र को फिर से ब्याह लिया। अब इसका मैं क्या करूँ। न इस ओर न उस ओर। लड़कियाँ तो दामाद लाएँगी। मेरा पुत्र छोटी उम्र में ही दामादों वाला हो गया।''

दूसरी बहू को फिर से उम्मीद लगी। इस बार उसे अमृतसर से दवाई मँगा कर खिलायी गयी। दो महीने के गर्भ के बाद चार दिनों तक दवा खानी थी। पक्की उम्मीद थी कि इस बार लड़का ही होगा। मुहल्ले की बूढ़ी औरतें लक्षण देखतीं तो अनुमान लगातीं कि इस बार लड़का ही होना चाहिए। मगर सारी आशाएँ धूमिल हो गयीं, तीसरी बार भी लड़की ही पैदा हुई। घर में सोग फैल गया। लड़की का रंग गोरा और चेहरा गोल-मटोल था। उसने आँख खोलते ही हाथ-पैर मारने शुरू कर दिये। सारा दिन रोती रहती। रात को कम सोती, सारे दिन के समय सोती रहती। बड़ी-बड़ी आँखें। घरवाले लड़के का दुख भूलते गये, जैसे यह लड़की, लड़के से भी बढ़कर हो।

तीसरी लड़की के जन्म के बाद बहू जल्दी ही बीमार रहने लगी। कुछ वर्षों में तो उसकी यह हालत हो गयी कि पूरन ने उसके पास भी जाना छोड़ दिया। पूरन की माँ ने उसका काफी इलाज करवाया। मगर वह दिनों-दिन खोखली होती जा रही थी। फिर मायके वाले उसे ले गये। जाते ही वह मर गयी। लड़कियाँ दिनों-दिन जवान होती जा रही थीं। पूरन की माँ वैसे की वैसे सुडौल और तगड़ी। कहती, ''मैं तो पुत्र का दुख अपने अन्दर लिए ही एक दिन मर जाऊँगी।''

जब उन लड़कियों की माँ मरी, तब बड़ी लड़की की उम्र अठारह वर्ष थी। चूल्हे-चौके का सारा काम वही करती। दादी भी काम में हाथ बँटाती थी। पूरन को फ़िक्र होने लगा कि लड़की जवान हो गयी है। ज़माना बहुत खराब है। इसे कब घर से विदा किया जाए। परन्तु दादी को उससे भी ज्यादा चिन्ता अपने पुत्र के वंशबेल की लगी रहती। वह पोत्री की शादी से पहले पूरन के तीसरे ब्याह की योजनाएँ बनाती रहती। रिश्तेदारियों में जाकर चोरी-चोरी बात करती। बूढ़ी औरतों से बतियाती,

"अभी मेरा पूरन कौन सा बूढ़ा हो गया है कहीं। वैसा ही जवान है। चालीस से थोड़ा सा ऊपर होगा। बदकिस्मती से छोटी उम्र में लड़के को मैंने ब्याह लिया। सोचा था बहू आ जाएगी। बच्चे जल्दी हो जाएँगे। मगर मेरी किस्मत एकदम खोटी है, जिसने सदा दुख ही देखे। मैं तीसरी बार भी कोशिश ज़रूर करूँगी।"

रिश्तेदार तथा बूढ़ियाँ उसे हौंसला देतीं। उसे भगवान पर भरोसा रखने के लिए कहते।

पूरन की उम्र इस समय छियालिस वर्ष की हो चुकी थी। इतनी बड़ी उम्र में पूरन से रिश्ता कौन करता। वह भी जो तीन लड़कियों का बाप भी हो। जब बुढ़िया किसी से अपने पुत्र के ब्याह की बात चलाती, लोग सिर्फ़ सुनते। मगर पीठ पीछे हँसते।

मगर इस कलियुग में सब कुछ सम्भव है।

एक जाट ने पूरन से अपनी बीस वर्षीय बेटी को ब्याह दिया। लड़की सुन्दर थी। उसमें कोई शारीरिक दोष भी नहीं था। जाट की सात किल्ले गिरवी पड़ी ज़मीन पूरन ने छुड़वा दी थी। जाट के पास कुल इतनी ही ज़मीन थी। एक सौदा और भी हुआ। पूरन ने अभी सारी ज़मीन की वसीयत इस लड़की के नाम विवाह से पहले ही कर दी थी। पूरन की पहली तीनों लड़कियों का हक़ खत्म हो गया। जाट ने यह लालच किया कि यदि शिंदर के कोई बच्चा न हुआ और पूरन की मौत के बाद सारी जायदाद के मालिक वे लोग हो जाएँगे। बस एक वारिस की उम्मीद में पूरन ने अपने हाथ कैसे कटवा लिए थे।

शिंदर से पहले दो लड़कियाँ हुईं, फिर लड़का करनैल। करनैल के जन्म के समय पूरन की उम्र पचास से ऊपर थी। फिर वह जोड़ी चाहने लगा। एक का क्या है। दो हों तो एक-दूसरे की बाजू बनेंगे। मगर चौथा बच्चा फिर से लड़की पैदा हुई। पूरन डर गया। फिर उसने शिंदर का ऑपरेशन करवा दिया। पूरन की माँ करनैल का मुँह देख कर मरी थी। करनैल का नाना भी मर गया। करनैल की पैदाइश सुनकर नाना का दिल डूबने लगा था, फिर वह बिस्तर से उठ न सका।

पूरन की माँ ने अपनी पहली तीन पोत्रियों को ब्याह दिया था। पूरन माँ की बात करता और खुश होता कि वह अच्छे दिन देखकर मरी है।

पूरन सिंह ने करनैल को दस कक्षाओं से अधिक नहीं पढ़ाया था। वह देखने में काफी चुस्त था। बीस बरस में भी वह चौबीस-पच्चीस का लगता था। उसका कद तो पूरन से भी ऊँचा था।

करनैल को ट्रैक्टर, टेलीविज़न तथा मोटरसाइकिल का बहुत शौक था। पढ़ाई में उसकी इतनी रुचि नहीं थी, जितनी उसकी ठाठ से रहन-सहन में थी। उसने कौन सी नौकरी करनी थी। वह अकेला चालीस किल्ले का मालिक था। ट्रैक्टर

चलाने के लिए उसने ड्राइवर रखा हुआ था, मगर करनैल शौकिया खुद ही ट्रैक्टर पर बैठता था। मंडी या बरनाला जाना होता तो करनैल की मोटरसाइकिल गाँव की गलियों में भागती रहती। घर पर रहने पर वह टेलीविज़न को ऊँची आवाज़ में लगाकर रखता। जैसे टेलीविज़न न होकर यह लाऊड-स्पीकर हो।

पूरन का पुराना घर मुहल्ले में था। घर बहुत पुराना था। करनैल के जन्म के बाद पूरन की दुनिया ही बदल गयी। उसने गाँव के बाहर की ओर बड़ा-सा मकान बनवाया।

स्वभाव से पूरन धर्मात्मा आदमी था। हमेशा अच्छे कामों में ध्यान लगाता। किसी की निंदा-चुगली नहीं। गरीबों की मदद करता। धार्मिक प्रवृत्ति का व्यक्ति था। गुरुद्वारे में एक कमरा बनवा दिया। कुछ वर्ष पहले उसने स्कूल में लड़कियों के लिए अलग से बाथरूम बिनवा दिया। वह दुल्ले की ढाब पर भी जाता। चौपाल में बैठ वह धर्म-ज्ञान की बातें सुनाता, बेशक वह अनपढ़ था। उसे गुरु साहिबान तथा हिन्दू मिथक की बहुत सारी बातें, किस्से मालूम थे। उसके इस स्वभाव के कारण घर तथा गाँव में सभी लोग उसे ज्ञानी जी कहने लगे थे।

गाँव में जो कहर भरी रात रही। जब उन्होंने आधी रात के बाद तीन कत्ल किये थे। पहले रूपो डायन मारी, फिर कामरेड तरसेम सिंह तथा तीसरा मारा गया अछरा दाँदू। दाँदू की हत्या के बाद धुन्ध मध्यम पड़ चुकी थी। अभी तक गाँव में कोई चिड़िया परिन्दा भी नहीं कूका था। सभी लोग अपने घरों में बेसुध सो रहे थे। किसी ने भी रिवाल्वर चलने की आवाज़ सुनी ही ना हो। तीन कत्ल कर वे लोग तेज़ी से गाँव से निकल गये। जस्सी सरपंच का बाहरवाला घर दूसरी ओर था। उन्हें मालूम था कि गाँव में किस के पास ट्रैक्टर या मोटरसाइकिल थी। जाते-जाते वह किसी का ट्रैक्टर लेने के बारे में सोचने लगे। सामने बड़ी हवेली वालों का मकान था। उन्होंने हवेली का कुंडा खटखटाया। पूरन सिंह ने उठकर दरवाज़ा खोला।

''पहचाना, मुझे कौन हूँ?''

''गुरमीत सिंह है। तुझे कौन नहीं जानता?'' पूरन हाथ में ताला-चाबी ले गेट के बाहर आ खड़ा हुआ।

''ट्रैक्टर है तेरा?''

''है, अन्दर खड़ा है।'

''निकाल ला फिर बाहर।''

''इस समय, क्या बात है?''

''इस समय का क्या मतलब, हमें जाना है।''

''फिर भी, ड्राइवर है नहीं। घर से बुलाना पड़ेगा। चमारों का लड़का है।''

''तुम्हें चलाना नहीं आता?''

''नहीं, जी, ड्राइवर ही चलाता है।''

''लड़का तेरा ?''

''वह तो थोड़ा-बहुत ही चलाना जानता है।''

''हमने खुद देखा है उसे। वह अच्छा चलाता है।''

''आपने जाना कहाँ है?''

''कहीं भी जाना हो। तुम कौन हो यह सब पूछने वाले?''

''नहीं जी, मैंने तो ऐसे ही पूछा था। आप ट्रैक्टर ले जाओ या मैं चमार को बुला लाता हूँ।''

''नहीं, अपने लड़के को बुला कर ला।''

''नहीं भाई, लड़का ठीक नहीं।''

''क्यों ठीक नहीं। तेरा लड़का अनोखा है क्या?''

''आपको भाई साहब, मेरी कहानी मालूम नहीं। यह लड़का मेरे तीसरे ब्याह से हुआ है। एक ही लड़का है जी मेरा। लड़के को मैं आपके साथ नहीं भेज सकता। हाँ, ट्रैक्टर ले जाओ।''

''ओये पूरन सिंह, हमें कभी किसी ने किसी भी बात के लिए इनकार नहीं किया। तू जवाब देता है हमें। महँगी पड़ेंगी तुझे ये बातें।''

''मारना ही है, तो मुझे मार दो। मेरा दीया क्यों गुल करते हो।''

''नहीं, हम लड़के से कुछ नहीं कहेंगे। वह बस हमें बाहर सड़क तक छोड़ आये। रोडूशाह के पास तक। उसे वहाँ से वापस भेज देंगे।''

पूरन सिंह धड़कते दिल से अन्दर गया। शिंदर जाग चुकी थी। इस समय सिर्फ़ करनैल और वह दम्पत्ति ही घर पर थे। लड़कियाँ ब्याही जा चुकी थीं। शिंदर अभी करनैल के ब्याह की तैयारियों में लगी थी। सबसे छोटी लड़की निमोनिया से मर चुकी थी।

पूरन ने लड़के को झिंझोड़ कर उठाया, ''उठ कैले। खड़े हैं वे। ट्रैक्टर निकाल कर बाहर सड़क तक छोड़ आ, उन्हें।''

शिंदर ने सुना तो तेज़ी से बोली, ''इसे भगा दो कहीं। हम दोनों मर जाएँगे। मगर यह जिन्दा रहना चाहिए।''

पूरन ने भी लड़के से कहा, ''बेटा तू छत पर जा, वहाँ से भाग जा?''

''अरे बापू, क्या कहेंगे मुझे। मैं अभी उन्हें छोड़ आता हूँ, जहाँ कहते हैं वे।'' करनैल लिहाफ परे कर उठ खड़ा हुआ। आँगन में जा पहुँचा। करनैल ने ट्रैक्टर स्टार्ट किया। वे दोनों मडगार्ड पर आ बैठे। मीते ने कहा, ''चल भई, रोडूशाह की ओर ले ले।''

काफी दूर जब ट्रैक्टर बठिंडा की सड़क पर पहुँचा, मीता ने करनैल से ट्रैक्टर

रोकने के लिए कहा। वे दोनों नीचे उतरे। करनैल से भी नीचे उतरने को कहा। उसे रोशनी में खड़ा कर एकदम गोली उसकी पुडपुडी में मार दी। लड़का उसी समय ढेर हो गया। साथ ही मीते ने गाली दी, ''साला, जवाब कैसे देता था। उसका पुत्र बड़ा लाडला है? हम किसी के पुत्र नहीं, जो जान हथेली पर लिए घूमते हैं?''

एक साथी ट्रैक्टर चलाना जानता था। गाँव में लोगों को तीसरे दिन मालूम हुआ कि पूरन सिंह का ट्रैक्टर बठिंडे वाली सड़क पर रामपुरा फूल से मील भर की दूरी पर खड़ा है।

11

कभी यह नर-गाँव था, थंमणवाला। थंमणवाला यानी गड़ कर रखने वाला। कल रात गाँव में कोई दानव गलियों में घूमता रहा। दानव ने चार लोगों को मार डाला। सारा गाँव सोता ही रह गया। कूड़ा हो गया थंमणवाला गाँव।

क्या सोचती होगी उस नौजवान थंमण की आत्मा? थंमणवाला गाँव तो यह तब था, जब मुगलों के शासन समय कुछ घुड़सवारों ने आ गाँव को लूटना चाहा था। गाँव के कई लोगों को उन्होंने मार गिराया था। घरों को लूटा। उनमें आग लगा दी थी। मगर अनेक गाँववासियों ने इकट्ठे मुकाबला कर अनेक घुड़सवारों को धूल चटा दी थी। गाँव उजड़ कर फिर से बस गया था।

फिर जब रसालदार निक्का सिंह की हवेली में डाका पड़ा था। डाकू चाँदी के रुपयों की गागरें लूट ले गये थे। गाँववालों ने इकट्ठे ही तीन डाकुओं को मार गिराया और चौथे की टाँग पर गंडासा मार उसे ज़ख्मी कर दिया और निक्का सिंह की चाँदी के रुपयों से भरी गागरें फिर से उसके पास वापस लौटा दी गयी थीं।

अब वह थंमणवाला गाँव चौरासी के बाद क्यों कूड़ा हो गया था? वे सिर्फ़ दो थे। गाँव में पूरे एक हजार घर थे। एक हजार घरों में से दस घर भी ऐसे नहीं थे, जिनके लड़के सोते से उठ उन दोनों के टुकड़े-टुकड़े कर फेंक देते।

वे तीनों बेकसूर थे।

रूपो ज़रूर किसी समय बुरी औरत थी जिसने सारी उम्र सिर्फ़ अपने शारीरिक सुख को प्रमुखता दी थी। मगर पिछली उम्र में आ वह भी सुधर गयी थी। उसने अमृत-पान कर लिया। अपनी गलतियों के लिए मुहाफ़ी माँग ली थी। अब उस गरीब को मार उन्होंने अपना कौन-सी राह समतल कर लिया था। रास्ता सिर्फ़ जस्सी सरपंच का समतल हुआ था। पाँच किल्ले रूपो की ज़मीन रेहन पर थी, पाँच किल्ले उसने वैसे ही दबा ली थी। उसे दस एकड़ मुफ्त में ही मिल गये थे। बिक्कर तथा मेहर शरीफ लोग थे। उन्होंने जस्सी से झगड़ा मोल लेना ही नहीं था।

कामरेड तरसेम सिंह देवता आदमी था। मन का स्पष्ट और जुबान का स्पष्ट। उसने शराब के ठेके का कमरा डाल कौन सा गुनाह कर दिया था। शराब बन्द ही कब हुई थी? सारा गाँव अभी भी शराब पीता था। शराब तो लोग पीते रहे, बल्कि पहले से भी अधिक पीने लगे थे। कामरेड गाँव का निष्पक्ष आदमी था। अपनी मेहनत की कमाई से अपना परिवार चलाता था। अनपढ़ लोगों के लिए सूचना-केन्द्र था। दोपहर तक चौपाल में बैठा अखबार पढ़ लोगों को छोटी-मोटी खबरें सुनाता रहता था। वह लोगों को कई बातें समझाता रहता।

"यह 'स्टेट' क्या होता है भाई?" कोई पूछता।

"यह राज, यह हुकूमत। जो सारे सूबों पर शासन करती है। यह स्टेट है।"

"और ये नौजवान लड़के जो बड़ी-बड़ी बन्दूकें लिए घूमते रहते हैं। आदमियों को मारते रहते हैं। उसका क्या?"

"इतनी बड़ी स्टेट के सामने क्या चीज़ हैं यह लड़के। एक दिन निगल जाएगी स्टेट इन सभी नौजवानों को। पहले इसने नक्सलवादी लड़के निगल लिये। अब इन्हें निगल जाएगी।"

"ये नौजवान कामयाब होंगे क्या कभी?"

"क्या कह सकते हैं। सभी नौजवान सच्चे दिल से कौम के लिए नहीं लड़ते। इन युवकों में लूटमार वाले लोग भी शामिल हो गये हैं। ये लोग पैसा लेकर किसी को भी मार देते हैं। जिसे चाहे मौत के घाट उतरवा लो।"

कामरेड तरसेम सिंह अपनी समझ मुताबिक अनपढ़ और सीधे-सादे लोगों के प्रश्नों के जवाब दे उन्हें समझाता रहता। उसकी बातें सुन लोगों में हौसला आ जाता। मगर उस कामरेड को बगैर किसी कारण के मौत के घाट उतार दिया गया।

दूसरी ओर अछरा सिंह उर्फ़ अछरा दाँदू गुरु का असली सिक्ख था। उसके लिए सभी धर्म एक समान थे। वह पंजाब की साँझा संस्कृति का हिमायती था। जिसमें महाजन भी गाँव का अटूट हिस्सा हैं। महाजन वर्ग बेशक अपना मुनाफा पहले देखता है। मगर गाँव में जाटों का उनके बिना गुज़ारा भी नहीं चलता।

अछरा दाँदू इसीलिए गाँव से गये चारों महाजन परिवारों को वापस गाँव ले आया था। वे परिवार गाँव की साँझी आर्थिकता तथा सामाजिकता के विशेष अंग थे। दोनों वर्ग एक-दूसरे से अटूट ढंग से जुड़े हुए हैं। जाटों और बनियों का एक-दूसरे के बगैर गुज़ारा सम्भव ही नहीं।

जबकि जस्सी सरपंच जैसे लोग हर प्रकार से भोले-भाले लोगों को लूट खाते हैं। जस्सी ने गाँव के कितने ही जाटों की ज़मीन हड़प ली थी। घोगा की दस एकड़ ज़मीन उसकी थी। सरवण की दो किल्ले ज़मीन के लिए उसने देवता जैसे अछरा को मरवा दिया था।

फिर वह बाबा रामदास भी तो जाट है। बाबा दुल्ला की ढाब की गद्दी सँभाल ली। लोगों की नज़रों में उसने दुल्ले की ढाब की शान बढ़ा दी। इतने कमरे बनवा दिये और डेरे को राग-रंग लगा दिये। परन्तु सभी जानते हैं कि दोनों गाँवों और मंडी का चढ़ावा आधा भी डेरे में नहीं रहता। सारी कमाई हमीरगढ़ पहुँच जाती है। भतीजे की ज़मीन दुगुनी से तिगुनी कर दी। मंडी में खरीदी कोठी भी आखिर भतीजे के ही नाम जानी थी।

अछरा दाँदू गाँव में अच्छे काम ही करता था। इसमें उसका कोई निजी लाभ नहीं था। उसने कई लोगों के घर फिर से बसाये। भला क्या बुरा काम किया। सभी लड़कियाँ, बहुएँ अछरा को आशीष देतीं। उसका गुणगान करतीं।

उसे पहले पुलिस ने तंग किया। फिर वह खुद इस राह पर चल दिया। मगर फिर भी उसने कभी किसी के साथ बुरा न किया। उसका रास्ता सच का रास्ता था। वह लूटमार नहीं करता था। पैसे ले किसी को खत्म नहीं करता था। यदि उसने ऐसा कोई काम करना होता तो सबसे पहले जस्सी सरपंच को ठोकता। परन्तु वह ऐसा नौजवान नहीं था।

उसने हथियार इसीलिए उठाया ताकि अपनी रक्षा कर सके। देसराज को मारने की बात तो वह भावुकता में कह बैठा था। मगर वह ऐसा नहीं था। वह सुधार का हिमायती था। उसने समझौते के ढंग से जस्सी सरपंच से अपनी बैठक तथा कमरे खाली करवाये थे। यह उसका हक था। मकान उसका था। पटवारी और जस्सी सरपंच बिना वजह उस पर कब्ज़ा किये बैठे थे। जीवित रहता तो अपनी दो किल्ले ज़मीन भी जस्सी से छुड़वा लेता। बेशक कैसे भी छुड़वाता।

वह खुद गृहस्थ बनना चाहता था। चाहे उसके पास कोई ज़मीन नहीं थी। फिर भी उसके पास कुछ उम्मीदें थीं। दूसरों के घर बसा कर वह अपने सपनों को साकार होता देखता था।

वह गुणी ज्ञानी थी। बाबा अतर सिंह का शिष्य। गुरु का सच्चा सिक्ख था। बढ़िया पाठी था। सुरीला स्वर था। अछरा द्वारा किये जाने वाले पाठ का सभी आनन्द लेते थे। वह पाठ करने के बदले में मिलने वाले मेहनताने से ही अपना घर धीरे-धीरे बनाने लगा था। दिनों-दिन उसकी महिमा गाँव में बढ़ती जा रही थी। सभी उससे बात करना पसन्द करते थे। वह छोटी उम्र में ही समझदार हो गया था। उससे बड़ी उम्र के लोग भी उससे सलाह-मशविरा करते।

वह धीरे-धीरे गाँव का नायक बनता जा रहा था। यदि यह सिलसिला जारी रहता तो जस्सी की सरदारी खत्म होनी ही थी। गाँव में फिर उसकी कुनीतियाँ नहीं चलने वाली थीं। अब जस्सी के सामने कोई ज़बान नहीं खोलता था। पटवारी, तहसीलदार, पुलिस सभी विभागों में उसी का बोलबाला था।

असल में जस्सी सरपंच को अछरा के मकान तथा ज़मीन का इतना लालच नहीं था जितना उसे अछरा की बढ़ती ख्याति से डर लगता था। जब भी पंचायत के चुनाव होते तो शर्तिया सरपंच अछरा ही चुना जाता। अछरा के सरपंच बन जाने से जस्सी की सारी सरदारी खत्म हो जानी थी। इससे पहले जस्सी को इस बात का अनुभव हो चुका था, जब बुग्घा राम सरपंच बना था। लोगों में ही नहीं, सरकारी-दरबार में भी उसका बोलबाला खत्म हो गया था। उसके घर में हाकिम आने भी बन्द हो गये थे। सिर्फ़ पुलिस ही उसकी बात सुनती थी, क्योंकि वह उन्हें 'महीना' पहुँचाता था। वह अफीम का स्मगलर था। जस्सी ने अछरा को मरवाकर अपने सबसे बड़े खतरे को परे हटवा दिया था।

इन सभी के साथ पूरन के इकलौते लड़के करनैल को उन्होंने क्यों मार दिया? उन्होंने पूरन से अपने लड़के सहित ट्रैक्टर भेजने को कहा। पूरन ने थोड़ी सी ना-नुकुर की थी। फिर भी लड़का चल दिया था। ट्रैक्टर लेकर। जहाँ उन्होंने कहा, वह चला गया। परन्तु उस इकलौते घर के चिराग को मार उन्होंने बहुत बड़ा अपराध किया था। पूरन सिंह इतना धर्मात्मा आदमी था। किसी की निन्दा-चुगली नहीं। सदा प्रभु की ओर उसका ध्यान रहता। परमात्मा की ओर से उसे सबसे बड़ा वरदान पुत्र के रूप में मिला था। पुत्र-प्राप्ति के बाद उसे सारा जहान जैसे मिल गया था। उसने पुत्र के जन्म के बाद काफी दान-पुण्य भी किया था। वह सिर्फ़ परमात्मा का शुक्र अदा करता था।

तीन ब्याह करवाने के पश्चात मुश्किल से उसे पुत्र का मुँह देखना नसीब हुआ था। हवा ऐसी ही चल पड़ी थी कि वे लोग बिना रबत किसी को भी मार देते थे। पूरन के लिए उसका पुत्र उसकी दुनिया था। अन्य लोगों के लिए करनैल का क्या महत्त्व था। पूरन उन्हें ट्रैकटर देने के लिए तो तैयार था। मगर उन्होंने पूरन की सारी दुनिया ही उजाड़ दी थी। यह कत्ल अन्य तीनों कत्लों से भी अधिक बुरा था। यदि वे लोग ऐसी हरकतों पर उतर आये थे, तब तो उनका कोई वजूद ही नहीं रह गया था। कत्ल कर जो धन कमाया वह तो यहीं रह गया। पल्ले कुछ ना पड़ा।

12

यह इन दिनों की ही बात है। महीना गर्मी का था। सहम पहले से भी अधिक था। लोग छतों पर सोते थे। आधी रात के बाद ठंडी हवा चलने लगती। लोग अन्दर से घर बन्द कर आराम से छतों पर सोते। हर घर की छत पर ईंट-पत्थरों का ढेर लगा होता। गंडासे, टुकये, बरछे तथा गदा आदि, जो भी हथियार घर पर होते, लोग अपने बिस्तर के नीचे रख कर सोते। घर के आदमियों में से एक व्यक्ति हर समय

जागता रहता। सारी रात यही माहौल बना रहता।

गाँव में उन लोगों की दहशत ज़ोरों पर थी। ऊपर से काले कच्छों वालों का डर और आ पड़ा। उनका सहम तो किसी-किसी घर को होता, मगर काले कच्छे वालों से सभी डर रहे थे। रात को वह कभी भी किसी के घर आ धमकते थे।

उनके सम्बन्ध में तरह-तरह की अफवाहें थीं। तरह-तरह के डर-भय थे। एक बात आम थी कि उस व्यक्ति ने सिर्फ़ काला कच्छा (चड्ढी) पहना होता। बाकी शरीर पर कोई कपड़ा नहीं होता था। वे शरीर पर कोई तेल या ग्रीस लगाकर आते थे। कोई यदि उन्हें पकड़ना भी चाहे तो उनका चिकना शरीर हाथों से फिसल जाए। चेहरे पर भी वह कोई काला सा लेप किये होते। आँखें लाल डरावनी। हाथ में कोई तेज़ धारवाला हथियार रखते। वे आते और सोये व्यक्तियों की बाजू या टाँग काट कर चल देते। कभी कान, कभी हाथ आदि। मिनट-सेकेंड में यह सभी काम जो जाते।

गाँव में यह खबर भी उड़ी हुई थी कि बरनाला के सरकारी हस्पताल में ऐसे सैकड़ों आदमी दाखिल थे जिनका हाथ, पाँव, कान, बाजू इत्यादि गायब हैं। हस्पताल में चीख-पुकार मची हुई है। ऐसा कहा जा रहा था कि शहर के अन्य हस्पतालों में ऐसे ही कटे-फटे अंगों वाले लोग दाखिल हैं।

काले कच्छे वाले जिस गाँव में धावा बोलते वहाँ उस समय आते जब घर के लोग गहरी नींद में सो रहे होते।

काले कच्छे वाले कौन थे? इनके बारे में अलग-अलग अफवाहें उड़ती रहतीं। कोई कहता कि यह पड़ोसी देश पाकिस्तान के भेजे हुए व्यक्ति हैं। किसी का कहना था कि ये लूटमारी का नया ढंग है। किसी का मत था कि तत्कालीन सरकार की ओर से कोई बड़ी गहरी साजिश है ताकि लोग आतंकवादियों से अपना ध्यान हटाकर इन काले कच्छे वालों के बारे में सोचने लगें। यह सरकार की चाल भी हो सकती है कि गाँवों में लोग काले कच्छे वालों के डर से सारी रात जागते रहें ताकि आतंकवादियों को गाँवों में घुसने का मौका न मिले। ये खबरें भी थीं कि कुछ गाँवों में लोगों ने इन काले कच्छे वालों को पकड़कर मार भी दिया था। यह भी सुना जा रहा था कि जो लोग इन काले कच्छे वालों को गड़बड़ फैलाने के लिए भेजते हैं, वे उन्हें बड़ी-बड़ी रकमें भी देते हैं। दूसरे राज्यों से अपराधी भी इधर पंजाब में इन काले कच्छे वालों का धन्धा करने लगे हैं। भूखे मरते लोग, अब इन हरकतों पर उतर आये थे।

उन दिनों पाबन्दियाँ कुछ अधिक ही सख्त हो गयी थीं। गाँवों में अजीब सी हिदायतें दे दी गयी थीं। रात आठ-नौ बजे के बाद लोग चौपालों, कुओं-डेरों आदि पर न बैठते। अब लोग रात को दारू पीकर शोर-शराबा नहीं करते थे। जब से कामरेड तरसेम सिंह को मार दिया गया था, कोई भी सरेआम शराब नहीं पीता था। गाँववासियों

के पास कुछ नाजायज हथियार थे। रात को हवाई-फायर कहीं नहीं होता था। रात के घुप्प अँधेरे में कोई व्यक्ति उठ कर दूसरे मुहल्ले में जाने की हिम्मत नहीं करता था। गाँव में कोई भी आवारा कुत्ता नहीं रहा था। आवारा कुत्ते गाँव का अलार्म होते हैं। भौंक-भौंक कर अजनबी आदमी के बारे में जानकारी दे देते हैं। पालतू कुत्ते भी जैसे भौंकना भूल गये थे।

रात को गाँव में कहीं कोई रोशनी नहीं होती थी। एकदम सन्नाटा पसरा रहता। चारों ओर मानो सहम और मातम का राज रहता। ''आ गये ओये...।'' गाँव में कहीं से अचानक एक जोर सी आवाज़ उठती और रात के सन्नाटे को चीरकर निकल जाती। फिर गाँव में चारों ओर यही आवाज़ गूँजने लगती। चाहे किसी ने मज़ाक में ही इस आवाज़ की नकल उतारी हो।

ऐसे ही एक बार सारा गाँव जाग उठा। चारों ओर शोर-शराबा होने लगा। आदमी क्या, छतें भी काँपने लगीं। सभी परिवार जाग उठे। हाथों में हथियार पकड़ लिए। यहाँ तक कि बूढ़ी औरतों ने भी हाथों में कंकड़ उठाये हुए थे। ज़रा काले कच्छे वाले नज़र तो आएँ तो कंकड़ मार-मार कर ही उनका माथा फोड़ देंगी। सारे लोग काँपने लगे। सभी को ऐसा महसूस होता जैसे काले कच्छे वाले सिर्फ़ उन्हीं के घर की छत पर चढ़े आ रहे हों।

अजीब डर था। अजीब दहशत थी। लोग हवा में ही पत्थर-कंकड़ मार रहे थे। चारों ओर हलचल मची थी। ऐसे ही समय किसी ने घबराहट में हवाई फायर कर दिया। फिर कई ओर से फायर होने लगे। जैसे गाँव कोई मैदाने-जंग हो।

अचानक कोई आफत गाँव में आ घुसी हो। लोग शोरगुल सुन घरों से बाहर निकलने लगे। ऊँची-ऊँची आवाज़ें आ रही थीं। कभी-कभी गोली चलने की आवाज भी। लगता जैसे किन्हीं दो घरों में लड़ाई छिड़ चुकी हो। किसी शराबी ने जोर से ललकारा मारा। उसे सुन दूसरे शराबी ने भी नशे की पिनक में उसका जवाब दे दिया। बस चारों ओर ऐसे शोर होने लगा जैसे कोई मेला लगा हो।

इसी चीख पुकार से सिंघपुरिया का मैंगल बूढ़ा अपने घर से निकल दुर्गी बामाणी के घर जा घुसा। उसे कई महीनों बाद ऐसा अवसर हाथ लगा था।

दुर्गी के पति ब्रह्मानंद को चोरी से दारू पीने की बुरी आदत थी। वह दारू को पानी के साथ नहीं पीता था। पीतल का बड़ा गिलास भी बगैर पानी मिलाये एक ही साँस में गटक जाता था। पीता सिर्फ़ एक ही गिलास था। दारू जैसे उसे नशा न देती हो। ब्रह्मानन्द जल्दी ही मर गया। उसे ज़र्दा खाने का भी ऐब था। दुर्गी के दोनों लड़के तथा लड़की अभी छोटे-छोटे ही थे।

ब्रह्मानन्द की ज़मीन पर खेती मैंगल सिंघपुरिया वाले ही करते थे। मैंगल के बच्चे भी अब जवान हो गये थे। घर में बहू आ गयी थी। दुर्गी के दोनों लड़के भी

अब कॉलेज जाते थे। लड़की ब्याही जा चुकी थी।

मैंगल का दुर्गी के घर में आना-जाना पुराना था। उनके बच्चे भी यह बात जानते थे कि उनका बाप दुर्गी के पास आता-जाता है। मुहल्ले में भी सभी जानते थे। कभी-कभी जब वे आपस में बतियाते तो दुर्गी हँसते हुए कहती, ''तुम तो मैंगल, अब मेरे ही घर पर आकर रहने लग जाओ।''

''अभी भी तेरे ही पास हूँ। कौन सा दूर हूँ।'' मैंगल जवाब देता।

मगर जब से यह सिलसिला शुरू हुआ था। वे दोनों भी डरने लगे थे। ना मैंगल दुर्गी के घर की ओर जाता था और ना दुर्गी ही उसे बुलाती थी। जब से रूपो मारी गयी थी, तब से लोग ऐसे सम्बन्धों से और भी डरने लगे थे।

उस रात गाँव में चीख-पुकार के बीच काफी अर्से के बाद मैंगल तथा दुर्गी को आपस में मिलने का मौका हाथ लग गया था।

उस रात गाँव में लोग देर रात तक जागते रहे। धीरे-धीरे शान्ति पसरने लगी। गाँव पूरी तरह से खामोश हो गया। कहीं दूर कोई कुत्ता भौंकने लगा था। परन्तु कुत्ता भौंकने की आवाज़ गाँव के जीते-जागते होने का सबूत थी।

फौजी सन्ता सिंह, रिटायर्ड पटवारी मेधराज तथा पंचायत मैम्बर किक्कर सिंह घरों से निकल अपने मुहल्ले की चौपाल पर आ बैठे। आकाश तारों से भरा था। रात आधी से अधिक बीत चुकी थी। गाँव में जैसे कोई डर-खतरा न रह गया हो। फौजी कह रहा था, ''इससे तो गोरों का राज अच्छा था। देखा था कभी ऐसा होते हुए। चौपाल में न बैठो, ताश न खेलो। खाँसो न। पैग न पियो। अच्छी आज़ादी मिली है भई हमें तो।''

मैम्बर ने कहा, ''जो भी हो। आज तो गाँव में जैसे जान लौट आयी। सुना वह ललकारा जैले का था। सारे जाले आदि बाहर निकाल दिये।''

फौजी हँसने लगा, ''जब जंग लगी होती तब भी यही हाल होता गाँवों का। गाँव से उजड़ कर कहीं जा तो सकते नहीं। बस घरों में ही घुस कर बैठे रहते। कर्फ्यू ही है यह एक तरह से।''

पटवारी ने हौसला दिया, ''ये बातें हमेशा रहने वाली नहीं। यदि अच्छे दिन नहीं रहे तो बुरे भी नहीं रहेंगे। आपस में एकता रखनी चाहिए। सब ठीक हो जाएगा एक दिन।''

वे लोग काफी देर तक धीरे-धीरे बातें करते रहे। तभी किसी के आने की आहट सुनाई दी। एक बार तो वे लोग सहम गये। कहीं कोई काले कच्छे वालों में से ही न हो। वे आपस में सलाह कर लाठियाँ हाथ में रखने लगे। तभी उनमें से किसी ने पूछा, ''कौन है भई?''

मैंगल ने भी पूछा, ''कौन है... ?''

उन लोगों ने मैंगल की आवाज़ पहचान ली और उससे हँसकर पूछने लगे, "क्यों, मिला कोई काले कच्छे वाला कहीं?"

पटवारी बता रहा था, "कहीं कोई काले कच्छे वाला नहीं है। बस अफवाहें ही हैं। शहर के हस्पतालों में कोई ऐसा व्यक्ति दाखिल नहीं जिसके अंग काटे गये हों। अखबार वाले खुद देख कर आये हैं।"

उस रात गाँव ने थोड़ी सी साँस ली थी। अगले दिन से फिर वही सहम था। वही दहशत थी। गाँव में लगी पाबन्दियाँ वैसे की वैसी थीं।

13

गाँव में पाबन्दियों का दौर साल-छह महीने और रहा। फिर हालात बदलने लगे। इधर-उधर लोगों के कत्ल कम होने लगे। बसों से उतार कर सवारियों को मारने की घटनाएँ भी कम होने लगीं। अधिकतर आतंकवादी जेलों में बन्द थे। बहुत सारे मार दिये गये थे। इस इलाके में तेरह आतंकवादी प्रसिद्ध थे। यह वे थे, जिन्होंने पाँच-सात कत्लों से लेकर चालीस-पचास तक वारदातों को अंजाम दिया था। आदमी मारना उनके लिए खेल था। इन तेरह में से अब सिर्फ़ पाँच बाकी रह गये थे। अब वे कोई वारदात नहीं करते बल्कि अपनी जान छिपाये फिरते थे। कोई कहीं छुप गया था, कोई कहीं। खतरा देख सभी अपने स्थान बदलते रहते थे।

गुरमीत उर्फ़ मीता कई महीनों से जस्सी सरपंच के पास था। उसने उनके पास ही रहना था, और जाता भी कहाँ? उसके माँ-बाप नहीं थे। एक बड़ा भाई था, जो गृहस्थ था। पुलिस उसे रोज़ तंग करती। रोज़ मीता के बाबत पूछताछ करती और नतीजा भुगतने की धमकी देती रहती। वह तो खेती का काम करने योग्य भी नहीं रह गया था। उसे हर समय अपने परिवार की चिन्ता लगी रहती थी। असल बात तो यह थी कि मीता अपने भाई के घर पर जाता ही नहीं था। दो बरस पहले ही उसके भाई ने उसे अपने घर आने से मना कर दिया था। उसके बच्चों के भविष्य का सवाल था। वह मरे या जिये, मगर गाँव परिवार से कोई नाता न रखे।

मीता, जस्सी सरपंच के पास इसलिए भी था क्योंकि उसका धन जस्सी के पास था। अलबेल की मीता के साथ गहरी दोस्ती हो चुकी थी। कभी मीता उनके बाहर वाले घर में आकर सोता और कभी उनके खेत में बनी झुग्गी में। मीता जब कभी सोने के लिए आता तो आधी रात के बाद ही आता। उस समय पुलिस-छापे का डर नहीं रहता था। सुबह तड़के ही वह बाहर निकल जाता। जिस दिन पुलिस का अधिक खतरा रहता, उस दिन मीता को वे लोग अपने घर में ही सुला लेते थे।

मीता जब उनके घर में सोता तो करतारो के पास उसकी खाट बिछायी जाती। कोई सोच भी नहीं सकता था कि मीता अन्दर घर में बुढ़िया के नज़दीक सो रहा होगा। जस्सी और करतारो उसे भी अलबेल की भाँति प्यार करते थे।

मीता और अलबेल आपस में योजनाएँ बनाते कि वे सारा रुपया ले पंजाब से बाहर किसी अन्य प्रान्त में चले जाएँ। वहाँ जाकर कोई कारोबार करें। वहाँ उन्हें कौन पहचानेगा। दाढ़ी-केश तो वह पहले ही कटवा चुका था। दूसरे प्रान्त में जाकर हिन्दी बोला करेगा। करतारों की बड़ी संदूक में गेहूँ डालने वाली बोरी में सौ-सौ, पाँच-पाँच सौ के रुपयों की गड्डियाँ भरी पड़ी थीं। यह सारा धन मीता का था। उसने यह सारा धन कत्ल कर-कर इकट्ठा किया था। लूटमार, फिरौती ली थी। यह उसकी सारी नेक कमाई थी जो अब जस्सी सरपंच के घर में एक अमानत के तौर पर पड़ी थी। मीता को जस्सी सरपंच पर पूरा भरोसा था। वह अलबेल को अपने सगे भाई की तरह मानता था और उसके माँ-बाप को अपना मानता था।

सारे पंजाब में आतंकवादी धड़ाधड़ पकड़े जा रहे थे। धड़ाधड़ मारे भी जा रहे थे। इन दिनों आतंकवादियों संग पुलिस-मुकबले भी काफी हो रहे थे। लोगों में यह चर्चा आम थी कि यह लहर सरकार ने स्वयं ही पैदा की थी। लगाम ढीली छोड़ रखी थी और सरकार स्वयं ही इस लहर को खत्म कर रही है। बड़े बुजुर्ग आँखों में नमी ला कहते, "जिस ढंग से पंजाब की जवानी इस सरकार ने तबाह की, इसका नतीजा उसे कभी तो भुगतना ही पड़ेगा।"

जस्सी सरपंच एक दिन खुद रोडूशाह गया। थानेदार जगजीत सिंह के घर जाकर कुछ गुप्त बातें कीं।

"आपको मालूम है, मीता मेरे घर पर रहता है?"

"मालूम है। हमें क्या, सभी को मालूम है। वह तुम्हारा पाला हुआ तो आतंकवादी है।"

"अब उसका क्या करना है?"

"उसके सिर पर एक लाख का ईनाम है। वह तुम ले लो या मैं ले लेता हूँ।"

"मेरा तो मुश्किल है सरदार जी। लोग मेरे मुँह पर थूकेंगे। आप ले लो। आपकी तो ड्यूटी है। आपको शाबाशी मिलेगी। मुझे अपने-आप ही मिल जाएगी।"

"बताओ फिर, कब आयें?" थानेदार जगजीत सिंह को एक लाख रुपया सामने नज़र आ रहा था।

"अब वैसे भी ये सभी खत्म किये जा रहे हैं। मीते की क्या बिसात है?"

उस राता मीता, जस्सी सरपंच के खेत वाली झुग्गी में सो रहा था। वह अकेला था। पुलिस के बीस आदमी गये। जगजीत सिंह उनका नेतृत्व कर रहा था। सुबह तड़के का समय था। अभी गर्मी नहीं आयी थी। वह मीठी नींद में सो रहा था।

सिपाहियों ने झुग्गी का घेरा डाल लिया। थानेदार ने ऊँची आवाज़ में कहा कि मीता हथियार फेंक कर खाली हाथ बार आ जाए, नहीं तो वह मिट्टी का तेल डालकर झुग्गी को आग लगा देंगे। जवाब में मीता ने रिवाल्वर से फायर किया। बाहर से भी हवाई फायर होने लगे। जब तक गोलियाँ खत्म न हो गयीं, वह अन्दर खड़ा फायर करता रहा। जब फायर की आवाज़ बन्द हो गयी तो थानेदार ने फिर उसे आग लगा देने की चेतावनी दी। पौ फट चुकी थी। थानेदार द्वारा तीन बार चेतावनी दिये जाने पर मीता सिर पर दोनों हाथ रखे झुग्गी से बाहर आ खड़ा हुआ। पुलिस के सिपाहियों ने उसे एकदम भाग कर नहीं पकड़ा।

थानेदार जगजीत सिंह ने चार दिन रोड़ू शाह थाने में रखा। उसने सब कबूल कर लिया कि उसने जो-जो भी कत्ल तथा वारदातें की थीं। मगर यह नहीं बताया कि उसका सारा धन जस्सी सरपंच के घर पर रखा हुआ है।

''वह सारा धन कहाँ है, जो तुमने इकट्ठा किया है?''

''हम उसी समय सारा आपस में बाँट लिया करते थे।''

''कौन-कौन थे तुम्हारे साथ?''

''कभी कोई, कभी कोई रहता था।''

उसकी ज़ेबों में उस समय बीस हज़ार रुपये थे। पाँच-पाँच सौ रुपये। जो उसने निकाल कर थानेदार को पकड़ा दिये।

अखबारों में लोगों ने सिर्फ़ इतना ही पढ़ा कि गुरमीत सिंह उर्फ़ मीता एक पुलिस-मुकाबले में मारा गया। उसकी लाश लेने उसका कोई भी रिश्तेदार न आया। पुलिस ने ही उसका दाह-संस्कार कर दिया।

14

पंजाब की यह लहर अब लगभग आखिरी पड़ाव पर थी। पंजाब विधानसभा के चुनाव हुए। चुनावों में शिरोमणि अकाली दल ने हिस्सा न लिया। कांग्रेसी उम्मीदवार जीत गये, जिन्हें कभी विधानसभा का मुँह देखना नसीब नहीं हुआ था। कई उम्मीदवार तो इतने कम वोटों से चुनाव जीते कि थंमणवाला गाँव में एक लतीफ़ा चल निकला, ''इससे अधिक वोट तो कौरा बामण अकेले थंमणवाला से ले लेता।'' लोग आम तौर पर वोट डालने गये ही नहीं थे। एक तो चारों ओर इस बात का प्रचार किया गया था कि चुनाव का बहिष्कार किया जाए। दूसरा आम जनता को लोकतन्त्र में कोई विश्वास ही नहीं रह गया था।

इस विधानसभा हलके से भी कांग्रेसी उम्मीदवार ही जीता। चाहे वह पहली

बार एम.एल.ए. चुना गया था। मगर वह अच्छी ज़मीन-जायदाद का मालिक था। जस्सी सरपंच ने उसी का समर्थन किया। उसने अपने गाँव के अलावा अन्य क्षेत्रों में भी वोट देने के लिए प्रेरित किया बल्कि अन्दर ही अन्दर नछत्तर सिंह की वित्तीय सहायता भी की। जस्सी के कहने पर बाबा रामदास ने भी नछत्तर सिंह को सहयोग दिया। अपनी सारी संगत को उसी उम्मीदावार को वोट डालने को कहा।

नछत्तर सिंह महीना-डेढ़ महीना इन्हीं गाँवों में ही घूमता रहा था। थंमणवाला वह कई बार आया। जस्सी उसके साथ सारे गाँव में उसकी हिमायत करने के लिए गया। उन दिनों में ही नछत्तर सिंह ने जस्सी सरपंच के घर-परिवार के बारे में काफी कुछ जान-समझ लिया था। उसकी ज़मीन-जायदाद की जानकारी मिली। सरकारी दरबार उसकी पहुँच का भी पता लगा। अलबेल की उम्र तो काफी हो चुकी थी। मगर वह अधिक उम्र का नज़र नहीं आता था। चौंतीस-पैंतीस का ही लगता था। उसकी सेहत अच्छी थी। देखने में सुन्दर था। दसवीं पास था।

नछत्तर के दो लड़के तथा एक लड़की थी। लड़के, लड़की से बड़े थे और विवाहित थे। लड़की एम.ए. कर चुकी थी। एम. ए. में उसके नम्बर कम आये थे। यू.जी.सी. का टेस्ट भी पास नहीं थी। उसकी उम्र अठाईस से ऊपर थी। एक प्राइवेट से कॉलेज में लैक्चरार थी। बस टाईम पास सा था, वरना उसे नौकरी करने की कोई आवश्यकता नहीं थी।

नछत्तर ने अपनी बेटी का रिश्ता जस्सी के लड़के अलबेल संग कर दिया। विवाह हो गया। बारात में सिर्फ़ ग्यारह आदमी लिजाने की पाबन्दी अब न रही थी। जस्सी ने सौ आदमियों को बारात में शामिल किया। भरपेट शराब पी गयी। नछत्तर ने अलबेल को दहेज में मारुति कार दी। अन्य वस्तुओं की कोई गिनती ही नहीं थी। फ्रिज, टेलीविजन, सोफा-सैट आदि सभी कुछ था। इतना दान-दहेज, थंमणवाला गाँव में आज तक कोई बहू नहीं लेकर आयी थी।

नछत्तर सिंह एम.एल.ए. के साथ सम्बन्ध जुड़ जाने के पश्चात् जस्सी सरपंच की सरकारी दरबार में पहुँच और भी बढ़ गयी। सरकार भी कांग्रेस की बनी। नछत्तर चाहे मन्त्री नहीं बना था, मगर उसकी ताकत मन्त्रियों से कम भी नहीं थी। लोग अक्सर ही उसे ले चंडीगढ़ जाते रहते और अपने काम करवाते। पाँचवें-सातवें दिन ही उसे चंडीगढ़ जाना पड़ता था। एम.एल.ए. होस्टल में उसका कमरा नियत था। वहाँ वह दो-दो रात रहता।

जस्सी ने रोड़ूशाह मंडी में एक बनी-बनायी कोठी खरीद ली। यह किसी अमीर महाजन की कोठी थी। पंजाब के हालात खराब हो जाने के पश्चात उन्होंने अपना कारोबार यू.पी. में शिफ्ट कर लिया था और सारा परिवार वहीं चला गया था। उनका कारोबार वहाँ चल निकला था। रोड़ूशाह वाली कोठी उसने सस्ते में ही बेच

दी थी। सौदा विजय कुमार आढ़तिये के पुत्र कीमती लाल के माध्यम से तय हुआ था।

बहू को ले अलबेल रोड़ूशाह की कोठी में रहने लगा। जस्सी ने वहाँ उसकी आढ़त की दूकान शुरू करवा दी। यह दूकान कीमती लाल के साथ साँझी थी। बनिया सयाना था। हालात बिगड़ जाने के कारण बनिया वर्ग का महत्त्व गाँवों में कम होने लगा था। जाट अलबेल को अपनी साँझेदारी में रख कीमती लाल को हौसला हो गया। वह सोचने लगा कि जाटों की साँझेदारी में उसका धन बर्बाद नहीं होगा।

थंमणवाला, टिब्बे तथा आस-पास के अन्य गाँवों की फसल उनकी दूकान पर आने लगी। उनकी दूकान पर बोर्ड टँगा था, ''अलबेल सिंह कीमती लाल थंमणवाले।''

15

हालात अब काफी ठीक होने लगे थे। अब पहले जैसा डर-भय कायम नहीं रह गया था। पंजाब फिर से अपनी पुरानी सभ्यता की ओर लौटने लगा। दूकानों वाले बनिये तो उसी प्रकार गाँवों में डटे रहे, मगर काफी बड़े परिवार पंजाब से बाहर भी चले गये। मुकंदी लाल मर चुका था। उसके दो लड़के थे। उन्होंने दूकान अच्छी-खासी चला रखी थी। एक लड़के ने बरनाला जाकर गुड़-चाय की दूकान डाल ली। दूसरा थंमणवाला में ही टिके रहा। भूतपूर्व सरपंच बुग्घा राम का लड़का कस्तूरी रोड़ूशाह जाकर रहने लगा, मगर दूकान अभी गाँव थंमणवाला में ही थी। बुग्घा राम का भी स्वर्गवास हो चुका था। कस्तूरी की दूकान शहर की भाँति बहुत बढ़िया चलती थी। उसकी दूकान बहुत बड़ा शापिंग-सेन्टर थी। वहाँ सारा सामान मिलता था, वह भी शहर के भाव पर। वह रोज़ सवेरे मिन्नी बस पकड़ थंमणवाला गाँव आ जाता। शाम को अँधेरा होने पर आखिरी टैम्पू ले रोड़ूशाह लौट जाता।

गाँव में सुबह मुश्किल से बाहर निकलते तो वह दूकान पर बैठा होता। धूप-अगरबत्ती कर, दूकान साफ-सुथरी नजर आती। रात को दूकान में उसका नौकर सोता था। दूकान की सारी सफाई-सँभाल नौकर ही करता। कस्तूरी तो आकर सिर्फ़ गद्दी सँभाल लेता था। दूकान पर सारा दिन अच्छी-खासी भीड़ लगी रहती। कस्तूरी दूकान में सामान कई जगहों से लेकर आता था।

स्कूटर ले लेने से कस्तूरी को काफी आराम हो गया था। अब वह अँधेरे में भी मंडी लौटने लगा। सामान लेने बरनाला स्वयं चला जाता और कई बार आर्डर देने पर सामान दूकान पर पहुँचा भी दिया जाता। अब तो बहुत सारे काम टेलीफोन से भी होने लगे थे।

रौनकी भी इस जहान से चला गया था। उसके दो पुत्र खेती का काम करते थे। अभी भी खेती करते थे। दूध देने वाले लड़के ने शहर में जाकर हलवाई की दूकान खोल ली थी। मिठाइयों के साथ-साथ वह अधिक दूध देने का ही काम करता था।

बरनाला वाले मुनीम ने महाजनी छोड़ दी और रोडूशाह मंडी में अपनी महाजनी की दूकान खोल ली। सभी भाइयों ने अपनी पन्द्रह एकड़ ज़मीन को बाँटा नहीं था। गाँव वाले दोनों भाई ही फसल दे देते हैं। वह आपस में चुपचाप ढंग से बँटवारा करते। जाटों की तरह शोर-शराबा या हो-हल्ला न करते। बहनों के साथ सभी भाई अच्छी तरह से बर्ताव करते।

हालात तेज़ी से बदलते जा रहे थे। कौरा बामण पहले की भाँति ही जस्सी सरपंच के साथ ही रहता। गौमती बूढ़िया कई वर्ष पहले ही परलोक सिधार चुकी थी। कौरा की शादी नहीं हुई थी। अब वह सिर्फ़ जस्सी के साथ रहने लायक ही रह गया था। जस्सी ने उससे कहा भी वह रोडूशाह अलबेल के पास चला जाए और दूकान पर बैठा करे। दुकान पर काम भी काफी रहता। वह घर का आदमी था। दूकान पर भी निगाह बनी रहेगी, मगर कौरा माना नहीं। वह जस्सी के बाहरवाले घर पर रहने लगा। वहाँ वह उनके डंगर-पशु सँभालता। वहीं पर उसे चाय-रोटी मिल जाती। अब जस्सी का परिवार ही उसका अपना था।

बाबा रामदास ने भी रोडूशाह रहना छोड़ दिया था। अब वह पहले की तरह दुल्ले की ढाब पर अपनी कुटिया में रहने लगा। पहले वाले हालात लौट आये थे। अब डेरे पर रात-बिरात अजनबी लोगों के आने का डर खतरा नहीं रह गया था। मंडी वाली उसकी कोठी में एक सेवक रहने लगा था। जिस दिन रामदास रोडूशाह जाता तो अपनी कोठी में भी जाता। नछत्तर सिंह के चुनाव के समय इस कोठी में लंगर खोल दिया गया था। मगर इस कोठी में शराब पीने की मनाही थी और ना ही माँस-मछली खाने की इजाज़त थी। अब यह कोठी अलबेल सिंह के काम आती थी। उससे सामान खरीदने-देने वाले व्यापारी लोग इस कोठी में रात-बिरात ठहरते थे।

बीसवीं सदी अपने आखिरी वर्षों में पहुँच चुकी थी। थंमणवाला गाँव में फिर से नौजवान सभा बनी। ये सभी नौजवान पढ़े-लिखे थे। दो नौजवान तो एम.ए. पास थे और पाँच-सात युवक बी.ए. पास थे। अन्य सभी स्कूल पास थे। मगर सभी बेरोज़गार थे। ना उन्हें कहीं कोई नौकरी मिली थी और ना ही उन्होंने कोई ट्रेनिंग-कोर्स पास किया था। सभी घरवालों संग थोड़ा बहुत खेती के काम में सहयोग देते थे। सभी को पुस्तकें पढ़ने का शौक था। अखबार तो सभी गाँववाले पढ़ते थे। पंजाबी के तीन अखबार बड़ी मात्रा में रोज़ाना गाँव में आते थे।

युवकों ने आपस में एक मीटिंग कर सलाह की कि एक तो पहले की तरह गाँव में कबड्डी का खेल-आयोजन किया जाए। करीब बीस वर्ष पूर्व उनके थंमणवाला गाँव में कबड्डी का टूर्नामेंट हुआ करते थे। टूर्नामेंट गुरु नानक जयंती के समय होते थे। दूर-दूर के गाँवों से टीमें आतीं। हरेक टीम को पाँच सौ रुपया दिया जाता। जीतने वाली तीन टीमों को एक हज़ार, दो हज़ार तथा तीन हज़ार रुपये ईनाम में दिये जाते। जब पंजाब के हालात खराब होने लगे, यह कबड्डी टूर्नामेंट भी बन्द हो गये। यह टूर्नामेंट गाँव की पंचायत करवाती थी। तीन दिनों के लिए सारा गाँव मेले में परिवर्तित हो जाता। अब नौजवान सभा ने फैसला किया कि पहले की तरह कबड्डी के मैच गुरु नानक जयंती के समय ही करवाये जाएँ। सभी टीमों को एक हज़ार रुपया दिया जाए। फर्स्ट, सेकेंड तथा थर्ड आने वाली टीमों को पाँच हज़ार, तीन हज़ार तथा दो हज़ार के ईनाम दिये जाएँ।

दूसरा फैसला यह किया गया कि गाँव में शहीद भगत सिंह लाइब्रेरी बनायी जाए। दो कमरे हों। एक कमरे में किताबों की अलमारियाँ हों तथा दूसरा कमरा रीडिंग-रूम के तौर पर इस्तेमाल हो। इस रीडिंग-रूम में पंजाबी की पत्रिकाएँ तथा सभी पंजाबी-अखबार पड़े रहने चाहिए।

तीसरा फैसला यह भी किया कि नौजवान अछरा सिंह की यादगार मूर्ति स्थापित की जाए। गाँव में अछरा दाँदू को अभी तक याद किया जाता था। काले दिनों में उसने गाँव की लाज रखी थी। वह और उसके साथी गाँव में महाजनों को वापस लौटा लाये थे। वह एक अच्छे मार्ग पर चलने वाला नौजवान था। वह गाँव का नायक बन चुका था। लोग उससे नेक-सलाहें लेते थे। अछरा दाँदू जिसका सारी दुनिया में अपना कोई नहीं था, मगर वह सभी का था।

एक महीने के पश्चात नौजवान सभा ने गाँव में एक सभा की। नौजवान सभा ने इस सभा में कामरेड तरसेम सिंह के बड़े पुत्र नवचेतन सिंह को अपना अध्यक्ष बनाया। फिर सारी कार्यवाही नवचेतन ने चलायी। समूह में गाँव की नयी पंचायत बुलायी गयी। पुराने पंचायत-मैम्बर भी थे। सारे नम्बरदार बैठे थे। गाँव के अन्य समझदार आदमी भी थे। भूतपूर्व सरपंच जसवंत सिंह हाज़िर था। दुल्ले की ढाब वाले बाबा रामदास भी आये। अगले गुरुपर्व में कबड्डी-मेला करवाने के लिए कमेटी बना दी गयी। कुछ बड़ी उम्र के व्यक्तियों ने फंड इकट्ठा करना था। शहीद भगत सिंह लाइब्रेरी दुल्ले की ढाब में बनाई जाए। जगह हम दे देंगे। कमरों का निर्माण वह लोग स्वयं कर लें। बाबा रामदास की यह पेशकश मान ली गयी। दुल्ले की बावड़ी थंमणवाला से अधिक दूर नहीं थी। किताबें पढ़ने के शौकीन साइकिल-स्कूटरों पर वहाँ जा सकते थे। यह सारे गाँव का संयुक्त स्थान था।

अछरा दाँदू के बुत लगाने का विरोध किसी ने भी न किया। सभी ने इसका

समर्थन किया। लोगों ने सुझाव दिया कि यह बुत भी दुल्ले की ढाब में स्थापित किया जाए। बुत राजस्थान के शहर जयपुर से बनवा कर लाना था, जिस पर काफी खर्च होना था।

कबड्डी मैचों के बाद लाइब्रेरी और बुत स्थापित करने के लिए फंड इकट्ठा किया जाने लगा।

नौजवान सभा ने अपनी सरगर्मियाँ ढीली न पड़ने दीं। एक वर्ष के भीतर ही दुल्ले की ढाब में लाइब्रेरी के निमित्त दो कमरे निर्मित हो गये। एक कमरे में चार अलमारियाँ, किताबों की भर दी गयीं। दूसरे कमरे में एक बड़ी मेज रखी गयी। जिस पर पत्रिकाएँ तथा अखबार पड़े रहते थे। मेज के दोनों ओर बैंच लगे थे। लाइब्रेरी के बाहर बोर्ड पर लिखा था, ''शहीद भगत सिंह लाइब्रेरी, थंमणवाला।' लाइब्रेरी के बाईं ओर नौजवान अछरा सिंह का बुत स्थापित किया गया। सफेद कमीज़-पज़ामा, काली पगड़ी, काली बास्कट। भूरे रंग की शाल लपेटे हुए वह बुत शान से खड़ा था।

पाँचवाँ भाग

1

''माल तो यह है हमारे देखते-देखते आमों की सारी रेहड़ी बिक गयी। कोई एक किलो ले गया, कोई दो किलो।' संते ने गम्भीरता से कहा।

''और क्या, देख लो।' दयालो ने आम का रस गटकते हुए सिर्फ़ हुंकार भरी।

उन्होंने दो किलो दशहरी आम लिये थे। बाद में गिन कर देखे, ठीक है, सारे परिवार वालों के हिस्से में एक-एक आ जाएगा। दयालो ने दो अच्छे से आम लिफाफे से निकाले और नल से धो वे वहीं एक बैंच पर बैठ कर चूसने लगे। वे गाँव जाने वाली बस की प्रतीक्षा में शहर के बस अड्डे की शैड के नीचे बैठे थे। आम को फिर से चूसते हुए उसने हँसते हुए कहा, ''हम तो यहीं पर आम चूस लेते हैं। घर जाकर बच्चों में मालूम नहीं कोई टुकड़ा मिलेगा भी कि नहीं।''

''करनैल का छोटा लड़का बहुत खराब है, गोलू सा। कहेगा, सारा लिफाफा पहले मुझे दे दो।'' संते ने कहा और धीमे से हँसने लगा। वह अपना आम पहले ही खत्म कर चुका था। उसने उठ कर नल से हाथ-मुँह धोया और फिर वहीं आकर बैठ गया। फिर हँसते हुए पत्नी से कहने लगा, ''फेंक भी दो अब, गुठली भी निगलोगी क्या?''

उन्होंने देखा, उनके गाँव वाली बस अभी तक अड्डे पर आ कर लगी नहीं थी। उस ओर जाने वाली कई सवारियाँ इधर-उधर थैले लिए खड़ी थीं।

''क्या करेगा साला जाट? आम देखो कैसे बिकता जा रहा है।'' दयालो ने उसकी ओर देखा।

''इस बार धान नहीं बोया, कपास बो लिया। मुश्किल से घुटनों-घुटनों तक आया था, अमेरिकन सूंडी ने हल्ला बोल दिया। अब क्या किया जाए?''

''स्प्रे करवा लो। सूंडी खुद ही मर जाएगी।'' दयालो ने कहा।

''स्प्रे का मालूम नही तुम्हें? कितनी बार भी छिड़काव करो, कीड़े नहीं मरते।''

''ऐसा क्सा?''

''हाँ, यह तो एक प्रकार से हँसी की ही बात हैं। कहते हैं, कीड़े-मकौड़े भी

नशेड़ी हो गये है नशेड़ियों की तरह। छोटी–मोटी दवाइयों का नशा तो उन्हें रहता ही हैं। अच्छी सख्त दवाई हो तो कहीं जाकर मरते हैं। मगर तेज दवाई कहीं मिलती नहीं।''

''क्यों मिलती नहीं? इतनी दूकानें हैं शहरों में? कहीं से मिल ही जाएगी।''

''नहीं, कहीं से असली स्प्रे नहीं मिलता। या तो कम्पनियों का बेड़ा बैठा हुआ हैं। पक्की बात है, भई ये दूकानदार कीड़ेमार दवाइयों में मिलावट करते हैं।''

''दवाइयों को चैक नहीं करता कोई? ताकि असली–नकली का पता लगाया जा सके।''

''है, इस्सपिंटर हैं। सरकार से तनख्वाहें खूब खाते हैं। मगर दूकान वाले उनका मुँह बाँध देते हैं। दवाई का नमूना कहीं भी नकली साबित नहीं होता। क्या करेगा कोई। चारों ओर खाना खराब है। दूकानों वाले भी सिर्फ़ पैसा बनाते हैं। जाट मरता फिरे साला।''

''हाय, हाय। प्लेग पड़ें उन्हें।''

''लोग तो खड़े नरमे (अमेरिकी कपास) को ही बुआई करते जाते हैं।''

''क्यों?''

''फिर से धान जो बोएँगे।''

''मैं मर जाऊँ। धान तो फिर से मंडियों में बिखरा रहेगा पिछले साल की भाँति। लोगों का कितना बुरा हाल हो जाता है।''

''अपना भी यही हाल होगा। नरमा की बुआई के बाद धन बो देते हैं। अभी तो रुत भी है धान की। कुछ दिनों बाद ही सही। और क्या। करनैल तो चार–पाँच दिनों से इसकी तैयारी भी करने लगा है।''

तभी आस–पास खड़े यात्रियों में हलचल होने लगी। बस अड्डे पर आकर लग चुकी थी। ''मानसा....मानसा..चलो भई। मानसा वाले।'' यह आवाज जैसे खास उन्हीं के लिए थी। अन्य आवाज़ें जैसे उन्हें सुनाई ही नहीं दे रही थीं। वे बस में जा बैठे।

छोटे लड़के जरनैल का लड़का था। वह भदौड़ 'पंजीरी' लेकर गये थे। सुबह की पहली बस ने भदौड़ गये। वहाँ सम्बन्धियों से बातें कीं। बच्चे को लोरियाँ दीं। दोनों ने बच्चे से खूब लाड़–प्यार किया। दोपहर को खाना खा वे वापस लौट आये। पहाड़ से दिन। अभी भी सूरज खड़ा था। बस में बैठ वे फिर से बातें करने लगे।

''देखा था, समधिन कैसे पंजीरी को छू–छू कर देख रही थी?'' दयालो ने मुँह बनाकर कहा।

''देख रही होगी कि घी कितना मिलाया होगा इसमें?'' संते ने कहा।

''अपनी ओर से बहुत चालाक बनती है। इसीलिए मैंने ही कह दिया कि

पूरा पाँच किलो घी डाला है इसमें। बादाम-मेवे भी डाले हैं। सुख से पहला लड़का है, मेरी बहू तदंरुस्त रहे बस।'' दया लो ने इतरा कर बताया।

''भीतर की बात तो कोई नहीं जानता।'' सन्ता मुस्करा रहा था।

''वो क्या?''

''देसी घी तो चार किलो ही है। एक किलो तो डालडा डाला है। चलो पूरा पाँच तो कर दिया न तुमने।''

''यह तुमने क्या किया? जहाँ कस्तूरी चार किलो घी के पैसे लिखता वहीं पाँच के लिख देता। तुमने कौन से नगद देने थे?'' सन्ता हैरान था।

''औरतों की बातें ऐसी ही होती हैं, तुम आदमियों की बातें नहीं जानती। सिर्फ़ देशी घी की पंजीरी को नज़र लग जाती है। फिर खाने वाले को इस की तंदरुस्ती लगती नहीं। वैसे भी महँगाई की मार है।''

''वक्त ही बुरा आ गया है। अब एक ही भैंस का दूध है। परिवार में ही सारा बँट जाता है। सारा दिन चाय बनती रहती है। अब तो लस्सी पीने को भी तरस जाते हैं। देसी घी कहाँ से जुड़ता। अब तो लोक-लाज को पंजीरी देनी पड़ती है। खरीदे हुए घी की क्या पंजीरी भला?'' सन्ता जैसे शून्य में बोलता जा रहा था। दयालो के पास होने का एहसास भी न रह गया हो।

बस पल-क्षण में भरती गयी। इतनी सवारियाँ मालूम नहीं कहाँ से टपक पड़ी थीं। बस भर गयी। कंडक्टर ने सीटी दी। बस स्टार्ट हो गयी, मगर चली नहीं।

''तीन साल हो गये, फसल नहीं हुई। पहले साल तैयार गेहूँ पर ओले आ गिरे। दूसरे साल, बाढ़ आ गयी। धान पानी में खड़े ही सड़ गया। पिछले बरस धान छोड़ नरमा बोया तो सूंडी आ गयी। सत्यानाश कर दिया सारी नरमा। इस बार फिर मालूम नहीं क्या हो। गेहूँ तो घर में ही खायी जाती है। मुश्किल से साल निकलता है। धान और नरमे में ही जाट की कुछ कबीलदारी सँभाली जाती हैं।'' चलती बस में भी वह जैसे खुद से ही बातें कर रहा हो। दयालो सिर्फ़ हूँ-हाँ करती जा रही थी।

''लड़की के बारे में भी कुछ सोचो?'' दयालो ने धीरे से कहा। संतो को सुनाई नहीं दिया। उसे दयालो के होंठ हिलते नज़र आये बस। उसने ऊँची आवाज़ में पूछा, ''क्या कहा?''

''लड़की, गेलो।'' दयालो ने मुँह कान के पास लिजा कर कहा।

''उसके साथ की लड़कियों के दो-दो बच्चे हो गये हैं। उसका कोई बंदोबस्त करो अब। बड़ी होती जा रही है। यही दिन है उसका ब्याह करने के क्वाँरी लड़की का कितना ध्यान रखना पड़ता है।''

''हाँ, इस बार के जाड़े में गेलो की शादी अवश्य कर देंगे बस। कोई ढंग का लड़का हाथ लग जाए कहीं। शादी तो करनी है उसकी।'' संते ने आह भरी।

''फसल की ओर ना देखो। फसलें तो अच्छी बुरी होती ही रहती हैं। हर बरस ऐसे ही होता है। फसलों के साथ शादी-ब्याह नहीं होते। करनैल-जरनैल की शादी भी तो ब्याज पर रकम ले, की थी। अब उतार देंगे।'' दयालो योजनाएँ बनाने लगी।

''कीमती का दो लाख हो चुका है। शायद इससे भी ज्यादा हो। लड़की के समय और भी बढ़ जाएगा। इतनी रकम कैसे उतारेंगे लड़के। फसलों की कमाई से तो ब्याज उतारा नहीं जा सकता। कोई चमत्कार ही हो जाए तो ठीक है।'' सन्ता खोखली हँसी हँसा।

''और कौन सा चमत्कार होगा कभी। यह संकट-मुसीबतें तो बने ही रहेंगे जाटों संग। इनके बिना गुजारा भी तो नहीं।'' दयालो चिन्ता की गहराई में उतरने लगी।

''अपने बराबर की ज़मीन जोरा के पास है। मुख्य सड़क पर कितनी बड़ी कोठी बना ली। आने-जाने के लिए जीप रखी हुई है। लड़का पढ़-लिख गया। काम पर भी लगवा लिया उसने। लगा भी लोगों को लूटने वाली जगह पर है। जाटों को क़र्ज़ा देने वाले बैंक का क्लर्क लगा है। बेटा, बाप से भी आगे है। माया से माया बना रहा है। उसकी मोटरसाइकिल की तीखी आवाज़ मेरे सीने में जा लगती है। लड़के को इस बात का एहसास हो न हो, मगर मुझ से बर्दाश्त नहीं होता।''

''यह तो अपना-अपना भाग्य है। वे अपने भाग्य का खाते हैं। चलो, फिर भी अपने ही हैं। हम उन्हें देख कर क्यों जलें-भुनें?''

''जल-भुन कहाँ रहे हैं। मैं तो सिर्फ़ बात कह रहा था। भई, यह भी एक चमत्कार है। उनका चमत्कार चल गया, अपना नहीं चला। जोरा गजधारी बना बैठा है और हम लोग वैसे ही नंगे के नंगे। उनके घर में पैसा आ-आकर गिर रहा है, यहाँ फिर चढ़ता जा रहा है।''

''जूते भी जोरा ही खाता है। अपने घर पुलिस आयी है कभी? उसके द्वार रोज़ सिपाही खड़े रहते हैं।''

''औरतों को समझ नहीं इन बातों की। वे सिपाही जोरा को पकड़ने नहीं आते। सरदार के भेजे हुए आते हैं। महीना लेने के लिए।''

''महीना क्या होता है?''

''अफीम जो बेचता है, जस्सी के लड़के अलबेल के साथ मिल कर। अलबेल लाकर देता है और जोरा आगे ग्राहकों को बेचता है अब। ऐसे तो खड़ी नहीं हो गयी कोठी। जीप कहाँ से आयी। लड़के को रुपया देकर नौकरी पर लगवाया। मालूम नहीं लाख दिया या दो लाख। भगवान ही जाने।''

''अपने लड़के ऐसे नहीं हो सकते जोरा जैसे। वे तो बहुत ही शरीफ हैं।''

''शरीफ हैं तभी तो मार खाते जा रहे हैं। नेक आदमी को इस जहान में कुछ नहीं मिलता।'' सन्ता को सारे परिवार की फ़िक्र हो रही थी।

''सरपंच का अलबेल तो अब यहीं गाँव में ही घूमता-फिरता है, कई बार आमना-सामना हुआ। वैसे तो चाची कह माथा टेकता है। उसकी तो आढ़त की दूकान है, फिर वह यहाँ क्यों आता-जाता है।''

''आएगा क्यों नहीं यहाँ। उसका गाँव है यह। उसके माँ-बाप हैं यहाँ। फिर महाजन है, तभी तो गाँव में चक्कर लगाता रहता है।''

''क्यों ?''

''उनकी आसामियाँ होती हैं। पैसे उगाहने की खातिर जाट को ठकोरते रहना चाहिए। पहले कीमती आता था, यह सरदारी करता था। अब यह अलग-अलग हो गये हैं। अब अलबेल के अकेले की ही दूकान है। कीमती का तो पहले था। उनका तो पुश्तैनी धन्धा रहा देख लो।''

''जाटों का धन्धा नहीं यह। महाजनी तो बनियों को ही रास आती है। जाटों की अक्ल मोटी होती है।''

''वाह भई वाह। जाट तो अब महाजनों से भी आगे निकल गये। जाट अब पहले जैसे नहीं रहे। ये धन्धा तो जिसे रास आ जाए। अलबेल ने कीमती को पीछे छोड़ दिया। अलबेल तो तीन-तीन काम करता है। अपने बाप से भी आगे निकल गया। ससुर के सिर पर लीडरी भी करता है, अफीम भी बेचता है। महाजनी का धन्धा भी करता है।''

''अगर लीडरी करता है तो फिर दूकान पर कब बैठता है ? लीडरों का तो काफी जगह पर आना-जाना लगा रहता है। लोगों के काम-धन्धों के लिए इधर-उधर जाना ही पड़ता है।''

''इसकी दूकान पर दो मुनीम बैठते हैं। वही रखते हैं, सारा हिसाब-किताब। पैसा-टका वही देते-लेते हैं। इसका तो नाम ही है। मैंने सब देखा है, दूकान पर जाकर। आदर-सत्कार पूरा करता है गाँव के आदमियों का। अलबेल कहता था, फसल हमें दिया करो संत सिह जी। पैसा जितना मर्ज़ी ले लो। कीमती से हिसाब खत्म करवा देते हैं। बोलो। मैंने कहा, ''नहीं भतीजे, कीमती ही ठीक है। एक ही पति ठीक रहता है।''

उनके गाँव का अड्डा आ चुका थ। जितनी सवारियाँ उतरीं, उतनी ही और चढ़ भी गयीं। अड्डे की छोटी-मोटी दूकानों पर नज़र मारते वे अपने राह पर आगे बढ़ने लगे।

अपने घर पहुँचे तो उनके घर से रंगरेज़ों का लड़का त्रिलोचन बाहर निकला। उन्हें देखते ही उसने पहले नज़रें चुरा लीं, मगर फिर उन्हें प्रणाम किया। त्रिलोचन

को देख दयालो के शरीर से एक विचार कौंध कर निकल गया। संत सिंह ने लड़के का हाल-चाल पूछा और पूछा, ''कैसे आया था जवान?''

''मुझे तो ताया जी, बापू ने भेजा था, भई नरमे का कुछ करो। सूंडी तो मरती नज़र नहीं आती। इतनी दवाइयों का छिड़क कर भी।''

''नरमे का तो यही है, शेरा। इसी प्रकार बुआई कर देते हैं। फिर धान रोप देंगे। खर्चा तो दुगुना लगेगा, मगर कुछ तो हासिल होगा ही।''

''ठीक है ताऊ जी। यही ठीक रहेगा। मैं कह देता हूँ बापू जी को।'' त्रिलोचन जाने को उतावला नज़र आया।

वे घर में दाखिल हुए तो दोनों पुत्र घर में नहीं थे। खेत से अभी लौटे नहीं थे। करनैल की बहू तथा बच्चे भी नज़र ना आये। गेलो रसोई में कुछ काम करती नज़र आयी।

2

सन्ता और जोरा ने अपनी ज़मीन काफी समय पहले ही बाँट ली थी। मगर जोरा ने अपनी छः एकड़ ज़मीन भी अपने भाई सन्ता को बँटाई पर दे रखी थी। उसे भाई पर पूरा यकीन था। वैसे भी संते या उसके दोनों बेटों में इतनी हिम्मत नहीं थी कि वे जोरा की ज़मीन पर कब्जा जमा सकें। जोरा पैसे वाला आदमी था। सन्ता तंगहाल किसान था। अलबेल के साथ नाता होने के कारण जोरा की राजनीति में भी कुछ पहुँच हो चुकी थी।

जस्सी की भाँति अलबेल अब अफीम का धन्धा करता। कौरा बामण अभी जीवित था। वह काफी बूढ़ा हो चुका था। कौरा जस्सी के बाहरवाले कमरे में रहता था। अफीम देनेवाले रात को जीप ले कर आते और कौरा को अफीम दे जाते। रकम वे मंडी से अलबेल से ले जाते। कौरा सारा माल ज्यों का त्यों अलबेल को थमा देता। अलबेल जोरा को बुला लेता। तौल कर अफीम दे देता। आधी रात को अलबेल जीप लाता। जीप वह खुद चलाता। जोरा उसके साथ रहता। अन्य कोई तीसरा व्यक्ति साथ में न होता। वे दिन निकलने से पहले आस-पास के पाँच-छः गाँवों में अफीम की सप्लाई दे आते। थंमणवाला में अफीम जोरा बेचता। अलबेल के कारण पुलिस भी जोरा पर हाथ नहीं डालती थी।

जोरा की बीवी निम्मो को दूसरा कोई बच्चा नहीं हुआ था। गुरजंट बचपन से ही तेज़ बुद्धि वाला था। ज़माने की हवा देख जोरा ने फैसला किया की वह न खुद खेती का काम करेगा और ना ही अपने लड़के को इस काम में फँसाएगा। इसीलिए भी उसे और बच्चों की ज़रूरत भी महसूस न होती थी। खेती के कार्य में ही अधिक

आदमियों की ज़रूरत होती है। उनके लिए गुरजंट ही काफी था। शेर-पुत्र।

गुरजंट ने गाँव में दसवीं पास कर, कॉलेज से बी.ए. किया। सहकारी बैंकों के लिए क्लर्कों की पोस्ट निकली तो वह सलैक्ट हो गया। नछत्तर सिंह भूतपूर्व एम.एल.ए. की ओर से सिफारिश लगायी गयी थी। एक लाख रकम जोरा के लिए कोई खास नहीं थी। उन दिनों उसका काम ज़ोरों पर था। इस सन्दर्भ में उसने अलबेल से बात की। अलबेल ने अपने ससुर से और बताया कि ज़ोरा उसका हिस्सेदार है। जोरा का काम अपना ही समझो। नछत्तर सिंह के बारे में सभी जानते थे कि वह दसवाँ हिस्सा अवश्य लेता था। सहकारी बैंक ही नहीं, अन्य कई विभागों में भी नछत्तर का दाँव-पेंच चलता था। इन कामों में नछत्तर सिंह एकदम माहिर था।

जाटों को कर्ज़ देने की धमाचौकड़ी मची थी। गुरजंट ने तो पहले ही वर्ष में एक लाख वसूल कर लिया था। सारा स्टाफ मिल-बाँट कर खाता था।

जोरा को घर पर दोहरी कमाई आती थी। उसका अपना कारोबार बेरोकटोक चलता था। उतनी ही कमाई गुरजंट की होने लगी थी। अपनी छः एकड़ ज़मीन तो उसे याद भी नहीं थी। अपने हिस्से की फसल पर वह ज्यादा गौर भी नहीं करता था। उसका बड़ा भाई सन्ता उसे जितनी गेहूँ दे देता, वह चुपचाप ले लेता था। सन्ता से वह सिर्फ़ गेहूँ ही लेता था। जब से जोरा ने अपनी कोठी बनायी थी, अपना अन्दर वाला घर भी सन्ता को सौंप दिया था।

सन्ता अफीम खाता था। खेती का काम-धन्धा तो वह नहीं करता था। मगर अफीम के बगैर उसके हाथ-पैर टूटते रहते थे। जोरा उसे अफीम ऐसे ही दे जाता था। कोई रुपया-धेला भी नहीं लेता था।

अब कुछ दिनों से सन्ता काफी ढीला था। वह गाँव के प्राइवेट डॉक्टर के पास भी गया था। डॉक्टर ने उसे चैक किया। बुखार देखा। ब्लड प्रैशर भी चैक किया। उसे कोई बीमारी नहीं थी। बस उसे भूख नहीं लगती थी। वह दिन में कई बार जंगल-पानी के लिए जाता था। एक ही बीमारी थी। सन्ता भी जानता था। अफीम खराब थी। यह तोला अफीम जोरा ने जानबूझ कर उसे खराब नहीं दी थी। इस बार माल ही खराब आया था।

उस दिन सन्ध्या समय दयालो जोरा के घर पर गयी। जोरा घर पर ही था। वह उस दिन के मुड़े-तुड़े अखबार पर नज़र दौड़ा रहा था। नछत्तर सिंह से जुड़ी खबर को वह खासी दिलचस्पी से पढ़ता था। दूसरी वे खबरें वह ध्यान से पढ़ता था जिसमें भुक्की पकड़े जाने तथा नाजायज़ देसी शराब के पकड़े जाने की सूचना होती थी। आज वह रामपुरा फूल से पाँच किलो पकड़ी गयी अफीम की खबर को ध्यान से पढ़ रहा था ताकि मालूम हो सके कि इनमें से कोई उसका आदमी तो नहीं था।

दयालो गेट खोलने से पहले उसकी विशाल कोठी की ओर नज़र भर कर

देखने लगी। संतें की किस्मत क्यों खराब लिखी गयी थी, जबकि दोनों भाई एक ही माँ की कोख से जन्मे थे। सन्ता और उसका परिवार अभी तक सदियों पुराने मकान में बैठे थे, जबकि जोरा ने कोठियाँ बना ली थीं। पहले-पहल जोरा की बीवी निम्मो ने कैसा रोना-पीटना मचाया था और रूठ कर मायके जा बैठी थी। उसने निश्चय कर लिया था कि अब वह कभी थंमणवाला गाँव में नहीं जाएगी। अब वही निम्मो है जो स्वर्ग भोगती है और जोरा उसे पटरानी बनाकर रखता है। जबकि अभी समय था जोरा, दयालो के बगैर साँस भी नहीं लेता था। उसने आह भरी। वक्त-वक्त की बात है। चलो फिर भी अच्छा है जरा। वक्त-बेवक्त उनकी मदद कर दिया करता है। हमार सिंह और उनके मेल कहाँ? यह सोचते वह कुछ पलों के लिए वहीं सुन्न सी खड़ी रह गयी। तभी निम्मो ने गेट खोला और बाहर खड़े दयालो को देख कहने लगी, ''अरे तुम बाहर क्यों खड़ी हो?''

''तुम्हारे महलों की प्रंशसा कर रही थी।'' उसने गेट के अन्दर दाखिल होकर कहा।

''अरे नज़र ना लगा। ला तेरे पैरों की मिट्टी चूल्हे में डाल दूँ।''

''चूल्हे में मिर्चें डाल दो। यदि मुश्किल ना आये तो समझ लेना, नज़र लग गयी। तुम्हें यूँ ही वहम हो रहा है। मेरी भला नज़र क्यों लगेगी। नज़र तो बेगानों की लगती है। मैं कोई बेगानी हूँ। सुख से जीता रहे मेरा देवर महल बनाने वाला। मैं तो इसका भला चाहती हूँ।'' दयालो ने खुशी से ताली बजायी।

''इसे ज्यादा सिर पर मत चढ़ाओ तुम। यह तो पहले ही लुढ़कने लगता है।''

''मेरी ओर लुढ़कने के लिए बाकी क्या रहा है। अब तो कब्र में टाँगें लटकाए बैठी हूँ।'''

''कोई वक्त था, तुम्हारी ओर ही झुकाव रहता था इसका।''

''अरे छोड़ो पुरानी बातें। हम अपनी बातें करती हैं।''

वे दोनों जोरा के पास ही पड़ी कुर्सियों पर बैठ गयीं। जोरा ने हँसकर कहा, ''लो भई, मैं तो समझा था आज नहीं छोड़ोगी तुम दोनों मुझे। फ़ना कर साँस लोगी। गरीब जाट को आज तो।''

''तुम गरीब कहाँ हो। आज तो सारे गाँव में तुम्हारा ही झंडा लहराता है। जस्सी भी अब तो नीचे है तुमसे।''

''नहीं नहीं। जस्सी नीचे कहाँ है?''

''और क्या?''

''जस्सी का लड़का अलबेल जस्सी से चार गुना आगे है। मैं तो उनकी धूल बराबर हूँ।'' फिर धीरे से कहने लगा, ''एक बात बताऊँ, सच मानना, अलबेल को तो यह भी मालूम नहीं कि उसके पास कितनी ज़मीन और कितना पैसा है। मंडी के

दूसरे सारे आढ़तिये अलबेल से पैसा ले इस्तेमाल करते हैं।''

''चलो छोड़ो हमें क्या। अलबेल अरबपति हो या कुछ भी हो। अपने घर में होगा।''

''नहीं, ऐसा नहीं है। मेरे साथ बहुत अच्छा है। वक्त-बेवक्त काम आता है। गुरजंट की नौकरी अलबेल ने ही लगवायी है।''

''भई, मेरे लिए तो तुम अलबेल से भी बढ़ कर हो। मुझे और किसी से क्या लेना-देना।''

''दयालो, मैं बड़े भाई का एहसान भुला नहीं सकता?''

''वह कैसे?''

''गर वह मुझे टोकता न रहता। डाँट-डपट न करता तो मैं बँटवारा ना करता। ज़मीन भी न बँटवाता और शायद ब्याह भी न करता।''

''ब्याह कैसे न करता?''

''बस, तुम्हारे साथ ही सिलसिला चलता रहता। सन्ता मुझे रोकता, गालियाँ देता रहता। तभी खीझ कर मैं घर से अलग हो गया। खेती से पीछा छूट गया। अलबेल संग दोस्ती हो गयी? अब यहाँ बैठ मौज करता हूँ।''

निम्मो जब तीन गिलासों में चाय लेकर आयी तो दयालो उदास बैठी थी। निम्मो ने हँसकर कहा, ''लो भला, क्या कह दिया तुम्हें देवर ने।''

''मुझसे क्या कहेगा भला?''

''मैं क्या कहूँगा इससे।'' जोरा भी हँसने लगा।

दोनों को हँसता देख दयालो और भी उदास हो गयी। चुप्पी तोड़ने के इरादे से उसने जोरा से कहा, ''जोरा तुमने पिछली बार कैसी अफीम दी थी। तेरा भाई तो बिस्तर से लगा हुआ है।''

''मैं समझ गया। पिछली बार सारा माल ही खराब आया था। सभी ने यही उलाहना दिया है।'' फिर कहने लगा, ''जो पिछली पड़ी है, उसे फेंक दे जाकर। मैं तुम्हें दूसरी दे देता हूँ। इसका नज़ारा देखना फिर। पहली बार में ही खड़ा हो जाएगा देखना।'' इतना कह वह उठ कर अन्दर कमरे में गया और लाकर एक भरी डिबिया दयालो को थमा दी। डिबिया लेकर भी दयालो बैठी रही। इधर-उधर की बातें करती रही। फिर बोली, ''हम तो बहुत परेशान हैं जोरा। कुछ पैसे भी दे दो।''

''यह बात गलत है।'' जोरा ने रूखे अन्दाज़ में कहा।

दयालो सुन्न रह गयी। पास खड़ी निम्मो कुछ न बोली। फिर झूठे गिलास ट्रे में रख अन्दर चल दी।

जोरा ने फिर कहा, ''दस हज़ार पहले दिया था। तीन साल हो गये। एक कौड़ी वापस नहीं लौटाई। मैं कौन सा ब्याज लेता हूँ। मेरा तो मूल ही मूल है। भले

मानस, कुछ तो हाथ में दिया करो।'' फिर कहने लगा, ''मैं पहले से ही तुम लोगों संग कितना करता हूँ। सारी उम्र हो गयी मेरी छः किल्ले को जोतते हुए। बस एक गेहूँ लेता हूँ तुम लोगों से। कभी मैंने पूछा कि फसल कितनी हुई। मेरा हिस्सा कितना बनता है।'' फिर घूर कर बोला, ''वह कीमती तो रकम बढ़ाता ही जाता है। कभी पूछा है संते ने भई कितने रुपये सैंकड़ा ब्याज लगाता है भाई। उसने कितने घर उजाड़ दिये। तुम्हें कैसे छोड़ देगा।''

दयालो ने खाली-खाली नज़रों से उसे देखा। जोरा की बातों से वह शर्मिन्दा हो गयी थी। उससे पूछा, ''कितना है कीमती का?''

''दो लाख बताता है तुम्हारा भाई।''

''दो लाख तो फिर तुमसे अगले जन्म में भी लौटाया नहीं जाएगा। क्या करोगे?''

दयालो की आँखों में नमी तैरने लगी।

''फिर आढ़तिया बदलने की ज़रूरत क्या थी। मुझ से पूछा संते ने? पहला आढ़तिया रौनकी का लड़का सरूप क्या बुरा था। अस्सी हज़ार था उसका। इसने दो लाख बना दिया।''

''कबीलदारी का क्या करे जोरा। कुआँ है कुआँ। पैसों की ज़रूरत बनी ही रहती है। सरूप और पैसे देता नहीं था। चक्कर लगवाता था। हारकर उसे बदल लिया। पैसे बगैर गुज़ारा नहीं था।''

''कीमती ने तो अपनी आसामी बढ़ानी थी। बस। सरूप समझदार बनिया है वह तुम्हारी पहुँच देखकर रकम देता है। यह कीमती ससुरा तो कर्ज़ बढ़ाता जाता है। यह भी नहीं देखता कि यह रकम वापस कैसे मुड़ेगी। जाट के पास रकम आएगी कहाँ से। सन्ता ने आढ़तिया बदल कर ठीक नहीं किया।''

दयालो घर जाने के लिए उठ खड़ी हुई। उसका दुपट्टा लकड़ी की कुर्सी में फँस गया। निम्मो ने दुपट्टा निकालने में उसकी मदद की, बोली, ''कुर्सियाँ पुरानी हो गयी हैं न।''

''कोठी नयी बना ली, अब कुर्सियाँ भी नयी चाहिए हैं न।'' दयालो फीकी हँसी हँस दी। उसकी इस मुस्कान का कोई अर्थ नहीं था। जोरा ने उसे खरी-खरी सुना दी थी।

''मैंने एक दिन सन्ता को सलाह भी दी थी, आढ़तिया बदलना ही है तो अलबेल ठीक रहेगा। घर का आदमी है। मगर कहाँ माना, पहुँच गया जाकर कीमती के पास। अब ले ले स्वाद। दो लाख बना दिये हैं उसने। भई, कैसे हो गये आखिर दो लाख?'' जोरा अभी भी खीझ रहा था।

वह बताना चाहती थी, ''जैले की शादी कहाँ से हुई। उन दिनों रकम की

ज़रूरत थी। तभी तो आढ़तिया बदला था।'' मगर वह चुप ही रही। दुपट्टा सँवारते जाने लगी तो निम्मो ने उसका मूड ठीक करने के इरादे से पूछा, ''जैले के लड़के का नाक-नक्शा किस पर गया है?''

''जैले पर ही है।'' दयालो ने भर्राई आवाज़ में कहा।

''अच्छा भाई, जीता रहे। कब आ रही है फिर बहू?''

''खुद ही छोड़ जाएँगे...देखो।''

फिर तेज़ी से बाहर निकल गयी।

3

सितम्बर-अक्टूबर का महीना था। धूप इतनी तीखी नहीं रही थी। कई दिनों से आसमान पर बादल भी नहीं थे। इस साल फिर हवा गर्म थी कि मंडियों में धान के ढेर लगे हुए हैं, मगर 'नीलामी' नहीं हो रही। लोग भीतर ही भीतर आढ़तियों को कोस रहे थे। सरकारी एजेंसियाँ सो रही थीं। कहीं कोई हलचल नहीं थी। अखबारों में रोज़ बयान छपते कि मंडियों से धान जल्दी उठा लिया जाएगा। मगर यह सिर्फ़ वक्तव्य ही थे। धान के ढेर पहले की तरह खुले मुँह से भगवान की ओर ताकते और किसी आसामी का इन्तज़ार करते।

दिन छिपते ही जस्सी अपने बाहर वाले घर में आया। कौरा आँगन में पड़ी खाट पर लेटा खाली निगाहों से आसमान की ओर ताक रहा था। जस्सी को देख वह बैठ सा गया। जस्सी पास पड़ी कुर्सी पर आ बैठा। वे बातें करने लगे। जस्सी ने पूछा, ''ला, 'गर कोई पौवा आदि पड़ा हो तो?''

''बोतलें तो दो पड़ी है वैसे की वैसे।''

एक-एक पैग पी वह नमकीन खा रहे थे। अचानक कौरा ने हँसते हुए पूछा, ''क्यों भई जसवंत। पहले तो सारी उम्र तूने इसे हाथ नहीं लगाया। अब एक-दो सालों से क्यों पीने लगा?''

जसवंत ने भी खूब हँसते हुए कहा, ''कौरा, सच बात तो यह है कि पहले तो साला वैसे ही नशा रहता था। तब शरीर में जान थी। अब उम्र भी तो पैंसठ के पास पहुँचने लगी है। जैसे कहीं मन लगता ही नहीं।''

''क्यों मन को क्या हो गया?''

''पहले तो रात-दिन मैं ही था। तू तो जानता ही है। शुरू से ही साथ रहा है मेरे। घुरनी सा घूमता रहता था। मन में काम करने का हौंसला बना रहता था।''

''क्यों, अब क्या हो गया?''

''अब सभी काम अलबेल ने सँभाल लिए। अब उसी की सरदारी है। मुझे

तो वह किसी काम में कानी-कौड़ी सा भी नहीं पूछता। वैसे मैं खुश हूँ। मुझ से ज्यादा काम बढ़ा लिया है उसने। मगर सच कहूँ कौरा, घर में जैसे अपनी कोई अहमियत नहीं रह गयी। बस यही बात है। शाम को दो पैग अन्दर उड़ेल, रोटी खा, आराम से सो जाता हूँ।''

''रूपो की याद आती है कभी?''

''एक रूपो, कई थीं तब तो। मगर वक्त-वक्त की बात है। अब शरीर में ताकत नहीं रही। चलो, अब क्या याद करना। बेहद खेला-खाया मैंने। तुम्हें सब मालूम है।''

''वैसे रूपो थी नर-स्त्री। ऐसे ही मारी गयी।'' कौरा ने दूसरा पैग डाल बात छेड़ी।

''भई, तब हवा ही खराब चल रही थी। एक रूपो को रोते हो, कितनी दुनिया खत्म हो गयी। मारने वाले खुद कहाँ सलामत रहे। खुद भी उसी राह पर गये। मीते को कौन याद करता है अब। छोड़ो सब। गिलास उठा।''

''अपना हलवारा माथी का लड़का है न। शराब अच्छी निकालता है मटके की।''

''हाँ, यह सबसे छोटा लड़का है इसका। मास्टर ने पीटा इसे। डंडा मार कर हाथ की अँगुली तोड़ दी। तब से स्कूल छोड़ दिया। छठी कक्षा में पढ़ता था। तीन इससे बड़े भाई हैं। दो तो अच्छे काम-धन्धे पर लगे हुए हैं। बारह-बारह जमातें पास की हैं। एक तो बिजली के महकमे में क्लर्क लगा है। दूसरा भी क्लर्क है, सड़कों के महकमे में। माथी को सड़क पर उसी ने लगवाया है?'' कौरा ने जानकारी दी।

''वे दोनों कहाँ हैं अब? मुझे तो मालूम नहीं।''

''सड़क वाले ने तो बरनाला में मकान बना लिया। वहीं रहता है। मुश्किल से ही इधर आता है। बिजली वाले का मकान रोडूशाह मंडी में है। वह भी मौज करता है।''

''और तीसरा?''

''तीसरा यहीं है। जूतियों का बढ़िया कारीगर है। निशान सिंह, जानते हो उसे। एक बार तुम्हारी जूती बना कर दी थी उसने।'

''अच्छा, वह निशान। वह अपने इसी लड़के का भाई है क्या?''

''और क्या। तुम तो गाँव भर को भूलने लगे हो?'' कौरा ने हँसकर कहाँ, ''इतना बुढ़ऊ तो नहीं हुआ यार तू जसवंत अभी?''

''अरे नहीं। कई बार ध्यान सा नहीं रहता। असल में जब हम सरपंच होते थे। लोग काम-धन्धों के लिए अपने पास आते-जाते थे। वोटों की खातिर इन चमारली

टोले में भी जाना होता था। तब तो सभी को जानते थे। अब देख लो, कितने वर्ष बीत गये। अब लोगों संग वास्ता ही नहीं रहा कोई।''

''दुनिया बहुत बदल गयी है। जसवंत भाई। कभी चमकार टोले में जा कर तो देखो। चमारों के नौजवान लड़के आधे तो गाँव छोड़ ही गये। शहरों में जा बसे। वहीं नौकरियाँ करते हैं या फिर कोई और काम-धन्धा करते हैं। यहाँ गाँव में इनके घर काफी खुले-खुले से बन गये हैं। मैं एक दिन जूती का माप देने गया। निगाह मारी, हर घर में भैस खड़ी थी। हलवाहा-साँझी का काम अब तो कोई-कोई करता है। यह अपना लड़का माथी का, मालूम नहीं कब शहर की ओर भाग जाए। शहर वाले भाई इसे भी किसी न किसी काम धन्धे पर लगवा ही देंगे।''

''यूँ लगता है कौर चन्द, लोग गाँव को छोड़ते जा रहे हैं।''

''यह आज की बात कहाँ है। ऐसा तो कई वर्षों से हो रहा है। छींबों में से अकेला मुकंद यहाँ रह गया। वह भी इसलिए क्योंकि उसके पास ज़मीन है। ज़मीन कारण गाँव में रहना लाज़िमी है। बाकी पाँच घर थे। दर्जियों के, एक-एक कर सभी चले गये। कोई शहर कोई कस्बे में जा बसा।''

''बरनाला में तो छींबों के पास बढ़िया मकान हैं, कोठियों जैसे।'' जसवंत बताने लगा, ''कोट-पैंट की सिलाई के पन्द्रह सौ रुपये। वहाँ दर्जियों का अपना गुरुद्वारा है। लड़के अच्छी सरकारी नौकरियों पर जा लगे हैं। गाँव के छींबे अब पहले जैसे नहीं रह गये, जाटों के जांघिये सीने वाले दर्जी।''

''मुकंद भी गाँव में कपड़ा सिलने का काम नहीं करता। सरदारी करता है। उसके फौजी बाप ने मालूम नहीं कब यह दस एकड़ ज़मीन ले ली थी। दस एकड़ ज़मीन तो अब किसी जाट के पास नहीं रह गयी। मुकंद तो ऐश करता है। बड़ा लड़का अछरा मास्टर है। छोटा कालेज जाता है। अब तो ये लोग जाटों से बढ़ कर हैं। कोई लम्बा-चौड़ा परिवार भी नहीं है।''

''हल-जुआर रहे नहीं। खेती के पुराने औज़ार खत्म हो गये। मशीनरी आ गयी। खेती के औजारों का काम बढ़ाइयों के पास रहा न। वे तो शहरों की ओर चले गये। अब तो कोई कोई बढ़ई परिवार गाँव में रह गया है।''

''बढ़ई कौम तो सभी से आगे है। इन लोगों के लड़के पढ़-लिखकर या तो अफसर जा लगे या कइयों ने शहरों में वर्कशाप खोल ली। ट्रैक्टरों की वर्कशाप, स्कूटर-कारों की वर्कशाप। बड़े-बड़े कारखाने तो अब इन बढ़इयों के हैं। देख लो इनके बुढ़ऊ गड्डे बनाया करते थे। ये लड़के अब कब्बाईन बनाते हैं। सारे पंजाब में इन कब्बाईनों की धूम है।''

''खेती का काम अब सुख-आराम का हो गया। यह सुख-सुविधा पैदा की इन बढ़ई-लौहारों ने।''

''और क्या। इनके बुढ़ऊ सारा-सारा दिन दात्री के दंदे निकालते या खुरपा फावड़ा ठीक करते। कामों के कौन से नगद पैसे मिलते थे। जाट लोग रबी-खरीफ के समय इन्हें फसल का कुछ हिस्सा दिया करते थे। अब बढ़ई जाटों की ओर देखते भी नहीं। इन्हें अपने हुनर पर नाज़ है।''

''जाटों के अलावा किसी भी जात-कौम की बात छेड़ लो। जाटों से सभी ऊपर हैं अब तो।''

''ये कौमें जो जाटों को पीछे छोड़ गयीं, मालूम हैं कैसे?'' कौरा ने जस्सी की आँखों में झाँका, ''ये लोग अपने हाथों के हुनर की कमाई खाते हैं। हाथों की कमाई करने वाला आदमी कभी भूखा नहीं मरता। जाट लोग तो इन्हें नीची जात का कहते रहे। अब जाट खुद छोटी-मोटी जात बनकर रह गया है।''

''कौरा, तुम्हारी सारी बातें एकदम ठीक हैं।''

''बनियों की एक बात पर कभी किसी ने विचार किया ही नहीं।''

''किस बात पर?'' जसवंत ने दिलचस्पी दिखाई।

''बनिये लोग भी गाँव छोड़कर चले गये। सभी बड़े-बड़े शहरों या कस्बों में जा बैठे। शहर जाकर इनकी हालत पहले से भी अच्छी हो गयी। शहरों में अपने गाँव के लालों की दूकानें जाकर देखो, समानों से अटी पड़ी हैं। यह सारी करामात आतंकवादियों की हैं।''

''वह कैसे?''

''आतंकवादियों के समय बनिये लोग अपना उधार माँगने पर डरने लगे थे। धीरे-धीरे वे गाँव छोड़ शहरों की ओर जाने लगे। वहाँ जाकर दूकानें खोल लीं। नकद रकम मिलने लगी। शहरों में बनियों की जून सुधर गयी। एक बात और की बनियों-महाजनों ने।'

''वह भी बता दे....।''

''भई अपने लड़के-लड़कियों को पढ़ा लिया। गाँवों में रहकर वे कहाँ पढ़ते थे। यहाँ तो इन्हें रहने का शऊर नहीं था। शहरों में तो इन लड़के-लड़कियों ने नया चंडीगढ़ बना लिया है। पैसे देकर अपने लड़कों को अच्छे काम-धन्धों पर लगवा लिया। कोई डॉक्टर है, कोई जज लगा हुआ है। बैंक स्कूलों में तो सारे ही बनियों की औलादें हैं। जाटों ने इस बारे में कोई सोच-विचार ही नहीं की। आगे अफसरों के बच्चे भी अफसर ही बनेंगे। अकल और पैसा तो सिर्फ़ बनिये ले गये। जाट रह गया अपने कूल्हे तोड़ता।''

''कौरा, अरे कंजर। तूने इतनी बात कहाँ से सीखीं। इतना दिमाग कहाँ से लाया तू?''

''जब से अलबेल काम करने लगा, तुम तो बैठ गये घर में घुसकर। बाहर

की दुनिया से मुँह ही मोड़ लिया। मैं तो सारे गाँव में आता-जाता रहता हूँ। चौपालों में जा बातें सुनता हूँ।''

''फिर तो यार, सारा गाँव ही खाली हो जाएगा। अकेले जाट ही रह जाएँगे यहाँ।''

''अरे, यह बात नहीं। जिनके पास ज़मीनें हैं। उन्हें तो यहीं रहना है।''

''ज़मीन तो बामणों के पास बहुत है। जाटों से भी ज्यादा।''

''बामण गाँव में ही रहेंगे। अपने गाँव में भी तो दो तरह के बामण हैं। एक तो वे जिनके पास ज़मीनें हैं। मगर उन में बामणों वाली कोई बात नहीं। वे तो अब जाट-बामण हो गये हैं। वे कहीं नहीं जाएँगे। दूसरे वे बामण जो जाटों से माँग कर खाते हैं। ये माँग कर खाने वाले जाटों को अपना जजमान मान उनके घर से खाना अपना संस्कार समझते हैं।''

''नहीं यार। सभी बामण तो ऐसे नहीं हैं। जिनके पास अपनी ज़मीन नहीं वे भी अपना कमा कर खाते हैं। जैसे अपने गाँव में दस-बारह ऊँट रेहड़ियाँ हैं। ये लोग शहर जाते हैं। बरनाला की मंडी रोडूशाह भी। ये ऊँट रहेड़ियाँ भी आधी झऊरों की हैं, आधी बामणों की।''

''यह बात नहीं हैं। दस बामणों के घर तो ऐसे भी हैं जो बरनाला जा बसे। वहाँ उनके पास बीस-बीस, तीस-तीस भैंसें हैं। दूध का काम करते हैं। पैसे-टके से उनकी हालत अच्छी है।''

''आज तो यार बामण, तूने सारे गाँव का भेद दे दिया। किसी को भी नहीं छोड़ा। मगर यार, इन जाटों का क्या बनेगा? अपने गाँव में जाटों के दस-पन्द्रह परिवार तो अच्छे हैं। बढ़िया कमाई है इनकी। हर साल ज़मीनें लेते हैं। महाजनों का कर्ज़ नहीं देना। बैंक का कोई उधार नहीं देना। मगर दूसरे जाटों की हालत काफी बुरी है। गाँव के बनियों का तो उधार देना ही है। महाजनों का कर्ज़ा भी उनके सिर पर है। साथ ही साथ बैंक की किस्तें भी सभी जाटों ने देनी हैं।''

''जाटों का क्या है जसवंत सिंह? इन अच्छे दस-पन्द्रह घरों में एक घर तेरा भी है। देख लेना, एक दिन सारे गाँव की ज़मीन इन कुछ जाटों के परिवारों के पास ही इकट्टी हो जाएगी। बाकी सारे जाट निचली जाति वालों की तरह इन्हीं के पास खेतों में दिहाड़ी किया करेंगे।''

''ऐसा न कह यार। ऐसा नहीं हो सकता। क्या मालूम सरकार इनके सारे कर्ज़ माफ कर दे।''

''ऐसा कर सरकार ने फेल होना है यार। माना, सारे कर्ज़ माफ भी कर दिये जाएँ। मगर इन जाटों ने इतना ही कर्जे फिर अपने सिर पर चढ़ा लेना है। चलो छोड़ो मानो सरकार ने कर्ज़ माफ कर दिये, मगर महाजन कहाँ जाएँगे। इनकी रकम तो

बैंकों से कहीं भी कम नहीं निकलती जाटों पर।''

''चल यार, एक पैग और पीकर घर चलता हूँ।'' जस्सी ने पूछा, ''तेरी रोटी यहीं आएगी या मेरे साथ घर चलेगा?''

''यहाँ तो रोज़ ही आती है। करतार कौर खाना अच्छा भेजती है। मगर आज तेरे साथ घर ही चलता हूँ। दाल में घी आ जाएगा तेरे कारण।''

''यह क्या कह रहा है कौरा। घी तुम जितना मर्ज़ी खा लो। तुम्हारा ही घर है। सारी उम्र तूने यहीं गुज़ारी है। मगर तुझे घी हजम हो जाता है।''

''मैं तो मज़ाक कर रहा था। अब घी कहाँ खाया जाता है। घी खाने की उम्र निकल गयी अब तो।''

चलते समय जस्सी हँस कर कहने लगा, ''जाटों से बहुत हमदर्दी है तुझे बामण।''

''सारी उम्र जाटों का ही तो खाया है। आधा जाट तो मैं भी हूँ।'' मेरा खाना-पीना जाटों जैसा ही तो है।'' फिर जस्सी से कहने लगा, ''तू भी तो आधा जाट है?''

''आधा कैसे?''

गेट को बारह से बन्द करते हुए कौरा ने कहा, ''आधा बाजीगर।''

''बामण, अक्ल की बात कर। यूँ न भौंकता जा।'' जस्सी को कौरा पर बेमालूम सा गुस्सा आ गया था।

4

दिसम्बर-जनवरी के दिनों में जाटों को थोड़ी फुरसत रहती है। रबी की फसल खायी जा चुकी होती है और खरीफ अभी खासी दूर होती है। जाट इधर-उधर चक्कर लगाते रहते हैं। गेहूँ की बालियाँ, खड़ी देख जाटों का मन खिल जाता और पुरवाई नशा देने लगती है। गेहूँ की बालियाँ मुरझाई और पीले पत्ते देखकर उनका मन मर जाता है। जाटों की आहें पत्तों को और भी पीला कर जाती हैं।

पिछली रात संतो को नींद खासी रात बीते आयी। पिछली पहर की चाय के साथ खायी अफीम का नशा कब से टूट चुका था। रात को उसने फिर से अफीम खायी, तब कहीं जाकर उसे नींद आयी। तड़के नींद गहरी थी। मगर करनैल की बहू के पुकारने पर उसकी आँख भड़ाक से खुल गयी। शरीर थका हुआ लग रहा था। लगा, जैसे किसी ने आधी रात को कच्ची नींद से जगा दिया हो। दयालो पहले से खाट पर उठकर बैठी, चाय का इन्तज़ार कर रही थी।

संते ने रज़ाई को ज़रा सा हटाकर थोड़ा उठकर पास पड़े छोटे मेज़ से चाय का

गिलास उठा लिया। चाय ठंडी हो रही थी। जाड़े के दिन थे। उसने उठते-उठते ही इतनी देर कर दी थी। उसने अपने खीसे से डिब्बी निकाली और चाय की पहली घूँट साथ ही चुटकी भर अफीम निगल ली। फिर घूँट-घूँट भर चाय पीने लगा।

चाय-पत्ती और चीनी रोज़ ही खत्म हो जाती। फसल बेचकर कस्तूरी को पाँच हज़ार लौटाया था। अढ़ाई तीन हज़ार फिर से ऊपर हो गया था। कस्तूरी की दूकान पर दयालो जाती या बच्चों से ही पता नहीं क्या-क्या मँगवाती रहती थी। दयालो भी जाती तो कभी भी किसी वस्तु का मोल-भाव न पूछती। बस सामान उठा कर ले आती। दयालो के पास पैसे होते तो नकद भी दे आती। मगर कंजर बनिया नकद को भी बही पर उधार ही लिख देता होगा। उधार के सौदे का यही पंगा है। रबी-खरीफ की फसल बाद उधार का पाँच-सात हज़ार चुकाने के बाद से फिर से कई हज़ारों का उधार सिर पर खड़ा रहता। संते के अन्दर चाय की मीठी घूँट नहीं कस्तूरी के सौदे की कड़ुवाहट जा रही थी।

"अम्मा, बेबे ने कहा है, कस्तूरी की दूकान से दो किलो तिल ले आ। लोहड़ी के लिए चाहिए। दो-तीन चीज़ें और भी चाहिए। बेबे से पूछ ले। बेबे ने बुलाया है तुम्हें।" करनैल की बड़ी लड़की ने तेज़ी से सूचना दी।

"ऐ गेलो, तेरी बुआ क्या कर रही है?" दयालो ने पीछे से उसे पुकारा।

"वह तो अम्मा, सुबह ही बाहरवाले घर उपले बनाने के लिए गयी है।" लड़की ने ऊँची आवाज़ में जवाब दिया।

"तड़के ही उपले बनाने की क्या ज़रूरत है। हाथ काँपेंगे। धूप चढ़ने से चली जाती।" दयालो बुदबुदाई।

संते ने उसकी बुदबुदाहट की ओर जैसे कोई ध्यान न दिया। कहने लगा, "हरेक चीज़ मोल से आती है। कस्तूरी की दूकान पर कम जाया करो। लोहड़ी तो हर साल आती है। घर से ही मक्की के दाने भुनवा कर लड्डु से बना लो। बच्चे खा लेंगे। कस्तूरी के पास कम जाया करो।"

"जो चीज़ घर में नहीं जिसके बिना गुज़ारा नहीं, उसे लेने तो दूकान पर जाना ही पड़ता है।"

"क्या नहीं है घर पर। सभी कुछ है। कुछ समझदारी दिखाया करो। घर की मालकिन बनी घूमती है। बहू ने कौन सा खुद कुछ लेने जाना है। सामने तो हम हैं। वह तो रोज़ ही भेजती है। बता हम क्या करेंगे?" संते ने खीझ कर कहा।

"क्यों खीझता जा रहा है तू।" दयालो ने उसका मन दूसरी ओर मोड़ना चाहा, "अब नमक नहीं है। बता क्या करें। नमक तो घर में नहीं बनता।"

"अच्छा जा, जहाँ जाना चाहती है।" उसने कहा और रज़ाई से मुँह ढाँप लिया।

''अब तुम भी उठ जाओ। दिन कितना निकल आया है। कहीं घूम-फिर आ जाकर। हाथ-पैर खुल जाएँगे।'' जाते-जाते उसने कहा।

''बस अभी उठता हूँ। थोड़ी सी ताकत आ जाए।''

दयालो ने देखा, गेलो अभी तक लौटी नहीं। उसे लड़की की फ़िक्र होने लगा। वह बाहर रास्ते पर जाने की बजाय बाहर वाले घर जा घुसी। गेलो धीरे-धीरे उपले बना रही थी। उसने दूर से देखा, मुकुंद छींबे का लड़का त्रिलोचन उनके बाहर वाले द्वार के सामने कमर पर हाथ रखे खड़ा था। कुरते पर उसने बटन वाली गर्म जैकेट पहन रखी थी। उसे महसूस हुआ, जैसे त्रिलोचन अभी भीतर से बाहर आकर खड़ा हुआ हो। उसे देखते ही वह दूसरी ओर मुड़ गया। दयालो के अचानक आँगन में जाकर खड़े होने से जैसे गेलो सहम सी गयी हो।

''गेलो, तुम कब से यहाँ आयी हुई हो। अभी तक क्या कर रही थीं?''

''पहले तो कल-परसों के उपले मैंने उतार कर रखे। अच्छी तरह से सूखो नहीं है अभी। आधे तो टूट भी गये हैं। फिर आज के गोबर के उपले बनाने लगी।''

''कितने बठ्ठल थे गोबर के? कब से आयी हुई है?''

''तीन बठ्ठल है माँ। गोबर तेरे समाने पड़ा है, देख ले।'' गेलो यूँ ही हँसने लगी।

वैसे दयालो पानी का लोटा लेकर जंगल-पानी के लिए जाती थी। उस दिन वह अचानक ही बाहर वाले घर में जा धमकी थी। दयालो जंगल-पानी से लौटी तो वापस आकर हाथ धोये।

वह बैठक में गयी। सन्ता दूसरी बार चाय बनवा कर पी रहा था। वह जाकर उसके पास बिस्तर पर जा बैठी।

''इतनी चुप सी क्यों आ बैठी है?'' सन्ता अब बातें करने की रौ में था। चुटकी भर मावा अपना रंग दिखाने लगा था।

''मैंने तुमसे पहली बार भी कहा है, लड़की की शादी जल्दी कर दे। बड़ी बात तो लड़का देखने की थी। वह तो काम खत्म हो गया। जंगीआणे से कितने सन्देशे आ चुके हैं। तुम मुहूर्त निकाल क्यों नहीं लेते?'' दयालो को काफी फ़िक्र हो रही थी।

''रिश्ता करवाने वाला बिचौलिया काफी तगड़ा है। रिश्ता नहीं जाता कहीं। तू फ़िक्र न कर। फसल अच्छी लगने दे। इस बार गेहूँ बढ़िया हुई है।'' संते ने प्रसन्नता से कहा।

''फसलों से विवाह नहीं होते। फसल कैसी भी हो जाए, विवाह के लिए तो महाजन से पैसा लेना ही पड़ता हैं। अभी लेने होंगे, बाद में भी तुम कैसे भी करो, कहीं से भी पैसे ले ले। लड़की के हाथ पीले कर दे बस।'' दयालो जैसे बेहद

उतावली थी।

"यह घर से निकालने की क्या बात हुई भई।"

"ध्यान से बात सुन लो। कोई और न सुन ले। वह लड़का आज भी खड़ा था अपने बाहर वाले घर के। मुझे ठीक नहीं लगता वह लड़का। जब हम बहू को जंजीरा देने गये तब भी यह लड़का हमारे घर के भीतर से निकला था। गेलो घर में अकेली थी। ऐसे कहीं कोई बात न हो जाए। बराबर के बेटा-बेटी से पूछते हुए भी अच्छा नहीं लगता।" दयालो परेशान लग रही थी।

"वह त्रिलोचन, मुकुंद छींबे का छोटा लड़का। उनकी तो ज़मीन बँटाई पर हमारे पास है। कई वर्षों से। हमीं तो जोतते हैं उनकी ज़मीन।" सन्ता अचानक हड़बड़ा गया।

"हाँ वही लड़का।"

"मैंने सोचा, ज़मीन के कारण आता होगा। अच्छा साला छींबिड़। यह भैनचो... छलववाहे, साँझी अब हमारी बहन-बेटियों की ओर ताकने लग गये।" संते का खून खौलने लगा।

"लड़की के चार फेरे दे दे। अपने घर में सुखी रहे। बात ढँकी-छिपी रह जाएगी।'

"विवाह तो करेंगे ही। घर पर तो नहीं रखेंगे लड़की को। मगर मैं अब छींबे से इसका गोत अवश्य पूछूँगा।"

"ना ना, ऐसा नहीं करना। अपनी इज़्ज़त अपने हाथ में होती है। बात निकलेगी तो बदनामी लड़की की ही होगी। कच्चे रिश्ते में बात दूर तक चली जाती है।"

"बुलाऊँ कैले को?'

"नहीं, पुत्रों को नहीं बताना। ना बहुओं को मालूम लगना चाहिए। बस अपने पेट में ही रखना। मंडी जा। जाकर कीमती से बात कर।"

"कीमती के पास चला जाता हूँ, और बता। कीमती अब और पैसा ऐसे ही नहीं देगा। कोई नया तरीका लगाना पड़ेगा। मगर लम्बा सोचो। इन दिनों किसी भी जाट के पास पैसा नहीं होता। जंगिआणा का जाट भी तो आढ़तियों से ही लेकर आएगा। अभी तो कोई सन्देशा भी उनका नहीं आया। हाँ, बैसाखी के बाद लटकाएँगे नहीं। ना हमें चलना चाहिए।"

5

आतंकवादी लहर खत्म होने के पश्चात थंमणवाला गाँव में काफी कुछ बदल गया था। पंचायत-चुनाव एकदम शान्ति से सम्पन्न हुए। गाँव में नौजवान लहर सिर उठा

रही थी। ये नौजवान गुरुद्वारे में या दुल्ले की ढाब जाकर मीटिंगें करते और गाँव की भलाई के बारे में सोचते। मीटिंग में वे शहीद भगत सिंह के जीवन की मिसालें देते। वे चाहते थे कि गाँव के सारे युवक भगत सिंह तथा उसके साथियों के पद चिह्नों पर चलें। आज के नौजवान देश में हर ओर आर्थिक आज़ादी चाहते थे। पिछले दिनों माहौल ऐसा रहा था कि गाँव के कामों में लगने के लिए कोई युवक तैयार नहीं था। लोगों के दिलों पर अभी तक एक सहम पसरा हुआ था। उन्होंने अपने गाँव में अछरा दाँदू तथा कामरेड तरसेम सिंह का अन्त देखा था। वह सच्चाई के मार्ग पर चलते थे, पर बुरे लोगों ने उनका नामोनिशान तक मिटा दिया था। ऐसे समय में इन नौजवानों का लोगों की भलाई के लिए सामने आना बहुत बड़ी दिलेरी का काम था।

अछरा दाँदू का बुत लगाने के समय जो नौजवान सभा बनी थी, तब उसका प्रधान कामरेड तरसेम सिंह के बेटे नवचेतन सिंह को बनाया गया था। वह पढ़ा-लिखा था। बरनाला के कॉलेज में पढ़ने जाता था। बी.ए. कर चुका था। ग्रजुएशन कर उसने किसी सरकारी नौकरी की तलाश की। उसे मालूम था कि लाखों रुपये दिये बगैर कहीं नौकरी नहीं मिलेगी। वह लाखों रुपये कहाँ से लेकर आता। अपनी थोड़ी सी ज़मीन से उसका गुजारा मुश्किल से होता था। उसका बड़ा भाई तो बारहवीं कक्षा पास कर फौज में जा लगा था। उसका भी ब्याह हो चुका था। बड़े भाई से छोटी बहन थी। वह भी एन.टी.टी. कर अध्यापिका कोर्स कर चुकी थी, मगर सरकारी नौकरी अभी तक नहीं मिली थी। उसकी भी शादी हो गयी थी। दामाद मास्टर था। लड़की ससुराल के शहर में एक प्राइवेट स्कूल में टेम्परेरी सी नौकरी करती थी। घर में सिर्फ़ नवचेतन था या बस उसकी बूढ़ी माँ। बड़ी बहू फौजी के साथ ही रहती थी। कभी-कभी थंमणवाला में भी आते थे।

अब की बार तो पंचायत-चुनाव में गाँव के सभी नौजवान एकत्रित हुए। एकत्रितता में बुजुर्ग और समझदार व्यक्तियों को भी आमन्त्रित किया गया। सभी ने सर्वसम्मति से नवचेतन को सरपंच बना लिया गया। पंचायत-मैम्बरों में भी अधिकतर नौजवान ही चुने गये। अन्य सदस्य भी नौजवानों के ही समर्थक थे। फिर कभी नगर-पंचायत का चुनाव न हुआ। पंजाब सरकार की अन्य समस्याएँ ही खत्म नहीं होती थीं। इस ओर पंजाब-सरकार का ध्यान ही न जाता। कितने ही वर्षों से वही नगर-पंचायत चली आ रही थी।

नौजवान सभा का प्रधान नवचेतन चार-पाँच वर्ष तो रहा। जब वह सरपंच बन गया तो नौजवानों ने सभा का प्रधान किसी अन्य युवक को बना दिया। सरपंच को काफी काम करते रहते थे। नौजवान सभा का प्रधान वे लोग प्रतिवर्ष बदलते रहते। एक बरस रौनकी बनिये का लड़का होल सभा का प्रधान बना। यह घर में सबसे छोटा लड़का था। वह सिर्फ़ पंजाबी पढ़ना जानता था। जाटों के बीच रहने के

कारण उसकी काफी आदतें जाटों जैसी ही थीं। मगर बनिया होने के कारण हिसाब-किताब जानता था। एक बार चमारों का लड़का प्रधान बना। वह लड़का नेक था। जो कभी जस्सी सरपंच का सेवक हुआ करता था। इस समय उसकी उम्र तीस से ऊपर थी। साँझी का काम छोड़ नेक शेरपुर चला गया। वहाँ उसके मामा की जूतों की दूकान थी। चार वर्षों में वह जूतों का कारीगर बन कर गाँव लौटा। अब वह गाँव में जूते बनाने का काम करता। वह जाट लड़कों के बीच में ही उठता-बैठता। नौजवान सभा के सभी लड़के नेक से ही जूते बनवाते थे।

नौजवान सभा के युवकों में जाति-बिरादरी का कोई अन्तर नहीं था। सभी युवक एक समान थे। एक साथ खाते-पीते थे।

जब कभी वे दुल्ले की ढाब में मीटिंग करते तो बाबा रामदास का मुख्य सेवक बचित्तर दास उनकी पूरी सेवा करता। उन्हें बढ़िया चाय बनाता। लड़के उससे मज़ाक करते, ''बचित्तरा, मीटिंग कैसी, हम लोग तो तुम्हारी चाय पीने के लिए आते हैं।''

डेरे में अनेक मिठाइयाँ लड्डु, बर्फी, गुलाबजामुन, पिन्नियाँ इत्यादि के डिब्बे पड़े ही रहते। बचित्तर चाय के साथ उन सभी को कोई न कोई मिठाई भी खिलाता।

बचित्तर दास भी उनकी नौजवान सभा का सदस्य था। जब जाड़ों में कबड्डी-मेले का आयोजन होता तो उसके लंगर-पानी की सारी जिम्मेदारी बचित्तर दास के हाथ में रहती।

खेल-मेला गुरु नानक जयंती के दिन किया जाता था। गुरुपर्व से एक दिन पहले दस बजे सुबह मैच शुरू हो जाता। फाइनल मैच गुरुपर्व वाले दिन होता था। बाद में टीमों को ईनाम दिये जाते। इस ईनाम के लिए टीमें बीस-बीस मील की दूरी से भी आती थीं।

जस्सी अभी इतना बूढ़ा नहीं हुआ था। मगर अलबेल द्वारा सारे काम सँभाल लिए जाने के बाद जस्सी अब सिर्फ़ घर पर ही बैठ गया था। उसने भी पंचायत-चुनावों में कोई दिलचस्पी नहीं दिखाई थी। वह समझ गया था कि ज़माना नौजवानों का है। अब तक जितनी सरदारी भोग ली, ठीक है। गाँव भी किसी एकत्रितता में, कोई भी जस्सी को नहीं बुलाता था। नौवजान सभा के युवक अलबेल को नहीं पहचानते थे। वह जब कभी गाँव में चक्कर लगाता, लड़के उसके साथ औपचारिकता वश ही बातचीत करते। खेल आयोजन समय अलबेल स्वयं ही गाँव आ जाता। कभी-कभी अपनी ओर से विजेता टीम को पाँच सौ या हज़ार रुपये की राशि देता। युवक भी हँस कर झूम ले लेते और उसके नाम की घोषणा भी कर देते। बस इतना ही। मगर अलबेल और जस्सी इसी से ही प्रसन्नता का अनुभव करते कि गाँव के समागम में उनके परिवार की हाज़िरी लग गयी है।

बाबा रामदास काफी बूढ़ा हो चुका था। वह अपनी कुटिया में पड़ा-बैठा रहता।

बस इतनी हिम्मत अभी बाकी थी कि स्वयं चलकर जंगल पानी के लिए चला जाता था। दवा-बूटी का सारा काम बचित्तर दास को सँभाल दिया था। बचित्तर दास को भी अब दवा-बूटियां की सारी समझ आ गयी थी मरीजों को भी अब बाबा के साथ-साथ बचित्तर दास की दी दवा पर पूरा भरोसा होने लगा था। दवा से अच्छी-खासी आमदनी होती थी। सन्ध्या समय भरे खीसों से रुपये निकाल, गिनकर बड़े बाबा के पैरों में रख देता। बाबा रामदास बस इतना ही कहता, ''बचित्तर ये नोट सँभाल दे कहीं।''

कड़ाके की सर्दी के दिन थे। कई दिनों से गहरी धुन्ध छायी हुई थी। सूरज कहीं दस-ग्यारह बजे जाकर नज़र आने लगा था। सन्ध्या समय भी धुन्ध पसरने लगती। सूरज छिपने का पता न चलता। बूढ़े लोग सारा दिन लिहाफ़ों में घुसे रहते। बाबा रामदास का बुरा हाल था। वह कुटिया का द्वार हमेशा बन्द रखता। अन्दर बिजली का ब्लोयर चौबीस घंटे चलता रहता। मगर बिजली हर समय नहीं रहती थी। नौजवान सभा वाले बिजली-विभाग की नाक में दम किये रहते।

इन दिनों बाबा रामदास दिन में एक ही समय खाना खाता। सुबह-शाम कुछ न खाता। सिर्फ़ दोपहर को दाल के साथ एक रोटी खाता। कभी-कभी दलिया भी खा लेता। सुबह नींबू-पानी पीता और जंगल-पानी के बाद फीकी चाय। रात को सोते समय दूध का गिलास। बस यही उसकी खुराक थी।

कितने ही महीनों से वह अब कभी थंमणवाला गया ही नहीं था। न कभी हमीरगढ़ चक्कर लगाया था। जस्सी ही उससे तीसरे-चौथे दिन आकर मिल जाता। वे कोई विशेष बातें न करते थे। रामदास, अलबेल के कारोबार सम्बन्धी दो-चार बातें करता, उसे आशीर्वाद देता।

हमीरगढ़वाले चार-पाँच महीने पहले आये थे और रामदास का हाल-चाल पूछ गये थे। मग्घो, सुखदयाल तथा सुरजीत तीनों कार से आये थे। बच्चों को वे घर पर ही छोड़ आये थे। मग्घो ने बाबा के शरीर पर सरसों का तेल लगाया। गर्म पानी करवा दोनों सास-बहू ने बाबा को कुटिया के अन्दर ही नहला दिया था। नहा-धोकर बाबा को बहुत अच्छा महसूस हुआ। उसे इस बात की बेहद खुशी थी कि उसकी सगी भाभी, भतीजा तथा बहू इत्यादि उसकी इतनी सेवा-शुश्रूषा करते हैं। अचानक बाबा को कोई बात याद आ गयी, उसने सुखदयाल को भेज लंगर से बुलवाया। उसने बचित्तर से कहा, ''तुम कार ले जाकर मंडी जा। मग्घो, सुरजीत के लिए दो महँगे सूट ले आ। सुख के लिए भी पगड़ी तथा कुरता-पज़ामा ले आ। इतने दिनों बाद ये लोग आये हैं।'' बचित्तर तुरन्त चला गया।

मग्घो और सुरजीत लंगर में थी। रामदास ने सुखदयाल से कहा कि वह कुटिया का द्वार बन्द कर अन्दर से कुंडा लगा दे। ट्यूब जला दे और उसकी बात सुने।

रामदास धीरे-धीरे रज़ाई से निकला। कुंजी ले अलमारी का ताला खोला। तीनों खानों में इधर-उधर काफी कागज़ पड़े थे। ऐनक लगाकर वह उन कागज़ों को जल्दी-जल्दी देख रहा था। काम के कागज़ वह एक ओर रखता जा रहा था। इनमें सात एफ.डी. थीं, जिनका भुगतान बुढ़लाढ़े के बैंकों में होना था। रामदास की मृत्यु के बाद इन सभी पर सुखदयाल का अधिकार था। एक वसीयत भी थी, जिसके अनुसार रामदास की मृत्यु पश्चात् वह कोठी सुखदयाल के नाम हो जाएगी। तीन एफ.डी. और थीं, जो रामदास चेला बाब दुल्ला सिंह डेरा गाँव थंमणवाला के नाम थीं। इनकी धनराशि बाबा के शिष्यों को प्राप्त होनी थी। बाबा ने सभी एफ.डी. तथा कोठी की वसीयत सुखदयाल को थमा दी। अन्य तीन एफ.डी. अलमारी में ही पड़ी रहने दीं। और पहले की तरह की ताला कर कुंजी सँभाल कर रख दी। इसी अलमारी में बाबा का सारा रुपया-पैसा पड़ा रहता था। रामदास ने कहा, ''बेटा सुखदयाल, अब ये सभी कागज़ात तुम सँभाल कर रख लो। यह सब तुम्हारा है।''

सुखदयाल समझदार था। वह सब समझ गया। लगा, जैसे वह इतना ज़रूरी काम निपटाने ही उस दिन डेरे आये हों।

जाड़ों के दिन थे। रोटी खा मग्घो टिब्बे की ओर चली गयी। सुरजीत थंमणवाला चली गयी। अगले दिन वे वापस लौट गये।

हमेशा की तरह रात को बाबा रामदास फीका दूध का गिलास पीकर सोया। रात को आरती भी की। माला भी फेरी। अगले दिन सुबह बचित्तर दास नींबू पानी का गिलास लेकर गया। बाबा उठा ही नहीं।

रात को मालूम नहीं कब बाबा के प्राण-पखेरू उड़ गये। उसकी देह बड़े हाल में तख्तपोश पर सुन्दर वस्त्रों से ढँक श्रद्धालुओं के दर्शनार्थ रख दी। शाम चार बजे तक लोगों का ताँता लगा रहा। टिब्बा, थंमणवाला, मंडी रोड़ूशाह तथा हमीरगढ़ से लोग आये। नौजवान सभा और नगर पंचायत की अपनी-अपनी योजनाएँ थीं। बचित्तर दास सभी की सुन रहा था। बाबा दुल्ले की समाधि के पास ही बाबा रामदास की चिता को आग दी गयी।

6

बाबा रामददास खुद कहा करता था कि उसकी उम्र सौ साल हो चुकी है। अब तो चोला उतारने का वक्त आ गया है। वह सौ बरस का था या नहीं। मगर नब्बे से चार-पाँच अवश्य ऊपर था। सभी का मानना था कि बाबा सौ बरस का होकर गया था।

बाबा दुल्ला के साथ ही बाबा रामदास की भी समाधि बना दी गयी। एकदम

वैसी ही। रत्तीभर का अन्तर भी नहीं। जबकि सारी दुनिया जानती थी कि बाबा दुल्ला जैसा कोई त्यागी नहीं था और बाबा रामदास जैसा खुदग़र्ज़ नहीं था। उसने सारी उम्र अपनी भतीजे को पाला। सारी उम्र अपना ही घर बनाया। डेरे में जो भी किया, वह सिर्फ़ दिखावा था। सुखदयाल ने चुपचाप ही बाबा रामदास की मृत्यु का सर्टिफिकेट लिजाकर बुढ़लाढ़े की सारी एफ.डी. तुड़वा ली थीं। जितनी भी रकम थी, जेब में डालने की थी।

दुल्ले की ढाब के नाम कोई ज़मीन-जायदाद नहीं थी। बस डेरा ही डेरा था। श्रद्धालु लोग बाबा दुल्ला की समाधि पर मन्नतें माँगते, पूरी हो जाने पर चढ़ावा चढ़ाकर जाते। यही आमदनी थी। साथ ही दवाखाने की आमदनी थी। बाबा रामदास के हाथ में शफ़ा थी। अब वही शफ़ा बचित्तर दास के पास थी। पहले सभी लोग बाबा दुल्ला की समाधि पर माथा टेकते थे, अब बाबा रामदास की समाधि पर भी शीश झुकाने लगे थे।

यदि डेरे के नाम पर कोई ज़मीन इत्यादि होती तो उसकी महन्ती खातिर शोर-शराबा उठता। बाबा रामदास ने जीते-जी किसी के नाम महन्ती नहीं लिखी थी। मालूम नहीं उसके मन में क्या था। कितने वर्षों से बचित्तर दास उसकी सेवा शुश्रूषा कर रहा था। सभी कुछ उसके हाथ में भी था। यह निश्चित था कि महन्ती बचित्तरदास को मिलेगी। डेरे के नाम ज़मीन होती तो जस्सी के परिवार ने किसी न किसी ढँग से डेरे पर कब्ज़ा करना था। नहीं तो हो-हल्ला कर आधा तो हथिया ही ले जाता। मगर गाँव की पंचायत तथा नौजवान ऐसा होने न देता।

बाबा रामदास पहले ही काफी तेज़ था। सच कहा जाता है कि अंगहीन व्यक्ति में एक रग अधिक होती है। उसके बाएँ हाथ की तीन अँगुलियाँ कटी हुई थीं। इसीलिए वह आम आदमी से अधिक तेज़ था। सात एफ.डी. पन्द्रह-बीस लाख से कम की क्या होंगी। वह उसने भतीजे को पहले ही थमा दी थीं। डेरा वाली तीन एफ.डी. मुश्किल से तीन-चार लाख की थीं। बस हाथ लगा बचित्तर दास के। समझो, दिखावा किया बाबा रामदास ने कि वह अपने पीछे इतनी माया छोड़कर गया है।

बाबा रामदास की क्रिया (भोग) समय दुल्ले की ढाब में तिल रखने की जगह भी नहीं थी। पहले गरुण पुराण की कथा हुई। फिर श्री गुरु ग्रन्थ साहिब के पाठ की समाप्ति हुई। दूर-दूर से साधु-महात्मा आये। लंगर ज़ोर-शोर से चल रहा था। लंगर में खाने की कई वस्तुएँ थीं। अखंड पाठ की समाप्ति के बाद पगड़ी की रस्म होने लगी। बचित्तरदास को महन्ती की पगड़ी सौंपने में सभी की सहमति थी। सभी साधु-महात्मा उसके हक में थे। वह सभी की पूरे मन से सेवा करता था। दोनों गाँवों की नगर-पंचायतें भी तथा नौजवान सभा इत्यादि सभी बचित्तर दास के पक्ष में थे। साथ ही नौजवान सभा इस ओर से सतर्क थी कि कहीं जस्सी के परिवार

से कोई अपना हक़ ज़माने न आ धमके। या हमीरगढ़ से ही कोई न आ टपके। मगर ऐसा कुछ भी न हुआ। बड़े आराम से, सभी की सहमति से डेरे की गद्दी बचित्तर दास को सौंप दी गयी।

लाउडस्पीकर से सारे भाषण दे रहे थे। भाषण देने वाले बाबा रामदास को याद करते। उसकी प्राप्तियों का बखान करते। उसे श्रद्धांजलि देते। फिर बचित्तर दास की सेवा भावना की भूरि-भूरि प्रशंसा करते। यह आस की नहीं विश्वास जताया जा रहा था कि बचित्तर दास के बाबा रामदास ने पदचिह्नों पर चलकर डेरा दिन-दूनी तरक्की करेगा। सभी ने एकमत हो स्वीकार किया ही बचित्तर दास ही इस महन्ती के लिए योग्य वारिस है।

बाबा रामदास की क्रिया-कर्म के दिनों में बचित्तर बेहद व्यस्त रहा। इतने बड़े समूह के लिए सभी प्रकार की व्यवस्थाएँ करना मामूली बात नहीं थी। हज़ारों लोगों के लिए लंगर-पानी की भी व्यवस्था करना। साधु संन्यासियों के ठहरने इत्यादि की व्यवस्था भी करना था। मगर शुक्र है कि सभी कुछ अच्छे ढंग से निपट गया था।

इन दिनों बचित्तर दास काफी थक गया था। इतनी बड़ी एकत्रितता के लिए लंगर-पानी, रहने-ठहरने के लिए लाखों रुपये खर्च होने थे। इतनी रकम बचित्तर दास के पास नहीं थी। उसने सोचा, जस्सी बाबा रामदास के काफी निकट रहा है। वह अवश्य उसकी मदद करेगा। वह इसी इरादे से उसके पास गया। जस्सी का दिमाग बनिये जैसा था। उसने बातों-बातों में कोई राह उसे न सुझाया।

बचित्तर दास ने बात आरम्भ की, ''बाबा का नाम इतना बड़ा था। उनके नाम पर इतने लोग इकट्ठे होंगे। उनके तो हज़ारों श्रद्धालु हैं। साधु-महात्मा भी आएँगे।''

''हाँ ठीक है। यह सब तो तुम्हें ही करना पड़ेगा।''

''मैं इतना पैसा कहाँ से लाऊँ। मेरे पास तो पाँच-दस हज़ार से अधिक नहीं होगा। न बाबा ही कुछ छोड़ कर गये हैं।''

''उन्हें तो मालूम था, उन्हें चले जाना है। वह तुझे पैसा-टका देकर जाते।'' फिर जस्सी ने पूछा, ''तुमने अलमारियाँ वगैरह खोल कर देख लीं। कुछ तो देकर गये होंगे। कोई कागज़-पत्र?''

''नकद रुपया तो है नहीं। बस तीन एफ.डी. हैं। तीन-तीन लाख की हैं।''

''बस तो फिर बन गया तेरा काम। तीन लाख तो ब्याज पर लगे तो थोड़ा धन वापस आएगा।''

''स्यापा तो यहीं है जसंवत सिंह। उन्हें निकलवाया नहीं जा सकता।''

''क्यों भई?''

''वह तो जैसे डेरे का महन्त बनेगा, उसी को वो मिलेंगी। मैं तो अभी कुछ भी नहीं। महन्त बनने के बाद ही मैं बाबा का वारिस कहलवा सकता हूँ।''

''अरे भाई, महन्त तो तुम बन ही जाओगे। और कौन बनेगा, महन्त।''

''मैं तो यह विनती करने आया था कि आप लाख रुपया दे दो। एफ.डी. निकलवा के मैं लौटा दूँगा। महीने-बीस दिनों की सिर्फ़ बात है।''

''नहीं भई बचित्तर दास। पहली बात तो भई, अब मेरे हाथ में कबीलदारी नहीं। अब सभी कर्ता-धर्ता अलबेल है। अलबेल ने भी अपनी सारी पूँजी लगायी हुई है, पीछे एक सौदा कर लिया था उसने।''

''चलो मुबारक हो सरपंच साहब चलता हूँ, मैं तो बस इसी काम के लिए ही आया था। चलो पूछता हूँ, किसी और से। खर्च तो करना है, कोई और ढंग देखता हूँ।'' बचित्तर दास ने खुद से बात की। उसी समय उसके दिमाग में कीमती लाल घूम गया। वह उसी समय कार से मंडी की ओर चल दिया।

कीमती लाल दूकान पर ही था। बचित्तर को दूकान पर आते ही वह सीधे होकर बैठ गया। वह सोचने लगा कि महन्त का यह चेला यहाँ क्यों आया है? बचित्तर के गद्दी पर बैठते ही उसने बचित्तर का स्वागत किया। फिर वह बाबा रामदास के स्वर्गवास होने का अफसोस करने लगा।

''कितनी उम्र थी बाबा रामदास की।'' कीमती ने स्वाभाविक वश पूछा।,

''जी सौ साल कहते हैं।''

इधर-उधर की बातें करने पर भी बचित्तर अपने खास मुद्दे पर आना चाहता था। उसके पास तीनों एफ.डी. थीं। उसने जस्सी को नहीं दिखाई थीं। जस्सी ने एक तरह से उसे साफ इनकार ही कर दिया था। उसने कीमती से सीधी बात की।

''लाला जी, मेरे पास ये तीन एफ.डी. हैं। यह तीन लाख की हैं। आज की घड़ी मेरे पास धेला भी नहीं। क्रिया-कर्म में लाखों खर्च होंगे। आप मुझे एक लाख दे दो। एफ.डी. तुड़वाने के बाद मैं आपको एक लाख लौटा दूँगा।''

कीमती ने उसके हाथ से लेकर तीनों एफ.डी. देखीं, पढ़ीं। फिर कहा, ''ये तो ठीक हैं।'

''फिर।''

''पैसा ले जाओ। आखिर धर्म-कर्म का मामला है। मगर कोई चीज़ रख दो।''

''कैसी चीज़?''

''एक लाख चाहिए न तुम्हें?''

''हाँ जी।''

''दो लाख की कोई चीज़ रेहन पर रख दो। सोना या ये तीनों एफ.डी.। या कार खड़ी है तुम्हारी। नयी लगती है।''

''जी हाँ। बाबा जी ने दो महीने पहले ही खरीदी थी। अढ़ाई लाख की अपने लिए। मालूम नहीं था कि इस्तेमाल नहीं कर पाएँगे।''

"यह सब तुम खुद सोच लो।"

"एफ.डी. अगर बनिये को दे दी तो यह लाख रुपये दिये बिना इन्हें लौटाएगा नहीं। कार संतजी की निशानी है। फिर इन दिनों कार के बिना गुजारा भी नहीं। लोग पूछने लगेंगे। बाबा की कार कहाँ है ? रही बात सोने की तो सोना कहाँ था डेरे में। सोना कभी नहीं देखा बाबा के पास।" बचित्तर दास के दिमाग में ये सभी बातें घूमने लगीं। वह कीमती लाल की गद्दी से झटके से उठा और बोला, "मैं सोचकर बताता हूँ।"

शाम का धुँधलका रात में तब्दील होने लगा। वह निराश और बेहद उदास हो डेरे वापस आ गया। कुटिया में पहले ही थंमणवयाला की नगर-पंचायत एकत्रित थी। नवचेतन सिंह और चार-पाँच अन्य सदस्य। वे सभी बचित्तर दास की ही प्रतीक्षा कर रहे थे। सभी लोग सोच रहे थे कि बचित्तर आखिर कार लेकर गाँव में कहाँ घूम रहा है। वह अन्दाज़ा लगा रहे थे कि वह मंडी रोड़ूशाह गया होगा या बरनाला।

कुटिया में बाबा रामदास का आसन वैसे ही लगा था। उसके वस्त्र खूँटियों पर लटक रहे थे। आसन के आगे दरी पर सफेद चादरें बिछी थीं। चार-पाँच गावतकिये पड़े थे। पंचायत वाले उन गावतकियों के सहारे बैठे थे। बिचित्तर भी एक ओर जा बैठा। चेहरा उतरा हुआ। सभी उसकी ओर देख रहे थे। उसने एक ही घूँट में पानी का गिलास खत्म कर दिया।

उनमें से नवचेतन ने कहा, "हम कब से तुम्हारा इन्तज़ार कर रहे हैं ?" बचित्तर ने उसी उदासी से कहा, "आप लोगों को क्या मालूम मैं किस काम के लिए घूम रहा हूँ ?"

नवचेतन ने जवाब दिया, "भोग पर जितना भी खर्च आएगा। वह हम करेंगे। यह पंचायत का फैसला है बस।"

बचित्तर ने सिर से साफा उतार माथा पोंछा। लगा, जैसे वह खिल उठा हो। वह धीमा-धीमा मुस्करा रहा था। कहने लगा, "फिर कैसी चिन्ता। यही तो बड़ी फ़िक्र थी।"

क्रिया-कर्म की थकावट उतारने के लिए वे लोग हरिद्वार चले गये। बचित्तरदास वाली कार उनके पास थी। मास्टर नवचेतन के साथ तीन अन्य युवक भी थे। नेक चमार, हेम बनिया तथा मग्धर मास्टर का छोटा लड़का तीर्थ। तीर्थ काफी पढ़ा लिखा था। वह था भी काफी होशियार। मग्घर उसे डॉक्टर बनाना चाहता था। मगर तीर्थ डॉक्टर, इंजीनियर न बन पाया। असल में दोनों बार बेड़ागर्क कर दिया मास्टर तारन सिंह ने। गाँव के इस प्राइमरी टीचर के पास गाँव का डाकखाना भी था। डॉक्टरी के प्री-टेस्ट के लिए कागज़ उसी दिन थमाये, जिस दिन, टेस्ट होना था। इसी प्रकार उसने इंजीनियर के टेस्ट के समय किया। दोनों बार लड़का परीक्षा में बैठ न पाया।

असल में तारन सिंह मघर की रिश्तेदारी में से ही था। वह नहीं चाहता था कि मघर सिंह का लड़का तरक्की करे। हारकर तीर्थ ने बी.एस.सी. के बाद बी.एड किया। मगर वह स्कूल-अध्यापक भी न लग पाया तो उसने एम.एस.सी. का कोर्स कर लिया। अभी वह बेकार था। नौकरी कोई मिलती नहीं थी। खेती के काम में मघर उसे डालना नहीं चाहता था। मगर मन ही मन मास्टर तारन सिंह को बददुआ भी देता रहता था।

भोग के दो दिनों बाद ये लोग बाबा की अस्थियाँ प्रवाहित करने के लिए हरिद्वार आये थे। उन्होंने विधिनुसार बाबा रामदास की अस्थियाँ प्रवाहित कीं। हरि की पौड़ी जाकर स्नान किया। अपने गाँव के पण्डित की बही में बाबा रामदास का सारा विवरण लिखवाया। उसके साथ उनके नाम भी लिखे गये।

सन्ध्या समय वे ऋषिकेश जा पहुँचे। वहाँ एक धर्मशाला में रात बितायी। यह धर्मशाला बरनाला के किसी सेठ की बनवायी हुई थी। कमरे का मामूली किराया लिया जाता था। कमरे में दरी गद्दे और रज़ाईयाँ थीं। खाना खा वे रज़ाईयों में बैठ आपस में बतियाने लगे।

''लो भई बाबा रामदास, स्वर्ग जाएगा। आज तुम्हारी अस्थियाँ गंगा को भेंट कर दीं।'' नवचेतन ने जम्हाई ली।

''अरे जम्हाई। थक गया क्या सरपंच?'' हेम ने हँस कर पूछा।

''नहीं। अभी करो बातें। अभी नींद कहाँ?'' नवचेतन ने हाथ चेहरे पर फिराया।

''बाबा रामदास, स्वर्ग को जाता नज़र नहीं आता।'' नवचेतन ने ही फिर कहा। उसकी बात सुन चारों चौकन्ने हो गये।

''क्यों भई?'' हेम बोला।

बचित्तर दास उत्सुक निगाहों से सिर्फ़ झाँक रहा था।

''डेरा धर्म का स्थान होता है। होता है कि नहीं? लोग धर्मस्थान समझ कर चढ़ावा चढ़ाते हैं। उनका अपना विश्वास होता है।'' नवचेतन ने अक्लमंदों की भाँति कहा।

''ठीक बात।'' हेम ने फिर कहा।

''यह चढ़ावा पुण्य कार्यों में लगना चाहिए था। डेरा का पैसा था सारा। कितना चढ़ावा चढ़ता था। लोग चपुचाप कितना दे जाते थे।'''

''यह बात तो सच है।''

''दुल्ले को ढाब का सारा चढ़ावा हमीरगढ़ पहुँचता रहा। भतीजा पाला बाबा ने बस। डेरे की क्या भलाई की आखिर?''

नेक और तीर्थ ने एक सुर होकर कहा, ''ना, बस दिखावा ही किया।''

''ये एक हॉल कमरा बनवा दिया और चार-पाँच कमरे बनवा दिये बस।''

हेम ने कहा।

बचित्तर दास सिर्फ़ सुन रहा था। बोल कुछ नहीं रहा था।

''क्यों बचित्तर दास?'' हेम ने पूछा।

''जी!'' बचित्तरदास जैसे सोते से जागा।

''बाबा रामदास क्या छोड़ गया तेरे पास?'' हेम ने पूछा।

''तीन एफ.डी. हैं तीन लाख की।''

''बस। सत्तर बरसों में बस यही बचत रही डेरे की?'' हेम हैरान था।

''एक कोठी है रोड़ूशाह मंडी में। वह भी डेरे की है?'' तीर्थ बोला।

''क्यों भई बचित्तर दास, कोठी डेरे की है?'' हेम ने पूछा।

''मालूम नहीं। डेरे की होगी शायद? मगर कोई कागज़-पत्र तो मिला नहीं डेरे से।'' बचित्तर दास ने जवाब दिया।

इस प्रकार की बातें करते-करते वे सो गये।

अगले दिन अपना सामान कमरे में छोड़ आस-पास पहाड़ों की सैर करने निकल गये। शाम को काफी थके-हारे वापस लौटे। अगले दिन गाँव की ओर चल दिये। रास्ते में भी वे लोग बाबा रामदास के बारे में ही बातें करते आये। बाबा बचित्तर दास ने अपना कोई भी पक्ष स्पष्ट न किया। सिर्फ़ हुँकार भरता रहा।

हरिद्वार से वापस आ बाबा बचित्तर ने एक दिन आराम किया। उस दिन उसने दवाइयाँ इत्यादि भी न दीं। वापस आकर वह बेचैन सा रहा। उसे संशय हो रहा था कि मंडी वाली-कोठी का क्या बनेगा। उसका कोई कागज़-पत्र उसे नहीं मिला था। वह इतने दिनों से मंडी भी नहीं जा पाया था। पीछे से कोई घटना घट न गयी हो।

अगले दिन वह कार लेकर मंडी की ओर चल दिया। जाते समय कह गया कि वह अभी आ रहा था। कोई मरीज़ आये तो बिठा लेना।

बचित्तर दास मंडी जाकर सीधा बाबा की कोठी पर ही गया। कार परे खड़ी कर जब वह कोठी के गेट पर पहुँचा तो थोड़ा शर्मिन्दगी भी हुई। सड़क पर कुत्ते हड्डियों को चिंचोड़ रहे थे। मगर लगता नहीं था कि यह हड्डियाँ इसी कोठी से बाहर फेंकी गयी हैं। उसने सोचा, आस-पास के घरों में बनिये लोग भी मीट खाने लगे हैं।

उसने कोठी का गेट खटखटाया। अन्दर की चिटकनी लगी हुई थी। बाबा रामदास के समय कोठी की सँभाल अलबेल करता था। अलबेल की आसामियाँ आती थीं, जिन्हें रात-बिरात यहाँ रुकना पड़ता था। अलबेल की अपनी कोठी का फालतू सामान भी यहाँ पर पड़ा रहता। एक प्रकार से अलबेल का ही कब्ज़ा कोठी पर था। अन्दर से कुंडा लगा होने से बचित्तर दास ने सोचा, शायद अन्दर अलबेल का कोई आदमी होगा। रात काटी होगी। एक आदमी ने कुंडा खोला। बाबा बचित्तरदास

को बाहर खड़े देख उसकी आँखें फटी रह गयीं। उस व्यक्ति ने कमरे के भीतर बैठे तीन व्यक्तियों की ओर अर्थभरी निगाहों से देखा। कमरे के भीतर ज़ोरा सिंह तथा अन्य बैठे तीन व्यक्ति भी थंमणवाला गाँव से ही थे। बचित्तर दास कमरे के अन्दर इधर-उधर हैरानी से देखने लगा। इस कमरे में बाबा रामदास का आसन था। बगल में लोहे का एक सन्दूक रखा रहता था, जिसमें बाबा के कपड़े इत्यादि रखे रहते थे। इस कमरे में खाट बिछी थी, जिन पर बिस्तर बिछे हुए थे। चारपाइयों के दरम्यान एक छोटा मेज़ था, जिस पर अनधुले काँच के गिलास पड़े थे। दो-तीन कटोरियाँ तथा चम्मच किसी सब्जी से लिबड़े पड़े थे। स्टील का एक ढोंगा था, वह भी गन्दा पड़ा था। जब वह कमरे में घुसा तो उसकी नाक को शराब का भभका आया। जोरा ने बाबा को एक बिस्तर पर बैठने को कहा। वह बैठ गया तो उसने पूछा, ''क्यों भई जोरा सिंह? आज यहाँ कैसे? रात यहीं रहा था क्या?''

''हाँ बाबा जी, अब यह कोठी अपनी है। हमने खरीद ली है।'' जोरा ने कोई शर्म न की और तड़ाक से जवाब दे दिया।

असल में बाबा रामदास के क्रिया-कर्म से पहले वसीयत के मुताबिक रोड़ूशाह मंडी वाली कोठी उनके भतीजे सुखदयाल के नाम चढ़ गयी थी। यह सारा काम अलबेल तथा सुखदयाल ने इधर-उधर जाकर तुरन्त करवा लिया। बाबा रामदास की मौत का सर्टिफिकेट लिजाकर रोड़ूशाह के तहसीलदार को दिया और कोठी की रजिस्ट्री सुखदयाल सिंह के नाम हो गयी। एक-दो दिनों में ही उन्होंने ग्राहक ढूँढ़ लिया। ग्राहक अलबेल का अपना आदमी था। जोरा सिंह। जोरा ने सात लाख तहसीलदार की कचहरी में जाकर खरा कर दिया और कोठी की रजिस्ट्री जोरा सिंह के नाम हो गयी। यह कोठी जोरा की थी। वह उसी दिन से इसी कोठी में सोने-बैठने लगा था। अपने साथ चार मुस्टंडे रखता। शाम को वह रोज़ दारू पीते और वहीं सो जाते। अलबेल का काफी सामान पहले ही इस कोठी में पड़ा था।

बाबा बचित्तर दास मुँह लटकाये डेरे वापस लौट गया।

7

जब से जोरा ने दयालो को पैसे देने से साफ इनकार किया था, सन्ता तब से बहुत उदास था। उसे छोटे भाई संग ईर्ष्या होने लगी थी। वह सोचता, ''मैंने घर में इसे अपने बेटे की तरह पाला-पोसा। इसे काम करने से परे रखा। ऐश की इसने। आज राजा बना बैठा है। अफीम बेच-बेचकर, हराम की कमाई से किले बनाये बैठा है। मंडी में कोठी भी खरीद ली है। सारे पाप के सौदे हैं। इनसे भला नहीं होगा।''

फिर वह निराश होने लगता, "इसने मेरी तरह खेतों में काम किया होता तो इसे मालूम होता। उसकी बीवी अकड़ कर चलती है। एक दयालो है, इसे चैन नहीं आता, उनके आस-पास मँडराने जाती है।"

संते के हाथ-पल्ले कुछ था नहीं। उधर कस्तूरी की दूकान का उधार बढ़ता ही जाता था। हरेक फसल जितना भी उधार मोड़ दे, रकम वैसी की वैसी खड़ी रहती। वह दाँत पीसते हुए सोचता इस बार गेहूँ बेचकर कस्तूरी का सारा कर्ज़ उतार देना है। बाद में घरवालों से कह दूँगा कि जो भी सामान लाओ, नकद लाओ। उसका फैसला धरा का धरा रह जाता। "नकद पैसा आखिर कहाँ से आता। घर में कोई सरकारी मुलाज़िम तो है नहीं, जिसकी तनख्वाह आती हो। यहाँ तो रबी-खरीफ के समय भी नगद पैसे देखने को नहीं मिलते। महाजन के पास ही सारा कर्ज़ में निकल जाता है।"

उन दिनों में करनैल के छोटे साले की शादी थी। विवाह का न्यौता आते ही बहू और बच्चे खुशी से उछलने लगे। मगर दयालो सुन्न होकर रह गयी। उसके लिए जैसे यह कोई गमगीन खबर हो। सारा परिवार कुछ बन-ठन कर ही तो जाएगा। इतना पैसा आएगा कहाँ से? विवाह ही करना था तो बैशाखी के बाद की रखते, उसने सोचा।

एक सुबह दयालो ने चाय के साथ चुटकी भर अफीम संते को दी, बात चलायी, "क्या सोचा है, फिर?"

"किस बारे में?" संते ने घूँट भर कर पूछा।

"कैले की बहू जिद पकड़े बैठी है कि वर-वधू के लिए बढ़िया कपड़े लेकर जाएगी।"

"अच्छा।"

"कपड़े तो अपने बच्चों के लिए भी नये चाहिए। आखिर विवाह जो है।"

"इतने कपड़ों में तो अपनी जान निकल जाएगी।"

"कहती है, वधू के लिए कोई गहना भी होना चाहिए।"

"इतना कपड़ा तो बनिया उधार भी नहीं देगा। कुछ न कुछ तो नगद चाहेगा ही। पहले का भी उधार सिर पर खड़ा है। मालूम नहीं कितने हज़ार होगा। कपड़े फटाफट ले लेती हो, कभी हिसाब भी किया है उसके साथ?" सन्ता, दयालो पर खीझने लगा।

रौनकी बनिये के एक लड़के नौहर की दूकान रोड़ूशाह मंडी में कपड़े की दूकान थी। संते के परिवार वाले वहाँ से कपड़ा इत्यादि लाते। लाते भी उधार ही थे। जाटों के पास नकद रकम कम ही होती है। कभी-कभी तो रबी-खरीफ के समय भी नकद पैसा हाथ में नहीं आता।

सन्ता कितने दिनों से इस समस्या से उबरने के लिए सोच रहा था। करनैल के साले का विवाह नज़दीक आ रहा था। करनैल शगुन के लिए एक हज़ार रुपया देना चाहता था।

''दामाद कहीं शगुन देते हैं। तुम्हारा शगुन देना कहाँ बनता है?'' सन्ता ने उसे गुस्से से कहा।

''तीन बच्चों का बाप हूँ मैं। पन्द्रह बरस शादी को हो गये। अब मैं फूफा हूँ, दामाद नहीं।'' करनैल ने हँसकर जवाब दिया।

''फूफा, दामाद नहीं होता क्या। जब तक सास-ससुर बैठे हों। तुम्हारे सास-ससुर अभी हैं।'' सन्ता ने भी हल्के मूड में कहा।

''शगुन देने से अगले की कुछ मदद भी हो जाती है बापू और क्या।''

''मदद करने के लिए हम कौन सा बिरला हैं। भूख-गरीबी से घुलते रहते हैं। हम क्या करेंगे मदद?'' सन्ता मुस्कराया।

''बस बापू, तुम मुझे पाँच हज़ार ला दो। चाहे काले चोर से ही लाकर दो। उनका आखिरी विवाह है। हम कुछ बनकर जाएँगे।'' करनैल ने अपनी बात कही।

सन्ता उसकी बात सुनकर अचम्भित रह गया। उसका विचार था कि वह हज़ार-दो हज़ार लेकर जाएँगे और बाकी कपड़े इत्यादि। इसीलिए उसने कहा, ''पाँच हज़ार कहाँ से लाऊँ। तुम्हें हज़ार-डेढ़-हज़ार काफी हैं।'' फिर कहने लगा, ''इतना नकद आखिर आएगा कहाँ से?''

''मुझे नहीं मालूम बापू। दिन-रात बोझा ढोते हैं, दो दिन मज़े से विवाह की रौनक देख आएँगे। तुम कहीं से भी बन्दोबस्त कर दो बस।''

सन्ता को अपने दिन याद आने लगे। वह अपनी जवानी के समय बन-ठन कर अपनी ससुराल जाया करता था। एक बार वह भी ससुराल किसी शादी में गया। कितना खर्च कर के आया था। बच्चे तब छोटे ही थे। ससुराल में उसकी बल्ले-बल्ले हो गयी थी। सन्ता फिर उदास होने लगा। तब कपड़ा-गहने कितने सस्ते होते थे। शगुन के रुपये अधिक से अधिक पाँच होते थे। ग्यारह रुपये शगुन में देने वाला महाराजा पटियाला समझा जाता। सभी कुछ सस्ता होता था। एक फसल बेचकर कबीलदारी के कितने काम निपटा लिए जाते थे। वह कितने भले दिन थे।

''करनैल को अपने मन की कर लेने दो। आगे कबीलदारी इन्हें ही सँभालनी है। फिर खुद ही मालूम होगा।'' सन्ता जैसे हार मान गया।

घर में करनैल के साले के विवाह की चर्चा होती तो जैला और उसकी बहू चुपचाप सुनते रहते। कुछ बोलते भी न, विरोध भी न करते। वे सोचते कभी उनके यहाँ भी कोई विवाह हुआ तो वे लोग भी ऐसे बन-ठन कर जाएँगे। इससे भी अधिक खर्च करेंगे।

संते ने एक दिन दयालो के साथ सलाह की, इस खर्चे के लिए वे अपनी ज़मीन का आधा किल्ला कीमती महाजन के पास गिरवी रख देते हैं और पैसे ले आते हैं। आधे किल्ले पर बीस हज़ार तो वह दे ही देगा। बीस हज़ार से काफी कर्ज़ा उतर सकेगा।

एक दिन सन्ता सुबह हिम्मत कर कीमती लाल की दूकान पर गया। कीमती लाल अपनी गद्दी पर बैठा था। उसने कम्बल लपेट रखा था। उस दिन सर्दी काफी थी। सन्ता को आते देख कीमती ने उसका स्वागत किया, ''आ भई संत सिंह, बैठो।'' कीमती ने हुक्के की नली परे कर दी।

संते ने चार खाने वाला मैला कोट पहन रखा था। ऊपर से घिसा हुआ कम्बल लपेटा हुआ था। गद्दी के पास बैठ वह अपना सिर खुजलाने लगा।

''आज कैसे, सुबह-सुबह ही?'' कीमती ने थोड़ा स्नेह से पूछा।

''जैसे कहा जाता है, 'बामण बिना गति नहीं, शाह बिना पत नहीं।' बस खुद ही समझ लो तुम अब।'' सन्ता ने धीमे से मुस्करा कर कहा।

''क्या परेशानी आ पड़ी अब?''

''बड़े लड़के करनैल के साले की शादी है। तुम समझ लो, दस हज़ार का खर्च है। घर में एक दुआनी भी नहीं। अब इस काँटे को भी तुम्हीं निकालो।''

''संत सिंह, तुम पर पहले से ही काफी कर्ज़ है?''

''कितना हो गया?''

''यह तो मुनीम ही बताएगा। अभी आया नहीं। मगर मेरा अनुमान है कि इस बार ब्याज लगकर अढ़ाई लाख के आस-पास पहुँच गया होगा। अब तुम खुद ही सोच लो।'' फिर संते की ओर थोड़ा झुकर धीमे से बोला, ''हमारे पास तुम्हारी कोई चीज़ भी गिरवी नहीं, न कोई ज़मीन, ना कोई गहना-छल्ला, ना कुछ और। तुम पर यकीन कर तुम्हें रकम देते रहे हैं। ठीक है न। इसीलिए अब तो तुम्हें कोई रकम देने का सवाल ही पैदा नहीं होता। यदि तुम नहीं माने तो अपनी जमीन गिरवी रखनी पड़ेगी।'' कीमती ने अपना सरकता कम्बल फिर से सँभाल लिया।

''जहाँ और है, वहीं यह भी जोड़ लो।''

''ना, यह बात गलत है। साफ-साफ सुन लो। तुम्हारे घर में विवाह है। खर्च टाला नहीं जा सकता। इसीलिए आस लेकर यहाँ आए हो। ऐसा कर तीन किल्ले जमीन गिरवी रख दो। फिर ले जाओ बीस-तीस हज़ार। अभी आ जाएगा मुनीम। अभी लिखा-पढ़ी कर लेते हैं। पहले वाली सारी रकम, अभी का भी दिया हुआ। सारी रकम तीन किल्ले ज़मीन पर आ पड़ेगी। तुम्हें ब्याज़ नहीं देना पड़ेगा।''

''ब्याज तो हट जाएगा, मगर तीन किल्ले की फसल भी तो देखो। फसल तो ब्याज से ऊपर ही जाएगी।'' फिर सन्ता ने कहा, ''मेरे पास तो सिर्फ़ छः किल्ले

ज़मीन ही है। तीन किल्ले तुम्हें दे दी तो मेरे पास आधी ही रह जाएगी। इतना बड़ा परिवार है। मैं खाऊँगा कहाँ से।''

''भई, तुम अपनी गर्ज़ को देखो। पैसे झाड़ पर तो लगते नहीं। तुम अपनी गर्ज़ कम कर दो। अब विवाह पर दस हज़ार की बाजाय पाँच हज़ार से भी काम चल सकता है।''

''बेटा-बहू ने जान खा रखी हैं। कहाँ जाऊँ। कबीलदारी की सारी जिम्मेदारी मुझ पर है। लड़के ने तो जुबान हिला दी बस?'' सन्ता की आवाज़ में आह जैसी उदासी थी।

''चलो, ऐसा कर लो फिर। तुम बीस हज़ार माँग रहे हो न। बीस हज़ार ले जाओ। और भी ले जा, मगर ज़मीन का एक किल्ला गिरवी रख दो। हम लिखा-पढ़ी कर लेते हैं। अशटाम पर सारी लिखा-पढ़ी हो जाएगी। तुम मुझे एक किल्ले की पैदावार देता रहना।''

''चलो, निपटाओ फिर। एक किल्ले की फसल लेते रहना। बीस हज़ार आज ही दे दो।'

''सब्र रखो। मुनीम को आ जाने दो। तुम मंडी में चक्कर लगा लो। दो आदमी साथ ले आओ, अपने गाँव के। गवाही के लिए। ठीक रहता है, और क्या। अभी सब कर लेंगे। पैसे दोपहर बाद मिल जाएँगे। अपने पास तो होते नहीं, तुम खुद समझदार हो। कही से प्रबन्ध करेंगे।'' कीमती ने सारी बात स्प्ष्ट कर दी।

सन्ता उठ कर चल दिया।

वह दो घंटे बाद मुड़ा। साथ में गाँव के दो व्यक्ति भी थे। सरकारी कागज कीमती की दूकान पर ही मौजूद था। ऐसे कागजों की आवश्यकता उसे रहती ही थी। सन्ता ने जब अष्टाम पर अपना अँगूठा लगाया, उसका हाथ पूरी तरह से काँप रहा था। गवाही देने आये दोनों व्यक्तियों ने सन्ता के उदास चेहरे की ओर देखा और उन्हें उस पर तरस भी आया।

कीमती लाल का लड़का ग्यारह बजे बैंक गया और रकम निकलवा लिया। मुनीम ने दस-दस हज़ार की दो गड्डियाँ गिनकर सन्ता को थमा दीं। पैसे मिलने की उसके चेहरे पर कोई खुशी नहीं थी। वह कीमती लाल को राम-राम कह दूकान से बाहर निकल आया।

8

कीमती लाल से बीस हज़ार ले सबसे पहले वह नौहर चन्द की दूकान पर गया। नौहर की दूकान पर उसके अलावा दो नौकर लड़के भी थे। एक मक्खी नौहर को

तंग कर रही थी और नौहर उससे जूझ रहा था।

सन्ता को आया देख नौहर चन्द खुश हो गया। उस दिन शायद सुबह से कोई भी ग्राहक नहीं आया था। इन दिनों जाटों के पास कपड़े इत्यादि खरीदने के लिए रकम कहाँ होती है। सभी ग्राहक उधार खाने वाले ही आते हैं। नौहर चन्द उधार खाते के ग्राहकों का भी उसी प्रकार स्वागत करता। कम से कम दूकान का कारोबार तो चलता रहता था। उन दिनों नौहर हँस कर शिकायत करता, ''मन्दा चल रहा है भाई। यूँ समझो कि नौकरों की तनख्वाह भी मुफ्त में पड़ रही है।''

''आ संत सिंह। मंडी में कैसे आया?''

सन्ता जैसा कोई धनाढ्य जाट हो। बोला, ''सेठ देख क्या हिसाब-किताब है अपना।''

नौहर चन्द को जैसे बात समझ में न आयी। उसने फिर पूछा, ''क्या कहा?''

''रकम बता कितनी है?'' सन्ता ने ज़ोर से कहा।

नौहर ने आँखें चौड़ी कर पूछा, ''रकम सिर्फ़ पूछनी ही है कि...।''

''नहीं, भई वाह सेठ तेरे। देकर जाऊँगा। तूने क्या समझा है मुझे। मैं कोई नंगा जाट हूँ।''

नौकर से कह नौहर ने बही मँगवायी और सन्ता सिंह का खाता देखा। हिसाब लगाया, कुल रकम सात हज़ार छः सौ अठासी रुपये बनते थे। सन्ता ने अपने कोट की भीतरी ज़ेब से एक गड्डी निकाल नौहर की ओर बढ़ायी। नौहर हैरान रह गया। इन दिनों में किसी जाट के पास इतनी बड़ी रकम का एक साथ होना हैरत की बात थी।

तू इसमें से पाँच हज़ार जमा कर ले अपना। बाकी खरीफ के समय देखेंगे। ''रबी के समय तो घटने रह गये।''

नौहर ने सारी गड्डी गिनी। पाँच हज़ार ले, बाकी आधे रुपये सन्ता को वापस कर दिये। वही पर दो हज़ार छः सौ अठासी रुपये बकाया लिख दिये। नौहर के लिए भी यह काफी बड़ी कमाई थी। उसे अभी भी यह सपना लग रहा था। उसने नौकर से कह, सन्ता के लिए चाय मँगवायी। चाय पीते समय सन्ता खामोश रहा।

''और बता? कुरते का कपड़ा, दिखाऊँ भला?''

''नहीं कुरते तो हैं। बस कपड़ा कोई नहीं लेना।''

''कम्बल ले लो। यह क्या घिसा हुआ सा कम्बल लपेटा हुआ है तुमने। असली कम्बल है धारीवाल के।'' नौहर ने नौकर को इशारा किया लड़का पल-क्षण में कम्बल उठा लाया। नौहर के आगे ढेर लगा दिया।

''देखो कम्बल। रज़ाई लेने की भी ज़रूरत नहीं। चाहे ऊपर ले लो या नीचे बिछा लो।'' उसने एक कंबल खोलकर सन्ता की जाँघो पर फैला दिया। सन्ता को उस कम्बल की नरमाई अच्छी लगी। अपना कम्बल बदबूदार लगा। कीमत पूछी तो

नौहर कहने लगा, ''कीमत पूछने की ज़रूरत नहीं। ठीक भाव लगाऊँगा।'' मगर सौ रुपये कम्बल की कीमत सुन सन्ता ने कम्बल परे हटा दिया।

''क्या बात? बाँध दूँ एक?''

''नहीं।'' सन्ता उठने लगा।

''और कोई सेवा?'' नौहर ने हाथ जोड़े।

संते ने दूकान में चारों ओर निगाह दौड़ाई। चारों ओर कपड़े ही कपड़े भरे थे। उसका मन चाहा, अपने लिए एक पगड़ी ले ले।

''अच्छा सा साफा दिखा दो कोई।''

''साफा क्या, पगड़ी या दुपट्टा।''

सन्ता ने सिर की ओर इशारा किया, ''पगड़ी।''

''रूबिया या मलमल?'' नौहर चन्द ने पूछा।

''बस सिर पर बाँधने के लिए हो कोई।''

''अरे, रूबिया दे दे। मलमल को माँड लगाने का चक्कर रहता है।''

नौहर्र ने माप कर पाँच मीटर दे दी।

सन्ता ने अचानक याद कर एक समोसा (गमछा) भी ले लिया।

उठते हुए उसने कहा, ''लड़के के साले का ब्याह है।''

''अच्छा, अच्छा, धन्नभाग?'' नौहर ने रोज़नामचे में सन्ता द्वारा खरीदी पगड़ी तथा गमछे की रकम लिख दी थी। फिर पूछा, ''किस लड़के के साले का विवाह है। कैले के या जैले के।''

''करनैल के साले का। बस बीस दिन रह गये हैं। दयालो और बहू आएँगी। कपड़ा ले जाएँगी। जो कहे, दे देना। भाव ठीक लगाना।''

''आगे कभी, तुम से अधिक भाव लगाया है। अपनी दूकान का रेट तो सब से कम होता है। सारी मंडी में घूम कर देख लो बेशक।'' फिर हँसकर कहने लगा, ''तुम कोई नये ग्राहक हो सन्ता सिंह। इतने सालों का नाता है। कभी कोई शिकायत आयी भला?''

''अच्छा। वे आएँगी फिर।'' पगड़ी इत्यादि सँभाल सन्ता दूकान की सीढ़ियाँ उतरने लगा।

दूकान से बाहर आकर उसने आसमान की ओर देखा। अभी दिन थोड़ा बाकी था। उसने सोचा गाँव की ओर जाने के लिए कोई न कोई मिन्नी बस उसे मिल भी जाएगी। टैम्पू भी कोई मिल जाएगा। रास्ते में सड़क किनारे से रेवड़ियाँ-पतासों की दूकान थी, जहाँ से गुड़ की सोंधी महक आ रही थी। उसने एक किलो गुड़ की रेवड़ियाँ तथा आधा किलो गज्जक तुलवा ली। उसने सोचा, 'मंडी आया हूँ। अच्छा है बच्चों के लिए कुछ लेता चलूँ।'

जब वह गाँव से मंडी आया था तो उसकी जेब में सिर्फ़ पाँच-दस रुपये ही थे। इस समय तो वह सेठ था। उसकी जेब में इस समय नोट ही नोट थे। उसने चलते-चलते शराब की दूकान से एक अधिया भी ले लिया। सोचा, 'आज पिएँगे। न पी तो नींद नहीं आएगी।'

मिन्नी बस तैयार खड़ी थी। कोई भी सीट खाली नहीं थी। उसने एक नौजवान के साथ थोड़ी सी सीट ले ली। उसे आशीष दी, ''जीते रहो।''

गाँव उतर कर वह घर की ओर न गया। काफी शाम हो गयी थी। वह कस्तूरी की दूकान की ओर चला गया। सोचा, 'इसका भी निपटारा करता चलूँ। यूँ ही बोझा उठाये फिरता हूँ।'

''मंडी से लौटते लगते हो?'' कस्तूरी ने ग्राहकों के बीच में से उसे पुकारा।

''हाँ, कस्तूरी लाला। काम थे एक-दो वहीं दिन निकल गया।'' सन्ता उसके नज़दीक जा बैठा।

कस्तूरी ने उसके खरीदे सामान की ओर निगाह दौड़ाई और पूछने लगा, ''क्या खरीद लाया है मंडी से।''

''बस एक साफा है। बच्चों के लिए रेवड़ियाँ-गज्जक खरीदी हैं।''

''सेवा बताओ।'' कस्तूरी ने सोचा। अब यह कोई छोटी-मोटी वस्तु लेकर ही जाएगा। मगर संते की बात सुन वह एकदम रुक गया। सन्ता कह रहा था, ''अपना खाता देख कर बता कस्तूरी लाला।'

''खाता तब पूछना, जब हिसाब निपटाना हो। अभी हिसाब पूछ कर क्या करोगे? अभी तो फसल दूर खड़ी है?''

''नहीं, फसल तो आ गयी। आज तुम्हें कुछ देकर ही जाऊँगा।''

कस्तूरी लाल की आँखों में चमक आ गयी। बोला, ''अच्छा फिर तो थोड़ा सब्र रख। ये दो-चार ग्राहकों को निपटा लूँ।'' साथ ही उसने नौकर से पुराना खाता निकाल लाने को कहा। जब सभी ग्राहक सौदा ले, चले गये तो कस्तूरी ने बही खोल सन्ता सिंह का खाता खोला। बोला, ''छः हज़ार से कुछ ऊपर रुपये हैं। दो-चार वस्तुएँ और लिखने वाली रह गयी होंगी।''

सन्ता ने मन में बड़ी बहू को एक-दो गालियाँ दीं। दयालो पर पूरा गुस्सा निकाला। फिर बोला, ''यार, रबी के समय मैं सारा निपटा कर गया था। फिर भी इतनी रकम बनी हुई है। यह चार-पाँच महीनों में इतने हज़ारों रुपये बन गये क्या?''

''अरे सुख से इतना बड़ा परिवार है। दिवाली से ही सौदा शुरू हो गया था। बताऊँ क्या-क्या गया है?'' कस्तूरी ने वस्तुएँ बोलनी शुरू कर दीं। साथ ही हिसाब भी बताने लगा। पाँच-सात सौदे सुनने के बाद ही सन्ता ने उसे रोक दिया, ''बस करो यार। कोई झूठ तो तुम कह नहीं रहे। जो ले गये होंगे, तभी यहाँ लिखा होगा।''

सन्ता ने जेब से दूसरी दस हज़ार की गठ्ठी निकाली और कस्तूरी के सामने कर दी। कहने लगा, ''इसमें से आधे तुम रख लो।''

कस्तूरी ने पाँच हज़ार गिनकर संते को बाकी रुपये लौटा दिये। पाँच हज़ार अपने गल्ले में डाल लिये। संते के खाते में पाँच हज़ार रुपये लिख दिये। तारीख भी डाल दी। बकाया भी लिख दिया।

संते को कीमती लाल की दूकान पर महसूस हुआ था कि जैसे एक किल्ला ज़मीन रेहन पर रखकर उसने अपना कलेजा निकाल कर दे दिया हो। ज़मीन जाट के लिए सभी कुछ होती है।

''साबुन की कोई अच्छी सी टिकिया दे दे, नहाने के लिए।'' सन्ता ने खड़े होकर अपने मन को सँभाला।

नौकर के तीन टिकिया लाकर सामने रख दी। कस्तूरी कहने लगा, ''देख लो, कौन सी लेनी है। यह पन्द्रह की है, यह बीस की और यह चौबीस की।''

''चौबीस वाली ही दे दो।'' संते ने हौसला दिखाया।

घर जाकर पहले वह अपनी बैठक में गया। यह जोरा के हिस्से वाली बैठक थी। चारपाई पर लेट छत की ओर झाँकने लगा। बिजली का बल्ब जगा दिया। वह कमरे की छत की ओर लगातार देखने लगा। मालूम नहीं, क्या-क्या सोचता रहा। फिर उठकर बिजली का बल्ब बुझा दिया। धीरे से बैठक से बाहर आया और नल से पानी का लोटा भर लाया। काँच का गिलास बैठक की अलमारी में पड़ा था। उसने गमछे के किनारे से बँधा अधिया निकाला और गिलास भर लिया। फिर पानी डाल उसने घूँट भरा। शराब उसे कड़वी लगी। उसने आँखें भींच कर इधर-उधर देखा। गिलास मेज पर रख दिया।

गली की लाइट की मध्यम रोशनी कमरे में आ रही थी। एक घूँट भर वह बैठक में चक्कर लगाने लगा। इस बार दारू कुछ कम कड़वी लगी। दो चक्कर लगाने के बाद उसने गिलास एकदम से खत्म कर दिया। खाट पर फिर से लेट गया। सोचने लगा, उसकी कबीलदारी चाहे कितनी ही बिखरी हुई थी, मगर उसने ज़मीन कभी भी गिरवी नहीं रखी थी। आज एक किल्ला लिखवा कर शायद कोई पाप कर आया है। बाप-दादा की जायदाद किसी बेगाने के हाथ सौंप आया है। अब यह एक एकड़ ज़मीन गिरवी रखी है। इसकी फसल कीमती लाल को जाया करेगी। अब कीमती जिसे चाहे इस ज़मीन को किसी को भी बँटाई पर दे सकता है। जाट सारी उम्र बोझा ढोता ही मर जाता है।

बड़े बेटे करनैल के जन्म से वह इतना खुश हुआ था कि अब उसका एक सहारा हो गया। वह मिलकर इतनी कमाई करेंगे कि घर के सारे कर्ज खत्म हो जाएँगे। जवानी समय वह खुद कितना काम करता रहा था। जोरा तो घूमता-फिरता

था। बाद में वह उससे अलग हो गया। जरनैल के जन्म बाद उसे लगा, उसका अपना भाई ही लौट आया हो। दोनों भाई खूब मेहनत से कमाई करेंगे। घर में इतनी फसल आया करेगी कि वे अपने बुरे दिन भूल जाएँगे।

मगर सत्यानाश हो कबीलदारी का। दोनों लड़के जवान भी हो गये। ब्याहे भी गये। आगे उनके भी बच्चे हो गये। लड़के दोनों आज्ञाकारी हैं। उन्हें कोई ऐब इत्यादि भी नहीं। दिन-रात काम करते हैं। मिलकर रहते हैं। कभी लड़ते-झगड़ते नहीं। बहुएँ भी घर के कामों में व्यस्त रहती हैं। सास से भी कभी झगड़ा नहीं करतीं। फसल भी अच्छी-खाँसी घर में आती है। मगर कबीलदारी सँभाली नहीं जा रही। कर्ज़ा दिनों-दिन बढ़ता ही जाता है।

इन्हीं सोचों में उलझे उसने फिर से गिलास भर लिया। थोड़ा सा पानी मिलाया। एक ही साँस में सारा गिलास गटक गया। खाट पर बिस्तर बिछा लिया और लेट गया। उसने रज़ाई से मुँह ढँक लिया और सोचा, बाहर की दुनिया से उसका सम्बन्ध टूट गया हो। मगर अपनी भीतरी दुनिया का वह क्या करता। थोड़ी देर बाद उसका सिर भारी होने लगा। दिमाग में वैराग्य भरने लगा। ऐसा हादसा उसकी ज़िन्दगी में पहली बार घटा था। और यह अत्यन्त बुरा हादसा था। उसे अपनी मौत सामने खड़ी नज़र आने लगी। उसे महसूस होने लगा, जैसे एक किल्ला गिरवी रखने से उसकी मौत हो गयी हो या उसने दयालो को किसी अन्य के हाथ बेच दिया है। कितना बुरा किया उसने। उसका मन उछलने लगा। रज़ाई उसने परे फेंक दी। उठकर बल्ब जगा दिया। तभी दयालो बैठक में दाखिल हुई। उसे देख पूछने लगी, ''तुम कब आये? मैं तो कब से इन्तज़ार कर रही थी। तुम अब आये हो।'' फिर पूछा, ''तुमने बत्ती क्यों बन्द कर रखी है?''

दयालो के साथ ही तीनों बच्चे अन्दर आ खड़े हुए। सभी ने देखा, संते की आँखों में नमी थी। उसने ध्यान से किसी की ओर भी नहीं देखा। न वह कुछ बोला। उसकी आँखें बहने लगी थीं।

''यह क्या, तुम रो रहे हो?'' दयालो संते के नज़दीक चली गयी। सन्ता आहें भरने लगा। बच्चे हैरत से उसे देखने लगे। बच्चों को संते ने रेवड़ियाँ-गज्जक का लिफफा दे कर बाहर भेज दिया। लिफाफा ले वे तीनों माँ की ओर भागे। दयालो, संते के पास बैठ प्यार से सन्ता से पूछने लगी, ''क्यों, आज क्या हो गया तुझे? कुछ मुँह से बोलो तो?''

उसने कोई जवाब न दिया। गमछे से आँखें पोंछीं। कोट की भीतरी ज़ेब से पाँच हज़ार निकाल दयालो को पकड़ा दिये। कहने लगा, ''यह करनैल को दे दे। माँग रहा था, विवाह के लिए। किसी दिन मंडी जाकर कपड़े आदि भी ले आओ, जो बहू कहे।''

दयालो ने रुपये पकड़ लिये और पूछा, ''ये रुपये तुम कहाँ से लाये?''

सन्ता ने आह भरी और बोला, ''क्यों ऐसा पूछ रही हो?''

दयालो कुछ समझ न पायी कि वह क्यों इतना रो रहा है। उसने कई बार पूछा, मगर सन्ता ने कोई जवाब न दिया। बड़ी पोती खाना ले आयी। उसने खाना न खाया। रोते-रोते ही सो गया। आधी रात उसका नशा टूटा तो उसे जैसे होश आया। दूसरी खाट पर दयालो गहरी नींद से सो रही थी। उसने बाहर जाकर पेशाब कर आया। देखा, लोटे में पानी था। गिलास भी वहीं पड़ा था। उसने बत्ती नहीं जगायी। मध्यम रोशनी में ही उसने एक पैग गिलास में डाला और गटक गया। खाट पर लेटने से उसे धीरे-धीरे नींद आने लगी। उनींदे वह सोचने लगा, बाकी बचे पैसों से वह पशुओं की नाँद नयी बनाएगा। दूसरा, बैठक के पल्ले नये लगवाएगा। अब वह काफी पुराने हो गये थे।

9

''मुझे ले चलो कहीं।'' गेलो ने उसके कन्धे पर हाथ रखकर उसकी आँखों में देखा।

''कहाँ ले जाऊँ तुम्हें?'' त्रिलोचन की मुस्कान में लाचारगी थी।

''कहीं भी। हम गाँव से निकल चलते हैं। कहीं दूर जहाँ हमें कोई जानता न हो।''

''खाएँगे कहाँ से?''

''और दुनिया कहाँ से खाती है? भगवान ने दो हाथ दिये हैं। अपने चार हाथ हैं। कमाएँगे और खाएँगे।''

''फिर गाँव लौट नहीं सकते हैं हम?''

''गाँव में लौटकर हमें आना ही क्यों है? क्या लेना है गाँव से?''

''ऐसा कैसे होगा। क्या बात कर रही हो।'' त्रिलोचन ने उसका हाथ कन्धे से झटक दिया।

''क्यों, क्यों नहीं हो सकता।'' फिर बोली, ''अब बुरी लगती हूँ तुम्हें।''

''नहीं।''

''फिर मेरा हाथ क्यों हटा दिया कन्धे से?''

''मेरा कन्धा थक गया था।''

''इतनी जल्दी थक गया तू। आगे जाकर क्या करेगा फिर?''

''लो, तुम मेरा हाथ अपने कन्धे पर रख लो।'' त्रिलोचन ने गेलो के कन्धे को पकड़ लिया।

"यदि मेरे कन्धे पर हाथ रखा है तो आँखें मूँद मेरे पीछे चलते आओ।"

"बता कहाँ लेकर जाएगी?"

"गाँव से बाहर कहीं भी।"

"देखो, तुम बात को नहीं समझतीं।"

"क्या?"

"गाँव का लड़का गाँव की लड़की से शादी नहीं करवा सकता। वैसे चोरी-छिपे सब हो रहा है।"

"मैं यह मोटी जगजाहिर करेंगे।"

"नहीं, हो सकती।"

"क्या?"

"तुम गाँव की लड़की हो।"

"इससे पहले इस गाँव में ऐसा कुछ नहीं हुआ।"

"किसका ऐसा हुआ?"

"याद करो। बंते झिऊर की लड़की बिंदो को चन्नण मोघेदार का लड़का जसमेल भगा ले गया था। शादी करवा वे गाँव आ बसे।"

"वह ज़माना तब का था।"

"वह तो पुराना ज़माना था। अब नया ज़माना है। अब कौन ध्यान देता है इन बातों की ओर।"

"जसमेल जाटों का लड़का था। जाट सब कुछ कर सकते हैं। जाट की औलाद जाट ही होती है। माँ चाहे किसी भी जात की क्यों न हो। तुम्हें मालूम हैं, मैं छींबा हूँ। छींबा जाटों की लड़की संग...।"

"मेरे लिए तुम छींबे नहीं हो। जाटों से भी ऊपर हो।"

"है इतनी हिम्मत तुम में।"

"क्या?"

"चौपाल में खड़े होकर मेरी बाजू पकड़ सकती हो?"

"हाँ, अभी चलो। पकड़ती हूँ तुम्हारी बाजू।"

त्रिलोचन कुछ कह न पाया। मुँह घुमा लिया। गेलो ने उसकी पीठ पर ज़ोर से हाथ मारा और खीझ कर बोली, "जा ओये, रह गया छींबे का छींबा ही। होता कोई जाट तो।"

दिन की रोशनी चारों ओर पल-पल बढ़ती जा रही थी। वे दोनों पौ फटने से पहले के वहाँ बाहर वाले घर में बैठे थे। गेलो गोबर का बठ्ठल लेकर आयी थी। जब कभी मिलना होता, उसका यही बहाना होता। त्रिलोचन के साथ सब पहले ही नियत होता था। वह पाँचवें-सातवें दिन सन्ता के बाहरवाले घर में मिलते थे।

त्रिलोचन का रंग थोड़ा पक्का था, साँवला सा। मगर उसके दाँत बहुत सफेद थे। जब भी वह हँसता, गेलो उसकी ओर देखती ही रह जाती। कक्षा में जब अध्यापक पढ़ा रहे होते। सारे विद्यार्थियों का ध्यान अध्यापक की ओर होता, मगर गेलो का ध्यान त्रिलोचन की ओर रहता था। वह भी कभी-कभी गेलो की ओर देखता, मगर गेलो नजर घुमाती न। वह किसी लड़के-लड़की की परवाह नहीं करती थी। मास्टर तो गेलो से भी डरते थे। कटी दाढ़ी और लुच्चियाँ आँखें वाले एक अध्यापक की नज़र गेलो पर थी। नवीं कक्षा में ही वह अन्य लड़कियों से बड़ी लगती। उसका चेहरा-मोहरा भी काफी सुन्दर था।

त्रिलोचन तथा गेलो के घर अगल-बगल में ही थे। त्रिलोचन के घर से तो वह कोई न कोई कापी लेने जाती। त्रिलोचन पढ़ाई में काफी होशियार था। दूसरे लड़के भी उससे काफी कुछ समझते थे। होशियार होने के कारण अध्यापक उसकी प्रशंसा करते थे, हालाँकि कक्षा का मानीटर कोई अन्य लड़का था। जो पढ़ाई में कमज़ोर मगर शरीर से तगड़ा था। लड़कियाँ उसे भाई-भैया कह कर पुकारतीं और उसकी कापियाँ आदि उससे ले जातीं। पहले दिन गेलो ने भी उसे 'भैया' कह कर पुकारा था। मगर उसके शरीर से एक झनझनाहट सी गुज़र गयी।

त्रिलोचन नवीं में आकर थंमणवाला पढ़ने लगा था। आठवीं तक वह अपने ननिहाल में ही पढ़ता रहा था। उसके नाना की कोई और औलाद नहीं थी। इसीलिए नानी ने त्रिलोचन को अपने पास रखा था। आठवीं कक्षा में उसका प्रथम स्थान आया था। मलोट में उसकी कक्षा में कई लड़के होशियार थे। वह स्कूल भी सिर्फ़ लड़कों का ही था। एक बार उसका बाप मलोट गया। उसकी उसके नाना-नानी से मालूम नहीं क्या बातें हुईं कि वह उसका सर्टीफिकेट ले उसे थंमणवाला ले आया। त्रिलोचन दूसरे कमरे में बैठा उनकी बातें सुनता रहा। उनकी बातों में उसे एक ही शब्द बार-बार सुनाई दे रहा था। वह शब्द था, 'वसीयत' त्रिलोचन को 'वसीयत' शब्द के बारे में कुछ मालूम नहीं था।

पहले-पहल गेलो ने जब त्रिलोचन से गणित की कापी माँगी तो उसने कहा, "बहन छुट्टी से पहले-पहले मेरी कापी लौटा देना। मैंने घर जाकर गणित का और भी काम करना है।"

गेलो और त्रिलोचन में यह पहली बातचीत थी। फिर गेलो उसके घर पर कापी इत्यादि लेने जाने लगी। वह कापी लेने के बहाने उसके घर चक्कर लगाने लगी थी।

जो लड़के-लड़कियाँ कक्षा में एक-दूसरे को प्रेम-पत्र लिख कर देते थे। स्कूल के अध्यापक उसकी इन बातों पर निगाह रखते थे। चिट्ठी पकड़े जाने पर सारे स्कूल में बात फैल जाती थी। इसीलिए गेलो, त्रिलोचन के घर कापी देन-लेने जाते समय

उसमें कोई न कोई पुर्ज़ा रखकर दे आती थी। गेलो लम्बी चिट्ठी लिखती जबकि त्रिलोचन छोटी। दोनों नये-नये स्थानों पर मिलने के बहाने बनाते। दसवीं की परीक्षा तक उनके सम्बन्ध काफी आगे बढ़ गये थे। उस साल गेलो दसवीं में फेल हो गयी और त्रिलोचन की भी सेकेंड डिवीज़न ही आ पायी थी। वह फर्स्ट डिवीज़न लेने वाला विद्यार्थी था। सभी अध्यापकों को उससे काफी उम्मीदें थीं। त्रिलोचन का रिजल्ट देख उन्हें काफी निराशा हुई। उसे तो स्कूल का नाम चमकाना था।

10

गाँव की नौजवान सभा ने सबसे पहले अछरा दाँदू के मकान पर कब्ज़ा किया और इसे अपना कार्यालय बना लिया। बैठक में दफ्तर था और अन्य कमरों में सभा का कितना सारा सामान पड़ा था।

नौजवान सभा को डर था कि अछरा की ज़मीन तो जस्सी सरपंच ने दबा ली है, कहीं दुबारा उसके मकान पर भी कब्ज़ा न कर ले। अछरे की मृत्यु के कई वर्षों तक यह मकान उजाड़ ही पड़ा रहा था।

बाबा रामदास की मृत्यु के अगले वर्ष खेल-आयोजन गाँव की बजाय दुल्ले की ढाब पर किया गया। डेरे में बड़े हाल के साथ जो खाली मैदान था, वहाँ कबड्डी के मैच करवाये गये। वहीं रात को ड्रामा दिखाए गये। शामियाना लगाकर वहीं पर ईनाम बाँटे गये। बड़े हाल में मेज़ लगाकर खाना-पीना खिलाया गया था।

खेल-आयोजन से अगले दिन दुल्ले की ढाब पर बैठकर ही नौजवानों ने सभा के लिए कुछ अहम फैसले लिये थे। इन फैसलों की सहमति नगर-पंचायत से भी ले ली गयी। नवचेतन, नेक चमार, हेम बनिया और तीर्थ सभी वहाँ मौजूद थे। सारी नगर-पंचायत वहाँ मौजूद थी। कोई चालीस आदमी एकत्रित थे। वहाँ फैसला लिया गया कि बाबा दुल्ला तथा बाबा रामदास की दोनों समाधियों पर कोई चढ़ावा नहीं चढ़ाएगा। न कोई पैसा-टका और न ही मिठाई आदि। लोगों की ओर से कोई मन्नतें नहीं माँगी जाएँगी। इससे अन्धविश्वास फैलता है। दोनों समाधियों पर रोज़-रोज़ कोई भी धूप-बत्ती नहीं की जाएगी। दरवाज़े को ताला लगा रहेगा। किसी को श्रद्धा हो तो बन्द दरवाज़े से ही माथा टेक ले। ताला खोल कर कभी-कभी समाधियों की सफाई कर दी जाएगी।

दूसरा फैसला यह किया गया कि बाबा बचित्तर दास डेरे के नाम पर किसी श्रद्धालु से पैसा नहीं लेगा। यदि कोई श्रद्धालु अधिक ज़िद करने लगे तो वह रुपये नगर-पंचायत में जमा करवा दिये जाएँ, जो डेरे की बेहतरी के काम में खर्च किये

जाएँगे। बाबा बचित्तर दास अपनी जड़ी-बूटी की दवाई देने का काम जारी रखेगा। इससे भी जो कमाई हो, वही उसी की होगी।

तीसरा-फैसला यह किया गया कि बाबा दुल्ला की बरसी डेरे में ही नगर-पंचायत की ओर से मनाई जाएगी। पहले की तरह सभी साधु महात्मा आएँगे। बरसी का सारा आयोजन बाबा बचित्तर दास की सलाह से किया जाएगा। मगर आमदनी खर्चे इत्यादि का हिसाब पंचायत के पास रहेगा। यह भी फैसला किया गया कि बरसी सिर्फ़ बाबा दुल्ला की मनाई जाएगी, बाबा रामदास की नहीं। चौथे फैसले के अनुसार, गुरु नानक जयंती के अवसर पर खेल आयोजन आगे से डेरे में ही किया जाएगा। इसका भी सारा हिसाब-किताब नौजवान सभा रखेगी।

पाँचवाँ फैसला यह हुआ कि गाँव के हाई स्कूल का सुधार किया जाए। इस साल दसवीं का रिज़ल्ट बहुत खराब आया था। नगर पंचायत को स्कूलों के ज़िला अफसर के पास भेज कर हैडमास्टरनी, पी.टी. मास्टर तथा नरैणदास का तबादला करवाया गया। हैडमास्टरनी का स्कूल पर कंट्रोल ढीला था। पी.टी. का आचरण अच्छा नहीं था। नरैणदास पढ़ाता नहीं था। ऐसे ही अध्यापक विद्यार्थियों पर दहशत बनाये रखते थे। यह भी फैसला किया गया कि स्कूल में अभिभावाकों-अध्यापकों की सभा की जाए ताकि अभिभावक स्कूल की कार गुज़ारियों के बारे में जान-समझ सकें।

छठा अहम फैसला यह हुआ कि रोडूशाह मंडी में डेरे वाली कोठी सम्बन्धी महन्त बचित्तर दास का जोरा सिंह तथा सुखदयाल सिंह के खिलाफ जो मुकदमा चल रहा है, उसकी पैरवी नगर-पंचायत करेगी। सारा खर्च भी वहीं करेगी। चाहे सुप्रीम कोर्ट तक जाना पड़े। डेरे का यह मुकदमा पंचायत जीतकर रहेगी। बाबा रामदास ने यह कोठी डेरे के पैसे से खरीदी थी, यह डेरे को वापस मिलनी ही चाहिए।

सातवाँ और अन्तिम फैसला भगत सिंह लाइब्रेरी सम्बन्धी था। यह माना गया कि इस लाइब्रेरी को दो-चार गाँवों की नहीं सारे इलाके की प्रमुख लाइब्रेरी बनाया जाए।

मीटिंग में बाबा बचित्तर दास भी बैठा था। उसने सारे फैसले सुने और सहमति भी दी। मगर एक निवेदन भी किया कि डेरे का लंगर चालू रखने के लिए दोनों गाँवों का सहयोग बना रहना चाहिए। डेरे का अर्थ यही होता है कि हरेक भूखे-नंगे को खाना, आसरा मिल सके। बचित्तर दास की इस विनती को परवान कर लिया गया। डेरे के सेवक दोनों गाँवों से दूध, मक्खन और दाल-रोटी का सीधा ला सकेंगे। रुपयों का चढ़ावा नगर-पंचायत थंमणवाला के खाते में जाएगा। यह भी स्पष्ट किया कि यह सारा रुपया डेरे के निर्माण तथा बेहतरी के लिए ही खर्च किया जाएगा।

दो महीनों के बाद नौजवान सभा ने एक और मीटिंग की। इसमें पन्द्रह-बीस व्यक्ति शामिल हुए। थंमणवाला की सारी नगर-पंचायत को भी बुलाया गया। नवचेतन

ने सुझाव रखा कि लाइब्रेरी के लिए दो कमरे और बनाये जाएँ। ये कमरे पहले कमरों से काफी बड़े हों। एक छोटा कमरा, दफ्तर के लिहाज़ से तैयार किया जाए। इन सभी कमरों के आगे काफी चौड़ा बरामदा हों। अर्थात् एक मुकम्मल लाइब्रेरी बनायी जाए। नवचेतन का यह सुझाव सभी ने स्वीकार कर लिया। फिर सवाल पैदा हुआ, रकम कहाँ से आयेगी। इस सम्बन्धी कुछ सुझाव थे। कोई कहता, मंडी के महाजनों से रुपया इकट्ठा किया जाए, वे जाटों को अच्छा-खासा लूटते हैं। किसी का सुझाव था कि किल्ले के हिसाब से रकम इकट्ठी की जाए मगर किसी ने बताया कि अब जाटों पर कर्ज़ा ज्यादा है। चन्दा सभी से लिया जाए जिसके पास ज़मीन हो, न हो। अन्त में इस सुझाव को ठीक मान लिया गया कि थंमणवाला के हरेक घर से चन्दा इकट्ठा किया जाए। पहले सोचा गया कि सौ रुपया बहुत है। मगर कइयों का कहना था कि सौ भी ज्यादा हैं। कई घर इतने गरीब हैं कि उनके लिए एक वक्त की रोटी का जुगाड़ करना भी मुश्किल होता है। नवचेतन ने कहा, ऐसे अत्यन्त पन्द्रह-बीस घरों से बन्दा नलिया जाये। जिनका कोई भी कारोबार हो, उनसे चन्दा लिया जाए। सभी से पचास रुपये चन्दा लेना तय किया गया। थंमणवाला गाँव में कम- से-कम एक हज़ार घर थे। इस प्रकार पचास हज़ार रुपया तो थंमणवाला से ही इकट्ठा हो जाता। मगर यह भी माना गया कि पचास हज़ार की रकम कोई बहुत बड़ी नहीं है।

गाँव में आठ प्रमुख मुहल्ले थे। वहाँ के प्रमुख लोगों को चन्दा इकट्ठा करने का काम सौंप दिया गया। आमदन तथा खर्च का सारा हिसाब बाबा बचित्तर दास रखेगा। वह ईमानदार आदमी है और यहीं रहता है। उसे लाहब्रेरी कमेटी का खजांची बनाया गया।

मंडी रोड़ूशाह की पंजाब नेशनल बैंक में शहीद भगत सिंह यादगार लाइब्रेरी थंमणवाला के नाम पर बचत खाता खोल दिया गया। सभी अपने इलाकों से रकम ले बाबा को दे जाते। वह सभी हिसाब एक रजिस्टर में लिखता रहता। आठ-दस दिनों बाद मंडी में जाकर रकम जमा करवा देता था।

मंडी रोड़ूशाह में करीब बीस आढतिये ऐसे थे, जिनकी आसामियाँ थंमणवाला तथा टिब्बे गाँव से थीं। नौजवान सभा ने इन आढ़तियों से दो-दो हज़ार रुपये लिये। आढ़तियों ने इसे अपना सम्मान माना कि सभा ने उन्हें गाँव का इतना नज़दीकी माना था। जबकि सभा ने जोरा तथा जस्सी से सिर्फ़ पचास-पचास रुपये ही लिए थे। जबकि उन दोनों ने पाँच हज़ार तक देने की पेशकश रखी थी।

नौजवान सभा के लड़के बरनाला भी गये। वहाँ थंमणवाला से जाकर कितने ही परिवार जा बसे थे। अधिकतर घर दर्ज़ियों तथा कारीगरों के थे। उन परिवारों को इस बात की खुशी हुई कि उनकी जन्म भूमि थंमणवाला में लाइब्रेरी बन रही है। सभी ने पाँच-पाँच सौ रुपये दिये।

जैसे कभी बाबा दुल्ला ने दोनों गाँवों के लोगों को प्रेरित कर ढाब खुदवायी थी। इसी प्रकार नौजवान सभा ने शहीद भगत सिंह यादगार लाइब्रेरी के कमरे बनवाने के लिए एक जेहाद छेड़ दी थी।

हालाँकि टिब्बे के लोगों ने बराबर का चन्दा नहीं दिया। उनसे चन्दा माँगा भी न गया। फिर भी टिब्बे के कुछ लड़कों से खुद की कुछ रकम इकट्ठी कर बाबा बचित्तर दास को पकड़ा दी थी। वहाँ के युवकों ने इसे एक पवित्र कार्य मान ही इसमें सहयोग देना चाहा था।

नौजवान सभा के सदस्यों में एक लड़का नम्बरदार कुंडा सिंह का पोता भी था सिकंदर। वह बिक्कर सिंह का छोटा लड़का था। पढ़ाई खत्म कर वह खेती का काम करता था। उसकी उम्र तीस के आसपास थी। वह ब्याहा हुआ था और उसका बच्चा भी था। नम्बरदारों के पास ज़मीन काफी थी। सिकंदर ने कभी सरकारी नौकरी के बारे में सोचा भी नहीं था।

सिकंदर का स्वभाव एकदम बिक्कर पर गया था। बिक्कर सिंह काफी बूढ़ा हो चुका था। अब वह नम्बरदारी के कामों में घूम-फिर नहीं पाता था। उसका सारा काम अब सिकंदर ही करता था। वह भी अपने बाप-दादा की भाँति किसी से चाय-पानी नहीं पीता था।

लाइब्रेरी का दिनों-दिन निर्माण हो रहा था। सिकंदर रोज़-रोज़ सुबह घर-घर जाकर लड़कों को इकट्ठा करता और ट्राली में बिठाकर उन्हें दुल्ले की ढाब पर ले जाता। जिसने जाना होता, वह रात को ही जाकर उसे बना आता। कमी थी तो बस दुल्ले के ढोल की। ढाब खोदती समय दुल्ले का ढोल बहुत बड़ी प्रेरणा बना था। ढोल की आवाज़ काम करने वालों में जोश भर देती थी। गाँव में अब कोई भी दुल्ला नहीं था, जो ढोल बजा सके।

सिकंदर की बोलचाल काफी मीठी थी। उसकी बात सुनकर कोई भी लाइब्रेरी के काम पर जाने से इनकार नहीं करता था। वह अगले दिन सुबह सिकंदर को तैयार मिलता।

सुबह का नाश्ता तथा दोपहर का खाना डेरे के लंगर में बनता था। चाय तो सारा दिन बनती रहती। काम पर आने वाले नौजवान अपने साथ दूध भी साथ लाते थे। बाबा दुल्ला जब ढोल बजाता था, उसे ढाब के पानी में प्रभु नज़र आता था। सरदारो उसका रब्ब थी। अब कमरों के निर्माण के समय नौजवान सभा के युवकों को महसूस होता जैसे वे शहीद भगत सिंह का कोई सपना साकार कर रहे हों।

भगत सिंह का शहीदी के दिन तेईस मार्च को बाबा भगत सिंह बिलगा के हाथों लाइब्रेरी का उद्घाटन करवाया गया। पंजाब भर के नौजवान लीडर इकट्ठे हुए, भाषण दिये गये। सभी ने भाषणों में भारत की आर्थिक आज़ादी का मसला बड़ी

गर्मजोशी से उठाया गया। सभी की यही शुभ कामना थी कि शहीद भगत सिंह के नाम पर बनी यह लाइब्रेरी आज के नौजवानों में नयी चेतना पैदा करेगी।

लाइब्रेरी के लिए फंड काफी एकत्रित हुआ था। बाद में कितनी सारी कुर्सियाँ, लम्बी मेज, बैंच तथा अलमारियाँ खरीदी गयीं। पुराने दो कमरे रीडिंग-रूम बना दिये गये थे। एक कमरे में मैगज़ीन तथा दूसरे कमरे में अखबार रखे रहते। नये बने दोनों कमरों में पुस्तकों से भरी अलमारियाँ थीं।

मंडी रोडूशाह का अध्यापक ज्ञान चन्द पिछले दिनों ही रिटायर्ड हुआ था। उसे पढ़ने का शौक था। नौजवान सभा के काफी युवक उसे जानते थे। उसने सारी उम्र अध्यापक फ्रंट की यूनियन में काम किया था। वह एक दिन दुल्ले की ढाब पर आया। उस दिन वहाँ नौजवान सभा की मीटिंग चल रही थी। लाइब्रेरी के लिए कुछ नये फैसले लिए जा रहे थे। मास्टर ज्ञान चन्द को नौजवानों की बातें अच्छी लगीं और उसने स्वयं को लाइब्रेरियन के तौर पर प्रस्तुत किया। कहने लगा, "मैं दो घंटे रोज़ यहाँ आकर लगाया करूँगा। मुफ्त, कोई पैसा नहीं लूँगा। मेरे पास स्कूटर है।"

युवकों ने कहा, "नहीं मास्टर जी। हम आपको एक हज़ार रुपया महीना दिया करेंगे।"

उसने स्वीकृति दे दी।

ज्ञान चन्द ने उन्हें बताया कि पंजाबी की साहित्य सभा दिल्ली से पंजाबी की बढ़िया और बेहतरीन पुस्तकें बेहद कम मूल्य में प्राप्त की जा सकती हैं। उन्होंने इस अवसर का फायदा उठाया।

लाइब्रेरी बन जाने से भी दोनों गाँवों के युवकों में पढ़ने की रुचि और भी बढ़ गयी। पुस्तकें खो न जाएँ, इसलिए लाइब्रेरी में सदस्यता के समय सौ रुपये की सिक्योरिटी ली जाने लगी। ज्ञान चन्द अब दो की बजाय चार घंटे लाइब्रेरी को देने लगा। लाइब्रेरी में सदस्य-संख्या बढ़ने लगी थी। सभा भी अब उसे दो हज़ार महीना देने लगी थी। इलाके के लोगों के लिए यह लाइब्रेरी रोशनी का पुंज साबित होने लगी थी।

11

फरवरी का महीना था। गेहूँ की बालियाँ चारों ओर लहराने लगी थीं। जाट अपने खेतों में जाते तो गेहूँ को लहराता देख उसे एक तसल्ली सी होने लगती। सभी घरों में फसल के पक जाने का इन्तज़ार हो रहा था। इस समय बारिश की ज़रूरत होती है, मगर इतनी नहीं। मगर उन दिनों अचानक इतनी बारिश हुई कि रुकने का नाम न लिया। आरम्भ में जिस बरसात को देख किसान खुश हुए, उसी बरसात को लगातार

सात दिनों तक चलने पर उनकी साँस थमने लगी। निचले खेतों में तो पानी भरना ही था, ऊँचे खेतों में भी पानी भर गया। कोई भी खेत ऐसा नज़र न आया, जिसमें गेहूँ की बालियाँ दस दिनों तक पानी में न डूबी रही हों। बालियाँ काली पड़ गयीं। यूँ लगा जैसे कोई नवशिशु जन्म से पहले गर्भ में ही मर गया हो।

इस बार संते ने दस किल्ले ज़मीन में गेहूँ ही बोयी थी। दो किल्ले में अन्य छोटी-मोटी फसलें तथा पशुओं के लिए भूसा इत्यादि था। सब कुछ खत्म हो गया। मुकंद छींबे की ज़मीन ऊँचे स्थान पर थी, उसकी यह क्रोधी दो-चार घरों में नहीं सारे इलाके पर फैली थी। सभी गाँव बर्बाद हो गये थे।

इस बार अच्छी फसल हो जाती तो लड़की की शादी अच्छे ढंग से हो जाती। उसके विवाह का मुहूर्त जून का निकला था। गेलो सत्ताईस बरस की हो चुकी थी। और कितनी देर बैठी रहती बाप के घर? ज़माना खराब है। लड़की के विवाह की एक उम्र होती है। सभी माँ-बाप खुद ही इस उम्र के आने पर अपने बच्चों की शादी करने की कोशिश करते हैं।

दबी-घुटी ज़बान से गेलो ने अपनी माँ से इस बारे में ज़िक्र भी किया। "मेरे साथ की सभी लड़कियों का ब्याह हो गया माँ। एक मैं ही रह गयी बस।"

दयालो ने ठंडी आह भर कर कहा, "तुम्हारा रिश्ता भी हो चुका है, बस शादी ही बाकी है। क्या करें, तीन बरसे फसलें मर रही हैं? इस चौथे वर्ष भी गेहूँ की फसल बर्बाद हो गयी। विवाह तो रुपयों से होते हैं। अब रकम कहाँ से आएगी।" दयालो अपना दुख-दर्द लेकर बैठ गयी।

"तो क्या मैं इसी प्रकार बैठी रहूँगी माँ।"

"क्या करें, पहले ही एक किल्ला ज़मीन गिरवी रख बेटे-बहू को विवाह के लिए पैसा दिया था।"

"अब भी रख दो ज़मीन गिरवी। मुझे तो इस घर से भेजो।" गेलो ने बेधड़क होकर कहा।

"ओई गेलो, थोड़ा सब्र रख। एकाध बरस में करेंगे। तेरा भी काम।"

"अपनी बहू को समझा ले?"

"तुझसे कुछ कहा उसने?"

"और क्या। मुझ से कह रही थी मुकुद छींबे का लड़का त्रिलोचन तेरे लिए घर पर आता है।" गेलो रोने लगी, "अपने किसी काम से आता होगा। मुझसे क्या लेना-देना उसका भला?"

"उनकी ज़मीन है हमारे पास। इसीलिए आता हैं।" फिर दयालो बेटी को समझाने लगी, "तू बहुओं की बातों की ओर ध्यान न दे। हम बैठे हैं न तेरे माँ-बाप अभी। तेरे भाई हैं। तू परवाह न कर।"

''ना माँ, तुम भाभी से कुछ ना कहना। जब मैं माँ-बाप के घर पर बैठी बूढ़ी होती जा रही हूँ तो लोग लाँछन लगाएँगे ही।'' गेलो ने आँखें पोंछी।

दयालो के मन में आग धधकने लगी थी। इसलिए कैले की बहू को देख उससे बात छेड़ ली, ''क्यों बहू, तुमने गेलो से कुछ कह दिया। रोती जा रही है।''

''क्यों बेबे, मैं क्या कहूँगी उसे?''

''कह रही थी कि भाभी, छींबे के लड़के का नाम लेती है।''

''ना बेबे, मेरे पुत्त मर जाएँ। हाँ, इतनी बात ज़रूर हुई थी। त्रिलोचन कोई सन्देशा देने आया था बापू को। मैंने कहा, यह लड़का हमेशा आता है, इसका बाप क्यों नहीं आता बापू के पास? बस इतना की कहा था। मुझे तो गेलो का पता भी नहीं था। वह कहीं बैठी सुन रही होगी।'' कैले की बहू घर में क्लेश डालने से डर गयी।

''यह तो कोई बात नहीं।'' दयालो को तसल्ली हो गयी। मगर मन में अजीब किस्म की खिचड़ी पकने लगी।

उस दिन देर रात तक दयालो तथा सन्ता बातें करते रहे। बात कोई गम्भीर नहीं थी। बहू ने सिर्फ़ त्रिलोचन का नाम लिया था, गेलो कुछ का कुछ समझ बैठी थी। घर को सारी कबीलदारी अब सिर्फ़ गेलो की शादी पर बात आकर अटक गयी थी। सन्ता प्रमात्मा से नाराज़ था जो उनसे किसी बात का बदला ले रहा था। यदि इस बार फसल अच्छी हो जाती तो लड़की की शादी आराम से हो जाती। जितनी देर तक लड़की घर में बैठी हो, सौ बातें होती हैं।

बैशाखी बीतने के बाद बनिये लोग तगाज़ा करने घर आने लगेंगे। कस्तूरी तथा नौहर को मालूम नहीं कितना हिसाब बाकी रहता है। सुबह-सुबह घर के द्वार पर बनिया खड़ा कितना बुरा लगता है।

''बनियों की बात छोड़ो, ये तो घर के आदमी हैं। अपने-आप निपट जाएँगे। लड़की की शादी के बारे में सोचो।'' दयालो बार-बार एक ही बात को दुहराने लगती।

''रिश्तेदारी-बिरादरी में भी कोई तगड़ा नहीं जो साल-छ: महीनों के लिए कुछ रकम उधार दे दे।'' सन्ता खीझकर बोला।

''अपना बेड़ा तो कीमती लाल ही पार लगाएगा। उसी के पास सुबह जाओ। दिन गुज़रते जा रहे हैं।'' दयालो ने सलाह दी।

''कीमती ज़मीन माँगेगा। वह ऐसे कैसे दे दूँ। पहले ही अढ़ाई लाख का कर्ज़ा सिर पर है।''

''ज़मीन माँगता है तो दे दे ज़मीन फिर।''

''खुद कहाँ से खाएँगे।''

''हम लोगों की जोत लेंगे। पहले भी तो मुकंद छींबे की ज़मीन बँटाई पर ले रखी है, जोरा की जोतते हैं। और पाँच-सात एकड़ ले लो किसी की।'' दयालो ने सुझाव दिया।

''मुकंद की ज़मीन तो छोड़ देंगे इस बार। मालूम नहीं उसी का भाग्य खोटा है। जब से उनकी ज़मीन बँटाई पर ली है, कोई भी फसल अच्छे से नहीं गयी।'' असल बात शायद कुछ और थी सन्ता के मन में।

''हाँ, किसी-किसी की किस्मत खराब ही होती है। और बहुत सी ज़मीनें हैं। छींबों की ज़मीन छोड़ ही दो।'' उनके दिलों की तार आपस में जुड़ गयी।

रात आधी से अधिक बीत चुकी थी। सन्ता कहने लगा, ''चल सो जा अब। तड़के उठकर सोचेंगे कुछ।'' फिर वह कुछ ही पलों बाद खुर्राटे लेने लगा, जबकि दयालो को अभी तक नींद नहीं आयी थी।

सन्ता के दोनों लड़कों ने कभी उनके कामों में कोई दखल नहीं दिया था। लड़के सिर्फ़ खेती-बाड़ी की ओर ध्यान रखते। दोनों को कोई भी बुरी आदत नहीं थी। दोनों आपस में कभी लड़ते-झगड़ते भी नहीं थे। घर की सारी जिम्मेदारी सन्ता ही सँभालता था। दोनों लड़कों को तो कितने महीनों तक मालूम ही नहीं हो सका था कि उनका एक एकड़ कीमती लाल के पास गिरवी रख दी गयी है। उन्हें तभी मालूम हुआ जब खेत में से एक एकड़ की गेहूँ कीमती लाल के लिए अलग से रखी गयी थी।

सन्ता सुबह ही कीमती लाल की दूकान पर जा पहुँचा। उसे देख कीमती लाल ने कहा, ''आओ भई सन्ता सिंह। आज कैसे सुबह ही दर्शन दिये?''

''क्या करें कीमती लाल। दिन ऊपर चढ़ते आ रहे हैं?'' संते उसके नज़दीक बैठ धीमे से कहा।

''कैसे दिन?''

''लड़की का ब्याह के। याद नहीं? उस दिन बताया तो था।''

''अच्छा, अच्छा। कहाँ से आ राही है बारात?''

''जंगिआणा से।''

''फिर?''

''करो कोई बन्दोबस्त हमारा।''

''अभी तक कोई बन्दोबस्त हुआ नहीं क्या?''

''तुम्हारे बगैर हमारा कौन है? और कहाँ से करूँगा मैं इन्तज़ाम।''

''सन्ता सिंह, अब हम भी क्या करें? तुम्हारे ऊपर पहले ही काफी है हमारा। तुम इतना लौटाओगे कहाँ से? या तो फिर ज़मीन गिरवी रख दो।''

''दो एकड़ से हो जाएगा?''

''अढ़ाई लाख से ऊपर है पहले का। विवाह के लिए कितना चाहिए?''

''अभी तक लड़की के लिए न कोई गहना बनवाया है और न ही कोई कपड़ा खरीदा है। इसके अलावा कितना और सामान। कई छोटे-मोटे खर्च होते हैं। एक लाख तो चाहिए ही।'' सन्ता ने मोटा-मोटा अनुमान लगाकर कहा।

''फिर कितना हो गया। देख लो। पहले एक एकड़ पार तो बीस हज़ार दिया है। यदि एक लाख और चाहिए तो सारी रकम मिलाकर पाँच एकड़ गिरवी रखो। कुल छः एकड़ रेहन पर हो जाएगी।''

''छः एकड़ तो मेरी कुल ज़मीन है।''

''क्यों, बारह एकड़ नहीं हैं?''

''जोतता तो मैं बारह एकड़ ही हूँ, मगर आधे का मालिक जोरा है, मेरा छोटा भाई।''

''अच्छा, मैं तो सारी तुम्हारी ही समझे बैठा था।''

''अपनी सारी ज़मीन देकर तो मैं मारा जाऊँगा।''

''फिर यूँ करते हैं मेरे दिमाग में एक बात अभी-अभी आयी है।''

''बताओ।''

''इसमें तुम्हारा भी भला होगा, मेरा भी।''

सन्ता चौकन्ना होकर बैठ गया।

''तुम्हें ट्रैक्टर ले देता हूँ मैं।''

''ट्रैक्टर क्या करना है मैंने। बात तो लड़की की शादी की हो रही है न।''

''अरे भाई, ट्रैक्टर से ही लड़की की शादी होगी।''

''वह कैसे?''

''तुम्हें बैंक से कर्ज़ा दिलवा देते हैं ट्रैक्टर का। ट्रैक्टर तुम्हें मिल जाएगा। बैंक कर्ज़ा का चैक कम्पनी के नाम काट कर देती है। बीस-तीस हज़ार का घाटा डालकर ट्रैक्टर दूसरे दिन बेच देंगे। मंडी लगती है ट्रैक्टरों की बरनाला में हर रविवार को। नकद पैसे तुम्हें मिल जाएँगे। उसमें से आधे मुझे लौटा देना। आधे से लड़की का ब्याह कर देना।''

सन्ता की आँखें कीमती लाल की बात सुनते-सुनते फैलने लगीं। सारी बात सुन उसने पूछा, ''ज़मीन तो मेरी पाँच किल्ले हैं, एक किल्ला तुम्हारे पास गिरवी है। इतने एकड़ की ज़मीन पर मिल जाएगा। ट्रैक्टर का कर्ज़ा?''

''भाई, कर्ज़ा तो चार-चार एकड़ ज़मीन पर भी मिल जाता है। तुम्हारे पास तो पाँच हैं।''

''मगर सुना है, दस एकड़ ज़मीन के मालिक को कर्ज़ा मिलता है।''

''अब बैंकों ने अपने फाटक एकदम से खोल दिये हैं।''

"ऐसा क्यों?"

"एक तो सरकार को दिखाना है, भई हम जाटों को कितना कर्ज़ा दे रहे हैं। भीतरी बात यह है कि बैंक वाले खुद ही देना चाहते हैं?"

"मगर क्यों?"

"जाट को ट्रैक्टर देकर खुद उसका दस परसेंट जो ले लेते हैं। एक ट्रैक्टर का पच्चीस-तीस हज़ार बन जाता है उनका। तहसीलदार अलग से लेता है। पटवारी का भी हिस्सा होता है। जगह-जगह पर बाज़ बैठे हैं नोंचने को संत सिंह। उनको भी खा लेने दो। अपना धन्धा भी चल जाएगा।"

"हाँ, यह स्कीम ठीक है। फिर ऐसे ही कर लेते हैं।" सन्ता एकदम प्रसन्न था। फिर कहने लगा, "मुझे तो कोई जानता नहीं। ना मुझ से दर-दर भटका जाएगा। कीमती लाल, जो भी करना पड़ेगा, सब तुम्हें ही करना पड़ेगा।"

"मैं सब कर लूँगा। तुम अपने गाँव से पटवारी से चकबन्दी ला दो बस अपनी ज़मीन की।"

"पटवारी साला मुच्चो मंडी का है। कभी-कभी गाँव आता है।"

"तुम पता करना। उसके आने का कोई दिन नियत होगा। हफ्ते में एक या दो दिन आता है पटवारी। सारे पटवारी ऐसा की करते हैं।"

"तुम्हें कैसे मालूम, कीमती लाल?"

"मुझे सब मालूम है। रोज़ यही काम तो करते हैं। तुम बस चकबंदी ला दो मुझे।"

सन्ता दोपहर को ही गाँव लौट आया। आकर दयालो से सारी बात कही। दयालो खुश हो गयी कि अब लड़की की शादी आसानी से हो जाएगी। सन्ता ने कहा, ट्रैक्टर की किस्त पहले छः महीनों तक तो आती नहीं। फिर छः-छः महीनों बाद किस्त आया करेगी। लड़के कमाई कर आसानी से किस्तें लौटाते रहेंगे। ट्रैक्टर के कर्ज़े से कीमती लाल का भी काफी कर्ज़ा उतर जाएगा। उसका कर्ज़ा आधा रहा जायेगा। उस रात वे दोनों काफी देर तक न सोये। उन्हें ट्रैक्टर का कर्ज़ा मिल जाने की बेहद खुशी थी। बनिये की अक्ल को दाद देते रहे।

तीसरे-चौथे दिन ही सन्ता चकबन्दी ले आया। कीमती लाल ने बैंक-मैनेजर से पहले ही साँठ-गाँठ कर रखी थी। बैंक वालों ने ट्रैक्टर के कर्ज़े के लिए सन्ता से फार्म भरवा लिया। उसकी ज़मीन बैंक के नाम प्लैज हो गयी। गाँव के दो आदमियों ने गवाही दी, जो खुद किसी भी कर्ज़ के डिफाल्टर नहीं थे। हफ्ते के अन्दर ही सन्ता का कर्ज़ मंजूर हो गया। बैंक ने ट्रैक्टर डीलर के नाम दो लाख चालीस हज़ार का चैक काट दिया। चैक मिलते ही डीलर ने ट्रैक्टर की चाबी सन्ता सिंह के हाथ थमा दी। छोटा लड़का जरनैल सिंह ट्रैक्टर चलाना जानता था। उस दिन रविवार

होने के कारण बरनाला में ट्रैक्टर मंडी लगी थी। कीमती लाल का लड़का बरनाला-मंडी उनके साथ गया। कुदरत का संयोग कहें कि मंड में ट्रैक्टर खड़ा करते ही वह दो लाख दस हज़ार में बिक गया।

बैंकवालों का दस परसेंट, तहसील दार तथा पटवारी इत्यादि को देने पर कीमती लाल का चालीस हज़ार खर्च हुआ था। चालीस हज़ार तो रख लिया, कीमती लाल के लड़के ने। बाकी के एक लाख सत्तर हज़ार में से सत्तर हज़ार पल्ले पड़ा सन्ता सिंह के। एक लाख भी कीमती का लड़का ले गया।

घर पर आये सत्तर हज़ार से सारा परिवार बेहद खुश था। लड़की की शादी के लिए यह एक बहुत बड़ी रकम थी। वे सभी यह सोचकर खुश थे कि चलो बनिये का एक लाख का कर्ज़ उतर गया। किस्तें आने पर धीरे-धीरे चुका देंगे।

12

गेलो की शादी पर काफी खर्चा किया गया। सारा कपड़ा, नौहर चन्द की दूकान से आया। गेलो के दहेज के अलावा सारे परिवारवालों के लिए भी तमाम नये कपड़े बनवाये गये। दो-तीन वर्षों से उसका हिसाब चुकाया नहीं गया था। शादी के लिए खाद्य वस्तुएँ कस्तूरी की दूकान से आयीं। हलवाई मंडी से आया। जो वह मँगवाता, कस्तूरी भेजता जाता। चीनी, मैदा, बेसन और घी के कनस्तर कस्तूरी ने उनके घर पर भिजवा दिये। शादी के दो महीने बाद नौहर चन्द थंमणवाला आकर सारा हिसाब-किताब लिख कर दे गया। शादी के दिनों में बीस हज़ार का कपड़ा आया था। दस हज़ार पहले का बकाया था कुल तीस हज़ार की पर्ची बना कर वह दे गया।

इसी प्रकार कस्तूरी का भी पहला दस हज़ार बकाया था। दो बरसों से उसे भी उधार लौटाया नहीं गया था। शादी के लिए आया सामान भी कम-से-कम दस हज़ार का था। उसका कुल बकाया तीस हज़ार बनता था।

एक किल्ला कीमती लाल के पास गिरवी रख जो रकम सन्ता ने नौहर तथा कस्तूरी को लौटाये थे, उससे सन्ता की साख अच्छी हो गयी थी। उन्हें यकीन हो गया था कि सन्ता खुद दूकान पर आकर सभी कुछ निपटा जाएगा। सम्भव था, यदि उसने उस समय उनका कुछ उधार चुकता न किया होता तो? अब उसे विवाह के समय उधार मिलता भी ना।

उनकी अगली दो फसलें अच्छी हुई थीं, मगर किसी को भी रकम लौटाई न जा सकी। जोरा तो कितने वर्षों से अपनी रकम माँगने से हट गया था। वह तो इसी बात को गनीमत मानता था कि अब उससे उधार माँगना बन्द हो गये थे। नौहर चन्द

तथा कस्तूरी ने भी रबी-खरीफ के समय काफी चक्कर लगाये। सन्ता बेशर्म हो उन्हें टालता गया। दोनों का कहना था कि, ''इस प्रकार तो ब्याज और भी बढ़ता जाएगा। थोड़ा-थोड़ा कर लौटा देना चाहिए।'' मगर सन्ता खामोश ही रहता।

अगली रबी समय ट्रैक्टर की किस्त भी आ गयी। यह पहली किस्त थी। सारा पैसा ब्याज समेत पाँच सालों में लौटना था छः-छः महीनों के पश्चात् किस्तें भरनी थीं। पहली किस्त के बारे में सुनकर ही सन्ता के होश गुम हो गये। उसने बैंक-कर्मचारी को कोई अड़चन बता कर वापस भेज दिया। उसकी कुछ सेवा भी की। अर्ज़ किया कि वह अगली दो किस्तें इकट्ठी भर देंगे। बैंक-कर्मचारी नया था। उसने नजर इधर-उधर दौड़ा कर आखिर पूछ ही लिया, ''सन्ता सिंह जी, ट्रैक्टर कहाँ है?''

''सच बताऊँ तो ट्रैक्टर घर पर आया ही नहीं। कम्पनी से सीधा मंडी पहुँच गया। अब तुम खुद ही सारी कथा समझ लो।''

बैंक कर्मचारी खुद भी जाट किसानों का लड़का था। सन्ता की व्यथा सुन उसे तरस भी आया। चाय के घूँट भरते वह कुछ सोचता रहा।

दो इकट्ठी किस्तें अगली खरीफ पर भी न दी जा सकीं। इस बार कोई और बैंक-कर्मचारी कागज़ लेकर आया। उसने भी अपनी सेवा ली और चलता बना।

तीसरी किस्त उन दिनों में आयी, जब खेतों में गेहूँ की बुआई हो रही थी। उस साल उनकी फसल अच्छी रही। भाव भी अच्छा मिला। मगर सारी आमदनी घर में ही धँस गयी। दूकानदारों को इस बार भी कुछ न दिया जा सका। इस बार उनके परिवार पर तीन बड़े खर्च और आ पड़े। एक तो उनकी भैंस मर गयी। यह भैंस दूध देती थी। दूध देने वाला दूसरा कोई अन्य पशु घर में नहीं था। वे सभी चाय पीने से भी मजबूर होने लगे। नयी भैंस लानी पड़ी। क्या करते। इसके बिना गुज़ारा भी नहीं था। दूसरी बात गेलो को जँचगी देकर भेजना था। गेलो का लड़का थंमणवाला में ही हुआ था। उसका लड़का चार महीने का हो चुका था। दामाद दो बार आकर खाली जा चुका था। हर बार उसे खाली लौटाना अच्छा नहीं लगता था। आखिर बेटी को उसके ससुराल के लिए विदा तो करना ही था। लड़के को सोने का कोई गहना, गेलो के कपड़े इत्यादि उसकी सास तथा ननदों के लिए सूट। आधे ब्याह जितना खर्चा था। तीसरा बड़ा खर्च था, बड़ी बहू के पेट में रसौली थी। उसे हरदम दर्द रहता था। आखिर लुधियाना लिजाना पड़ा। वहाँ ऑपरेशन कर रसौली तो निकाल दी गयी, मगर प्राइवेट हस्पताल होने के कारण पैसा काफी खर्च हो गया। समझो एक पूरी फसल बहू की रसौली पर ही खर्च हो गयी।

यदि तीन खर्च सिर पर न आ पड़ते तो बनियों का कुछ उधार लौटाया जा सकता था। कोई एकाध किस्त भी जा सकती थी। नौहर चन्द तो इतना तंग आ गया

कि एक दिन तड़के उनके घर के सामने आकर लेट गया और घोषणा कर दी, ''पैसे लौटाओ मेरे, नहीं तो यहीं मरूँगा।''

घर के समाने लेटने से पैस नहीं मिल जाने थे, मगर सन्ता सिंह के लिए बहुत बड़ी बदनामी की बात थी। किसी अन्य को क्या मालूम था कि सन्ता ने नौहर का उधार चुकाना है। मगर महाजन का मतलब, जाट की बदनामी अवश्य करना था। नौहर ने सोचा, शायद इस प्रकार कुछ न कुछ तो हाथ लगेगा ही। एक बार तो सन्ता को इतना गुस्सा आया कि उसने कुदाल उठा ली। दयालो ने भागकर उससे कुदाल छीन ली। उसे डर था, गुस्से से पागल आदमी कुछ भी कर सकता है।

ऊँची आवाज़ें सुनकर अड़ोस-पड़ोस से लोग इकट्ठे हो गये। सभी बच्चे, बूढ़े तमाशा देखने लगे। एक सयाने आदमी ने नौहर चन्द को खड़ा किया और कहा, ''इस प्रकार नहीं हिसाब निपटता है सेठ। तुम अपनी कौम को लाज लगा रहे हो। जा यहाँ से। तेरी रकम कहीं नहीं जाएगी।''

तीसरी किस्त के समय बैंक-कर्मचारी दो बार आया। इस बार कह कर गया, ''सरदारजी, इस बार किसी भी तरीके पैसे भरने पड़ेंगे। तीन किस्तें इकट्ठी हो गयी है। अब मैं नहीं आऊँगा, पुलिस आएगी। पहले से ही कोई इन्तज़ाम कर लो। फिर बेइज़्ज़ती होती है आदमी की।''

वही बात हुई। इस बार दस-पन्द्रह दिनों बाद बैंक-मैनेजर खुद गाँव आया। उसके साथ लाल पगड़ी वाले दो सिपाही थे। दो आदमी उनके बैंक के थे। वे सन्ता सिंह के घर नहीं गये। सन्ता सिंह को सिपाही भेजकर चौपाल पर बुलाया गया। चौपाल पर पाँच-छः आदमी बैठे थे। यह सभी बड़ी उम्र के व्यक्ति थे। जैसे सन्ता खेत नहीं जाता था। बूढ़ा था, मगर सारी कबीलदारी उसके सिर पर थी। बैंक-मैनेजर सुबह ही आया था कि सन्ता सिंह घर पर मिल सके। उसके दोनों पुत्र खेत पर जा चुके थे। औरतें घर के कामों में व्यस्त थीं।

सन्ता चौपाल में आकर खड़ा हो गया और बैंक-मैनेजर को सतसिरी अकाल कहा। बैंक मैनेजर ने सीधा सवाल किया, ''तुम्हीं हो सन्ता सिंह पुत्र दरबारा सिंह?''

''जी, मैं ही हूँ।'' सन्ता हाथ जोड़े खड़ा था।

''ट्रैक्टर का कर्ज़ा तुमने ही लिया है न?''

''जी, मैंने ही लिया है।''

''कितना लिया?''

''जी दो लाख चालीस हज़ार।''

''कितना समय हो गया?''

''जी, दो साल हो गये।''

''फिर पैसा तेरे बाप का है जो तू लौटाता नहीं। तीसरी किस्त देकर गया है

हमारा आदमी। तू ने अभी तक एक भी नहीं भरी। सलाह क्या है तेरी?''

''औ महाराज, इस बार भैंस मर गयी। नयी भैंस लेनी पड़ी। एक बहू की रसौली...''

''तू क्यों नहीं मर गया भैंस के साथ। भैनचो....हमें मुसीबत में डाल रखा है। हमारे ऊपर भी लाठी बरसती है। '' बैंक-मैनेजर ने उसकी बात पूरी सुनी ही नहीं।

''नहीं जी, जब मैंने लिया है तो, देना तो है ही। हक बनता है मेरा। मैं कोई बन्दोबस्त करता हूँ?'' सन्ता ने बैंक-मैनेजर के पैर पकड़ लिये। उसे लगा चौपाल में बैठे लोग जैसे मुस्करा रहे हों।

''संत सिंह, मेरी एक बात सुन लो। मैं भी जाट का पुत्र हूँ। दस दिनों के अन्दर-अन्दर तीन किस्ते इकट्ठी भरदे। नहीं तो डंडें मार कर रकम लेनी मुझे भी आती है।'' बैंक-मैनेजर ने सन्ता के कन्धों पर हाथ रखा और चौपाल में बैठे लोगों की ओर उसने घूर कर देखा।

''देख लो, आज कल के छोकरे पैरों को हाथ लगाने की बजाय दाढ़ी पर हाथ डालते हैं।'' चौपाल में बैठे लोगों में से किसी ने कहा।

''इससे तो आदमी मर जाय।'' सुनने वाले ने जवाब दिया।

वे पाँचों मारुति में बैठकर मंडी रोड़ूशाह से आये थे। सन्ता को वहीं खड़ा छोड़ वे वापस चले गये। वह कमर पर हाथ रखे बेजान-सा खड़ा था। नज़र झुकी हुई थीं। चौपाल में बैठे लोगों ने सन्ता से कुछ न कहा। बगैर किसी ओर देखे वह अपने घर की ओर चल दिया।

उसने सुबह अभी चाय ही पी थी। चाय के साथ थोड़ी सी अफीम भी निगली थी। रोटी बन रही थी, मगर उसे कोई भूख नहीं थी। उसने अपनी जेब टटोली और मंडी की ओर चल दिया। उस समय दयालो घर में नहीं थी। शायद जंगल-पानी गयी थी। बच्चे खेल रहे थे। बहुओं ने सन्ता से पूछा नहीं कि वह किधर जा रहा है। ना सन्ता ने बहुओं से कुछ कहा।

मुख्य सड़क पर टैम्पू खड़ा था। वह चुपचाप टैम्पू पर चढ़ गया। टैम्पू फर्राटें भरता मंडी की ओर जा रहा था।

मंडी में भी वह बेमतलब-सा इधर-उधर फिरता रहा। उसका मन किया कि वह कीमती लाल की दूकान पर जाए और उसके साथ अपने दुख साँझा करे। क्या मालूम, कीमती ही उसे कोई राह सुझा देवे। मगर नहीं, उसने सोचा, कीमती लाल अपने स्वार्थ की बात पहले करेगा। वह कोई ऐसा सुझाव देगा जिससे उसका फायदा पहले हो। नौहर चन्द की दूकान पर जाने का सवाल ही पैदा नहीं होता था। वह तो पहले ही गाँव आकर उसकी बेइज़्ज़ती कर गया। अन्य दूकानों से उसका कोई वास्ता

नहीं था। वह रेलवे स्टेशन की दूकानों की ओर चला गया। एक चाय की दूकान पर जाकर उसने चाय तथा डबलरोटी ली और उसे चाय के गिलास में डुबो-डुबोकर खाने लगा। फिर काफी देर तक वह रेलवे प्लेटफार्म के एक बैंच पर बेमतलब-सा ही पड़ा रहा। वहाँ बैठे वह कुछ भी सोच नहीं रहा था।

उसे खुद मालूम नहीं था कि वह क्या कर रहा है। उसने चाहा कि वह गाँव वापस मुड़ जाए। यहाँ मंडी में उसका है भी कौन। वह मिन्नी-बसों के अड्डे पर आ खड़ा हुआ। अड्डे पर थंमणवाला जाने वाली बस तैयार खड़ी थी। बस में काफी सवारियाँ बैठ चुकी थीं। मगर उसके गाँव का कोई भी व्यक्ति नहीं था। उसका जी चाहा कि वह भी गाँव न जाए। कहीं और चला जाए। उसे बार-बार बैंक मैनेजर का स्वर सुनाई दे रहा था, वह कैसे उसी चौपाल से निकाल कर अपने घर की ओर जाएगा।

गाँव के नज़दीक पहुँच कर उसने कंडक्टर से बस वहीं रोक देने का इशारा किया। कंडक्टर ने सोचा, कोई खेतों की सवारी होगी। उसने सीटी मार दी।

सन्ता अपने घर की ओर नहीं गया। सीधा अपने खेत की मोटर की ओर चल दिया। आस-पास के खेतों में लोग अभी भी काम करते नज़र आ रहे थे। वह अपने खेत पहुँचा तो उसके दोनों पुत्र अभी खेत में ही थे। करनैल गेहूँ बुआई कर रहा था। जरनैल कोई और काम कर रहा था। लड़कों ने बापू को देखा तो मगर दोनों अपने कामों में व्यस्त रहे। सोचा, बाबू आज खेत चक्कर लगाने आया होगा। मोटर वाले कमरे में पानी का मटका पड़ा था। सन्ता ने पानी का गिलास पिया और नींबू की छाया में जा सोया। दिन छिपते ही लड़के घर की ओर चल दिये, मगर बापू अभी वहीं लेटा था। जाते समय जरनैल ने उसे हिलाया, ''बापू आ घर चलें।''

''तुम चलो, मैं थोड़ा ठहर कर आऊँगा।'' सन्ता जैसे किसी गहराई से बोला।

जब वे दोनों काफी दूर चले गये तो वह फिर से मोटर वाले कमरे में चला गया। जाते समय कमरे की कुंजी जरनैल उसे थमा गया था।

मंडी में बेमतलब घूमते हुए सिर्फ़ वहाँ रुका, जहाँ कीड़े मार दवाइयों की दूकान थी। उसने गेहूँ के ड्रम में डालने वाली गोलियों की डिबिया माँगी। पैसे देते समय उसने दूकानदार लड़के से पूछा, ''असली है?''

''एकदम असली है, सरदार जी। असली न हुई तो बेशक वापस दे जाना। पैसे वापस।'' लड़के ने थोड़ा-सा रोष से कहा।

कोठडी में जाकर सन्ता ने उस डिबिया को खोला। उसे काफी देर लग गयी। उसे जैसे कोई खुमारी चढ़ती जा रही थी। उसने पानी का गिलास लिया और दो गोलियाँ जीभ पर रखकर एक ही बार में निगल लीं।

दयालो उसे काफी रात तक देखती रही। बार-बार लड़कों से कह रही थी,

''पता करो अपने बाप का। कहाँ बैठा है अभी तक? इतना अँधेरा तो उसने कभी भी नहीं किया?''

सारा दिन काम के थके पुत्रों को नींद आ रही थी। बेबे जब उनके सिर पर ही चढ़ आयी और ज़ोर-ज़ोर से बोलने लगी तो दोनों लड़के टार्च लेकर मोटर पर गये। बापू वैसे का वैसा नींबू की छाया में चादर बिछाये पड़ा था। उन्होंने पास जाकर देखा, बापू बसुध पड़ा था। कमरे के अन्दर जाकर देखा तो पानी के मटके के पास सलफास की डिबिया खुली पड़ी थी।

❑ ❑ ❑

णाणं पयासयं

वीर नि.सं. 2470

ई.सन् 1944

भारतीय ज्ञानपीठ